本书经中共中央党史研究室审定

中共党史上的那些人与事

刘明钢／著

中央编译出版社
Central Compilation & Translation Press

目　录

一、人物写真

国民公仆孙中山 …………………………………… 003
毛泽东因人而异的批评艺术 ……………………… 009
研究中国革命精神的第一人方志敏 ……………… 018
中共隐蔽战线上的传奇人物靖任秋 ……………… 027
习仲勋深情追忆刘志丹 …………………………… 046
不留骨灰第一人周恩来 …………………………… 057
洪学智将军眼中的彭德怀 ………………………… 063
朝鲜战场上的秦基伟将军 ………………………… 075
少年胡耀邦在家乡的日子 ………………………… 088
铁面无私的胡耀邦 ………………………………… 097
秦基伟深情追忆刘伯承 …………………………… 104
红色浪漫：延安窑洞里的四大婚礼 ……………… 109
张闻天与延安马列学院 …………………………… 121
创造后勤奇迹的人洪学智 ………………………… 137
陆定一晚年的反思 ………………………………… 148
粟裕与《粟裕战争回忆录》 ……………………… 162

武艺超群、骑术精湛的耿飚 …………………………………… 173
王震特殊的"求职信" …………………………………………… 181
刘少奇与《论共产党员的修养》 ………………………………… 186
修养称楷模，党员作范仪
　　——刘少奇的公仆精神 ……………………………………… 198
叶子龙笔下的毛泽东 ……………………………………………… 208
出席中共"一大"的花花公子陈公博 …………………………… 221
传奇上将宋任穷轶事 ……………………………………………… 231
勤于学习的刘少奇 ………………………………………………… 241
"千古一人"：薄一波谈邓小平 ………………………………… 252
毛泽东和他的坐骑 ………………………………………………… 268
"七千人大会"上的刘少奇 ……………………………………… 277
不患位之不尊，而患德之不崇
　　——胡耀邦的公仆品质 …………………………………… 291
薄一波与叶剑英的肝胆之情 ……………………………………… 300
忠实的史学大师李新 ……………………………………………… 313
陈云的书法故事 …………………………………………………… 325
杨尚昆与妻子李伯钊的长征往事 ………………………………… 334
促进红军大会师的中坚任弼时 …………………………………… 345
杨尚昆与彭德怀的知心之交 ……………………………………… 359
中国理论学术界的一代宗师胡绳 ………………………………… 370

二、内幕揭秘

一部源于内部审查的回忆录《纵横龙潭虎穴间》 ……… 387
毛泽东在政协第一届全体会议上的签名 ………………… 396
董必武诗作《读逸民诗草》背后的故事 ………………… 400

秦基伟对上甘岭战役的回忆 ………………………… 405
毛泽东"主席"称谓的由来与演变 ………………… 419
共和国的"国庆日"之由来 ………………………… 425
开国大典的珍闻趣事 ………………………………… 430
徐明清"包庇"江青案的前前后后 ………………… 440
没有引起应有重视的中共"一大" ………………… 449
毛泽东的"圈阅" …………………………………… 457
毛泽东在开国大典上穿的礼服 ……………………… 462
从大陆居民"逃港潮"到港人北上"定居潮" …… 466
耿飚笔下的"风流"长征 …………………………… 479
刘志丹之死 …………………………………………… 491
陈云与延安时期的审干工作 ………………………… 500
"日军战史"记载的华北敌后战场 ………………… 509
国民党两次申请加入共产国际 ……………………… 525
师哲回忆抗美援朝三事之考辨 ……………………… 533
新中国成立时间因斯大林的建议而提前了吗？ …… 544
红军破敌有良谋 ……………………………………… 553
阿沛·阿旺晋美与西藏和平解放 …………………… 564
"两案"审判的台前幕后 …………………………… 576
"童怀周"与《天安门诗抄》 ……………………… 586

三、随笔漫谈

重评吴佩孚不可矫枉过正 …………………………… 601
当年红军战场　今朝绿色畲乡
　　——龙冈纪行 …………………………………… 608
鲁迅论孙中山与辛亥革命 …………………………… 615

胡耀邦故里纪行……………………………………………… 622
毛泽东纵论抗美援朝………………………………………… 630
宋任穷说,"不要让群众称'官衔'"……………………… 643
"实事求是"校训溯源……………………………………… 647
羌寨残存的入赘婚俗………………………………………… 653

后　记………………………………………………………… 660

一 人物写真

国民公仆孙中山

孙中山是近代中国民主革命的先行者,伟大的民主主义革命家。他为中国的独立、自由与富强奋斗了终生,耗尽了毕生的精力;同时,他又具有极强的公仆意识,是一位为民服务、为民奉献、为民牺牲的好公仆。

"坐汽车的与开汽车的"

总统、官吏是什么?孙中山一言以蔽之:"公仆"。人民是主人,总统及各级官吏都是人民的公仆。1906年12月,在《民报》召开的创立周年庆祝大会上,孙中山在演说中明确表示:"平等自由原是国民的权利,但官吏确是国民公仆。"

孙中山特别注意宣传民主思想,为了通俗易懂,他常打些比方,比如,将自己及官吏们比喻成人民的车夫、木匠、裁缝、厨子、医生等。当时,有人提出中国人民文化程度太低,不适于民主政治,针对这种言论,孙中山说:"譬如坐汽车的与开汽车的,坐汽车的是主人,他有的是权,不必有能,他只要说得出要到的地,就可以到要到的地,不必知道汽车如何开法;开汽车的是雇员,他有的是能,他能摇动机关左右进退迟速行止,但是他并没有开到哪里的权。行使坐车人的权,取用开车人的能，汽车便会很顺利地到目的地了。人民是国家的主人，他只要能指出一个目标来，像坐汽车的一般。至于如何做法，自有有技能各种专门人才在。"

"总统在职一天，就是国家的公仆"

武昌起义后，未及一月，全国宣布脱离清政府而独立的省份就占一半以上。革命之火燃遍神州大地。这时，孙中山由海外回国，给革命党人以莫大鼓舞。1911年12月29日，17省代表在南京举行会议，推举孙中山为中华民国第一任临时大总统。

1912年1月1日，孙中山从上海坐专列到南京。晚上10时，在原太平天国的天王府宣誓就职，并将这一天定为中华民国建元的开始。典礼之后，孙中山亲送代表们到大堂台阶，代表们请中山先生留步。孙中山说："我是人民公仆，诸位是人民代表，所以就是主人，我理应送你们到大堂阶下。"

在担任临时大总统期间，有一位扬州肖姓上了年纪的盐商专程到南京拜望孙中山，门卫不让进，后来总统侍卫长将此事报告了孙中山，孙立即接见了这位商人。老人一见就赶紧跪下磕头，孙中山忙将老人扶起，并握着他的手说："总统在职一天，就是国家的公仆，是为全国人民服务的。总统离职后，又回到人民中间，和老百姓一样。"

谈话后，孙中山亲自将老人送出总统府，老人激动地说："今天我总算见到民主了。"

"国家的事，哥哥可不能随便"

孙中山的哥哥孙眉曾是南洋华侨资本家，在推翻满清政权的革命中功不可没。为了弟弟的宏图伟业，他不仅倾其家产予以资助，还利用自己的人脉，奔走呼号，寻求更多人的支持。辛亥革命成功后，孙中山当选为临时大总统。当时，许多人凭借各自的背景，挖空心思地捞取一官半职，孙眉也未能免俗。在他眼里，弟弟就是当今"皇帝"，做哥哥的不说封王赏地，怎么也该混个"二品顶戴"。于是，他把自己的想法透露给了蔡元培等大员，当即得到他们的认可，并联名向孙中山推举他为广东都督。孙中山则认为搞革命必须"天下为公"，不能搞"家天下"，亲自电复蔡元培："唯才是举，切不可任人唯亲。"

孙眉得知弟弟的态度，立刻奔赴南京兴师问罪。

孙中山耐心地劝说："哥哥虽然于革命有功，但当广东都督确实不合适。"

孙眉勃然大怒，"阿文，你是大总统，我是你哥，比总统还大，区区一个粤督怎么就干不了？"

孙中山一个劲地赔笑，好容易才把他打发走。后来，孙中山回到故乡，孙眉见了他，怒气仍未消减，训斥道："你当了大总统，却六亲不认，害得我现在还得在乡官手下混事。"

孙中山大笑，说："你是我大哥，家里的事，全是你说了算，总统也得听你的。国家的事，哥哥可不能随便，即使是乡官，也是你的父母官，你得听他们的。"

就这样，孙眉到底没有出任广东都督。此后，他一心一意经商，生意一度非常红火。

"如果我接受万岁，对得起那许许多多的先烈吗"

1912年4月1日，孙中山先生为促成南北统一，毅然辞去了中华民国临时大总统，让位于袁世凯，并于当月20日乘船去福建游察。当船抵福州马尾时,他看到欢迎的人群中和水面的大小船只上,闪动着"欢迎孙大总统"和"孙大总统万岁"的大小纸旗和条幅。他很不高兴地说:"我已辞去了临时大总统,为什么还要这样高抬我?"并对上船迎候的福建都督孙道仁说:"这太不成话了。就是共和国的总统,退了位,就是一个平民,怎么还要称'孙大总统'?再说什么'万岁',那是封建皇帝硬要他手下的官民称颂他的。我们为了反抗这个'万岁'王朝,多少革命同志抛头颅、洒热血,才取得了消灭清王朝的伟大胜利。如果我接受这个封建王朝的称呼,我对得起那许许多多的先烈吗?立即撤掉这些纸旗和布条,如不取消,我决不上岸。"

孙道仁惊惶谢罪,随即叫随行人员把纸旗都改写成"欢迎孙文先生"。这样,孙中山才出舱换甲板船进城。

"应该我抬你才对"

1921年10月,各路北伐大军齐集广西桂林。孙中山以大总统兼陆海军大元帅身份,由广州赴桂林,准备亲率部队誓师北伐。孙中山从梧州沿抚河西上,水陆兼程,水路乘船,陆路坐轿。孙中山平易近人,和蔼可亲,坐在轿子上与轿夫聊天。他问轿夫多大年纪了。轿夫答:"60岁。"孙中山立刻叫停轿,下来步行,让轿夫抬着空轿子跟着走。孙中山抱歉地说:"我的年纪比你小,你不应该抬我,应该我抬你才对。"在桂林,孙中山游七星岩。岩洞内很暗,一群打着赤脚、衣衫褴褛的小孩子手持火把为游人带路,挣点饭钱。卫士们为了安全,拒绝了孩子们的要求,并要把他们轰走。孙中山和颜悦色地对卫士说:"不要赶他们,就让他们带路吧。"他还笑眯眯地对孩子们说:"来,来,大家排好队!"说着吩咐副官逐个派赏钱。有的小孩子拿了钱,走开转了一圈又来要钱,被卫士发现,举手就要打。孙中山立刻制止,说:"不要打,给他们吧!"

"为个人贺寿,太铺张"

孙中山生活简单朴素,廉洁自持,绝少谈及个人私事,也从来不为自己过生日。有一次,他的下属问,先生的生日是几月几日。孙中山不正面回答,只是说:"革命成功后,天天都是生日。"

何香凝追随孙中山革命二十多年,从来没有听说过做寿之事,也不知道孙先生的诞辰是哪一天。直到1924年深秋,孙中山的乡亲——一位老太太远道来看他,提起了"明天就是你的生日",大家才知道先生的诞辰原来是11月12日。那一年,孙中山六十大寿(虚岁)。

大家都想为中山先生祝寿,但是,孙中山不同意。他说:"为个人贺寿,太铺张,是不应该的。"

结果,由廖仲恺等几个比较熟悉的同志请厨师在孙中山的公馆里办了两桌简单的酒菜,就算作寿筵了。

这是孙中山第一次过生日,也是他最后一次祝寿。第二年的3月12日,他就与世长辞了。

"余因尽瘁国事,不治家产"

孙中山在其40年革命生涯中,曾两任大总统和两任陆海军大元帅,职位最高,权力最大。但他从不以权谋私,从不为自己置一毫家产。海外侨胞看他奔波革命几十年,却无固定住宅，便集资购买了上海莫利爱路29号的一栋住宅，赠给孙中山。他多次婉言谢绝。经华侨恳切劝说，才来此居住。为了革命事业，孙中山曾两度将它抵押借款，以后仍由华侨再集资为他赎回来。孙中山去世后，留给宋庆龄夫人的就是这套住宅，除此之外，只有半壁图书。真是一生革命，两袖清风。孙中山也未曾在家乡购过一点家业，翠亨村的住宅是其兄孙眉出资所建。孙中山临终前的《家事遗嘱》云："余因尽瘁国事，不治家产，其所遗之书籍、衣物、住宅等，一切均付吾妻宋庆龄，以为纪念。余之儿女已长成，能自立，望各自珍爱，以继余志。"

参考文献

民革中央宣传部编：《回忆与怀念——纪念孙中山先生文章选辑》，华夏出版社1986年版。

原载《名人传记》2012年3期
《作家文摘》2012年3月30日转载

毛泽东因人而异的批评艺术

在中国共产党党内，毛泽东率先倡导批评与自我批评，并在党的七大所作的政治报告中第一次把它概括为党的三大作风之一。不仅如此，他还特别讲究批评的艺术，因人而异，因事而异，有如良医看病，对症下药，大爱无垠。

一、风趣幽默、点到为止

毛泽东讲话非常幽默，有时连批评都很风趣，对此，莫文骅有着亲身体验。

从1935年10月，莫文骅随中央红军长征到达陕北，到1945年8月离开延安南下，其间整整十个年头。在延安十年中，他有幸在毛泽东身边工作，并直接接受指导，聆听教诲。

一次，莫文骅起草了一篇文章，毛泽东为他修改。文章语句不通，逻辑混乱，修改起来很困难，甚至比自己动手写一篇还费劲。毛泽东皱起了眉头，放下笔，让警卫员把莫文骅叫来。莫文骅喊报告进屋，毛泽东笑着说：

"莫文骅，你比斯大林还高明啊！"

莫文骅一下愣了，忙问："主席，是怎么一回事？"

毛泽东说："斯大林起草的对德宣战的文件，那么重要，才用了不到一千字，而你的文章竟有三千多字，不是高明么？"

原来如此，莫文骅不好意思地笑了。

毛泽东接着说："但是，斯大林的文章虽短却把问题讲清楚了，而你罗里罗嗦一长篇，却难得看明白。"

"我写不好，所以请主席修改。"莫文骅解释说。

"你不是当过宣传部长吗？"毛泽东问。

莫文骅说："战争时期的宣传工作，大多用口讲或写提纲，文章写得少。"

毛泽东"哦"了一声。

接着，毛泽东给莫文骅讲了怎样写文章、怎样抓住中心、怎样做到简练生动，并告诫要向鲁迅讲的那样，文章写成后至少要看三遍。

聆听毛泽东讲如何写作，莫文骅受益匪浅，终生难忘。

还有一次，莫文骅在工作上遇到一个比较棘手的问题，他想了两个方案但一时下不了决心，就跑去请示毛泽东。

延安时期的头几年，见毛泽东很容易，而且毛也平易近人，所以，莫文骅有点什么事情就去请示。

听了莫文骅的说明后，毛泽东反问："你这不是出题目考我吗？"

莫文骅马上意识到不妥，便谈了自己的倾向性想法。

毛泽东说："这就对了。以后遇到问题，要学会独立思考，培养自己的分析问题，解决问题能力，而不要'每事问'。如果逢事自己没有决断，都来请示，岂不成了主考官了？"

莫文骅忙说：我一定注意。

毛泽东讲究语言艺术，连批评都是那样的幽默风趣，令人轻松愉快，回味无穷，难以忘怀。

二、当头棒喝、一针见血

毛泽东批评人,有时会"大喝一声",把问题说得很严重,使人感到震惊,引起重视,然后再慢慢地解释说明。

1947年春,中共中央决定主动放弃延安。毛泽东在延安已经生活、战斗了十个春秋。现在要撤离,谈何容易!无数的问题需要迅速处理,其中确定去留人员,也是毛泽东必须考虑的事项。

一天,中央社会部部长康生与一位工作人员前来汇报,并带来一份留下人员的名单,上面所列的大都是久经考验的江西、湖南、四川等省籍的长征老同志。

毛泽东把这份名单看了几遍,沉思良久,对康生等人说:"你们这是怎么了?"那位负责具体工作的同志解释说:"这些同志革命坚定,久经考验,经验丰富,留下他们放心……"

毛泽东没等他说完,便严肃地说:"你们这是给国民党送东西,是把我们的干部往老虎嘴里送!"毛泽东指着名单说:"他们的口音,他们的长相,在这里能藏住吗?他们又都是单身汉。人家一查就会发现的,那还不被捉起来。你们不是给他们安排工作,而是帮助国民党抓我们的干部。"这番批评,不讲情面,一针见血,声色俱厉,震撼肺腑。一阵暴风骤雨之后,毛泽东又和颜悦色地说:"我们的干部,特别是经过长征的干部,是党的宝贵财富,要好好爱护,好好使用。中央撤离延安后,要留一些干部坚持斗争,但要选择当地人,他们在这里有婆娘、有娃娃,有家就好隐蔽。"毛泽东又说,"不要那些模范、英雄……那些有名气的,要做到便于长期坚持,有回旋余地。"

听了毛泽东的批评,康生两人心悦诚服。

后来,延安被占领后,我党地下工作仍然很活跃,这与坚决执行毛泽东的指示不无关系。

三、循循善诱、和风细雨

毛泽东与身边的工作人员朝夕相处,关系最为密切。因此,工作人员有什么想法都愿意对毛泽东说。说错了,做错了,毛泽东也批评,但总是和风细雨,沁人心脾。

1948年3月,毛泽东来到西柏坡,并在这里指挥人民解放战争,运筹帷幄,决胜千里,演奏出中国革命战争史上最恢弘的乐章。

西柏坡村前有片苇塘,随着夏季的到来,塘水深深,苇叶青青,使这小小的山村更加秀丽。但水塘里的青蛙却不知疲倦,拼命地叫,此起彼伏,蛙鸣一片,给安静的山村横添了一份噪音,严重地影响毛泽东等人的睡眠。一天下午,毛泽东照例出来,沿苇塘边散步,随行的警卫员趁机向毛泽东说:

"主席,你看这苇子地里,尽长虫子,蚊子也多,最讨厌的就是青蛙,一天到晚不停地叫,吵得人睡不了觉。"

毛泽东说:"青蛙叫,很好听么。"

"好听?"警卫员知道毛泽东喜欢讲一些玩笑话,便毫无顾忌地讲起来:"吵得人睡不了觉,还有什么好听?"

"我们初来乍到,还不习惯,听久了就习惯了,习惯了就好听了。"毛泽东总是这样乐观。

"吵得太厉害了,还不如把它们统统轰走。"

"轰走,怎么轰?"毛泽东认真起来。

"办法多着哩,用枪打,炸药炸,用人赶……这些办法都行。"

正在散步的毛泽东忽然停了下来，摇着手说："同志呀，使不得，使不得！青蛙不是害虫，是益虫。如果我们把他们都赶走了，青蛙该叫的时候不叫了，老乡们会有意见的。"说到这里，毛泽东停顿了一下，接着意味深长地说："我们住在这里，时间或长或短，都是暂时的，老乡们呢，他们是永久的。要尊重他们的意见。我们要爱护西柏坡的一草一木，尊重和爱护人民群众，不能用我们的喜恶论是非，定行止。"

毛泽东从一件小事，引出一番大道理。工作人员听了深受教育，如沐春风，如润细雨。

四、严肃认真、一抓到底

毛泽东有时批评人，异常严厉，而且一抓到底，务必抓出成效来，不但使犯错误者不敢再犯同类的错误，也让其他人吸取教训，引以为戒。

1949年12月，毛泽东访问苏联。

一天，斯大林会见毛泽东，陈伯达（以教授的身份）、叶子龙、汪东兴等陪同。在会见中，斯大林忽然对陈伯达说："陈教授，我曾读过你的《人民公敌蒋介石》。"

陈伯达受宠若惊。他没想到斯大林竟然关注自己，读过自己的著作，而且在这样一个重大场合主动提起这件事。懂俄语的陈伯达还没等翻译译出汉语，就笑容满面地与斯大林攀谈起来。

谈话间，斯大林拿起酒杯，来到陈伯达面前说："为中国的历史学家、哲学家陈伯达同志干杯！"

陈伯达也激动地站起来说："为全世界最杰出的历史学家、哲学家斯大林同志干杯！"

这样，陈伯达喧宾夺主，成为了整个活动的中心，毛泽东却被晾了起来！这不是突出哪个人的问题，而是关系到党和国家的政治外交的大问题。历来看重原则的毛泽东当然要严肃处理这件事。

当天晚上，毛泽东回到住所就对身边工作人员李家骥说："让陈伯达到我这里来。"

李家骥请来陈伯达，在沏茶时，就听到毛泽东气愤地训斥陈伯达："你是个共产党员，是代表团成员之一，是代表党和国家的，你应当知道自己的身份，这是政治、外交场合！"

李家骥不知道发生了什么事，连忙退了出来，见到叶子龙，说："主席生气了，正在批评陈伯达。"

"该，活该，是他自找的。"叶子龙说。

李家骥好奇地问是怎么回事，叶子龙便把经过简单地介绍了一下。叶还不解气，说："伯达眼中没有主席，太不知深浅，太不懂场合了。主席教训他是应该的！"

大约二十分钟，陈伯达哭着出来了，低着头上楼回到自己的房间。

毛泽东是党和国家的最高领导人，下属犯了错误，批评教育当然是应该的。然而，事情并没有到此为止，毛泽东不但批评人，还要查看被批评者的反应。两个小时后，他把李家骥叫来，说："你去看看陈伯达在干什么。"

李家骥悄悄地来到陈伯达房间外，通过门缝往里看，只见陈伯达一边哭一边吃饼干。然后，李家骥又悄悄地回来，向毛泽东报告："伯达同志正在哭。"他怕毛泽东不高兴，没敢说陈伯达还在吃饼干。

"也好，让他找找教训，长长见识。"毛泽东说。

陈伯达大概是因受到批评，感到太没面子，不好见人，就悄悄地搬到驻苏使馆去了。第二天,毛泽东找陈伯达研究工作,发现他"失踪了",派人寻找,才知道他去了使馆。毛泽东很生气,命令:"让伯达马上回来。"

陈伯达不敢抗命,乖乖地回到代表团的驻地,并解释说,他想和在苏联的孩子住几天,遭到毛泽东的再次批评:"这次出国不是个人行为,你太无组织无纪律了!今后必须加强纪律性,凡离开驻地必须向我请假。"

毛泽东处理问题向来严肃认真,一抓到底。他不仅两次当面批评陈伯达,还指示:"代表团同志之间就陈伯达的问题交流意见。"

随后在代表团内部开展批评与自我批评,帮助陈伯达提高认识,代表团成员也从中汲取教训。

五、治病救人、鼓励帮助

毛泽东一向主张批评与自我批评要贯彻执行"惩前毖后,治病救人"的方针。薄一波曾经受过毛泽东的批评,并深深地感到"惩前毖后"的震撼与"治病救人"的温馨。

1952年下半年,由中财委主持制定的新税制颁布执行,立即在社会上引起强烈的反响和波动。这一情况引起了毛泽东的重视。1953年1月15日,他给周恩来、邓小平、陈云、薄一波写信,批评出台刚半个月的新税制,词锋甚严。

薄一波看罢,心情半是沉重,半是茫然,特别注意到信中的两句话:"此事我看报始知,我看了亦不大懂",预感到事情的严重性。于是,他立即派出若干个小组分赴各大中城市检查整改,经过努力,执行新税制中所发生的较大问题,很快得到妥善解决。

在此期间，毛泽东约薄一波谈话。毛泽东说："你要好好地读几本书，读点哲学方面的书、学点辩证法、唯物论，也要学点逻辑。"

薄一波答道："工作忙，事务性事情太多，没有时间读书。"

毛泽东严肃而又诚恳地说："你们总是借口工作忙，这样说，不对！俄国十月革命时，列宁忙不忙？可是，列宁还是把那个错综纷繁的俄国整理出一个头绪来。你们犯错误，是由于缺乏一个贯串一切的东西。1921年我们党成立以来，轰轰烈烈地干了惊天动地的事业，取得了伟大的成绩。但是，幼年的党由于缺乏经验也犯了不少错误。1942年全党整风，才真正找到了一条根本的指导原则，也可以说是中国革命胜利的道路，这就是主观与客观相一致。"说到这里，毛泽东又重复地说："20年了，才找到主观与客观相一致这个中国革命胜利的道路！"

聆听毛泽东的教诲，薄一波心里暖意融融。

1953年夏季，在全国财经工作会议上，薄一波再次受到严厉的批判。一直窥测风向的高岗、饶漱石借机发难，大搞"批薄射刘"，使会议偏离方向。此时，毛泽东对高、饶篡党夺权的野心也有所察觉。

会议收不了场，令周恩来很为难。他是会议主持人，话说轻了，会上已经是那种气氛了，不大好通过，且有开脱、包庇之嫌；话说重了，就会为高、饶利用。最后，还是毛泽东出了个主意，他说：不好结论，可以"搬兵"嘛！把陈云同志、小平同志请回来，让他们参加会议嘛！

陈云、邓小平的讲话，对于扭转会议气氛起了重要作用。

8月12日，毛泽东在怀仁堂向会议的全体人员作了一次重要讲话，再次严厉地批判薄一波的新税制的错误，同时，也作了自我批评。他说："在批判薄一波的错误中，周、陈都说要负责任，我说我也要负责任，各有各的账。"而且，毛泽东还具体地罗列了自己的错误。听了毛泽东的讲话，薄一波很受感动，后来，他在回忆录中写道：

"一位受全党尊敬的伟大领袖，能在大庭广众之中诚恳地检讨自己的错误，给了大家以很大的启发和教育。他的这番话，在一些具体问题上承担了责任，就使做实际工作的同志减轻了压力。更重要的是，可以从中看出他的本意是希望这次财经会议能通过批评、自我批评来总结经验，提高认识。"

薄一波还说，毛泽东对他的关怀、鼓励与帮助，令他终生难忘。

参考文献

1. 李家骥口述、杨庆旺整理：《我所知道的陈伯达》，载《百年潮》2009年12期。
2. 逄先知、金冲及主编：《毛泽东传 1949—1976》，中央文献出版社2003年版。
3. 《莫文骅回忆录》，解放军出版社1996年版。
4. 赵桂来：《从宝塔山到中南海》，中央文献出版社1998年版。
5. 薄一波：《七十年奋斗与思考》，中共党史出版社1996年版。
6. 薄一波：《领袖元帅与战友》，人民出版社2002年版。

原载《党史博采》2012年2期
《作家文摘》2012年3月30日转载
《都市资讯报》4月25日转载
《山西农民报》4月20日转载

研究中国革命精神的第一人方志敏

近些年来,研究和弘扬革命精神的活动蓬勃发展,成果丰硕。许多专家学者也都在革命精神研究方面倾注了大量的精力,对90年来革命、建设、改革开放历程中产生的革命精神进行了研究总结,将革命精神的内容不断地丰富和发展,提出了许多新的概念,如:苏区精神、井冈山精神、长征精神、延安精神、西柏坡精神等等。然而,在中国共产党党内,谁是研究中国革命精神的开拓者、前驱者呢?哪篇文章开创了研究中国革命精神的先河呢?

一

1940年,八路军重庆办事处得到消息,有人手中有方志敏烈士的遗文,经验证系真品,于是花重金买下。这篇文章便是方志敏的《我从事革命斗争的略述》。叶剑英读罢,感慨良多,挥笔写下七绝《读方志敏同志狱中手书有感》:"血染东南半壁红,忍将奇绩作奇功;文山去后南朝月,又照秦淮一叶枫。"文山为文天祥号,秦淮即秦淮河,是方志敏生前活动过的地方。把方志敏与文天祥相提并论,除了此二人均为江西籍的英雄外,更重要的,他们都为后人留下了热血沸腾的诗篇。

这便是文字的魅力！它成为方志敏高尚情操的最有力见证！

方志敏烈士的这篇遗作曾遗失五年之久。

1934年10月，由红七军团等部组成的北上抗日先遣队到达闽浙赣根据地，与红十军汇合，组成红十军团，方志敏任军政委员会主席，率部继续北上。在国民党军队重兵围追堵截之下，北上部队终因寡不敌众而失利，方志敏于1935年1月不幸被俘。他并没有因身陷囹圄而停止战斗。在短短六个多月中，他以惊人的毅力和顽强的意志，克服种种难以想象的困难和疾病折磨，写下了《我从事革命斗争的略述》、《可爱的中国》、《清贫》、《狱中纪实》等重要文稿和信件，把对党、对祖国、对人民的爱，化成了血铸的十三万文字，用生命谱写了爱国主义的千古绝唱和革命英雄主义的如虹浩歌。1935年8月6日，方志敏在南昌从容就义。

方志敏就义后，其文稿从南昌狱中历经艰辛辗转传送到上海，交给了党组织，而这些文稿中，没有《我从事革命斗争的略述》。直到1940年，这篇文章才被八路军重庆办事处买下，失而复得。

《我从事革命斗争的略述》有六万余字，系自传性质的文稿，主要回顾了作者从事革命的经历，特别是对赣东北和闽浙赣苏区形成、发展的历程作了抒情的论证和理性的探索，闪耀着一种诗性的、神圣的光芒。全文共31节，其中第27个小标题为：苏维埃模范省的荣誉。

方志敏曾是赣东北根据地的创始人，因不凡的业绩，受到中华苏维埃共和国临时中央政府和毛泽东主席的表彰。

1927年蒋介石、汪精卫相继背叛革命后，方志敏回到赣东北，与邵式平、黄道等一起领导了弋阳、横峰起义。在国民党重兵进攻和环境极为恶劣的情况下，他们广泛发动、组织和依靠农民，坚持游击战争，开展土地革命，建立工农政权，创建了信江革命根据地。随后又出击赣北，组建了中国工农红军第十军。方志敏先后任赣东北苏维埃主席和闽浙赣省苏维埃主席，代理闽浙赣省委书记，在领导赣东北和闽浙赣根据地建设的过程中，坚持从实际出发，创造性地开展工作，为探索中国革命的正确道路作出了杰出贡献。对此，毛泽东给予充分肯定，称赞："朱德毛泽东式、方志敏式之有根据地的，有计划地建设政权的，深入土地革命的，扩大人民武装的路线是经由乡赤卫队、区赤卫大队、县赤卫总队、地方红军直到正规红军这样一套办法的，政权发展是波浪式地向前扩大的，等等的政策，无疑义地是正确的。"①

1931年11月8日，中华苏维埃共和国临时中央政府也给予嘉奖，在给方志敏的信中写道：方志敏同志：中央苏维埃全国第一次代表大会，授予你勋章一枚，并授红十军全体指战士奖旗一面，以嘉奖为苏维埃政权而艰苦奋斗的英雄战士。②

1934年1月，在第二次全国苏维埃代表大会上，毛泽东再次赞扬说："赣东北的同志们也有很好的创造，他们同样是模范工作者。……他们把群众生活和革命战争联系起来了，他们把革命的工作方法问题和革命的工作任务问题同时解决了。他们是认真地在那里进行工作，他们是仔细地在那里解决问题，他们在革命面前是真正负起了责任，他们是革命战争的良好的组织者和领导者，他们又是群众生活的良好的组织者和领导者。"③ 这就是"苏维埃模范省"的来历；由此，方志敏写

---

① 《毛泽东选集》（第一卷），人民出版社1991年版，第98页。
② 中共江西省委党史资料征集委员会：《方志敏文集》，人民出版社1985年版，第313页。
③ 《毛泽东选集》（第一卷），人民出版社1991年版，第140页。

下《苏维埃模范省的荣誉》一节，并写道："苏维埃模范省"这是一个难得的荣誉，赣东北的同志们，要努力工作，保持这个可宝贵的荣誉呵！①

二

在《苏维埃模范省的荣誉》一节中，方志敏首先写道："我自一九三〇年当任苏维埃工作，直到一九三四年都未有更换过，足足做了四年之久，自然做了不少的工作。关于赣东北苏区的各种建设，假若还有时间的话，当另写一专篇，此处怎样也不能详述出来，现在只讲下列各件事情。"② 其后，方志敏并没有写"各件事情"，而是极为罕见地总结了苏维埃精神层面的内容，概括为六个方面：

1. 苏维埃的民主精神。对于苏区的民主精神，方志敏有极高的评价，他写道："苏维埃政府，是工农群众自己的政府，非常亲近群众，倾听群众的意见，忠实的为群众谋利益。它能不用一点威力和强迫，领导群众向敌人斗争，作各种建设事业。苏维埃政府，可以说是世界上最高的德谟克西的政府，也是最得群众的拥护和爱戴的强有力的政府。"③

2. 苏维埃的创造精神。这是苏区精神的最有特色的方面。在开辟与保卫赣东北根据地的过程中，方志敏领导苏区军民勇于创新，开拓进取，不断开创新局面。在第二次反"围剿"

---

① 中共江西省委党史资料征集委员会：《方志敏文集》，人民出版社 1985 年版，第 88 页。
② 中共江西省委党史资料征集委员会：《方志敏文集》，人民出版社 1985 年版，第 84—85 页。
③ 中共江西省委党史资料征集委员会：《方志敏文集》，人民出版社 1985 年版，第 85 页。

战斗中，方志敏首创了一整套颇具特色的战略战术，其中包括地雷战。1934年5月，中共中央号召各根据地学习赣东北的地雷战的经验。

在建立根据地、形成工农武装割据之后，如何解决财政问题，是各个根据地面临的共同问题。在创立根据地之初，中共采取的是"打土豪分田地"的政策，只是权宜之计，不是根本解决之道。对此，1934年1月，毛泽东指出：要通过发展经济来解决财政问题。而最早实现这一转变的，就是赣东北根据地。方志敏是苏区财政工作的开拓者。早在1931年上半年，方志敏就已经开始转变经济政策，比中央根据地足足早了两年。当时，国民党对苏区实行残酷的经济封锁，造成苏区原材料、食盐等物资奇缺，经济非常困难。方志敏因陋就简，创办了煤矿、铁矿、水泥厂、制糖、造纸厂等，其中造纸厂就有13个；还开办了红色商店、群众消费合作社、生产合作社等，从而使根据地的经济得到保障。毛泽东在《我们的经济政策》报告中说道："从发展国民经济来增加我们财政的收入，是我们财政政策的基本方针，明显的效验已在闽浙赣边区表现出来，在中央区也已开始表现出来了。"① 不仅如此，方志敏在"赤"、"白"交界的苏区边境村镇设立了19个对外贸易处，与"白"区商人开展商业贸易，以农副土特产品换取苏区需要的各种物资。这在当时是需要胆识的。

总结苏维埃的创造精神，方志敏非常自豪地写道："苏维埃政府是工农的政府，他具有新兴阶级极大的创造力量，它能从各种困难中，想出许多有效的新方法来解决困难。如解决被敌人严密封锁的经济问题；解决经过八九年战争的财政问题，

---

① 《毛泽东选集》（第二版第一卷），人民出版社1991年版，第134页。

还解决其他许多重大问题，都不是照抄前例的，而是用前所未有特创的新方法去解决的，表现出苏维埃惊人的创造力量！"①

3. 苏维埃的进步精神。在苏区工作期间，方志敏时时感到苏维埃工作人员的进步，他写道：苏维埃的工作人员，差不多全部为工人农民，"他们的文化水平和知识程度，都是很低落的。但他们一被群众选入苏维埃来工作，苏维埃加紧的教育他们，他们加紧的学习，进步极快，不要很久的时间，他们就可以处理各种政治和斗争问题，而且处理得很适当的"。方志敏还举例说明："例如苏维埃的某部长，是工农分子，那部的秘书是一个大学生，秘书起草的文稿，部长常要给他不少地方的修改。""赣东北省苏维埃政府的地雷部长，他是个撑船工人，他每月只用大洋三千元，能造出大小地雷一万五千个，顶小的地雷，六斤重一个，顶大的地雷，是一百二十斤重一个，二三十斤和四五十斤重的是中等的地雷。每个地雷，平均计算，只合大洋二角。他能够做出这样的成绩，就是他能够鼓励工人工作的积极性，提高工人的战争热情，故所费小而获效大。"

方志敏还写道："现在有不少的官僚政客、知识分子，看不起工农的力量，他们常不屑地说：'无知识的东西'。其实工农的进步极快，他们一掌握政权，在共产党员的领导教育之下，管理政治，有条有理，比较当今的执政者，贪污腐化，敷衍塞责的，要高明几百倍呢！"②

4. 苏维埃的刻苦精神。方志敏写道："苏维埃目前是处在

---

① 中共江西省委党史资料征集委员会：《方志敏文集》，人民出版社1985年版，第85—86页。

② 中共江西省委党史资料征集委员会：《方志敏文集》，人民出版社1985年版，第86页。

残酷的国内战争的环境中,一切物质,一切力量,都付与战争,苏维埃的工作人员,为战争的领导者,自应以身作则,节衣缩食,刻苦耐劳,为着战争。赣东北党和苏维埃工作人员,除食米外,每天都只发四分大洋的菜钱,苏区货物,虽都算便宜,但伙食是不算很好的。除伙食钱外,零用费是没有发过的。他们吃着这样的伙食,并无一句怨言,他们知道所做的工作不是为那个人的利益,而是为着阶级的利益,也就是为着他们自身利益;他们知道革命成功后,将与苏联一样,实行社会主义的建设,那时的幸福,就会永无穷尽。他们忍受着目前暂时的艰苦,孜孜不倦的为着苏维埃工作。这正是他们深刻的阶级觉悟,与对阶级无限的忠诚的表现。"① 方志敏就是艰苦奋斗的模范。他患有肺结核,经常吐血。"足有五个整年,是无日不困顿于肺病的痛苦之中!"但是,仍咬紧牙关干革命。方志敏写道:我们是为着主义的信仰,阶级的解放,抱定了斗争到底的决心,所以生活虽然痛苦,而精神还是非常愉快的。愈艰苦,愈奋斗!愈奋斗,愈快乐!②

5. 苏维埃的自我批评的精神。方志敏写道:苏维埃为工农政权,它公开承认自己的阶级性,它的政策和工作,都须对工农群众阐明解释,使群众了解并执行。它有时做了策略上的错误,或者它的个别工作人员的错误,它都对群众提出来说明,使群众认识。绝不遮掩自己的错误,更不迟缓错误的改正。他不像地主阶级的政府,利用自己御用的新闻报纸,天天向群众扯谎,不说一句真实话,明明是投降出卖,却要说

---

① 中共江西省委党史资料征集委员会:《方志敏文集》,人民出版社 1985 年版,第 87—88 页。

② 中共江西省委党史资料征集委员会:《方志敏文集》,人民出版社 1985 年版,第 50 页。

"长期抵抗",明明是鸦片官卖,却要说"严厉禁毒!"想以一手遮尽天下眼目。这种欺骗民众的勾当,是苏维埃政府所最坚决反对的,而却是地主资产阶级政府所赖以生存的一种要素。①

6. 与工农群众联成一片的精神。方志敏写道:苏维埃时时刻刻都是想着如何去领导和组织工农群众参加国内战争,因为这种战争正是阶级解放和民族解放必须进行的战争。这正如国际歌上所讲的"这是最后的战争"!苏维埃政府时时刻刻都在想着如何去改善群众的生活,使群众生活日渐向上,虽然群众在革命后的生活,比较革命前有着显著的进步,但苏维埃仍时刻关心他们的生活,设了许多方法,帮助和指导他们走进更进步的生活。因为如此,群众对苏维埃的信仰和拥护,日益增高,他们诚心的服从苏维埃的指导,苏维埃决定要做的事,不用一点威力和强迫,他们都乐意的去做。他们宁愿牺牲一切,帮助苏维埃,他们爱护苏维埃,比爱护他们的家庭还更恳切!②

在《我从事革命斗争的略述》这篇文章中,方志敏将苏维埃精神的基本内涵概括为:民主精神、创造精神、进步精神、刻苦精神、自我批评的精神以及与工农群众联成一片的精神,虽没有提出"苏区精神"这个概念,但从这些内容来看,方志敏所言"现在只讲下列各件事情",实际上就是对苏区精神基本内涵的概括与总结。

发扬光大方志敏所总结的这六方面精神,就是发扬光大苏区精神。

在长期的革命、建设和改革的奋斗中,中国共产党历来注

---

① 中共江西省委党史资料征集委员会:《方志敏文集》,人民出版社1985年版,第87页。

② 中共江西省委党史资料征集委员会:《方志敏文集》,人民出版社1985年版,第87—88页。

重精神力量的培养和运用，为革命斗争提供了永不枯竭的精神动力。然而，由于斗争任务紧迫，一个接一个，老一辈革命家还无暇对革命精神进行研究与总结。在这种情况下，写于1935年的《我从事革命斗争的略述》，开创了中共党内研究革命精神的先河。方志敏就是革命精神研究的开拓者、前驱者！

近些年来，对于苏区精神的基本内涵，专家学者们从不同的角度，作了不同的概括，形成不同的表述。如果将专家学者的观点与《我从事革命斗争的略述》相比较，就会发现，两者有基本一致的地方，但也有不同之处。方志敏长期担任赣东北苏维埃主席和闽浙赣省苏维埃主席，是苏区精神的倡导者、践行者，因此，他对苏区精神的理解与诠释，当然有其独到之处、精彩之处、过人之处。这也正是后来的研究者需要认真品味与体会的。

参考文献

1. 《毛泽东选集》（第二版第一卷），人民出版社1991年版。

2. 中共江西省委党史资料征集委员会：《方志敏文集》，人民出版社1985年版。

原载《党史博采》2011年第12期

中共隐蔽战线上的传奇人物靖任秋

靖任秋（1905—1996），江苏铜山人。他于1925年加入中国共产党，参加过南昌起义、北伐战争。从1931年起，在周恩来直接领导下，他长期潜伏在国民党军队中，在十多年里，始终处于国民党特务搜捕、监视、圈套之中，明谋暗算，无间无常，斗智斗勇，屡历险境。然而，在如此险恶的环境中，靖任秋还能作出一番事业，立下丰功伟绩，堪称中共隐蔽战线上的传奇人物。

孙殿英"收留"靖任秋

靖任秋曾先后在杨虎城部与孙殿英部从事秘密的兵运工作。与绝大多数的中共"卧底"不同，靖任秋不搞情报，不搞策反，不搞暗杀，而是在国民党军队中做上层人士的统战工作，具体说，就是利用军阀之间的矛盾，对某个军阀施加政治影响，给予适当的帮助，使之能与共产党合作，从而配合苏区的土地革命战争。

1932年暑假的一天，西北军三十八军军长孙蔚如接到蒋介石的电报，急忙派张秘书到靖任秋家。张秘书将靖拉进屋内，拿出电报给他看。电报大意是："在鄂豫皖剿共中，查获有关共党靖任秋的文件,据查靖某在你部队中,立即逮捕,限十日内就地处决,呈复。"靖任秋看罢,心中一沉,但随后一想,既然能看到电报,危险就不大。果然,张秘书转告孙蔚如的话,叫靖任秋赶快走,他将回复蒋介石,接到该电时,靖某早已离开了。

第二天,靖任秋和孙告别,离开了西安,并经陈子坚的介绍,靖任秋辗转来到山西晋城的孙殿英处。

土匪出身的孙殿英,既无文才又无武功,却因有过一次惊世之举——掘盗清东陵慈禧墓而臭名远扬。1930年中原大战时,孙殿英参加冯玉祥、阎锡山方面与蒋介石作战。大战结束后,作为分赃的结果,孙殿英曾受任安徽省主席,他没有就职,而同阎、冯一齐退到了山西。山西地形险要,进可攻退可守。然而,这里一直是阎锡山的地盘,冯玉祥、孙殿英在山西显然都带点客居的性质,局促一隅,很想找出路。孙殿英的部队名义上是第四十一军,但实际上远不止一个军,有人有枪,就有向外发展的野心,很想去西北打出一番天地来,因此招揽各方人士。

在晋城,靖任秋与孙殿英见面。孙知道靖任秋曾在杨虎城部供职,对甘肃、陕西的情况很熟悉,也有一张关系网,因此挽留靖任秋。

靖任秋愿意留下来,但考虑到自己被缉捕的情况肯定隐瞒不了,于是坦陈:"蒋介石打电报要捕杀,故不得不从西北出来,如留尊处,恐将有不便之处。"

孙殿英则很痛快,说:"你放心,不要说蒋介石打电报来,就是他把电台搬来,我们也不管他。"

那么,为什么孙殿英会将一个"共党嫌犯"留在自己的身边呢?

其一，孙殿英想利用共产党与蒋介石抗衡。军阀割据与军阀混战是半殖民地半封建中国社会的一个显著特点。当时的中国大大小小的军阀有上百个，每个军阀都拥有一支军队，控制一块地盘，实行军阀割据，彼此争权夺利，战争连绵不断。特别是："管理中央政府的大军阀和管理各省政府的小军阀同时存在，反动军队中有隶属蒋介石的所谓中央军和隶属各省军阀的所谓杂牌军这样两部分军队同时存在"（毛泽东语），地方实力派与蒋介石中央军之间的矛盾尤其尖锐，反动统治营垒内部的矛盾有时甚至超过与中共的矛盾。因此，孙殿英想利用共产党与蒋介石抗衡。对此，靖任秋曾这么分析："这是因为，这时蒋介石跟他们是主要矛盾，共产党对他们倒还没有成为主要矛盾。"

其二，孙殿英认为共产党人能替他解决问题。孙殿英虽然没有掌握靖任秋是共产党的真凭实据，但显然推测靖就是共产党人，因此挽留他，利用他。对此，靖任秋这样分析："做这些事不能完全隐蔽。共产党员做这些活动要叫人不怀疑，不认为你是共产党，是不可能的。如果他真的不认为你是共产党，你没有这些关系，他也不会用你。他认为你可能是，必要时可以替他解决一些问题，他才用你。他不一定认清你就是共产党，反正你跟共产党有来往，共产党有些意图叫你传达，即使不说你是共产党，但他至少知道你跟共产党有关系，你才能跟他们结合。"

中共的隐蔽战线上有许多英雄豪杰，他们在敌人的营垒里"卧底"，有的甚至潜伏了一二十年之久，国民党特务都不知道他们的真实身份。与绝大多数的中共"卧底"不同，靖任秋是"共党嫌犯"却已经不是秘密。

孙殿英阴险狡诈、诡计多端，翻手为云、覆手为雨。形势有利，他就把靖任秋这个"共党嫌犯"留在自己的身边，加以利用；但是，一旦情况发生变化，他又可能随时翻脸，将之出卖，送入牢房。因此，靖任秋在孙殿英身边，周旋于国民党高级将领和特务头子之间，也就始终处于危险之中。

以孙殿英"表弟"身份应付何应钦的代表

中原大战结束之后，蒋介石即将主力军队调往江西，对中国共产党领导的工农红军进行"围剿"。早就觊觎中国领土的日本帝国主义，趁中国内乱之机，悍然制造"九一八"事变，侵占了东三省。接着，又将魔爪伸向华北，1932年底至1933年初，日本出兵山海关，山海关很快陷落。日军继续西进，沿长城点起了侵略战争的战火。

蒋介石对日妥协的政策，引起了国内各派政治势力的强烈不满，纷纷酝酿着抗日反蒋。国民党内部的斗争极为复杂，各派各系钩心斗角，时而联合，时而分裂。蒋介石则利用矛盾，各个击破，其防范手段之一就是派何应钦任北平军分会的主任。

何应钦赴任后就企图收买孙殿英，利用孙驱除冯玉祥。他私下许愿，把察哈尔省主席封给了孙，并要孙派亲信到北平面谈。当时，冯玉祥高举抗日大旗，孙和冯又有历史关系，因此，孙殿英认为，驱冯一事万万干不得，但对何应钦又不能不应付。于是，他找到靖任秋，要靖代表他去北平与何应钦方面晤谈。

孙殿英老奸巨滑，工于心计，对于一些自己不便出头露面的事，就将靖任秋推出去应酬。而靖任秋也觉得，做这件事有利于抗日，起码比用很多功夫劝孙殿英不要被收买，不要驱冯玉祥要省事得多，于是，爽快地答应下来。

孙殿英考虑到靖任秋刚来，既不是自己的嫡系，也没有什么地位，如何取信于何应钦呢？于是，写了一封介绍信，称靖任秋是自己的表弟，并提出，靖任秋全权代表他，凡是靖答应的事情，他都认账。孙殿英了解靖任秋的政治态度，放心派靖来做这件事。

靖任秋到了北平，何应钦派军委会北平分会社会部主任、蓝衣社的头头、十三太保之一的刘建群与他接谈。两人见面，寒暄之后，刘建群既不问尊姓大名，也不问此行目的，至于表弟不表弟更是连提也不提，直截了当地问：老兄，你在孙殿英部队是"车载斗量"，还是"凤毛麟角"？

靖任秋一听"凤毛麟角"，就明白这是暗示已经知道自己的底细。

靖任秋不置可否。

刘建群接着又说："请你到南京去好不好？"

靖任秋心中暗想，这是在收买他。在这方面，国民党特务确实很有手段。他们知道不解决这个问题，谈什么也谈不出结果，什么察哈尔省主席，什么驱逐冯玉祥，都不会有结果。相反，你如果肯投降，愿意跟他合作，什么问题都能迎刃而解。

靖任秋没有作正面的回答，扯些闲话，加以应付。结果，要谈的问题一个也没谈，就结束了这场会面。

回到沙城，靖任秋向孙殿英复命。孙殿英听了"车载斗量、凤毛麟角"的话，哈哈大笑。他派靖任秋去北平的目的也就达到了。

来到孙殿英处以后，靖任秋代表孙做过很多工作。他奔波于北平、陕西、甘肃旧军队高层，利用他们之间的矛盾和他的故旧关系，开展联合反蒋抗日工作。他与冯玉祥、方振武、高树勋、孙蔚如以及辛亥革命元老李锡九联络，促成抗日同盟军建立；又作为孙殿英的代表，到福州与福建人民政府联络，访问了李济深、徐谦、蔡廷锴，出席了他们的军委会议。

"西安事变"后，1937年的2、3月份，靖任秋在西安八路军办事处见到周恩来，汇报了自己的工作，得到周恩来的肯定。对于这次会面，靖任秋在回忆录中写道："自1928年在上海见面后，已有七八年没有见到他，我的工作关系在他那里，北方联络局也是受他领导的，他很了解我。"随后，经周恩来的介绍，靖任秋秘密去了延安，参加了党的白区工作会议，见到许多老朋友，聆听了毛泽东的讲话。

戴笠送了他一本密电码和一支手枪

1937年7月，"卢沟桥事变"爆发，猖狂的日寇迅速向北平、天津和整个华北全线进攻。整个华北，战云密布，血雨腥风！抗日战争的形势异常严峻。

同年9月，在山西太原的一处防空洞里，周恩来再次邀靖任秋谈话，给他布置任务。周恩来十分重视华北的敌后游击战争，对有可能建立统战关系的各个方面都不放松，对孙殿英这支力量也很重视。他要求靖任秋利用旧日的关系，回到孙殿英部队，主要工作是争取孙殿英坚持华北抗战，同八路军建立良好的统战关系。

奉周恩来之命，靖任秋再次来到孙殿英处。

抗战爆发以后，孙殿英在华北敌后拉起一支武装，自任晋冀察游击司令。因为是在敌后，他必须和八路军搞好关系，同时，又想从国民党那儿得好处。但是，蒋介石对他又不放心，指定要戴笠来管理他的部队，戴笠就往他那儿派了一个军事特派员,带了一个电台,还将一个工作组安插在他的身边。

对于靖任秋的到来,孙殿英犯了踌躇。他想留下靖任秋,又怕引起特务的疑忌,影响同蒋介石的关系。他要靠蒋发给军费,补充弹药等,他不肯丧失这些东西。于是,他找靖任秋商量,问他是否到南京走一趟,跟戴笠建立个人关系,以方便今后工作。实际是测试戴笠能不能容纳靖任秋。如果戴笠无异议,自己留下来,自然也就没问题。

靖任秋欣然应允。他认为,既然到了孙部就不能不和戴笠之流打交道,而且周恩来也有明确的指示。

在隆隆的炮声中,靖任秋来到了上海,在一个饭店里,与戴笠见了面。寒暄后,戴笠绝口不谈往事,不谈历史,却给靖任秋引见特务组织中的一些中共叛徒,比如许××。南昌起义的时候,许是二十四师参谋长,后来投降了国民党,加入了特务组织。戴把这些人摆出来,暗示他对靖任秋的历史、面目,都一清二楚;至于靖任秋该怎么样做,做些什么,尽在不言中。

当时全面抗战刚刚开始,国民党被迫和各党各派合作,靖任秋又是以孙殿英代表的身份和他见面,戴笠也不好翻脸;当然,他们的谈话也不可能深入。分别时,戴笠送给靖任秋一支手枪,一本密码。靖任秋分析:戴笠这一手,无非是表示愿意交这个"朋友",送一支枪等于送文化人一支笔,表示亲近;送一本密码,表示愿意跟你联系,可以互通电报,最好能及时把孙殿英的情况报告他。

完成使命,靖任秋就离开了上海。两天后,上海就失守了。这时,中共已在南京设立办事处,由叶剑英负责,李克农当副处长。靖任秋寻机来到办事处,与李克农见了面,把枪和密电本交给了李克农,后者把密码本录报到延安。

然后，靖任秋回晋城向孙殿英复命，孙很满意。他认为，既然戴笠对于这个"共党嫌犯"，都能消除隔阂，取得了"谅解"；那么，将他留在自己身边自然也就无妨了。

利用孙殿英办的教导大队为共产党培养大批干部

靖任秋回到晋城，孙殿英就给他布置任务，要他到豫西招募学生，筹办教导大队，为部队培养骨干。至于如何筹办，除了派若干军事干部外，孙一概不管。教导大队队长由孙殿英自兼，靖任秋当副队长（又称大队副），负责"全权办理"。

教导大队的地点最后确定在宜阳城的三乡镇，1938年8月正式成立。招生工作由靖任秋负责。所招的学生主要是通过中共豫西特委动员来的。

当时，华北的正规战争已经结束，国民党军队兵败如山倒，政府人员也差不多跑光了。旧政权已被日寇赶跑，但在广大的农村和小城镇，日伪政权还没有建立起来。那时的华北地区，到处是要求抗日的民众，加上豫西特委的动员，招募工作异常顺利。靖任秋在回忆录中写道："那时没有王法，谁都可以招兵买马，占山为王。"

靖任秋曾请示孙殿英："教导队规模办多大？要招多少人？"

孙殿英不假思索地说："不怕大，多多益善。"

有了这句话，靖任秋一下子就招来一千多人。他把招来的学生编成七个中队，每个中队一百多人，其中一个军官队，是孙部的军官，其余六个中队都是招募的学生。教导大队的队长、区队长等军事干部都是孙部的军官。靖任秋认为，用孙殿英的人，可以让他放心。其他的干部，比如教育长、军事、政治总教官以及七个队的指导员全是共产党员；其中讲游击战的教官，是西安八路军办事处派来的长征老红军干部李简恭。

有了干部与教员，教导大队渐渐走上了正轨，学员的政治与军事素养有了很大的提高。然而，好景不长。教导大队成立不到半年，国民党一战区就发现三乡镇有一支准共产党的部队。司令长官卫立煌打电报给孙殿英，要他解散教导大队。孙殿英自然不愿意，军阀视军队为命根子，而且就这样解散了，面子上也不好看。他从洛阳来到三乡镇检阅教导大队，看见短短几个月，这支部队已经很像个样子，更不同意解散了。于是，派人与一战区交涉：年底将教导大队从洛阳一带调到黄河以北孙的防地。

将教导大队从三乡镇带到晋城，要过黄河，过敌占区，十分危险。然而，靖任秋不但成功地将队伍带到了孙部的驻地，而且几乎没有开小差的，这在国民党部队里极为罕见！

靖任秋到了晋城，连气都没来得及喘，就接到孙殿英的命令。孙给他一个参谋长的头衔，让他赶紧到林县，为新五军安排后勤，实际上是把靖任秋调离教导大队。

靖任秋一走，教导大队就被解散了。孙殿英解散教导大队有两个原因：一是一战区逼着解散，给了很大的压力；二是孙殿英也不想把这支部队再保存太久，他知道这里有共产党，怕出问题。

然而，教导大队解散后，学员的去向却完全符合靖任秋的意愿。当时，抗大一分校就驻在晋城与林县之间的凌川，离晋城大约有一天的路。教导大队一解散，学员就纷纷往抗大一分校跑；不仅学生去抗大，连政治干部、教育长、总教官也都去。对此，孙殿英也是睁一只眼闭一只眼。结果，孙殿英筹办的教导大队实际上为共产党培养了大批的干部。后来，靖任秋在回忆录中写道："现在来看，离开教导大队去林县有好处，因为在教导大队结束时,学生好多都去了抗大一分校,我在就有嫌疑和责任。我去林县,离晋城有近三百里的路程,学生走了我方便一些。"

1940年,靖任秋与抗大一分校校长何长工见面,何问:

"你那个教导队有多少人到抗大?"

"搞不清楚,几百人总有的。"靖任秋答。

何说:"上千了。"

靖任秋说:"那就是说差不多都去了!"

对教导大队的政治干部,何长工还有个总评价:"水平比抗大的政治干部好。"

说服孙殿英按兵不动

1939年,留在华北敌后孙殿英的冀察游击队正式编成新五军,移防到林县以西布防。孙殿英任军长兼第四师师长,靖任秋任副师长。林县以北直到涉县都是共产党的根据地,日益壮大的八路军就在新五军的周围。孙殿英懂得,蒋介石是不会要他过黄河以南的,而要在留华北敌后就不能不和共产党搞好关系。他采取保持实力的方针,对日本不主动出击,对八路军也不得罪。在这段时间,靖任秋做了大量的工作。

靖任秋曾几次到八路军总部,跟朱总司令和刘伯承师长、邓小平政委见面,并陪同孙殿英和朱总司令在太行见面,帮助孙殿英与八路军一二九师建立良好的统战关系。此后,靖任秋利用这层关系,替八路军做过不少事。当时,八路军可以通过孙部到敌区采办枪械、药品、通讯器材、军需物品,也可以利用孙部的关系掩护人员来往。

1939年年底,蒋介石悍然发动第一次反共高潮。当时国民党在太行山以西，黄河以北，只有三个军：最北面是朱怀冰的九十七军，当中是孙殿英的新五军，西南是庞炳勋的四十军。在这三个军中，朱怀冰是个反共的急先锋，屡次侵犯我根据地。因此，八路军准备予以反击。打之前，刘伯承、邓小平就考虑，若朱怀冰受到打击，很可能向孙殿英靠拢；如果孙殿英出手支援，八路军就要面对两个军的兵力，难以速战速决。于是，派人给靖任秋打招呼，希望靖任秋尽量争取孙殿英保持中立。反击战很快就打响了。当时，孙殿英的军部设在林县的姚村。

这天早晨，哨兵报告，说有两路部队，一路是八路军，从西北过来；一路是朱怀冰的九十七军，从东北过来了。看得出来，八路军想以超越追击的办法，把朱怀冰部堵在姚村之外，加以围歼。

孙殿英听了报告，非常着急，因为事出突然，猝不及防，不知如何是好。如果介入，与八路军打起来，自己要受损失，而且会影响同八路军的关系。过去同八路军的关系不错，他还不想与八路军翻脸。但是，如果见死不救，又无法向上方交代，吃不了兜着走。就在他左右为难之际，靖任秋建议："孙军长，不如你离开这个地方，由我来应付这个局面。"

孙殿英马上同意，说走就走，带着卫队就离开了姚村，并让参谋传话：所有部队听从靖副师长的指挥。孙殿英前脚一走，靖任秋马上下命令：部队统统进院子，关门上房，一律不准开枪。就在这时，八路军追击部队在姚村村外截住朱怀冰部，经过短暂的交火，将其击溃，朱怀冰只身落荒而逃。

这是一次军事、政治紧密结合，公开与秘密里应外合，有理、有利、有节地反对顽固派战斗的典型胜利。战斗结束后，靖任秋到武安八路军总部，见到彭德怀、左权、罗瑞卿、杨尚昆，作了汇报，受到赞许。彭德怀说："党中央认为，国民党军和八路军的统战关系，从全国说孙部是最好的。"

靖任秋还把孙殿英扣留朱怀冰的 100 挺机关枪，送到八路军总部，代孙做了一次人情。彭怀德也答应孙殿英供应一个师的棉军服、棉花和布料，以酬谢他的中立。后来，靖任秋利用机会到重庆，向周恩来、董必武汇报了这次反摩擦的详细经过，受到了肯定和赞许。

与蒋介石会面不欢而散

靖任秋的所作所为引起国民党特务的注意，孙殿英也因此受到很大的压力。朱怀冰九十七军被消灭以后，孙殿英的新五军和庞炳勋的四十军合编成二十四集团军，集团军司令是庞炳勋。庞炳勋就公开讲，孙殿英你这个地方，养了一批共产党，想造反！1941 年初，国民党军委调靖任秋到重庆中央训练团受训。孙殿英表示同意。对此，靖任秋作出这样的判断：孙殿英让他去重庆是一举两得：一则对重庆可以表明他的态度，你们不是说我这儿有共产党，我把他交给你们，你们想怎么办就怎么办。二则借机将靖任秋调离部队。

靖任秋不得不遵照命令去重庆。在途经洛阳时，他从新五军办事处得到一个信息：一战区军统负责人、国民党少将特务头子岳烛远正在洛阳。

靖任秋与岳烛远是老相识。1925 年，靖任秋在东南大学入党时，岳烛远是南京的一个中学生，也是共产党。当时南京，总共二十几个共产党员，大家彼此都认识。至于靖任秋目前的政治面目，岳烛远并不清楚，因为毕竟其间有十几年没有来往。当时，八路军驻洛阳办事处的主任叫袁晓轩，已经叛变，投靠了国民党，但党组织不知道；靖任秋更不知情。岳烛远就利用这一点，对靖任秋进行试探和侦察，而且下了一番功夫。一天，靖任秋刚来到洛阳新五军办事处就收到袁晓轩的一封信，约靖在敌机空袭的时候在北大街十字路口见面。靖任秋考虑，他除了与周恩来单线来往外，没有任何横向的组织关系，袁晓轩来找他干什么？而且在一个十字路口，自己穿着国民党的少将军服而与八路军见面，极易引起怀疑，所以就没去。可是，过了几天又来人送来一封信，袁晓轩又约他在敌机空袭的时候，到洛阳城外的洛阳桥见面。靖任秋仍没去。于是又有第三次，约他在一战区长官部会议室见面。靖任秋想，在长官部会议室见面比较正常，就答应了。可是去了一看，袁晓轩并没来，在座的有一个老共产党员李锡九。靖任秋等了片刻，不见袁晓轩，马上就走了。这给人一个印象，他并不想见袁晓轩，与之也没有什么关系。

经过三次侦察，岳烛远得出一个误判，靖任秋不是共产党员。后来，靖任秋在回忆录中写道："幸而我考虑得多，避免了这三次约会的圈套，没有上当。相反，我还得到相当好处。岳烛远对我的三次阴谋侦察，不仅没能查出我的组织关系，相反给他造成对我有利的错觉，岳烛远已确认我不是共产党了，成为他对我从怀疑到相信的转折点。"不久，靖任秋主动拜访岳烛远。谈话之间，靖任秋提出来，他要到重庆去见戴笠，希望得到岳烛远的帮忙。对于此项请求，岳烛远有所误解，以为靖任秋是想扶正，当个师长，于是爽快答应。他给戴笠写了一封信，以黄埔同学的关系保荐靖任秋当师长。岳烛远还向戴笠建议，把靖任秋引见给蒋介石。由于有岳烛远的推荐，靖任秋在重庆参加培训还比较顺利。受训结束后，靖任秋接到通知，军统的第一号人物戴笠有请。见了戴笠以后，两个人谈了一些华北抗战的情况，谈到新五军的情况，戴笠开门见山地对靖任秋讲："新五军这个部队，应该由你负责，中央方面没有问题，我完全负责。"听戴笠讲这么一番话，靖任秋感到很突然。靖任秋分析，戴笠是险恶用心，一箭双雕：一是收买利诱，以新五军军长作诱饵，用封官许愿的办法，诱自己上钩。二是借机搞掉孙殿英。蒋介石一贯是以消灭杂牌军为目标的，最善于大鱼吃小鱼这一套。孙殿英一直是蒋介石的心腹大患，自从南京政府成立以来，多次参加反蒋活动，一直没有好好听命过。这次，蒋介石企图利用靖，从内部来搞垮孙殿英。

当时，靖任秋未置可否。这次短暂的见面结束后，戴笠又送靖任秋一本密电本，要求今后多多联系，意思是：以后经常联系，你回去给我想法搞孙殿英。

为了拉拢靖任秋，戴笠很快安排了他与蒋介石的见面，并派汽车送靖任秋前去。寒暄之后，蒋介石问靖任秋华北的情况怎么样。讲到华北，自然离不开八路军。没想到靖任秋开口一提"八路军"，蒋介石就发脾气了，"奸党奸军"叫起来了。靖任秋沉默了一两分钟之久，没有反应。这种情况在国民党军队里是很少见的。即使是高级将领见到蒋介石，没有一个不是唯唯诺诺，唯命是从；蒋介石无论说什么话，马上就是"是是是"。然而，靖任秋站在那儿不吭气，保持了沉默，这就意味有所保留。

谈话进行不下去了。蒋介石拿起笔来，在一个便笺簿上写了几个字，批了两千块钱做路费，把靖任秋打发了。

看到这种情况，靖任秋心里清楚，要获得国民党真正的信任是极其困难的，也许他永远无法做到。他决定去见一见周恩来。

在一个大雾弥漫的早晨，靖任秋悄悄来到红岩村。靖任秋向周恩来汇报了这次到重庆来的情况，并提出来，再回孙殿英处看来很困难了，希望能够到延安去。周恩来分析了抗日形势，建议靖任秋回到孙殿英部队里去，准备今后接收这个部队。

孙殿英列举了他的三条"罪状"

既然重庆不能久留，靖任秋遂不辞而别。然而不久，靖任秋就发现此举不妥，离开重庆时，不该不与戴笠告别。当他路过西安时，特务头子见到靖任秋，说戴笠有电报，要他将密电本收回。这事表明，戴笠本想和他"建立关系"，但见靖任秋不买账，异常不满。

在回洛阳的路上，靖任秋曾两次电报孙殿英，告知自己要返回洛阳，均遭到拒绝。但是，为了执行周恩来的指示，同时也为了兼顾刚刚远道前来的妻儿，靖任秋仍然冒险回到了洛阳。

回到洛阳不久，灾难就降临了。

1941年8月的一天晚上，靖任秋突然接到一战区司令长官部召见的命令，不祥的预感笼罩在心头。果然，一进长官部的门就被逮捕了，然后把他送到军法执行总监部加以关押。靖任秋之所以被捕，既有戴笠的坐探告密，也有蒋介石和军统早就对他的身份有所掌握，更有孙殿英的出卖。靖任秋认为，在这三者间，孙殿英的态度最为重要。孙殿英不表态，一战区是不敢下手的。而孙态度的变化有三个原因：一是打"朱怀冰事件"之后，国民党特务对孙有相当大的压力。二是1941年正是第二次反共高潮之后，也正在1940年"百团大战"之后，在华日军调集主力转到华北，主要矛头指向八路军，孙部也受到日寇的压迫，已经开始动摇。三是当时欧洲战场盟军失利。在这种情况下，孙殿英错误地估计了形势，认为共产党以后的困难会更大，没有交往必要了，因此便向国民党屈服了，屈从特务指使，对靖任秋下了毒手。

对此问题，孙殿英曾对特务头子文强有番自我表白："一年前有人在洛阳告发我的副军长邢肇棠、副师长靖任秋等都是共产党，庞老总乘机找我的麻烦，说我养了共产党想造反。……可恨的是调到重庆受过训的靖任秋，委员长是何等的爱护他。人心难测，谁料到他是共产党，真是该死的东西。这次高参老弟到山上来，很好，如果发现部队中有杂七杂八不顺眼的东西，该杀该剐，只要你说一句，我就照办。还希望会着庞老总时，或去信洛阳、重庆时，为我好言一句。孙老殿决不会再做狗屁倒灶的事。"在审讯时，军法官出示了孙殿英给长官司令部的密电，列举三条"罪状"：一、原有共产党员嫌疑，二、畏缩不前，三、鼓动军队。

靖任秋一一驳斥，法官无言以对，以后再没有审讯。

军法部拟将靖任秋移送到西安的监狱。靖任秋心里明白，在重庆得罪了蒋介石和戴笠，又顶着那么大的罪名，因此必死无疑。他在回忆录中写道："我对于可能的牺牲，处之比较泰然，甚至考虑到把我绑赴刑场时，我应该持什么态度，因此毫不觉得惊慌。"

成功越狱，胜利归队

然而，靖任秋却没被处决。这出乎靖任秋的意料，也让孙殿英感到意外。靖任秋在回忆录中写道："孙殿英本以为我会很快处决，断绝了我家的粮食供给，还把我骑的马、带的枪都收了回去，做得很绝情义。以后看我没有很快处决，执法总监部又把我送到政治部，政治部又把我往西安送，临走李锡九和办事处的人还可以给我送行。有这些事，孙对我的情况就迷惑了，甚至他产生了错觉：怀疑我跟国民党特务有了勾结，国民党要利用我。及至把我送到西安，又转送到终南山特务监狱，对外隔绝，连孙也得不到消息，他反倒顾虑起来。他想留个后路，并且做给他部下的人看，春节时他竟然要驻洛阳办事处给彭文（靖任秋的妻子）送去了两万块钱，旧军阀的诡诈多端竟至如此！"

不久，靖任秋被押解到终南山下的道裕村监狱。这是纯粹标准的特务监狱，与外面断绝一切联络，关的人各色各样的都有，既不审也不问。监狱条件非常差，一般犯人一顿饭只给两个馒头，一碗汤就是辣椒水。这个监狱自设立以来，只见活的进去，死的抬出，没见一个活人出去过。靖任秋进去那天，正好是旧历新年，一个犯人刚刚冻死，国民党看守好像有点忌讳，过了年以后，才把死人抬出去。

靖任秋不会坐以待毙，他要越狱。可是怎么跑呢？监狱院子很大，戒备森严。四周岗楼上有卫兵，围墙上架有铁丝网，大门有门岗，三个监禁犯人的小院都有值班，每个监牢的门上又都落锁。如果越狱，从大门出不去，翻墙，岗楼上的哨兵就能看得到。

然而，国民党部队历来欠饷，到1943年，更为严重，物价飞涨，士兵领到饷也买不到东西，官兵生活都有困难。一些士兵时常流露出动摇情绪，做梦都想逃出这个鬼地方。靖任秋看准了一个叫陈立朝的看守，做他的工作，动员他一起逃出去。陈同意了。

当时国民党部队营私舞弊之风非常普遍。监狱正在终南山脚下,山里有很多树木。为了搞钱,监狱当官的就私自动用部队进山伐树,然后运到西安卖钱私分。本来监狱就只有两个排的士兵,抽调一些人力伐树,看守的力量就更薄弱了。

经过周密的计划,靖任秋选择了最好的时机,在 1943 年 5 月 19 日晚上 11 点钟越狱。在陈立朝的策应下,他们从监狱逃了出来。而后,他们昼伏夜行,风餐露宿,千里迢迢,经历了无数坎坷,终于来到太行山解放区,胜利归队。后来,靖任秋了解到,全国解放前夕,道裕村监狱接到命令,将所有在押犯人全部处死,一部分活埋,一部分烧死,无一人幸免,真是惨绝人寰。靖任秋是从这个监狱唯一成功越狱的幸存者。这本身就是奇迹!

越狱之后的靖任秋

1943 年,靖任秋越狱后,在山东、河北继续从事策反工作。他成功策动伪军王道、王天祥部起义。随即进入解放区,在晋冀鲁豫中央局工作,曾任第二野战军第十纵队参谋长、桐柏军分区参谋长,曾策动国民党高树勋所部在邯郸起义。该起义影响很大,我军开展了"高树勋运动",在不少国民党将领中产生了连锁反应。在淮海战役期间,靖任秋又策动廖运周战场起义,对淮海战役的胜利发挥了重大作用。

新中国成立后,靖任秋历任天津市政府委员、公用局局长,国家交通部党组成员、河运总局局长、交通部水运科学研究院院长等职。由于过去"左"的影响,他受过长时期的审查和不公正待遇,但他从不计较个人得失,表现了一位老党员的崇高品质。1961 年,在周恩来关心下,党组织给他作出了历史清白的结论,然后调中共中央华东局任经济委员会副主任。"文化大革命"期间，再度受到残酷迫害，被关押达五年之久。粉碎江青反革命集团后，靖任秋恢复工作，历任上海市工业交通办公室副主任、中共上海市委统战部副部长和市政协第五、六届副主席。

1996年5月3日，靖任秋因病逝世，享年91岁。

参考文献

1. 靖任秋：《纵横龙潭虎穴间——靖任秋回忆录》，中共党史出版社2009年版。

2. 叶尚志：《艰险与殊勋互映，传奇与淡泊相辉——深切悼念靖任秋同志》，载《文史资料选辑》（上海）第92辑，1999年9月。

3. 文强：《孙殿英投敌经过》，载《文史资料精选》第10辑，中国文史出版社1990年版。

原载《名人传记》2011年第4期
《作家文摘》2011年4月5日转载

习仲勋深情追忆刘志丹

第二次国内革命战争时期,习仲勋与刘志丹等创建了以南梁为中心的陕甘边区革命根据地,为中国革命作出巨大的贡献。

在创建陕甘边区革命根据地的艰难岁月中,习仲勋对刘志丹的领导艺术、人格魅力感受颇深。回首往事,特别是回忆刘志丹对自己的关心和爱护,他的笔下增添了浓重的感情色彩。1998年,刘志丹诞辰九十五周年,习仲勋与马文瑞撰文纪念,文中写道:

"志丹同志虽然比我们长十岁,但我们和他在一起工作时,却感到他是一位很好相处的同志,随和的好导师,好领导,也是好朋友,好兄长。他的确是一位光辉四射的革命家。"

"刘志丹的谈话,给我们指明了今后革命的道路"

习仲勋13岁加入中国共产主义青年团,15岁转为共产党党员。1932年,习仲勋在甘肃两当组织兵变,失败后到耀县杨柳坪找陕甘游击队,在那里,见到了心仪已久的刘志丹。

对于第一次见面,习仲勋始终记忆犹新,他在回忆文章中写道:我很早就听说过刘志丹的名字,也听到过他进行革命活动的许多传说。在传说中，常把刘志丹描绘成一个神奇的人物，但是初次见面，我得到的印象，他却完全像一个普通战士。他质朴无华，平易近人，常同战士们坐在一起，吸着旱烟袋，谈笑风生。同志们都亲切地叫他"老刘"。

刘志丹紧紧握着习仲勋的手。其时习仲勋只有19岁，没有斗争经验，并因为两当兵变失败，心情很沉重。刘志丹鼓励说："干革命还能怕失败？失败了再干嘛。失败是成功之母。我失败的次数要比你多得多。"

这次见面给习仲勋留下终生难忘的印象，刘志丹的音容笑貌深深铭刻在他的脑海中。习仲勋回忆道："他（刘志丹）的态度真诚坦率，好像有一种吸引力，立刻使人对他产生亲切的信任感。我们像久别重逢的老朋友那样，相视很久。他脸庞清瘦，鼻梁很高，目光深邃而温和，总带着笑意。"

刘志丹知道习仲勋搞兵变前担任过营委书记，搞过群众运动，还坐过牢，于是感情更加接近。刘志丹说："几年来，陕甘地区先后举行过大大小小七十多次兵变，都失败了。最根本的原因，就是军事运动没有同农民运动结合起来，没有建立起革命根据地。如果我们像毛泽东同志那样，以井冈山为依托，搞武装割据，建立根据地，逐步发展扩大游击区，即使严重局面到来，我们也有站脚的地方和回旋的余地。现在最根本的一条，是要有根据地。"

虽然是初次见面，但刘志丹那种坚韧不拔的信念，为真理献身的精神，给习仲勋留下极其深刻的印象，尤其是刘志丹提出"走井冈山的道路"的见解，更令习仲勋钦佩不已。后来，习仲勋在回忆录中写道："刘志丹的谈话，给了我们很大的启发，也给我们指明了今后革命的道路。"

"志丹同志和我在一起相处时,的确是我的老大哥"

在这段朝夕相处的日子里,刘志丹与习仲勋彼此知心,有说不完的话。关于如何建立根据地,刘志丹说出他的主张:"我们应该在敌人统治薄弱的地方,三不管的地方,各种地方势力有矛盾的地方,去建立几个游击区,逐步发展成根据地。在敌人进攻面前,互相配合,牵制敌人,你在这儿打我,我在那儿打你;你去打他,我拖你的腿,分散敌人的兵力,瞅准弱点,伺机消灭敌人。这就是古人说的'狡兔三窟'。这两年我们先后在甘肃的华池地区、三原武字区、旬邑和照金地区建立了游击区、小块根据地,我们的回旋余地就很大。特别是武字区和照金这两块根据地,像两把短剑,刺向西安,牵扯了敌人的兵力,对我军在陕北广大地区纵深活动很有利,因而这两年我们不断壮大了起来。"

习仲勋一面听一面点头。

刘志丹了解习仲勋,知道他的长处与短处,语重心长地说:"现在我们党的领导干部,大部分是中学生或大学生,不了解实际。基层干部又大都不识字。你是中学生,又会做庄稼,了解农民,这是你的长处。"

刘志丹鼓励习仲勋多做社会调查,学会团结各阶层的人士,听取不同意见,并带着他一起深入农村,了解民情。他们每到一村,见了老人就问候,坐到一堆,从种地说到生活,无话不说,无话不谈,就像一家人。这样的社会调查,习仲勋很有收获,感到每天都能学到很多实际的有用知识。

与知己在一起,只恨光阴流逝太快。刘志丹就要离开照金根据地,两人依依不舍。刘志丹把他的特务队(警卫队)

留给习仲勋，并叮嘱："打仗一定要灵活，不要硬打。能消灭敌人就打，打不过就不打。游击队要善于隐蔽，平常是农民，一集合就是游击队，打仗是兵，不打仗是农民，让敌人吃不透。"

这段时间虽然短暂，但对习仲勋的一生影响极大。回顾这段难忘的时光，习仲勋说：志丹同志和我在一起相处时，的确是我的老大哥（他比我大10岁），从工作上到生活上都十分关心我。他还深有体会地说："我一生注意听不同意见，听民主人士的意见，注意做好统一战线工作，就是遵从志丹同志的教导和从那时的实际经验得来的。"

刘志丹喊了一声"立正"，并向习仲勋敬了一个军礼

1932年12月24日，中央决定把陕甘工农游击队改编为"中国工农红军第二十六军"。这时搞"左"倾的省委常委杜衡来到红军，指责刘志丹在工作中搞的是"逃跑主义"、"上山路线"、"右倾机会主义"、"不懂马列"，撤了他的职，强令红军北上，打通去苏联的"国际路线"，结果碰了钉子。1933年6月，他又强令南下，说关中地区人口稠密，物产丰富，秦岭地势险要，搞根据地能攻能守。刘志丹劝他不要靠感情用事，他反骂刘志丹是"老右倾机会主义，没有资格讲话"。习仲勋也劝杜衡说："有志丹同志，才有今天的局面，他稳扎稳打，有一整套办法，他又懂军事，你应该听他的意见。"杜衡骂他："你黄毛小子懂得什么！山沟能有马列主义，全是鼠目寸光！"结果部队南下到蓝田，被国民党重兵包围，全军覆没。

刘志丹等化装回到照金，正在养伤的习仲勋知道了，马上

去见他。大难之后又重逢，心情无比激动，彼此紧紧拉着手，再也不愿松开。看着刘志丹更加消瘦的身体、深陷的眼窝，习仲勋眼里含着泪花说：

"你的处境真难啊！回来了就好，先把身子养好再说。"

"我们又上了'左'倾机会主义的大当，又吃了一次大亏，真叫人痛心。"刘志丹说。

不久，杜衡离开部队跑到西安叛变了。刘志丹说："搞极端的人，会从一个极端跑到另一个极端，因为他一切以自己的权力为中心，怎样对他有利他就怎么来。我们队伍中马列主义水平还低，识破不了这种人，使他还能猖狂于一时。"

1934年，共产党拟在南梁（今甘肃华池县内）建立了革命政权，刘志丹主张投票选举。那时，根据地文化很落后，交通不便，有些同志说："这种情况，要啥民主呢！"刘志丹说："原始社会尚知道选有能力有本领的人做首领，何况现在的人？"

老百姓拥护刘志丹的主张，说："共产党就是和国民党不一样。"他们积极参加选举，庄严地投出自己神圣的一票。因为习仲勋在照金做过政府副主席，在群众中有很高的威望，被选为革命政府（后改为苏维埃政府）主席。那一年，他才21岁。

刘志丹自觉维护苏维埃政府的权威，说："民众自己选出的政府，党和红军都要支持拥护，使革命政府有威信。"

为适应革命需要，陕甘边特委和革命委员会于1934年10月在南梁创办了红军干部学校。校址设在荔园堡，后迁驻豹子川的张岔。刘志丹兼任校长，习仲勋兼任政委，学员主要来自部队和地方干部。教学内容有政治、军事、文化和政权建设。学校共办三期，培养学员200余人。

一次，刘志丹正给学校学员讲话，看见习仲勋来了，马上喊了一声"立正"，向习仲勋敬了一个军礼，并欢迎习主席给大家讲话，弄得习不知所措。事后刘志丹对习仲勋说："我们共产党员要拥护我们自己建立起来的政权，如果我们不敬重，老百姓也就不在乎了。"

榜样的力量是无穷的。刘志丹带头维护习仲勋的威信，是对政府工作最大的支持。习仲勋深有体会地说："刘志丹的行动真是有感召力，我一个20岁的青年，从此更受到了大家的拥护，特别是比我年长的同志，也都很尊敬我。我想，大家尊敬我，我越要虚心，我见了他们更要尊敬，对年长的同志请他们多指教，对我工作中的缺点、错误多批评，军政军民关系更融洽了。"

见到这种情况，刘志丹特别高兴，鼓励说："你做得好，有你这样的作风，咱们就会立于不败之地。"

革命政府成立不久，迎来了十月革命节。边区政府决定要举行庆祝活动，并举行阅兵式。有人提议，双喜临门，庆祝活动要搞得排场一些，修个阅兵台，再搭个彩门。刘志丹则说："能少花一点钱就少花些，阅兵台就不要修了，就用原来的戏楼，把地平一下，四周贴上标语就行了。"

11月7日，在荔园堡戏台前，举行了庆祝大会。参加大会的有周围数十里的群众和红军、游击队、赤卫军大队共三千多人。戏台前悬挂着"陕甘边区苏维埃政府成立大会"的大幅红色会标，会场周围印着镰刀斧头的红旗和各色彩旗交相辉映。在热烈的掌声中，刘志丹、习仲勋分别作了热情洋溢的讲话。之后，刘志丹向习仲勋颁发了陕甘边区苏维埃政府大印。在阅兵典礼上，习仲勋检阅了部队，受到红军、游击队及数千名群众的热烈拥戴。

凡是到刘志丹曾经战斗或生活的地方，习仲勋都要讲述刘志丹的事迹

刘志丹的谆谆教诲，使习仲勋受益匪浅；而刘志丹密切联系群众的一言一行，更对习仲勋有潜移默化的影响。

新的苏维埃政权把廉洁建设当做头等大事。刘志丹说："群众最痛恨反动政权的不廉洁，无官不贪。我们一开始就要注意这个问题。穷要有骨气；要讲贞操，受冻受饿也不能取不义之财。"苏维埃政权制定了《惩处条例》，贪污10块大洋就要枪毙。

习仲勋回忆道："现在看起来这处分未免太重，但那时老百姓最恨贪官污吏，盼望有为民理政的'清官'。刘志丹了解群众的心情，才制定严格的法规，以警戒自己的同志。而且，那时的10元也是一个不小的数目。有了这条法令，在干部中确实没有发生过贪污事件。对干部，特别是负责干部，要求更严格，犯了纪律，犯了严重的错误，都要受处分。高岗犯过纪律，也受过撤职的处分。"

刘志丹爱护战士干部是有名的，他平等待人，大家很少称他"总指挥"、"军长"，而是称他"老刘"。有一次，一个小战士也叫他"老刘"。习仲勋马上说他："这娃一点礼貌也没有。"刘志丹笑着说："那就得叫我伯伯了。这不成了家长。"习仲勋说："不是，不是，应该叫刘总指挥。"刘志丹说："这不是太罗嗦了吗！"所以，"老刘"就成了大家对他的称呼。

刘志丹有一个家门比他长一辈的青年来参加红军，他比刘志丹还小几岁，刘志丹一见就说："三叔，你来参加红军，也给咱刘家增光了。"

习仲勋说:"你是这样叫他,叫我们咋办?"

刘志丹说:"他一参军,就按战士对待。"

从这些小事中,习仲勋看出刘志丹办事很讲人情,他以后见了群众中长辈就称呼"干大"、"干妈",年龄大些的就称"老哥"、"大姐",小点的就称"老弟"、"大妹子"等。大家都说:"主席一叫人,让人心里热乎乎的。"一年冬天,习仲勋衣服破了,补丁落补丁。刘志丹的妻子同桂荣见了,就买布给他做了一件棉衣,缝好后用板压着,自己坐在上面往平压。习仲勋见了说:"嫂子,能穿就行了,不要费心。"同桂荣笑着说:"你是个漂亮小伙子,衣服也要穿得漂亮些。"

刘志丹的父亲刘培基老先生,是前清的秀才,开始不赞成儿子搞革命。1934年春,国民党抄了他的家,烧了石窑,刨了祖坟,还杀了他好几个亲属。逼得刘老先生和一家老小走投无路,躲进敌占区。习仲勋知道此事后,马上派人寻找,把他们接到了根据地。

刘志丹从前线回来,看到自己的家属接来了,就说:"咱们红军现在不准带家属,我怎么能带这个头?"

习仲勋说:"他们不是一般同志的家属,在敌占区很难生存,不能一概而论。"

刘志丹忙于工作,顾不上回去看望。习仲勋还以为他和父亲赌气,开玩笑说:"刘老先生现在变成赤贫了。再说,还有刘嫂子和孩子,你快去看看他们吧!"

刘志丹说:"工作太忙,有空一定去。"

不久,刘志丹叫妻子到被服厂当工人,把父亲送到了亲戚家,不给公家增加负担。同桂荣要上班,不能带孩子,只好让4岁的女儿独自在荒山坡上玩耍。刘志丹见了很担心,一再提醒妻子要看好孩子,不要让狼叼走了。

这些小事，一件件一桩桩，习仲勋看在眼里，记在心中。不仅如此，习仲勋在担任中共关中特委书记、绥德地委书记、西北局书记期间，每到一地，如果是刘志丹曾在战斗或生活的地方，他都要向干部群众讲述刘志丹的事迹，教育干部群众，使刘志丹的革命精神发扬光大。

"一个人能这样一贯以大局为重，委曲求全，真是少见"

1935年9月，徐海东、程子华等率红二十五军，由鄂豫皖苏区经陕南长征到陕北，习仲勋和陕甘边军委主席刘景范前往永宁山迎接。陕北群众也像接待亲人一样，腾房子，碾米磨面，送猪羊，热情慰劳。这年9月，红二十五与陕北红军合编为红十五军团，由徐海东任军团长，刘志丹任副军团长兼参谋长。当时，中央红军长征已进入甘肃，越过六盘山。蒋介石调集10万之众，向陕甘和陕北根据地发动了空前规模的第三次大"围剿"，妄图一举摧毁这最后一块红色根据地，阻止中央红军和陕北红军会师。徐海东、刘志丹亲密合作，率领红十五军团，在延安以南的劳山地区，消灭了敌人一个师又两个营，击毙了敌师长何立中，给敌人的第三次"围剿"以迎头痛击。

在这大敌当前的紧要关头，"左"倾路线的推行者，竟然在革命队伍内进行所谓"肃反"。他们把刘志丹、习仲勋，以及陕甘边根据地县以上干部，陕北红军营以上干部全都抓了起来。

他们被分别关押，只有在放风时，才能见面。习仲勋看到刘志丹身体更加瘦弱，很想上前和他讲话，刘志丹示意，不要过来，以免惨遭毒打。习仲勋想起刘志丹过去说的话："最可怕的是暗箭伤人。但这也难免，要经受得起这种考验。"于是，就和大家进行坚决斗争，怒斥"左"倾分子是"败家子"、"法西斯分子"。

"满天乌云风吹散，毛主席来了晴了天！"就在这千钧一发的时刻，1935年10月19日，党中央和毛泽东率领中央红军到了陕甘根据地吴起镇。当了解到根据地的严重形势后，毛主席立即下令"刀下留人"、"停止捕人"，并派出王首道等代表中央去瓦窑堡接管了保卫局。后来，党中央和毛主席一到瓦窑堡，立即释放了刘志丹和其他被捕的人，恢复了他们的工作。

刘志丹出狱后，根据地军民欢欣鼓舞，奔走相告："刘志丹释放了！""陕北根据地得救了！"

1936年初，刘志丹率部队东征抗日。那时在党校任三班主任的习仲勋在回瓦窑堡途中，碰到了正奔赴前线的刘志丹、宋任穷。他俩跳下马来，同习仲勋紧紧握手。

刘志丹语重心长地说："仲勋，向受过整的同志都说说，过去了的事，都不要放在心上，这不是哪一个人的问题，是路线问题，要相信党中央、毛主席会解决好。要听从中央分配，到各自岗位上去，积极工作。后方的工作很重要，我们有了巩固的后方，前方才能打胜仗。你要带头做好地方工作。"刘志丹再次让习仲勋转告其他战友："不要想自己的委屈，坚持革命意志，我们的一切是为了人民大众，不是为了个人。"

习仲勋听了深为感动，心里想，一个人能这样一贯以大局为重，委曲求全，真是少见。

他们分手后，东征的红军旗开得胜，捷报飞传，顺利地打过了黄河。但是，令习仲勋没有想到的，4月14日，在山西中阳县三交镇战斗中，刘志丹不幸中弹阵亡。三个月前的那次告别，竟成了永诀。

噩耗传来，正在环县随军西征的习仲勋悲痛万分，他向同志们说:"志丹同志的心里,只有人民,只有国家,只有党,他短暂的一生,做了那么多的事,受尽了煎熬,却没有一个怨字,这是人之楷模啊!"刘志丹的革命精神,永远留在习仲勋心中,他一生都在向这位老大哥学习。1993年10月4日,是刘志丹诞辰九十周年。习仲勋撰文纪念,文章写道:

"说起来,志丹同志感人的事情太多了,我在志丹同志身上学的东西很多,以后我工作很自然就用上了。我今年已80岁了,但想起来,他的教诲还很有用,好作风是可以代代相传的。在纪念他九十诞辰的时候,不忘他的革命精神,学习他的革命作风,就是对他最好的纪念。"

参考文献

1. 刘力真、张光编撰:《纪念刘志丹》,陕内资图批字〔1998〕097号,第91页。

2. 习仲勋:《群众领袖 民族英雄》,载《人民日报》1979年10月16日。

3. 习仲勋:《纪念志丹同志九十诞辰》,载《人民日报》1993年10月7日。

4. 习仲勋、马文瑞:《善做团结工作的模范——纪念刘志丹同志诞辰95周年》,载《人民日报》1998年10月18日。

原载《福建党史月刊》2011年第7期

不留骨灰第一人周恩来

周恩来是一代伟人。他的丰功伟绩、高尚品格，举世公认；不仅如此，他还倡导了一场移风易俗的丧葬革命。周恩来没有留下骨灰，也没有立下墓碑，但他不朽的精神与山河同在，与日月同辉。

一

1976年1月8日上午9点57分，周恩来怀着深切的依恋之情，告别了伟大的祖国、勤劳的人民、并肩战斗的亲密战友和相依相伴的夫人邓颖超，以及生他养他的这一方热土。

就在周恩来与世长辞的这一天，邓颖超向党中央提出了周恩来生前的三点要求：一不搞遗体告别；二不开追悼会；三不保留骨灰。其实，周恩来的这些决定并不是临终前的思考，而是深思熟虑的结果。早在1956年，在全国开始实施火葬之时，他就与邓颖超共同作出了上述三项决定。

1975年6月1日，周恩来病重住院。周恩来住院后仍坚持办公，甚至在上手术台前还要批阅并签发文件。他知道自己时间不多了，而且实施这三项要求又有很大的难度，于是，把西花厅的工作人员赵炜叫来。

赵炜从年轻时起就来到周恩来、邓颖超身边，在他们身边长大、成熟，对周恩来、邓颖超怀有着深厚的感情。她在回忆录中写道：

周总理始终顽强地同病魔抗争着。他是那么超乎常人地坚强，无论多么疼痛，从来听不到他呻吟，也看不到一丝一毫的悲观情绪。那是9月份的一个晚上，周恩来叫我去谈工作，正式汇报前，他先对我讲了他死后骨灰处理的问题。

我看他身体那么虚弱，怕他支撑不住，便劝阻说："您不要说这件事，您不会在短时间内出什么问题，现在就讲骨灰的事，对治好您的病有影响。"话音未落，周恩来当即批评我说："你不是唯物主义者。人总是要死的，这又有什么？"我只好忍着悲伤听他把话说完。他说："我和大姐在十年前就约好，死后不保留骨灰，但我想，如果我先死了，大姐不一定能保证得了把我的骨灰撒掉，这件事得由中央决定，不过大姐可以反映我的要求。如果大姐死在我的前边，我可以保证她的意愿实现。我要先死了，大姐的骨灰撒掉的意愿，你是保证不了的，但可以向中央反映她的要求，她还可以留下遗嘱。"我含着泪水不住地点头，强忍着不哭出声。

周恩来还对赵炜说过："把我的骨灰撒到祖国的江河大地去做肥料，这也是为人民服务，活着为人民服务，死后也要为人民服务。"

赵炜后来感叹：这位伟大的无产阶级革命家、彻底的唯物主义者的博大胸襟和情怀，真是一般人难以想象的。

对于邓颖超提出的周恩来生前的三点要求，李先念当即表示反对，他说："即使应该这样做，也不能从总理开始，否则全国人民不答应。"李先念说的是实情，在当时的情况下，周恩来的这些要求确实难以全部实施。

邓小平赞成李先念的意见。

因此，周恩来的三项要求，只有最后一项——不保留骨灰——得以实施。

根据安排，11日下午4点30分周总理遗体告别仪式结束，遗体将送八宝山火化。

从北京医院到八宝山，首都百万群众冒着严寒伫立在长安街两侧，每个人都戴着自制的黑纱和白花，泪流满面的默默站立等待着，等待着最后送别自己的总理。

十里长街，人海如潮，哭声不绝，汇成了泪河！

中国历史上第一次出现没人动员，没人组织的如此巨大而又秩序井然的队伍。

这真是一次无比隆重、无比悲壮的葬礼！

二

1月12日上午，邓颖超将西花厅党支部的三个人——副卫士长张树迎、贴身卫士高振普和赵炜找来，同他们商量周总理的后事问题。她说："党中央、毛主席批准了恩来同志的请求，不留骨灰，我得到这个消息后很高兴。因为恩来同志生前最担心的是怕我办不成这件事，现在可以完成了。你们都是恩来生前身边工作多年的同志，又是党支部成员，咱们共同为实现这一愿望去工作。我本想亲自去完成，但由于身体、天气等等条件不允许我去做这件事，我相信你们会很好地完成这个工作的。我和恩来年轻时都做过党支部工作，也一直重视支部工作，所以这件事也要依靠党支部，不要惊动更多的人，也不要麻烦组织。你们在北京找一找，到玉泉山、八一湖等有水的地方看一看能不能撒骨灰。"

听了这一番话，三个人更理解邓颖超的心情，当即表示："请大姐放心，我们一定完成好。"当时举国上下一片悲恸，"四人帮"却采取了种种手段阻止人民的悼念活动，但广大群众还是冲破重重阻力，用各种方式寄托对周总理的哀思。因此，高振普提出，为尊重亿万人民怀念总理的感情，是否把总理的骨灰在西花厅再放几天，然后再撒。邓颖超摆了摆手说："我的请求，中央已批准，已有了安排，就不要再提了。我再向你们说一遍，你们要认清，撒骨灰也是一场革命。由土葬到火化是一场革命，由保留骨灰到不保留骨灰又是一场革命。我死后骨灰也不保留，也请党支部负责。这是我和恩来同志共同进行的一次革命啊！我们一定要清楚地认识到这一点。"

邓颖超站得高，看得远，认为不保留骨灰，是向旧的传统势力宣战，是一场革命！

邓颖超还说："撒掉骨灰，又不能让群众发现，以免成为后人纪念之地，找好地方后报告组织，由我带你们少数人在夜间撒掉。"

那些天，北京特别冷，天空也像亿万人民的心一样寒气袭人。高振普三人立即去察看，天寒地冻的，找来找去找不到一个合适的地方。他们又考虑：作为周总理这样的伟人，怎么能随随便便撒掉骨灰呢？全国人民能答应吗？子孙万代能够甘休吗？于是，他们回来后，把情况和想法报告给邓颖超，认为应由组织上去实现总理的愿望。最后还是由中央作出决定：派飞机去撒，并由罗青长、郭玉峰（时任中共中央组织部部长）、张树迎和高振普4个人去执行撒骨灰的任务。撒的地点也是根据周恩来生前遗愿由中央同意的。

1976年1月15日，周恩来的追悼会结束了。晚7时半左右，邓颖超带着工作人员走进了大会堂西大厅，周恩来的骨灰安放在那里。在向周总理遗像和骨灰肃立默哀后，邓颖超打开骨灰盒，她的双手在颤抖，双眼含满了泪水，但坚强地说："恩来同志，你的愿望就要实现了，你安息吧！"

在场的人全都放声大哭起来。

晚8时许，周恩来的骨灰盒由张树迎、高振普等四位同志捧着去执行撒骨灰的任务。邓颖超乘车去了机场，目送着飞机起飞。那一天，天空特别的亮，飞机飞出去好远还可以看得见。

飞机平稳起飞后，在北京上空撒下了第一把骨灰，撒下对首都北京深沉的爱；

飞机飞越密云水库，撒下了总理的第二把骨灰，播下对祖国山河的一片情；

飞机向天津飞去，把第三把骨灰撒在天津，那是周恩来、邓颖超起步闹革命的地方；

飞机飞到山东的滨州，把最后的骨灰撒在了黄河入海口。骨灰与鲜花随着滚滚的黄河水，流入浩瀚的大海！

周恩来没有留下骨灰，也没有立下墓碑。可是祖国大地上的每一座山峦，每一滔江水，每一寸土地，每一个人心口，都矗立着一座无形的丰碑。

参考文献

1. 赵炜：《伟人的胸怀——记周总理辞世前对其后事的嘱托》，载《前线》1992年第1期。

2. 金凤：《邓颖超传》，人民出版社1993年版。

3. 秦九凤：《周恩来的骨灰撒在了何处》，载《党史博览》2007年第1期。

4. 安建设：《周恩来的最后岁月 1966—1976》，中央文献出版社2002

年版。

5. 韩宗琦：《我为周总理处理后事》，载《百年潮》2007年第11期。

原载《名人传记》2009年第5期
《文摘旬刊》2009年5月29日转载
《书报文摘》2009年5月29日转载
《党史天地》2009年第9期转载

洪学智将军眼中的彭德怀

洪学智两次被授予上将军衔,这在我军历史上仅此一例,在国外也没有先例。

在抗美援朝战争中,洪学智任志愿军副司令,是书写战争奇迹的英雄。他留下一部《抗美援朝回忆》,记录了那场惊心动魄、可歌可泣的战争,也浓墨重彩地刻画了志愿军司令员兼政委的彭德怀,在他的笔下,这位志愿军统帅栩栩如生,呼之欲出。

"按你说的办,'小心伺候'就是"

1950年6月,朝鲜内战爆发。10月上旬,中共中央根据朝鲜党和政府的请求和祖国安全的需要,作出派志愿军入朝参战的战略决策。8日,毛泽东发出命令,任命彭德怀为志愿军司令员兼政治委员。

当时,准备开赴朝鲜战场的第十三兵团正驻扎在鸭绿江边的安东市(现丹东市)。十三兵团司令员是邓华,洪学智是副司令员,时年38岁。

看了中央军委的电报,洪学智连声说:"彭总来当司令,真是太好了!"

邓华也深有同感地说:"是啊,是啊!"

洪学智对彭德怀充满了敬重之意。他写道:彭总是中央军委副主席,是我们解放军的副总司令,他在全军有着崇高的威信,有丰富的战争指挥经验。解放战争时期,他在西北战场那么艰苦的条件下,以劣势胜优势,打败了胡宗南。现在有彭总指挥我们抗美援朝,打美国侵略者,我们的信心就更足了。

9日晚上,他们赶往沈阳去见彭总。路上,邓华开玩笑说:"老哥,小心伺候!"

"怎么?"洪学智有点不解。

邓华半是认真半是调侃地说:"我对彭总是了解的。他这个人事业心很强,打仗要求很严格,有高度的责任感。作战中稍出点纰漏,他就大发脾气。要是把他惹火了,可小心你的脑袋!"

洪学智笑道:"彭总脾气大也没关系,咱们认真按原则办事。反正脑袋只有一个,拿掉就拉倒呗。"邓华敛起笑容:"玩笑归玩笑,彭总一来,可就是摆出了入朝参战的架势。我们得准备好,到时候可不能出纰漏呀!"

洪学智点点头:"按你说的办,'小心伺候'就是!"

到了沈阳,他们一起去看刚刚上任的志愿军司令彭德怀。

彭德怀开玩笑地说:"我可不是志愿军啊!"

洪学智问:"你是怎么来的?"

"我是毛主席点将来的。本来是该林彪来的,他说他有病,毛主席命令我来了。"

洪也开玩笑地说:"那我也不是志愿军!"

彭笑着问:"哦,你怎么也不是志愿军呢?"

洪指着邓华说:"我是邓华鼓捣来的,连换洗的衣服也没带。"

彭大笑："照你这么说，他还挺有办法嘛！"

邓华说："你们两个呀，说的都不是心里话，其实，你们都是最志愿的志愿军了，让你们来，你们谁含糊了？谁讲价钱了？不都是高高兴兴地来了嘛。"

大家都笑起来了。

称一个军为"万岁"，这在我军历史上还是第一次

在大榆洞矿山的一个小山沟里，有一栋看守变电器的木板结构的小平房。这就是彭德怀的作战办公室。11月13日，志愿军党委成立后的第一次会议就在那里召开。会议由彭德怀主持，总结第一次战役的经验教训，并部署下一步的作战方针和作战计划。

志愿军总部的负责人及几个军的首长参加了会议。因为打了胜仗，大家有说有笑，气氛很活跃。唯有彭德怀显得很严肃，不说不笑。洪学智知道，彭总不高兴是因三十八军没能按照他的命令把敌人的退路切断。

会议先由邓华总结第一次战役的情况。当邓华讲到三十八军情况时，彭德怀盯着三十八军军长梁兴初厉声问道："梁兴初，我让你往熙川插，你为什么不插下去，你是怎么搞的？"

梁兴初坐在那儿，看着彭总说："彭总，我，我……"

彭德怀继续说："你什么？还是主力呢，什么主力？这是第一战役，大家应该克服困难完成任务，应该消灭更多的敌人！三十九军在云山打美军骑兵第一师打得很好，四十军在温井包围伪六师打得不错，你三十八军为什么不给我插下去？为什么不给我插？啊？你说？"

梁兴初头上冒汗，不敢再吭声了。其他人面面相觑，谁也

不敢为梁说情。

受了批判,梁兴初情绪低落,吃饭的时候,对洪学智说:"洪副司令,我们三十八军可从来没打过这样的窝囊仗呀!我们是想往前插,可确实有困难,插不动。当然,情况我们也没搞准。"

洪学智安慰说:"老梁,这次没打好,下次好好打嘛!"

梁兴初点了点头说:"下一次,我们一定要打好,一定要打出威风来!"

果然,在第二战役中,三十八军打出了军威、打出了国威。它先歼灭南朝鲜的第七师,继而冲破土耳其旅和美骑兵第一师的阻击,顽强地插到三所里、龙源里,并像钉子一样钉在那里,阻止了敌人后撤部队与增援部队的汇合,对战役的胜利起了关键作用。

捷报传来,彭德怀对三十八军非常满意,连声称赞。

洪学智说:"上次他们没有打好,受到了老总的批评,这次憋足了劲儿,要打出个样子来。这支部队是老部队,有一股不服输的作风。"

彭德怀兴奋地说:"不错,是支好部队,要通令嘉奖!"说完便坐下来,拿起毛笔,亲自写嘉奖令。写完递给其他负责人看,然后交给了参谋,参谋刚走,彭德怀略加思索,把电报又要了回来,在电报稿的最后加了一句:"三十八军万岁!"

洪学智没有想到三十八军会得到彭总如此高的评价。原以为发一个嘉奖令就行了,没想到彭总竟添了"万岁"两个字。称一个军为"万岁",这在我军历史上还是第一次。

洪学智在回忆录中写道:"三十八军万岁"这个口号,对当时入朝的6个军震动很大。开始彭总那样严厉地批评三十八军,对大家震动就很大。此刻,彭总这样高度地评价三十八军又对大家震动很大。"万岁军"的口号,不仅对当时入朝部队而且对以后入朝部队的斗志都起了很大的鼓舞作用。同时大家也都感到:彭总治军严,在他的指挥下作战,不能马虎。

"今日不是你,老夫休矣"

战争是危险的、残酷的,但彭德怀却将生死置之度外,这就让洪学智很为难,因为他负责彭总的安全。他在回忆录中记载了有这样一件事:

二次战役前,志愿军司令部设在大榆洞。敌机经常来扔炸弹,为此我们挖了几个防空洞。记得是在11月底,根据敌机活动的规律,判断第二天敌机要来轰炸,就做了防空的准备。彭总有个习惯,有事没事儿都喜欢看挂在他屋里墙上的那个五万分之一的作战地图。我趁他睡觉的时候把他的地图拿到上面的防空洞去了。

第二天早晨,我去请彭总进防空洞,他正坐在屋里生闷气,一见我就问:"你把我的作战地图弄到哪儿去了?"

我说:"彭总,拿到上面防空洞去了,已经在那里挂好了,火也烧好了,大家都等着你去开会呢!"

彭很不高兴,说:"谁叫你弄去的,在这里开不行吗?"

"这儿不安全。"

他的倔脾气上来了:"你怕危险,你走,我看这里很好,我就在这里。"

我劝他,他朝我发火:"哪个要你多管闲事!"

我说:"这不是闲事,是我应该管的。"

因为彭总的安全事关重大,中央要求我们要有专人负责,大家委托我专门负责。他听我这么说,才不吭气儿了。我推着他走出了房门,又回过头对警卫员说:"把老总的铺盖卷起来拿到洞里去。"彭总大声说:"那不要弄,没事儿!"

我说:"没事儿我再给你搬回来嘛。"

那天早饭吃得很早。饭后,毛主席的长子毛岸英和我们一起上山疏散了。敌机飞来转了几个圈儿飞走了。他大概以为没事又跑回屋子里去取什么东西。还有两个参谋也还没疏散出来。就在这时,飞机又来了。这次连圈儿都没转,一直朝着彭总住的那边的房子猛扔炸弹。汽油弹正好炸在彭总住的那间房子上,"腾"地一下一片火海就烧起来了。那是凝固汽油弹,燃烧起来温度很高,1—2分钟就把房子烧掉了。一个参谋跑了出来,毛岸英和另一个参谋都牺牲了。敌机飞走后,彭总和我们都来到被炸的屋子前,看着烧焦的遗体,大家的心情都悲痛极了。彭总坐在防守洞里,一句话都不说。傍晚时,我去请彭总:"吃晚饭吧!"

彭总激动地抓住我的手说:"洪大个儿,我看你还是个好人啊!"

我说:"我本来就是好人,不是坏人。"

彭总说:"今日不是你,老夫休矣!"说无他又沉默了,许久,才难过地说:"唉,为什么偏偏把岸英给炸死了呢!"

"赐你一个梨,吃梨,吃梨,给你赔个礼(梨)!"

第五战役前夕,六十军忽然给志愿军总部发来电报,说他们已经进入战役发起前的待机地域,可是有的部队断粮了,只好拿大衣和老百姓换粮食吃了,请赶快补给,等等。彭德怀看了电报,很生气,问洪学智:"你这个洪学智,怎么搞的?"

洪学智弄清缘由后,说:"彭总,他们的电报不准确,粮食都送到了。最少也可以保证五天,多的可保证一个星期,没有问题。"接着,洪就将哪天哪天送给六十军多少粮食的数字报给彭德怀。彭仍然不信。

洪说："不信可以调查吗？"

"当然要调查了。"彭德怀说。

彭德怀果然派他的秘书去六十军调查，第二天，秘书从六十军发回电报，说："他已亲自问过六十军的军长和政委，他们告之：洪副司令员讲的完全是实情。粮食已经收到了，请彭总放心。不是部队缺粮食，而是有的战士违反纪律，拿大衣和毛巾换老百姓的酸菜和鸡吃。起草电报的参谋连情况都没有搞清楚，道听途说，就急急忙忙发了电报，反映的情况不真实。"

彭德怀看了电报，知道部队不缺粮，很高兴。第二天，他找到了洪学智，拉着他的手笑着说："你看看，前天错怪了你，对不起啦！"

洪学智笑着说："老总呀，你讲这话，我可担当不起呀！"

彭德怀拿起桌上放着的梨，递给洪，说："赐你一个梨，吃梨，吃梨，给你赔个礼（梨）！"

洪学智说："彭总作为统帅是从全局出发，怕部队饿肚子，影响打仗，是高度的革命责任感。如果我们没弄好，就应该挨批评。现在问题弄清楚了，就很好嘛，没有什么要道歉的。"

彭德怀说："那好，这事就不说了。下盘棋吧！"

洪说："下棋好啊，但要说好了，不许拴绳子（指悔棋）。"

彭德怀工作非常紧张，一天到晚想的就是作战问题，也没有什么爱好，唯一的爱好就是下下棋，但棋艺并不高明，喜欢悔棋，所以洪学智总爱开玩笑地说，"下棋可以，但不许拴绳子"。

彭德怀说："你这个人哪，下棋就下棋，什么拴绳子不拴绳子的，不拴！"

于是，洪学智陪着彭老总下起棋来。

后来，洪学智这样说："说实在的，在朝鲜，挨彭总批评，我最多；有的批评错了，我理解他是出于高度的事业心、责任心，也没有任何怨气。但另一方面，他对我的表扬也多。彭总毫无私情，他是看工作成绩。在最困难的情况下，我都把问题妥善地处理了，所以他对我的表扬也特别多。"

彭德怀喜欢说：洪学智这个人能任劳任怨。

洪学智则说："老总呀，我不任劳任怨怎么办？老总批评我批错了，我还能和你吵架？而且我不能整天背着包袱工作呀！"

彭德怀笑了。

"要授勋，第一个勋章给洪大个子"

抗美援朝战争开始后的半年多，志愿军的后勤保障工作主要由东北军区后勤部承担。随着战争发展的需要，中央军委决定正式成立志愿军后方勤务司令部（简称志后），隶属"志司"，并要求志后司令员要由志愿军的一个副司令员兼任。

1951年5月14日晚，彭德怀主持召开志愿军党委常委会议，研究志愿军后勤司令部的机构设置、干部配备等问题。会议一开始，彭德怀宣布了中央军委的决定。洪学智一听就预感到八成得由他来兼任。因为从入朝时起，后勤就是由他兼管的。果然，大家力荐洪当志后司令，彭总也十分赞同。但洪学智有自己的想法，不愿意兼，原因有两个：一是他一直从事政治和军事工作，驾轻就熟，而对后勤工作比较生疏；二是朝鲜战争的后勤工作太难搞，担心搞不好，搞砸了。彭德怀与其他几位领导好说歹说，洪就是不松口。

彭总见洪这么固执，火气也上来了，拍着桌子大声问："你不干？行啊！你不用干了！"洪说："那谁干呢？"彭总继续吼道："我干！你去指挥部队吧！"洪学智见彭总如此说，马上软了，说："老总，你讲这个话，可是将我的军哪！""是我将你的军，还是你将我的军，啊？！"洪学智看实在推不掉了，于是就退了一步，说："这个后勤司令我可以兼，但是得有个条件，允许我这个条件，就行。"

彭总见洪同意了，语气也缓和了，问："什么条件呀？"洪说："条件很简单，第一个是干不好就早点撤我的职，换比我能干的同志；第二个，我是个军事干部，愿意做军事工作，抗美援朝完了，回国以后，不要再让我搞后勤了，还让我搞军事。"彭德怀听了，笑着说："我当是什么呢，就这条件呀？行！赞成！同意你的意见！"就这样，志愿军党委正式作出了由洪学智兼任后勤司令的决定，并将决定上报中央军委。从那以后，洪学智就负责抗美援朝的后勤工作，对赢得战争胜利发挥了巨大的作用。彭总对洪学智的工作非常满意，常常说："要授勋，第一个勋章就要给洪大个子。"

1952年春夏之际，朝鲜战场的局势已经稳定下来，中央决定调彭德怀回国，主持军委日常工作。彭德怀交待完工作，找各位志愿军领导谈话。他问洪学智："你还有什么事情没有？"

"既然问我，我就说一句：就是别忘了许下的诺言。"洪学智说。

"什么诺言呀？"彭德怀是丈二和尚——摸不到头脑。

"去年在党委会上，你亲口答应过，我暂时搞后勤，等抗美援朝胜利后，就不再搞了。"

"你不提这事倒罢了。你既然提了，我还要批评你。一个共产党员，为党工作是不能讲条件的。党叫干啥就干啥嘛！"彭德怀说。

"你当时同意了的。"

"同意了的事情也是可以改变的嘛！"彭德怀说到这儿，他又眯着眼睛想了片刻，说："我告诉你，回国后，我要是做参谋总长的话，你跑不了还是要做后勤工作。"

说到这里，大家都笑了，彭德怀也笑了，只有洪学智没有笑。

果然，1954年2月，中央军委正式任命洪学智为总后勤部副部长兼参谋长。

彭总拉着小姑娘的手，在舞场走了一圈儿，场上的人都很感动

1951年5月29日晚上7点钟，大雨如泼，闪电雷鸣。正在楠亭里"志后"值班的洪学智忽然接到彭德怀的电话，要他赶快赶到空寺洞的"志司"。洪预感不妙，昨天才从"志司"到"志后"，眼下第五战役就要结束，又让马上赶回去，肯定出了大事情。

从楠亭里到空寺洞有一百多里，雨大天黑，山高路险，再加上怕敌人空袭，汽车不敢开大灯，走得很慢，到了空寺洞，已是半夜两点多了。

洪学智下了车，急步走进彭德怀住的山洞。在那里，洪学智看到了令他难以忘怀的情景：山洞里面点着洋蜡，老总一个人在那儿，只穿着一条短裤，打着赤膊，满头大汗，正在焦急地、来回踱着步子。

彭德怀告诉洪学智，战场上出现了从来没有过的事情：志

愿军六十军的一八〇师失去了联系,怎么也联络不上。

彭与洪采取了一切可以采取的措施,但一八〇师最终惨遭围歼,损失惨重。在中国军队的历史上,一八〇师在朝鲜战场上的命运是一个永远的悲怆。

五次战役结束后,志愿军司令部召开总结会议,彭德怀作总结报告,当讲到一八〇师时,当着那么多的军首长的面,把六十军军长韦杰叫起来了,声色俱厉地问:"韦杰,你们那个一八〇师,是可以突围的嘛,你们为什么说你们被包围了?即使是被包围,晚上还是我们的天下,还是可以突出去的。哪有这样把电台砸掉,把密码烧掉的?"

韦杰不敢吭气,彭德怀怒火未消,继续责问:"你这个韦杰,军长怎么当的?命令部队撤退时,你们就是照转电报,为什么不安排好?"

会场上鸦雀无声,除了彭德怀的讲话,一根针掉到地上都能听到。

面对这种难堪的场面,洪学智与邓华商量怎么办?他们想到了陈赓,因为陈赓资格老,他讲话,彭总不会发火。于是,洪学智对陈赓说:"陈司令,你说说吧。"

陈赓站起来,说:"老总,该吃饭了,肚子都饿了。"

彭德怀看了陈一眼,停了一下说:"好,吃饭。"

这样,一场狂风暴雨式的批评总算结束了。

经过一千多个日日夜夜的浴血奋战,中国人民志愿军同朝鲜人民一起,以劣势装备战胜了优势装备的以美国为首的"联合国军",终于赢得了胜利。1953年7月27日上午10时,中朝方面与"联合国军"的谈判代表在板门店签署了《朝鲜停战协定》及其《临时补充协议》,随后,中国人民志愿军司令员彭德怀、朝鲜人民军最高司令官金日成和"联合国军"

总司令克拉克分别在《朝鲜停战协定》上签了字。

中朝举行了许多盛大的庆祝活动。在一次舞会上,许多女同志来请彭德怀跳舞,都被他谢绝了。后来,一个小女孩走到彭总面前,笑着说:"彭爷爷,我请你跳一个舞,行吗?"彭德怀看着小女孩是那样诚挚、恳切,感到盛情难却,就说:"我不会跳舞,但我接受你的邀请,我拉着你走一圈儿吧!"说完,彭总拉着小姑娘的手,在舞场走了一圈儿。舞场上的人都很感动,停住了舞步,热烈鼓掌,场面极为动人。

洪学智说:我入朝作战近四年,这是第一次见彭总下舞场。看到彭总这样高兴,想到经过长期的苦战,我们终于赢得了这场战争的最后胜利,我的心也热乎乎的,眼圈儿都红了。

在《抗美援朝回忆》的结尾处,洪学智引用了彭德怀的一段著名论断,他写道:中朝人民反对美帝国主义侵略的伟大胜利,是全世界爱好和平力量的胜利,是一次历史性的胜利。正如彭总所说的:"它雄辩证明:西方侵略者几百年来只要在东方的一个海岸上架起几尊大炮就可以霸占一个国家的时代是一去不复返了。"

参考文献

洪学智:《抗美援朝回忆》,解放军文艺出版社2001年版。

原载《名人传记》2010年第12期

朝鲜战场上的秦基伟将军

秦基伟是人民解放军的一名智勇双全、功勋卓著的战将。特别是在朝鲜战场，上甘岭一役，他所率的十五军打出了军威，打出了国威。秦基伟也因上甘岭战役一举成名。

请缨入朝参战

1950年6月，朝鲜战争爆发。10月19日，彭德怀司令员率领第一批志愿军开赴朝鲜，同朝鲜人民军并肩作战，连续发动四次战役，沉重地打击了美国和南韩军队的嚣张气焰。

喜讯传来，正在川、滇、黔、康地区率部执行剿匪任务的秦基伟很受鼓舞，同时心里也痒痒的。10月29日，中共中央西南局在重庆召开会议，有抽调部队入朝的议程。秦基伟参加了会议。在此之前，他已经得到消息，西南局已经内定他为西南公安军司令员，司令部设在重庆。若论安居乐业，这是一个美差。然而，秦基伟当时的想法是，朝鲜那边打得不可开交，作为一个戎马半生的军人，岂可等闲视之，安享太平？

秦基伟把请缨参战的想法电话告知三位师长，后者都表示支持，秦基伟更有了底气。会上，他慷慨陈词，请缨出征。理由有两条：一是十五军干部战士求战心切，士气正高，而且十五军始终在剿匪，战斗的弦一直绷得很紧，战争弯子转得快；二是十五军没有兼负建设地方政权和地方武装的任务，完全是野战状态，机动性强，召之能战，没有拖泥带水的羁绊。

当天，这件事没有定下来。会后，秦基伟又找到兵团政委谢富治，请他帮忙说话。

第二天讨论时，谢富治发言："我看老秦的意见有道理，十五军没有地方任务，可以考虑去朝鲜。"

大家都没有反对，最后，邓小平拍板："好，十五军去！"

这样，参战的任务争了下来，但什么时候入朝，这次会议并没有明确，中央也没有明确指示。部队在等待中积极地做着准备。

在此期间，秦基伟带领十五军的十几名师、团长从重庆乘飞机到南京，参加军事学院的学习，部队交给各级政治委员和副职掌握，继续做好入朝的准备工作。

北上的命令 1950 年 11 月底下达。十五军经过两个月的长途输送，顺利到达华北战略机动位置——河北省邢台地区。正在学习的秦基伟和师长、团长们也奉命离校赶到邢台，回到各自的岗位。

1951 年 2 月 17 日，奉中央军委命令，正式编为中国人民志愿军第十五军，下辖第二十九师、第四十四师、第四十五师，共有四万五千余人，隶属中国人民志愿军第三兵团。军长仍由秦基伟担任，政治委员谷景生。

3 月 1 日，十五军党委向全军发出了"坚决打响出国作战第一炮"的号召，军、师还分别召开了营以上干部会和党员代表大会，进行动员。为了昭示决心，秦基伟让机关特制作一面红旗，上面绣有"抗美援朝，保家卫国"八个大字。参加干部会和党员代表大会的同志都踊跃在旗上签名，表示请缨出征的决心。经过一系列的动员、宣誓、表决心、挑战应战等活动，部队的情绪犹如干柴遇烈火，越燃越旺。

步兵打飞机

1951年3月，秦基伟率十五军雄赳赳、气昂昂地跨过了鸭绿江。进入朝鲜后，他们一路上翻山越岭，昼宿夜行，火速赶往指定地区，参加第五次战役。

当时，敌人掌握着制空权，十分嚣张，飞机低空飞行，简直像看准脑袋扔炸弹。有的战士说，美国飞机飞下来把帽子都抓跑了。这话虽然有些夸张，但低空飞行产生的气流的确能把帽子刮跑。敌机的狂轰滥炸，对志愿军的行动构成了很大威胁。飞机一来，战士们就地隐蔽，漫山遍野一下子散开了；飞机飞走，部队再收拢起来却要花费很多时间。敌机频频光顾，严重地影响了行军速度。

此刻，前方激战犹酣，彭总司令频频来电催促。怎么办？

秦基伟与军里几个首长一合计，提出了新的战术思想：防敌空袭也不能消极防御，而要积极地防御。秦基伟说："对于十五军来说，飞机并不是什么稀奇玩艺儿，解放洛阳时就用步枪打下过老蒋的一架战斗机。美国飞机就算高明一点，那也没什么了不起，我们不是也有了高射机枪吗？当然，也有可能打它一次，它要报复十次。但他敢来十次，我们就打它一百次。即使打不下来，也要把它撑到高空，让它不敢低飞。"

秦基伟还分析了步兵打飞机的有利条件：每个团都有一个高射机枪连，有五挺高射机枪，全军加在一起，数量也很可观，可以组成一个较强的空中火网。再加上轻机枪和步枪，也可以在山顶或制高点上对空射击。

决心既下，十五军军部发出号召：挺直腰杆子，开展对空射击。军政治部也发出动员令，要求部队"争取打飞机光荣立功"。号召与动员令传达下去，全军为之一振。

尔后，敌机再来光顾，战士们不再只是躲避，而是准备射击。飞机飞得稍微低一点，就开火，山顶、山腰都有火力，有时简直是居高临下射击。这样密集的火力，给敌机造成很大威胁。从此，被战士们戏谑为"抓帽子"的美国飞机，在十五军的上方，再也不敢超低空飞行了。敌机飞高了，投弹的准确性也就差远了，志愿军在谷底行军，也就安全多了，从而确保部队按时到达指定地域。

在随后的第五次战役中，十五军更是再接再厉开展群众打飞机活动，取得了可喜的成绩，共击落、击伤敌机83架，其中第四十五师一三三团战果最为辉煌，仅4月23、25日两天，就击落敌机5架，创造了陆军打飞机的最高纪录。

总结开展群众性对空作战的经验，秦基伟指出：打掉的不仅仅是几十架美国飞机，而且打掉了部队中的恐美情绪，增强了干部战士敢打必胜的信心。

志愿军首长高度重视这个典型，志愿军司令部向部队发出了《关于十五军对空射击经验的通报》，推广十五军的经验。

血祭芝浦里

十五军入朝后，首先参加的便是第五次战役。该战役第一阶段，十五军在志愿军司令部统一号令下全线进攻，首战即重创美二师。但在第二阶段中，打得却异常艰苦。

战斗从5月16日18时开始，部队经过六天连续作战，携带的粮弹将尽，后勤保障一时接不上茬。这时，"联司"决定，五次战役第二阶段于5月21日结束。十五军奉令向北转移。

在长期的征战中，秦基伟有个体会：大部队行动，组织进攻还相对容易些，有主动权；但撤退就不那么从容了，一旦乱套，几万人马，就如同洪水决溃，那真是叫天天不理，叫地地不应。

接到回撤命令，秦基伟深感形势严峻。他镇定自如，特别强调，任何情况下，通讯都要保持畅通。他命令全军报话机全部开通，一个命令直接下到团，一个团长一个团长地叫出来，亲口交代。因此，十五军部队得以迅速收拢，神速转移，基本上没吃大亏。不仅战斗部队收拢神速，勤杂分队也快速集中转移。

此时，"联合国军"方面经过四次较量，已经初步掌握了志愿军作战的规律：没有制空权，后勤保障能力极其有限，每次战役进攻依靠随身携带的粮弹，只能维持一个星期左右，故美军总司令李奇微称之为"礼拜攻势"。因此，在五次战役第二阶段，志愿军进攻他们便后退，诱我前出，待我粮弹耗尽，马上进行大规模反扑，企图切断我军东线主力向西北转移的道路。

战场形势风云突变，转瞬间，我军由追击转为退却，由进攻变为防御。尤其严重的是，我东线尚有大量部队未及调整部署，如果敌军万一占领铁原、金化一线，切断我军退路，窝在东线的部队就很难退回来。在那个狭长地带里，要打展不开，要守也展不开，几十万人窝在一堆，无后方，没供给，后果不堪设想。

就在这千钧一发的时刻，在北移途中的秦基伟突然接到志愿军司令部的紧急命令，要求十五军迅速在金化以南芝浦里地区（正面约 17 公里，纵深约 19 公里）占领要点，组织防御，坚决阻敌以迟滞敌人行动，掩护我东线主力兵团撤退。正式命令下达后，彭老总还不放心，亲自跟秦基伟通话，让他们克服一切困难，坚持七至十天。

秦基伟坚决表示："请司令员放心，我们采取一切手段，至少顶住十天！"

决心虽然表得干脆、慷慨，但秦基伟心里明白：敌大兵压境，我全线撤退，整个战线全靠十五军一点支撑，坚持数日，谈何容易！况且，十五军在第五次战役中，减员达三分之一，武器弹药损耗很大，没有粮食，部队极度疲劳，再加上敌情不明，地形不熟，的确是困难重重。

秦基伟与几个军领导简短地交换了意见，一个铁腕决心便形成了：不惜一切代价，不怕任何牺牲，为了完成掩护任务，十五军准备打光最后的一兵一卒。

军部向各师发出紧急动员令，号召部队"忍受艰苦，克服困难，誓与阵地共存亡"。秦基伟当面向四十五师师长崔建功和一三四团团长段成秀交代，此次阻击，只许顶住，不许后退。崔师长和段团长均表示，无论多么困难艰巨，也要坚决完成任务。

一场恶战就在芝浦里地区展开了。敌人的攻势一次比一次猛烈，炮火轮番轰炸，坦克轮番冲击，飞机狂轰滥炸，我阵地几度易手，又几度失而复得。在阻击战中，四十五师一三四团与敌之战尤其残酷。部队凭着无私无畏有我无敌的英雄气概，打退了敌人一次次疯狂进攻，几乎所有阵地打到最后都成了白刃战，涌现出不少惊天地泣鬼神的战斗英雄。

从 5 月 29 日至 6 月 7 日，十五军在芝浦里地区阻击作战十昼夜，共毙伤敌人 5700 余人，击落、击伤敌机 4 架，粉碎了敌人截断我志愿军东线主力兵团退路的企图，胜利完成了志愿军首长赋予的任务。

彭德怀于激动中给秦基伟发了一份充满感情色彩的电报："秦基伟：我十分感谢你们！彭德怀。"

彭老总的勉励迅速传遍了部队。打得最苦的一三四团和八十六团二营的干部战士虽然衣衫褴褛，疲惫不堪，但当得知彭总致电鼓励的消息时，许多人拥抱一起，热泪横流。

构筑坑道式的防御体系

1952年三四月间，上级命令十五军接替第二十六军防务，在朝鲜中线的平（康）、金（化）、淮（阳）地区，约30公里宽的正面上担任防御作战任务。

接到命令后，秦基伟和参谋长张蕴钰带领全军排以上干部1100多人到二十六军学习防御作战的经验，磋商交接事宜。老大哥部队很热情，专门派人介绍了经验，其中很重要的一条是：不死守阵地，阵地可以放手让给敌人，等他占领了，给他一顿炮火，然后再夺回来。也就是以阵地为诱饵，达到杀伤敌人的目的。

秦基伟仔细地观察了二十六军的阵地，工事多为土木结构，掘开式，有单人掩体、交通壕、猫儿洞，也有半截子坑道。他一面看一面琢磨：二十六军的打法有一定的道理。他们是首批入朝，仓促应战。由运动战转入阵地战，防御设施来不及完善，在当时整个防线还未完全稳定下来的情况下，这种战法确实可以达到大量杀伤敌人的目的。但是现在情况发生了很大的变化，照搬别人成功的经验不见得还能取得成功，因此必须确立新的作战指导思想。

秦基伟提出:"要坚守阵地,把敌人挡在防线以外打,就要从工事上做足文章。要改造阵地工事,进行大规模的筑城作业,建设以坑道为骨干的防御体系,以保障防御作战的胜利。"他的意见得到参谋长和师长们的赞同。

4月下旬,军政治部根据军党委会精神,发出了"紧急动员起来,突击筑城,准备粉碎敌人进攻"的指示。军、师、团均成立了筑城办公室,一个建设坑道式的防御体系的热潮迅速开展起来。

十五军将士一边抗击敌人进攻,一边紧锣密鼓地构筑工事。第四十五师提出"以阵地为家"的口号,决心把五圣山建成能打、能藏、能生活、能机动的坑道式防御体系。在筑城作业中,战士们琢磨出不少办法,譬如装炸药打炮眼,摸索出了"打斜眼、打水眼、空心装药爆破法"及"深打眼、少装药、紧填塞、放群炮、快排烟"等先进施工方法。为解决炸药不足,战士们在敌人的火力下拉回了许多没有爆炸的炸弹和炮弹,组织专人拆卸,仅四十五师就拆出炸药3700多公斤。

至1952年9月底,十五军以坑道为骨干支撑点式的防御体系基本完成,共筑坑道近700条,总长度100余公里,堑壕总长230余公里,交通壕总长近500公里。前沿阵地前面,有重点地布设了雷区、鹿砦、铁丝网等防御设施。坑道内有厕所、厨房、水池,为长期坚守创造了条件。坑道顶厚一般都在30米以上,别说炮火,就是原子弹也无奈我何。

构筑坑道是一项伟大的发明。志愿军副司令洪学智这样评价:以坑道为骨干的支撑点式的防御体系,是我军在抗美援朝战争中的新创造。这种防御体系的形成,标志着我军防御作战进入了一个新的阶段。它不仅在防御中能抗击敌人的强大火力袭击,有效地保存自己的有生力量,而且在进攻中还可以以它为依托，减少部队的伤亡，提高进攻的突然性。

上甘岭战役：智谋和意志的较量

1952年10月14日凌晨3时，美军第八集团军司令范佛里特开始了惨淡经营的"金化攻势"，集中300门大炮、40架飞机和120辆坦克，向上甘岭地区五圣山前沿的597.9和537.7高地北山进行规模强大的火力准备。我阵地内，平均每秒钟落炮弹6发，终日落弹达30万余发，飞机投炸弹500余枚。四点半，美韩以七个营的兵力，在飞机和炮兵、坦克的支援下，分六路向我两高地发起猛烈进攻。阵地上空硝烟弥漫，尘土飞扬，天昏地暗，日月无光。

举世闻名的上甘岭战役开始了。

战斗打响后，秦基伟在军作战室掩体里，焦急地研究敌情通报，很长一段时间，几乎没挪步，原因很简单：敌人突然发动攻击，规模之大，火力之猛，手法之狠，都是空前的；尤其是其避实就虚，多少有点令人意外。几十年后，他在回忆录中记述："这是我一生中又一个心急如焚的日子。"

在回忆录中，秦基伟还写道：我们没有惊慌失措。之所以"骤然临之而不惊"，是因为我们心中有数。尽管时间和方向没有确定，但这场恶战迟早要发生，我们的思想准备还是很充分的。对于全军部队，我们都反复做过动员，不论什么时候，都要打主动仗，敌变我变，不打呆板仗，不打糊涂仗。因而，部队应变的思想准备充分。

秦基伟十分清楚，战争，对于战士来说是枪对枪刀对刀，而对于指挥员尤其是高级指挥员来说，则是智谋和意志的较量。他立即对敌人的企图作出判断：敌军不把进攻矛头放在易攻难守、易于发挥机械和装甲威力的平康平原地区，偏偏攻打五圣山前沿，就是想钻我们的空子，攻其不备。基于这种判断，秦基伟迅速定下打大仗打硬仗的决心。

从14日至20日，敌我双方在3.7平方公里的两个高地上，进行了七昼夜的争夺；在这整整的七个昼夜，秦基伟没有睡过一秒钟！他守在电话机旁，神经高度紧张。

战斗空前激烈，双方伤亡惨重。第四十五师参战连队大部伤亡过半，有的连队甚至只剩下几个人。四十五师的作战科长宋新安，在向军里报告伤亡情况时，痛哭失声。

秦基伟当然了解前面的情况：敌人的炮火把两个山头犁了一遍又一遍，我们伤亡那么大，昨天还活蹦乱跳的小伙子，今天已长眠九泉了，想起来实在让人心碎。但是，他更懂得：越是困难的时候，决心越是要硬，仗打到一定火候，往往就是拼意志，拼决心，拼指挥员的坚韧精神。他对崔建功师长说："告诉机关的同志，十五军的人流血不流泪。谁也不许哭！养兵千日，用兵一时，伤亡再大，也要打下去，为了全局，十五军打光了也在所不惜。国内像十五军这样的部队多的是，可上甘岭只有一个。丢了五圣山，你可不好回来见我喽！"

崔建功沙哑着嗓子说："请你放心，打剩一个连，我去当连长，打剩一个班，我去当班长。只要我崔建功在，上甘岭还是中国人民志愿军的！"

听了崔师长的话，秦基伟心里热辣辣的，他叮咛："阵地不能丢，伤亡也要减下来。我已经向军机关和直属队发出号召，婆娘娃娃一起上。请转告部队，打到最后一个人，也要坚守阵地！"

兵团王近山代司令员打来电话，说了一个活话："现在有两个方案，一是打，二是撤。"王近山是影片《亮剑》中李云龙的原型,是二野的骁将,被国民党军称为"王老虎"、"王疯子",但是仗打到这地步,他也有点踌躇,给了两个方案,让秦基伟选择,实际上是逼他下决心。

秦基伟坚定地指出:目前整个朝鲜的仗都集中在上甘岭,这是十五军的光荣。上甘岭打胜了,能把美国军队的士气打下去一大截。战场上常常是这样,我们最困难的时候,敌人也可能更困难,这时候就要较量胆魄和意志。因此,上甘岭战斗要坚决打下去,就是要跟美国人比这个狠劲凶劲,这是朝鲜战场全局的需要。

当时,整个朝鲜战场其他地方的枪声稀落了,板门店谈判桌上谈判双方都在等着上甘岭的消息,谁的部队在上甘岭打得硬,谈判桌前谁的腰杆就硬,讲话底气就足。兵团、志司、军委乃至毛泽东主席都密切关注上甘岭的一得一失。志司和兵团不断打电话询问情况,探探秦基伟的口气,看看十五军还有多大决心。秦基伟自始至终只有一个回答:"请各级首长和毛主席放心,请全国人民放心,十五军只要还有一个人,上甘岭的战斗就要打下去。"

上甘岭战役不仅是兵力、武器装备的较量,也是意志、智慧、胆略的较量。在这后一点上,美国将军败在中国将军的手下;"联合国军"败在了中国人民志愿军的手下。

"美七师、韩二师均被我打残废了"

11月16日,美联社悲哀地宣布:"到此为止,联军在三角形山(上甘岭)是打败了。"但克拉克不甘失败,又组织了无数次的反扑,都以失败而告终。

11月25日,"联合国军"已无力再发动进攻,其"金化攻势"被我军彻底粉碎。上甘岭成了"联合国军"的"伤心岭"。

消息传到华盛顿，美国反战情绪沸腾了。杜鲁门总统本想利用上甘岭战役捞取政治资本，却事与愿违，让上甘岭战役敲响了他政治生涯的丧钟。板门店谈判桌上，美国人从叫喊"让枪炮说话"又回到了"叫人说话"上。

这次战役的策动者、美军第八集团军司令范佛里特后来公开承认，这次作战是"战争最血腥的和时间拖得最长的一次战役，使联合国军蒙受到重大的损失"。当时的侵朝"联合国军"总司令克拉克则写道："这个开始为有限目标之攻击，发展成为一场残忍的挽救面子的恶性赌博，我认为这次作战是失败的。"

十五军军长秦基伟则霸气十足地说："上甘岭战役彻底粉碎了敌人的'金化攻势'，给敌人以沉重的军事打击。美七师、韩二师均被我打残废了。"

秦基伟还自豪地指出："上甘岭战役不仅从军事上打垮了敌人的攻势，也打出了我军的指挥艺术、战斗作风和团结精神，打出了国威军威。以后有人说过，美国人真正认识中国人，是从上甘岭开始的。这话不一定准确，但是，在上甘岭战役中，我们所体现的不怕牺牲，艰苦顽强，友爱团结，机智灵活的战斗精神，尤其是威武不屈的英雄气概，的确使敌人大为震惊。我们这支军队是什么样的群体呵！烈火烧身而纹丝不动直至牺牲的有，以胸膛堵枪眼的有，抱着爆破筒与敌同归于尽的有，用身体给战友当枪架的有，用身体当电话线的有，把生的希望无私地让给战友、把死的威胁坦然留给自己的也有。所有这些，灼痛了西方人的视野。对于中国人，他们应该重新认识了，必须刮目相看了。"

参考文献

秦基伟：《秦基伟回忆录》，解放军出版社 2007 年版。

原载《党史博采》2010 年第 8 期
《党史信息报》2010 年 12 月 8 日转载
《老年世界》2011 年第 3 期转载

少年胡耀邦在家乡的日子

位于湘赣两省交界处的文家市是个不起眼的小集镇,但却因秋收起义会师所在地而名垂史册。在文家市以北七公里处,有一个叫苍坊村的小山村,已故的中共中央前总书记胡耀邦就出生在那里,并在那里度过了他的童年和少年时代。

一

1915年11月20日,胡耀邦出生于湖南省浏阳县中和乡苍坊村的一个贫苦农民家庭。

胡耀邦出生时,苍坊村只是一片僻静、封闭、贫穷的山坳,山清水秀,外人罕至。胡耀邦的父母日出而作,日落而息,终年勤劳,也只能勉强度日。由于家境困难,5岁的胡耀邦就跟着哥哥上山拾柴,早早地咀嚼生活的艰辛。

与一般孩子相比,胡耀邦有很强的记忆力,这是被当私塾先生的堂叔父首先发现的。他注意到这个孩子能准确地记住书中的一些生字,并且能写出来,于是破格将5岁的胡耀邦收进胡氏私塾。

1926年,胡耀邦刚刚读完初小,正好赶上家乡方圆百里的颇有名气的文家市里仁高小招生。胡家的远方长辈胡祖荣看胡耀邦聪明，一定要胡的父亲送儿子去应考，说"这孩子读了书，肯定有出息"。当时要交一块钱的报名费，可是家里拿不出来，找一地主去借，虽说此人还是胡姓的远房亲戚，可他说什么也不肯借。最后还是胡祖荣借的钱。

第二天，胡耀邦的父亲带着儿子与没借给他钱的地主的儿子一起去考试，结果，胡耀邦以第一名的好成绩考上了这所学堂。

当时，胡氏家族七八十户人家没有一个做官的，就连上过小学和中学的也很少，常常受到其他有权有势的大姓家族的欺负。因此，胡耀邦考第一名的消息，令胡氏家族兴奋不已。祠堂开会，决定由小宗族人结成的"久如会"共同支付胡耀邦上学的费用。

文家市是当地著名的集镇，离偏僻的苍坊村有二十里山路。胡耀邦上学，每天往返要走四十里。有时放学天气不好回不了家，就在他外婆或姨妈、舅舅家借住。风雨无阻的两年求学路，对一个10岁出头的孩子来说，无疑是极其艰苦的。也许正是经过这样长年的锻炼，养成了胡耀邦坚忍不拔的性格和吃苦耐劳的作风，也使他终生善行走，健步如飞。若干年后，单薄瘦小的胡耀邦走完二万五千里长征，可能也是得益于求学路上的磨炼。

里仁学堂坐落在文家市街上的文庙里。学校按照新式教育的要求，开设了国文、算术、历史、地理、体育、音乐等课程，在国民革命高潮期间，还增设了三民主义课。这些丰富多彩的课程和知识，为生长在山村里的胡耀邦打开了一片见所未见、闻所未闻的崭新天地，激发出他强烈的求知欲，也支撑着他两年如一日地每天步行四十里。

考进高小的胡耀邦学习更加努力了，每年都考第一名。里仁学堂的甘恩锡老先生在后来的回忆文章中写道:"我在里仁学堂教了二十几年的书,所见最为好学的学生就是胡耀邦。当年他在班上年龄最小,可他的成绩却名列前茅。一个小学生能写出长篇大论者,在当时就寥寥无几,若在今日,可断言更是凤毛麟角。"

由于家境贫寒,胡耀邦带不起中餐的米,总是带几个菜团子到学校吃。出身贫寒和成绩第一的鲜明对比,使胡耀邦成了地主子女奚落和欺负的对象。后来,胡耀邦和子女闲聊时说:"那时,班里地主家庭的孩子们看到我这个穷孩子老是考第一,很不服气。特别是挨了老师的骂后,常常打我出气。他们人多势众,不是用拳头打,就是用砖头扔。有时,普通人家的孩子实在看不过去了,就来帮我打。越是这样,我就越努力学习。"

贫富悬殊,以及由此带来的种种不平等,使小小年纪的胡耀邦就深切地感到世道的不公!

二

1926年7月,北伐军进入湖南,湖南的农民运动有如干柴烈火,迅猛地发展起来。

正在高小读书的胡耀邦,深受风起云涌的农民运动影响和进步老师们的教育,积极参加社会活动,被里仁学堂的校长陈世乔指定为少年先锋队队长和宣传组组长。

1927年,蒋介石和汪精卫先后发动政变,国内政治局势陡然逆转,轰轰烈烈中国大革命中途夭折,原来生气勃勃的中国南部陷入一片腥风血雨之中。大革命惨痛的教训,使中国共产党人深刻地认识到以武装的革命反对武装的反革命的极端重要性。面对严重的形势，为了挽救革命，中国共产党发动、领导了众多的武装起义。

1927年9月9日，毛泽东领导了湘赣边界秋收起义。

不久，起义部队失利的消息传来，毛泽东以"前敌委员会书记"的名义收拢各路起义军残部，于9月17日集中在文家市。

9月19日晚，在胡耀邦就读学堂的一间教室里，毛泽东主持召开了扩大到营一级的前敌委员会会议。就是在这次会议上，为了保存和发展革命力量，毛泽东作出了放弃攻打大城市，向敌人力量薄弱的农村转移的战略决策。

第二天清晨，千余名起义官兵在里仁学堂的操场上整队集合时，胡耀邦与他的表哥杨世峻（就是后来的杨勇）等一帮高小学生，嘻嘻哈哈地趴在学校围墙的豁口上看热闹。

胡耀邦看见，一个面容清秀、长发掩耳，上身穿着一件白色土布褂子的高个子走到队伍前，高声讲话。一打听，才知道，讲话的这个人叫毛委员。

参加革命后，胡耀邦才认识到，他目睹了中国革命史上的一件具有重大历史意义的事件。几十年来，他常对人说："我12岁在家乡文家市里仁学校上学时，正值毛主席领导秋收起义的部队在文家市集中。那天早晨在里仁学校操场上，我第一次看到身材魁梧的毛主席给起义部队讲话，听到他说：'我们现在力量还小，还是一块小石头，可是总有一天能够打烂蒋介石反动派的那口大缸！'留下了一生不可磨灭的印象，使我从小树立起革命一定会胜利的坚强信念。"

这是胡耀邦第一次见到毛泽东，当时他怎么也不会想到，在此后的年代里，自己的命运竟会和这个高个子的毛委员联系在一起，并终生追随他的事业。

三

1929年夏，胡耀邦高小毕业，以全校第一名的成绩考取当时浏阳县唯一的初级中学——浏阳公学。浏阳县城离家80多里，胡耀邦再也不能走读了。但在学校食宿，一个月至少得3块银元，加上每学期10块银元的学费，一年起码需要50块。这在当时相当于25石大米，对于一个贫苦的农民家庭来说，委实是一笔巨大的开支。因此，国外出版的一些关于胡耀邦的传记断言，能够供胡耀邦上学的胡家，一定不会是贫农，至少是个小康人家。这种"想当然"的推断，与客观实际相距甚远。

按照经济状况，胡家根本无法供耀邦上学。胡氏祠堂族会决定，再次由胡氏宗族担负胡耀邦上学的所需费用。

贫困使得早慧早熟的胡耀邦更加珍惜学习的机会。

曾经教过胡耀邦的中学英语老师喻科盈老人说："我的印象是，他天资聪明，学习认真，不懂就问，好追根求源，成绩优秀，在班上一直是佼佼者。"

在浏阳公学的同班同学俞文彬也清楚地记得："我们同学对耀邦的印象是很深刻的，因为他是全校的高才生，各科成绩都很好。尤其语文和英语，经常受到老师的称赞，他的作文常被张贴在墙壁上给同学们示范。他是班干部，组织能力和工作方法都很好，所以同学们都很佩服他、尊敬他。"

胡耀邦与姨表兄杨世峻是同班同学，两人非常要好。杨世峻比胡耀邦大两岁，人高马大，十分威武；但书没有胡耀邦读得好，考试遇到难题答不出来的时候，就找胡耀邦帮忙。胡耀邦个子小，坐在教室前面，考试时一有东西打到他身上，就知道是表哥的小纸团。胡耀邦就将答案写在纸团上，再扔回去。

与杨世峻在一起，胡耀邦很有安全感，不用再担心大同学欺负他。每当一些有钱家孩子寻衅跟他过不去时，杨世峻总是出手相助，奋力解救。

这种取长补短的"互助"，可以说是他们一生友谊的开始。后来，杨世峻先胡耀邦参加了红军，并改名杨勇。这位在长期革命战争烽火中建功立业的勇士，后来成为人民解放军的高级将领，新中国第一次授衔时，被授予上将军衔。

在课余活动时间，胡耀邦也很活跃。他喜欢朗诵，擅长演讲，是校鼓乐队的鼓手，喜欢参加竞争性的运动，担任过篮球队的队长。

胡耀邦虽然只在浏阳公学待了不到一年的时间，但却对他发生了很大的影响。在这里，他接触到自然科学与西方的学科；在这里，他有机会阅读报纸，接触社会，眼界大为开阔。他还结识了一些思想进步的同学，了解到红军游击队的活动情况和共产党的政治主张。

四

胡耀邦的家乡，是中共活动的中心地带。红军走后的1928年，文家市恢复了党组织，成立了雇农协会。胡耀邦的父母双亲和哥哥姐姐都参加了革命。父亲胡祖仑是乡苏维埃政府的土地委员，母亲刘明伦虽然是小脚，也当上了乡妇联主任，哥哥胡耀福是儿童团长，后任团支部书记，与谭震林、毛泽民等中共早期重要领导人很熟悉。大姐也参加了苏区妇联。

在家人的影响下，胡耀邦也投入了土地革命的洪流。据钱江所著《胡耀邦的家世和童年》所载，1929年12月，回家度假的胡耀邦由里仁乡少共书记杨国英介绍，秘密加入青年团。

1930年4月，浏阳县苏维埃政府成立，经中共湘鄂特委部署，浏阳县的赤卫队武装在东乡组织暴动。此时，由军长黄公略率领的红六军由东而来，一度攻占浏阳县城。

红军前锋将到，浏阳全城戒严，学校停课，浏阳中学的学生被强制疏散。胡耀邦随同学到了长沙。家乡人得知后派人把胡耀邦找了回来，让他担任乡少年先锋队队长兼儿童团团长。胡耀邦从此告别了学校，开始了职业革命家的生涯。

胡耀邦义无反顾地走了革命道路，一个很重要的原因就是认为世道太不公平。

胡耀邦有一个姐姐叫胡石英，村里人都叫她石姑。为了供胡耀邦上学，每天不知疲倦地织布。但她被许配给一个好吃懒做的二流子，成年备受虐待，竟被夫家活活打死。这件事对胡耀邦刺激很大。直至1988年冬天，他在去湖南休息的路上，与人谈起此事还愤然于色，说："我当初为什么参加革命？其中一个重要原因就是我姐姐被人欺负死了，世道太不公平了嘛！"

胡耀邦回到家乡之前，乡少共组织已有两名工作人员，都是胡耀邦的小学同学，如今迎回了组织能力特别强的胡耀邦，他们非常高兴，于是决定创办一所"少共列宁学校"，开设政治、经济、文化、军事等课，胡耀邦担任政治和文化教员。这个学校办得很有特色，引起了乡间农民的注意，并因此得到浏阳少共儿童总局的表扬。

在这段日子里，手提一个石灰桶走村串乡，在墙壁上书写大幅标语，是胡耀邦经常从事的工作。待到建国以后他当上团中央第一书记，还曾多次回忆起自己的这番经历。

胡耀邦入团比哥哥胡耀福早两个月。但大他四岁的耀福进步快些，入团后就担任团支部书记。不久胡耀福自由恋爱了，对象是家住文家市的姑娘刘清华。他们两人都投身农民运动，由此相识、相爱。

当年的浏阳农村，绝大多数婚姻是媒妁之言，父母之命。看到哥哥自由恋爱，胡耀邦真心诚意地支持。1930年9月，胡耀福和刘清华结婚时，弟弟胡耀邦当主婚人，这在浏阳乡间是破天荒头一遭的事情。

哥哥结婚后一个月，胡耀邦于10月间被调到区委做宣传工作。他刚到区委不久，就碰上中共湘东特委派人到浏阳来挑选青年干部。刚开始，选中的是胡耀福。但胡耀福刚刚结婚，有了家室拖累；加上大哥胡耀襄病逝后，他已是胡家顶门立户的绝对壮劳力。左思右想，胡耀福推托了。于是，胡耀邦入选，前往江西。从此，胡耀邦离开了家乡，离开了生他养他的胡氏祖居，走上了九死一生的革命道路。

告别的那天，母亲拖着小脚为小儿子送行。这时，胡耀邦距自己的15岁生日还差一个月。

胡耀邦走了，胡耀福留在了家中。建国后，胡耀邦在不同场合多次说，哥哥胡耀福参加革命比我早，在革命队伍中的相识多，他要是到了湘赣苏区，那要比我有出息。

参考文献

满妹：《思念依然无限——回忆父亲胡耀邦》，北京出版社2005年版。

原载《名人传记》2010年第8期
《作家文摘》2010年9月10日转载
《报刊文摘》2010年12月3日转载
《今晚报》2010年12月17日转载

《云南日报·文摘周刊》2010年3月29日转载

《小读者》2011年第4期转载

《新闻天地》(上半月) 2011年第1期转载

铁面无私的胡耀邦

党员领导干部能否管好自己的亲属,并不是一件小事,而是关系到整个社会风气,关系到党和国家前途与命运的重大原则问题。在这个问题上,胡耀邦严于律己、以身作则、铁面无私,为全党干部树立起一个光辉的榜样。

"全家每人每天者要吃两顿粗粮"

1952年,胡耀邦夫妇终于在四川南充迎来小女儿的诞生。全家人特高兴,孩子的外婆说,已经有了三个孙儿,这回又有了孙女,应该满足了,就给刚刚降临人世的女儿起名满妹。按理说,这个最小又是唯一的女儿肯定要备受宠爱。然而,胡家兄妹从小就在父母的严格要求下长大的,满妹也不例外。

三年经济困难时期,国家粮食紧张,城市人口的定量都很低,副食品更缺乏,全国人民都在挨饿。满妹当时正在上小学,也吃不饱饭。她在回忆录中写道:"那时,最让人激动的事就是能吃到东西。"只有挨过饿的人,才能有这样刻骨铭心的感受。

胡耀邦是中央委员,按规定有补助;但他给家里人也定下规矩:"全家每人每天者要吃两顿粗粮,不许吃补助和细粮,因为那是特殊化。"

胡家三个儿子平时都住校,只有满妹一人是走读,在家里吃饭。炊事员老张自己有五个儿子,可一个女孩都没有,特别疼她。每当有客人来打"秋风"时,总是偷偷留下一点好吃的,给满妹回来吃。

那时走读,中午要带一顿饭在学校吃。有一次,老张给满妹带午饭时悄悄装了点米饭,不巧被人发现,告诉了胡耀邦。胡耀邦把老张叫来问:

"你给满妹带米饭了?"

老张不回答。

"不是规定一天只有一顿细粮吗?你怎么给她吃两顿呢?"胡耀邦接着说。

老张涨红了脸,强辩着:"谁说的,谁说的?没有的事儿!"

出了门,他自言自语地嘟囔,"家里就她一个,人小又吃不了多少。同学们都带细粮吃,咱们家老带粗粮,怎么好意思!"

在满妹记忆中,只有这一次,父亲过问了家里的柴米油盐。

"我们家的人不应该走后门"

1966年,"文革"开始了,胡耀邦夫妇都受到冲击。胡被打成"走资派",发配到了河南省潢川县黄湖农场劳动。满妹的母亲境况更惨,孑然一身,在牛棚里熬了一年多。胡耀邦的几个子女成了"走资派"后代,也跟着倒霉。

1968年,满妹被分配到北京市造纸总厂当车工。一年之后，看到大家陆续都去参军了，她自作主张，找到了父亲在晋察冀野战军三纵队时的搭档——时任北京军区司令员的郑维山。她托警卫员带话："我是胡耀邦的女儿，想请郑司令员帮我去当兵。"

在当时的情况下，能当上兵，满妹深感不易。她在回忆录中写道："我根本不在乎兵种如何、部队驻在何地，乐不可支地来到当时全军最大的柏各庄农场，在师医院当了名卫生兵。"

可是，几年兵当下来，满妹却发现身边的战友，一个接一个地被推荐上了大学。苦闷的她，给父亲写信，希望父亲能托托关系，让她也有个上大学的机会。

胡耀邦很快回信了："你原先分配在工厂，后来当兵我是不知道的，内心也是不赞成的，因为是走的后门。现在又提出想上大学，我认为你应该靠自己的能力。我们家的人不应该走后门，而要通过自己的努力去实现自己的愿望和理想。"

那时的满妹完全不能理解父亲，把信撕得粉碎。打那以后，她再也没有指望能沾父亲的半点光。

后来，满妹每当回忆起当年撕信的情景，总是满心愧疚。

1982年，胡耀邦担任总书记，不久，便召集了家庭会议。他把在家的人都叫到小客厅，郑重地说："中央可能要我担任非常重要的职务。我想先向你们打个招呼。今后不管在什么情况下，千万不要以为天恩祖德，千万不要忘乎所以。如果你们中有任何人出了问题，只能是自己负责。我是不会讲情面的。"

在满妹的印象中，这是他们家唯一的一次家庭会；也是父亲唯一一次如此严肃地跟他们谈话。

胡耀邦任总书记期间，正是社会上"出国热"、"经商热"高温灼人的时候。

看到一些朋友相继出国留学或进修，学个专业，拿个学位，满妹也动心了，觉得自己也应该把一直戴在头上的那顶"工农兵学员"的帽子摘掉。当时，日本的一个学术团体找到满妹，问："愿意到日本进修吗？读个学位或者走走看看都没问题。费用你不用担心，你可以一个人来，也可以带着先生和孩子一起来。时间长短也取决于你，要几年就几年。"

满妹考虑了很久。可想到那次家庭会和父亲多年的要求，谢绝了对方的好意。

胡耀邦在台上的时期，胡家兄妹唯恐有损父亲的形象和影响党的声誉，都自觉做到"四不"：一不干政，二不要官，三不经商，四不出国，一直过着普通人的生活。

天下无先例，一代"皇兄"是农人

胡耀邦说过："共产党人是给人民办事的，不是给一家一族办事的。"他严于律己，廉洁奉公，注意维护总书记的形象和党的声誉，从来没有用自己的权力、地位为家族和亲属谋取过任何的利益。

1981年，胡耀邦的侄儿胡德资（其胞兄胡耀福的二儿子），经县里的一个领导帮忙，在岳阳轻化公司安排了工作。按常理，侄子安排了工作，是件好事。尽管不太符合原则、程序，只要自己装作不知道也就过去了。但胡耀邦没有睁一只眼闭一只眼，他绝不允许家人利用自己的影响谋半点私利，马上责令那个县里的领导将侄子退回农村。

这事刚过了几天，胡耀福到北京去看弟弟。他压根儿就不知道岳阳安排儿子工作的事。

一见面，胡耀邦满脸怒气地对哥哥说："你在下面开后门！"

胡耀福被说得一头雾水。

胡耀邦怒气未消，继续斥责说："谁这样搞，我就开除谁的党籍！"

胡耀福渐渐听明白是怎么回事，大叫冤枉，发起脾气来："耀邦，你这个人忘恩负义！你在北京当总书记，我在家里当农民，要是在过去，我就是皇亲国戚。但是现在，我在家里当农民，日子不宽裕，有人关心一下我家又怎么了？难道我的儿子就不能当工人了？"

结果，两人互不相让，大吵一通，不欢而散。

1981年，中共十一届六中全会上，胡耀邦当选为中共中央主席，当晚他就委托秘书电告家乡的党政领导，不能敲锣打鼓搞庆祝活动，不准哥哥外出作报告。1982年，中共十二大，他当选为总书记后，又定了一条规矩，不准亲友上京找他办事，不准亲友打他的招牌办事。直到胡耀邦逝世，他在浏阳的亲属没有一个人转为城市户口、安排工作，全是普通农民。

这些小事，当时并没有见诸媒体，但却不胫而走，广为传颂。

胡耀福老人病逝之后，浏阳有人送来一副挽联：

国中有典型，两袖清风做赤子；
天下无先例，一代"皇兄"是农人。

"我不是家乡的总书记，不能为家乡谋特殊利益"

20世纪80年代初，浏阳县委托胡耀福到北京找胡耀邦给家乡批点化肥。其实，为家乡办点实事、解决点实际困难，是许多领导干部津津乐道的事儿。家乡需要化肥，县里领导派哥哥来说情，当时只要自己不反对、不表态，手下人也就给办了。但是，胡耀邦态度非常鲜明，在原则问题上不退让，甚至不惜与哥哥闹翻脸。他嚷道：

"谁找我走后门、批条子，就是把我看扁了！"

胡耀福听后，也急了，站起来情绪激动地说："是老区人民要我来的，又不是为我自己！要是我的事，绝不来找你。"

胡耀邦仍坚持说："那也不行！"

胡耀福一气之下走了。

后来，胡耀邦经常对希望他在家乡建设上给予帮助的乡亲们说："革命老区搞建设，应该支持。但是应该按程序报告上级有关部门，不能找我。我不是家乡的总书记，不能为家乡谋特殊利益。在我这，要马列主义有，要特殊化没得。"

胡耀邦在中共中央委员会主席、中共中央委员会总书记的高位上工作了整整六年，但他还是没有给家乡人批过一张条子，没有给过家乡人一点特殊，也没给过亲戚们一点照顾。可是忠厚淳朴的浏阳人民从来没有一句怨言。

1988年冬天，胡耀邦在长沙休息，浏阳县委的几个同志来看望他，谈到家乡一些地方还不富裕时，胡耀邦心里很不安，表示未能替家乡人民办点实事常感歉疚。

浏阳的同志诚恳地宽慰他说："你是中国的总书记，心里想的是10亿人，浏阳130万人是包括在内的。"客人们走后，胡耀邦还在想着他们的话，感慨地对妻子说："家乡的人民这么理解我，令我十分感动。"

参考文献

满妹：《思念依然无限——回忆父亲胡耀邦》，北京出版社2005年版。

原载《福建党史月刊》2010年5月上
《淇河晨报》2010年5月28日转载
《党史纵览》2010年第8期转载
《都市资讯报》2010年5月31日转载
《政府法制》2010年第30期转载
《党史纵横》2011年第1期转载
《内蒙古党史》2010年9月8日转载
《21世纪》2010年第7期转载

秦基伟深情追忆刘伯承

秦基伟是人民解放军的一名骁勇善战、智勇双全、功勋卓著的战将。在解放战争时期，他曾任太行军区司令员，在刘伯承的直接指挥下战斗，受益良多。

说起刘伯承，秦基伟充满了敬重之情。

他在回忆录中写道："刘司令员不仅教育我们以清醒的政治头脑把握战争的全局，不仅教我们运用战术，对于我们这些工农出身的干部，在其他各方面也都给予了许多关怀和爱护。他在战场上是威严的，在生活中却是慈祥的、温暖的。"

那三枪不啻是一堂触及灵魂的政治课

抗日战争胜利后，国内形势一度扑朔迷离。中华民族经过八年抗战，终于打败了日本帝国主义，当然是天大的喜事。敌对多年的国民党和共产党，在整个抗日战争中也结成了统一战线，如今抗战胜利了，统一战线还能维持下去吗？中国是战是和，这是当时中国人最关心的问题。

早在1945年8月13日，即苏联宣布对日作战的第五天，延安召集了一次干部会议，毛泽东发表了后来定题为"抗日战争胜利后的时局和我们的方针"的讲话。他指出："必须清醒地看到，内战的危险是十分严重的，因为蒋介石的方针已经定了，按照蒋介石的方针，是要打内战的，按照我们的方针，人民的方针，是不要打内战的，不要打内战的只是共产党和中国人民，可惜不包括蒋介石和国民党。一个不要打，一个要打，如果两方面都不要打，就打不起来，现在不要打的只是一个方面，并且这一方面的力量又还不足以制止那一方面，所以内战的危险就十分严重了。"毛泽东强调指出："蒋介石对于人民是寸权必争，寸利必得。我们呢？我们的方针是针锋相对，寸土必争。我们是按照蒋介石的办法办事。"

然而，并不是所有的人对这一点都有清醒的认识，有少数同志被胜利冲昏了头脑，被"和平"麻痹了神经，刀枪入库，马放南山，出现了许多发人深省的教训。

秦基伟回忆道：我任太行军区司令，最初遇到的问题是对"战争与和平"的认识问题，困惑的不仅是我们，当时在相当高阶层的认识都不是很统一，有些部队甚至因此而吃了大亏。但是，刘邓高瞻远瞩，透过现象看本质，对毛泽东同志的讲话，领会得极为准确深刻。日本宣布投降的当天，还在延安参加整风的刘伯承和邓小平同志就给晋冀鲁豫军区司令部发来电报，命令我们加强战备，防止内战。刘邓首长一天也没放松对打内战的警惕。

不久，为了更好地统一领导的思想，晋冀鲁豫军区在邯郸召集了高级干部会议，秦基伟参加了会议。他认为，这次会议十分重要，实际上就是一个打仗的动员会。

会议的第一天，刘伯承就把与会的纵队和各级军区司令员、副司令员、参谋长统统带到了一个练兵场上。集合完毕，他首先拿起战士使用的步枪，趴在地上，瞄准靶子，"啪、啪、啪"连续打了三枪。然后，站起身来，对大家说："我年岁大了，又是一只眼睛，打的成绩不算理想。但今天打靶，既是技术上打靶，也是政治上打靶。我们要打掉一些干部特别是高级干部头脑里的和平麻痹思想。"

刘伯承又明确指出："全国性的内战箭在弦上了。和平、松懈、刀枪入库、马放南山是危险的，要死人的。"

刘伯承这一打一说，把与会者的心都扣紧了。

秦基伟感叹道：司令员这么大年纪了，眼睛又不好，还如此身体力行，可谓用心良苦。他这是以自己的行动，警告我们不要松懈斗志，不要被"和平"的假象销蚀了警惕性，要强化战斗观念。

秦基伟还写道："刘伯承同志的那三枪，充分反映了老一辈无产阶级革命家对敌斗争的敏感性，对于我们这些生于战争长于战争的老兵来说，不啻是一堂触及灵魂的政治课。后来的实践证明，谁做好了打仗的思想准备，谁的仗就打得主动。"

两次批评，令秦基伟心服口服，终身难忘

在太行山期间，秦基伟曾经挨过刘伯承两次批评，他心服口服，终身难忘。

第一次是在豫北反击战期间。那时战争条件异常艰苦，太行军区一方面要参加作战，同时还要组织民兵民工参加支前。因为有好几个纵队参战，部队的供给保障也由太行军区负责。军区政委李雪峰是晋冀鲁豫地区的党委书记，主要精力放在地方。军区的作战指挥和党政军后的主要领导工作都落在秦基伟的肩上，工作担子重，昼夜没法休息。开始想眯盹一会儿都没工夫，后来有空隙了可以睡觉，反倒睡不着了。由于高度紧张，他患了严重的失眠症，真是痛苦不堪。

记不清是在哪次战斗中缴获了一些白面（海洛因），一个参谋给秦基伟出主意，说抽一点可以提精神。于是把纸烟往下嗑一嗑，上面灌点白面，点火一吸，还真管用，精神一下子就上来了。

这件事，不知怎么让刘伯承知道了。他把秦基伟叫去，并没有单刀直入地批评，而是讲了一个故事：

"我原来有一个同事，方方面面都是不错的，有一段时间可能是因为太劳累了，抽上了鸦片，开始还只是为了提提神。但后来上瘾了，不能自拔，抽到最后，身体垮了，意志也衰退了。"

刘伯承这几句话，和风细雨，不显山不露水，语调慈祥得像个老妈妈，却重锤般地敲在秦基伟的心上。

秦基伟当即表示："请司令员放心，我再也不抽了。"

秦基伟说话算话，自从此之后，连海洛因的边也没再沾过。

第二次是在行军中过一座桥。秦基伟骑的那匹骡子，看起来雄壮伟岸，平时也是耀武扬威，但那天不知为什么，就是不敢上桥。首长的战马都是经过挑选的，理应模范带头，但这匹骡子竟表现得如此怯懦，秦基伟实在生气。

他让马夫在前面硬牵，自己在后面掏出了手枪。

"叭！"朝天放一枪，骡子吓了一跳，赶紧往前蹿一步。

秦基伟很开心。

"叭！"又放一枪，骡子又往前跳一跳。

秦基伟更开心了。

那时候秦基伟虽然是领导了近万人的军区司令员，但毕竟年轻，才三十刚出头，有时候也难免闹点恶作剧。于是，他就一枪一枪地朝天放，骡子就一步一步地往前跳，一直跳到河对岸。

没想到，这件事当天就传到了刘伯承的耳朵里，他又把秦基伟叫了去，非常严肃地批评道：

"你呀你，秦基伟，你那个游击习气什么时候能改掉啊？这么大个司令员，怎么能跟牲口作对，成何体统？开枪吓骡子，亏你想得出来！像小孩子似的，让战士们怎么看你这个司令员？"

秦基伟连忙点头称是，说："当时只觉得挺好玩，没想那么多。现在知道错了，以后一定注意自己的形象。"

刘伯承宽厚地笑了。

参考文献

1. 秦基伟：《秦基伟回忆录》，解放军出版社2007年版。

原载《名人传记》2010年第4期
《领导文萃》2010年第14期转载
《老年生活报》2010年8月18日《刘伯承两批秦基伟》
《老年生活报》2010年9月6日《刘伯承三枪醒众军》
《党史信息报》2011年8月31日转载

红色浪漫：延安窑洞里的四大婚礼

1937年1月，中共中央进驻延安，从此延安成为中国革命的大本营。由于有了相对安定的环境，许多红军老战士、老革命开始寻找人生的伴侣。陈云、彭德怀、邓小平、王稼祥都是在延安喜结良缘，留下了一个个美丽动人的故事。

"在洞房里讲党课"

陈云与于若木是在延安相识、相知、相爱的。

大约在1937年底或1938年初，陈云流鼻血的旧病复发，中共中央组织部决定从陕北公学女生队找一个人担负护理工作，结果选中了于若木。据于若木回忆，在此之前，她曾三次见到陈云，"虽然都是听他讲话，互相之间没有交流，但他给我的印象却一次比一次深，一次比一次好。陈云同志当时是中央政治局委员和中央书记处书记，又是中央组织部长，这对于我这个普通党员来说，已经是闻之肃然起敬了"。

于若木护理陈云，只是按时往鼻子里滴滴药水，并没有更多的事做。陈云因医生要求静养，也不能做更多的工作，所以两人便经常聊天。于若木刚到时，陈云就询问于的经历，随后也介绍了自己的历史，有了初步的认识。于若木回忆说："我们最初只是相互介绍自己的身世和经历，彼此有了一个基本的了解。后来，比较熟悉了，谈的话题就多了起来，从理想、工作谈到生活、爱好。"陈云得知于若木会唱歌时，便请于若木唱歌给他听。于若木十分大方地唱了一首当时流行的苏联歌曲《祖国进行曲》，悦耳的歌声在窑洞中回荡。

一次，陈云问起于若木有没有爱人，谈过恋爱没有。于若木羞涩地回答："我还不懂。"陈云便小心地说，他现在也没有爱人，问她愿不愿意交个朋友。陈云还说："我是个老实人，做事情从来老老实实。你也是个老实人。老实人跟老实人，能够合得来。"

从相识到相爱，就像陕北高原的春天到来那样自然地在他们之间发生了。

不久，于若木的二哥来到延安，陈云把他作为于家的代表，郑重其事地把他请来，向他说明打算结婚的想法，征求他的意见。于若木的二哥对陈云的印象甚佳，欣然同意。

1938年3月，他们幸福地结合了。那一年，陈云33岁，于若木19岁。

他们的婚礼就像黄土地一样的简朴。陈云只花了一块钱，买了些糖果、花生，请中央组织部的同志热闹了一下，就算是婚礼了。事后，消息传开，有人嚷着让陈云请客。陈云当时手头还有点钱，请得起，但他不愿意摆排场，所以没有请。

对于他们的结合，双方都很满意。陈云在给于若木的大哥的信中写到："我们在政治上与性格上一切均很合适。唯年龄相差太远，今年我已三十五岁。"于若木则在信中写到："虽然他大了我十四岁，但是，我对自己的婚姻很满意。他是一个非常可靠的人，做事负责任，从不随便，脾气很好，用理性处理问题而不是感情用事。"

婚后，彼此如何称呼，是一个颇有意思的问题。在家里，陈云总是喊她原名"陆华"。在陈云看来，别人都喊她于若木，而他喊她"陆华"，显得亲切，成了"爱称"。至于于若木呢，当着别人的面，总是称"陈云同志"，两人相处时，叫"陈云同志"当然显得很别扭，直呼"陈云"又觉得不尊重，因为在她眼里，陈云如同兄长。她实在找不到恰如其分的称呼，所以干脆在家里无称呼！这种"无称呼"，在于若木看来，是因为两人的政治水平、政治地位相差悬殊而年龄相差较大而造成的。当然，两人有时异地分处，写信时，她则称他"云兄"。

婚后不久，陈云专门用了几个晚上给于若木讲党史。

煤油灯映照着窑洞雪白的墙，窗户纸上的红喜字放着红光。

窑洞的炕上放着一张小炕桌，炕桌一边坐着陈云，一边坐着他的新娘。

陈云是1925年入党的老党员，他的经历本身就是一部中国共产党人的奋斗史。由于陈云对中国共产党的历史非常熟悉并有深刻的理解，因此他娓娓道来，如数家珍。他讲大革命失败后盲动错误给党造成的损失；讲顾顺章、向忠发叛变对党中央的威胁；讲中央苏区第五次反"围剿"的失败；讲毛主席对党和红军的挽救等等。

于若木则严肃认真，聚精会神地听着。虽然她不是新党员，但却是第一次如此系统地接受党史教育，而且讲的是那样的生动、那样的深刻。她听到了许多前所未闻的对敌斗争的故事，了解了许多鲜为人知的党内斗争的情况，进一步加深了对党的性质的认识，更加坚定了为共产主义献身的信念。

某个喜欢开玩笑的人本来想偷听洞房里面的悄悄话，没想到听到的却是严肃的党史课,非常惊讶。于是"陈云同志在洞房给于若木上党课",一时被中央组织部的干部传为佳话。

"六中全会的喜事"

1939年9月的陕北高原已是秋意浓浓。彭德怀风尘仆仆地从太行山来到延安参加中共六届六中全会。这年,他已年过四十,还是孑然一身,战友们不免又关心起来。延安不乏从全国各地涌来的优秀女性,但敌后烽火正烈,彭德怀无意寻觅爱情。

会议期间,彭德怀接受时任中央组织部副部长的老战友李富春邀请,参加了后方知识分子与华北前线军政干部的茶话会。

因为是茶话会,主持人发言后便是与会者的自由交谈。彭德怀由李富春陪同,与十几个青年知识分子兴致勃勃地交谈着。这时,彭德怀发现角落里坐着一位白皙秀丽、仪态文静的姑娘,心底不免涌起多年未曾涌动过的春潮,于是,走过去,坐在姑娘身边,并与之攀谈起来。

他问:"这位同志贵姓?"

面带腼腆的姑娘连忙站起身,有些局促地回道:"我叫浦安修。"

"浦安修。"彭德怀重复了一遍,将手一摆,说:"你坐吧。"

随在后面的李富春介绍说:"小浦是北平女子师范大学的学生,卢沟桥事变后到山西参加抗日救亡,是山西党组织派到延安来的。"

"这么说,你在大学就加入了党的组织?"

浦安修点头作答:"我在高中的时候就参加了民族先锋

队，进到北平女师大就入了党，担任地下交通员，负责文件、情报的传递。"

彭德怀对这位外貌腼腆、体质纤弱的姑娘，竟有从事地下工作的勇气与经历感到惊讶。从接下来的谈话中，他还知道，她少年失母，父亲续后去南京谋职，她就由边读大学边教小学的两个姐姐抚养，也饱尝生活的艰辛。一种爱慕之情在彭德怀心中油然生起。

这可能就是俗语所说的一见钟情。如果不是这瞬间的相识拨动了彭大将军的心弦，也就不会有他们之间那份催人泪下的情缘。

他们之间的谈话时间很短，一问一答，并不热烈，但在座的细心人仍然发现彭德怀对浦安修似乎倾注了特别的关注。

李富春第二天就把情况汇报给中组部部长陈云。陈云也十分赞成这件事："这个情况要向中央反映，是该帮助德怀同志解决婚姻问题了。"

当毛泽东听说大家要为彭德怀解决婚姻问题，非常地赞同，说："现在，中央就两个人的婚姻问题没有解决，一个是王稼祥，另一个就是彭德怀。彭德怀比王稼祥大八岁，应当优先考虑。这件任务就交给李富春，要来个速战速决，争取在六中全会期间拿下来，把这件事当成六中全会的一件喜事。坚决不能让彭德怀单身回到太行山前线去！"

有李富春主动牵线搭桥，在彭德怀的窑洞前，两人第二次见面（不好说是约会）。彭德怀向浦安修诚恳地介绍了自己：他的经历、追求、性格，第一次婚姻以及对未来伴侣的期望。就像竹筒倒黄豆一样，哗啦啦倒个一干二净。

说完之后，便纵马而去。不久，浦安修收到彭写给她的第一封信，毛笔字挥挥洒洒写了两页，以独特的情怀向她明确表达了相伴终生的愿望:"我爱你的家乡,愿与你同归……"

没有花前月下,没有缠绵细语,却不乏炽热的感情。

1939年10月10日,在彭德怀返回前方之前,彭德怀与浦安修结为夫妻。浦安修怕人闹洞房,彭德怀不愿声张,但红三军团的老政委滕代远又不答应草率从事。于是,滕代远拿出自己一个月的津贴——5元钱,让炊事班炖了一大盆猪肉,买了一堆红枣花生之类。参加婚礼的有新郎新娘双方的朋友:三军团的几个老部下,中组部的几个青年干部,李富春主动做主婚人。热闹了一阵,大家及时告辞,若是别人,参加婚礼的人非闹个天翻地覆不可。彭大将军素来威严,没人敢闹。

从相识、恋爱到结婚,一共只有十来天的时间。直率、简洁、不拖泥带水,这是彭德怀一贯的作风;战争更以它独特的威力简化了一切可以精简的程序。

新婚后几日,彭德怀就匆匆赶赴前方。稍后,浦安修也从延安出发,来到八路军总部,被分配在总部直属队工作。彭德怀严于律己,浦安修也是自强自立,她把情爱深藏在心底,坚持"星期六制度"——每到星期六晚上,才匆匆来到彭德怀身边,星期天洗衣服、打扫卫生,帮彭德怀整理好一切,然后匆匆地赶回机关去,留下一片柔情和温馨。

"邓小平你真会找老婆呀"

邓小平与卓琳相遇、相识在延安,他们的恋爱更缺乏浪漫的情调,就像是从事一件严肃的工作。

1939年的秋季,邓小平从太行到延安开会,遇见了正在陕北公学学习的卓琳,很有好感,便以他特有的方式展开了"攻势",并取得了成功,于是就有了相濡以沫的五十八个春秋。

关于他们的婚恋，卓琳回忆说："邓小平和邓发都是从前方回来的，住在一个窑洞里头。他那时是一二九师政委，在太行山工作，还没有结婚，邓发想让他在延安找个合适的，就把他带到学习班来了。一次我去曾希圣家，曾希圣说有人想和我结婚，问我愿不愿意。我表示不愿意，因为当时我还年轻，还想再工作几年。曾希圣跟我谈了两次我都不愿意。"这当然是托词，卓琳在回忆录中写下了她真实的想法：因为当时长征老干部都是工农干部，我们就怕跟工农干部结婚，怕他们没有知识，说话说不到一块儿。延安有个笑话：一个工农干部和一个知识分子结婚了，两个人晚上沿着延河看月亮。女同志说："哎呀，你看天上的月亮多漂亮呀！"丈夫说："有什么漂亮的？我看不出来。"当时我想，我可不能找个工农干部，一定要找个知识分子。

但是邓小平并不灰心。他让人捎话来，问能不能面谈一次。卓琳同意了。

他们一起到曾希圣家。邓小平说："我这个人年纪大了，在前方作战很辛苦，我想和你结婚，可是曾希圣和你谈了，你不同意。我这个人不太会说话，希望你考虑一下这个事情。我年纪比你大几岁这是我的缺点，我希望在其他方面可以弥补。"

邓小平找卓琳一共谈了两次：第一次谈谈他的情况；第二次谈谈他的希望。卓琳听听，觉得这人还可以。一是他有知识，是知识分子。第二个呢，她想，反正早晚都得结婚——她那时已经23岁了。卓琳还想，认识邓小平也不是一天两天了，现在他又亲自找来，说话又那么诚恳，也就同意了。但有个条件，结婚后马上离开延安，因为她害怕别人笑话她也嫁了个"土包子"。对于这个条件，邓小平不假思索地同意了。

在延安杨家岭毛泽东住的窑洞前，邓小平的几个老战友把两张桌子拼起来，说："今天我们会餐啊！大家都来会餐吧！"当时也没有说要结婚，在延安的中央高级领导人，除周恩来治伤外，毛泽东和夫人江青、刘少奇、张闻天和夫人刘英、博古、李富春和夫人蔡畅等都来了。

李富春对卓琳说："你也认识邓小平，大家会会餐，现在给你们腾出个窑洞，吃完饭后你们一块儿回去就算结婚了。"

这是战争岁月中典型的婚礼。

在斯时斯夜，有两对新婚夫妇结婚。一对是邓小平和卓琳，一对是孔原和许明。在这个特有的聚餐加婚宴上，那些革命老战士，居然也童心大发，像普通老百姓一样作弄新郎官儿。孔原被灌醉了，害得新婚之夜就挨了许明的数落。邓小平是幸运的，他有敬就饮，竟然未醉。事后，刘英问张闻天"小平的酒量真大呀"！张闻天笑着说"里面有假"。原来，李富春和邓发念在老朋友的份上，弄了一瓶白水权充作酒，才使得邓小平免于一醉。

结婚当天，卓琳对邓小平说：今后我说话你得注意听。听了以后呢，有意见就提。邓小平说：我这个人就是这样的脾气，你愿意说话你就说，我有意见我就提，没有意见就算了。后来，卓琳想：他是个知识分子，你要老是让他说，他也说不了什么。算了，慢慢互相之间去了解，了解了就好了。那一年，邓小平35岁，卓琳23岁。

结婚几天以后，卓琳便随丈夫离开延安奔赴前线，回到太行山。第一次见到彭德怀，彭就高声叫了起来："哎呀，邓小平你真会找老婆呀，找的跟兄妹一样。"——邓小平个子不高，卓琳比他稍矮一点儿，脸都是圆圆的——所以彭德怀如是说。

"戒掉烟才同意结婚"

在六届六中全会期间,陕甘宁边区医院的年轻女医生朱仲丽被调到大会服务处做医疗保健工作。作为有大学学历的医师,23岁的朱仲丽不仅拥有过硬的专业技术,而且长相秀丽,在延安是个受很多年轻人关注的"明星"。

一天上午,在会议休息的时候,毛泽东与王稼祥在会场外散步,正巧遇上了从城里赶回来的朱仲丽。因为早就相熟的缘故,毛泽东热情地与朱招呼,并向王稼祥介绍:"稼祥,你们也认识一下,这是我的小老乡朱仲丽医生。"毛泽东的话音方落,朱仲丽已向王稼祥伸出手,大方地说:"王主任①,您好!"

王稼祥与朱仲丽握过手,目光中闪烁着一种陡然的喜悦。这时的毛泽东插话说:"王主任啊,别小看这丫头,她可是边区医院的外科大夫,我们这些人的医疗健康都归她管,你也在其中呐。"

望着朱仲丽渐渐远去的背影,王稼祥忽然对毛泽东发问:"你是怎样认识小朱的?"

毛泽东立刻察觉到其中的奥妙:王稼祥是很少主动打听女性的,这次是怎么了?于是对王稼祥说:"我和她父亲是老朋友了。——怎么样?我的这个小老乡不错吧?"

"嗯,不错。"王稼祥诚实作答。

"下一次要见她的话,就去找肖劲光,肖劲光是她的姐夫。"

"噢,是这样。"王稼祥记住了。

---

① 王稼祥时任中央军委总政治部主任。——笔者注

没过多少天,八路军延安留守兵团司令员肖劲光,派警卫员来找朱仲丽。她以为有人生病了,带上出诊箱就来到了姐姐家。一进窑洞,朱仲芷就高兴地说:"小妹,你来了就好,正等着你呢?"

"怎么,是谁生病了吗?"朱仲丽一边说一边取听诊器。

肖劲光见状说:"小妹,你别光想着给别人看病,今天是让你跟你姐到一个地方做客去。"说着从自己的军用牛皮包里拿出一封信递给朱仲丽。朱仲丽把信封打开,有一张纸条,写着这样的文字:

肖劲光同志:

　　请你在后方留守兵团的部队里找三匹蒙古小马给我。谢谢!

　　另外,有时间的话,请带你的姨妹到我这儿来玩。

王稼祥

朱仲丽看完短信,脸一下就红了。

姐妹俩来到杨家岭王稼祥的窑洞时,王还在办公桌前工作。一看进来的是朱家姐妹,他一边起身相迎,一边让警卫员倒水泡茶,喜悦之情溢于言表。这次,姐妹俩与王稼祥仅仅聊了不到十分钟,便因王稼祥公务繁忙、不断有人请示汇报而起身告辞。

之后,朱仲丽又与王稼祥见过两次面,还在简易球场打了一次网球。在数次接触中,一种由衷的爱慕之情开始在朱仲丽心底萌发。可是由于女性特有的矜持和"高傲",这份"情意"却迟迟不见显露出来。

这可让朱仲芷和肖劲光感到着急。姐姐忍不住催问进展情况。

朱仲丽说出了自己的顾虑:"姐呀,你不知道,我是怕配不上人家。"

朱仲芷"扑哧"一声笑了,把手搭在朱仲丽的肩上:"原来是这样?我的小妹也很优秀啊?"朱仲芷的一番话,让朱仲丽不好意思地笑了。

又过了些日子,朱仲丽在路上遇到了李富春。因为都是湖南老乡,所以说起话来并不拘谨。李富春老远就笑着说:"小妹,你跟王稼祥什么时候请我们喝喜酒啊?"

"富春大哥,你别乱说。"朱仲丽不好意思地回道。

李富春说:"认识两个月了还没有进展,弄得别人反而替你们着急,你到底要什么条件呀?"

"条件?我可没提什么条件啊。"朱仲丽歪着头一想,又道:"要说有条件的话,就是让他把烟戒掉。"

在五次反"围剿"的战斗中,王稼祥腹部受伤,常用鸦片止痛,后来竟上了瘾。到延安后,经过一番痛苦的戒除,虽然不吸食鸦片了,却代之以抽香烟,而且抽得很凶。想到这些,李富春望着朱仲丽回道:"你的条件,我会转告王稼祥。你等着瞧吧。"

朱仲丽不经意间说出的话,竟成了王稼祥戒烟的动力。不久,王稼祥就真的把烟戒了,他与朱仲丽的关系也有了突飞猛进的发展。

1939年3月5日是农历元宵节,王稼祥与朱仲丽在战友和亲人们的祝贺声中喜结良缘。在延安的中央领导同志都参加了婚礼。毛泽东对王稼祥笑呵呵地说:"你成了我们湖南的女婿,今后可要好好照顾我们的长沙小妹啊。"

王稼祥没有食言。从此,他与朱仲丽相携相持,坚定地走过了数十年的风雨历程。

参考文献

1. 叶子龙：《叶子龙回忆录》，中央文献出版社 2000 年版。

2. 赵桂来：《从宝塔山到中南海》，中央文献出版社 1998 年版。

3. 金冲及主编：《毛泽东传 1893—1949》，中央文献出版社 1996 年版。

4. 中共中央文献研究室邓小平研究组：《邓小平与卓琳：相濡以沫五十八年——邓小平家人访谈录》，载《党的文献》2004 年第 5 期。

5. 朱仲丽：《毛泽东王稼祥在我的生活中》，中共中央党校出版社 1995 年版。

6. 何定：《此恨绵绵——彭德怀与浦安修》，载《党史文汇》1994 年第 2、3、4、5 期。

7. 范小方：《军政名人的爱情》，甘肃人民出版社 1997 年版。

原载《湘潮》2008 年第 12 期
《西部时报》2009 年 5 月 15 日转载
《大家文摘报》2009 年 5 月 25 日转载
《扬子晚报》2009 年 1 月 13 日转载
《河南法制报》2009 年 6 月 2 日转载
《江苏工人报》2009 年 6 月 19 日转载
《党史信息报》2010 年 7 月 14 日转载
《党建文汇》下半月版 2011 年第 8 期转载
《党史信息报》2011 年 7 月 6 日转载

张闻天与延安马列学院

延安马克思列宁学院（简称马列学院）是中国共产党第一所攻读马列主义的比较正规的学校，是延安的最高学府。自学院创办之日起，张闻天就兼任院长，直到1941年7月改组，前后有三年多的时间。为了办好这所学校，张闻天倾注了大量的心血。辛勤的耕耘结出了丰硕的果实。马列学院培养和教育了一批坚强的干部，提高了干部的理论水平，还创造了丰富的办学经验，在中国的干部教育史上写下了令人难忘的篇章。张闻天对马列学院始终充满眷恋之情。1976年6月底，他在病逝前夕曾对外甥马文奇说："我一生没有为党的事业作出多大的贡献，但有一点可以自慰的，在马列学院时为党培养了一批好干部。"

合适的院长人选

1938年5月5日，是世界无产阶级革命导师马克思一百二十周年诞辰，这一天，延安马列学院正式开学，身为中共中央总负责人的张闻天兼任院长。

在当时中央的领导人中，张闻天无疑是院长的合适人选。除了具有相当的理论素养，善于独立思考，善于从实践中学习这些显著的特点外,他还有主办干部学校的经验。五年前,也就是 1933 年初,中共中央在瑞金创办了一所新的干部学校——"马克思共产主义学校"。据专家考证,这所学校的第一任校长就是张闻天。

马列学院创办之初,张闻天精心策划,亲自领导,诸如调干部、订计划、请教员等事项都直接过问。在他的协调下,学校的教员都是堪称一流的学者,如艾思奇、陈昌浩、王学文、吴亮平等。

张闻天还指导招生工作。第一班(也就是第一届)共有学员一百多人。他们当中有久经沙场、赫赫有名的红军将领,有坚持地下工作或坐过监狱的白区干部,也有入党不久、工作经验不多的青年学生。这部分知识青年在进入马列学院之前都在延安的其他一些院校接受过培训,并通过入学考试。张闻天亲自主持面试,决定是否录取。

马列学院设在延河边上的蓝家坪。半山腰一排窑洞就是学员的宿舍,每个窑洞住十来个人,就是一个学习小组。新老干部混编在一起,使他们朝夕相处,交流经验,取长补短,互相帮助。山沟里唯一一间用干打垒做墙、泥草盖顶的大房子就是教室,每期学员都是在这里上课。教室里没有课桌和凳子,膝盖就是每个人的桌子,两边放几块砖头,上面搭块木板就是凳子。设施虽然简陋,但学员们都为能够进入这所最高学府而感到光荣与自豪。

开学那天,没有举行仪式,张闻天给学员讲了话。他一身灰布军装,扎着绑腿,戴着一幅深度的近视眼镜,令学员们十分亲切。他说:党中央早就想办这样一所学院,培养和教育干部,提高干部的马列主义理论水平;现在抗日战争开始了,全党更应学习理论,以适应形势的需要。如今,马列学院开学了，这个愿望终于实现了。

他逐一介绍了授课的教员，每介绍一位，学员们都报以热烈的掌声。张闻天还说，学院重要的课程还要请毛泽东、周恩来、朱德、陈云等领导同志亲自讲授，听到这里，学员们更是无比的兴奋。在发言的最后，张闻天特别强调，马列学院的教学方针是理论联系实际，他说：我们务必彻底地清除教条主义，因为教条主义对我们的危害实在太大了。

理论联系实际的学风

关于马列学院的办学方针，张闻天是十分明确的，从课程设置到教学内容与方法，处处体现了理论联系实际的学风。

马列学院开设的课程分两类：一类是马列主义基础理论课，有马列主义基础问题、哲学、政治经济学；另一类是具有极强实用性的课程，有党的建设、中国现代革命史、西洋革命史。

"党的建设"前部分党建理论由康生讲授，后部分党建基本问题分别请刘少奇、陈云、李富春等作专题报告。刘少奇的《论共产党员的修养》、陈云的《怎样做一个共产党员》，就是给马列学院作的报告。

除了以上六门课之外，张闻天十分重视党的方针政策和当前重大现实问题和理论问题的学习与研究。他多次邀请毛泽东作报告，毛泽东的《战争与战略问题》、《反对投降活动》和《新民主主义论》的部分内容，都是在马列学院作过的讲演。毛泽东其他的重要著作每当发表，张闻天也都要组织学员认真学习。

张闻天非常重视实际工作经验，凡有高级领导人从前线、敌后或大后方回到延安,都要请他们作报告,以张的身份、地位、人缘,大体上都能请得到。先后有二三十位负责人到马列学院作过报告,如周恩来、朱德、彭德怀、邓小平、彭真、董必武、贺龙、张鼎丞等。这些报告的内容是多方面的,包括抗日战争的形势、任务、战略和前途、敌后战场、统一战线、党的建设等等;还有许多实践经验,比如如何开辟根据地,如何建党建军,如何发动群众,如何对日作战,如何克服困难等等。这些高级领导同志的大报告,丰富了教学内容,促进了理论与实际的结合,成为马列学院的主课之一。

张闻天也经常就党内重大事件、党中央重要的方针和决定作报告。马列学院开学不久,张闻天就作了一次批判张国焘叛变投敌的报告,反复阐明"党指挥枪,而决不能枪指挥党"的道理。1938年11月,党的六届六中全会召开以后,他立即向全院师生进行传达,一共作了六七次报告,详尽地阐述毛泽东所作的政治报告《论新阶段》的精神,精辟地论述了党在抗日战争中的战略与策略,不点名地批判了王明新投降主义的错误。

张闻天的讲课与报告非常吸引人。一位学员回忆道:洛甫同志仪态沉稳而潇洒,言谈简约而幽默。他平易近人,在他面前毫无拘束感。他去学院的次数不多,每去一次不是作形势报告,就是讲党的当前政策。他没有讲稿,只有巴掌大小的两三页纸提纲,讲话层次分明,一环紧扣一环,一步深似一步,以他特有的严密的辩证思维逻辑启发听者的头脑,紧跟着他的讲话,步入问题的最底层。听了他的讲话,无不钦羡他的学识和才干。有一次,徐老(特立)去学院讲话,当号召大家学习哲学时,说过这样的话:"在我们党内,真正把马克思主义哲学学通了的只有两个人,一个是润之(即毛泽东),一个是洛甫。"1938年12月，在讨论学校教育方针等问题的中央书记处会议上，张闻天介绍了马列学院的情况，他说："学生学习热忱很高，进取心很大，培养了学习的兴味。有充分时间学习看书，开会很少，采用宽大的民主的办法，教育方法活泼，没有教条主义。"他还非常满意地说："我认为马列学院半年的学习，当（顶）莫斯科两年。"

教学上的民主风气

马列学院一个重要特点是教学上的民主。在学习方法上，坚持以自学为主；在学习和讨论时，学员可以自由向教员提出问题，要求解答，当时把这叫"质疑"。那时，学习讨论发表意见是很自由的，没有"扣帽子、打棍子"一说。马列学院的民主风气，是同张闻天的民主作风分不开的。张闻天起草的《中央关于办理党校的指示》中指出："在学习中提倡敢于怀疑，敢于提出问题，敢于发表意见，与同志辩论问题的作风。对于错误的、不正确的思想，主要的应该采取说服、解释与共同讨论的方法来纠正。"

谢中锋是来自国民党统治区的学员，由于亲身的经历，他比较重视统一战线的问题，但也有一些模糊的认识。在一次讨论中，他说，国民党不断地搞摩擦，并经常杀害我们的人员，简直是坏透了，已经无法再合作，因此不能再讲统一战线了。在讨论结束时，张闻天作总结，不点名地批评了谢中锋的观点，说，有的同志讲，不应该和国民党讲统一战线了，这种观点是错误的。对此，谢中锋想不通，就给写了一封信，表示不同看法，并问：我们仍要坚持统一战线，但如果国民党总是无端地杀害我们的人，难道只能束手待毙吗？

过了两天，王学文副院长向他转达了张闻天的意见。张肯定了谢的独立思考的精神，并针对来信作了回答：我们必须坚持统一战线，但坚持统一战线，并不意味着只联合不斗争，如果我们受到无理迫害，就须自卫，就要斗争。

听了这样的解释，谢中锋完全满意了。

每门课程讲完后，都由张闻天主持半天的课堂问答，一般安排在星期六的下午。这时，全班同学都在山下的教室集合。张闻天就一周所学的功课综合提问，用以考查学员的理解与掌握的情况。他根据学员不同的程度，提出不同的问题，请不同的同志回答；他特别注意工农出身的老干部在理解上有何困难，青年学生出身的新干部能否联系实际。这种课堂问答带有自由讨论的性质，是理论联系实际的好形式。学员们私下把这种教学形式称为"照相"。张闻天也觉得这个称呼很好，有时也加以使用，风趣地说："现在我们开始'照相'吧！"

对于"照相"，学员们一则喜，一则惧，在由衷欢迎中，也不免有些怵头，怕答不出来丢面子、出洋相。新老干部都清楚自己长于什么，短在哪里，所以，每当张闻天在讲台上一坐，总有人想扎个旮旯，或者把自己的小木凳子放倒、找个高个儿的脊背遮挡一下，以免被院长"照相"了。其实，张闻天几乎知道每一学员的经历，能够叫得出许多人的名字；对于某一特定的问题，最有把握的同学自然有机会回答；但往往先被叫起来的，就是那个最没把握、头低得最低的同学，结果往往是一叫出某个学员的名字，立即引起一阵哄堂大笑。

张闻天提问的范围非常广泛，马列理论问题固然有，抗战实际问题也有，国际形势问题也有，领导方法问题也有。被点名的学员站起来回答，如果回答不充分，再找第二、第三个人来补充；其他的同学则非常专注地听。最后，不管是回答的怎样，张闻天总要点评一番，指出哪里答得对，有哪些不足；哪里答错了，错在哪里。张闻天的讲解与点评，语言朴实无华，思路条理清晰，道理讲得深入浅出。听了点评以后，学员能够把从书本上读到的，从课堂里听到的，以及脑子里想到的有关问题，融会贯通地进行思考，从而加深了对马列主义的理解，增强了对马列主义信念。

学员们最喜欢这种生动活泼的教学方式。如果有时通知洛甫同志明天要来"照相"，大家都很高兴，认真地做准备；但有时通知洛甫同志明天有事，不能来"照相"了，大家不免有些失望。

这种教学方式看似轻松，实际上难度极大，要求甚高。第一，要有极高的理论素养，对马克思主义能够融会贯通；第二，要能对马列理论进行联系实际的说明；第三，了解学员的情况，能够有的放矢地提问；第四，要对学员的回答当场作出点评。因此，张闻天在每次"照相"前，都有充分的准备。

可亲可敬的长者

张闻天曾是党中央总负责人，职务很高，威信很高，却没有半点架子；他平易近人，循循善诱，在师生的心目中就是一位可亲可敬的长者。在马列学院几乎没有人以院长相称，而都亲切地称他"洛甫同志"。

马列学院虽说仅是张闻天兼管的一份工作，但他投入了极大的精力，对学院的教学与管理考虑得周密细致，同时特别注意做思想政治工作。当时正是艰苦的抗日战争时期，不时有敌机光顾，而许多学员是从前线，从大后方，从敌占区来，一时很难安下心来。张闻天就与学员谈心。他说，日本鬼子在黄河那边，一时过不来，即使过来了，也不是三五天的事，所以一定要有安心学习的思想准备。有的同志过去没有学习习惯，一坐下来接触书本，眼皮就打架，瞌睡就来了，这也难免，但要慢慢养成学习的习惯。

宋平是来自国民党统治区的青年学生，进入马列学院后，一方面珍惜这个深造的机会，另一方面又羡慕奔赴前线的同志，所以总是心猿意马的。针对这种思想，张闻天及时进行教育与诱导，他指出：革命有各种各样的工作，党需要各种各样的干部，但不管从事什么工作，都需要马克思主义。革命在发展，在深入，有很多工作、战斗等待着我们；因此，现在的问题不是有没有工作、战斗的机会，而是我们有没有革命的本领，能不能胜任工作，能不能适应斗争的需要。看问题不能只看眼前，而要看得更远一些，宽一些。

听了张闻天的讲话，宋平很快安心学习了。

还有一些工农出身的学员，多年来一直在打仗，有的经过长征，立有战功，但对读书学习就缺乏正确的认识，说：打仗有了机关枪就够了，敌人来了，一扫一大片；读书又不能打死敌人，有什么用？针对这种思想，张闻天专门讲了学习理论的问题。他说：机关枪能打死敌人，这是事实；但是革命不能光靠机关枪，没有马列主义，分不清敌我，你就不知道该向谁扫射，可能打不准敌人，反而伤了自己的同志。所以，革命需要机关枪，也需要马列主义。

学员王兆相就是参加过长征的老红军，团级干部，但从小放羊，只念过三年书，学习很困难。"学校的课程很多，刚开始时我听起来非常费力，就像整天驾在云雾里一样，记得教员和同学们讲什么偶然与必然，相对与绝对，我都莫名其妙，不知道怎么回事。"

张闻天了解到这个情况，就鼓励说："王兆相，你文化低，也别着急，听不懂可以多问。这不是短时间能补上来的，今后可以看点小说，像《三国演义》、《水浒》之类的书籍，这样可以增长许多文化知识。"

尽管王兆相的基础很差，但经过努力，他的收获仍然很大，他这样总结：在学习上我是很用功的，我完全靠眼看、耳听、脑记。动手记笔记的能力很差。即使这样，我当时还是觉得有关马列主义、党建、新民主主义、世界革命史等知识我学得还是不错的。政治经济学、哲学就比较难懂，学起来相当困难。在马列学院一年半时间的学习生活，对许多课程，我由听不懂到逐渐听懂并理解。通过学习，我深深感觉到自己的眼光看得远了，视野更开阔了，对共产主义、对党的信念更坚定了，对抗战充满了信心和希望。

山沟沟里开俄文班

开办马列学院，就要研读马列原著，翻译外文书刊，因此必须有一批外语人才。张闻天留过美，也留过苏，懂英文，也懂俄文，自然懂得外语的重要性。但延安一时难以找到合适的外语教员，因此，长期以来，如何培养外语人才队伍，一直是张闻天亟需解决的问题。

1940年，师哲从苏联回国。他在苏联工作与生活了18年，俄文当然是顶呱呱的。

师哲来到延安没有几天，张闻天就请他到马列学院教授俄文。此时，师哲已在毛泽东的身边工作，事务繁杂，没有多余的精力与自由支配的时间；同时对自己能否胜任教学心里没底，因此不敢贸然答应。

张闻天不灰心，仍然一股劲儿地劝说："不要担心，学校对外语教学的要求并不高，只要能让学员借助字典看懂马列原著就行了；如果有人能笔译当然更好，这是我们的最高要求；至于听说能力与用俄文写作，那就看个人的努力与造化了。"

师哲仍不想接受。张闻天不由分说，拉着他到马列学院，当众宣布："这是你们的俄文教员，两天之后正式上课。"

师哲无奈，只好同意，但提出一个不为过分的要求："你总得给我点时间，制定个简单的教学计划，准备点教材吧。"

张闻天把手一挥，说："没这个必要，你教就是了！"

这样，师哲硬是被赶鸭子上架，担当起马列学院的俄文教学任务。

从教师到学员，没有一本教材；一块黑板，一支粉笔就是所有的教学设施。然而，学员们的热情却十分高涨，呼啦啦报名学习的竟有200多人。

第一次上课，师哲看到下面黑压压的一大片，像听大报告似的，真是叫苦不迭：这可怎么教？黑板上写的字后边看不到，嘴里喊着（不是讲）后面也听不清。他从俄文字母讲起，虽然是最简单的，但多数学员仍然像听天书一样。

勉强把一节课上下来，师哲就径直找到张闻天，大诉其苦："天下哪有这样教外文的？没有教材不说，就这样两三百人上大课，能有效果吗？"

张闻天也不作解释，拍着师哲的肩膀笑着说："没关系，再坚持一下，情况就会发生变化。"

果然让张闻天说中了，听课的人一次比一次少，最后坚持下来的也就是二三十人。另外，教材的问题也解决了。有了教师，有了教材，再加上学员的努力，马列学院的俄文教学居然取得可喜的成效，有些学员像季宗权、唐海、陈波儿等学得非常好，一年之后，甚至能独立翻译长篇巨作。后来，这些人就成了中央研究院俄语教研室的骨干。

想当初，当张闻天安排学习俄语的时候，曾受到一些人的诽议：山沟沟里面学什么俄语？残酷的战争年代，学习外语有什么用？

可是，实践证明，在这个问题上，张闻天确实是站得高，看得远。

"根深不怕风摇动"

在30年代初，张闻天曾推行过"左"倾教条主义，在以后的革命历程中，他一再沉痛检讨，并从中吸取了终生的教训；然而，仍有些人用老眼光看人，说张闻天是教条主义，说学习马列著作是教条主义。对此，张闻天有不同的看法，他说："马列主义的经典著作是应当不断地学习的，我们过去不是书读错了，而是读书的态度错了，不是以马列的唯物主义的态度去读，而是以唯心主义的教条主义的态度去读。"他还说："我们不应当反对学习马列主义的理论；把理论当做教条当然是错误的，但学习理论又能结合中国的实际加以运用，这样地学习马列理论，不但不是教条主义，而是学得越多越好。"

对于种种误解与批评，张闻天没有解释，也没有申辩，只是写下一副对联以表明自己的心境："根深不怕风摇动，树正何愁月影斜。"

然而，毛泽东对马列学院也不满意。1941年5月，他作《改造我们的学习》的报告，其中有一段就可能与马列学院有关："在学校的教育中，在在职干部的教育中，教哲学的不引导学生研究中国革命的逻辑，教经济学的不引导学生研究中国经济的特点，教政治学的不引导学生研究中国革命的策略，教军事学的不引导学生研究适合中国特点的战略和战术，诸如此类，其结果，谬种流传，误人不浅。在延安学了，到富县就不能应用。经济学教授不能解释边币和法币，当然学生也不能解释。十七八岁的娃娃，教他们啃《资本论》、《反杜林论》。"

在另一场合，毛泽东甚至公开指责："马列学院是教条主义的大本营。"

应该承认，毛泽东在报告中批评的一些现象，在马列学院确实是程度不同地存在的；但是，如果由此而认为马列学院教学方针有问题，并且一言以蔽之为"教条主义大本营"，显然是不恰当的。由于毛泽东的批评，1941年7月，马列学院改组为马列研究院，8月，又改组为中央研究院，虽仍然由张闻天担任院长，但这种改组某种程度上实际是对马列学院的否定，对张闻天主持马列学院工作的否定。

实践是检验真理的唯一标准。几十年的实践证明，马列学院办学是卓有成效的。马列学院共招生五届，培养了近千名干部，这些人后来成了各条战线的骨干。不仅如此，中共领导人的秘书和负责理论宣传方面的干部，许多人也出身于马列学院。

邓力群曾经在马列学院学习与工作过，后来是中共理论战线的负责人，他这样概括在马列学院学习过的绝大多数同志的收获：

> 一是学习了比较系统的马列主义理论的基础知识，从而对马列主义整体上有了一个初步的了解；二是对党在抗战时期的路线、方针和政策有了比较正确的认识，对整个新民主主义的理论和政策有了比较全面的了解；三是大大

提高了思想水平，坚定了共产主义信念，懂得了共产党员应当具有的党性修养。

邓力群还指出：

> 这些收获显然不是在理论与实际完全脱节的教学方针下所能得到的，它恰好说明学员在整体上是贯彻了理论与实际结合的方针，并取得了成效的。

在马列学院学习与工作过的宋平也指出：

> 回忆我们老同学的成长过程，大家的共同体会，就是在马列学院学习的那段时间所受的教育，对我们一生的影响，是极其深刻的。马列学院的教育方针，就是注重党的基本理论和基本政策训练，注重理论与实践相结合。这些基本知识的学习，对我们这些青年学生是具有深远意义的马列主义启蒙教育。就我个人来说，这对我的一生特别是从思想上确立无产阶级世界观，坚定自己的共产主义信念，是起了决定作用的。

马列学院的学员，后来担任国家主席的李先念在致延安马列学院成立50周年纪念集会的信中说：

> 延安马列学院是很值得纪念的。它是我们党创建的第一所攻读马列主义理论的比较正规的学校，对提高党的理论水平作出了很大贡献；它培养了一批具有马列主义基础知识的干部，并帮助许多经过长征和在国民党区域长期斗

争的干部总结经验，学习理论，它还为中央研究院的建立提供了条件。所有经过马列学院及中央研究院学习和锻炼的干部，以后在各个时期的艰苦斗争中，在各条战线的广泛实践中，可以说，都起了应起的骨干作用。

陈云对马列学院给予充分的肯定。为纪念马列学院成立50周年，陈云的题词是：实事求是，理论联系实际。

永远的恩师

张闻天一生曾三次直接从事干部的教育与培训工作。第一次是在莫斯科，他一边在红色教授学院深造，一边在中山大学任课；第二次是在瑞金，他担任"马克思共产主义学校"的校长；第三次是在延安，他担任马列学院的院长。而在马列学院，他教过的学生最多，并且有很多学生后来成为党和国家的重要领导干部，可谓桃李满天下。因此，在中共领导人中，张闻天多了个与众不同的称谓：恩师。

张闻天的学识、为人、品德、精神影响了众多的门生。说起张闻天，他的弟子充满了敬重之情。

当年马列学院的学员，后来担任北京市司法局副局长、党组副书记的李源说：每当我回忆起这段难忘的岁月时，总是情不自禁地要缅怀一位温文尔雅、学识渊博、朴实无华、一身正气、使我永远崇拜的高大形象，这就是我已故的院长洛甫同志。

当年马列学院的学员，后来担任沈阳市委宣传部副部长、鞍山市文教部长的郑文这样回忆：

学院的学习，给我们留下深刻的印象，也使我们从理论上武装了自己。至今我还记着那滚滚的延河水、那山上的窑洞和课堂前面的枣树。我们在这里吃小米长大，我们吸着延河的乳汁而强壮。时间过去了50年，至今想起我们的好院长，我不禁热泪盈眶，他在"四人帮"迫害下与世长辞，如果他有知，看到在他培育下的学员在漫长的革命历程中所作出的奉献，该多高兴啊！

当年马列学院的学员邓力群在《坚持对共产主义的忠贞和深情——为老师闻天同志八十五诞辰而作》的文章中写道：

从1937年7月第一次听闻天同志的报告，直到1976年7月1日他去世，40年中，当他学生的时候或当他下级的时候，在一起的时候或分开的时候，顺境的时候或逆境的时候，他都是我的老师。他至今还是我的老师。在任何情况下，闻天同志始终坚持对共产主义的忠贞和深情，尤其是我要铭刻在心，永志不忘的。

当年马列学院的学员曾彦修在《根深不怕风动摇——怀念张闻天师》一文中，饱含深情地写道：

张闻天是共产党员，但却又生就一副古道直肠；他是坚定的革命家，但却又很懂得温良恭俭让；他终生诲人不倦，却又终生学而不厌。他是学者、革命家、为人师表三位一体的典型。他年轻时犯过错误，而且是重大的错误，但是，"君子之过，如日月之蚀"，他真正做到了这点。像他这样彻底改正错误，终身不再重犯的人，不正是我们大家都应该学习的榜样吗？古人说，做人应该做到"立德、立功、立言",是谓"三不朽"。闻天同志在为反对封建主义,为中华民族的彻底解放,为中国共产主义事业胜利的毕生奋斗中,可以说在这三个方面都无愧于党和人民了。

参考文献

1. 师哲口述、师秋朗笔录:《我的一生——师哲自述》,人民出版社2001年版。

2. 吴介民主编:《延安马列学院回忆录》,中国社会科学出版社1991年版。

3. 《回忆张闻天》编写组:《回忆张闻天》,湖南人民出版社1985年版。

4. 程中原:《张闻天传》,当代中国出版社1993年版。

5. 马文奇、何宝昌等:《张闻天》,北京出版社1993年版。

6. 刘英:《我和张闻天命运与共的历程》,中共党史出版社1997年版。

7. 张培森主编:《张闻天研究文集》(第三集),中共党史出版社1997年版。

8. 《张闻天选集》编辑组:《张闻天选集》,人民出版社1985年版。

9. 张培森主编:《张闻天在1935—1938》,中共党史出版社1997年版。

10. 王兆相:《回忆抗日战争时期我在延安的学习生活》,见中共中央党史研究室编:《中共党史资料》第55期,中共党史出版社1995年版。

11. 宋金寿:《延安的最高学府——从马列学院到中央研究院》,见中共中央党史研究室编:《中共党史资料》第57期,中共党史出版社1996年版。

原载《党史纵览》2005年第10期
《延安精神研究》第5辑转载

创造后勤奇迹的人洪学智

抗美援朝战争是我军战史上现代化程度最高的一场战争。战争期间,志愿军所需的粮弹装备,几乎完全靠国内供应。侵朝美军依仗其空军优势,一直把切断志愿军的交通运输线作为其战略目标。因而运输线上反轰炸斗争的成败,关系到整个战争的胜负。

这是一场斗智斗勇的较量,最终美国第八集团军司令员弗毕特不得不承认:"虽然联军的空军和海军尽了一切力量,企图阻断共产党的供应,然而共产党仍然以令人难以置信的顽强毅力,把物资运到了前线,创造了惊人的奇迹。"

而志愿军后方勤务司令部(简称志后)的司令员洪学智,就是创造这个奇迹的人。

"只有打赢这场后方的战争,才能更好地保证前方战争的胜利"

1951年4月下旬,抗美援朝第五次战役第一阶段后期的一天,洪学智正在楠亭里第二分部检查督促物资前运工作,忽然接到了彭德怀的电话,让他马上回国向周恩来汇报前线后方供应的情况。洪学智心想,让党中央、中央军委了解一下前线后勤的实际情况，以便从人力、物力、财力等方面获得全国人民的支持，实在太有必要。

到了北京，洪学智向周恩来详细地汇报了志愿军的后勤情况。

抗美援朝战争直接面对高度现代化的美国军队，出现了不同于以往革命战争的许多新情况和新问题。在过去，我军作战物资的补给基本上靠从战场上缴获或就地从民众中征集，正如那首歌所唱的："没有枪，没有炮，敌人给我们造"，蒋介石就是我们的运输大队长；粮食被服全靠根据地的人民群众供给，哪儿有老百姓，哪儿就有粮仓，有被服厂，有医院。但在朝鲜战场，情况则不同了。敌人高度机械化，行动迅速，根本不容你建立根据地。而且，敌人所到之处，一片焦土，在三八线附近，几百里的无粮区，连老百姓都没有吃的，还要志愿军从自带的口粮中挤出一部分去支援他们，哪还能"取之于民"？打了胜仗，敌人撤退时把带不走的辎重都销毁了，他们可不是"运输大队长"，人家不在乎，销毁了还能造新的，绝不留下来。这样，前线的供应就全靠国内运送。那时志愿军没有制空权，防空能力也很差。美军却依仗其空中优势，对朝鲜北部的城镇、工厂、车站、桥梁等重要目标进行毁灭性的轰炸。志愿军后勤运输主要依靠汽车，而敌人把破坏我战区后方交通作为重要手段，使后勤运输陷入极度的困难之中。初入朝时，不到一星期，就炸毁志愿军的汽车180多辆；在第一至第三次战役中，消耗汽车1200余辆，平均每天30多辆。为了减少损失，只得夜间闭灯行驶，加之路况恶劣，运输效率低，翻车事故时有发生。第四、五次战役期间，是我志愿军后勤最困难、最艰苦、最复杂的时期，由于交通不畅，大量物资积压在鸭绿江沿岸，无法送上前线，粮食供应仅能满足需求量的四分之一；前线的将士们只能在极度艰难的条件下作战，忍饥挨饿，人员损失也相当严重。

听了洪学智的汇报，周恩来十分重视，说："外国的军事家说，后勤是现代化战争的瓶颈。志愿军后勤必须加强，中央军委考虑，要给志愿军后勤增派防空部队、通信部队。"洪学智还说："彭总还让我向你汇报成立志愿军后方勤务司令部的问题。"

周恩来很感兴趣，说："说说你们的想法。"

洪学智阐述了建立后勤司令部的理由，进一步阐述了现代化战争中后勤的作用，其观点之精辟令人耳目一新：

"从朝鲜战争中彭总和我们都逐渐认识到了现代化战争中后勤的作用。现代战争是立体战争，在空中、地面、海上、前方、后方同时进行，或交叉进行。战场范围广，情况变化快，人力物力消耗大。现在欧美国家都实行大后勤战略，五十公里以前是前方司令部的事，五十公里以后是后方司令部的事。战争不仅在前方打，而且也在后方打。现在，美国对我后方实施全面控制轰炸，就是在我们后方打的一场战争。这场战争的规模，不仅决定了我们前方进行战争的规模，而且也决定了前方战争的成败。我们只有打赢这场后方的战争，才能更好地保证我们前方战争的胜利。后勤要适应这一特点，需要军委给我们增派防空部队、通信部队、铁道部队、工兵部队等诸多兵种联合作战，而且需要成立后方战争的领率机关——后方勤务司令部，以统一指挥后方战争的诸多兵种的联合作战，在战斗中进行保障，在保障中进行战争。"

在当时的历史条件下，一个刚刚从中国国内战争走出来的中国军队的将领，能够如此深刻地理解现代战争的某些特点，实在是件了不起的事。

5月初，志愿军党委在全面总结战略反攻阶段后勤经验教训的基础上，于5月3日，作出了《关于供应问题的指示》，这个文件是由洪学智负责起草的。《指示》充分肯定了后勤在现代战争中的地位和作用，指出："战争是人力、物力的竞赛，尤其是对于具有高度技术装备的美军作战，如果没有最低限度的物资供应，要想战胜敌人是不可能的。必须认识到在敌人掌握了制空权，我军车辆又不够，而百万大军包括大炮、坦克、工兵等等，一切物资都需从国内运来的情况下，后勤工作是极为困难复杂的，没有全军的协助，仅仅依靠后勤部门同志的努力，要完成此种艰巨任务那是不可能的。"《指示》强调："后勤工作是目前时期我们一切工作中的首要环节。"《关于供应问题的指示》上报军委后，很快获得批准。

出任后方勤务司令部司令员

抗美援朝战争开始后的半年多，志愿军的后勤保障工作主要由东北军区后勤部（简称东后）承担。随着战争发展，志愿军大量部队先后入朝，到1951年4月中旬，已达16个步兵军共48个师，7个炮兵师，4个高炮师，4个坦克团，9个工兵团，3个铁道兵师和两个直属团，再加上其他机关部队，总兵力已达95万人，比刚出国时增加了三倍还多。特别是由于技术兵种增加，弹药、油料的消耗大幅度增加。显然，这样百万大军的后勤供应，再靠"东后"来代管，已力不从心。根据形势，中央军委很快批准"志司"的建议，决定成立志愿军后方勤务司令部，隶属"志司"，并要求"志后"司令员要由志愿军的一个副司令员兼任。

1951年5月14日晚，彭德怀主持召开志愿军党委常委会议，研究志愿军后勤司令部的机构设置、干部配备等问题。会议一开始，彭德怀宣布了中央军委的决定。洪学智一听就预感到八成得由他来兼任。因为从入朝时起，后勤就是由他兼管的。果然，大家力荐洪当志后司令，彭总也十分赞同。但洪学智有自己的想法，不愿意兼，原因有两个：一是他一直从事政治和军事工作，驾轻就熟，而对后勤工作比较生疏；二是朝鲜战争的后勤工作太难搞，担心搞不好，搞砸了。彭德怀与其他几位领导好说歹说，洪就是不松口。

彭总见洪这么固执，火气也上来了，拍着桌子大声问："你不干？行啊！你不用干了！"洪说："那谁干呢？"彭总继续吼道："我干！你去指挥部队吧！"洪学智见彭总如此说，马上软了，说："老总，你讲这个话，可是将我的军哪！""是我将你的军，还是你将我的军，啊？！"洪学智看实在推不掉了，于是就退了一步，说："这个后勤司令我可以兼，但是得有个条件，允许我这个条件，就行。"

彭总见洪同意了，语气也缓和了，问："什么条件呀？"洪说："条件很简单，第一个是干不好就早点撤我的职，换比我能干的同志；第二个，我是个军事干部，愿意做军事工作，抗美援朝完了，回国以后，不要再让我搞后勤了，还让我搞军事。"彭德怀听了，笑着说："我当是什么呢，就这条件呀？行！赞成！同意你的意见！"

5月19日，中央军委作出《加强志愿军后方勤务工作的决定》。《决定》命令：着即成立志愿军后方勤务司令部，负责管理朝鲜境内之一切后勤组织与设施（包括铁路、军事运输在内）；志愿军后方勤务司令部，直接受志司首长领导；凡过去配属志愿军后方勤务部之各部队（如工兵、炮兵、公安、通信、运输、铁道兵各部队、工程部队和医院等），其建制序列及党、政、军工作领导，指挥与供给关系等，今后统归志愿军后方勤务司令部负责；中央军委任命洪学智兼任志愿军后勤司令员，周纯全为政治委员，张明远为副司令员，杜者蘅为副政治委员，政治部主任漆远渥（后为李雪三）。中央军委的《决定》，从理论和实践的结合上阐明了后勤在现代化战争中的地位和作用，扩大了后勤工作的职权和范围，标志着后勤由单一兵种向诸军种合成的重大转变，是志愿军后勤发展史上一个重要的指导性文件。

建立分区供应与建制供应相结合的供应体制

抗美援朝战争初期，志愿军后勤工作继承国内解放战争后期的经验，由各分部按照作战方向部署兵站对部队实施跟进保障。最初，组建起三个随军过江的后勤分部，每个分部组成一条供应线，设若干大（兵）站，配有仓库、汽车团、装卸团、公路工程队、担架队、警卫团及医院、救护队等。直到第三次战役，都是由这三个分部保障前线的供给。第三次战役结束后，增加了第四分部，是由第九兵团后勤部改编的，以后随着战线的扩大，又增加了几个分部。

这种后勤体制不利于发挥各自的主动性和积极性，甚至出现了互相依赖或重复供应等混乱现象。转入阵地作战以后，随着部队的陆续增加，后勤供应的任务大大加重，矛盾就更加突出了。彭德怀对这种状况很着急，洪学智更是寝食不安。

采取什么形式和方法组织供应呢？洪学智跑了一些军、师、团后勤机关，还跑了一些前沿阵地，结合以往的经验，根据新的情况，提出了一种分区供应与建制供应相结合的供应体制方案。这种供应体制把整个战区后方地域划分为战役的和战术的两个层次。从鸭绿江边至一线各军后勤之间为战役后方，构成志愿军后方地域。从军后勤至前沿阵地之间为战术后方，构成部队后方地域。战役后方由志愿军后勤根据总的作战方针、作战方向、部队部署和地形、道路等条件以及后勤自身的力量，划分供应区，开设兵站线，对部队实施分区供应。战术后方取消兵团后勤，以军后勤为主体，仍按部队军、师、团系统实施建制供应。实践证明，这种分区供应与建制供应相结合的供应体制，适应朝鲜战区的地理、交通条件和作战要求，在战争中充分显示了它的优越性。洪学智向彭德怀汇报，彭认为这种改变很好。命令立即执行。

志愿军后勤新的体制的建立和改善，标志着我军现代化战争保障体制的成熟。

"敌人有多少花招，我们就能想出多少办法对付他们"

1951年8月，美军制定了交通线"绞杀战"计划，企图用三个月时间摧毁朝鲜北部的铁路系统，窒息中朝的作战力量。18日，美国空军开始重点轰炸铁路桥梁。9月起，又把轰炸重点转向朝鲜北部铁路运输枢纽。9月至12月，敌军在这一地区几段仅73.5公里的线路上，投掷炸弹3.8万余枚，使该地区80%的时间不能通车。

得知这一情况，彭德怀特意把洪学智叫来，一见面就说："洪大个子，敌人要把战争转到后方了，这是一场破坏与反破坏、绞杀与反绞杀的残酷斗争，前方是我的，后方是你的，你一定要打赢它！"

洪学智深知自己身上这副担子有多重。40年后，他回忆说："战争正在激烈地进行，又碰上特大洪水，真是雪上加霜，难上加难。我是志司领导兼志后司令员，真是吃不下睡不着，心里像火烧一样。但是越困难，越要冷静处理。"

当时，哪里最困难，哪里是关键，洪学智就跑到哪里，交通枢纽、渡口、敌机封锁地带，都常常出现他的身影；他还深入战士干部之中，一起出主意、想办法。只要有一种新的对付敌人的办法，他马上会召集会议总结推广。

由于敌人昼夜不停地轰炸，加上地势险要，桥梁短期难以修复，志后研究后，决定集中4个大站和1000多辆汽车，采取倒运办法。在西清川江桥头倒运了600多车皮的物资，在东大同江桥头倒运了1100多车皮物资，在东沸流江桥头倒运了270车皮物资。这就是抗美援朝战争史上著名的"倒三江"。这种倒运、漕运、接运办法是在洪水泛滥、敌机轰炸情况下创造的一种特殊的运输形式，它达到了路断、桥断而运输不间断的目的。

有些新修复的铁路桥承受不了火车头的重量，志愿军铁道兵就想出一个好办法：在桥的一边用火车头把装有物资的车皮推过江，再由等候在那边的火车头拉走，火车头不上桥。这样，一列列满载军用物资的火车便可以平安通过随时可能被压垮的便桥，将物资运往前方。这种方法，在当时被称为"顶牛过江"。

志愿军铁道兵还想出许多令人拍案叫绝的办法：将桥的高度降到水面以下，成为敌机看不到的"水下桥"。有的桥在通车后立即拆除重要部件，夜晚再搭上，成为昼拆夜架的活动便桥。有的在正桥远处修造便桥和便线，即使敌机炸毁一处，另一处仍可以通车。

为在有限通车时间内通过更多的列车，志愿军打破常规，采取"片面运输"（在一定时间内一个或几个区段的列车，向同一方向运行）、"续行行车"（一个区间内两个以上列车，保持一定间隔连续运行）、"合并运转"（将两个以上列车连续运行）等措施，从而提高了运输效率。

在朝鲜战场上，困难到了无以复加的地步，但是洪学智始终坚信，只要发动群众，集思广益，办法总比困难多。

几十年后，洪学智回忆道：要说难忘的事，整个抗美援朝战争都令人难忘。就说群众的智慧吧。敌人有多少花招，我们就能想出多少办法对付他们。比如敌机扔炸弹，把公路炸出许多大坑。开始工兵还用土填，后来想出了办法，找两块木板担在坑上，汽车就开过去了，后来用一块板就行。我们有一个排长，琢磨着学会了卸定时炸弹。敌人炸桥梁，我们就修水下桥，桥面在水面下，敌机发现不了。敌人夜间经常用照明弹侦察。我们发现敌机都是在照明弹发现目标后才飞过来轰炸，有个时间差，我们正好借光，利用敌人的照明弹给我们夜间行车照明，等敌机飞来时，我们的汽车就冲过了危险区。我们对付他们的办法很多。

发动群众，依靠群众，数十万军民齐上阵

洪学智另一法宝就是充分发动群众，依靠群众。

在第五次战役后期，前方打得很紧张，急需弹药和粮食，而交通瘫痪了，物资大部分运不到前面去。东线杨成武二十兵团粮食处于极端困难的境地。

彭德怀给洪学智打来电话，说："洪学智，我告诉你，二十兵团要断粮了，再困难也要保证东线部队有五天的粮食。"

在这个最紧张的时期，洪学智一方面集思广益想了许多办法：找一些会水的人把粮食顶在头上，运过清川江；千方百计找了些木船、橡皮艇运粮；另一方面发动群众，依靠群众，打一场人民战争。

由于下雨、过河，有些粮食打湿了，就组织群众烤、炕、晒，当时，志后用于翻晒粮食的就有 30 万人次，还发动朝鲜人民群众分户翻晒。

那些天，洪学智每天把粮食的情况向彭德怀报告两次，包括后方起运了多少粮食，运到没有，送到前线部队有多少。

经过大家一起努力，终于度过了最困难的时期。

一个困难克服了，又出现新的困难。

美军疯狂轰炸与洪水泛滥使朝鲜北方大部分的铁路、公路被毁。当时，前方战事甚紧，急需粮弹。只靠后勤工兵部队的几个团修被破坏的铁路、公路，再有半年也无济于事。洪学智找担任第二副司令员的陈赓商量。

洪学智说："陈司令，修路工程量太大，修得太慢了！"

陈赓问："你有什么想法？"

洪学智说："得全军动手才行，除了一线部队，不管是机关也好，部队也好，勤杂人员也好，都要上。另外，朝鲜群众也得上，为人民军也要补充呀，道路不通，大家都困难呀！"

陈赓听了说："这个办法不错，开会研究一下吧。"

在志愿军的领导会议上，洪学智谈了自己的想法："统一布置，合理分工。每个军、每个师、每个团明确包哪一段，限期完成；一个月之内无论如何也要全部通车。"

有人觉得工程量太大，不好完成。

陈赓严肃地说："这同打仗一样，是战斗任务，白天干不完晚上干，夜以继日，全力以赴。"

根据会议的决定，洪学智拿出一个方案，把哪段是什么兵团，哪段是什么军，哪段是朝鲜老百姓的，哪段是后勤机关的，哪段是工兵团的都分好了。

然后，洪学智与陈赓一起向彭德怀报告。彭总看了方案很高兴，说："我正为运输线发愁呢！这办法好！按这个方案下命令吧！"

9月8日，在志愿军党委会上，彭总针对这项工作说："这是战斗任务，所有部队都要集中力量搞。要迅速恢复冲毁的公路，要普遍加宽公路，修几条标准公路，有战略价值。"

会后，志愿军二线部队11个军、9个工兵团和志后3个工程大队，共数十万人，在朝鲜人民军和朝鲜群众的支援下，冒着敌机的轰炸扫射，掀起了一个规模巨大的抢修公路热潮。由于实行了分段包干负责的方法，大大加快了工程的进度。结果，只用了25天，就把道路全部修通了。这样，全军后勤运输供应就渡过了最关键、最危险的难关。

抗美援朝战争期间，中国人民志愿军在朝鲜人民及其军队的配合下，战胜了美国空军对朝鲜北部铁路、公路的轰炸、封锁，保障了后勤补给，创造了惊人的奇迹，被誉为"打不断、炸不烂的钢铁运输线"。在这一过程中，洪学智有着杰出的贡献。彭德怀曾经多次说过："抗美援朝战争的胜利，百分之六十至七十应归功于后勤。"他还常常说："要授勋，第一个勋章就要给洪大个子。"

参考文献

1. 洪学智：《抗美援朝回忆》，解放军文艺出版社2001年版。
2. 王树增：《远东朝鲜战争》，解放军文艺出版社2000年版。
3. 黄则贤：《战胜美军"绞杀战"》，载《军事历史》2004年第4期。
4. 《抗美援朝——洪学智上将访谈录》，见人民网，2006年11月22日。

原载《中华魂》2009年第9期

《环球视野》总第262期（2009年9月17日）转载

陆定一晚年的反思

陆定一是我国老一辈的无产阶级革命家,马克思主义理论家、宣传家,卓越的新闻工作者。他自1945年起任中共中央宣传部部长,建国后,虽然还兼任过一些别的重要职务,但在中宣部部长的职位上时间最长,主管意识形态工作直到"文革"开始前。"文革"开始后,陆定一身系缧绁达13年之久,被折磨得全身都浮肿了。但正是有了这13年的炼狱生活,才使陆定一在思想上大彻大悟。复出以后,他继续拿起那支如椽大笔,写出许多石破天惊的文章。

"全党要尊重自己的领袖,但是不能有个人崇拜"

陆定一一向敬重毛泽东,在延安整风期间,他经常对同事说:"中国没有毛主席不得了,有了毛主席就了不得啊!"然而,在相当长的时期内,陆定一也受到个人迷信、个人崇拜思潮的影响,对毛泽东盲目崇拜,以为毛泽东的一切都是正确的,永远都是正确的。他以宣传、阐述毛泽东思想为己任,按当时的理解,凡毛泽东的言论与实践都属于毛泽东思想,因此,陆定一既大力宣传了毛泽东的正确思想,也竭力鼓吹了其"左"倾的主张。

"文革"之初，狂飙天落，一夜之间，陆定一成为第一批被打倒的"反革命修正主义分子"，随之而来的是批斗、关押，但他对毛泽东仍然痴情不改。在给毛泽东的信中，他写道：我年已六十，虽然犯了很多错误，我要改正，跌了跤子，我要爬起来，继续前进，争取一个较好的晚年，把我的余生，贡献给革命，跟着毛主席干一辈子革命，直到我还有最后一口气的那一天。不能跟着走，爬着也要跟上去。

然而，严刑逼供彻底粉碎了陆定一的幻想，他开始摆脱个人崇拜的束缚。他说："我事先从来没有想到，'文化大革命'中，毛泽东同志自己也会搞起王明'残酷斗争，无情打击'的一套。1966年，当我被关起来的时候，我还想，他老人家一定比我正确吧。1967年底，对我严刑逼供，我才觉悟到，他是违背党的基本原则，是大错特错了。"1978年12月2日，陆定一终于重见天日。经过蹉跎岁月的陆定一，年事已高，创伤累累，但他似乎忘记了个人的不幸和遭遇。他壮心不已，宝刀不老，继续为中国的改革开放、繁荣富强奉献自己的智慧与心血。

出狱不久，陆定一就发表文章，通过大量的事实说明"大跃进"中大炼钢铁，是得不偿失、劳民伤财；并且写道：庐山会议上彭德怀同志的"意见书"是正确的。"错误的不是彭德怀同志，而是反对彭德怀同志的人。"

文章没有点名。但是读者明白，这个"反对彭德怀同志的人"首先是指毛泽东。关于1958年"大跃进"与1959年庐山会议的孰是孰非，现在已经不是问题了，但当时还没有作出正确的结论，还是"禁区"，陆定一的看法在党内是十分大胆和超前的，因而引起某些人的担心与不满。但是这篇文章却得到来自各方面的赞誉，有的单位把它作为学习材料组织干部学习。

陆定一深深地懂得：任何关于未来走向的探测，都离不开

对过去历史的总结与反思,

  因此,他常常回顾历史。关于个人迷信与个人崇拜,他又一次在历史的长河中寻找可借鉴的东西。他写道:八七会议后,党的生活恢复了正常,但又出了"新鲜"的事。南昌起义失败,周恩来同志被处分。广州起义失败,叶挺同志被处分。这些处分都是国际代表提出来,中央照办的。秦用孟明而兴,楚杀子玉而一蹶不振,两千年前就有这个经验了。我们的办法类似"楚杀子玉"。当时我觉得非常奇怪,但又幼稚到这个程度,以为"共产国际究竟与众不同,共产国际想必一定是对的"。迷信是幼稚的产物。我对共产国际的迷信,到遵义会议才有所改变,从1925年到1935年,前后达十年之久。

  通过自己的亲身经历,说明迷信与个人崇拜的危害及其产生的原因,因而是很有说服力的。

  针对"两个凡是",陆定一又一次回顾历史,写道:王明路线是一次大灾难。灾难之来,次数不多,但常常出人意料,而且在短期内不可抗拒。王明懂得理论吗?他既不懂理论,更不懂中国的具体实际。他只会背教条,从概念到概念。"凡是马恩列斯的话必须遵守,凡是共产国际的指示必须照办",这是博古同志在延安整风运动中写的自我检讨中说的。你看,教条主义就是"两个凡是"。

  读到这里,读者一定会发生这样的联想:啊,原来"两个凡是","古"已有之。

  在对历史总结与反思的基础上,陆定一提出一个重要的观点:全党要尊重自己的领袖,但是不能有个人崇拜。因此,一方面,他充分肯定毛泽东的历史地位,颂扬毛泽东的丰功伟绩,比如,他把毛泽东与瞿秋白作比较:"毛泽东同志比瞿秋白同志,强在什么地方呢?论读书,读马列主义的书,他们都读得很多。论实践，毛泽东同志自始至终在军队里、在苏区里，亲身经历过胜利与失败，深深了解军情和民情，这是瞿秋白同志不能相比的。《左传》里有一段赞晋文公的话：'艰难险阻，备尝之矣，民之情伪，尽知之矣，天假之年，而除其害。'晋文公是春秋五霸之一。"这段话既高度概括，又生动感人，只有对瞿秋白和毛泽东深刻了解才能作出这样的评价。

另一方面，陆定一深刻地批判毛泽东的晚年错误。不仅如此，还进一步分析毛泽东犯错误的原因，指出：首先，由于全党没有社会主义建设的经验。再则，由于毛泽东同志骄傲了，自以为是了，听不进反面意见了。他对斯诺的谈话，竟主张需要有个人崇拜。三则，因为他老了，即使想做系统周密的调查研究，也已经力不从心了。除此之外，陆定一还谈到两点：一是理论上的错误。二是个人崇拜和终身制。陆定一指出：政党需要有领袖，没有领袖是不行的。全党要尊重自己的领袖，但是不能有个人崇拜。不管怎么好的领袖，甚至像毛泽东同志这样领导我国人民取得革命的伟大胜利的杰出领袖，对他的敬重是应当的，对他崇拜就不对，就要犯错误，甚至像十年"文化大革命"这样的大错误，花费极大的代价。

我们应该永远汲取这些用血的代价换来的教训。

"在社会主义建设时期，我们党也有一个幼年到成熟的发展过程"

1983年11月的一天，陆定一同志对秘书说，他打算结合全党写一篇谈毛泽东思想的文章，并将他的想法和文章的结构大致谈了一下，叫秘书起草。但是，秘书起草了两稿他都不满意，后来还是决定自己动手。陆定一非常投入地进行写作，有时要写到下半夜两三点钟，拿出初稿后，又反复修改，几经斟酌推敲，终于把这篇近万字的文章完成了，前后花了一个星期的时间。1983年12月14日，这篇题为"纪念毛泽东同志九十诞辰"的文章在《人民日报》、《光明日报》同时发表。文章颇有新意，发人深省。这篇文章的基本观点是：中国共产党像一切事物一样，有它的幼年时期和成熟时期。在革命时期，我们党有一个从幼年到成熟的发展过程；在社会主义建设时期，我们党也有一个幼年到成熟的发展过程。

在革命时期，我们党有一个从幼年到成熟的过程，这一点容易理解，因为事情已经完成了，回顾一下就看得很清楚。但是，有些人因此产生了困惑：既然中共已经是一个成熟的党，就不应该再犯错误，起码不应该再犯像"文化大革命"那样的严重错误。困惑得不到解答，于是就产生了怀疑，怀疑党是否正确，怀疑社会主义制度是否优越，有的人走得更远，甚至连马克思主义也怀疑起来。

针对这些困惑与疑问，陆定一写道：这种思想动摇之所以发生，归根结蒂，是由于没有认识到，虽然党在革命问题上，已经完成了由幼年到成熟的过程，但在社会主义建设问题上，还要重新经过由幼年到成熟的过程。

陆定一回顾了两次成熟的过程，指出：1935年的遵义会议，是党在革命时期脱离幼年时期进入成熟时期的历史标志；1978年十一届三中全会，是我们党在社会主义经济建设的问题上成熟了的历史标志。他特别强调：十一届三中全会所以能够挽回局势，最重要的，是恢复了毛泽东同志在革命中所提出的"调查研究、实事求是"的思想，把它应用到社会主义建设中来。由此，陆定一总结出一条衡量党是否成熟的重要标准：懂不懂，会不会，坚持不坚持调查研究、实事求是，在革命时期是党成熟不成熟的界线，在社会主义建设时期也是党成熟不成熟的界线。

这确是一段金石之言。

只要坚持"调查研究、实事求是"，我们将无往而不胜。

如何看待知识分子，"是'革命成败之所系'的头等大事"

在知识分子问题上，陆定一的认识是有反复的。1941年，当时担任八路军总政治部宣传部长、八路军前方总部野战政治部主任的陆定一，曾起草了《大量吸收和正确对待专门家》的文件。这个长达六千多字的文件对什么叫专门家，怎样识别真假两种人才，以及如何正确地分配他们的工作并保证其生活和工作条件等方面的政策，都作了深入的论述和明确的规定。这是一个重视与发挥知识分子作用的好文件。

然而，建国以后，陆定一的思想却发生了变化。

1956年1月，党中央召开了关于知识分子问题的会议。周恩来代表中央郑重宣布，知识分子的绝大多数已经是工人阶级的一部分。但是，陆定一对此却持反对态度，在会上的长篇发言中，就根本不提这个至关重要的问题。

1962年2月至3月，国家科委和文化部同时在广州召开科学工作会议和话剧、歌剧创作座谈会。会议期间，根据聂荣臻和陶铸的意见以及与会者的强烈要求，周恩来决定为知识分子"脱帽加冕"，即脱掉"资产阶级"之帽，加上"人民的知识分子"之冕。3月5日和6日，陈毅分别在两个会议上讲话，他说："你们是人民的知识分子"，"今天我给你们行'脱帽礼'！"陈毅的发言受到与会者的热烈欢迎。但是，在这个问题上，高层领导的意见并不一致。当周恩来要求毛泽东表态时，毛泽东竟不说话。不久，在中央工作会议上，毛泽东明确表示不同意为知识分子"脱帽加冕"，并且严厉地批评了陈毅。在这种背景下，引发了陆定一与周恩来的争论。

1962年10月至11月，中央召开宣传文教会议，陆定一发言，说："这些年来知识分子政策有点乱，一'左'一右。'左'发生在1957年，1958年，1959年的下半年和1960年的上半年，表现为拔白旗，宁'左'勿右的那个纲领，提升职称的那个文件。右表现为脱帽加冕，知识分子都成了劳动人民知识分子。知识分子只有两种：资产阶级知识分子和无产阶级知识分子，按世界观来划分。劳动人民知识分子的提法不确切，模糊了阶级界限。出身于农民、小资产阶级的知识分子，不附属于无产阶级，就附属于资产阶级。"

11月26日，听了陆定一的汇报，周总理明确表示："说我们提劳动人民的知识分子是没阶级分析，这种说法不妥。我是代表党作报告的，是党批准的，不是我一个起草的。少奇在宪法报告上也讲过有劳动人民知识分子。我不认为我讲劳动人民知识分子有什么错误。"周恩来的这番话，义正词严，掷地有声！特别应该指出的是，周恩来明明知道毛泽东的态度，却毅然坚持自己的意见，其勇于坚持真理的精神，令人肃然起敬！

但是，由于有了毛泽东的支持，陆定一对中央书记处这个"正式决定"根本不予理睬，并叫秘书班子给他准备一个《社会主义社会的文化革命和知识分子问题提纲》。在这个文件中，他除了重申自己的基本观点外，还对当时的知识分子状况作了以下估计："无产阶级知识分子占百分之三十多一点，资产阶级左派知识分子占百分之三十多一点，资产阶级中间派知识分子占百分之三十多一点，资产阶级右派知识分子不到百分之十。"

也就是说，资产阶级知识分子仍是"三分天下有其二"，这同毛泽东当时对文教系统"至少一半不在我们手里"的估计，基本上是一致的。

陆定一除了在知识分子定性问题上犯了"左"的错误之外，还在"教育革命"中提出了一系列过火的主张，从而使教育战线的知识分子深受其害。

在认识到毛泽东晚年错误的基础之上，陆定一对建国后党的知识分子政策进行了深入的反思。他认为：在社会主义改造基本完成之后，党内对知识分子有两种截然相反的主张。一种人包括周恩来、陈毅、聂荣臻、王震等同志，是重视而且能够团结知识分子的。另一种人是林彪、江青集团，认为知识分子就是资产阶级，是"臭老九"，是敌人，"知识越多越反动"。"还有的人，在两者之间，比如我自己吧，对知识分子犯了不少'左'的错误，同时也提出过'百花齐放，百家争鸣'的正确意见。"陆定一的这个"自我鉴定"，是认真负责，合乎实际的。

陆定一认识到，自己在知识分子问题上的最大错误，是长期反对周恩来关于知识分子定性问题的正确主张，因此，他怀着深深的内疚。他出狱后写的第一篇文章，就是《怀念人民的好总理———周恩来同志》。文章以恢宏的气势，简练的文字，鞭挞了林彪、"四人帮"，颂扬了周恩来。在谈到知识分子问题时，他说："周总理把为谁服务的政治态度作为划分知识分子阶级属性的唯一标准，而不把世界观作为标准。……这是很对的。我在这个问题上的观点，当时曾经是偏'左'的，所以是错误的。我要努力向周总理学习。"

在报刊上公开承认自己的错误，这是需要勇气的。

君子之过，有如日月之蚀！

陆定一经过反思，其认识升华到一个新的境界。他回顾知识分子在各个历史阶段的作用,写道:马列主义是革命的知识分子传到中国来的;在大革命失败之后,红军和苏区的创造者,"几乎毫无例外的是知识分子";从1927年至1937年的白色恐怖时期,上海曾经两三年没有党的组织,但以宋庆龄、何香凝、鲁迅、沈钧儒为代表的一批非党的知识分子却坚持在那里宣传共产党的主张;革命胜利后,中国的知识分子和俄国的不同,很少逃往外国去,相反,许多人却从国外回来,为人民政府工作;在"文革"中,所有的知识分子,直到小学教师都受到打击和冤屈,但平反之后,绝大多数毫无怨言,继续为人民服务。写到这里,陆定一满怀深情地说:"这样好的知识分子,全世界找不到。他们应该受到信任和尊重,不应再受到歧视。"

陆定一还指出:究竟应该如何看待知识分子,同革命战争时期如何看待农民一样,都是"革命成败之所系"的头等大事。在1927年革命被迫转入农村的时候,有一个是否看得起农民的问题;在革命在全国取得胜利后,又有一个是否看得起知识分子的问题。如果说当年知识分子同农民的结合曾经是困难的,那么农民干部要学会尊重知识、尊重人才,同知识分子结合也是困难的。

这是一个具有战略意义的深刻反思。

"党内生活是依照民主集中制正常进行的时候,党的事业就胜利"

经历了历次党内斗争,特别是王明路线统治时期和"文化大革命"的严酷斗争,陆定一深深地认识到,实行正确的党内生活是何等重要。他回顾历史,将王明与毛泽东加以比较,写道:在共产党内进行"残酷斗争,无情打击",是从王明开始的。只要有不同意王明的意见,就是反对"国际路线",就是"路线问题",就是"反党"。反党就是反对革命,反对革命就是反革命。斗争要残酷,打击要无情。先是批判,然后就关起来审查,然后就刑讯逼供。供了的按反革命分子处理,不供的是态度恶劣,也成了反革命分子。然后就处决,就株连许多人。意见不同,不光是政治意见,而且包括思想、宣传、军事、经济、文化、科学等等各种意见在内,都是政治问题,都戴政治帽子。凡是诬告,都算真的,诬告者提升,被诬告者受审查,受处分。王明路线统治了四年,党员之间的关系,从亲密团结变成互相戒备,"乌鸡白眼"。民主没有了,人人自危。

接着,陆定一写道:在党内生活中,毛主席同志反对"残酷斗争,无情打击",实行弄清思想,团结同志,惩前毖后,治病救人;对于有反革命嫌疑的人,实行一个不杀,大部不抓,严禁逼供信,实行调查研究,依靠确凿的证据定案。这就使全党形成了空前的大团结,政治生活又变为正常了。

陆定一不但臧否别人,而且检讨自己。据于光远回忆:陆定一出狱后不愿回家,他并没有必须住院的病,然而一直住在北京医院。一次于光远去医院拜望他,陆定一对于说:"光远,我们那时的宣传部,不就是整了一个人,再整一个人吗!"于光远认为:他说的的确是事实。在陆定一担任"肃清胡风反革命集团十人小组"组长时,他的确非常积极,十分起劲。听了老领导的话,于光远有如下的感慨:陆定一对中宣部的工作能作这样一个反思,使我对陆产生很高的敬意。在回顾历史的基础上,陆定一得出这样的结论:从党的六十多年的历史看来,在党内生活是依照民主集中制正常进行的时候,革命运动、党的事业就胜利,反之就要受到挫折,就要失败。对思想上、政治上、军事上、经济上、文化上、科学上、组织工作、宣传工作以及其他各种工作中的不同意见，不要戴政治帽子。同时当然要遵守国家法律，遵守党的章程和法规。这就可以保证党和国家的安定团结，领导好我们社会主义经济建设的工作。所以说，这是六十多年来的极其重要的经验，关系到事业的成败，关系到国家和人民的命运，不可等闲视之。

这确实是不可等闲视之的经验之谈。

"富强须期百年成，折腾皆由急躁来"

陆定一对于建设情况也是非常关心。到20世纪80年代，建国已经三十多年了，但在建设问题上仍然急于求成，于是指标越高越好，基建规模越来越大，投资超过了实际能力，颇有"大跃进"的劲头，结果是效果不佳，甚至遭到挫折。陆定一对这种现象深感忧虑。为此，他写信给当时的国务院总理赵紫阳。1986年8月，中顾委在沈阳召开三北（东北、华北、西北）第一次会议上，陆定一在发言中又谈了经济建设的速度问题，他说：

"大跃进"的时候，我们有些同志曾有"两年进入共产主义"、"跑步进入共产主义"的提法。徐水县就是这样，山东也有。这个风气从哪里来的？还是从苏联来的。赫鲁晓夫上台了，反对斯大林，搞了个"新阶段"，"二十年进入共产主义"，土豆烧牛肉的共产主义。中国感到他是"修正主义"，就来了个"大跃进"。"大跃进"的精神就是"跑步进入共产主义"。当时毛主席搞"大跃进"，我是赞成过的。"大跃进"没有成功，再来个"抓革命、促生产"的"文化大革命"，又不成功。但是"跑步"的思想，今天在我们中间不是没有的。

陆定一又说：现在我们讲，中国到2000年怎么怎么样，到中华人民共和国建国 100 周年怎么怎么样，这就是要有长期的思想，不要"跑步"。回顾革命开始时，我也有急性病，总以为革命很快能成功，多么幼稚啊！后来打仗打了 22 年。毛主席提出革命是长期的，波浪式前进的，那就对啦。但到了建设社会主义时期，他老人家就想一步进入共产主义，也是急性病。急性病造成的灾难多么大！

1989 年 1 月，上海《社会科学报》记者采访陆定一，记者问："我国的经济建设，从 1956 年三大改造以后，已经 32 年，有点什么经验教训？"

陆定一答：我是主张百家争鸣的。经验教训很多，中央正在总结。不揣冒昧，谈一点个人的看法，仅供参考。

陆定一还是从回顾历史谈起，他说：1958 年，"大跃进"。那年经济发展也很好，这使得毛主席头脑发热。当然，连我在内，都有责任。结果是一次经济危机，不得不从事调整，调整了三年，经济又上升了。1966 年，经济发展又很好了。这又使毛主席头脑发热，实行"文化大革命"，以后提出"抓革命，促生产"。十年中间，全党全国遭殃，经济到了崩溃的边缘。然后又有一个余波，叫"洋跃进"。再后是 1978 年十一届三中全会。经济经过又一次大调整，走上正常发展。

接下来，陆定一分析了中国经济大起大落的原因，说：其原因是主观的。我们的经济增长，正常的速度，就当前来说，大概是百分之七或百分之八，这是不低的。但总有人想超过这个速度。经济发展使一些人头脑发热，"为什么不可以更快些呢？"头脑发热都在经济发展情况很好的时候，一到经济发生危机，大部分人的头脑清醒过来。这算不算一种规律，大家研究吧。

陆定一强调：从 1949 年到 2050 年是 100 年，现在还剩 60

年，这是百年大计。有了这个"建设长期性"的观念，我们能够免于急躁。免于急躁，也就能免于折腾。

富强须期百年成，折腾皆由急躁来。这是陆定一从实践从悟出的道理，是以巨大代价换来的教训！

陆定一参加革命几十年，熟悉中共的历史，对许多重大历史事件都比较了解，以他这样的经历，以他敏锐的思想，以史为鉴，自然说出了许多深刻的意见，作出了许多精辟的概括。邓颖超读过陆的一些文章，称之为："老话有新意，继往又开来"。

陆定一的反思包含着深刻地自我批判。他不文过，不饰非，襟怀坦白，无私无畏。陆定一曾经沉痛地说："毛泽东的错误，党中央专门作了一个决议。我陆定一的错误没有人说，我只好自己骂自己。我的错误也很大。"反思自己的错误时能够达到"自己骂自己"的境界，这是何等崇高的精神！

陆定一的反思是深刻的。他以"黄河落天走东海，万里写入胸怀间"的大手笔，援古论今，言人所未言，确实具有强大的令人折服的力量。

陆定一晚年的文章值得认真研读；陆老本人更是一部值得认真研读的大书、厚书。

参考文献

1. 陈泉清、宋广渭：《陆定一传》，中共党史出版社1999年版。
2. 荒坪：《我的外公陆定一》，广东人民出版社2004年版。
3. 《陆定一新闻文选》，新华出版社1987年版。
4. 《陆定一文选》，人民出版社1992年版。
5. 朱显文：《陆定一和党的知识分子政策》，载《四川师范大学学报》2001年第4期。

原载《党史博采》2009 年第 2 期
《南国都市报》2009 年 6 月 7 日转载
《共产党员》下半月 2009 年第 6 期转载
《人才资源开发》2009 年第 9 期转载

粟裕与《粟裕战争回忆录》

一代名将粟裕是中国人民解放军十位大将之首。他不但雄才伟略、骁勇善战,为中国人民的解放事业立下了赫赫战功;而且立德立言,给后人留下了一部极为珍贵的著作:《粟裕战争回忆录》。粟裕的妻子楚青这样评价:"这部呕心沥血之作,凝结了粟裕同志对毛泽东军事思想的深刻理解,对战争规律的认真探索,以鲜血换来的作战实践经验以及对党和人民的无限忠贞。"

呕心沥血之作

粟裕决心写战争回忆录虽然是在"四人帮"最后一跳的1976年,但早在20世纪50年代末60年代初,他就对军事领域的形而上学、唯心主义等倾向极为不满。

1958年,厄运毫无征兆地突然降临到粟裕的身上。在那年的军委扩大会议上,他受到了错误的批判,并被调离了军事指挥第一线。面对突如其来的打击,粟裕采取了克制的态度,因为他始终相信自己几十年的革命实践会证明一切,历史终究会判明谁是谁非。

尽管身处逆境,但他仍关注着国防建设和军队建设。面对军事理论领域日益猖獗的形而上学、唯心主义的倾向，粟裕忧心忡忡，他说，毛泽东军事思想的灵魂是唯物辩证法，把毛泽东军事思想归结为几条固定的公式，把错综复杂的战争进程表述为高明的指挥者早就规划好的，并以这些观点来教育下一代，打起仗来是会害死人的。

楚青考虑问题比较简单。有一次，她对粟裕说："你既然对现有的一些观点不满意，何不把自己亲身经历的战争体会写出来。"粟裕不吭气。

以后妻子又几次提议，粟裕仍然默默不语。

十年动乱期间，由于有周恩来总理的保护，粟裕没有受到太大的冲击。1969年冬的一个夜晚，周总理找粟裕谈话，总理说：

"你现在已回不了部队，就在我身边、在国务院做点工作吧！"

粟裕说："我打了一辈子的仗，不会做地方工作。"

"不会做，可以学嘛！"总理说。

粟裕请求道："总理，替您向毛主席报告，一旦打起仗来，我还要上前线！"

总理立即答应说："那当然。"

自从参加革命以来，粟裕身经数百战，而今，虽然没有被打倒，但有职无权，无所作为，浑身不自在。他渴望重回军事指挥第一线，时常回忆起激情燃烧的战争岁月，常常金戈铁马入梦来。

1970年4月，周总理让粟裕沿我国北部边界视察。粟裕在五十天的时间内，乘坐吉普车沿边界荒漠地区，行程万余里。他亲自察看地形、工事、哨所、兵营，召开座谈会，找各级指战员交谈。他亲眼见到毛泽东的军事思想、国防建设受到极

"左"思潮的严重破坏,同时也了解广大指战员的心声。回京后,他向周总理作了口头汇报。周总理说:"我同意你的观点。"不久,他在给党中央和中央军委的书面报告中,如实地反映了视察中得出的结论。

1971年,林彪集团垮台,粟裕感到政治形势有所变化,于是,不惧"四人帮"的淫威,迫不及待地把自己对未来战争的一些想法报告中央、中央军委。由于他的不少观点同当时占统治的观点相左,执笔的同志迟迟不敢落笔。粟裕决定由自己口述,让妻子笔录。楚青心情紧张,劝阻说:

"你这是何苦,难道你为直言而吃的苦头还不够么!"

粟裕严肃而又激动地说:"战争是要死人的!我是一个革命几十年、打了一辈子仗的老兵,如果面对新的形势,看不出问题;或者不敢把看出来的问题讲出来,一旦打起仗来,就会多死多少人,多付多少代价。而我们这些老兵就会成为历史的罪人。"

然而,他的这些报告全都泥牛入海。

1975年10月,粟裕在多次发作心脏病的基础上突患心包炎、胸膜炎、肺炎。脱险后,1976年1月,继发心肌梗塞,又一次与死神擦肩而过。那年夏季,重病初愈的粟裕,对当时的形势极度忧虑和悲愤,同时也深知自己随时有可能离开人世,于是作出了一个重要的决定,他对楚青说:"你多次希望我把自己亲身经历过的战役、战斗写出来,但我从来不准备写。现在,我郑重地考虑了,决心写。这也许是现情况下我能够为党做的一点工作了。"他又说:"我也考虑到了,即使写成了,不一定能出版。那也不要紧,就留给家人,让儿孙们当故事书看吧。"

粟裕治学严谨,始终坚持对历史负责,对人民负责的科学态度。他对妻子及工作人员说:"要写,就要坚持实事求是,按历史的真实来写。时间隔得很久了,你们要对我的回忆找有关材料核实。至于观点,我欢迎你们参加讨论,提出意见,但是最后还要按我所认识的程度来写。这就是实事求是和文责自负。"

这样,自1976年夏季起,撰写回忆录的工作就正式启动了。粟裕一边回忆、思索一边讲述,妻子或身边工作人员来记录和整理。不久,粉碎"四人帮",中国进入新的历史时期,粟裕欢欣鼓舞,积极地投入到拨乱反正的斗争中。其时,要做的事情太多了,写回忆录的工作被排在了后面,虽然仍在进行,但进展放慢了许多。

天有不测风云。1981年2月,粟裕突发脑溢血,经抢救,两个月后,他的病情竟然得到稳定和好转。楚青小心翼翼地试探丈夫的记忆和思考能力,发现他的记忆力衰退了,但分析、思考能力仍如既往。一天,妻子问:"还想完成那本回忆录吗?"

粟裕说:"当然想的。"

不过,再如过去那样由粟裕作系统的回忆和讲述是不可能了。只能在保护他的健康的前提下,楚青以闲谈的方式提问。每次,粟裕都能简明扼要地答复。偶尔,他精神好时,还能就某一战役作比较系统的回忆和讲述。就这样,撰写回忆录的工作断断续续地进行着。

不幸接踵而来。数月后,粟裕又发作脑血栓,此后便反复的发作。他的语言、思维逐渐地迟钝了。但在每次病情好转后,楚青仍不放弃一点一滴的机会。有一次,对一个重要问题,必须听取粟裕的观点,楚青几天内多次提问,希望他谈一谈。不料,粟裕每次都默默地望着妻子而不作回答。楚青心急如焚,悔恨交加,掉转头泪如雨下。她觉得这项工作实在不应该再继续下去了,如果再进行,对病人来说就太残忍了。几天后,粟裕忽然说话："你不要着急，你问的问题我心里是明白的，只是我现在表达能力很差，慢慢地我会讲给你听的。"

然而，天不假年，壮志难酬。1984年2月5日，粟裕怀着诸多的眷恋与极大的遗憾，驾鹤西去，享年74岁。极度悲痛的楚青悄悄地立下誓言："兄长和伴侣，你安心地去吧！我一定要完成你交付给我的任务。"

2月13日，中央军委杨尚昆副主席由外地赶回北京为粟裕同志治丧。他代表中共中央、中央军委接见并慰问粟裕的亲属，询问有什么困难。楚青向杨报告："我和子女都没有什么困难。只有一件事，就是粟裕同志的战争回忆录还没有完成，他留下不少口述材料和文字材料，我请求组织上批准我把这项工作继续下去，直到完成。"

杨尚昆立即批准了楚青的请求，并批准粟裕原秘书朱楹同志作为专职干部参加这项工作。这时，不少粟裕的老战友、老部下甚至一些青年同志，也在关切这本回忆录。当他们得知中央军委已经批准继续进行时，无不感到欣慰。有几位同志主动地表示愿意和楚青共同承担这项工作。就这样，写作力量得到解决。

又过了四年的编撰整理工作，1988年，37万字的《粟裕战争回忆录》终于出版问世了。2007年，为了庆祝中国人民解放军建军八十周年，同时也为了纪念粟裕百年诞辰，解放军出版社决定再版《粟裕战争回忆录》。此次增补了由粟裕口述、楚青整理的"粟裕谈淮海战役"一文，弥补了原书中缺失的这一重要章节。征得作者亲属的同意，更名为《粟裕回忆录》。

关于这部书，粟裕生前曾说过："回忆录中记述的一切成功和失败、经验和教训，是参与革命斗争的所有人们，特别是无数革命烈士的鲜血和生命换来的。至于这本回忆录的能够成文，则是我与同志们的合作。"

不可不读之书

粟裕从一名普通的士兵成长为杰出的军事家、战略家,他没上过一天军校,但深谙兵法精髓,筹划战争深思熟虑、深谋远虑,兵法灵活多变、不拘一格。指挥战争时胸怀全局,审时度势,多谋善断,出奇制胜,运筹帷幄之中,决胜千里之外。

粟裕指挥大兵团作战之多,战绩之大,经验之丰富,影响之广泛,在人民解放军的将领中屈指可数。毛泽东在战争年代的文电中多次称赞粟裕的战略决策和战役指挥才能,表扬他在淮海战役中"立了第一功"。刘少奇曾说粟裕领导的新四军第一师,"在抗战中建立了最大的功劳"。刘伯承赞誉"粟裕将军百战百胜,是解放军最优秀的将领之一"。陈毅也深有感触地说:"粟裕将军的战役指导一贯保持其常胜记录,愈出愈奇,愈打愈妙。"就连一向孤傲的林彪,在豫东之战胜利后,也说:"粟裕打仗真行,像豫东战役那样的仗,我是不敢轻易下决心打的。"

1955年,中央在讨论到粟裕军衔问题时,毛泽东不仅要给粟裕授元帅衔,而且给予了粟裕极高的评价。毛泽东说:"论功、论历、论才、论德,粟裕可以领元帅衔,在解放战争中,谁人不晓得华东粟裕呀?"粟裕本人以其一贯的谦逊,对授衔大将是平静处之的。他曾说:"评我大将,就是够高的了,要什么元帅呢?我只嫌高,不嫌低。"然而,谋无遗策、战功赫赫的华东战区主将粟裕未授衔元帅,还是引起当时及后来许多人的由衷感慨,成为关注与议论的焦点。

这样一位军事奇才留下的呕心沥血之作,自然令读者爱不释手。

解放战争初期，粟裕在苏中七战七捷，威名大震。华中野战军和山东野战军会兵后，毛泽东明示："在陈（毅）领导下，大政方针共同决定，战役指挥交粟负责。"正司令在位的情况下，把战役指挥权交给副司令，这不仅在我军历史上是唯一的，在古今中外的战争史上也罕见。粟裕不辱使命，相继成功指挥了宿北、鲁南、莱芜、孟良崮、沙土集等战役。1948年5月，粟裕被任命为华野代司令员兼政委，实际上成为华东战区最高指挥员独当一面，旋即又指挥了豫东和济南战役。之后的淮海战役更是粟裕的巅峰之作。

在解放军高级将领中，像粟裕这样身为战区主帅的人物屈指可数，而留下回忆录的更是微乎其微，正因为如此，《粟裕战争回忆录》弥足珍贵。

在写作之初，粟裕就确定了这样的原则："我将主要地写战役、战斗的背景，作战方针的形成，战场形势的演变以及我个人在当时形势下所作的若干考虑，以求能如实地反映一个战役指挥员是怎样去认识和掌握战争规律以夺取胜利或者导致失败的。我这样写，可能会受到有些人的非议，但我没有别的办法，因为离开战争指挥者的种种思考去写战役、战斗，就是死的；最多也只能算是战斗详报，而我没有办法去写其他指挥者们的具体思考。"

在粟裕的回忆录中经常见到这样的句式："我的回忆，将侧重在一些重大问题的决策和军事指挥方面"；"这里只记述1941年2月—1944年12月有关军事斗争的战略和作战指导方针的若干问题。"这些极像毛泽东语气的话居然出自一个战区指挥员笔下，正反映了《粟裕回忆录》的特点。

在解放战争时期，粟裕曾三次提出战略性建议，极大地影响了解放战争的进程。回忆录披露了这三次粟裕的建议及引发的争论,其中"苏中战役"一节记载了第一次争论。

在解放战争初期,毛泽东有个外线出击的战略设想。粟裕等力主在"先在苏中打仗再西移",得到中央军委的批准,但同时引发了"内线歼敌"还是"出击外线"的战略分歧。尔后,粟裕率部在苏中七战七捷,以成功的作战行动促使中央军委最终改变出击外线的初衷。在李堡战斗结束后,粟裕于8月14日致电中央军委,对历次争论进行了总结:"战争初期,各主要作战方向,应充分利用内线歼敌的有利条件,哪里好消灭敌人就在哪里打仗,各战区之间有战略性的配合,不宜过早作战役性的配合;如果急于战役性的配合,我军兵力作更大的集中,则敌人的兵力也将随之作更大的集中,对各个歼敌不利。在兵力敌优我劣的情况下,过早地进行大会战,我们是难以有胜利的把握的。在战争初期,我军兵力应该随着敌我力量的消长,我军指挥艺术的提高和战局向我解放区纵深发展而逐步集中,由一次歼敌一个旅,逐步集中兵力发展到一次歼敌几个旅,这样比较有利。"

苏中战役胜利结束后,中央军委再次推迟了出击外线时间,直到1947年3月才最终明确了内线歼敌的战略方针,并指出"转入外线之时间,现亦不必顾虑"。可见,从1946年6月26日决定外线出击到1947年3月改为内线歼敌,中央军委用了整整八个月时间!粟裕的战略性建议和成功的战争实践对中央军委确立解放战争初期正确的战争指导方针起到了至关重要的作用。

粟裕身经数百战,但他的回忆录并不是将其经历的战争事无巨细地记载下来,而是择其指挥的主要战役,特别就作战方针的形成、战场形势的演变作详细的论述。比如,在"英雄的孟良崮"一章中,专门写了"割歼强敌的决心与部署"一个子目。

1947年3月,敌军对山东实施重点进攻,大军压境,敌情十分严重。面对战场形势的急剧变化,经过认真的思索,粟裕决定以"猛虎掏心"的方法,歼灭敌整编第七十四师。在回忆录中,粟裕写了他下这个决心的依据:

第一,歼灭第七十四师,可立即挫败敌人的这次作战行动,迅速改变战场态势,获得最有利的战役效果。

第二,这次要在敌人在重兵集结又有充分准备的条件下,以中央突破对付敌人的中央突破,的确是无先例的。但是,我们不应局限于以往的经验,而应从战场实际情况出发。从我方情况看:经过八个月作战,我军的战役、战术、技术水平有很大提高;各级指挥员特别是高级指挥员,积累了大兵团运动战的作战经验;我军的武器装备有了很大的改善,特种兵纵队已有相当基础,我军火力已大大加强,已经具备了围歼强敌的基本条件。从敌方情况看,敌挟重兵采取中间突破的战法,估计我不是主动后撤就是被突破。我军针锋相对以中间突破反中央突破,必出其不意,攻其不备,大奏其效。

第三,从兵力对比上来看,虽然敌军密密麻麻,一字长蛇摆了八个整编师(军),兵力占很大优势;但是七十四师担任中间突破,已进入我主力集结位置的正面,我军部署不需作大的调动,即可在局部对该师形成五比一的绝对优势。

第四,强和弱是相对的,或强或弱,部队本身所具有的战斗力不是唯一的因素,而是诸多因素共同作用的结果。整编第七十四师是强敌,但也有其弱点。该师是重装备部队,进入山区,地形对其不利,机动受到限制,重装备不能发挥威力,甚至成为拖累,其强的一面就相对削弱了。同时该师对其他敌军十分骄横,矛盾很深,在我围歼该敌又坚决阻援的情况下,其他敌军不会奋力援救。

粟裕的分析知己知彼,充满了辩证的思想。向陈毅汇报,陈十分赞同,说:"好!我们就是要有从百万军中取上将首级的气概!"由此定下歼灭第七十四师的决心。

《粟裕战争回忆录》主要从全局和战略的角度,探讨战争的规律,总结经验教训,书中有许多讨论、分析,也有许多独到的见解。比如,在回忆中央苏区第二次反"围剿"历史后,粟裕写道:"在这里我顺便说一下,过了八年,希特勒就采取了这个办法,从荷兰、比利时那个薄弱部位打了进去,突破了法国马其诺防线。这就教育我们,线式防御,在现代战场上是没有用的。现在有的同志强调环形防御,那是战术性的。从战役上讲,现代战争没有多层次纵深防御是不行的。"

在《粟裕战争回忆录》中,这样探讨战争的规律,总结经验教训的讨论、分析比比皆是。这是该书最精彩之处,也是最引人入胜之处。

《粟裕战争回忆录》的问世,掀起了研究粟裕的热潮,也有力地推动了其平反工作,这真是:无心插柳柳成荫。楚青在再版附言中写道:"粟裕同志在一九五八年军委扩大会议无端挨批一案,直至一九八四年他去世仍未解决。《粟裕战争回忆录》的出版,得到世人关注,引发了群众性研究粟裕的热潮,从而促进了他的冤案在一九九四年正式平反,令我感到欣慰。"

有专家指出:研究中国近代革命史、研究中国人民解放军军史,不能不研究粟裕大将;研究粟裕大将,就不能不读《粟裕战争回忆录》。

《粟裕战争回忆录》确实是值得认真研读的巨著;粟裕本人更是一部值得认真研读的大书、厚书。

参考文献

1. 粟裕：《粟裕回忆录》，解放军出版社2007年版。
2. 朱楹、熊铮彦：《粟裕对中央战略决策直陈异见》，载《炎黄春秋》2003年第3期。

原载《军事史林》2009年第7期
《特别关注》2009年第9期转载

武艺超群、骑术精湛的耿飚

耿飚是人民解放军的一名功勋卓著的战将。他武艺超群、骑术精湛,在二万五千里长征中,率部斩关夺隘,所向披靡,屡建战功,声威显赫。有位学者这样评价耿飚:忠诚、勇敢、智慧,多才多艺,品德高尚,集菩萨与金刚于一身。若在古代,他就是智勇双全的常山赵子龙!

一

耿飚,醴陵人氏,家境贫寒,13岁时,就到水口山矿当了一名敲沙童工。当时矿山上的童工有近千名。每天,他们用三磅重的敲沙锤,敲打着矿石,每举起锤子,就发出"哇哇"的声音。这些童工大都营养不良,很多人患有佝偻病,一个个脑袋显得很大,肚子鼓出来,加上赤身裸体,汗流浃背,"哇哇"的号子声,此起彼伏,连绵不断,就像稻田里那些被叫做"麻蝈"的青蛙一样,因此,人们就叫这些孩子为"敲沙麻蝈"。

与众多"麻蝈"不同,耿飚不但个子高,而且长得结结实实,这是长期习武的结果。

耿飚的父亲叫耿楚南,武功极好。他年轻的时候,闯荡江湖,进入抚台的亲兵营,接受了长达九年的系统训练,包括武术、马术和排兵布阵。经过百里挑一的严格筛选，抚台挑选了一批武士，准备把他们作为礼物，送到北京的皇宫中去，耿楚南就是其中的一个。他领到了一副皇上赐来的虎头双钩，但慈禧却下令解散了这些武士。

当耿楚南青衣软靠，箭袖快靴，背插虎头双钩，头戴羽翎，胸佩貉带，大步返回故里的时候，村里的人都惊叫起来："嗬！好一个双钩大侠！"

后来，身怀绝技的耿楚南成了"泥瓦匠"，一生辛劳，一生辛苦。值得称颂的是，他将武功传给了长子耿飚，并支持几个儿子先后参加了革命。

耿飚自幼就跟着父亲习武练功。当时，武术称为"国术"，耿飚虽不知父亲"国术"的流派，但从其念念不忘的"武德"中，可以体会出民族主义和爱国主义的内涵。耿楚南常对年幼的耿飚说："学习国术，大的是为了保国安民，为国效力；小的是为了健身、防身，锻炼意志和毅力。切不可学武后恃强逞能，打架斗殴，更不能以此欺凌别人。"

耿飚牢记父亲的教诲，刻苦练功，冬练三九，夏练三伏，即使是当了"敲沙麻蜩"后，也见缝插针，一有空就练；南拳、气功、单刀、点穴都曾练过，只有双钩没有学会。但他从不向外人炫耀，也不与人比武，当然更不去惹是生非。

耿飚习武也出过事。有一次，他独自在家中的桌子上练倒立，不小心摔在地上，脑袋撞击地面，竟缩到脖子里去了，疼痛万分，头颈肿成了倭瓜。正当家里人手忙脚乱、无计可施的时候，父亲回来了。他把耿飚倒吊起来，用力把他的头往下一拔，把头从脖颈中拔了出来，然后按摩了一阵，又敷上自制的药，很快消肿，过了几天就痊愈了。

耿飚儿时多病，自打习武后，身体渐渐好起来，也就很少得病了；更难能可贵的是，他坚持不懈，持之以恒，终于练就了一身好功夫，即使赤手空拳，四五个壮汉也无法近身；尤其是轻功了得，上楼梯都是用脚尖一次跳四五级。后来，耿飚深有体会地说："参加了红军后，特别是在长征中，环境那样艰苦，战斗那样激烈、频繁，我都挺了过来，而且身体越来越结实；在战斗中有时与敌人肉搏，能连续杀伤多个敌人，有时徒手俘获敌人；这些显然应该归功于自幼习武。"

艺高人胆大，胆大艺更高。一身武功帮助耿飚屡建战功。升任红四团团长后，耿飚仍然习惯手持利刃，冲锋陷阵，可谓是现代战争中的奇才。

长征初期，湘江之役，情况万分危急。当时上级通报，当面敌人兵力是九个团；而战后才知道，实际是十五个团。一个团居然阻击了整整十五个团，这在现代中外战争史上，都是不可想象的。团政委杨成武当时仅20岁，在恶战中身负重伤。后来，杨成武在《忆长征》中描述这场惊心动魄的血战："敌人像被风暴摧折的高粱秆似地纷纷倒地，但是打退了一批，一批又冲上来，再打退一批，又一批冲上来。从远距离射击，到近距离射击，从射击到拼刺，烟尘滚滚，刀光闪闪，一片喊杀之声撼山动地。"

耿飚身为团长也挥舞马刀与敌混战，以一当十，如入无人之境。他在回忆录中写道：

> 尖峰岭失守，我们处于三面包围之中。敌人直接从我侧翼的公路上，以宽大正面展开突击。我团一营与敌人撕杀成一团，本来正在阵地中间的团指挥所，成了前沿。七八个敌兵利用一道土坎作掩体，直接窜到了指挥所前面，我组织团部人员猛甩手榴弹，打退一批又钻出一批。警卫

员杨力一边用身体护住我,一边向敌人射击,连声叫我快走。我大喊一声:"拿马刀来!"率领他们扑过去格斗。收拾完这股敌人(约一个排)后,我的全身完全成了血浆,血腥味使我不停地干呕。

一场恶战,历时五天五夜,直至掩护行动迟缓的中央纵队渡过湘江,红四团才撤过江去。关于这场不堪回首的血战,耿飚在回忆录中写道:"每分钟都得用血换来的啊!"

中央红军长征到达陕北后,耿飚调到红军大学学习。不久传来三大主力红军胜利会师的好消息,紧接着,红四方面军的许多将领也调进"红大"学习,其中就有许世友。

许世友是个传奇式的人物,据说是少林和尚出身,武艺高强,身手不凡。因此,他一到"红大",许多人便要他"露一手",许世友总是笑眯眯地拒绝。

一天,耿飚与许世友在操场上散步,谈起各自的经历,当许得知耿飚少年时也练过武术,便来了兴趣,褂子一甩,要和耿飚"以武会友",切磋切磋。

周围的人一听,纷纷围拢过来,高声叫道:"比一比,比一比!"

耿飚牢记父亲的教诲,不敢逞强,于是说:"南拳北腿,不对路子,不好比武;再说,谁打了谁也不合适,还是你自己来一套吧。"

许世友果然打了一套拳,"少林"味十足。

许世友的那种所向披靡的风格,与他直率、粗放、天不怕地不怕的性格给耿飚留下极深的印象。对于许世友的"少林拳",耿飚的评价是:"真有力可抗鼎之势!"

二

凡有武功者,大都善骑术。耿飚就喜欢骑马,喜欢策马奔驰的感觉。

两大主力红军会师后,中央召开两河口会议,决定继续北上。就在红军整装待发的时候,耿飚的那匹从瑞金骑来的骡子突然走失了。这匹骡子,在耿飚看来,就是一个不会说话的"战友"。耿飚当即带警卫班四处寻找却没有找到。后来,他一想,各部队马匹甚多,可能是牲口"恋群",与别的马匹混在一起了,但不管在哪里,反正都是为革命服务,于是决定不找了。但是征途遥远,还要过水草地,没有坐骑怎么行?耿飚便带上几个战士,到附近找马。

翻过几座山,他们在一片广阔的草原上发现了好几个马群。一问当地群众,才知道是"汉人"寄养在这里的,有的都好多年无人问津了。草原上水草丰美,这些马膘肥体壮,很适合做战马。

耿飚看中了一匹遍体雪白,四蹄黑色,很像《三国演义》里所说"的卢"的马,就决定驯服它。但是这些马在草原上放任惯了,不好靠近,又没有套马工具,要想降服它是很困难的。耿飚徒手穷追,好不容易追上,抓住尾巴;那马由于负痛,后半部下沉,他便飞身骑了上去;那马则毫不客气把他甩了下来。

马欺生,尤其是从来没有被人骑过的野马,决不会轻易让人骑上去的。

耿飚的倔脾气也上来了,再追,再上。

折腾了一天,滚成了泥人,终于把那匹马治服了。

这种抓住尾巴上马的功夫也就成了耿飚的绝招。后来抵达陕北后，在部队举行的体育运动会上，耿飚还多次表演过。耿飚练过轻功，身轻如燕，因此能有此绝技，他人很难效仿。

这匹被驯服的马是匹领头马，耿飚骑它回到驻地，后面就跟来一大溜，有十几匹。战士们给这些马配上鞍子，正巧朱总司令要到四方面军去，路过这里。他也没有马，只有一头小骡子。耿飚问："总司令，这小骡子能骑吗？"

朱德苦笑一下："哪里是骑呀？我不过用它驮驮东西。"

耿飚说："送你一匹马，你来挑吧。"

一看有那么多好马，朱总司令高兴的摸摸这匹，拍拍那匹，然后把耿飚拉到一边：

"你有这么多，干脆给我两匹吧。"

"行！"耿飚满口答应。

于是，朱德把小骡子上的驮子卸下来，放到一匹马上，自己又骑了一匹，高高兴兴地走了。耿飚有马的消息，一下子传开了。第二天，林彪和聂荣臻都来要马，左权参谋长在电话里一再要给他留一匹。后来，连徐特立、董必武几位老同志也写了条子来，耿飚都一一满足了他们的要求，最后他只剩那匹白马了。

1935年9月，中央红军长征到达哈达铺后，整编为中国工农红军陕甘支队，下设三个纵队，仅有八千人。耿飚所在的红一师缩编为第一纵队第一大队，仅有一个加强营的兵力。耿飚在一纵一大队任参谋长，大队长是杨得志，政委是肖华。

11月，中央红军取得直罗镇之役的胜利，给党中央把全国革命大本营放在西北的任务，举行了一个奠基礼。其后，耿飚与杨得志率部向甘泉进发。

由于新胜，士气高涨，部队十分活跃。当时，耿飚与杨得志都换了新的坐骑。杨是一匹白马，耿是一匹青马。那马膘肥体壮，背阔鬃长，臀部滚圆，就像唐三彩的瓷马一样，谁见谁爱。

陈赓极力鼓动两人赛马。

那时耿飚与杨得志都是二十多岁，年轻气盛，于是拍马奔驰，开始了赛马。战士们都驻足观看。

马都是百里挑一的好马，骑手都是人人称道的好骑手，人与马融为一体，跑起来，四蹄腾空，肚皮贴地，速度极快，就像离弦的箭。渐渐地，杨得志冲到了前面，引起了阵阵的喝彩声。哪知道正在兴头上，草丛里突然蹿出一只野兔，白马受惊，急忙一闪，将杨得志摔了下来，当场昏了过去。耿飚惊出了一身冷汗，急忙给他做人工呼吸；警卫员也赶了过来，把杨得志抬到马上，走出二十多里，杨才缓过劲来。以后，杨得志再也不骑那匹马了。

多年以后，耿飚与杨得志回忆起当年那次"赛马历险记"，仍然感叹年轻时的鲁莽。

参考文献

1. 江英：《耿飚回首忆长征》，载《党史天地》1996年第8期。
2. 耿飚：《耿飚回忆录》，解放军出版社1991年版。
3. 陈灿和：《万里长征的开路先锋》，载《广东党史》2006年第5期。
4. 杨成武：《杨成武回忆录》，解放军出版社1987年版。
5. 陈虎：《长征日记》，中国长安出版社2005年版。

原载《文史精华》2009年第6期
《党政论坛》2009年第20期转载
《今日新疆·人物风云》2010年6月4日转载
《周末》2008年6月5日摘录
《老年生活报》2009年4月27日转载

《春秋周刊》2009年总第401期转载
《人民政协报》2009年4月24日转载
《党史信息报》2008年8月6日第841期转载
《党史信息报》2010年5月26日第935期转载

王震特殊的"求职信"

王震是一代元勋,为中国人民的解放和新中国的建立,为中国革命和建设事业,献出了毕生的精力,建立了不朽的功勋。他经历过两次长征和两次大垦荒,是个传奇式的人物。在"文化大革命"中,王震以特殊的方式伸手"要官",同样充满传奇的色彩。

一

"文化大革命"的初期,身为农垦部部长的王震受到猛烈的冲击。

1966年8月18日,毛泽东首次接见红卫兵,王震也接到请柬,登上了天安门城楼。当天,在接见活动结束之后,有人便组织了二百多人去了王震家。他们事先准备了一个牌子,上面写着"黑帮头子王震",进门之后,趁王震不备,一下子就挂到他的脖子上,并狂呼"打倒王震,砸烂王震独立王国"等口号。

这时,王震心中积聚已久的怒火再也按捺不住了,他愤怒地高喊:"我是革命的,是反对帝国主义、反对封建主义、反对官僚资本主义的",同时把牌子摘下来狠狠地掼到地上。

王震对造反派这种"嚣张"的态度,在当时的领导干部中极其罕见，因此，"王震怒砸黑牌子"一时广为流传。

经过再三考虑，王震决定用大字报对造反派进行回击。10月7日，他贴出了《我的第一张大字报》。在大字报中，王震斥责了某些人对他进行的诬陷和迫害。随后，他又陆续贴出五张大字报。据说，这两件事后来层层上报，反映到毛泽东那里。毛泽东听了以后，说了两句话。

第一句是："王胡子赤膊上阵了。"

第二句是："你们不要斗王震了，你斗他，他真会打人的。"

8月24日凌晨，周恩来亲自在人民大会堂接见农垦部造反派的代表。周恩来明确指出："王震功大于过。王震从江西红军开始，到长征过草地，都是拥护毛主席的。从铁道兵到农垦部，也一直是跟着毛主席走的。"并要代表们回去做解释工作。最后，周恩来郑重宣布："我讲的这些话是经中央政治局常委讨论，是毛主席决定的。"可是，有人仍不甘心。他们频繁策划，一再提出要批斗王震。周恩来在得知这一情况后，为了保护王震，对批判作了精心安排，明确表示：会议不许挂横标；王震同志作检查时，群众不喊口号、不插话；王震同志发言时可按讲稿念。

9月19日，批判会在政协礼堂召开。少数组织者抗拒周恩来总理的指示，仍在会场上打出了"揭发批判王震反党言行大会"的横标。当李先念、谭震林、王震等步入会场时，有人带头呼喊"打倒走资本主义的当权派"、"横扫一切牛鬼蛇神"等口号，把会场气氛搞得异常紧张。

王震不为所动。他走到台前，镇静地念完了检查稿，没有承认任何强加给他的所谓的"罪行"。批判会的第二天，总理办公室打来电话，通知让王震去301医院治病，总理还要找他谈话。于是，王震当天就住进了医院。

正是由于毛泽东的支持与保护，王震在"文革"初期最混乱的日子里，虽然遭到"炮轰"、批判，但始终没有被打倒、批臭，属于"挂起来"、"靠边站"之列。

二

1971年9月，粉碎林彪集团之后，王震从他下放劳动的江西红星垦殖场奉召回到北京，被任命为国务院业务组成员。但仍没有实权，基本是赋闲在家。

王震是著名的战将。自从参加革命以来，始终工作、战斗在第一线，哪里艰苦，哪里困难，哪里就有他的身影。如今，虽然没有被打倒，但无职无权，整天无所事事，浑身不自在。他时时回忆那些激情燃烧的岁月，常常金戈铁马入梦来。

中华人民共和国第四届全国人民代表大会第一次会议，是十年"文化大革命"期间召开的唯一一次全国人民代表大会。在粉碎了林彪反革命集团的政变阴谋之后，围绕着四届人大的人事安排，老一辈革命家同以江青为首的"四人帮"进行了艰苦的斗争。

王震虽然没有职权，但消息灵通，知道此刻斗争已进入到白炽化的阶段，江青一伙为了篡夺党和国家的最高权力已经到了丧心病狂的地步。他很想能重登政治舞台，给周恩来以有力的支持。

四届人大筹备期间，许多刚解放出来的老同志纷纷写信给周恩来总理，要求出来工作。王震受到鼓舞，也给周恩来写了一封厚厚的信。据周恩来的秘书纪东回忆：

> 我把他的信送给总理时，总理示意我拆开，看看是什

么内容。我拆开一看，真是字如其人，页数不少，字字斗大，16开的信笺上，每页也就十几、二十来个毛笔字，字体虽不秀美，却粗壮有力。信中在汇报了思想情况，检查了自己的"错误"之后，强调说自己的身体很好，还可以干体力活，还能扛200斤的麻袋。最后，他向毛主席和周总理提出，希望批准他组织一支以知青为主的垦荒部队，像当年南泥湾大生产那样，到陕北垦荒，改变延安地区的贫穷落后面貌，并表示一定做出成绩来！

总理听纪东读完信，笑着问："你相信他说的是真话吗？"

"王震同志决心很坚决啊！"

"哈哈！这你就不懂了，他这是在要求给他安排工作。"周恩来又笑着说："他的信先放着吧，这件事我记着了。"看得出，这封信，让周恩来非常高兴。

过了没几天，周恩来找国务院业务组成员李先念、纪登奎、华国锋、李德生等几位领导在国务院会议厅开会，商量四届人大人事安排的事情，把王震也请来了。会议中间，总理对王震说："胡子，主席想让你当个副的，你是想管外呢，还是想主内呀？"

听了这话，王震感到有点突然，但也听清了总理的意思，马上站起来，神态既激动，又不好意思。这时，他那种叱咤风云的英风豪气一下子消失了，倒显出了几分腼腆。

王震"嘿嘿"笑了两声，小心翼翼地回答："总理，您知道，我不懂外事，我还是在您和各位老领导的下边做具体工作吧。"

这样，在1975年的四届人大会议上，王震被任命为国务院副总理，主管国内有关事务。重新走上工作岗位的王震，处境有所改善，但他从未忘记那些仍在遭受迫害的老干部、老战友。他为他们的平反与复出四处奔走，出谋划策。

王震一直在思索着一个重要问题，这就是：在国家遭受"文革"的巨大破坏、处于生死存亡的关键时刻，在如此错综复杂的政治斗争形势下，必须有一位具备杰出才能的老一辈革命家出来协助并分担身患重病的周总理的工作，以对抗"四人帮"，否则的话，党和国家的前途将不堪设想。同许多老干部的看法一致，王震坚定地认为，只有邓小平方可担此重任。于是，为了党和国家大计，他冒着风险，奔走呼吁，为邓小平的复出尽自己最大的努力。

参考文献

纪东：《难忘的八年——周恩来秘书回忆录》，中央文献出版社2007年版。

锡鹏：《王震在"文化大革命"中》，载《领导科学》2001年第18期。

熊清泉：《我心中的王震将军》，载《湘潮》2001年第4期。

原载《党史纵横》2009年第6期
《幸福·悦读》2009年第11期转载
长江报业集团《人物汇报》2009年7月30日转载
《党史信息报》2011年12月14日总第1016期转载
《老年生活报》2012年2月3日转载

刘少奇与《论共产党员的修养》

刘少奇的《论共产党员的修养》（以下简称《修养》），被称为"培养合格的成熟的共产党员的教科书"，哺育了不止一代中国共产党人。江泽民在纪念刘少奇诞辰一百周年大会上的讲话中高度评价这部著作，指出：它"在党的建设史上产生了广泛而深远的影响，是我们党极其宝贵的精神财富"。

"提倡正气，反对邪气，是一篇很重要的文章"

刘少奇写《修养》是受毛泽东的启发。1938年9月至11月，中共六届六中全会在延安召开，毛泽东作政治报告，强调要加强党的思想建设，提出了"中国党的马克思主义的修养"的命题。这一命题引起刘少奇强烈的共鸣，使他产生了写作论共产党员思想修养的愿望。会后，刘少奇调任中共中原局书记，他在前往中原局所在地——河南竹沟的路上，就开始思考这个问题。年底，刘少奇在河南渑池举办的党员训练班上，作了"论共产党员修养"的报告。现存在中央档案馆的《共产党员的修养》提纲，就是在渑池写的。

1939年3月下旬，刘少奇奉召回延安参加政治局会议。刘少奇住的窑洞，正挨着时任中央宣传部长和马列学院院长张闻天的窑洞，他俩都对理论研究具有浓厚的兴趣，经常在一起探讨党的理论和历史问题。刘少奇谈起过去党内斗争中的经验教训，谈到对大批吸收新党员的喜悦和忧虑，强调树立正确思想的必要性和重要性。张闻天深有同感。一天，张闻天邀请刘少奇去马列学院讲演，刘欣然应允，说，没有时间系统地讲党的建设基本理论，可以讲讲党内生活中应该注意的几个问题，首先是共产党员的修养。

设在延河边上的马列学院是中国共产党的第一所攻读马列主义的正规学校，是延安的最高学府。其学员有久经沙场、战功赫赫的红军将领，有坚持地下工作或坐过监狱的白区干部，也有入党不久、工作经验不多的青年学生。

7月8日，刘少奇在马列学院的操场上给全体师生作报告，首先讲了绪论和党员思想意识的修养，整整讲了半天。他根据自己多年对党内生活的观察，详细论述了加强共产党员思想修养的必要性和重要意义，阐述了共产党员修养的方法，并提出了修养的内容：我们要做马克思列宁主义创始人的最忠实、最好的学生，就需要在无产阶级和一切群众的长期而伟大的革命斗争中进行各方面的修养，要有马克思列宁主义理论的修养，要有运用马克思列宁主义的立场、观点和方法去研究和处理各种问题的修养；要有无产阶级的革命战略、战术的修养；要有无产阶级的思想意识和道德品质的修养；要有坚持党内团结、进行批评和自我批评、遵守纪律的修养；要有艰苦奋斗的工作作风的修养；要有善于联系群众的修养，以及各种科学知识的修养等。

刘少奇报告引起了强烈的反响。有的学员反映，讲得精彩，让人耳目一新；有的学员说，讲得深入浅出，有理论，有分析，有事例；也有的学员说，听了报告终生受益。中央党校的学员听说了此事,也要求听课,于是,第二次讲演就改在中央党校的礼堂,听讲的除马列学院的学员外,还有中央党校的学员。这次,刘少奇讲的是党员组织纪律的修养。这两次演讲进一步丰富、发展了在渑池所讲的内容,标志着《修养》一文的基本形成。

刘少奇的讲演大受欢迎,于是,张闻天建议刘少奇将讲稿整理成文,在党中央机关刊物《解放》周刊上发表。不久,修改后的文稿送到了毛泽东的手中,毛看后批示:"少奇同志的文章我看了,写得很好,这篇文章提倡正气,反对邪气,是一篇很重要的文章,应当快登。"8月份,该文以"论共产党员的修养"为题在《解放》第81—84期连载。同年11月7日,由延安新华书店出版了单行本。这就是《修养》的最早版本。

马克思主义中国化的代表作

在中共党内,毛泽东是倡导马克思主义中国化的第一人,他在六届六中全会的报告中指出:"对于中国共产党说来,就是要学会把马克思列宁主义的理论应用于中国的具体的环境。成为伟大中华民族的一部分而和这个民族血肉相连的共产党员,离开中国特点来谈马克思主义,只是抽象的空洞的马克思主义,因此,使马克思主义在中国具体化,使之在其每一表现中带着必须有的中国的特性,即是说,按照中国的特点去应用它,成为全党亟待了解并亟须解决的问题。洋八股必须废止,空洞抽象的调头必须少唱,教条主义必须休息,而代之以新鲜活泼的、为中国老百姓所喜闻乐见的中国作风和中国气派。"

刘少奇竭力宣传毛泽东的主张。在《修养》一文中,他不仅引用了毛泽东的这段论述，而且明确地提出要充实、丰富和发展马克思列宁主义的任务，指出："我们要根据新的经验，研究马克思列宁主义有哪些个别结论，在哪些个别方面，需要加以充实、丰富和发展。"

刘少奇将马克思主义的普遍原理与"个别结论"区别开来，一方面要坚持、运用马克思主义的普遍原理，另一方面提出了要研究在"个别结论"、"个别方面"充实、丰富和发展马克思主义的问题。刘少奇的上述观点与毛泽东的"使马克思主义在中国具体化"的主张交相辉映，对于实现马克思主义中国化有着重大的指导意义。而《修养》就是马克思主义中国化的代表作。

《修养》第一次将马克思主义理论与中国传统修养理论成功地融合在一起，创造性地提出了共产党员修养的理论，开辟了马克思主义党建学说的新领域。

《修养》论述了思想意识修养同群众的革命实践、同理论学习的关系，以及改造主观世界同改造客观世界的关系，提出了做一个模范共产党员的具体标准。刘少奇指出，共产党员最基本的责任就是要实现共产主义；党的利益高于一切，是共产党员思想和行动的最高准则；共产党员要在马克思主义理论的学习和革命斗争实践中进行各方面的修养，而修养的唯一目的，是为了人民，为了革命的实践。

《修养》的第七部分"党内各种错误思想意识的举例"、第八部分"党内各种错误思想意识来源"与第九部分"对待党内各种错误思想意识的态度，对待党内斗争的态度"是论述的重点，从字数来看，这三部分共计19000余字，约占全文总字数的45%。同时这三部分也是最精彩的部分。如果不是有党内斗争的亲身体验与深入的思考，是不可能写出如此深刻的文字。比如，刘少奇提出并回答了这样的问题："共产党不是最公平的吗？共产党人不是最优秀的男女吗？为什么在共产党内还有这种丑人坏事呢？这难道不奇怪吗？"刘少奇的回答是令人信服的。像这样的问题，我们在今天仍会经常碰到的。如何面对，我们不妨读读《修养》，虚心请教刘少奇。

1962年，在对《修养》第二次修订期间，刘少奇曾对该书有过自我评价，说："过去公开发表的一些东西，经过这么多年，现在党内外、国内外人们还记得起、愿意看，觉得对自己还有帮助的，主要是《论共产党员的修养》。为什么呢？想来想去，可能是因为在党的建设问题上，马克思、恩格斯、列宁、斯大林他们着重是讲党的路线、方针、政策，很少从每个党员应该怎样加强自身的思想意识修养、理论修养和党性锻炼，培养共产主义道德品质，以有效地贯彻执行这些路线、方针、政策的角度，提出问题和分析问题。我们党在毛泽东同志领导下，一贯重视制定各个时期的正确路线、方针，同时又重视这方面的问题，《论共产党员的修养》就是根据多年对党内生活的观察，在这方面作了一些总结。"

刘少奇的评价恰如其分。《论共产党员的修养》之所以深受欢迎，首先是因为它是马克思主义中国化的产物，单单是"共产党员的修养"这样全新的命题，就足令延安的共产党员为之一震；其次，《修养》切中时弊，适应了形势的需要；最后，《修养》精湛透彻的语言、缜密严谨的逻辑、深入浅出的风格，都令人爱不释手。

"他讲'修养'，我讲'整风'，意思是一样的"

1943年11月初，薄一波从太岳根据地到延安，参加党的

"七大"。第二天，毛泽东就找他谈话，这是他第一次见到毛泽东。见到景仰已久的毛泽东，薄一波自然很激动。

在谈话中，毛泽东几次谈到刘少奇，他说："过去对你们的工作不甚了解，你们在白区，我们在苏区，消息被国民党封锁了。不过，少奇同志和彭真同志经常谈到你。"毛泽东还说："中国革命有两个方面军，苏区是一个方面军，白区是一个方面军。少奇同志就是党在白区工作正确路线的代表。"毛泽东还说："少奇同志的《论共产党员的修养》写得很好，你读过没有？他讲'修养'，我讲'整风'，意思是一样的。"

在这里，毛泽东提出了一个很有意思的命题："修养"与"整风"是一样的。本人以为，两者的一致性主要表现在三个方面：

其一，都是进行马克思主义的教育，强调要使马克思主义中国化。

其二，都是强调党的建设必须把思想建设摆在首位，通过批评与自我批评进行思想教育。

其三，都是批判"左"倾教条主义错误。而这一点似乎并没有引起人们足够的重视。

众所周知，整风运动的政治目的是批判"左"倾教条主义错误，肃清其政治影响。在这方面，《修养》与整风是一致的。《修养》不仅是论述共产党员的修养，而且紧密联系党内的实际，尖锐地批判"左"倾教条主义。与毛泽东一样，刘少奇也长期受到"左"倾错误领导的"无情打击"，因此，他对"左"倾错误的认识特别深刻，批判也特别尖锐。

在《修养》中，刘少奇指出教条主义的特点：有一种人学习马克思、列宁，不能学习到马克思列宁主义的本质，只是肤浅地学习到马克思列宁主义的词句。他们虽然读了马克思列宁主义的书籍，但是，不能把这些书籍中的马克思列宁主义的原理和结论当做行动的指南，运用到活生生的具体实际问题上去。他们以背诵个别的原理和结论而自满，甚至以"真正"的马克思列宁主义者自居，然而，他们决不是真正的马克思列宁主义者，他们的活动方法是和马克思列宁主义完全相反的。

刘少奇还指出：这一种人在中国共产党内曾经是不少的。在过去某一时期内，某些教条主义的代表人，就比上述的情形更坏。这种人根本不懂得马克思列宁主义，而只是胡诌一些马克思列宁主义的术语，自以为是"中国的马克思、列宁"，装作马克思、列宁的姿态在党内出现，并且毫不知耻地要求我们的党员像尊重马克思、列宁那样去尊重他，拥护他为"领袖"，报答他以忠心和热情。他也可以不待别人推举，径自封为"领袖"，自己爬到负责的位置上，家长式地在党内发号施令，企图教训我们党，责骂党内的一切，任意打击、处罚和摆布我们的党员。这种人不是真心学习马克思列宁主义，不是真心为共产主义的实现而斗争，而是党内的投机分子，共产主义运动中的蟊贼。这种人在党内，终归要被党员群众所反对、揭穿和抛弃，是无疑问的。我们的党员也果然抛弃了他们。

刘少奇还提出这样的问题："然而我们是否能够完全自信地说，在我们党内就从此不会再有这种人了呢？我们还不能这样说。"

刘少奇的这个预言果然得到历史的验证。

关于党内的"左"倾机会主义者对待党内斗争的态度，刘少奇在《修养》中写道：

> 按照这些似乎疯癫的人看来，任何党内和平，即使是在原则路线上完全一致的党内和平，也是要不得的。他们

在党内并没有原则分歧的时候也硬要去"搜索"斗争对象，把某些同志当作"机会主义者"，作为党内斗争中射击的"草人"。他们认为，党的发展，无产阶级革命斗争的胜利，只有依靠这种错误的斗争，依靠这种射击"草人"的火力，才能得到灵验如神的开展。他们认为只有这样"平地起风波"，故意制造党内斗争，才算是"布尔什维克"。当然，这并不是什么真正要郑重其事地进行党内斗争，而是对党开玩笑，把极严肃性质的党内斗争当儿戏来进行。主张这样做的人，并不是什么"布尔什维克"，而是近乎不可救药的人，或者是以"布尔什维克"名义来投机的人。

刘少奇对"左"倾机会主义者的批判，尖锐、辛辣，入木三分。

正是因为《修养》是鞭挞"左"倾教条主义的战斗檄文，因此，在"左"倾思潮极端泛滥的"文革"时期受到猛烈的批判，也就不足为奇了。

哺育了一代又一代中国共产党人

刘少奇的《修养》一书在国内外都产生了巨大影响，先后印刷数十次，总印数以千万计，还有英文、日文、捷文、荷文、西班牙文等多种译本在数十个国家发行。它填补了马克思主义政党发展史上一项重要空白，创造了中国共产党思想建设史上的一段辉煌。

《修养》问世以来，曾有三次学习、研究《修养》的高潮。

第一次学习和研究的高潮出现在延安整风前后。1942年6月,中共中央宣传部决定把《修养》列入整风运动中各级干部学习的22个必读文件,《修养》同毛泽东的有关党建著作一样,被公认为马克思主义在中国具体化的代表作。当时在延安的新老干部人手一册,大家认真学习,常用它对照检查自己。

老红军王首道回忆:多年来,广大党员和党外积极分子热爱《论共产党员的修养》这本书,甚至在硝烟弥漫的战场上,我看到烈士的衣兜里也珍藏着《论共产党员的修养》,被血迹所染红。这决不是偶然的,因为这本党的入门教科书,包含了马列主义真理,而真理是谁也扼杀不了的。

关于《修养》这本书,薄一波讲到一件事:当年,著名爱国将领续范亭,读到这本书后,大加赞赏,自己出钱印了上万册,散发给周围的人并发给他的部下,要他们学习;为了扩大影响,还通过黄河书店广为发行。一个党外人士出资印书,这在历史上还极其罕见。

第二次学习和研究《修养》的高潮出现在中华人民共和国建国前后。1949年8月,由解放社在北平出版,对原版本作了若干修改和删减,使之更加精炼和好读。这个版本到1952年即发行近70万册,对建国伊始中共执政之初打开工作新局面,促进大批新党员的成长和1951年在全国开展的第一次整党运动,起了积极作用。

第三次学习和研究《修养》的高潮出现在国民经济调整时期。从1958年"大跃进"以来,党的工作出现许多失误。党面临着国民经济失调及党的自身建设违反实事求是、群众路线和民主集中制等诸多困难和问题。为了适应形势的需要,1962年8月1日,《修养》在《红旗》杂志第15、16期合刊上发表,《人民日报》也在当天用六个整版转载。9月,由人民出版社在北京出版《修养》修订第二版。在不到四年的时间内，修订第二版印数达1800多万册。这次再版对于全党和全国人民团结一致，渡过难关，把社会主义事业继续推向前进，发挥了积极作用。

可以毫不夸张地说，刘少奇《论共产党员的修养》的思想理论，教育了中国共产党的几代人，许多共产党员在这一思想理论的熏陶下，有的流血牺牲，献出了宝贵的生命；有的锻炼成才，成长为党和国家的领导干部。对此，许多党和国家领导人都有高度的评价。杨尚昆在回忆录中指出：刘少奇同志为捍卫党在思想上、理论上的纯洁性，为确立党内生活准则，为把我党建设成为一个真正的马克思列宁主义的政党，从理论到实践都有重大的建树。毛泽东同志多次称赞《论共产党员的修养》是一本很有意义的书，认为对党员同党的关系、共产党员进行思想意识等问题的教育，讲得很透彻。

惨遭厄运与重见天日

就是这样一本深受党内广大群众喜爱的书，在十年浩劫中竟遭到恶毒的攻击、诬陷和谩骂。出于打倒刘少奇的需要，《人民日报》、《红旗》杂志发表经中央政治局常委扩大会议讨论通过的编辑部文章《〈修养〉的要害是背叛无产阶级专政》，把《修养》斥为"全党共诛之，全民共讨之"的"封、资、修大毒草"。

《要害》的炮制者抓住《修养》在引用列宁的论述时，用删节号代替了含有"无产阶级专政"字样的两句话，大做文章，不厌其烦地把列宁的原话和《修养》的引文，一字不漏地照抄下来，认为这绝不是"偶然的疏忽"，并据此把刘少奇定为"无产阶级专政的死对头"。

《要害》发表后,刘少奇认真地研究过这篇大批判文章,并给毛泽东写信。据王光美回忆:5月8日,《人民日报》、《红旗》杂志发表了长篇批判文章《〈修养〉的要害是背叛无产阶级专政》,批判少奇同志的名著《论共产党员的修养》。鉴于造谣、辱骂和黄色谣言风行一时,少奇同志看到这篇文章后,给毛主席写了一封信,说欢迎摆事实讲道理的批判文章,不管多么严厉都欢迎。

在当时有理无处说的情况下,刘少奇只能以这种方式表明自己的愤慨之情。

林彪在"九大"政治报告中继续对《修养》进行批判,他说,1939年,当毛主席领导的抗日民族解放战争正在蓬勃发展时,刘少奇抛出了他的黑《修养》。这本书的要害是背叛无产阶级专政。它根本不谈打倒日本帝国主义,不谈如何同国民党反动派作斗争,不谈武装夺取政权这个马克思列宁主义的根本原理,而要共产党员离开伟大的革命实践去搞什么唯心主义的"修养",实际上是要共产党员"修"成向帝国主义、国民党反动派的反革命专政屈膝投降的奴才。

只要对照一下《修养》的原文,就会发现这种无中生有、罗织罪名的大批判,已经到了无以复加的地步。

更为可笑的是,在当时严酷的政治氛围下,甚至连"修养"二字都成了忌讳。

为了肃清刘少奇的政治影响,凡是肯定刘少奇功绩的历史文献都要作出修改。毛泽东的《整顿党的作风》一文,曾引用了刘少奇的一段论述,在"文革"中再版的《毛泽东选集》中,这段论述被删掉了;《毛泽东选集》中原来收录了《关于党的若干历史问题的决议》,其中有赞扬刘少奇是白区正确路线的代表的文字,"文革"中再版的《毛泽东选集》中,这个决议也被删掉了。

刘少奇在处境极为险恶的时候曾经说过:"好在历史是人民写的"。

历史最公正。党的十一届五中全会通过为刘少奇同志平反昭雪的决定,推倒了林彪、江青一伙强加给他的一切罪名。邓小平在刘少奇同志追悼大会上的悼词中代表党中央公正地指出:"他的《论共产党员的修养》一书和其他关于党的建设的著作,教育了全党的广大党员,是我们党的宝贵的精神财富。"

蒙冤十三载的《修养》终于重见天日,1980年3月,人民出版社再次出版《修养》单行本;1981年12月出版的《刘少奇选集》上卷也收入《修养》一文。

参考文献

1. 《刘少奇选集》下卷,人民出版社1985年版。
2. 黄峥:《刘少奇传》,花城出版社2006年版。
3. 刘振德:《我为刘少奇当秘书》,中央文献出版社2000年版。
4. 薄一波:《领袖元帅与战友》,人民出版社2002年版
5. 《怀念刘少奇同志》,湖南人民出版社1980年版。

原载《党史博采》2008年第12期

修养称楷模,党员作范仪

——刘少奇的公仆精神

刘少奇是伟大的马克思主义者和无产阶级革命家,为中国新民主主义革命、社会主义革命和建设作出了重大的贡献,与此同时,他在廉洁奉公、艰苦奋斗方面也为我们树立了光辉的榜样。

"要什么夜餐费?马上给公家退回去"

艰苦奋斗是我们党的优良传统和传家宝。建国以后,刘少奇虽然担任党和政府的要职,但仍然保持着革命战争年代的那种艰苦奋斗的作风。

1952年以前,刘少奇住的是一幢旧式房子,共有三间,一间是办公室,一间是会客室,一间是卧室,因年久失修,都已十分破旧。后来,管理部门给刘少奇调了好一点的房子,但他的办公室仍然简单:办公桌、书架、文件柜、一对沙发、一把藤椅,没有地毯,更看不到什么可供欣赏之类的摆设。

有一天,管理员看到刘少奇办公室和楼道走廊的地板比较滑,走路容易跌倒。于是趁他到外地出差,就在办公外的走廊里铺了一条地毯,刘少奇回来后很不高兴,立即要撤掉。身边的工作人员解释说,这是为了安全,不是讲排场。刘少奇说:

"不管是不是讲排扬,反正用这个太浪费,太贵。"后来管理人员只好换上了橡胶垫条,刘少奇走上去试了试,说:"这个好,这个东西便宜,结实又耐用,走路也不滑,铺这个就行了。"

在生活上,刘少奇对自己和家人都是低标准。他在家总穿一身蓝色或灰色的斜纹布衣服,一件内衣补了六七个补丁还穿在身上,一双皮鞋整整穿了六年,还舍不得扔掉。

刘少奇吃饭也简单,尤其是夜间那顿饭,常常是把中午剩下的饭菜来个一锅烩,因为用饭时间都是在半夜12点以后,为了照顾厨师休息,总是夫人王光美来热饭。

鉴于刘少奇夫妇经常通宵工作,工作人员觉得秘书们和卫士加班都有夜餐费,少奇同志也该有。1962年,工作人员背着刘少奇夫妇给他们申请了夜班加餐费,每人每天5毛钱,一个月两人共30元钱。过了许久,刘少奇才知道有此事,马上让王光美去查,并召集身边人开了会,说:"我向来有通宵工作的习惯,人一天就吃三顿饭,无论是白天工作还是晚上工作,横竖就这三顿饭,要什么夜餐费?马上给公家退回去!"秘书为难地说:"家里钱本来就很紧张,再退回去这笔钱……"王光美马上说:"我们就是节衣缩食也得把钱退还公家!"秘书们不敢怠慢,算了一下,共领了两年补助,须退还公家720元钱。这笔钱从刘家每月150元的生活费中扣除。此后,整整两年,刘家的生活费从每月150元降为120元,伙食大打折扣,星期天也只有一盘荤菜,正长身体的孩子们几下子就让盘子见了底,还老感觉没吃饱。

中共廉政史上的一段动人佳话

刘少奇重视调查研究,经常到各地考察。1961年4月,为了纠正当时存在的"左"的倾向，征求广大农村群众对《人民公社条例（草案）》的意见，他亲自深入到湖南省农村进行调查研究。平时外出，刘少奇规定有四不准：不准让人家接送；不准请客吃饭，铺张浪费；不准要人家东西或收受礼物；参观时不准前呼后拥。这次下乡，他更要求轻装简从，连同省里的同志，一共才用两辆吉普车，并且自带行李和柴米油盐，自备碗筷用具，不给群众添麻烦。

刘少奇这次调研，在湘潭、长沙、宁乡等地蹲点，前后共计44天。

5月2日上午，中共宁乡县委的大院里，开来了两辆吉普车。从车上下来几个人，他们拍拍身上的尘土，随着三三两两的人群向县委办公室走去。走在前面的一位，穿一身兰布衣，脚穿黑布鞋，毫不引人注目。县委书记闻讯迎出来，同这位穿兰布衣的人迎面而过，却没有注意。忽然，他认出了后面的一位女同志，立即惊讶地打招呼："这不是王光美同志吗？刘主席呢？"

王光美笑着指了指前面穿兰布衣的人："喏，这不是？"

"啊！"县委书记见自己同刘少奇打了个照面都没认出来，不好意思地笑了起来。

是啊，县委的人怎么能想到，身为中共中央副主席、中华人民共和国主席的刘少奇，竟然这样朴实无华、普普通通地出现在他们面前呢？何况，这是回到他阔别几十年的家乡啊！

专门迎候的县委书记与刘少奇打照面却没有认出刘的故事，在中共廉政史上留下了一段动人的佳话。

刘少奇在家乡考察期间，得知部分群众的房屋在"大跃进"、全民炼钢和办公共食堂中被拆除，现已无房可住，而地方干部却违背他的意愿，将其故居改建为纪念馆，就诚恳地批评地方干部:"这里搞我的旧居纪念馆,曾写信问过我,我几次写信说不要搞,结果还是搞了。"刘少奇当众宣布:"纪念馆不办了,旧居腾出来给无房群众住,屋里的木板,拿去给没门的人家做门。"

刘少奇关心群众生活在党内外是出了名的,每次外出视察,都要详细询问群众的生活安排情况,特别是群众的吃饭、穿衣、住房三件大事,他一再叮嘱要注意抓好,并告诫各级领导干部,"五风"的毛病再也不能犯了,一定不能脱离实际、脱离群众。他语重心长地说:"否则,我看我们就要灭亡!"

刘少奇一生都是在实践为人民服务的宗旨,把做人民的公仆看作最大的幸福。他曾经说过:"其实,我们大家都是侍候人的,每个人又都受别人的侍候,这不就是为人民服务吗?我看不出能有什么比使别人感到幸福愉快更高尚的事。"刘少奇很欣赏范仲淹说的"先天下之忧而忧,后天下之乐而乐"这句话。他认为古人能做,难道共产党人还办不到吗?

回忆刘少奇的公仆精神,王光美深情地说:"在我和少奇同志共同生活的漫长岁月里,我感到他最宝贵的品质,就是对人民那样满腔的热爱,同人民的血肉联系又是那样的深。我耳边经常响起他'文化大革命'初期的一句话:'我们是跟人民在一起的!'的确,无论在顺境或身处逆境。少奇同志都是与人民同在的。"

在中南海里,人们始终称呼"少奇同志"

廉洁奉公是人民公仆的努力目标和自律标准,始终保持廉洁奉公的革命情操是人民公仆的本色。刘少奇不仅在大是大非面前经得起考验,在小节上同样能固守操节。他把艰苦奋斗与廉洁奉公很自然地结合到了一起,并将之写上了民族精神的伟大旗帜。

刘少奇反对突出宣传个人,更不许别人为自己歌功颂德。1954年,刘少奇当选为全国人大常务委员会委员长。这给身边工作人员带来一点小麻烦——毛泽东很早就当了主席,大家早就称其为"主席"了,周恩来当政务院总理后,大家也称其为总理,这是很自然的。但,怎样称呼少奇同志呢?以前大家都称他为"同志",现在是否改口称"委员长"呢?

当选后第一个向刘少奇请示工作的,是机要秘书杨俊。他到门口后,犹豫了一下,就叫了一声:"委员长。"但刘少奇没有吭声,像是没有听见。杨俊就提高嗓门又叫了一声"委员长",这次刘少奇抬起了头,面带不悦地说:"你怎么突然叫起这个来了,不感到别扭吗?"

王光美马上说:"我们还是叫同志嘛!"刘少奇也缓和了口气,说:"以后不要这样了,叫同志多顺口啊!"后来他专门向身边工作人员交待:"中央领导人中,只有三个人可以称职务,即毛主席,朱总司令,周总理。"在中南海里,人们对刘少奇的称呼始终是"少奇同志"。

《毛泽东选集》第四卷编定后,毛泽东等人多次提议编辑出版《刘少奇选集》,刘少奇却一再推辞,直到中央书记处作了专门决定后,他才表示同意,但因忙于研究新现象,解决新问题,无暇审阅文稿,后又因"文革"的发动,《选集》在刘生前未能出版。

"我举手同意了的,就要坚决执行"

1959年冬,刘少奇在海南岛休假,当地干部在他生日那天送来一块带有寿字的大蛋糕。刘少奇知道后,非常生气地对秘书说:"谁叫你们搞的?拿走!"然后又把王光美叫来,问她知道不知道,为什么不制止?王光美说,事先她也不知道。少奇严肃地说:"党中央早就做过决定,政治局的同志不过生日,我举手同意了的,就要坚决执行,决不能带头破坏中央决定。"

刘少奇担任国家主席以后,经常出国访问或在国内接见外国友人,一些国家的领导人和友好人士时常送些礼品。这些礼品中,大到钢琴、电视机、高级照相机,小到各类名牌手表、高档食品以及各种珍贵的工艺品、装饰品。所有这些,刘少奇全部上交给国家。一次柬埔寨西哈努克亲王赠送给刘少奇一个毛竹笔筒,赠送给王光美一条三角披巾,还有一些小工艺品,刘少奇要工作人员把这些东西全部送到美术馆。工作人员当时想:"一个小毛竹笔筒放放笔,有什么不可以呢?"可刘少奇却认为:"自己是国家主席,是人民委托他为人民办事的,不能利用人民对自己的信任,从中捞取便利。"

三年困难时期,有些地方负责人为了照顾中央首长的身体健康,送来一些副食品,刘少奇要工作人员坚决退回去,实在不能退的就按价付款。刘少奇每次开会和出差,总是自带茶叶和香烟,坚持不用公家的。即使招待外宾,他也不抽公家安排的进口烟,只抽自己带的"前门"牌。

1960年,刘少奇率领代表团到苏联参加81个国家共产党会议,作为代表团团长,当时按规定发给他5000卢布的零用钱。可是,他没有为个人使用一个卢布。回国前,将这笔钱全部交给了我国驻苏联大使馆。

1964年7月,刘少奇到济南了解情况,中午第一顿饭,招待处的同志准备了一桌丰盛的宴席,刘少奇对招待处的同志说:"你们搞这一桌子,够农民吃几天了,快退回去吧!以后不管哪一级来人,有便饭就行了。"在他的坚持下,服务员把酒席撤了下去,换上便饭,刘少奇才高高兴兴地进餐。

"国家主席也是人民的勤务员"

刘少奇十分注意党的廉政建设。据王光美回忆说,全国解放时,刘少奇就极力主张共产党员公开身份,以加强群众对党员的监督,保证执政党不脱离群众。刘少奇认为,过去在根据地、游击区或白区,不脱离群众这个问题解决得比较好,因为脱离群众就不能生存。现在取得了政权,进了大城市,就容易同群众疏远。这个问题必须引起特别注意。他曾说:"我们反对国民党,是因为国民党欺压群众。如果我们执政不代表群众的利益,脱离群众,甚至蜕化到欺压群众的话,那我们和国民党有什么区别?"

为了保证党不变质,刘少奇主张首先要加强群众对党的监督。每个党员,包括自己在内,都要受群众、受组织的监督,而且应该欢迎别人监督,作为领导干部,更应该这样。

刘少奇对某些人搞特权的行为十分愤怒,他在《如何正确处理人民内部矛盾》中提到:"我参观了一些工厂,厂长、总工程师和党委书记住的房子是一幢幢的公馆,是新盖的,处长又是一幢房子,科长又是一幢房子,其他干部又是一幢房子,另外工人宿舍是一幢房子。等级分得很清楚,甚至厂长、处长、科长的办公室里面,住的宿舍里面,几个台子、几个沙发、几个凳子都有等级。我看在这个地方是不是开始萌芽了一种等级制度,社会主义之下的等级制度。等级制度是一种封建制度,我们抄袭了封建制度。如果有这种制度开始萌芽,我看应该废除。那些生活待遇上要求很高的人我看是危险的。"

有一次，刘少奇在某地视察军事设施，当地的同志请他顺路去参观了一座别墅。那座别墅坐落在一处绿树葱郁的山谷里，环境十分幽静，建筑更是豪华，地板也是楠木的，据说这是江青亲自"设计"修建的。少奇看后心情沉痛地说："这样搞，要亡党亡国的啊！"

当选为国家主席后，刘少奇的一些亲戚和本家来到北京，试图找刘帮忙，解决工作与待遇问题。为了彻底杜绝这种不良现象，1959年国庆节那天，刘少奇召开了家庭会议，语重心长地教导亲戚和子女们："国家主席也是人民的勤务员。""我是国家主席，硬着头皮给你们办这些事，也不是办不成，可是不行啊！我的权力不能乱用，不能拿它为个人谋私利。"刘少奇的教诲使亲戚和孩子们心悦诚服，他们当即表示拥护刘的决定。

"我的子女绝不能搞特殊"

刘少奇深深地爱着每个孩子，但特别注意不搞特殊化。记者曾经问他的女儿刘亭亭："作为国家主席的子女应该很有优越感吧？"

刘亭亭回答："没有。在学校里面，同学们都不知道我们的爸爸、妈妈是做什么的，我们所有的档案父母一栏都填的是化名。爸爸、妈妈不许我们讲，我们也就不敢讲。有一次，在音乐课上，刘源没带课本，音乐老师就给我妈妈打了一个电话，说：'你把课本送来。'妈妈二话没说，赶紧骑车从中南海赶过来送课本。结果一进校门，被校长发现了，把那个老师好好批评了一顿。妈妈就是这么一个随和的人，只要她不忙，她就会去给我们开家长会，特别配合学校和班里的工作。三年自然灾害的时候，国家粮食紧张，城市人口的定量都很低，副食品更缺乏，全国人民都在挨饿。我们也都住在学校里，吃不饱饭，我在学校里晕倒了两次，我同学的妈妈就给我妈妈打了一个电话，说你心太狠了，你女儿在学校里已经晕倒过两次了，你还不接回家来。妈妈正准备要接我回家时，爸爸说：'现在，整个人民都在受苦，我希望他们从小知道要跟人民同甘苦，将来长大了，为人民做事的时候，他就不会让人民再受苦。'于是，我们就继续住在学校里。"

刘少奇的三儿子刘允真，1963年考高中落榜，情绪低落，无精打采的。有人想用刘少奇的名义去学校讲情，刘少奇知道后，专门召开了家庭会议。他生气地说："我的孩子不论是上学还是工作，都不让填写父母的真实姓名，为的就是怕人家不好管理，搞特殊化。现在考不上学校，想打我的旗号，好像高干子女上了初中就一定要上高中，上了高中就一定上大学，而不管考得上考不上。参加工作就一定要当干部，而不管有没有那个能力，这是什么道理？为什么高干子弟就不能当工人，当农民，当解放军战士？我再次声明，我的子女绝不能搞特殊！"

后来，刘允真考进了位于北京郊区的一所半工半读的农业学校。上学前，刘允真向父亲告别。刘温和地说："我支持你学点技术，但一定要刻苦努力，否则一事无成。到时候就谁也帮不上你了！"

在北京农校读书期间，刘允真朴朴素素的，不显山不露水，没有任何特殊的地方，如果不说，谁都不会相信他是国家主席的儿子。

早在1948年，朱德就曾写诗称赞刘少奇"修养称楷模，党员作范仪"。1980年，中共中央为刘少奇冤案平反之际，王光美总结刘少奇的一生,深有感触地说:"有一点是明确的,那就是少奇同志写的《论共产党员的修养》这本书,不是欺人之谈。他自己是身体力行,努力照这本书中所说的去做的。"

刘少奇要求别人做到的,自己首先做到,这是值得世世代代的共产党员,特别是党的各级领导干部永远学习的。

参考文献

1. 《刘少奇选集》下卷,人民出版社1985年版。
2. 黄峥:《刘少奇传》,花城出版社2006年版。
3. 刘振德:《我为刘少奇当秘书》,中央文献出版社2000年版。
4. 朱习文:《朴实家风 松柏情怀——王光美谈刘少奇教子》,载《湖南党史》1998年第6期。
5. 刘亭亭:《我做刘少奇的女儿》,载《中国社会导刊》1999年第1期。

原载《世纪风采》2008年第6期
《党史信息报》2009年2月25日总第868期转载

叶子龙笔下的毛泽东

叶子龙是毛泽东的"五大秘书"之一。他于1935年底至1962年在毛泽东身边工作,时间长达27年。由于历史的和习惯上的原因,叶不仅是毛泽东的机要秘书,而且还长期负责毛泽东的日常生活,是十分了解毛泽东的人物。他以八十多岁高龄,抱病写了一本回忆录,"这本回忆录,不写我自己,而主要是写毛泽东,写我所亲见的毛泽东"。书中不但披露了许多重大事件的内幕,而且有大量鲜为人知的细节,有领袖人物的性格心理的描写刻画,因此,在他的笔下,毛泽东——这位中国革命的领袖栩栩如生,呼之欲出。

"小鬼,下次来时,别那么大声喊,天都让你喊破了"

叶子龙14岁参加了中国工农红军,成为一名"红小鬼",他参加了历次反"围剿"战争及著名的二万五千里长征。到达陕北后,一个偶然的机会,被调到毛泽东身边工作。

叶子龙永远铭记与毛泽东的第一次谈话,无论什么时候提起,就像发生在昨天。

那是在长征胜利达到陕北不久,1935年11月的一天,在下寺湾村。

叶子龙把一份电报交给毛泽东的参谋黄友凤。黄说:"我正有急事,你直接给主席送去吧。"叶子龙虽然多次见过毛泽东,可还从没面对面说过话,更没有去过他的房间,心里不免打鼓:"我行吗?"

"没问题!到了门口别忘喊报告。"

叶子龙一溜小跑来到毛泽东住的窑洞门前,整了整衣喊了一声"报告"!可能是由于门上挂着厚厚的棉门帘,里面没有反应。他又使劲喊了一声。毛泽东的妻子贺子珍掀起门帘让他进去。房间里面暗,充满了刺鼻的烟草味。毛泽东正在炕上,靠着被垛,一边吸烟,一边凑着油灯看书。

叶子龙向毛泽东敬了个礼:"报告主席,您的电报!"

毛泽东放下手里的书,似乎有点惊奇:"喔,来了小鬼!好大的嗓门噢,你叫什么名字啊?"

"报告主席,我叫叶子龙。"

"听口音,你是湖南人吧?"

"是,是浏阳人。"

"噢,我们还是老乡哩!"

接着,毛泽东问了叶的家庭情况和参加革命的经历,高兴地说:"好啊,一个喜欢造反的小老乡!"

毛泽东拿着电报走到油灯边,叶子龙转身准备出门。毛泽东说:"小鬼,下次来时,别那么大声喊,天都让你喊破了,敲敲门不好么?"

"是,主席!"

此后不久,叶子龙被任命为机要股长,并来到毛泽东身边工作,而且一干就是27年。

许多年以后叶子龙才听别人说,第一次给毛泽东送电报,毛泽东对他的印象不错。毛对彭德怀说:"这个小鬼蛮机灵,叫他到我这里来工作吧!"

"子龙,还是照张相,留个纪念吧"

在跟随毛泽东的几十年时间里,叶子龙给毛泽东拍摄了大量照片。他拍的第一张照片是毛泽东与斯诺的合影。

1936年,美国记者斯诺和美国籍医生马海德来到保安。他们是第一批造访陕北苏区的外国人。7月中旬的一个傍晚,毛泽东在自己的窑洞里会见斯诺与马海德。毛泽东显得很高兴,高声吩咐:"子龙,把我们的好茶叶拿来,慰劳慰劳美国客人!"

叶子龙用一只搪瓷缸为客人泡好茶,然后就退了出去。

这次谈话一直持续到深夜。

谈话结束,叶子龙把两位客人送到住地再返回,看见毛泽东还在院子里来回走动。兴奋的毛泽东突然问:"子龙,你知道美国在什么地方?"叶摇摇头,毛泽东指着脚下说:"在地球的另一边哩!那里的人对咱们红军也感兴趣呢!"

斯诺结束对苏区采访,准备离开,临行前,他与毛泽东话别,并希望与之合影。

毛泽东马上说:"好么,我们也算是朋友了,照个相好么!"

接着说:"子龙,你来为我们拍一张照片吧!"

叶子龙接过斯诺的相机,但不知道怎么用。斯诺帮他调好光圈,对好焦距,并告诉他按快门时一定要把相机端稳。这样,叶子龙拍下了他有生以来第一张照片。后来,这张照片发表于斯诺的名著《西行漫记》。

不久以后,组织上给叶子龙配了相机和胶卷。叶没有学过摄影,拍摄技术不高;但他长期与毛泽东工作、生活在一起,能够随时给毛泽东拍照，所以新华社就给他封了一个"特邀记者"。这样，叶子龙就经常为毛泽东摄影，一些记录毛泽东在革命战争时期的珍贵照片，就是出自这个"特邀记者"之手。

1948年3月23日，毛泽东到达吴堡县川口，准备东渡黄河。就要离开工作、战斗十二年之久的陕北，毛泽东思绪万千，面对黄河，伫立良久。叶子龙从背包里拿出相机，镜头里，一个伟岸的身影与苍茫的黄土高原、宽阔的黄河融为一体。那是一种刻骨铭心的感觉，多少年后仍令他激动不已。

这时，毛泽东一摆手："莫照了！过河吧。这次过去，争取不再回来，事不过三嘛！"

渡船早已备好。毛泽东上船后，老船工一声号子，船解缆离岸。这时，毛泽东忽然说："子龙，还是照张相，留个纪念吧！"

叶子龙端起相机，以黄河西岸为背景为毛泽东拍了一张照片。不一会儿，船到达了对岸，他又连续为毛泽东拍了好几张。然而照片冲洗出来，却怎么也找不到那令他有刻骨铭心感觉的第一张。真是一个难解之谜。

"看来，要作出正确的判断，必须揭开盖子，看一看，闻一闻"

1937年11月，王明从苏联回到延安。他下车伊始，就摆出一副领袖的架子，到处讲演，自我吹嘘。他有着很好的口才，还能滚瓜烂熟地背诵列宁、斯大林的有关论述，说到兴起，还不时"抛出"几句俄语，但对中国的实际却知之甚少。王明缺少自知之明，而又狂妄以极，虽然表面上对毛泽东是服从的，但骨子里却是不屑一顾，认为毛泽东不是真正意义上的无产阶级领袖，最多只能算一位"农民运动领袖"而已。

由于王明打着共产国际的旗号，因此，在十二月会议上，以王明为代表的错误主张一度得到与会多数人的赞同。

对王明的所作所为，毛泽东也有所考虑，也有所顾忌；但在原则问题上，毛泽东向来从不让步，即使在多数人站在王明一边，他要表明自己的态度。叶子龙在其回忆录中写道：毛泽东一般不直接与人正面交锋，认为那样很蠢很笨。常常旁敲侧击，引其他人说话或当事人坐不住跳起来。

叶子龙记录了这样一个"插曲"：在十二月会议结束后，与会者会餐，在饭桌上，每个人的面前放了两个盖着盖子的小搪瓷茶缸，毛泽东对王明说道："绍禹同志，你猜一猜，这里面装的是什么？不要揭开盖子，君子动口不动手！"

王明把刚要掀杯盖的手挪开，想一想，微笑着回答："我猜嘛，是酒，对不对？"

毛泽东说："猜对了一半，一杯是酒，是长征的时候我们从贵州带来的茅台酒；另一杯是水，是延河的水。"停顿了片刻，他接着说："看来，要作出正确的判断，必须揭开盖子，看一看，闻一闻，必要时还得亲口尝一尝。"

王明端起酒杯："泽东同志又在讲实践论了，来，大家为实践干杯！"在座的人都端起杯子站了起来。

毛泽东说："我是不能喝酒的，还是喝延河之水吧，干杯！"

在回忆录中，叶子龙还记录了更能反映毛泽东性格的另一件事。

1949年12月，毛泽东第一次访问苏联。叶子龙写道：

毛泽东第一次访苏之所以能够成行，一方面是苏方的盛情邀请，另一个重要原因就是毛泽东坚持不懈的努力。按照毛泽东的性格，只要是他想做的事情，就一定要做；反之，他不想做的，谁说也不一定行。毛泽东想去苏联，几年前就定下了，当时苏联并不那么欢迎他，但是他决意要去。

在访苏期间，由于谈判不顺利，住在斯大林别墅里的毛泽东，心情烦躁。这天早晨，毛泽东一起身就对叶子龙说："如果苏联同志送吃的来，告诉他们，鱼一定要活的哟！"

叶子龙当时并没有反应过来。一会儿，莫斯科为毛泽东送食品的汽车到了大门口。从车上跳下来一位中年军官，他和一个青年人从车上抬进两筐冻鱼，其中一筐是上等的鲟鱼。

叶子龙连忙跑过去，对那位军官说，我们首长只吃活鱼，请你们把这鱼拉回去！

那个军官不明就里，耸了耸肩膀，又把鱼装上卡车。

其实，毛泽东对于吃的方面并不讲究，但在苏联就非要吃活鱼，这是因为以前与苏联人打交道的经历。那是在1949年年初，北平和平解放了，西柏坡的老百姓也在准备过个像点样的春节。苏共中央政治局委员米高扬突然来到西柏坡，住了好几天，毛泽东和中央其他领导人多次与他交谈。

那几天，毛泽东与米高扬谈了很多，大部分时间都是谈笑风生，与接见其他外国人没有什么两样。但是在私下里，却与平常有所不同。抽烟比往日多，说话比往日少，而且为了一点小事还向工作人员发了脾气。叶子龙知道，这是心里不痛快的表现。事后了解，与米高扬的谈话不顺利，在一些重大问题上，苏联人没有明确表态。毛泽东为此十分生气。

一次，米高扬与毛泽东一起吃饭，指着桌子上的一盘鱼问："那是不是活鱼烧的？"

谁都知道，西柏坡村边的河里有的是鱼，在当时的条件下，吃活鱼比吃死鱼要方便得多。毛泽东没有直接回答米高扬的问题，而是用筷子挟了一块土豆，说："我们吃了多年这个菜，好吃，营养丰富呢！"

但是，这件事毛泽东没有忘，所以到了莫斯科，就非吃活鱼不可！

"毛泽东说的这些话，是一篇大文章"

1949年3月5日至13日，毛泽东在西柏坡主持召开中国共产党七届二中全会。这实际上是一次为新中国奠基的会议。

中国革命的胜利，的确是个伟大的奇迹。在普遍陶醉于胜利的情绪中，作为一个非同凡响的政治家，毛泽东始终保持清醒的头脑。他谆谆告诫全党："夺取全国胜利，这只是万里长征走完了第一步。""中国的革命是伟大的，但革命以后的路程更长，工作更伟大，更艰苦，这一点现在就必须向党内讲明白，务必使同志们继续地保持谦虚、谨慎、不骄、不躁的作风，务必使同志们继续地保持艰苦奋斗的作风。"

叶子龙在回忆录中写道：对这些话我至今记忆犹新。毛泽东说的这些话，是一篇大文章，既是我们共产党人必须时刻遵循的原则，也是我们在任何时候都能立于不败之地的根本。

毛泽东告诫全党，要坚持两个务必，而他自己更是身体力行，率先垂范。叶子龙写道：毛泽东在物质生活方面是地地道道的平民本色。他多次对我说过，他是个农民，农民的生活习惯永远也改不了，也不想改变。他的衣食住行与普通人没有什么区别。在这方面，他并没有什么特殊的嗜好。有人说他酷爱吃红烧肉，喜欢穿旧衣服，这是对的，但重要的是他在生活上、在物质享受上厌恶奢华，提倡俭朴。

进城以后，毛泽东艰苦奋斗的本色没有丝毫改变。有这样一件小事，1953年秋，叶子龙去杭州的九溪十八涧出差办事，那里盛产茶叶，就买了点一元一斤的茶叶。回到中南海，他拿给主席看，毛泽东则说太浪费了，不该买这么贵的东西。

毛泽东经常到杭州，开始时住在刘庄招待所。后来，为改善毛泽东的居住条件，地方政府对招待所进行了装修。毛泽东再到杭州时，发现了这一变化，很不满意，坚持搬到别处去住，从此再也没有住过刘庄。

毛泽东还倡导实行火葬，掀起了一场丧葬的革命。而这一想法的形成，与任弼时的逝世及后事处理有关。任弼时是中共五大书记之一，开国元老。他的去世是党和国家的重大损失，因此，为任弼时举行了非常隆重的追悼会和送葬仪式。

事后，毛泽东不止一次地对刘少奇、周恩来等中央负责同志说，弼时同志对中国革命的贡献大，对其进行厚葬是必要的；但我们死后如果都这样葬，是不是有些浪费了？

1954年在杭州，毛泽东看到西湖周围有许多大大小小的坟墓，不无忧虑地说：人死了都土葬，死人与活人争地，长此以往，活人就没有地种了，那怎么办？于是，多次建议人去世后实行火葬。

1956年4月27日，在毛泽东的一再倡议下，中共中央、国务院及各部委、各民主党派负责人齐聚中南海怀仁堂，毛泽东在"倡议实行火葬签名册"上第一个签名。接着，朱德、彭德怀、康生、刘少奇、周恩来、彭真、董必武、邓小平等领导同志先后签名，共136人签了名。后来，当时不在北京的陈云也专门写信补签。这样，签名的人一共137名。

毛泽东看叶子龙没有动，就问："你为什么不签，是不是怕死啊？"

叶子龙说："我不怕死，是怕不够格。"说完走到桌前，郑重地签上了自己的名字。叶是第 72 个签名的人。

叶子龙在回忆录中写道：

"签字的多是老一辈无产阶级革命家，作为一代开国元勋，他们一生艰苦朴素，并用他们的实际行动实现了自己的生前诺言。如今，他们中的大多数已经永远离开了我们，但他们留下的墨迹仍然激励着后人。至于毛泽东逝世后，他的遗体保存了下来，这是出于全党全国人民的意志和愿望，当是世人都可以充分理解和拥护的。"

"他在与我握手的瞬间，分明有一丝不易被外人察觉的幸福感"

1949 年 10 月 1 日，是具有伟大历史意义的日子。下午 3 时，开国大典在礼炮巨大轰鸣中隆重开始。毛泽东按动电钮升起了第一面五星红旗。接下来，在三个小时的阅兵式和群众游行过程中，毛泽东始终处于兴奋状态，不断挥手高呼"人民万岁"！

开国大典结束时已是傍晚，叶子龙随毛泽东从天安门城楼下来，返回中南海。刚下车，机要室的同志交给叶子龙一份电报。这是斯大林发给毛泽东的电报，向中国共产党表示祝贺，并宣布苏联承认刚刚成立的中华人民共和国并愿与中国建立正式外交关系。毛泽东看了电报，非常兴奋，拉着叶子龙的手使劲摇着，并说："好么！谢谢你！我们拉拉手！"

这么多年来，叶子龙几乎每天都跟随在毛泽东左右，几乎每天都要送交电报，但从来没有见过毛泽东如此兴奋。叶子龙记录下这一微妙的心理活动，写道：

从今以后，他不仅仅是中国共产党的代表，也是一个泱泱大国——中华人民共和国的首脑。他在与我握手的瞬间，分明有一丝不易被外人察觉的幸福感。这种表情以后我再也没有见到过。

新中国成立时，叶子龙的大女儿叶燕上小学三年级。一天下午，她放学回家，走到院子里还唱着歌。

毛泽东正在院里散步，听到歌声就好奇地问："小燕子，你唱的是什么歌呀？再唱一遍给我听听好不好？"

叶燕很有礼貌地回答："毛伯伯，我唱的是《没有共产党就没有中国》。"接着，大方地放开喉咙唱了一遍。

毛泽东微笑着听完，问："小燕子，你说说，中国共产党是哪年成立的？"

"1921年！"小姑娘不假思索地答道。

"那中华人民共和国是哪年成立的？"

"今年10月1日。"

"好！那么中国的历史有多少年了？"

这个问题可有点难。她想了想，试探着说："大概有几千年了吧？"

毛泽东点了点头，微笑着说："对么，中国已经有五千年的历史，而中国共产党成立才几十年。你想想是先有中国还是先有中国共产党？怎么能说没有共产党就没有中国呢？"

看到小姑娘有些不知所措的样子，毛泽东接着说："不要紧，我帮你加上一个'新'字，这首歌就叫《没有共产党就没有新中国》，你看好不好？"

这时，叶子龙也已经来到院子里，毛泽东说："是啊，新中国要有新的面貌，共产党要领导人民取得过去几千年没有的成绩，任务重哩！"

第二天，叶燕到学校将以上情况告诉老师。学校很重视，并与歌词作者联系。从此,这首歌就改成《没有共产党就没有新中国》了。

"黄河在毛泽东的心目中有特殊的地位"

毛泽东对黄河有一种特殊的、说不清道不明的、难以割舍的复杂感情。在黄土高原生活、征战了十多年和两次东渡黄河的经历令他难以忘怀。他不止一次地说过,要好好体验黄河。1952年秋,毛泽东第一次到外地视察就是去黄河。他吩咐叶子龙:"你去安排一下,不要惊动很多人,也不要打扰地方。今晚就走。"

叶子龙评价说,这是毛泽东的一贯做法,战争年代就是如此,他说走就马上走,他说停就立即停下。我理解这就叫令行禁止,来不得半点含糊。

专列停在了黄河边上。此时已是深夜,月亮在薄云中时隐时现,四周万籁俱寂。

第二天清晨,天色朦胧,叶子龙照例早早起来,当他走下车,发现毛泽东已经在路基上活动身体。看到叶子龙,毛泽东说:"走,我们到那边看看!"说着,大步向远处的一个村子走去。叶子龙紧紧地跟随。

毛泽东说:"这里自古以来就是穷地方,陕北也苦,可是有地种,有窑洞住。这里不行,地里不打粮食,黄河如果决口,就什么都没了,苦不堪言啊!解放几年了,不知老百姓的生活怎么样呢?"

路边有一个打谷场,一老一少两个农民正在掀掉盖在玉米堆上的席片。毛泽东穿过田间小路向那里走去。忽然一脚踩到一堆牛屎上,他用鞋底把牛屎一点一点地抹到地里,然后在田埂上蹭了几下鞋底。还轻松地笑着说:"喔,不小心,不小心!"

叶子龙抢前几步,跑到场院,两位农民停下手里的活。叶子龙问这是什么地方,那位老农民说这个村子叫许贡庄。毛泽东从粮堆上拿起一穗玉米,问:"老乡,今年的收成怎么样啊?"

"不咋样,哪年不是这样,咱这盐碱地不打粮食!"老年农民回答。

这时,杨尚昆、罗瑞卿、汪东兴和河南省委、省政府的领导以及卫士等工作人员都赶来了。老乡们看来了这么多干部模样的人,非常奇怪。

毛泽东接着问:"打的粮食够吃吗?日子过得好不好?"

"比解放前强多了,托共产党的福啊!"老农答道。

离开打谷场,毛泽东一行走到村子时,进入一个农家院,有三间草房。堂屋不大,五六个人进去就站满了。屋里黑洞洞的,房顶露着天。一位老妇人正在灶前干活。

毛泽东又与老太太聊了聊天。

这次视察,毛泽东等还登上了以悬河著称的黄河柳园口。站在高高的大堤上,俯瞰堤外一览无余的旷野和村舍,毛泽东感叹道:"好一个黄河之水天上来!"

他问身边的河南省主要领导:"如果河水涨到天上去怎么办?"

那位领导同志回答:"请主席放心,我们河南人民决心在主席的领导下,发扬愚公移山的精神,水涨一寸,坝高一尺,确保沿黄人民的生命财产安全。"

毛泽东微笑不语。

毛泽东返回专列,嘱咐送行的当地领导:"你们不要送了,把黄河的事情办好,我们都能睡个好觉。"

专列上午到达郑州,毛泽东登上邙山,又一次看了黄河。

接着，他来到新乡，亲自为新建成的人民胜利渠开闸放水。在回列车的路上，他说："变害为利，这是最好的办法。"

这次视察，叶子龙始终在毛泽东左右，能够体察毛泽东心理的细微变化，因此，写下了与众不同的感受：

许多回忆文章都谈到，毛泽东视察黄河时心情很好，并与随行人员和当地领导谈古论今。但据我的亲身体验，在这段时间里特别是在视察黄河的过程中，他的表情是颇为凝重的。他最开心的一笑，是他踩到牛粪上那一刻。他对我说过："黄河孕育了中华民族，也害苦了成千上万的中国老百姓。"他始终在想着一个问题，怎么样化害为利，让黄河造福于人民。在他的心目中，黄河是与人民连在一起的。他深深地爱着黄河，爱着人民。对人民的疾苦他充满了同情。

参考文献

1. 叶子龙：《叶子龙回忆录》，中央文献出版社2000年版。

2. 赵桂来：《从宝塔山到中南海》，中央文献出版社1998年版。

3. 金冲及主编：《毛泽东传 1893—1949》，中央文献出版社1996年版。

原载《世纪风采》2008年第7期

《环球视野》2011年3月总第355期转载

《党史信息报》2011年4月13日转载

出席中共"一大"的花花公子陈公博

陈公博是中国共产党第一次全国代表大会的代表,但他却"像是广州政府的一位漂亮的政客",一个前来度蜜月的花花公子。

"一大"代表的光环不适当地落到了陈公博的头上

陈公博1892年出生于广东南海的一个官宦家庭,从小就受到良好的教育。1907年,15岁的陈公博停止学业跟随父亲参加反清斗争。辛亥革命后,陈公博因父亲的威信,虽然还不到20岁,已是同盟会的老会员,乳源县成立县议会时,他被选为议员。1914年,陈公博考进广州政法专门学校读书,但他对法律毫无兴趣,毕业后,又于1917年夏天考入北京大学哲学系,与他同时考进北大的广东同乡还有谭平山、谭植棠叔侄二人。

1920年夏,陈公博从北大毕业回到了广州,他在他的母校广东法政专门学校任教,谭平山、谭植棠则在广东师范专门学校任教。三人常常聚在一起,商议办一份报纸来推行自己的政治主张。他们决定模仿《每周评论》,给报纸命名《广东群报》,陈公博除主编《广东群报》外,还参加了其他进步报刊的出版与发行。

在广州进步思潮的影响下，陈公博开始接触马克思主义。1921年3月，接到陈独秀的来信，要他们成立广州共产党早期组织，陈公博与谭平山、谭植棠等人一道，先成立了广州社会主义青年团，后成立了广州共产党支部，由谭平山任书记，谭植棠分管宣传，陈公博分管组织。

1921年6月，上海共产主义小组通知各地共产主义小组派代表到上海参加第一次全国代表大会。在广州的陈独秀接到通知后，召集党员开会。按理说，陈独秀是当然代表，而上海方面也点名要他参加。其时，陈独秀在广州政府担任教育委员长兼广东大学预科校长。据"一大"代表包惠僧回忆说："有一天，陈独秀召集我们开会，说接到上海李汉俊的来信，信上说第三国际派了两个代表到上海，要召开中国共产党的发起会，要陈独秀回上海……陈说他不能去，因为他兼大学校长，正在争取一笔款子修建校舍，他一走款子就不好办了。"

如果陈独秀不能出席"一大"，另一人选就应该是谭平山，因为谭是广州支部的负责人。但陈独秀并不认为"一大"特别重要，起码不比筹款更重要，因此，他不仅自己不去上海，也不让谭平山去，留他在广州协助筹款。

由于同样的原因，尽管上海方面要求每地派两名代表，而陈独秀却决定只派一人。于是，经陈独秀提名，支部大会通过，由陈公博代表广东党组织出席党的"一大"。

正是由于陈独秀没有预见到"一大"的历史意义，因而使得"一大"代表这莫大光荣不适当地落到了陈公博的头上。

陈公博是最后一位报到的代表。7月14日，他带着新婚的妻子李励庄经香港转乘轮船，于7月21日才来到上海。为了出入方便，这对新婚夫妇住进了位于南京路上的大东旅馆。而其他代表则住在提前订好的博文女校。

在此之前，广东方面的代表，特别是陈独秀迟迟不来，上海方面十分着急。

张国焘回忆说："大会预定举行的日期逐渐接近，但陈独秀先生仍未赶到。我们函电交驰，催促他和广州的代表速来出席。这样等了好几天，作为广州代表的陈公博携着陈先生及致各代表的信件终于赶到了。陈先生的信中除了说明他辞职未获准不能抽身出席外，并向大会提出关于组织与政策的四点意见，要求大会在讨论党纲党章时予以注意。"

密探们仔仔细细搜查李公馆，陈公博在一旁不停地抽烟

1921年7月23日晚，中国共产党第一次全国代表大会在上海法租界李汉俊的哥哥李书城家里正式召开，来自各地共产主义小组的13名代表，加上马林、尼科尔斯基两位共产国际代表，总共15人出席了会议。会议由张国焘主持，毛泽东和周佛海担任记录。

张国焘报告了大会筹备的经过及议题，然后念了由陈公博带来的陈独秀的信及他的四点意见。接着，马林、尼科尔斯基两位共产国际代表致辞。会议开到子夜才结束。

第一次会议后，24、27、28、29日又继续开了四次会（25、26日休会）。在第二次会议上就出现了争论，张国焘认为共产党员不能在政府里任职，陈公博与李汉俊提出强烈的反对，后来陈公博回忆此事时写道："上海俨然分为两派，互相摩擦，互相倾轧"，他感到"参加大会的热情，顿时冷到冰点，不由得起了待机而退的心事"。

7月30日晚，会议继续在李公馆召开。8点多时，马林刚

想讲话，忽然间，一个不速之客鬼头鬼脑地撞了进来，看到满屋子的人，忙说："对不起，我走错地方了。"马林不愧是老革命家，警惕性很高，他立即让大家停止开会，所有的人分头迅速离开，只有李汉俊与陈公博留了下来。他们上了二楼，在书房刚刚坐下，一群法国巡捕就蜂拥而至。

此后的情景，唯有在场的李汉俊和陈公博亲历。李汉俊死得早，没有留下任何回忆；陈公博倒是写了《十日旅行中的春申浦》，发表在1921年8月的《新青年》第九卷第三号上，使后人能够了解事情的经过。

这篇文章因为是公开发表，不得不采取一些隐语。陈公博写道："暑假期前我感了点暑，心里很想转地疗养，去年我在上海结合了一个学社，也想趁这个时期结束我未完的手续，而且我去年结婚正在戎马倥偬之时，没有度蜜月的机会，正想在暑假期中补度蜜月。因这三层原因，我于是在七月十四日起程赴沪。"

那"感了点暑，心里很想转地疗养"之类，纯属遮眼掩耳之语，而"去年我在上海结合了一个学社"，那"学社"是指上海共产主义小组。那句"结束我未完的手续"，分明是指他赴沪参加中国共产党"一大"！

陈公博在文章中回忆了法国巡捕搜查的经过：

马上便来了一个法国总巡，两个法国侦探，两个中国侦探，一个法兵，三个翻译，那个法兵更是全副武装，两个中国侦探，也是睁眉怒目，要马上拿人的样子。那个总巡先问我们，为什么开会？我们答他不是开会，只是寻常的叙谈。他更问我们那两个教授是那（哪）一国人？我答他说是英国人。那个总巡很是狐疑，即下命令，严密搜检，于是翻箱搜箧，骚扰了足足两个钟头。他们更把我和我朋友隔开，施行他侦查的职务。那个法侦探首先问我懂英语不懂？我说略懂。他问我从那里来？我说是由广州来。他问我懂北京话不懂？我说了懂。那个侦探更问我在什么时候来中国？他的发问，我知道这位先生是神经过敏，有点误会，我于是老实告诉他：我是中国人，并且是广州人，这次携眷来游西湖，路经上海，少不免要邀游几日，并且问他为什么要来搜查，这样严重的搜查。那个侦探才告诉我，他实在误认我是日本人，误认那两个教授是俄国的共产党，所以才来搜检。是时他们也搜查完了，但最是凑巧的，刚刚我的朋友李先生是很好研究学问的专家，家里藏书很是不少，也有外国的文学科学，也有中国的经史子籍（集）；但这几位外国先生仅认得英文的马克斯经济各书，而不认得中国孔孟的经典，他搜查之后，微笑着对着我们说："看你们的藏书可以确认你们是社会主义者；但我以为社会主义或者将来对于中国很有利益，但今日教育尚未普及，鼓吹社会主义，就未免发生危险。今日本来可以封房子，捕你们，然而看你们还是有知识身分（份）的人，所以我也只好通融办理。"

大约这一事件给陈公博留下的印象太深了，所以在他1944年所写的回忆文章《我与中国共产党》（收于《寒风集》中），非常详尽地描述这一事件。不过，内容基本上跟他在《十日旅行中的春申浦》差不多。其中补充了一个重要的情节：

（密探）什么都看过，唯有摆在抽屉一张共产党组织大纲草案，却始终没有注意，或者他们注意在军械罢，或者他们注意在隐秘地方而不注意公开地方罢，或者因为那张大纲写在一张薄纸上而又改得一塌糊涂，故认为是一张无关重要的碎纸罢，连看也不看。

密探们仔仔细细搜查李公馆，陈公博在一旁不停地抽烟。他，竟把整整一听"长城"牌四十八支烟卷全部吸光！

幸亏马林富有地下工作的经验。他的当机立断，避免了中国共产党在初创时的一场大劫。

经过这一连串的惊吓，陈公博再也无心参加会议

巡捕没有找到什么证据，悻悻而去。过了一会儿，陈公博看看没有动静，就与李汉俊道别准备回旅馆。出门后，发现有人盯梢，正好一辆黄包车过来，他便坐了上去。那人也招来黄包车，紧跟其后，陈公博要黄包车拉到大世界游乐场。进了大世界后，他东走走，西走走，先去听了一会儿评弹，接着又去看电影，趁电影场人多光线暗，陈公博摆脱了密探，然后雇车赶回大东旅馆。

他关紧了房门，悄声叫妻子把皮箱打开，取出了几份文件，然后倒掉痰盂里的水，把文件放在痰盂中烧掉。

他这才松了一口气，把刚才惊险的经历讲给李励庄听。

当天晚上，天气异常闷热，陈公博躺在床上难以入眠。下半夜好不容易进入梦乡。然而，清晨突然发生的一枪杀案，把陈公博夫妇吓得魂不附体，睡意顿消。

陈公博在《十日旅行中的春申浦》一文中，如此记述：

这次旅行，最使我终身不忘的，就是大东旅社的谋杀案。我到上海住在大东旅社四十一号，那谋杀案就在隔壁四十二号发生。七月三十一日那天早上五点多钟，我睡梦中忽听有一声很尖厉的枪声，继续便闻有一女子尖厉悲惨的呼叫。

天亮后，茶房告诉说，隔壁房间的一个女房客被人枪杀了，旅馆已经报案，巡捕马上就到。陈公博一听，担心受牵连，马上带着妻子离开了大东旅馆。

像这样一起凶杀案，发生在市中心大名鼎鼎的大东旅社，立即引来好几位新闻记者。

上海报纸报道了这一社会新闻：

翌日——1921年8月1日，上海《新闻报》便刊登《大东旅社内发生谋毙案》。

同日，上海《申报》在第十四版刊载新闻《大东旅社内发现谋命案，被害者为一衣服华丽之少妇》。

《十日旅行中的春申浦》的成文时间距"一大"结束只有十来天，记忆应该是相当准确的。该文不但详细记载了法国巡捕搜查"一大"会址的情况，而且提供了旅社命案的准确时间，这对于后来党史的研究者推断"一大"召开的时间、日程安排等有着重要的帮助。

经过这一连串的惊吓，陈公博再也无心参加会议了，于是请假，带着妻子去了杭州，连最后的一次会议，也是最重要的会议（选举、表决）都未参加。

为了保证会议安全，"一大"代表们决定转移到嘉兴南湖的游船上继续开会。张国焘回忆说："代表中只有陈公博未来，他早一天坦率的向我和李达表示请假不出席，因为他太太对于在李家所发生的事尤有余悸。其他的代表却不将这件事放在心上,身当其冲的李汉俊也满不在乎,大家仍然兴高采烈地继续工作,并笑陈公博是个弱不禁风的花花公子。"

"他像是广州政府的一位漂亮的政客"

陈公博参加了"一大",但谈不上有什么贡献。在陈看来,此次上海之行,既是开会又是蜜月旅游,但度蜜月似乎比开会更重要。关于他的表现,大家评价都不高。张国焘回忆道:"陈公博对于陈先生的主张并没有多加说明。他带着他的漂亮的妻子住在大东旅社,终日忙于料理私事,对于大会的一切似乎不甚关心。在一般代表心目中,认为他像是广州政府的一位漂亮的政客,而他所谈论的,也多是关于广州政局的实况。"刘仁静回忆到:"陈公博与周佛海是另一种类型,他们不是专程来开'一大'的。陈公博带着夫人顺便到上海来度蜜月,住在豪华的大旅馆,举止阔绰。"

当陈公博携太太返回到上海,方知中共"一大"会议早已结束。陈公博跟张国焘、李达、周佛海晤面,把大会文件抄了一份,带往广州,交给了新当选的中央局书记陈独秀,陈公博自己也抄留一份——这也就是三年后,他在美国所写的论文《共产主义在中国》附录中的中共"一大"文件的由来。

回到广州后,陈公博曾在相关的会议上传达过"一大"的情况。据广州共产主义小组的成员梁复然在 1962 年回忆:"1921 年秋,陈公博代表广东党组织到上海参加中共'一大',回广州后,在素波巷宣传员养成所开会,由陈公博报告'一大'概况。"另一党员谭天度也回忆道:"'一大'广东的代表是陈公博,是推出来的,陈公博开会回来后牢骚很多。"

回到广州后，陈公博的政治热情开始下降，对共产主义产生了怀疑，萌生了出国留学的念头。1922年，陈炯明在广州发动政变，陈公博公然写文章支持陈炯明，他的行为遭到中共中央的严厉批评。中共中央为了挽救陈公博，特派张太雷去广东，要求陈立即去上海向党组织作出解释。陈公博不但断然拒绝，还在给陈独秀的信中说："今后独立行动，不受党的约束。"不久，在广州党支部的会议上，陈公博宣布他不再履行党员义务，还扬言"拟离党而另组广东共产党"，就此，陈公博脱离中国共产党。

鉴于陈公博分裂党组织，错误严重，而且不思悔改，影响恶劣，中共中央于1923年春决定将其开除出党。

1922年11月，陈公博得到了汪精卫的大力支持与帮助，由香港乘船去日本，随后去了美国。1924年，他完成了《共产主义在中国》的硕士论文，获得美国哥伦比亚大学授予的硕士学位。在这篇论文中，陈公博对马克思主义学说大肆批评，这充分说明，他不仅在组织上脱离共产党，而且在思想上也站到了马克思主义的对立面，成为地地道道的反马克思主义者。不过，陈在论文的附录中，收入了中共中央的六个重要文献，其中有《中国共产党第一个纲领》与《中国共产党关于党的目标的第一个决议案》，这两个中共"一大"的文件，连中共中央也未曾保存，因此成了研究中共"一大"的最重要的文献。

参考文献

1. 叶永烈：《红色的起点》，广西人民出版社2005年版。
2. 程金蛟：《陈独秀不参加中共"一大"原因探析》，载《广西社会科学》2003年第9期。

3. 陈公博：《共产主义运动在中国》，中国社会科学出版社 1982 年版。

《文史精华》2008 年第 11 期
《扬子晚报》2008 年 11 月 25 日转载

传奇上将宋任穷轶事

宋任穷是一位传奇式人物，17岁入党，18岁参加秋收起义，后随毛泽东南征北战，出生入死；建国后，曾在党政军各界任要职，功勋卓著。值得一提的是，1955年中国军队首次授衔时，他拥有了肩扛三颗金星的上将称号！

在长期的革命生涯中，宋任穷有着许多鲜为人知的传奇故事。但若要在篇幅有限的文章中，将这些故事都写出来，并还要有一些具体的情节，做到生动、可读，殊非易事。只好尝试着用随笔的形式，写了这个文稿，无以名之，姑且叫"素描"吧。

改名宋任穷

宋任穷原名宋韵琴，又名宋绍梧。

1909年，宋韵琴出生在湖南的浏阳县，著名的浏阳河就流经他的家乡；秋收起义中，毛泽东曾在文家市召集一次极为重要的会议，因此，文家市这个小地方就载入史册。宋韵琴的家离文家市不远。

1927年，在北伐战争和全国革命形势的推动下，湖南的农民运动风起云涌，成为全国农民运动最发达的省份之一。在湖南，浏阳又是群众发动得最为广泛、斗争最为激烈的县份之一。谈到当时的湖南农运，往往有平（江）、浏（阳）、醴（陵）之称。在疾风暴雨式的农民运动中，宋韵琴参加了浏阳工农义勇军，走上了武装斗争的道路；不久，又参加了毛泽东领导的湘赣边秋收起义，三湾改编后，在三营七连当文书。当时三营的营长是伍中豪。

伍中豪系黄埔军校四期，一位儒将，能打仗，好作诗，爱喝酒，酒兴浓时，诗兴亦浓，往往吟出佳句来。秋收起义不久，工农革命军打下遂川，正赶上春节，伍中豪与宋韵琴对饮，伍一边喝一边念着宋的名字："宋韵琴、宋韵琴。这个名字不好，像个女人的名字，改了吧！"接着就不停地念叨着："宋韵琴，宋韵琴，宋任穷"，念到这里，他突然停住了，大叫一声："就叫宋任穷吧！"湖南话，"韵琴"与"任穷"发音差不多。

宋韵琴也说好，从此就改名宋任穷。那时，改名字很简单，不用批准，只要将花名册上把名字改过来就是了。后来，有人传说，宋任穷的名字是毛泽东改的，其实是误传。毛泽东喜欢给战士改名字，但宋任穷的名字不是他改的。

1930年，在攻打安福县的战斗中，军长伍中豪英勇牺牲了。

抢渡金沙江

宋任穷参加了二万五千里长征，一路过关斩将，立下赫赫战功。

长征前夕，中央军委决定将中央苏区的四所红军干部学校合并组成红军干部团，陈赓为团长，宋任穷为政治委员。遵义会议后，干部团参加了两场硬仗，一仗是在一渡赤水之前的土城之役，干部团损失不小，伤亡百十来人。为此，宋任穷向毛泽东反映："干部团的学员都是连排以上的干部，培养一个干部不容易，这样使用代价太大了。"毛泽东非常惋惜地说："是啊，对干部团用是要用的，但这样不行，以后要注意哩。"另一仗是在二渡赤水后再克遵义，俘虏敌人三千余人，歼灭和击溃敌人两个师又八个团，取得长征以来最大的一次胜利。

四渡赤水后，为了加强对抢渡金沙江的领导，由刘伯承担任先遣司令，直接指挥干部团。在动员会上，宋任穷说：这一仗至关重要，关系到红军的安危，我们一定要按照党中央和毛主席的战略意图，坚决完成任务。

先遣营和后梯队同时出发。为了争取时间，出其不意，先遣营伪装成国民党部队，爬山越岭，强度急行军，一天走了160里，直扑皎平渡，并搞到了七只小船。后来，红一方面军就是靠这七条小船，七天七夜渡过金沙江。红军巧渡金沙江，摆脱了几十万国民党军队的围追堵截，取得了战略转移中的决定性的胜利。

为了掩护全军安全渡江，刘伯承命令干部团拿下通安州。宋任穷与陈赓商量后，决定留先遣营把守渡口，其余部队由陈赓指挥，向通安州进发。从江边到通安州，只有一条很陡很窄的山间小路，盘旋在悬崖峭壁上，有一段路仅能容一人通过，一面临深谷，一面靠绝壁。陈赓率部冲过零星敌人的袭扰，刚赶到通安州下，便与敌人一个旅共两个团和一个迫击炮连遭遇，发生了激战。前头部队一打响，刘伯承估计形势严重，立即命令宋任穷率先遣营火速增援。援军到，力量大增，泰山压顶，一下子打垮了敌人，俘虏也相当多。入夜，红军占领了通安州。

此役的全胜，为红一方面军安全渡江，提供了有力的保障。中央军委对干部团胜利完成抢渡金沙江的任务非常满意，予以通令嘉奖。

拜访汤恩伯

自太原失守后，国民党军队在华北的抵抗基本结束，政府人员也差不多跑光了；旧政权已被日寇摧毁，但在广大农村和大多数的小城镇，日伪政权还没有建立起来。华北政权出现了一段短暂的真空。

这就是机遇，千载难逢的机遇！

时任冀豫晋省委军事部长的宋任穷提出了一个建议：把部队中的副职抽出来，搭成团的架子，由政治部的领导同志分别带队，下去搞扩兵，同时也搞点枪，搞点钱。一二九师首长立即采纳了他的建议，派出许多干部四处扩军，其中七七一团政治处副主任赵基梅率该团第三营两个连随宋任穷去晋东南，很快，这支小部队就发展成一二九师赵（基梅）涂（锡道）支队。

临出发时，刘伯承、徐向前让宋任穷代表他们顺便拜访汤恩伯。土地革命战争时期，刘、徐与汤打过多年仗，彼此是老对头，也很熟悉。如今，国共合作共同抗日，拜访一下也在情理之中。宋任穷去的时候穿着普普通通的八路军军服，打着绑腿，带了个警卫员。那时没有军衔，除了"八路军"的臂章外，也没有别的标志。当时，汤恩伯是军团司令。为了通报方便，宋任穷找人临时做了张名片，上面写有："宋任穷，国民革命军第一二九师政训处副主任，湖南浏阳。"

到了晋城，见到汤恩伯，宋任穷转达了刘伯承师长、徐向前副师长的意思。

汤恩伯说:"外面有太阳,就在外面坐。"

落座之后,两人天上的地下的闲聊了一通,谈得很多,也很随便。在谈话中,汤恩伯问:"有一个问题,我百思不得其解,八路军为什么打仗总打不散;散了,也能收拢起来。而我们的部队就不行呢?"

宋任穷答道:"道理很简单,因为我们每个连都有一个党支部。汤司令要学的话,我派些人到你的部队,在每个连上也建一个党支部,保险打散了又可以收拢。"

汤听了哈哈大笑。

汤的一些随从,见这个二十多岁的八路军军官,同他们的司令官讲话竟如此随便,感到十分惊讶。

"咬牙"在冀南

1942年,在日寇"四·二九"大"扫荡"之后,冀南的形势急转直下,对敌斗争异常残酷。根据地的村庄距离敌人据点、碉堡近的只有两三里,中间毫无阻隔,敌人随时可以组织进攻和袭击。不只每天,而且每时都有可能发生战斗,前一分钟还平静无事,也许在一分钟之后就有一场恶战。不仅如此,又遇上历史上少见的严重自然灾害,旱灾、水灾、雹灾、虫灾接踵而来,伴随自然灾害而来还有传染病流行,严重地威胁着抗日军民的生存。真可谓天灾人祸,苦不堪言。

就在这最严峻的时刻,中共中央北方局任命宋任穷为冀南区党委书记兼军区政委,当时他还是冀南行署主任,集党政军领导于一身。

为了统一干部的思想,宋任穷主持召开了区党委扩大会议。会上,宋任穷分析了斗争形势,指出了坚持冀南斗争的有利条件,要求领导干部带头坚持斗争,坚守阵地。会后,区党委发出《关于度过今冬明春艰苦局面的决议》。《决议》明确了冀南军民的任务,并宣布:坚持冀南平原游击战争的方针是不会改变的,共产党和八路军始终和冀南人民在一起,同生死,共患难,坚持斗争,坚持阵地,咬紧牙关,度过今冬明春。

为了保存力量,党中央决定抽调一批干部到延安。冀南只留下宋任穷、王任重、王蕴山与朱光四位领导干部。当时,留下来的干部被称为"咬牙干部",就是咬紧牙关,坚持斗争的意思;去延安、太行的干部被称为"反攻干部",就是保存起来,用于大反攻的意思。

留下的四名领导干部,无敌情时就在一起;一有敌情,立即分成两股,宋任穷指挥一股,王蕴山指挥另一股,各自为战。由于敌情严重,战斗频繁,无论是干部,还是战士都穿便衣;宋任穷等每隔一两天就要转移驻地;晚上睡觉时,衣不解带,枪不离身。

1942年和1943年,对于宋任穷来说,是八年抗战中最为艰苦卓绝的两年。几十年后,他在回忆录中写道:这两年的日子确实不好过,时间真难熬,"看表,表针不走,看天,太阳不动"。这个滋味,没有亲身经历,是体会不到的。

"百姓是泰山"

20世纪50年代初,浏阳县葛永乡葛家园的一座旧祠堂,乡人民政府就在里面办公。

一天下午,一位身着旧呢子制服的中年人来到乡政府,和颜悦色地问:"请问乡长在吗?"正在打算盘的工作人员连头都没抬,随口答道:"在里面开会,有事在外面等着。"

此人就是任云南省委书记的宋任穷,因公务路过湖南,顺便回家乡看看。宋任穷见无人理睬,只好坐在门槛上等,谁知半个小时过去了,仍不见乡长的人影,并隐约听到里屋传来说笑声,还有打牌的声音,便要工作人员再催催。不料,那人态度生硬,极不耐烦。就在这时,来了一位老农民,一眼就认出了坐在门槛上的人,脱口喊道:"唉呀,这不是任穷吗?怎么坐在这里?"

那位工作人员一听,不禁"哎呀"一声,像触电一样从凳子上弹起来,连忙向里屋跑去。顿时,里屋鸦雀无声,随即涌出一群人来,乡长走在最前面,一见宋任穷,低着头连声道歉:"对不起,我不知道是您来了!"

那位工作人员也连连赔不是:"我真是有眼不识泰山。"

宋任穷先跟大家一一握手,然后说:"我不是泰山,但老百姓却是我们的泰山。同志们呀,你们这儿是乡人民政府,是为人民办事的,躲在里面打牌算什么啊?群众有事找乡政府,起码要热情接待嘛,对他们的困难应该帮助解决,急人之所急,想人之所想!"

一席话,语重心长,说得在场的人红着脸,连连称是。

筹谋以应变

1956年4月,在一次会后,周恩来见到宋任穷,对他说:"要从军队里调个中央委员,以加强地质战线。"两天后,他再次见到周总理,毛遂自荐地说:"就把我调出来吧。"

周恩来听了,高兴地说:"你能来,当然是再好不过了。"

不久,周恩来告诉宋任穷:"主席有新的考虑,要成立原子能委员会。"

1956年11月,中央决定成立第三机械工业部(1958年2月改为第二机械工业部),专门负责研制原子弹,任命宋任穷为部长。

当时,中国原子能事业正在草创时期,一穷二白,一切从零开始。宋任穷上任伊始,主要抓三件事:队伍组建,地质找矿,科研基地建设,为我国原子能事业打下了良好的基础。

1959年6月20日,苏共中央致电中共中央:以"争取和平,缓和国际紧张局势"为由,提出中断向中国提供原子弹样品和生产原子弹的技术资料。苏联专家的态度也随之发生变化。一位搞空气动力学的苏联专家到核武器研究所后,根本不准我方人员接触尖端技术,要么支使我方科技人员学外语,要么派到无关紧要的工厂矿山实习,而他自己整天躲在办公室看书。对于这种人,中国技术人员嘲笑他是"只读不说的哑巴和尚"。

当年7月,中央政治局会议决定自力更生搞原子弹。根据中央的决定,宋任穷等抓紧部署应变准备,并于当年12月制订了原子能事业八年规划纲要,提出"三年突破,五年掌握,八年适当储备"的奋斗目标,动员干部和群众,发奋图强,埋头苦干,把全部建设工作逐步转移到完全、彻底自力更生的轨道上来。

当时,苏共中央图谋撕毁协议,中止援助的决定,尚未向他们的下属传达。利用这段时间差,宋任穷采取了两个行动:一是抢建浓缩铀厂主工艺厂房,搞好设备安装条件,紧逼苏方履行合同,交付设备。浓缩铀厂是生产原子弹核装料的关键工厂,12月初,苏联专家到现场察看,估计至少还要一个多月才能完工，结果我们用十几天时间就把主厂房突击盖起来了，而且满足了对清洁度的严格要求，迫使苏方不得不按时提供了设备。这对于保证浓缩铀厂顺利建成起了决定性的作用。二是组织科技人员同苏联专家对口学习，千方百计把技术学到手，把资料弄到手。

与此同时，宋任穷布置抓紧自己的研究工作。一天，宋任穷去核武器研究所，看到大家劲头很大，干得不错，就鼓励说："人家预言我们搞不成，我们一定要争口气。你们都是搞流体力学和空气动力学的，你们的任务就是要把这口气变成动力，把我们的事业搞成功。"

正是由于有了这些应变的准备，所以到1960年赫鲁晓夫公然背信弃义，撕毁协议，撤走专家的时候，我国原子能事业没有因此造成混乱和停顿，而是比较稳当地过渡到全面、彻底自力更生的轨道。

1960年9月，中央决定调宋任穷出任东北局第一书记。宋任穷带着几分眷恋、几分惆怅，离开了二机部，告别了令人魂牵梦绕的原子能事业。临行前，继任部长刘杰要为之饯行。宋任穷则说："饭就免了；但有一个要求，你无论如何要答应，那就是，一有原子弹试验的消息，一定要及时告诉我。"

1964年10月16日，宋任穷突然接到刘杰打来的电话，告之下午三点钟爆炸。那一天，宋任穷一直都在等，但等到晚上新闻联播仍然没有听到报道。后来才知道，是毛泽东说不忙着发消息，一再要求核实是否是核爆炸，等完全证实后再正式公布。

中国的原子弹爆炸成功，在全世界引起极大的震动，全国人民和海外炎黄子孙莫不为之振奋、鼓舞。宋任穷曾主持其起步阶段的工作，饱尝其中的酸甜苦辣，当然，更是"别有一番滋味在心头",他说:"我在二机部工作过四年多,曾经为此费过一些心思,作过一些努力,当然也感到特别高兴和欣慰。"

参考文献

宋任穷:《宋任穷回忆录》,解放军出版社1994年版。

宋任穷:《宋任穷回忆录续集》,解放军出版社1996年版。

陈再道:《陈再道回忆录》,解放军出版社1988年版。

乔希章:《华北烽火——八路军抗日战争纪实》,中共党史出版社2001年版。

何立波:《情感世界中的宋任穷将军》,载《兰台世界》2005年第3期。

吴跃农:《毛泽东与中国第一颗原子弹爆炸》,载《文史精华》2003年第12期。

原载《名人传记》2008年第5期

《环球视野》2008年7月总第213期转载

勤于学习的刘少奇

有人说，在党的第一代中央领导集体中，刘少奇是一个性格色彩最为平淡的人物，其实这种说法并不准确。刘少奇也有鲜明的个性，其最突出的特点就是酷爱学习，特别勤奋。在数十年不平凡的革命生涯中，他从不懈怠，始终充分利用一切可以利用的时间，手不释卷，阅读思考，掌握了马克思主义的精髓，成了第一代领导集体中知识相当渊博的人。

刘少奇的"坐功"颇有名气

刘少奇从小就特别喜爱读书。9岁到10岁两年间在罗家塘和月塘念私塾，都是读《四书》、《五经》。上课时听老先生念经似的诵读和使人听不明白的讲述，一些学生觉得乏味，对学习产生厌倦，把学习看成一件苦差事。但是，刘少奇却是忘情地听老师讲述，他就像海绵吸水一样，恨不得把所有的知识都吸进头脑里。他不仅努力读课堂上的书，课余时间还自己去找书读，养成了手不释卷的习惯。刘少奇有位同学叫周祖三，他的父亲周瑞山，曾留学日本，还是同盟会会员，喜欢购买新书刊，藏书不少。刘少奇便常到周祖三家借阅书籍，并且边读边摘记。周家人见他天资聪颖，勤奋好学，很乐意接待他在家里与周祖三一块看书学习。有一天天很冷，看书入迷的刘少奇在炉子边被炭火烤着了棉鞋，发出了烤焦的气味，他却毫无知觉，直到别人提醒，才将棉鞋上的火星打灭。

在家里，刘少奇把自己住的一间斗室变成了书屋，室内堆放着从各处借来和搜集来的一本本书。一有时间，他就一个人躲在屋子里静静地看书，乐此不疲。

读书使刘少奇学得了很多知识。人们渐渐地发现，这个伢子在和小伙伴们争论问题或是在同大人交谈时，言语之间常常引经据典，讲出一番道理来，这一点竟在其家乡小有名气。因刘少奇排行第九，又常常到处找书借书，手不释卷，于是大家送了他一个外号："刘九书柜"。

天有不测风云。刘少奇12岁的时候，父亲因病去世。这时他患上了严重的痢疾，只好休学。性格内向的刘少奇一时心情郁闷，但他却不忘读书，经常去周家借书看。后来复学后，继续读了有关黄巢起义、太平天国运动、义和团运动的书籍，受这些爱国主义的内容和不畏强暴的历史人物感染，刘少奇的思想在潜移默化中发生了变化。

在读私塾后，刘少奇先后在宁乡玉潭学校、宁乡驻省中学、湖南陆军讲武堂、长沙私立育才中学、保定育德中学留法预备班、上海外国语学社、莫斯科东方大学学习。由于养成读书习惯，他的学习一直抓得很紧。

肖劲光曾在上海外国语学社和莫斯科东方大学与刘少奇两度同窗。刘少奇的好学给他留下深刻的印象。他在回忆录中写道：我们到上海后，认识了少奇同志。他比我们先到上海，也和我们一起学俄文。我和弼时同志到俄文班不久，就加入了工读辅助团。少奇同志是我们这个组织的负责人之一。他为人正直、富有革命理想，办起事来很认真，学习也很刻苦。到了莫斯科东方大学后，少奇同志当时一心扑在学习和工作上。上午他和我们一起学俄文，下午又一起参加一些社会活动。有时在一起刻钢板，印传单；有时到工厂联络，做些宣传工作；有时做工。遇有纪念日，就参加游行，在前面举旗杆的多是我们这些人。我们除学习俄文外，每星期天还学习马列主义，主要请人来讲演。少奇同志几乎没有个人爱好，从不闲聊天，也不随便上街。我们不住在一起，但看到他的时候，多是在学习俄文、阅读《共产党宣言》、思考着中国革命问题。

从苏联回国后，刘少奇便投身于革命的洪流，并一直担任重要的领导职务，工作繁忙，但他从来没有放松过看书学习。在他身边工作的武新宇回忆：刘少奇多年来养成了每天读书、写作到深夜的习惯，对重要的问题常常到院子里踱来踱去，反复思索。晚上我们睡了，他还在院子里散步，然后再去写东西。常常我们一觉醒来，他的屋里还亮着灯。

刘少奇的卫士长李太和回忆道：少奇同志担任国家主席之后，国事活动非常繁忙，正常情况下一天要工作十七八个小时，遇上开会或其他特殊任务，每天只能睡眠两三个小时，有时还要连轴转。他的时间观念是分秒必争，但他的工作也有规律。每天起床后，先让秘书报告有什么急件和活动安排，然后浏览当天的报纸，早饭后如果没有别的活动，就开始批阅文件或写东西，一直到第二天清晨两点钟左右才离开办公室，回到寝室也不马上睡觉，常常是盘腿坐在床上看当天的国内外参考资料。有时，一看就是两三个小时，不说别的，就是盘腿坐在床上看资料这一点，大家都十分钦佩。有些年轻警卫说："少奇同志那么大年纪，还能盘腿坐几个小时，我们这么年轻也比不上啊！"他们不知道，这是少奇同志在战争年代长期练就的本领。少奇同志在办公室工作时，思想高度集中，有时我们进去，他都不知道。所以，除了毛泽东主席、周恩来总理来电话或中央有其他重要通知须马上向他报告外，一般不太急的事，都是利用他吃饭和散步时报告的。

刘少奇天赋极佳并酷爱读书，将读书视为生活的不可或缺的组成部分，始终不断地学习，使他具有渊博的知识，卓越的智慧。印度驻北京大使告诉埃德加·斯诺："刘少奇首先给人一个平凡的表面印象。五分钟的谈话展示了这个人具有极严格的逻辑思维能力，能很快地看出问题的核心并能作出有力和周密的简练回答。"

20世纪60年代中期，在中国流传着这样一种说法：三天不学习，赶不上刘少奇。

认认真真把几大本《中国通史简编》读完了

刘少奇十分重视学习与研究党的历史。1948年7月1日，在纪念党成立二十七周年的报告中，他着重讲了这个问题，他说："中国共产党的产生，是中国历史上空前重大的一个事件。从中国共产党产生以后，历史就进入了新的时期。从此以后，中国历史的发展就离不开共产党，不但离不开共产党，而且是以党为中坚来发展的。中共的胜利或失败，前进或后退，都代表着中国的胜利或失败，前进或后退。中共前进中国也前进，中共后退中国也后退。如果不了解中共历史，也就不可能了解中国近代史。所以，今天我们干部如何研究与了解我党历史，是一件十分重要的事。因为了解党如何发展的历史，也就是了解中国近代是如何发展的，此中有着非常丰富的经验。"

1948年7月，中共中央决定创办马列学院，刘少奇为马列学院的院长。为加强历史的教学，遵照刘少奇的指示，进城后的马列学院还专门成立了中共党史、联共（布）党史、世界近代史与中国历史教研室，请著名的学者张如心、陈昌浩、吕振羽、胡绳等主持这些教研室的工作或讲授这方面的课程。马列学院（包括它改为中央党校后）还增设了历史讲座，请许多著名的历史学家讲课。学习与研究历史取得了很好的成效，当时马列学院和后来中央党校的同学很有体会地说，学史确实有助于读懂马列主义和理解毛泽东思想，可以从中认识社会历史的发展规律，学到普遍真理，学习运用马克思主义的立场、观点和方法。

刘少奇不但要求干部学习历史，而且身体力行，挤出时间阅读历史书籍。

1951年11月底，刘少奇经中央安排去南方视察和休养。自从到中央工作以来，他除了打仗转移和必要的外出工作，一直没有机会到各地去看一看。现在，各方面的工作逐步走上正轨，使刘少奇有了下去参观的机会和条件。这一次，刘少奇所到之处很多，但停留时间最长的地方是杭州，差不多有一个多月。

平时紧张而繁忙的工作，让刘少奇实在抽不出整块的时间来读书学习，对此他总是感到十分遗憾。这次到南方休假，刘少奇觉得这正是读书的好机会，于是在从北京动身时，就把厚厚的几本范文澜著《中国通史简编》塞进了行李包。

西子湖畔，烟波浩渺，杨柳依依，风景优美。但是，刘少奇对湖光山色兴趣不大，而是埋头攻读中国通史。他想到，全国解放了，共产党成了执政党，要领导一个几亿人口的大国建设社会主义，这是多么艰巨的事业！因此，必须熟悉历史，借鉴历史，从中国几千年的文明史中吸取有用的经验。每天，他戴着老花眼镜，静静地坐在屋子里看书。他一边读，一边思考，手里拿着一支铅笔，不时地在书上圈圈点点，写上眉批。有的书页的空白处，竟差不多写满了。刘少奇的"坐功"是有名的，有时他坐着读书，可以一连几个小时动也不动，进入一种陶醉、忘我的境界。

休假结束了，几大本《中国通史简编》也读完了。刘少奇一身轻松，朝气蓬勃地又投入了工作。

组织学习苏联的《政治经济学教科书》

刘少奇十分重视理论学习，认为学习理论是革命斗争之必需。他说：我党从诞生时起就是一个马克思主义的政党，但是由于党诞生后"即投入实际斗争，投入大革命，一直到现在还不能停，全国三百万党员，天天在斗争，流血的，不流血的，公开的，秘密的，军事的，政治的，经济的，文化的都在斗争。在这样紧张的斗争环境中，有一件事，如读书、研究理论、唯物史观，二十多年就弄得不清楚，理论准备不够"。他还说，从我们整个党来说，理论是成熟的，"毛主席把马克思主义中国化了"，"做得很成功"，"但从党员干部来说，是理论水平不高的"。我们必须克服这一根本性的缺陷，才能适应当前客观形势发展的迫切需要。

刘少奇还强调，革命胜利了更需要学习理论。他说："现在中国革命胜利了，不读书，可不成。以前在山头上，事情还简单，下了山，进了城，问题复杂了，我们要管理全国，事情更艰难了。很多人担心，我们未得天下时艰苦奋斗，得天下后可能同国民党一样腐化。他们这种担心有点理由。在中国这个落后农业国家，一个村长、一个县委书记，可以称王称霸。胜利后，一定会有些人腐化，官僚化。因此，不是说胜利了，马克思的书就不要读了,恰恰相反,特别是革命胜利了,更要多读理论书籍,熟悉理论,否则由于环境的复杂,危险更大。"

1958年,大跃进、高指标、浮夸风等"左"倾错误,就是由于党的领导干部缺乏理论修养,在思想上产生了主观主义、教条主义、官僚主义的作风而造成的。刘少奇在总结这一段历史的经验时,再次强调了学习马列主义理论的重要性,特别是加强高级干部马列主义学习的重要性。

1959年初,繁重的工作和长期的睡眠不足,无情地损害着刘少奇那本来就不很健壮的肌体。他患有严重的肩周炎,胳膊都抬不起,伸不直,只好用带子把胳膊拉起来,一面同疾病进行着顽强的斗争,一面还是没日没夜地工作着。医生多次劝他休息治疗,他都若无其事地说:"没关系。"

有一天,王光美在春耦斋碰见毛泽东,顺便把刘少奇得肩周炎的事告诉了他。毛泽东说:"肩周炎,我知道,我在延安时得过,这是我们男子的更年期症。"很快,经毛泽东批准,中央决定让刘少奇到海南岛崖县(今海南三亚)休息一段时间,同时治病。

刘少奇决定利用这段时间好好读一点书。毛泽东曾于1958年11月给县级以上各级党委写了一封《关于读书的建议》的信,后来,他又一再号召读书,要求大家读苏联的《政治经济学教科书》第三版。刘少奇早就想对照1958年以来经济建设中发生的问题钻一钻这本书,可是平时杂事不断,难得安安静静地坐下来。现在,终于有了机会。

到了海南,休息了两天后,刘少奇就把随从人员召集起来,说:"我们要充分利用这个难得的机会,好好学习学习政治经济学,我们大家都参加,共同组成一个学习小组。"为了帮助辅导,他还通过中共中央办公厅从北京请来薛暮桥、王学文两位经济学家做老师。这么多人在一起，组成一个别致的学习班。一个国家元首，和秘书、警卫员、护士围坐一起学习讨论，这大概是古今中外没有的事。

在第一次学习会上，刘少奇谈了要求："今天，我们就要开始学习了，我先谈几点建议：第一，学习讨论会采取座谈方式，大家要踊跃发言，有话就说，各抒己见，畅所欲言。也可以开展辩论。第二，在学习会上，不分上下级，大家都是学员，不要怕说错话。第三，既要学习理论，又要联系实际。第四，苏联的这本《政治经济学教科书》是他们根据自己经验总结的，不是普遍真理。我们只能结合自己的实际来学习。有些内容比较难懂，有不懂或不理解的地方随时向两位老师请教。第五，我们在这里讲的话，不要到处讲。如果要讲，只能当作个人的意见，错了自己负责。因为我们是研究问题，不是作出的决议，更不是下定论。"

刘少奇的这个开场白，明确了目标，也消除了大家的顾虑。

在这一个多月的时间里，刘少奇学习非常刻苦认真。阅读时，他戴着花镜一字一句地啃，在书上画了许多圈圈点点；讨论时，他又讲了许多独特的见解，还经常向大家传授学习经验和方法。对一些难懂的章节，他就请教两位专家反复讲解，直到大家弄懂为止。读书增长了知识，亦开拓了思路，受益匪浅。

11月下旬，刘少奇接到中共中央的通知，要他出席中央工作会议，于是，他结束休假，赶赴杭州。他的学习讨论会也只有告一段落。不过，刘少奇组织学习《政治经济学教科书》一事，很快被毛泽东知道了。他觉得这个办法好，也带了一些同志到上海住下来，阅读讨论苏联的那本教科书。接着，周恩来、李富春约了国务院的一些部长一起住到广东从化，把这本书认真地读了一遍。一时间，中共中央的高层领导研读政治经济学蔚然成风。大家都希望通过看书学习，进一步总结经验，找出一条适合中国的社会主义建设的道路。

"成为马克思、列宁式的政治家，这是完全可能的"

刘少奇多次强调学习运用马列主义立场、观点、方法的重要性。他说："仅仅读了几本书，有了一些理论知识，并不等于就有了理论。读了书，增加了一点理论知识，这只是有了运用理论的可能，而处理实际问题不是单靠书本所能解决的。有些人只知道翻书本，中国的外国的他都知道，你说到什么问题，他可以马上把书翻出来。但碰到实际问题，马克思没有讲过，列宁也没有讲过，他自己就不知道怎样分析处理，这就是不懂得用马列主义的立场、观点和方法处理问题。"只有遇到问题，能用马列主义的立场、观点、方法去观察、分析、处理，并且要处理得不错，"才叫做有了一些理论"，"才算学到了理论"。

刘少奇既是一位杰出的理论家，又是一位杰出的实干家。他重视理论与实践的统一，善于将马克思列宁主义的基本原理运用于中国革命和建设的具体实际，又勤于调查研究和总结经验；善于将实践经验上升到理论高度，且常常笔耕不止，写下了许多光辉的文献。他的文章笔锋犀利，生动活泼，提出问题高屋建瓴，分析问题鞭辟入里，解决问题实事求是，因而深受毛泽东的青睐。

毛泽东最早对刘少奇理论文章所作的评价，是在1937年6月3日的政治局会议上。毛泽东对刘少奇写给中央的几封信评价说:"他也基本上是对的,是勃勃有生气的,他系统的指出党在过去时间在这个问题上所害过的病症,他是一针见血的医生。"

刘少奇一生在理论上有很多建树,尤其是在党的建设理论方面建树最多,其中影响最大的当属1939年7月写的《论共产党员的修养》。刘少奇对学习有着很高的要求。在《修养》一文中,他提出并回答了这样的问题:

有人说,马克思列宁主义创始人那样伟大的天才革命家的思想和品质,是学习不到的,要把自己的思想和品质提高到马克思列宁主义创始人的思想和品质那样的高度,也是不可能的。他们把马克思列宁主义创始人看成是天生的神秘的人物。这种说法和看法对不对呢?我想是不对的。

我们普通的同志,今天诚然远没有马克思列宁主义创始人那样高的天才,那样渊博的科学的知识,我们大多数的同志在无产阶级革命理论方面不能达到他们那样高深和渊博。但是,我们同志只要真正有决心,真正自觉地始终站在无产阶级先锋战士的岗位,真正具有共产主义的世界观,并且始终不脱离当前无产阶级和一切劳动群众的伟大而深刻的革命运动,努力学习、锻炼和修养后,那么,掌握马克思列宁主义的理论和方法,在工作和斗争中培养马克思和列宁那样的作风,不断提高自己的革命品质,成为马克思、列宁式的政治家,这是完全可能的。

刘少奇满怀信心地预言,要努力宣传学习马列主义,"使我们中华民族在世界上成为有最高理论水平的民族之一"。而他本人在这方面,无疑是我们最光辉的榜样之一。

在纪念刘少奇诞辰一百周年大会上,江泽民指出:我们要学习刘少奇同志刻苦学习,善于进行理论思考和理论创造的精神。他注重把马克思主义基本原理同中国革命和建设的具体实际结合，善于在马克思主义指导下对问题进行具体分析，大胆探索，提出自己的见解。他善于把丰富的实践经验提到理论高度，作出新的理论概括，用来指导实践的发展。刘少奇同志具有非凡的理论思维能力和理论勇气，观察问题深刻透彻，分析事物鞭辟入里，揭露矛盾尖锐泼辣，表现出一个马克思主义理论家、战略家的可贵品格。

参考文献

1. 黄峥：《刘少奇传》，花城出版社2006年版。

2. 刘振德：《我为刘少奇当秘书》，中央文献出版社2000年版。

3. 林常颖：《刘少奇谈党的理论学习》，载《理论学习》1998年第11期。

4. 王渔：《刘少奇与马列学院》，载《中共中央党校学报》1998年第4期。

5. 《刘少奇选集》下卷，人民出版社1985年版。

原载《党史博采》2008年第5期
《燕赵老年报》2008年11月19日转载
《党史信息报》2008年8月13日总第842期转载

"千古一人":薄一波谈邓小平

薄一波(1908—2007)是资深的革命元老,德高望重,深受党内外景仰。在新民主主义革命时期,他就与邓小平一起度过了极为艰苦、极其光荣的战争岁月;在社会主义建设的年代里,他长期在邓小平直接领导下工作,受益良多;在改革开放新的历史时期,他在以邓小平为核心的第二代中央领导集体的旗帜下,参与党和国家的领导与决策工作,功勋卓著。

说起邓小平,薄一波充满了敬重之情。

一

对于邓小平,薄一波闻名久已,然而,直到抗日战争初期,两人才第一次见面。那时,邓小平和刘伯承率领一二九师,来到晋东南开辟抗日根据地。薄一波常去八路军总部和中共中央北方局汇报牺盟会、决死队的工作,而这两个领导机关当时都随一二九师行动,因此也少不了就教于邓小平。

在频繁的交往中,有这么一件小事,薄一波始终不能忘怀:

1939年底,阎锡山发动了"十二月事变",局势骤然紧张。当时,薄一波和母亲正住在沁源县的阎寨村。由于形势紧张，工作繁忙，薄一波经常十天半月不落屋。一天，薄一波回到家中，老母亲急切地告诉他，今天来了两位客人，像是大人物，一进门就问"伯母好"，并向她深深鞠了一躬。

薄一波问：来人是什么样子？

母亲说：一高一矮，其中一位高个子，看上去比我小不了几岁，也叫我"伯母"。他们问这问那，又说又笑，要我少为你操些心，好好保重身体，可亲切了。听两位的口音，好像都是四川那边的。我腿脚不灵，不能起身答礼，也没招待一下人家，实在过意不去。

薄一波心头一热，说：他们都是我的领导，长者姓刘，少者姓邓，都是一二九师的，一位是师长，一位是政委，就是以前我向您谈起过的"刘邓首长"。

老母亲听了激动地说：原来是他们二位啊！你见到他们可要代我赔个不是，说我人老不中用了，太失敬了。

后来，薄一波把母亲的心意转告给邓小平，说老人家很感激你们二位去看她，一直念念不忘这件事。

邓小平笑着说：我看是伯母的礼心太重了，她年高德劭，我们去看望一下，完全应该嘛！

对于这件事，薄一波感慨万分。他写道：这件事尽管当时是在战争环境中，条件很艰苦，但上下之间、老少之间、同志之间，互相体贴，互相尊重，蔚然成风，处处充满着友爱之情。由此我想到一个问题，可以说从我们党成立以来，就一直有这么一些论调，好像共产党人是只讲革命，只知道搞阶级斗争，而不讲人性，不懂人情，不要人道主义的，其实这是完全不符合事实的，不管这些论调是来自什么营垒或哪个方面，都是非愚即妄的无稽之谈。

"十二月事变"后，在八路军总部指导下，经过整军，决死一纵队归八路军总部直接领导，三纵队正式编入一二九师战斗序列，从此，薄一波直接受刘伯承与邓小平的领导，因而有更多的接触，也有更深的了解。

1940年4月，由邓小平主持，在山西黎城召开冀南、太行、太岳地区的高级干部会议（通称黎城会议）。薄一波作为太岳区的负责人参加会议。邓小平发表了重要讲话。会议决定成立冀南、太行、太岳联合办事处；并将原太北军政委员会改为太行军政委员会，邓小平任书记，薄一波是七委员之一。

1940年8月，薄一波率部参加了著名的百团大战。决死一纵队的二十五、三十八两个团，在一二九师直接指挥下，作为主力部队之一，参加了战役的全过程，同日军精锐部队作战70余次，取得了很大的战果，还两次成功地掩护八路军总部及一二九师师部转移；当然，也付出了很大的牺牲。薄一波认为：尽管人员大大减少，但部队的战斗力有了极大提高。经过百团大战的锻炼，决死队终于"过关"了，开始像八路军老部队一样能打硬仗、恶仗了。在百团大战的总结中，邓小平特别表扬了决死一纵队，指出："这支年轻的队伍，在作战、政治工作、平时训练等方面都有很大的进步，表现是好的，和其他老部队一样，能够使指导机关放手使用，完成领导给的任务。"

1942年3月，邓小平到太岳区视察工作，详细了解了阎锡山的六十一军勾结日军，制造摩擦的情况，毅然决定发起浮翼战役。战役由邓小平指挥，薄一波和陈赓协助。这次反击作战，沉重地打击了顽军的反动气焰，制止了他们投降日寇的行动。后来在六十一军的要求下，进行了谈判，订立了《现地作战协定》。谅解达成后，双方保持了合作关系。

通过近距离地观察，薄一波感受很深，他说：邓小平同志亲自决策和指挥的浮翼战役，把自卫、胜利、休战三个原则很好地结合起来，这对我们来说，是一次很好地学习。

1941年和1942年，对于在华北敌后坚持抗战的八路军来说，是八年抗战中最为艰苦卓绝的两年。这两年间残酷的战争和非同寻常的艰苦，邓小平记忆犹新；薄一波记忆犹新。

1943年1月，中共中央太行分局在太行山涉县温村召开了高级干部会议，该分局所属的军政首长都参加了会议。薄一波又一次见到邓小平。

会上，邓小平作了关于五年来对敌斗争的总结和今后对敌斗争的方针的报告。关于这个报告，薄一波指出："通过学习邓小平同志的报告和总结，我们对建设根据地与对敌斗争的关系，建设根据地与发动群众的关系，抗日战争过程中抗战与建国的关系，统一战线和阶级斗争的关系，根据地建设中武装、政权、群众、党几个方面之间的关系，有了更加自觉的理解。"

温村会议是一次用整风精神总结晋冀鲁豫根据地历史经验的会议，又是一次全区深入开展整风运动的会议，会议提出了今后工作的基本方针，是晋冀鲁豫区进入恢复与再发展阶段的重要标志。

1943年秋，薄一波等一批重要领导干部前往延安，参加学习和准备参加中国共产党的第七次全国代表大会。邓小平接替彭德怀，任中共北方局代理书记，留在太行山，主持北方局和晋冀鲁豫区的全面工作。

1945年6月中旬，邓小平接到中共中央通知，命他赴延安参加党的七届一中全会。这时，薄一波才再次见到自己的老首长。

二

抗日战争刚刚结束,为了适应新的形势,中共中央决定成立晋冀鲁豫中央局和晋冀鲁豫军区,刘伯承担任司令员,邓小平任书记和政委,薄一波是副书记和副政委。为此,任弼时同志曾找薄一波谈话。他说:中央决定调动你的工作,毛主席要我来跟你谈谈。毛主席和中央对你的要求是协助刘邓做好工作,重要的是协助刘邓做好各方面的团结工作:军队内部的团结,地方和军队的团结,外来干部和本地干部的团结。我们觉得你做这个工作最适当。日本侵略者已宣布投降,但我们不能有和平麻痹思想,要对付蒋介石国民党向解放区进攻,来夺取抗战胜利果实。只要大家团结一致,统一意志,统一行动,我们就能战胜任何强大的敌人。

薄一波表示:我在小平、伯承同志直接和间接领导下工作已经多年了,据我了解,刘邓历来十分注意团结工作并且做得很好。决死一纵队归一二九师建制后,我就倍感亲切。有中央的方针政策,又有刘邓的领导,团结一定能搞得更好。

薄一波上任以后,全力协助刘邓,在力所能及的范围内努力做好团结工作。薄一波十分尊重邓小平,凡是由中央局决策的重要问题都请示刘邓,由刘邓最后拍板定夺;对不搞团结的人坚决批评处理,为此,他曾撤掉一位区委书记,对另一位反对刘邓的高级指挥员也做了许多工作。

邓小平也大力支持薄一波。安阳有一个大恶霸叫吴守珍,民愤极大,土改中几万群众要求斗争他。但是,有的干部却为他辩护,说他在抗战中掩护过我们的人,甚至有的高级干部为他说情。薄一波没有答应,他们就去找邓小平。

邓小平回答很干脆:"你们去找一波同志商量嘛。"

在邓小平领导下工作,薄一波心情舒畅,他深有感触地说:凡是同邓小平相处过的人,都觉得他胸怀豁达,有海纳百川的气度。

1945年8月25日,薄一波与刘伯承、邓小平等搭乘美军驻延安观察组的飞机返回太行解放区。一到目的地,没容喘息就组织了著名的上党战役。这一战役的胜利,有力地支援了毛泽东同志在重庆的谈判。邓小平高超的韬略,使薄一波钦佩之余,也从中获益良多。

上党战役结束后,刘邓随即组织了平汉战役。争取高树勋起义,是其中的一个杰作。薄一波也参与了一些筹划。

为了抢夺抗战的胜利果实,蒋介石派孙连仲部的三十军、四十军和新八军从河南新乡出发,沿平汉路北上,意欲打通平汉线,并进一步组织对我华北、东北根据地的进攻。党中央和毛泽东同志指示晋冀鲁豫野战军在邯郸摆开战场,消灭敌人,守卫南大门。

刘伯承、邓小平深知此战关系全局,经过紧张谋划,决定在漳河以北和邯郸以南及滏阳河两岸的狭窄地带布下"口袋阵",待敌钻入之后,再相机打击。刘伯承风趣地说:要像猫吃老鼠那样,先把它盘软了再吃。先实行"围而不歼",还有一个重要考虑,就是要力争高树勋就地起义。高树勋是原西北军将领、国民党第十一战区副司令长官兼新八军军长。

战役开始后,王定南到薄一波处,送来一个重要情报,说高树勋不满蒋介石及其亲信对他的排挤和歧视,准备站到人民方面来,并给彭德怀写了一封亲笔信。薄一波当即告诉王,彭副总司令现在不在太行,军事上全由刘伯承司令员、邓小平政委负责。这样大的事耽误不得,你赶快直接到涉县找刘邓当面谈，按刘邓的指示办。

王定南随即赶往涉县。

刘邓要王定南速往高树勋部，劝他认清形势，瞻念前途，毅然举行起义。刘伯承叮嘱说，你要向高将军说明，这是他走向革命的最好时机，要当机立断；当断不断，反受其乱。10月28日，王定南报告，说高树勋顾虑家眷还在徐州。刘邓当即给中央发电报，请中央转告陈毅派人把高的家眷从徐州接出来，送到解放区。高得知后感激不已。

10月29日，刘邓又派参谋长李达进入新八军驻地看望高树勋，进一步坚定他起义的决心。高当即表示："10月30日宣布起义。"

10月31日，司令部商定，由邓小平、李达指挥前线作战，刘伯承和薄一波到马头镇与高树勋会晤。刘伯承先向高树勋转达了毛泽东、朱德的来电，对他高举义旗、反对内战、主张和平的正义行动给予高度评价，并向他本人及所有将士表示欢迎和慰问。

高树勋起义后，刘邓指挥部队乘胜追击，战果辉煌。是役，除新八军起义外，我军毙伤敌3000余人，俘虏敌第十一战区副司令长官兼四十军军长马法五及其以下17000余人，缴获大批武器物资。邓小平称平汉战役是"一场政治仗"，高树勋起义则是平汉战役取胜的关键。他说："当然，没有高树勋的起义，敌人也不会胜利，但不会失败得那么干脆。就是因为高树勋一起义，马法五的两个军全部被消灭了，只跑了3000人。"

不久，经中共中央批准，由邓小平、薄一波介绍，高树勋加入中国共产党。以后我军各部对进攻的国民党军队广泛开展了"高树勋运动"，对分化、瓦解敌军起了很重要的作用。

1946年6月底，蒋介石发动全面内战，刘伯承、邓小平率主力部队连续打了陇海、定陶、旦晨等一系列战役。薄一波则在后方，一边支持前线，一边领导土改工作。7月，中共中央军委批准成立晋冀鲁豫野战军指挥部，刘伯承兼司令员，邓小平兼政委；野战军与军区的工作分开，军区工作由薄一波与滕代远负责。

1947年6月30日，刘邓率12万大军突破黄河天险，揭开了我军战略反攻的序幕，经过浴血奋战，歼敌5.6万，胜利地打开了南下的通道，开始了千里跃进、逐鹿中原的壮举。遵照中央的指示，晋冀鲁豫中央局和军区提出"一切为了前线"的口号，努力完成新兵补充、干部配备、后勤供应等项工作。为支持刘邓大军南下，薄一波呕心沥血，殚精竭虑。

人民解放军的战略反攻意义重大，毛泽东豪迈地指出："中国人民的革命战争，现在已经达到了一个转折点。这是蒋介石的二十年反革命统治由发展到消灭的转折点。这是一百多年以来帝国主义在中国的统治由发展到消灭的转折点。这是一个伟大的事变。"

为了发展和巩固新的解放区，薄一波建议成立中原局，由邓小平任书记，仍兼晋冀鲁豫中央局书记，当即得到中央批准。后来，随着战争形势的凶猛发展，中央决定将晋察冀和晋冀鲁豫两个中央局合并为华北局，由薄一波任副书记，主持工作。

这样，邓小平与薄一波，一个在中原，一个在华北，各自主持一个战略区的全面工作，为解放全中国协同作战。

三

新中国成立之初，同为中央局书记的邓小平、薄一波先后调到中央，工作上的联系就更多了。

1952年下半年，由中财委主持制定的新税制颁布执行，立即在社会上引起强烈的反响和波动。1953年夏季，在全国财经工作会议上，薄一波受到严厉的批判。他还没来得及从前一阶段紧张繁忙的工作中休整过来，喘一口气，就要仓促面对人生中的又一段风雨，而且浪头的来势还异常凶猛。

一直窥测风向的高岗、饶漱石借机发难，大搞"批薄射刘"，使会议偏离方向，与毛泽东的原意大相径庭。会上批判的调子一直居高不下。薄一波也渐渐明白，醉翁之意不在酒，高、饶不仅仅攻击他，而是要进而拱掉刘少奇、周恩来。为了不使事态扩大，他决定来个"徐庶进曹营，一言不发"。当会议要他作第三次检讨时，他一口拒绝。周恩来把薄一波的态度报告毛泽东，毛泽东说：薄一波同志可以不检讨了。此时，毛泽东对高、饶篡党夺权的野心也有所察觉。

会议收不了场，令周恩来很为难。他是会议主持人，话说轻了，会上已经是那种气氛了，不大好通过，且有开脱、包庇之嫌；话说重了，就会为高、饶利用。最后，还是毛泽东出了个主意，他说：不好结论，以"搬兵"嘛！把陈云同志、小平同志请回来，让他们参加会议嘛！

邓小平回北京后，在一次会议上发了言。他说："大家批评薄一波的错误，我赞成。每个人都会犯错误，我自己就有不少错误，在座的其他同志也不能说没有错误。薄一波同志的错误是很多的，可能不是一斤两斤，而是一吨两吨。但是，他犯的错误再多，也不能说成是路线错误。把他这几年在工作中的这样那样过错说成是路线错误是不对的，我不赞成。"

邓小平实实在在、诚恳负责的发言，既体现出对工作高度的责任心，又饱含对同志的关心爱护之情。他的发言一字千钩，使与会者逐渐摆脱了高、饶的干扰，对问题又了自己较为客观的认识和看法。

不久，高、饶东窗事发，财经会议的风波真相大白。毛泽东也意识到对薄一波的批评过了头。

1954年6月3日，毛泽东通知薄一波等人参加书记处的一次会议。薄一进门，还没坐下，毛泽东就说：财经会议及其以后相当长的时间，我们对一波同志是有些误会的，现在这些误会解除了。路遥知马力，日久见人心。一波同志是个好同志。停了片刻，他又说：如果高、饶问题没有揭露，这些误会可能难以解除。

这次谈话以后，薄一波感到无比的轻松。因为他知道，他的问题完全解决了。

1953年财经会议后，邓小平接替了薄一波的财政部长的职务。同时，留任中财委副主任的薄一波，又协助作为副总理的邓小平领导铁道部、交通部和邮电部的工作，薄一波又一次成为邓小平的助手。

1958年，"大跃进"进入高潮，提出"以钢为纲"的口号，钢的指标成为党中央、毛泽东关注的焦点。1959年初，制定国民经济发展计划，由于1958年拼命完成了1070万吨（含300万吨不能用的土钢）的任务，1959年钢的指标无论如何不能低于1800万吨，然而，这一指标实在难以完成，因此，负责制定计划的薄一波等感到压力很大。

1959年5月28日，由邓小平主持书记处会议。薄一波发言谈到自己的心情：指标落实不容易。指标落实后，生产日日升，情况也好了。指标不落实，好像坐喷气式，坐都坐不稳。

面对生产指标居高不下的情况，邓小平发言：

"思想上应从1800万吨钢中解放出来，注意力放在全局上，不仅要搞工业，而且要注意整个国民经济，要眼见四面，耳听八方。中央下了决心，退到可靠的阵地，在落实的基础上，积极增产。原来那种做法，只会上不去，最后还得下来。现在的问题是，究竟1800万吨钢完不成事情大，还是国计民生和市场问题大？市场和出口的影响是根本问题，比1800万吨钢问题大得多。从北京、武昌、上海会议始终站在1800万吨钢中突不出来，问题越来越严重。工业方面来个思想解放，1800万吨钢既然办不到，索性来个精神解放。全面安排，解决工农、轻重关系，眼睛只看到1800万吨，就会把全面丢掉，包括丢掉人心。"

对于邓小平的发言，薄一波感受很深，他说：小平同志这番话讲得鲜明果断，言简意赅，充满实事求是的精神和唯物辩证思想。他着重讲了局部与全局的关系，解放思想与实事求是的关系。想问题，办事情，当然离不开从本地区本部门本单位本岗位着眼，但同时必须考虑到这个问题、这件事情在全局中是什么地位，对全局有什么影响，小平同志强调"要眼见四面，耳听八方"，就是这个意思，就是要有全局观念，而不要只钻在一个局部里面出不来，不要只见树木不见森林，不要去做那种影响全局即使一时上去了最后还要掉下来的事情。丢掉全面，也就"包括丢掉人心"，这个话是讲得很深刻的。

由于有邓小平明确的指示与支持，薄一波腰杆子壮了，胆子也大了。5月30日，他在全国煤炭管理局长会议上作了题为"做计划要留有余地，生产指标要落到实处"的讲话，专门讲了降低指标的问题。不久，国家经委党组趁降低钢铁指标的东风，提出调整比例失调和整顿生产秩序的问题。应该说，这些问题已经触及到纠正"大跃进"错误的要害之处。可惜，这一纠"左"的进程被庐山会议以及随之而来的"反右倾"

所打断。

20世纪60年代初期,为了克服"大跃进"造成的困难,全党大兴调查研究之风,对国民经济实行"八字方针",并制定了一系列行之有效的各方面的工作条例,其中,薄一波受命主持起草《工业企业工作条例》,就得到邓小平的大力支持。面对"空头政治"等"左"的思潮,薄一波提出"政治挂帅要落脚到发展生产力"的观点,得到邓小平高度的肯定。

在探索中国特色社会主义建设道路的过程中,薄一波和邓小平思路相同,感情相通。

回顾这段历史,薄一波感慨万分,他说:小平同志后来担任党的中央委员会总书记,我的许多工作是在他的直接领导下进行的。由我具体负责制定的《工业七十条》,就是如此。小平同志后来告诉我,毛主席直到逝世前,身边还放着《工业七十条》。

四

人间正道是沧桑。

1978年底,在批判"两个凡是"的基础上,中共中央作出决定,为薄一波等六十一人所谓"叛徒集团案"平反。1979年1月,薄一波从十二年的冤案中走出来,是邓小平首先同他谈话,征求其对工作安排的意见。薄一波被任命为国务院副总理兼机械工业委员会主任,邓小平要求薄当机械工业的"秦始皇",期望他在改革上做出成绩来。

薄一波没有辜负邓小平的期望,走马上任,立即投入对国民经济的调整。由于十多年没有工作,为了尽快摸清情况,已经年逾古稀的薄一波几乎用了大半年的时间到各地调查,走山西过内蒙、下湖北去苏杭,从内地到沿海,深入厂矿,深入基层,不顾疲劳地考察座谈,听取各种反映和意见。根据了解的情况,他从总结历史经验入手,正确分析和判断当前的形势,提出调整改革的意见。随后写出了《三十年经济建设的回顾》一文,并在长期计划座谈会上作了讲话,以后又在中央党校、人民大会堂作报告,向广大干部群众宣传教育,对统一全党思想认识和调整工作顺利进行起了重要作用。

邓小平首倡创办经济特区是一个重大战略决策,是改革开放的一个重要方面。当时,党内意见并不统一,不少人不理解,甚至怀疑。

有人问:把外国和港澳的私人资本引进来,符合马列主义原则吗?

有人问:特区会不会成为新的"租界"和"殖民地"?

还有人甚至认为,特区除了那面飘扬的国旗是社会主义的,是红色的之外,其他一切都是资本主义的,是白色的。

薄一波思想解放,富有开拓进取的精神,对创办经济特区这一新生事物是满腔热忱,从一开始就给予大力支持。他是最早在特区考察的领导人之一,1981年11月就去深圳、珠海、汕头、厦门特区考察,以后又去了几次。薄一波认为办特区的决策是对的,路子也是好的,是有发展前途的,应该予以充分肯定。

1982年,为了适应改革的需要,中央决定成立国家经济体制改革委员会,薄一波又被委以重任,负责体改委的工作,为党中央和国务院改革大计当好参谋,为改革开放的总设计师邓小平献计献策。

中共"十二大"决定成立中央顾问委员会。这是邓小平着力改革党和国家领导体制的一个重大举措。薄一波主持中顾委日常工作十年,其中前五年是作为主任邓小平的助手,后五年是作为主任陈云的助手,为实现党的中央领导集体的新老交替,以及受命处理党内若干重大问题等方面,发挥了重要的作用。在此期间,他还担负一些陈云与邓小平思想联络的工作。

回顾与邓小平的交往,薄一波心潮澎湃,他说:小平同志作出改革开放的重大决策以后,中国的发展举世瞩目。有些重大问题,他委托我去研究和解决。设立中央顾问委员会,是小平同志的一个创举,他自己担任中顾委的第一任主任。十年中顾委,我一直是主持日常工作的副主任,而小平同志一直是中顾委的灵魂。在为党和人民事业的长期奋斗中,我们相交甚笃,相知甚深。小平同志给我的教诲,终生难忘。

薄一波离开领导岗位以后,专心从事回忆录的写作。在我们党内,这是开风气的工作,已经出版的有《若干重大决策与事件的回顾》上下两册、《七十年奋斗与思考》上卷与《领袖元帅与战友》。这些专著受到读者的一致好评。

回顾往事,特别是谈到邓小平,薄一波的笔下增添了浓重的感情色彩。他是这样评价邓小平的历史功绩:其一,确立毛泽东和毛泽东思想的历史地位。粉碎"四人帮"后,如何正确地评价毛主席和确立毛泽东思想的历史地位,这是个非常重大而又复杂敏感的问题。小平同志既充分肯定毛主席的伟大历史功绩,又实事求是地指出和改正毛主席晚年所犯的错误。以此来统一全党思想,意义非常深远。其二,成功地开创了建设中国特色社会主义的道路。小平同志以巨大的理论勇气,明确了我国的社会主义制度还处于初级阶段,提出了改革开放等一系列的新方针大政策,并概括为建设有中国特色社会主义的理论和"一个中心、两个基本点"的基本路线,终于找到了毛泽东当年要找而没有找到的建设有中国特色的社会主义道路。

这是一条发展社会主义中国的必由之路，是中国走向繁荣富强自立于民族之林之路。党的"十四大"把我国改革开放总设计师十四年来的构想，命名为"邓小平同志建设有中国特色社会主义理论"，他是当之无愧的。

据此，薄一波还提出一个新的观点：对于中国特色社会主义道路的探索，是"始于毛而成于邓"。

1997年2月，惊悉邓小平逝世，薄一波十分悲痛，挥笔写下"一人千古，千古一人"的挽联，表达对这位20世纪的中国伟人的崇高敬意。他这样解释："一人千古"，表达了我对小平同志的哀思；"千古一人"，是我对他的评价，是说他成就大业、功勋至伟。在古今中外的历史上，凡建非常之业，必赖非常之人；而壮哉非常之人，必成非常之功。这应该说是带规律性的社会现象。如果说，社会主义开辟了人类历史的新纪元，那么在中国这样人口众多、原来经济文化落后的发展中国家，如何建设社会主义，如何才能充分发挥社会主义的优越性，是一个马克思主义老祖宗没有回答的世界性难题，也是非常之业。小平同志第一次比较系统地、科学地回答和解决了这个难题，创立了中国特色社会主义理论，在马克思主义和世界社会主义发展史上具有开创性的意义。这还不是建"非常之业"、成"非常之功"么？

参考文献

1. 薄一波：《七十年奋斗与思考》，中共党史出版社1996年版。
2. 薄一波：《领袖元帅与战友》，人民出版社2002年版。
3. 薄一波：《若干重大决策与事件的回顾》，中共中央党校出版社1991年版。
4. 胡长水：《薄一波素描》，载《百年潮》2003年第1期。
5. 滕文生、李力安、龚育之、贺光辉、马胜荣：《在〈薄一波〉画册出版座谈会上的发言》，载《中共党史研究》2004年第3期。

6. 毛毛：《我的父亲邓小平》，中央文献出版社1993年版。

7. 薄一波：《永久的怀念——在邓小平生平和思想研讨会开幕式上的书面发言》，载《人民日报》2004年8月21日。

原载《党史博采》2007年第7期

《党史信息报》2008年12月24日第861期转载

《青年时讯》2008年6月21日转载

《特别关注》2008年第6期总第97期转载

《西部开发报》2009年1月19日转载

《中共姜堰市委党校校刊》2010年第3期转载

《中国青年报》2008年6月21日转载

《作家文摘》2011年10月21日第1477期转载

《营口晚报》2011年11月1日转载

毛泽东和他的坐骑

在延安革命博物馆里陈列着一匹马的标本。它直立,马头高仰,带着笼头,配有鞍鞯,像随时准备出征似的。在革命战争的岁月里,它曾经驮着毛泽东转战陕北,叱咤风云,为革命事业立下了汗马功劳。

一

1935年10月,中央红军长征到达陕北。那时条件还很差,中央首长外出,全靠骑马或步行。出于方便工作的考虑,中共西北局派人到三边一带为毛泽东选购马匹。那是一片广袤的草原,是盛产好马的地方。在众多的马匹中,首先选中了两匹,一匹枣红马,一匹小青马。在这两匹马中最终选中了小青马。对马来说,青色,不是黑色或蓝色,而是灰色。大凡"青"马,其颜色是慢慢变化的,口轻的时候是灰色,随着年纪增大,颜色也越来越浅,最后就成了白色。

小青马之所以被选中,主要有两个原因,一是"走"的稳。供人乘骑的马有两种,一种是跑马,就是善于奔跑的马,我们在赛马场上看到的赛马就是跑马中的佼佼者。这种马跑起来,四条腿在某一瞬间同时腾空,速度非常之快。另一种是走马,这种马"走"起来,步幅小,频率高,速度虽没有跑马那样快,但很平稳,适于长期间的骑乘。小青马就属于后者。二是温顺,不欺生,善解人意。小青马非常老实,不管是生人还是熟人,任你摸,任你骑,一动都不动;也非常听话,让走就走,让停就停。

见到小青马,毛泽东真是喜欢。从此,他就几乎不再骑别的马了。

1937年1月,中共中央进驻延安,生活终于安定下来,毛泽东骑马的时候比以前少多了。但延安的机关、学校都分散在一条条的山沟里,来往很不方便,毛泽东有时要到某个单位去办事,少不了也要骑回小青马。后来,马来西亚的华侨赠送了一辆救护车,毛泽东外出基本上是乘车,用马的次数就更少了。这样,在延安,小青马多用来送信送文件。

毛泽东在延安度过了激情燃烧的岁月。

十多年过去,弹指一挥间。在不知不觉中,小青马也变成了老青马。

二

1947年3月,胡宗南野蛮的炮声打破了陕甘宁边区特有的宁静。在敌强我弱的形势下,3月18日傍晚时分,毛泽东、任弼时率领中共中央离开延安,踏上了转战陕北的征途。几天后,中央在枣林子沟召开一次会议,讨论了许多重要问题。会议决定:中央机关分为三路。毛泽东、周恩来、任弼时等留在陕北。

3月27日下午,毛泽东等带领一支二三百人的队伍出发了。因为是平地,汽车又送毛泽东十几里,以后,在长达一年多的时间里,他或骑马,或走路,再没坐过汽车。

毛泽东知马爱马疼马，遇到较难走的路或上陡坡，就下马步行。老青马也知恩报德，对自己的主人特别温顺，只要毛泽东一走到身旁，就会发出欢快的叫声，走起来特别留神，特别平稳，即使在战火纷飞，硝烟弥漫的战场上也不例外。

笔者看过一张转战陕北时毛泽东骑马行军的照片。他骑的马就是老青马。虽然长途跋涉，毛泽东面带倦意，但依然镇定、沉着、从容不迫。照片下方牵马的是王振海，紧紧跟在旁边的是阎长林。在整个转战中，这两个警卫员一直跟随在毛泽东的左右。

4月12日，代号"三支队"的中央纵队转移到安塞县的王家湾。这是个很小的山村，向阳坡上开出几层窑洞，破破烂烂的，住着不到二十户人家。这个小山村叫王家湾真是名副其实：住的老乡不但王姓居多，而且村里湾子也特别多。由于河水冲刷，水土流失，不是山挡水，就是水绕山，形成许多沟沟岔岔，湾湾道道。"三支队"在王家湾，一共住了56天，相当于转战陕北的六分之一的时间。

转眼就到了5月，正是春耕春种的大忙季节。由于村子里的青年们都拉着牲口支援前线去了，留在家里的多是婆姨和娃娃，山坡上，河川里，从早到晚都能看到人在拉犁耕种。毛泽东看到这情景，就对身边的战士说："现在是战争时期，农民们都支援战争去了，就缺乏劳动力。一年之计在于春，春天种不上，秋天就没得收，现在我们要帮助农民生产。你们明天就下地干活。"

第二天，到处都可以看见部队的战士牵着牲口在耕地，在播种，就像在延安时进行的大生产一样。老百姓特别高兴。这一带耕地都是用牛和毛驴，一看到马和骡子拉犁，都感到很新鲜。

老青马也被拉去了。但它是一匹蒙古马，从来没有干过农活，确实干不了，只得换了下来。毛泽东出来散步时，看见了老青马，于是问："怎么没有把我这个马拉去种地呀？"

警卫员向他作了解释。毛泽东听了，笑着说："看来牲口也和人一样，并不是什么都会干。那就各尽所能吧。"

1947年6月，敌军乘我西野主力出击陇东之机，集结兵力从延安一带出发向西北方向"清剿"。敌前锋距王家湾仅一山之隔，枪炮声不绝于耳，天空不时传来敌人侦察机和轰炸机的嗡嗡声，气氛紧张得令人窒息。奉命转移的队伍在崎岖的山路上匆匆行军，忽然，一架轰炸机幽灵似地从山峁那边转出来，怪叫着向山路上的人流俯冲下来，大家纷纷奔向路边的丛林隐蔽。就在这千钧一发的时刻，老青马像久经沙场的老战士一样，自觉随着人群一溜烟跑到树林里去了。它刚跑不远，一颗重磅炸弹就落在它刚才站着的地方，弹片横飞，泥土飞溅，毛泽东和老青马毫发未伤。警卫员和其他随行人员惊喜交集，纷纷竖起大拇指对老青马大加称赞，"真是匹神马"！

当然，老青马毕竟是马，尽管通人意，也不可能在所有的时候都能正确地理解主人的意图。在转战陕北期间，最惊险的一幕发生在陕北佳县五女河。

1947年8月，部队在风雨中到达渡河地点。这一带河面比较宽，水很混浊，试一试，只有齐腰深，骑马过去可以不湿衣服。毛泽东跨上老青马，战士们也把裤腿卷得高高的，趟水而过。刚到河心，突然，上游来了一个巨大的洪峰。

两岸传来人们的惊呼："快啊，山洪来了！"

随着风的呼啸，山洪的翻滚、咆哮，洪峰像一座将要倾塌的山崖劈头盖脸地压了下来，动作稍慢一点，就有被吞没的危险。

老青马一向以通人性、温顺著称，可是它也从来没有见过这种场面，竟惊呆了，站在河心一动不动。警卫员们慌了。王振海在前面拼命地拉，其他的人从后面一齐用力推。终于在洪峰到来之前把它推到了对岸。也就在这时，一匹驮骡走得稍慢了一点，被无情的巨浪打倒，瞬间就无影无踪了。

大家惋惜，那位无言的"战友"竟这样牺牲了；

大家更是庆幸，老青马驮着毛泽东安然无恙！

1948年3月23日的中午，毛泽东与中央机关来到了川口渡口，准备渡过黄河到华北去。就要离开了工作、战斗十多年的陕北，每个人都是依依不舍。于是在某些作家的笔下，老青马也被赋予了感情的色彩。笔者看到一篇文章就写到，老青马因为留恋陕北，在半渡之中，突然跳下船，向西岸游去。其实，事情并不是如此。毛泽东的警卫员阎长林是这样回忆的：

木船缓缓地离开了岸边，人们的心中都油然涌起一种无形的眷恋。毛主席站立船尾，久久地凝望着西岸，向送行的人群挥手致意。

船到河心，浪头忽高忽低。浪高时，船直线跳起来，像要离开水面；浪低时，船又像落进河底，连两岸都望不到了。我们紧靠毛主席站着，怕他出危险。毛主席说："你们放心，船工们的本领是很高明的。"

突然，隐约传来呼喊声："老青马掉到河里了！"

我回头一看，可不是，毛主席骑的那匹老青马正在水里游泳呢。上船的时候，老青马和其他牲口一块儿上了另一只船。到激流当中的时候，船颠簸的厉害，牲口惊吓得互相挤撞，结果把老青马给挤到河里去了。

老青马是会游泳的。可它不知道往东岸游，却拼命往回游。见老青马往回游，有的同志就对王振海说："王振海，你还不赶快喊，老青马听你的，你叫它往这边游。"

王振海还真的使劲大喊："老青马，往这里游！"

毛主席说："你的声音，它是听不到的。如果它看见你在这里，也许会向这里游来。"

王振海同志一直给毛主席拉着这匹老青马，见它掉到了水里，当然比别人更急，在船上直跺脚。

船到了东岸，毛主席下了船，与前来迎接的地方干部亲切握手问候。说了一会儿话，就准备上路了。周副主席问："主席骑哪匹马呀？"

我说："已经准备好了，请主席骑骡子。"

骡子拉了过来了，就是贺龙司令员送的那一匹。它口轻，力气大，确实是匹好骡子。毛主席也非常喜爱。可他一直没有骑过它。因为他骑惯了老青马，就不愿意再换别的牲口。他看了看眼前的这匹高大的骡子，说："咱们还是先步行吧，累了再骑。"

正在这时，王振海拉着老青马跑来，他累得满头大汗，喘着粗气说："主席，这是船工们刚刚用船送过来的。"

"谢谢！谢谢！"毛主席说着，伸手抚摸老青马，那么温柔、深情，好像久别重逢似的。毛主席说着跨上老青马，其他首长也骑上自己的牲口，沿着沙滩，向双塔镇进发。

三

过了黄河，毛泽东最后一次徒步行军，来到了山西临县的双塔镇，与中央后方委员会会合。休息了一天，3月25日上午，毛泽东起床后，在院子里散步，突然问哨兵："老侯住在什么地方？"

老侯名叫侯登科，河南人，早年参加革命，是毛泽东的马夫。在艰苦的战争岁月，毛泽东用的三匹牲口都是由他喂养。尽管老侯比毛泽东还大几岁，但为了跟随毛主席，为了毛主席的身体和安全，不管怎么劳累，情况多么紧张，他从来没有掉过队。他喂的那牲口始终膘肥体壮，没有出过任何事情。他常说："我不能拿起枪来上前线，又不会拿笔写文章，只会铡草煮料喂牲口。我看到毛主席骑着我喂的牲口指挥打胜仗，越干越有劲。"

顺着哨兵指的方向，毛泽东来到马夫老侯的地方，看见他正在那里忙着给牲口准备饲料。毛泽东上前握住他的手，亲切地说："老侯，谢谢你啦！咱们在陕北转战一年多，全靠你喂马。今天，我们要坐汽车了，你不能和我们一起去，你要跟着机关一起行军。你年纪大了，走路不方便，就骑上这匹老青马走吗。机关可能老弱病号多，你也是个老人，又有病，你就骑马吧。你同你的领导说，就说这是我的意见。"

老侯听毛泽东这么一说，感动得流下了热泪。他说："主席，你放心吧，我能走。有困难了，走不动的时候，我就照主席的意见去办。"

看望了老侯，毛泽东等乘车前往河北的平山县西柏坡。老青马完成了它的历史使命。

踏平坎坷成大道，闯过险难是阳关。

毛泽东只在西柏坡住了十个月，便和他的战友们率领着威武雄壮的队伍，浩浩荡荡地开赴已经和平解放的北平。老青马也随着老侯来到了西柏坡，不久，也进了北京城。

毛泽东来到中南海，从此，出入有了小汽车、飞机和火车，再也没有骑过老青马。然而，主人却没有忘记自己的坐骑，吩咐以军功马的身份饲养起来，而且他还经常挂念着它。

毛泽东和他的坐骑

1949年3月,战士李家骥到毛泽东身边做卫士工作,向毛泽东报到。毛泽东亲切地问:"你叫什么名字?"

"李家骥。"

"哪几个字?"

"十八子的李,家庭的家,马字加上一个晋察冀的冀。"

毛泽东听明白了,笑着说:"骥者,乃千里马也,原来你是家里的一匹好马啊!"

说到这里,他突然话题一转,对身边的叶子龙说:"转战陕北时,我骑的那匹老青马为打败胡宗南立下了大功,是不是也带进城了?"

叶子龙忙说:"在香山喂养。"

毛泽东说:"对,凡是对革命有贡献的,我们都不能忘记。"

王鹤滨是毛泽东的保健医生兼生活秘书,曾长期在主席身边工作,他早就听说毛泽东对他的马很有感情,总想找机会证实一下。20世纪50年代初,他的外甥韩天吉在香山农场当工人。一天,王遇见了外甥,于是问:"天吉,你知道不知道毛主席有匹马放养在香山?"

"当然知道,就是我们农场负责饲养的,我赶大车时,还经常把它拴在车后,让它活动活动。"天吉对老青马很熟悉。

"我听说过,毛主席不让宰杀,有没有这回事。"

"那是!这些牲口每月都有工资发到我们农场,每匹一个月60元钱。"天吉强调那是发给马的工资,就像离退休干部一样。

"那是饲料费。"王鹤滨纠正外甥的用语。

外甥却没有理睬舅舅的纠正,依然按照自己的想法说:"那些牲口都有花名册,按花名册每月发工资的。它们的待遇很高,有功啊!我常常给毛主席的那匹马喂馒头、玉米面窝头,我们吃剩下就给它吃。"

"以后毛主席的那匹马怎么样了?"王仍然关心那匹马的命运。

"那些有战功的马骡以后又送到北京动物园饲养。"

随着马的岁口增大,老青马的毛色由灰变白,最后成了一匹老白马。

1962年,老青马老死于北京动物园。后来,马皮被制成标本,1964年运回延安,在延安革命纪念馆展出。

纪念馆的档案记载:小青马,毛泽东的坐骑,身高132厘米(指背高),体长187厘米,一级文物。

参考文献

1. 叶子龙:《叶子龙回忆录》,中央文献出版社2000年版。
2. 李银桥:《在毛泽东身边十五年》,河北人民出版社1991年版。
3. 阎长林:《警卫毛泽东纪事》,吉林人民出版社1992年版。
4. 李家骥、杨庄旺:《毛泽东与他的卫士们》,中央文献出版社1998年版。
5. 王鹤滨:《在伟人身边的日子里》,中国青年出版社2003年版。
6. 赵桂来:《从宝塔山到中南海》,中央文献出版社1998年版。

原载《名人传记》2005年第1期

《文摘旬刊》2005年1月28日总第980期转载

"七千人大会"上的刘少奇

1958年开始的"大跃进"运动，使国民经济陷入困境。为了克服严重的经济困难，1961年1月召开的中共八届九中全会正式通过了"调整、巩固、充实、提高"的方针，开始对国民经济进行调整。但由于人们思想认识不统一，调整措施并没有得到切实的贯彻，整个经济状况仍很严峻。在这种情况下，中共中央决定召开扩大的工作会议，来统一思想，克服困难。

1962年1月11日至2月7日，会议在北京举行。参加会议的有各中央局，中央各部门，省、市、县，重要厂矿的负责干部，解放军的一些负责干部，共7113人。

七千多人云集北京，创中国共产党问世以来所开会议之空前规模，于是，人们更习惯称之为"七千人大会"。

在"七千人大会"上，刘少奇代表中央提出了"书面报告"，并作了重要讲话。刘少奇敢于实事求是，敢于坚持真理，敢于讲真话，甚至不惧怕犯上。这种大无畏的精神和政治勇气，至今令人肃然起敬。

三个"不提了"都是毛泽东的主张

刘少奇主持起草了大会的书面报告,第一稿曾送毛泽东审阅,毛泽东没有看完,但表示赞成"这个方向",并提出不用交政治局审议,直接发给大会进行讨论。在讨论中,与会者议论纷纷,莫衷一是。为了充分听取大家的意见,大会一面延长会期,一面又成立了由 21 人组成的报告起草委员会,对报告进行全面讨论和修改。

1 月 25 日下午,在中南海怀仁堂,刘少奇主持召开了有各省市第一书记及中央各部部长参加的中央政治局扩大会议,讨论书面报告。会议进行了三个多小时,朱德、董必武、陈毅、邓子恢、谢觉哉、王震、张鼎承等人发言,最后,由刘少奇作总结。刘少奇对书面报告的修改作了几点说明。他说:有几件事报告不提了,有些是因为达不到,有些是因为现在还看不清楚。

刘少奇谈到的第一件"不提了"就是关于赶英超英的问题。他说:十五年赶上英国,超过英国,这个报告上没有讲。我们起草委员会讨论过这个问题,头一次是写上去了,第二次说还是不写好。十五年赶上英国,原来是这样提的:十五年或者更多一点时间,在主要工业产品的产量方面赶上或者超过英国。这个口号用不着去改,用不着取消,我们做得好,到十五年的时候赶上了,就赶上了,没有赶上,也没有什么不得了,更多一点时间,多几年就是了。

刘少奇讲得很婉转,也很策略。

"十五年赶上英国",是毛泽东 1957 年 11 月在莫斯科会议上最先提出来的。在他看来,社会主义有极大的优越性,什么人间奇迹都可以创造出来。此后,"十五年赶超英国",就成了中国人民的头等大事,也成了毛泽东发动"大跃进"的助推器。在头脑发热的"大跃进"浪潮中,这个赶超战略又被层层加码,各地各部门竞相施放"卫星",毛泽东等中央领导则信以为真,不断缩短赶超计划,由十五年变为十年,后来又兴奋地缩短到七年,再后来竟缩短到二至三年。

如果说"大跃进"一个突出错误就是高指标的话,那么,"十五年赶超英国"的口号,就是最大的高指标。但是人们放弃这个口号相对较晚,其原因有二:一是检验这口号要等到十五年之后;二是这口号是毛泽东提出来的,不好轻易改动。所以中央放弃了二年、三年、七年赶上英国的口号,放弃了一些具体产品的高指标,但一直没有放弃十年、十五年赶上英国这个口号,就连刘少奇书面报告的第一稿还写进了这一口号。直到 21 人起草委员会再次讨论修改书面报告时,才对这一战略思想提出质疑。经过算账,得出的结论是:十到十五年内,我们很难赶上英国,更谈不上超过英国了。据此,刘少奇宣布,"十五年赶超英国"的口号在书面报告里就不提了。

刘少奇这么处理用心良苦:他没有说这个口号是错误的,那样显然有损毛泽东的威望;也没说取消这一赶超战略,那样会引起一场大的争论;而是策略地说"不提了",但从当时和以后的情况来看,实际是放弃了。

刘少奇谈的第二件"不提了"是关于《农业发展纲要》。

刘少奇说:在书面报告中,《农业发展纲要》四十条也没有讲。《农业发展纲要》四十条,特别是"四五八"照现在这样算起来,到 1967 年达不到四十条那样的标准。"四五八"恐怕原来提出的时候调查研究也不是那么充分,所有的土地都达到 400 斤、500 斤、800 斤,这个问题,还需要再去进行调查研究。《农业发展纲要》四十条，我们现在不提，但是不取消。十二年做不到，加几年就是了。

《农业发展纲要》一直被视作发展中国农业的纲领性文件，农民的指路明灯，其全称是《1956年到1967年全国农业发展纲要》，共四十条。它是1955年11月间由毛泽东亲自主持制定的。如果说十五年赶超英国的战略是缺乏调查研究的话，那么，对于这个《纲要》，毛泽东可是花了很多心血。《纲要》从制定到正式公布实施，先后用了四年多的时间，经历了几上几下，应该说"充分征求"了方方面面的意见，又经过近两年的实践，1960年4月经全国人大二届二次会议讨论通过，才开始以正式文件向全国公布。当时，《农业发展纲要》得到广泛宣传，真正做到了家喻户晓。其中关于"四五八"的指标（即要求粮食产量在黄河、秦岭、白龙江以北地区，在十二年内达到200公斤；黄河以南、淮河以北地区，达到250公斤；淮河、秦岭、白龙江以南地区，达到400公斤）还被纳入中小学生政治考试的范围，要求中小学生都要背诵。

《农业发展纲要》在毛泽东的心目中具有特别重要的地位。在1956年下半年和1957年春季，陈云、周恩来主持反冒进，受到了毛泽东的批评。毛泽东说：反冒进扫掉了多快好省，扫掉了《农业发展纲要》，扫掉了促进委员会，使六亿人民泄了气。还说，反冒进离右派只有五十米远，对陈云、周恩来等造成很大的压力。

有如此的前车之鉴，刘少奇还敢于"不提了"，其政治勇气确实令人敬佩。

刘少奇谈的第三件"不提了"是关于人民公社"一大二公"的问题。刘少奇说：人民公社"一大二公"，这个报告里头也没有讲，有的同志提出，人民公社"一大二公"到底如何呀？现在基本核算单位搞到小队去了。又"一大二公"，基本核算单位越来越小，这个现象似乎矛盾。现在情况是这样的，这个问题，现在还解释不清楚。但是等到将来人民公社发展起来以后，还是"一大二公"。所以，这个口号也不取消，但是也不着重讲。

人民公社是毛泽东倡导起来的，"一大二公"的提法也是毛泽东的发明。1958年8月，毛泽东在北戴河会议上说："人民公社的特点就是一曰大，二曰公，主要是便于搞工、农、兵、学、商与农、林、牧、副、渔这一套，便于综合经营。农林牧副渔是农业合作社就有的，工农商学兵是人民公社才有的，这些就是大。大，这个东西可了不起，人多势众，办不到的事情就可以办到。公，就比合作社更要社会主义，把资本主义残余，比如自留地、自养牲口都逐步搞掉。"在这一思想指导下，中共七届六中全会作出决议："这种一大二公的公社有极大的优越性，……如果对于这样一个根本问题发生怀疑，那就是完全错误的，那就是右倾机会主义的。"

刘少奇在向大家解释书面报告涉及"一大二公"，他说，这个问题现在解释不清楚，所以报告里面没有提。实际上，是因为"一大二公"在实践中碰了壁，所以才不提了。

在1月25日的中央政治局扩大会议上，刘少奇所"不提"的三件事，都是毛泽东的主张，都是毛泽东的珍爱。刘少奇当然知道应该维护毛泽东的威信，也竭力维护毛泽东的威信，因此他仅仅说"不提了"，而没有进行批评；但是，他又清楚，如果不否定、不触及"左"的指导思想，就不可能真正地纠正错误，扭转时局。"苟利国家生死以，岂因祸福避趋之"，即使是犯上也只能在所不辞，因此，公开宣布"不提了"。

实事求是要有"五不怕"精神

两天后,1月27日,刘少奇在"七千人大会"上作报告:

同志们:我代表中央向这次扩大的中央工作会议提出了一个书面报告,现在,在这个书面报告的基础上,我再讲几个问题……

这天,刘少奇的讲话只准备了一个简要的提纲,没有稿子,所以大家手上都是空空的,只是带着耳朵听。但从人们的表情可以看出,这个报告的内容非常重要。

自1957年以来,特别是1959年"反右倾"以来,由于党内过火的斗争,党内生活出现极不正常的情况,一些党员不敢如实反映情况,不敢讲实话,"逢人只说三分话,未可全抛一片心"。据大会军队组反映,党内的人,包括不少高级干部,也不敢讲真心话,出现了"三看三不讲"的不正常状态,即看风向——上面风向不明不讲;看眼色——领导眼色不对不讲;看意图——领导意图不清不讲。

针对这种情况,刘少奇在报告中说:"近几年来,由于某些领导机关和领导人的错误,有些说老实话、做老实事、敢于反映真实情况、敢于实事求是地说出自己意见的人,没有受到应有的表扬,反而受到了不应有的批评和打击;有些不说老实话、作假报告、夸张成绩、隐瞒缺点的人,没有受到应有的批评和处分,反而受到不应有的表扬和提拔。这就在党内不少干部的心目中,造成了一种不正常的印象,以为'谁老实谁就吃亏'。有些人甚至把作假当作聪明,把老实当作愚蠢。我们必须用很大的努力,彻底改变这种情况。那些犯了上述错误的领导机关和领导人,应该首先纠正自己的错误,表扬那些受过批评和打击的老实人,并且向他们道歉;批评那些不说老实话、作假报告的人,并且要他们切实改正错误。只有这样做,我们才能把干部中的那种不正常的印象改变过来。"

刘少奇郑重提出:"我们要正告那些不老实的人,必须迅速地彻底地改正错误,做一个真正有共产主义思想的共产党员。"

刘少奇强调:要实事求是还要勇气。要有什么勇气呢?要有"五不怕":不怕撤职、不怕开除党籍、不怕老婆离婚、不怕坐牢、不怕杀头。

当说到不怕老婆离婚时,毛泽东诙谐地插话说:"这是对男的说,对女的说是不怕老公离婚。"刘少奇接着说:"有了这'五不怕',还有什么可怕的事情呢?"

邓小平也插话说:有同志担心毛泽东同志讲了话,刘少奇同志作了报告,"三不"——不抓辫子,不戴帽子,不打棍子,哪晓得隔了几年之后会不会变呢?这种想法,是这几年的实际状况的一种反映,是可以理解的,但是,尽管可以原谅,也还是一种错误的想法。邓小平强调,希望大家不要东怕西怕,怕讲心里话,共产党员要有公开自己观点的勇气。

两个"三七开"有强烈的指向性

当时,党内思想异常混乱。部分干部对于"大跃进"在思想上没有转过弯来,总是想待形势好转后继续大干,重新"跃进",所以迟迟不愿把过大的基本建设规模和过高的经济指标压缩下来;一部分干部虽然也认为应该大力调整,但怕被说成否定"三面红旗",怕政策多变,有一天又被批判为"右倾",因而对调整持观望态度;也有一部分干部在严重的经济困难面前信心不足，不知该怎么办，并有严重的埋怨情绪。广大干部和党员对国内经济形势担忧，迫切希望党中央能总结经验，提出办法，统一全党的思想和行动，克服困难，改变极为被动局面。因此，就必须正确地分析形势，找出问题之所在就是当务之急。

刘少奇在报告中回答了这个问题，他敢于实事求是，敢于讲真话，表现出极大的政治勇气。他指出："过去我们经常把缺点、错误和成绩，比之于一个指头和九个指头的关系。现在恐怕不能到处这样套。有一部分地区还可以这样讲（在此处，毛泽东插话，这种地区也不少）。在那些地方虽然也有缺点和错误，可能只是一个指头，而成绩是九个指头。可是，全国总起来讲，缺点和成绩的关系，就不能说是一个指头和九个指头的关系，恐怕是三个指头和七个指头的关系。还有些地区，缺点和错误不止是三个指头。如果说这些地方的缺点和错误只是三个指头，成绩还有七个指头，这是不符合实际情况的，是不能说服人的。我到湖南的一个地方，农民说是'三分天灾，七分人祸'。你不承认，人家就不服。全国有一部分地区可以说缺点和错误是主要的，成绩不是主要的。"

这里，刘少奇虽然讲的是"我们"，是以自我检讨的形式批评党内长期形成的"一个指头和九个指头"的框框，但他的批评在客观上却有着强烈的指向性。众所周知，拿九个指头和一个指头来比喻成绩和缺点错误的首创者是毛泽东，而且讲得最多的也是毛泽东。因此，刘少奇所说的第一个"三七开"实际上是指向毛泽东。

当时，会议反映强烈的另一问题，就是许多同志要求搞清楚国民经济这么大的困难的原因：为什么"大跃进"没有增产，吃、穿、用没有增加，反而减少？许多同志对通常所说造成困难的原因,一是天灾,二是苏联逼债,三是工作中有缺点的说法提出了疑问,到底主要原因是什么?

对于这些问题,刘少奇讲了第二个"三七开",他说:"这两个原因,哪一个是主要的呢?到底天灾是主要原因呢?还是工作中的缺点、错误是主要原因呢?各个地方的情况不一样。应该根据各个地方的具体情况,实事求是地向群众加以说明。有些地方的农业和工业减产,主要的原因是天灾。有些地方,减产的主要原因不是天灾,而是工作中的缺点和错误。去年我回到湖南一个地方去,那里也发生了很大的困难。我问农民:你们的困难是由于什么原因?有没有天灾?他们说:天灾有,但是小,产生困难的原因是'三分天灾、七分人祸'。"

刘少奇已不是第一次引用湖南农民的这句话了。他曾问陶鲁笳:在你们山西,到底天灾是主要的,还是工作中的缺点错误是主要的?

陶鲁笳回答:工作中的缺点错误是造成目前困难的主要原因。

河北、山东、河南的同志也是这样说。

于是,刘少奇说,是不是可以这样讲,从全国范围来讲,有些地方,天灾是主要原因,但这恐怕不是大多数;在大多数地方,我们工作中的缺点错误是主要原因。

刘少奇实事求是地讲清楚造成困难的主要原因,是"人祸"而不是"天灾",对教育全党认识错误、改正错误是有积极作用的,但却引起毛泽东的强烈不满。

薄一波在三十多年后回忆这段往事,曾对刘少奇的上述讲话作如此评论:"这些话,今天看来很平常,但在当时听起来的确有些刺激,从而也就留下了后来党内斗争的阴影。"

工作中的缺点和错误究竟有哪些?党内的认识并不一致。

刘少奇在书面报告中对群众运动的合理性提出了质疑："有些同志把群众运动当作是群众路线的唯一方式，好像不搞群众运动就不是群众路线。这种看法，显然是不正确的。""其实，这种形式主义的东西，决不是真正的群众运动，更不是群众路线。这种所谓'群众运动'，往往并没有真正的群众基础，而是在强迫命令的情况下进行的，表面上似乎轰轰烈烈，实际上空空洞洞。这种违反群众路线的所谓'群众运动'，不仅不能真正反映群众的意见和要求，而且损害了群众的积极性，损害了党的威信。""有些同志，醉心于那种表面上轰轰烈烈，实际上脱离群众和违反群众利益的所谓'群众运动'，谁如果不同意那种'群众运动'，就被认为是否认群众的干劲，泼群众的冷水，泄群众的气。这种看法，显然也是错误的。"

然而，众所周知，在党内，最为"醉心于"群众运动的恰恰是毛泽东，他视群众运动为中国革命的独特传统和优势。"大跃进"运动的特质即是用群众运动的方式搞经济建设。毛泽东对此寄予厚望，企图以此超越苏联模式，创造出经济超高速发展的人间奇迹。正如薄一波所言，"'大跃进'发展战略的基本思路，就是把我们党在战争中、土改中大搞群众运动的传统工作方法运用到经济建设上来。"1958年9月中旬，毛泽东在视察了安徽几个钢铁厂以后，强调指出："发展钢铁工业一定要搞好群众运动，什么工作都要搞群众运动，没有群众运动是不行的。"毛泽东不能容忍任何人指责群众运动，认为那样做是"泼群众的冷水"，"泄群众的气"。1959年，庐山会议上彭德怀的信之所以引起毛泽东的不满，其中一个重要原因，就是他认为彭德怀用"小资产阶级狂热性"来否定群众运动。毛泽东针锋相对地指出："什么小资产阶级狂热性，这是几亿人的群众运动，此乃马克思主义。"可以说，群众运动是毛泽东"大跃进"战略的核心，否定群众运动实质上即否定了"大跃进"运动。而刘少奇则将群众运动与群众路线分离，不承认群众运动是社会主义建设的必需品。这个对群众运动的批评实际上就是对毛泽东的批评！

对"三面红旗"的怀疑与批评

"七千人大会"在浓厚的民主气氛下，似乎一切问题都可以研究、讨论，但是，与会者又不是讨论"一切"问题。大家小心翼翼地避开两个"雷区"：一个是"三面红旗"的正确性不能置疑，另一个是"彭德怀案"不能翻。可谓三缄其口，避而远之。当时，人们还有个"潜规则"，讲话"不离三、六、九"，即"三面红旗万岁"、"从六亿人民出发"、"九个指头与一个指头"。

"三面红旗"是指1958年提出并实施的社会主义建设总路线、"大跃进"、人民公社，它集中反映了毛泽东在建设一个什么样的社会主义社会模式上的空想主张。调整时期，毛泽东在一定程度上修正了他原来的社会主义模式，但这都是有一定限度的，他不能容忍超出这一限度的任何做法。因为在他看来，"三面红旗"代表着他为之奋斗的理想。

由于认识的局限性，当时虽然有人提出来要求搞清楚"三面红旗"的性质问题，但是会议没有展开讨论。

对于这一敏感问题，刘少奇在大会发言中说："三面红旗，我们现在都不取消，都继续保持，继续为三面红旗而奋斗。现在，有些问题看得不那么清楚，但是再经过五年、十年以后，我们再来总结经验，那时候就可以更进一步地作出结论。"

刘少奇并没有明确否定"三面红旗",但实际上对"三面红旗"怀有疑问甚至批评。正因为如此,毛泽东对刘少奇非常不满。1966年,毛泽东在批判刘少奇的《炮打司令部》的大字报里,特别点到"1962年的右倾",就包括这件事。

"彭德怀案"也与"三面红旗"有关。1959年,党内对"三面红旗"议论纷纷,党内上层对"三面红旗"也有自己的看法。彭德怀在庐山会议上提出意见,实际上是代表了相当多数人的意见。庐山会议后,"大跃进"和人民公社的再次受挫,又一次证明彭德怀的意见是正确的,因此,"七千人大会"时,人们虽然不敢公开讲,但私下里也在议论。

针对这种情况,刘少奇在大会的讲话中专门讲到了"彭德怀案"问题。他也说此案不能翻,但他不同意翻案的理由却很独特。他说:"我们展开这场斗争是不是只是因为彭德怀同志写了这封信呢?不是的。仅仅从彭德怀同志的那封信的表面上来看,信中所说到的一些具体事情,不少还是符合事实的。一个政治局委员向中央的主席写一封信,即使信中有些意见是不对的,也并不算犯错误。问题不是彭德怀同志这封信写错了,问题不在这里。庐山会议之所以要展开反对彭德怀同志的反党集团的斗争,是由于长期以来彭德怀同志在党内有一个小集团。"刘少奇讲这番话有两个目的:一是把在"反右倾"斗争中被错误批判的人"与彭德怀同志区别开来"。刘少奇说:"有些同志也讲过一些同彭德怀同志讲过的差不多的话,例如什么大炼钢铁'得不偿失'呀,什么食堂不好、供给制不好呀,人民公社办早了呀,等等。但是这些同志和彭德怀不一样,他们可以讲这些话,因为他们没有组织反党集团,没有要篡党。"因此,都可以平反。二是维护庐山会议对彭德怀的批判,从而维护毛泽东的正确性。庐山会议给彭德怀定下两条罪状：右倾机会主义与反党集团。刘少奇虽然坚持对彭德怀不能平反，但他的讲话恰恰为彭的最重要的一条罪名——右倾机会主义平了反。

胡绳主编的《中国共产党的七十年》一书中有这么一段话："这十年探索中，正确的发展趋向和错误的发展趋向并不是截然分开的，许多时候都是相互渗透和交织的，不但共存于全党的共同探索过程中，而且往往共存于同一个人的认识发展过程中。"刘少奇在"七千人大会"上的书面报告与讲话，也是这种情况。

刘少奇的认识也有其局限性的，比如他对"三面红旗"与党的路线的维护，在客观上影响了对党内"左"倾指导思想的深入检查和纠正。但他对"左"倾错误的认识则代表了党的最高水平，他与"左"倾错误斗争中所表现的政治勇气，在党内更是无与伦比。

对于敢讲真话的刘少奇来说，"七千人大会"是他人生最辉煌的阶段之一。

今天的人们，虽然没有听到他那铿锵有力的讲话，看到他那真诚智慧的表情，但读了这段文字，仍可以感受到那颗忧国忧民的心，由此，对刘少奇更增加了一份敬重。

参考文献

1. 张素华：《刘少奇在七千人大会上讲到的几件事》，载《百年潮》2002年第10期。

2. 何云峰：《七千人大会上党内领导层的意见分歧》，载《史学月刊》2005年第9期。

3. 张素华：《交心"出气"满意——四十年前的"七千人大会"》，载《党的文献》2006年第1期。

4. 逄先知、金冲及主编：《毛泽东传 1949—1976》，中央文献出版社 2003 年版。

5.《刘少奇选集》下卷,人民出版社 1985 年版。

6. 薄一波:《若干重大决策与事件的回顾》下卷,人民出版社 1997 年版。

7. 丛进:《曲折发展的岁月》,河南人民出版社 1989 年版。

8. 郑谦、韧钢:《毛泽东之路——晚年岁月》,中国青年出版社 1993 年版。

9. 黄峥:《刘少奇传》,花城出版社 2006 年版。

10. 刘振德:《我为刘少奇当秘书》,中央文献出版社 2000 年版。

原载《文史精华》2008 年第 4 期

《老人报》2009 年 9 月 2 日转载

不患位之不尊，而患德之不崇

——胡耀邦的公仆品质

胡耀邦总书记辞世十七年了，但他的音容笑貌、他的人格魅力、他的丰功伟绩、他的公仆品质仍然深深铭刻在人们的记忆深处；他的良操美德、他的高风亮节仍然被人们广为传颂。

让 贤

胡耀邦曾自豪地说："我十几岁参加革命，从来就没想当什么官。"他是这样说的，也是这样做的，存在团中央档案室里的一件材料就是明证。那是一封胡耀邦在参加党的八大期间亲笔写的信，抄录如下：

陈云、小平同志阅转
主席并原书记处同志：
　　今天上午，我出席主席团会议，看到我的名字摆在预定的正式中央委员里的时候，从心底发出了无限的痛苦，几次想站起来提出意见，但老是感到难为情。当快要散会的时候，算是鼓起勇气站起来，可是又被大家说"不要谈个人问题"，就下来了。
　　我是做梦也没有想到：我会被提名为中央委员的。我决没有低估自己,我曾经衡量过自己的分量。我这样计算,如果我们党把领导核心选成一个 2000 多人的大团,大概我可以摆得上。后来决定选成一个大连(这是我衷心拥护的),在这个连里有我的名字,心里非常不安,但又一想,做青年工作的没有一个人也不好,所以就拼命压制着自己,没有提,也没有同别的同志谈。

至于由于提(拔)的太快,又没有把工作做好,因而欠了党的债,那以后还可以经过自己的努力去补偿,从这点说,我认为我这样做也是识大体的。

现在 97 个正式中央委员的名单中又有我,我就完全想不通了。这样做使我太没有脸面见那些无论是过去多少年和这几年,对党的贡献都比我大几倍的绝大多数的候补委员。这对我的压力实在是太大了。

无论如何,请主席和中央同志把我的名字摆在候补名单里去。

情绪有点激动,写得词不达意,想一定会原谅我。

敬礼!

胡耀邦
1956 年 9 月 22 日

中央书记处很重视胡耀邦的来信,委托刘澜涛找胡耀邦谈话。刘说,中央领导认为,青年团里应该有一名负责人成为中央委员,而胡耀邦本人的资历符合这个要求。现在这件事已经定了,就不要再提了。

9 月 27 日,"八大"选举中央委员会,胡耀邦当选为中央委员。散会后,胡耀邦拉上王鹤寿、张黎群一同上车,从中南海怀仁堂回到他在富强胡同的家。他们坐在客厅里,助手和秘书向胡耀邦表示祝贺。胡耀邦表情严肃地说:"祝贺什么,不相称啊!不少省委书记,中央的部长,部队里的将军,功劳比我大,资格比我老,但还是中央候补委员。我给毛主席和中央写了信呢,请求无论如何不能把我安排当中委。如果是工作需要,安排个候补委员就足够了。但是没有采纳。我心情很不平静啊!"

纳　谏

1982年以前,中国共产党人在谈到与各民主党派的关系时,都讲"长期共存、互相监督"。但是,随着党的工作中心的转移,国内阶级状况发生了根本变化,各民主党派经过长期锻炼和考验,在政治上与共产党更加一致,原来实行的"长期共存、互相监督"的方针,已经远远不能反映这种根本的变化。怎样适应新形势,提出新方针,就是中共中央主席胡耀邦所要解决的问题。

1981年12月底,全国统一战线会议在北京召开。1982年1月5日,在中南海怀仁堂,中央领导会见出席会议的部分同志,并与大家亲切座谈,胡耀邦发表了长篇重要讲话。在讲到同民主党派的关系时,他强调,各民主党派同我们党风雨同舟几十年,我们之间的关系不仅要"长期共存、互相监督",而且是"风雨同舟、鱼水相依"。

由于胡耀邦讲话较长,会议主持人宣布中间休息一刻钟。休息时,胡耀邦见到一位熟悉的记者,打过招呼后,亲切地问:"我今天讲得怎么样?"

"很好!"记者回答。

"哎,你们新闻记者不能光挑好听的说嘛,你看还有什么问题没有?"胡耀邦继续笑着问。

"把我们党与各民主党派的关系比做鱼水关系,恰不恰当?"记者忐忑不安地说。

"说说看,有啥不恰当?"胡耀邦不但不生气,反而更加和颜悦色。

"我们一直把党和人民军队与人民群众的关系,比作鱼水关系,人民群众好比是水,党和军队好比是鱼,鱼是离不开水的。而我们党与各民主党派是朋友关系,把朋友关系比为鱼水关系,似乎不太科学。因为,你说谁是水,谁是鱼呢?"记者见他虚心听取意见,便把自己的想法毫无保留地说了出来。

"好,有道理,有道理。"胡耀邦诚恳地说。

胡耀邦善待记者的宽广胸怀和虚心纳谏的态度,深深地感动了周围的人。

会后,经中央统战部审查的新闻稿送到胡耀邦手中,他认真琢磨记者的意见,经过缜密思考,反复推敲,决定把原稿中的"风雨同舟、鱼水相依"改成了"肝胆相照、荣辱与共"。

1982年1月16日,新闻稿发表,从此,"长期共存、互相监督、肝胆相照、荣辱与共"这16个字,就成为我党统战工作的正式口号,被社会各种媒体频繁地使用。

对这句话,各民主党派、无党派人士及社会各界,都称赞不已。一位民主党派中央的负责人感慨地说:"我每听到、看到'肝胆相照、荣辱与共'这八个字,都禁不住感慨万千!共产党没有忘了我们,没有拿我们当外人啊!"

雅　量

胡耀邦的民主作风,凡与胡耀邦同志接触过的人无不交口称赞。他鼓励人说话，动员人说话，"不戴帽子，不打棍子，不抓辫子，不装袋子"，就是他身体力行的名言。曾任中共中央政治局委员、国务院副总理的田纪云回忆，凡是胡主持的会议，大家敢说不同意见，知无不言，言无不尽，即使跟他争论得面红耳赤也没关系。所以，田纪云认为胡耀邦主持中央工作期间，是中国共产党最民主，政治生活最正常、最活跃的一个时期。

田纪云的说法得到众多的印证。1985年6月，劳动人事部副部长严忠勤在中央书记处汇报工资改革方案时与胡争论起来。事后，胡却说："严忠勤这人不错，敢于直言。"曾任中组部常务副部长的李锐1982年参与中共"十二大"的筹备工作，直接受胡耀邦的领导。李回忆："记得我向耀邦作过两次或三次系统汇报，他平易近人，交谈很是随便。印象最深的一件事是一个原来'十一大'中央委员的去留问题，是煤炭系统的，在'文革'中欠了账，当年颇有点名气的中青年。我们同耀邦来回争论了三次，各有各的理由，最后他服从了大家的意见，这个人不保留了。"曾任《光明日报》总编辑、现任《炎黄春秋》杂志社社长的杜导正撰文回忆，胡耀邦担任中央秘书长兼中宣部部长时，每周两次召开例会。每次，胡自己先讲40分钟左右，然后请大家发表意见。于是，大家七嘴八舌随意发言，胡也经常插话。这种会上，他从不居高临下，从不做指示，参加会议的人发言，他都虚心听取，有时候觉得别人的意见对，他就说："我同意这位同志的意见，我的意见收回。"杜导正认为："一个领导人，尤其是身居这样的高位，能让人在他面前就政局或某些大是大非问题，毫无拘束地发表个人意见，包括不同的政见，这恐怕是最难得的一种政治品质。"还有一件事情最能体现胡耀邦的博大胸怀和雅量。一次,中央召开各省、市、自治区党委第一书记座谈会,讨论加强完善农村生产责任制问题。胡耀邦讲话以后,很多省市委书记都表态赞成,但有位省委书记当场表示持有异议,他讲了一大堆理由并带着明显的情绪说:"我们那里情况特殊,不能搞联产承包责任制!你走你的阳关道,我走我的独木桥!"

有人公开唱反调,使会议气氛紧张起来。尽管胡耀邦当时非常急切地要推动农村改革,也迫切希望在党内高层能形成共识,但他没有发火,而是平静地说:"各位如果对联产承包责任制想得通,就做,想不通,允许你再想一想。那位不同意的同志也可以,'你走你的阳关道,我走我的独木桥'嘛,让实践来证明哪个办法好,你们看这样行不行?"

胡耀邦的一席话,让整个会议气氛轻松下来。

会议过后没多长时间,那位省委书记通过学习和实践,主动放弃了自己的意见,在本省农村积极推行家庭联产承包责任制。

睿　智

胡耀邦又是一个极富智慧、极懂策略的政治家。

1977年12月15日,胡耀邦在鞭炮声中就任中组部部长。上任伊始,平反冤假错案,解放干部,就是胡耀邦早就成竹在胸的一件大事。他坚持实事求是的思想路线,坚持按照邓小平多次讲的"有错必纠"的原则积极推进平反工作。胡耀邦旗帜鲜明地提出"两个不管":即对于"凡是不实之词、凡是不正确的结论和处理,不管是什么时候、什么情况下搞的;不管哪一级、什么人定的和批的,都要实事求是地改正过来"。简单地说:就是用"两个不管"的矛,去对付"两个凡是"的盾！二十多年后的今天，重温这番话，仍让人感到振聋发聩、掷地有声！

当时有人提出质问："毛主席批的怎么办？"

胡耀邦斩钉截铁地答道："照样平！"

当时曾经有人提了一个挑衅性的问题："你说，不管什么时候，那么，国民党的错案平不平？是否连国民党搞错的也平啊？"

胡耀邦机智地把这种挑衅顶了回去："我们把国民党推翻了，就把它平掉了嘛？"

"两个不管"彻底地冲破了"两个凡是"的束缚，大大加快了拨乱反正、平反冤假错案的进度。

1978年春天，专为解决"右派"这个大难题的会议在山东烟台举行。

胡耀邦预计，由于世人不会很快完全摆脱"左"的束缚，会议很可能发生激烈争论，特地委派中组部副部长杨士杰和陈文炜出席会议。不出胡耀邦所料，烟台会议上果然发生了原则性分歧。有人主张对极个别确实完全搞错了的，可以作为个别的问题予以改正。杨士杰、陈文炜等人则明确表示，对待"右派"的改正，一定要坚持实事求是的思想路线，错多少改多少。

这不啻于快马加鞭，全国迅即形成一股改正"右派"的强旋风。据中央有关部门原来的统计，当年"反右派"运动，划"右派"大约45万人，而此刻经查实，被改正的"右派"已经突破了50万大关。

有人有点慌了："这怎么办，太多了？"

胡耀邦说："当年猛抓右派的时候怎么不嫌多？"

有人说："有些人是毛主席点了名的。"

胡耀邦说:"毛主席说错了的也得平反,不然咋叫实事求是?"

胡耀邦抓农村经济体制改革,也遇到了很大的阻力。因为包产到户问题,过去批了十几年,许多干部被批怕了,一讲到包产到户,就心有余悸,谈"包"色变。

如何让农民自发进行的农村改革在政治上获得通过,曾经使胡耀邦大费脑筋。一天晚上,胡耀邦在中南海勤政殿走来走去,他在琢磨,怎样避免使用"包产到户"这个名词,以减少政治上通过的阻力。他突然想到"家庭联产承包责任制"这个名称,如果再加上"农村"两个字,不就可以把分田单干、包产到户都绕过去了。

胡耀邦认为这个办法肯定通得过,立即坐下,把"家庭联产承包责任制"写在纸上并高兴得笑起来。

从此,"家庭联产承包责任制"就作为农村经济体制改革的主要方式载入了史册。

胡耀邦一向反对领导干部利用公款大吃大喝。他吃饭严格按照规定标准,非常简朴。记得有次开会,胡耀邦站起来激动地说,这次我到省里去,他们给我上熊掌,怎么得了啊,我怎么能吃呢!我一再说了,大吃大喝不行,咱们讲个价钱好不好,小吃小喝行不行?

但是下面热情不减,照样超规格地招待!胡耀邦非常恼火,再到下边去,就想出了个整治的法子:刚上两三个菜,他就抓紧吃,三下五除二,后面的菜还没上完,他已经吃饱了,放下筷子起身就走。他一走,陪同人员当然也跟着走,宴会不结束也得结束。

参考文献

1. 陈模：《铁骨铮铮胡耀邦——纪念耀邦逝世十周年》，载《南风窗》1999 年第 4 期。

2. 田纪云、杜润生、任仲夷、于光远、李锐、阎明复、朱厚泽、吴江、李普、曾彦修、何方、龚育之、钟沛璋、杜导正：《我们心中的胡耀邦——纪念胡耀邦同志九十诞辰》，载《炎黄春秋》2005 年第 11 期。

3. 柴红霞、石碧波、高庆：《胡耀邦谋略》，红旗出版社 1997 年版。

4. 满妹：《思念依然无尽——回忆父亲胡耀邦》，北京出版社 2005 年版。

5. 胡启立：《耀邦影响了我一生》，载《重庆晨报》2005 年 12 月 8 日。

原载《世纪风采》2008 年第 2 期

《特别关注》2008 年第 5 期转载

《报刊文摘》2008 年 7 月 11 日转载

《党员文摘》2008 年第 7 期转载

《党政论坛干部文摘》2008 年 10 月下转载

《共产党员》（沈阳）2008 年第 9 期转载

《百姓生活》2009 年第 3 期转载

《经济管理文摘》2008 年第 5 期转载

《党史信息报》2008 年 8 月 19 日总第 839 期转载

《公关世界》2008 年第 11 期转载

《政府法制》2009 年第 9 期转载

《书刊报》2009 年 9 月 15 日转载

薄一波与叶剑英的肝胆之情

薄一波是唯一健在的中共七届中央委员，功勋卓著、德高望重，深受党内外景仰。在革命战争的岁月，他就与叶剑英有过许多交往；在社会主义建设的年代里，更是长期一起工作。他们思想一致、工作协调、互相信任、互相支持，建立了深厚的友谊。

一见如故有基础

薄一波与叶剑英相识于延安。

1943年11月，薄一波从敌后太岳根据地到延安，准备出席党的"七大"。这是他入党以来第一次来到中央。由于"七大"推迟召开，他要求到中央党校学习，不久，就和罗瑞卿一起进了中央党校，在一部学习，同时担任第一支部干事。

一天，薄一波和罗瑞卿去王家坪军委总部，见到了时任军委参谋长和八路军参谋长的叶剑英。对于叶剑英，薄一波闻名久已，知道他早年追随孙中山先生革命，先后参加过筹办黄埔军校和东征北伐，当过国民革命军的师长。1927年，蒋介石发动政变后，他通电反蒋，毅然加入了中国共产党。在党的领导下，参加策应南昌起义和领导广州起义。十年内战时期，驰骋疆场，备尝艰辛。抗日战争爆发后，他随周恩来奔走于国统区，从事党的统战工作。

在军委总部的窑洞里，两个人紧紧地握手。薄一波端详着面前这位久负盛誉的政治家和军事家：身材魁梧，仪表堂堂，风度潇洒。长方的面庞上，刻着粗黑的眉毛，一对乌黑的眼睛，充满了蓬勃的朝气。

初次见面，没有深谈，但给薄一波留下了极佳的印象：谈吐文雅，精明谦逊，和蔼可亲。

不久，薄一波又去王家坪看望朱德总司令，叶剑英也在场。此后，他们不时见面、交谈，彼此渐渐熟悉，友谊也日益加深了。谈到他们之间的友谊，叶剑英曾说：我们虽然相识较晚，但见面一谈，却无陌生之感。古话说"志同道合，易为良友"。我们今日之"志"是革命之志，今日之"道"是马列之道，有这种"志"与"道"作基础，同志之间的相知与交情，就会经得起时间的考验。

薄一波颔首称是：我们这些人，不管相识早迟，有共同的理想、信念，因而总是一见如故的。

那一年，薄一波35岁，叶长薄9岁，都是风华正茂时。

此后，他们一起度过了难忘的延安岁月；一起参加了整风运动和党的第七次全国代表大会。

互通情报很重要

抗日战争胜利后，薄一波与叶剑英分赴不同的岗位。

1945年8月25日，薄一波与刘伯承、邓小平等搭乘美军驻延安观察组的飞机返回太行解放区。一到目的地，没容喘息就组织了著名的上党战役，随即又组织了平汉战役，争取高树勋起义是其中的一个杰作。薄一波也参与了一些筹划。

叶剑英则于1945年12月飞抵重庆，参加我党出席政协会议的代表团，并协助周恩来与国民党代表就停止军事冲突等问题进行会谈。1946年1月，军事调处执行部成立后，叶剑英作为我党代表去北平，同国民党代表郑介民、美国代表饶伯森进行三方谈判，并领导我党在军调部机构的工作。这是一场揭露国民党反动派的内战阴谋、力争实现国内和平的严重政治斗争。

1946年4月8日，薄一波从晋冀鲁豫区出发，途经北平，乘军调部飞机去延安。在北平，又见到叶剑英，久别重逢，自然十分亲切。在互相问候之后，两人交流了各自工作的情况。薄一波讲的是解放区的土地改革问题，叶剑英则讲军调部三人小组谈判情况。

6月3日，薄一波从延安回来又飞经北平。叶剑英约他谈谈在延安开会的情况，薄一波就把"五四指示"产生过程和毛泽东对时局的看法讲给他听。

叶剑英则谈了自己对时局的判断：经过几个月来的揭露，国民党假和平、真内战的阴谋更加大白于天下，美国人的所谓"中立"面貌，也已彻底拆穿。看来，全国内战已迫在眉睫，我们在军调部的使命很快就将结束，多则半年，少则两三月，我们就得撤退。

薄一波说：你刚才讲的与毛主席的看法是完全一致的。在我离开延安时，毛主席也向我说过：国民党反动派要打内战，我们就针锋相对，奉陪到底。同时，他写了一封信让我带回。信的内容概括起来就是"练兵、生产、教育"，也就是说，要做好一切准备，一俟国民党反动派挑起内战，我们就进行自卫反击。

同叶剑英交谈，薄一波感到收获甚大。他认为，彼此互通情报非常重要，有助于对形势有更清醒的认识，有助于更全面地把握全局。

叶剑英深有同感。

尊师重教一创举

果然，全面内战爆发。经过一年的努力，战争形势发生了根本的变化。1947年6月30日，刘伯承、邓小平率十二万大军突破黄河天险，揭开了我军战略反攻的序幕。这年7月17日，全国土地会议在西柏坡正式开幕，薄一波与叶剑英出席了会议。会议正式通过了《中国土地法大纲》。从此，各解放区的土地改革运动暴风骤雨般掀起，把中国大地盘根错节的社会秩序打了个稀巴烂。这场运动对中国社会的触动之深、影响之大，简直无法估量。

在会上，叶剑英作了军事问题的报告。他重点讲了到外线作战的新的战略部署，针对一些同志中存在的不想打出去的思想，阐明了为什么必须到蒋管区去作战的道理。他说：我们进行战略反攻，不是偶然的动机，而是根据战争发展的规律和斗争形势决定的。事实证明，刘邓大军一打出去，就搞得蒋介石寝食不安。如果不打出去，那正是蒋介石梦寐以求的，人家就要"感谢"我们了。我们能犯这样的历史性错误么？

薄一波表示赞同，他说：叶剑英讲得好，大家听了很受教育。

随着战争形势的迅猛发展，1948年2月，中央决定成立华北局、华北军区和华北人民政府。薄一波任华北局第一书记（开头由刘少奇兼任），主持华北局工作。聂荣臻任华北军区司令员，薄一波兼任政治委员。战争的发展需要培养大批军事干部，中央决定开办华北军政大学，由叶剑英任校长兼政治委员。这样，薄一波与叶剑英一起共事的时间就更多了。

叶剑英主持华北军大工作以后，学校有什么重要事情总是要提请华北局、华北军区讨论，接受中央和华北局的双重领导，表现出高度的组织纪律观念。薄一波实事求是地说：其实，华北局一次也没有讨论过学校的事，只不过是做了些力所能及的后勤工作。在创办华北军大的过程中，遇到一些困难，如校舍问题、生活问题等等。凡是华北局和华北军区能解决的，都尽量帮助解决。

创办学校，教员是个大难题。办学之初，学员几千人，而能够上讲台的军事教员只有30多个；叶剑英说："不教而战是谓弃之，不学而教是谓害之。"一个军事学校没有好的教师队伍，那就要误人子弟。后来，他想出了一个发"招贤榜"的办法，很快就招聘到了二三百名教员。其中不少是来自旧军队，有的曾就读于武备学堂、保定军校、黄埔军校、陆军大学等，有的是美国、日本、德国军事院校的留学生，还有的在国民党军队里担任过教官。如何看待这些人，要不要大胆使用这些人？当时，认识并不一致。有些同志认为，这些人情况复杂，不可轻易任用。叶剑英不同意这种看法。他说：列宁在十月革命后，就曾利用沙俄的旧军官创办陆军大学，善于使用这些旧军队留给我们的高级知识分子，是革命事业发展的需要。

对于叶剑英的这种措施，薄一波表示赞成和支持。

叶剑英不仅果断地使用这些人，而且强调对待他们，一要政治上平等，二要思想上尊重，三要态度上诚恳，四要生活上关心。他要求全校干部、职工，都要"尊师重教"。他还经常找这些教员促膝谈心，和他们交朋友。事实证明，这样做是完全正确的。后来这批教员在我军的建设上起了很大作用。

薄一波赞叹：这在当时是个创举。由此，他还很有感慨地说：建国前，我们党在对待知识分子的政策和工作上，并非没有成功的经验，问题是建国后未能充分总结，并结合新的情况加以坚持和发展，以致二十多年内在知识分子问题上发生了不少失误。所以，善于从历史的经验中正确地学习，发扬正确的做法，克服错误的东西，始终是我们领导工作的一个重要课题。

"跳下水去学泅水"

1948年11月，党中央和毛主席决定把接管平津的任务交给华北局。

同年12月中旬，党中央决定北平解放后，由叶剑英、彭真负责接管北平的工作。彭真任市委书记，叶剑英任军事管制委员会主任兼市长。受命以后，叶剑英带领一批干部从石家庄先期出发，在保定召开中共北平市委第一次会议。随后抵达北平城南的良乡，加紧做接管的准备工作。

1949年元旦刚过，中共中央在西柏坡召开政治局会议，讨论并通过了《目前形势和党在一九四九年的任务》的决议。当时，毛泽东正准备七届二中全会的报告，他给大家出了一个题目，进城以后应该怎么办？要求广泛征求意见。会议期间，薄一波、叶剑英还有其他几个同志，对于这个问题，讨论多次，比较重要的意见，主要有以下这么几条：

第一条，进城以后，要依靠工人阶级，团结其他广大的劳动群众和知识分子，努力学会管理城市和建设城市。

第二条，进城以后，要始终保持政治上的清醒，经得起胜利的考验，千万不能做李自成。

第三条，为了防止居功骄傲、贪图享乐，一定要严定制度、严明纪律。首先要约法几章，上下恪守，例如不请客，不送礼，不做寿，不以人名命地名等。这些事看似寻常，但对于保持全党特别是领导同志的清正廉明和谦虚谨慎，是有深远意义的。

这几条意见，得到了毛泽东同志的赞许。后来，在七届二中全会上，有的写在会议的决议中，有的作为规定确定了下来。

毛泽东十分重视接管平津，在同薄一波、彭真、叶剑英谈话时，一再嘱咐：接管平津，影响中外，你们务必办好，不要犯接收石家庄初期的那些"左"的错误。他还说，接管官僚资本和民族资本企业都要原封原样、原封不动地接下来，慢慢处理，人多了不要紧，三个人的饭五个人吃嘛！

1949年1月31日，北平和平解放。三天后，华北局和华北人民政府搬到北平办公。薄一波与叶剑英等进入北平后，立即投入到紧张的接管工作和市政建设。他们团结广大干部和群众，着手建立新的政权机构，整顿社会治安，维护革命秩序，加强政治教育，治理卫生环境，恢复和发展生产，开展各项建设工作。在执行党的知识分子政策、处理私营企业中的劳资关系、稳定市场等方面，都从当时的实际情况出发，制定了一系列合情合理的政策。在这个过程中，他们不断地积累经验，由不懂到懂；由知之不多到知之较多。

叶剑英总结说：我现在是"跳下水去学泅水"，没有经验，就摸索着学习。但有一条，必须慎之又慎，丝毫大意不得。尤其是在取得一些成功经验之后，更要虚心前行，切不可傲然躁进；否则就很可能呛水，甚至被淹死。

薄一波完全赞同，说，这就是我们在实践中所应该持有的态度。

由于有党中央的正确领导；由于这种谨慎的态度，薄一波与叶剑英不辱使命，圆满地完成接管平津的任务。

出以公心显纯真

1949年10月，广州解放后，叶剑英先后被任命广东省人民政府主席、广州市市长兼军事管制委员会主任、中南军政委员会副主席；薄一波则留在北京，协助陈云主持中央财政经济工作。天各一方，都肩负重要的领导责任。

1952年四五月间，薄一波受党中央和毛泽东的派遣，先后到上海、广州等地了解"三反"、"五反"运动的情况。当时广州对反对"地方主义"反应很大。陶铸等批判方方、古大存，后来还批判冯白驹，并说叶剑英是"后台"。有人指责广东人搞什么所谓"五同"，即"同宗、同乡、同学、同事、同庚"，说本地干部搞派系，排斥外地干部。本地干部当然不服气，事态有扩大之势。薄一波在广州期间，听到这些反映。他与叶剑英谈过，但叶不愿多讲，薄觉得其中似有难言之处，故未便深问。

薄一波离开广州前，叶剑英要他向中央报告一下，希望中央派人调查，把事实弄清楚。

回到北京，薄一波向毛泽东原原本本作了汇报。

毛泽东问："你怎样看待这个问题？"

薄一波说："主席，剑英同志的情况，从中央苏区到现在，我不十分了解。我认为，他去广东后，对南下干部和当地干部的使用是公正的，不存在厚此薄彼的问题，说他带头搞地方主义缺乏根据。"

停顿了一下，薄一波接着说："叶剑英离开北京时，曾对主席说过，带去的干部太少了，肯定安排不过来，就像南方的'水尾田'，水流到那里就没有了。当时您说：'水尾田'是'水尾田'，但那里有一股清泉嘛，地方干部不就是源源而出的'泉水'吗？南下干部不够用，当然要使用一大批本地的干部，而且南下干部也要变成与本地干部相结合的'本地干部'。因此，不能因为叶剑英是广东人，使用了广东干部，就说是搞地方主义。而且据我了解，他是坚决反对那个'五同'的。"

毛泽东同意薄一波的看法。

薄一波并不是因为与叶剑英私交甚好才向毛泽东汇报的。他们之间的友谊是非常纯洁的，没有掺杂一点儿私心杂念。

不久，毛泽东在中南海颐年堂主持召开了一次讨论广东问题的会议。会上批评了广东工作中存在"地方主义"问题。但毛泽东在讲话中强调指出，叶剑英同志在华南工作是有成绩的，他对这个问题没有什么责任，更不能说他是搞地方主义的头头，大家要理解他。当然，包括剑英同志在内，各地的同志都应从这件事中总结教训，防止今后再发生此类错误。

尽管这样，叶剑英在随后不久召开的华南分局扩大会议上，还是作了自我批评，承担了"未能及时发现"的领导责任。这说明他是胸怀豁达，严于责己的。

回顾这段历史，薄一波写道：现在，事情已经看得很清楚，当时批评广东一些同志的"地方主义错误"，存在着把问题简单化、扩大化的倾向，在后来的"反右"斗争中又对他们进行批判、斗争和处分，更是不正确的。1979年8月，广东省委对这一问题进行了复查，并向中央写了报告。10月，中央批复，同意广东省委的分析意见，对此事进行了纠正。

"吕端大事不糊涂"

1954年10月，叶剑英奉命调回北京，走上了中央领导岗位。薄一波与叶剑英见面的机会就更多了，每次见面都有说不完的话。

叶剑英有许多长处，最使薄一波感佩的是，他在大是大非面前，总能洞若观火，毫不含糊，机智果敢地作出正确判断和决策。

20世纪50年代末，在北戴河召开的一次中央工作会议上，薄一波在发言中讲到旧戏中王佐断臂"为国家尽忠心，昼夜奔忙"时，几位同志纷纷插话，毛泽东就着叶剑英的插话说：我送你一句话，"诸葛一生唯谨慎，吕端大事不糊涂"。吕端是北宋人，当过太宗朝的宰相，时人称之"识大体，以清简为务"。当时薄一波听了还不怎么理解，便和几个同志议论，问其由来。后来才知道，毛泽东所说的这句话，是指叶剑英在长征途中获悉张国焘要陈昌浩南下的电报，及时报告毛主席，保证了中央和中央红军按原定计划北上。这是薄一波亲耳听到毛泽东表彰叶剑英政治上的坚定性。薄一波认为，这"吕端大事不糊涂"，叶剑英当之无愧。

薄一波认为叶剑英另一大贡献，就是在1976年一举粉碎"四人帮"中的作用。在这场斗争中，他起了决定性作用，再一次表现出无产阶级政治家，在党的生死存亡的紧急关头，在大事面前的深谋睿智与英明果决。薄一波说：这很了不起，叶剑英一直到死，始终"大事不糊涂"。

"人生贵有胸中竹"

1966年，春寒料峭。在中国大地上开始刮起"文化大革命"的旋风。一些别有用心的人炮制了所谓"六十一人叛徒集团案"，借此打倒刘少奇，同时残酷迫害老干部。许多坚贞不屈的同志沉冤莫白，遭到了长期的监禁。薄一波更因此被关押、管制长达12年之久。在那个荒谬的岁月，薄一波经受了痛苦与坎坷，但他如松之坚，如竹之韧。

人间正道是沧桑。

1978年底，在批判"两个凡是"的基础上，中共中央作出决定，为薄一波等六十一人所谓"叛徒集团案"平反。1979年1月，薄一波平反出狱，不久，他就与安子文、刘澜涛等人到西山看望叶剑英。

叶剑英是个感情丰富、很重友谊的人。虽然身体大不如从前了，但精神矍铄，还是那样热情诚挚。见到薄一波等，不禁潸然泪下，第一句话就说："想不到你们受这么许多苦啊！"薄一波听了，一股暖流涌上心间。那一天，大家都非常高兴，谈的很多，也谈的很远。临别时，叶剑英一直送到门口，直到汽车离开了，还伫立远望。

此时，薄一波与叶剑英都是七八十岁的老人了，但他们重新抖擞精神，集合在邓小平理论的旗帜下，在新长征中再立新功。

1982年，党的"十二大"前夕，中央派薄一波向不在京的中常委同志汇报人事安排问题。当时叶剑英在广州休养。他表示衷心拥护中央制定的改革开放政策，拥护中央对人事安排的意见，同时诚心诚意地提出自己已经年迈，要求退下来，并给中央常委写了一封信进一步表达了这个意思。

谈话中,叶剑英想起了一件往事,他笑着说:"一波,还记得吧,在华北局的时候,有一次因为对一件事有些不同看法,你同彭真同志争论起来,可有点犟脾气咧!几十年过去了,你现在待人处事这样谦和,真是难得啊,值得我学习。"

薄一波说:"感谢叶帅的鼓励,我毛病不少,尚望随时指教。"

叶剑英说:"我自己的毛病也不少。谁都会有缺点、过失,重要的是要自知,认识了就要改正。'过而能改,善莫大焉!'古今皆然。十一届三中全会以后,我们党纠正了过去的许多失误,结果是大得人心。《党章》中为什么要专门规定开展批评与自我批评,就是因为我们工作中常常会发生过错嘛,不然要这一条干什么?还是我们大家常说的那句老话:有错就改,塌不了台;有错不改就难免塌台。"

薄一波年轻的时候,很喜欢诗,背得许多,也写了许多,并曾得到老师的鼓励。一次,他又写了一首,自我感觉良好,不料,那位老师看了,硬说是抄自唐诗。这下伤了他的自尊心,从此以后,就很少写诗了,即使写了也不给那位老师看。不过,薄一波懂诗、爱诗。他认为叶剑英的诗道深,写得好,是真正的诗人,"儒将"之称,名不虚传。他特别欣赏叶剑英的一首七绝《题画竹》,认为诗中的"人生贵有胸中竹,经得艰难考验时",正是作者一生的写照。

1984年,叶剑英病危,薄一波再次到西山看望。听说老友来了,叶剑英眼睛微睁,欲语不能。薄一波很难过,虽再不能交谈了,但彼此心是相通的。薄一波紧紧握着叶帅的手,默默地望着,悠悠往事涌上心头。

走出病房,薄一波与叶帅的子女谈了当时的心情和感受。

他们拿出纸笔，要他写点什么。他想起并写下了1927年高一涵写的悼李大钊一文中的两句话：

他对人们，从浑厚中透出侠义气；
人们对他，从亲爱中露出敬畏心。

参考文献

1. 薄一波：《七十年奋斗与思考》上卷，中共党史出版社1996年版。

2. 薄一波：《领袖元帅与战友》，人民出版社2002年版。

3. 薄一波：《若干重大决策与事件的回忆》上下卷，中共中央党校出版社1991年版。

4. 胡长水：《薄一波素描》，载《百年潮》2003年第1、2期。

5. 《在〈薄一波〉画册出版座谈会上的发言》，载《中共党史研究》2004年第3期。

6. 黄瑶、阎景堂：《中国十元帅》，四川人民出版社2002年版。

原载《文史精华》2005年第1期
《特区青年报》2007年1月16日转载
《广州日报》2007年1月17日转载
《党史信息报》2009年2月18日总第866期转载

忠实的史学大师李新

2004年2月5日,中国共产党的优秀党员、著名的中共党史专家、中共中央党史研究室原副主任李新同志在五年病痛之后,驾鹤西去,享年86岁。

李新生前立下遗嘱:遗体供医学解剖,眼角膜捐献,骨灰于清明时节海葬。

遵照他的遗愿,他的骨灰撒向汪洋大海,但他的风骨和精神,将永存于世间。

改变命运的三天竟日谈

1948年8月末,伟大的战略决战即将开始,时任永年县委书记兼围城司令部政治委员的李新接到党中央来电,要他立即赶往西柏坡。到了那里,李新才知道,中共中央华北局刚刚成立,决定由他主持华北局青委工作,并由任弼时与之谈话。

8月的河北,暑热还未褪尽。在任弼时低矮、简陋的办公室里,两人连续三天从早晨谈到晚上,从青年工作到党务工作,从克服农民意识到干部民主选举,从政府工作到救灾。对于这次谈话,李新毕生难忘。他后来说,自参加革命工作以来,和领导、和下级、和左右同志不知有过多少次谈话,但连续三天作竟日长谈，却只有这一次。更为重要的是，这次谈话竟成为他人生之旅的一个转折点。

在谈话就要结束时，任弼时重新提到李新的工作安排，说："现在要调你到华北局青委去工作，你有什么意见？"

李新早就不想搞青年工作了，于是趁机提出调动的要求。

任弼时问："你想做什么工作？"

李新道出了自己的愿望："我想做教育工作。"

任弼时没有吭声。

李新接着说："前不久，我见到了荣高棠，他不想到华北大学工作，而我愿意去，能否让我代替他。"

任弼时考虑了一会儿，说："当然可以。"随后又半开玩笑似地说："你从来就没有进过大学的门，怎么敢到大学去工作呢？"

李新心里一震，但随即沉着地回答："到大学就是去学习嘛。要当先生，先当学生，拜教授为师，从头学起。而且我喜欢和学生打交道。"

任弼时听了，笑道："不用怕，大学也没有什么了不起，恽代英就没有上过大学，不是也当过教授吗？只要肯学习，你将来也可以当教授。你们永年县古代出了个毛遂，敢于自荐，你也是个毛遂，有这样的勇气，就一定能行。"

停了一下，任弼时又说："既然你愿意，我就向吴老（玉章）推荐，要是他同意，你就到华北大学去工作。吴老是四川人，你们四川人最讲乡谊之情，我想他会欢迎你的。"说罢，哈哈大笑起来。

不久，李新接到调令，就任华北大学第一部副主任，从此离开政界步入学界，而且正如任弼时所言，成了教授，大师级的教授。

步入了学问的殿堂

李新进入学术界是有着有利条件的：一是自幼勤奋，成绩优异，基础甚好；二是天分极佳，记性好；三是有着丰富的阅历与经历。李新的前半生是战士，是职业革命家。1935年夏秋，华北危机，中华民族危机，李新被推选为重庆学联主席，参与领导了重庆三十多所学校的抗日救亡运动。经过"一二·九"运动的洗礼，1936年冬，他加入中国共产党，第二年，徒步前往革命圣地延安。以后，从延水河畔到太行山麓，他穿过军装，打过游击，担任过许多领导职务。可以毫不夸张地说，李新在战争中度过了激情燃烧的岁月。这种丰富的阅历，使他对历史有着独到的理解，他认为中国近现代史中，有很多关于"国家盛衰，系民生休戚，善可为法，恶可为戒者"的经验教训，是一笔宝贵的财富。

然而，半路出家研究学问，谈何容易。李新自谦地说，我们这一代人，在抗日战争和解放战争中已度过半生，以后又蹉跎十多年岁月，一事无成，哪里有什么学问呢？正是由于有这种自知自谦的品格，并坚持"多读、深思、勤写"，李新的知识在不断地积累，由不懂到懂，由知之不多到知之甚多；水平在不断地提高，由孜孜苦读到融会贯通再到推陈出新，终于步入了学问的殿堂，并且成为大家。

1950年，李新正参与协助吴玉章筹建中国人民大学，突然收到邓小平拍来的电报，要他去西南局任青委书记兼西南军政委员会的秘书长。这是一个很重要的工作和职务。在抗日战争和解放战争时期，李新在太行山一带一度在邓小平身边工作。他们都是四川人，有时在一起摆龙门阵、下棋，有过去很好的交往。

经过慎重的考虑,李新婉辞了。他下决心搞教育工作和历史研究。他说:当时没有考虑地位待遇问题。宁肯坐"冷板凳",而不去赶"热乎"。

在华北大学之后,李新相继在中国人民大学、中国文字改革委员会、中国科学院近代史研究所、中央党史研究室担任领导工作,但他主要精力仍是研究和编撰历史。

他酷爱历史,钟情于学术研究。20世纪50年代,他帮助吴玉章校长整理出版《辛亥革命回忆录》,获得成功。据说毛泽东看了吴老的《辛亥革命回忆录》后说,"见书见人","书如其人"。对写回忆录,有这样的评价,可以说是很高的。李新也由此步入历史研究的佳境。

以后,李新著书立说,硕果累累,成绩斐然,用"著作等身"来形容一点都不过分。他主持编撰的《中华民国史》(十余卷)、《中华民国人物传》(十余卷)、《中华民国大事记》(三十九卷)、《中国新民主主义革命时期通史》(四卷)、《中国新民主革命通史》(十二卷),以及为数甚多的《中国现代史资料丛刊》、《中华民国史资料丛稿》等,约计数千万字,在海内外学术界获得好评,产生了很大影响。

治史:不可曲学阿世

作为一位史学家,李新非常强调史德,写历史要秉笔直书。他说:自古以来,要想写真史是很难的,首先在政治上会遇到很大的困难。"在齐太史简,在晋董狐笔",说明写真史会遭到杀身之祸。但是,中国的史学正因此而形成了一个光荣而伟大的传统,即认为写史而不真,有违史德,丧失了史学家的良心。

20世纪80年代末，李新大病初愈，深感坊间流行的大量回忆录，良莠并存优劣杂陈。伪劣品中，美己之丑，丑人之美者有之；隐恶扬善，取宠求荣者有之；伪造历史，陷害对手者有之。结果是哄然而起，转眼即逝，除了给人留下一片空茫的虚假，就一无所有。李新郑重地说："我亲身经历过的一些历史事实，却被一些大名鼎鼎的'史学家'为了政治目的把它歪曲了。我的良心使我感到有责任把它纠正过来。"他常说，写史而不真，抹杀民族记忆，误今人误后人，是有罪过的。对于那些拒绝真实，掩饰真相，一味歌颂，回避历史失误和惨痛教训之作，李新大不以为然。他说，"我笔下的回忆是任情的，毫无顾忌的"，"就是对当今世事的评论，我也无所顾忌"。

请看李新写于90年代的《1942年刘少奇在北方局党校的讲演》一文：

> 1942年秋，刘少奇从华中到延安，经过太行山，曾经在北方局党校作过一次讲演。那时，太行分局已经成立，李新在分局负责青委工作。当他在涉县更乐村得到通知，可以到北方局去听胡服同志作报告时，高兴极了。文中写道：
>
> 胡服是在北方局党校作的报告，由彭德怀主持。彭亲自为他倒水，作介绍，并认真地听他的讲话。彭对刘少奇的态度很尊重，可以说已达到敬如师长的程度。但刘少奇却满不在乎。

在追记了刘少奇讲话的内容后，李新接着写道：

（听了刘少奇的讲话），可以很自然地得出这样的结论：他在北方局时，北方局的方针是正确的，他走了以后，就出了问题。他到华中局以前，华中的方针是错误的，他去纠正了错误，华中的方针就正确了并且作出了出色的成绩。尽管他的话很不谦虚，态度似乎有些傲慢，批评的口吻毫不客气，但是道理是那样明白，事实是那样的清楚，所以他结尾的话音刚落，全场就响起了热烈的掌声，经久不息。

谦虚是一种美德。李新在文章中虽然肯定了刘少奇的正确，但对其傲慢与自高自大的批评却是显而易见的。

再看李新的《反右亲历记》。在文中，李新称颂了杨献珍勇于坚持真理的大无畏精神，他写道：

1957年请民主党派帮助我党整风，他是赞成的。但因听不进意见就反过来整人，他很不赞成，特别是"引蛇出洞"的策略他更反对。他说："一个堂堂的执政党，不敢光明磊落表明自己的态度，竟然鬼鬼祟祟，采取两面三刀的手段，实在太不成话了！"

在中共的高级干部中，敢于如此尖锐地批评"引蛇出洞"，杨献珍也许是第一人；而敢于把这种振聋发聩的言论记录在案、公之于众，李新恐怕也是第一人。

李新与杨献珍一样，都是顽固地坚持原则，为了真理而奋不顾身的人。

在"反右"运动中，刘少奇与邓小平是持积极的态度的，现在看来，这是个问题，对此，李新没有回避。文中写道：

杨献珍是我们党内的一个长者，说话很刻薄，但心肠却很好。我们都说他是"刀子嘴，豆腐心"，跟那种"豆腐嘴，刀子心"（口蜜腹剑）的恶人完全相反。反"右派"初期，他领导的高级党校没有打倒一个"右派"。于是刘少奇、邓小平把杨献珍等中央党校的党委常委找去谈话。刘邓问他们高级党校反右派没有？杨说反了。又问：打倒多少右派？杨说：查了，一个没有。刘说：你站在"右派"的立场，怎么能查出"右派"呢？邓说：我看你就像个"右派"。于是决定高级党校要重新展开反"右派"斗争。

刘少奇、邓小平是一代伟人，李新并没有因为是伟人就掩饰他们的错误。秉笔直书需要勇气，并不是每个人都能够这样做，甚至大多数人在大多数的情况下都难以做到，因为为尊者讳，为圣者讳，历来是中国的传统。本人曾经在一篇文章中，曾引用了上述史料，结果发表时，全被"隐"去了，那段史料被压缩为一句：中央察觉到高级党校的整风反右运动出了问题，而且问题的关键在杨献珍，甚至认为杨献珍就是右派。

20世纪90年代初，李新在中央党史研究室机关干部春节团拜会上说，我们党史工作者要坚持党性原则，写历史不能讲假话，不能为了所谓的政治目的，而把历史歪曲了，更不能像《红楼梦》那样，把"真事隐"去了。我认为最多写百分之三十的虚话和套话，百分之七十的写真话，不能写一句假话。

民国史研究的开拓者

从20世纪60年代到80年代，李新长期在近代史研究所担任领导工作,对近代史所的发展有多方面的重要贡献。1972年,他受命在近代史所组建民国史研究组(1978年改称民国史研究室),开始了一门新学科——民国史研究的创业历程。然而,史坛从来不歇风风雨雨。在中华民国史研究筹创之初,反对者就不乏其人。

有人说,写民国史就是为国民党唱赞歌。

有人说,写民国史就是承认"两个中国"。

李新坚决反对这些意见,有一次与一位反对者辩论竟日。李新说:我们编写中华民国史是按照周恩来的指示与国务院的决定,科学院和学部都有书面的指示,郭老也批示,既然现在你们要停编民国史,就应有明确的书面指示,并要说明以前的指示作废。

万事开头难。举凡与民国史研究相关的方方面面,李新都躬亲其事,殚精竭虑,与同仁共同努力,克服诸多困难。如今有关民国史研究的对象、原则、框架、体例等等,都是当年在李新领导下,由诸多同仁共商而定,并为学术界沿用至今。现在,民国史研究已经成为近些年来中国历史研究中最为活跃、成绩斐然的一门学科。

1995年,纪念抗日战争胜利五十周年,当然要涉及对国民党战场的评价问题。在座谈会上,李新直言,纪念抗战不应违反历史真实,当年的歌曲、绘画、电影都应保持原貌。"历史学家不能如宣传员那样,必须严格按历史事实说话,才能有学术生命。"对于所谓历史科学为现实政治服务的口号,李新不以为然。他说,强使史学为现实政治服务之道,一是指桑骂槐,影射现实,一是为现实辩护,大唱赞歌,两者都会使历史科学变成不科学。历史与现实,毕竟不是一码事。历史学家要做的是把历史事实展现出来,让人们认识历史,进而认识现实

和未来。对于长期困扰历史学界的虚假现象,李新终生予以贬斥,并自励绝不同流合污。其诗云:

"直笔写真史,曲笔抒真情,彩笔传忠烈,朱笔诛奸佞。"

桃李满天下的教育家

除了学术上硕果累累外,李新另一项了不起的成就是培养了一批当今现代史史学界颇有影响的学者。李新以宽厚谦容之德,善待做学问的专家,把大批人才组织起来。数十年间,学生众多,桃李满天下,如李宗一、王学庄、杨天石、耿云志、李义彬、时光、张注洪、李良志、杨云若、马模贞、李玉贞、周子信、胡庆云、邵维正、刘敬坤、周天度、曾业英、朱信泉、严如平、韩信夫、朱宗震、黄修荣、潘荣、章百家、陈铁健、汪朝光、邓野等。

李新的学识、为人、品德、精神影响了众多的门生。

说起李新,他的弟子充满了敬重之情。

中国社会科学院近代史研究所副所长汪朝光说:

我本人是李新老师的学生。1981年,我报考了李新老师的民国史硕士研究生,当年12月,我到北京参加研究生复试,第一次见到李新老师。在这之前,李老师在我心目中是著名的历史学家,还是一个很早就参加革命、身居高位的领导干部。见到李老师之前,心中难免诚惶诚恐。但见到李老师之后,我很快就感觉到,李老师是一位非常平易近人、温和开朗的长者,在与他交往中不需要任何的虚饰与矫情。

中央党史研究室原秘书长魏久明说：

李新同志是我的前辈、我的老师、我的朋友。在中央党史研究室工作的十多年中，我们成为忘年之交。李新同志平易近人、热情好客。我们常在一起谈工作，谈历史，谈时事及其他感兴趣的问题。有时道别时，他总是说今天我们没有谈完，下次来再谈，并嘱，有空就来。他不仅学识渊博、见识多广，而且胸怀坦荡、言之精辟，听了受益匪浅。

中央党史研究室室务委员、第一研究部主任黄修荣说：

从20世纪70年代末起至今，我跟随李新老师二十多年。在我的心目中，他是诲人不倦的严师，廉洁奉公的领导，吃的是草、挤出的是奶的老黄牛。

谈到李新的廉洁奉公，黄修荣感受颇深，他写道：

五年前，我们几个师兄弟为了给李新师庆祝八十大寿，准备给他送一件礼物。送什么好呢？经商量，决定买一台冰箱，因为他家的冰箱又小又旧，无法再用了。真是很难想象，一个在学术界享有盛誉的老教授、抗战前参加革命的副部长，竟然使用那样破旧的冰箱。

从20世纪70年代末起到他离休为止，他一直住在中共中央党校南院83楼。在他的办公室和卧室里，除了后勤部门配置的简易沙发、长条桌子和书架外，他没有任何像样的家具。为了完成书稿的编写任务，他成年累月吃住在办公室。他住在中央党校南院期间，每天中午挂着拐棍到党校食堂打饭。打饭的人多,他就和大家一样耐心地排队等待,从不以知名学者和副部级领导的身份要求任何照顾,往往中午打一次饭吃一天。他身上穿的、床上盖的都是用过多年的十分普通的棉花制品。他虽然自己生活十分简朴,但看到周围同志有困难时,总是慷慨帮助。按规定,他可以享受使用专车的待遇,但当有关部门提出要给他配专车时,他婉言谢绝了。李新师就这样在自己的岗位上作出自己的一份奉献!

著名党史专家陈铁健说:

先生是我的导师;从学业到人生,都是我终生受用不尽的导师。我以有这样的师长,而心存自豪,无比荣幸。我将以他们的言行为楷模,身体力行,继承他们的遗志。

为了缅怀李新先生,陈铁健还请书法家用大字书写一幅挽联:

领导川东学潮,参加民族抗战,实施冀南土改,呼唤政治革新,反专制,争民主,求国兴,八十年奋斗不息。
投身大学教育,参与文字改革,深研民国史事,努力文化复兴,斥教条,除迷信,去盲从,五十载始终如一。

参考文献

李新:《反右亲历记》,见萧克、李锐、龚育之等:《我亲历过的政治运动》,中央编译出版社1998年版。

李新:《1942年刘少奇在北方局党校的讲演》,载《百年潮》2004年第3期。

李新：《难忘的三天竟日长谈——缅怀敬爱的任弼时同志》，载《中共党史研究》1994 年第 5 期。

陈铁健：《送李新先生远行》，载《百年潮》2004 年第 3 期。

魏久明等：《李新同志追思会发言（选登）》，载《百年潮》2004 年第 3 期。

原载《文史精华》2007 年第 6 期
《中国现代史学会 30 周年纪念册》2010 年收录

陈云的书法故事

陈云（1905—1995），是伟大的无产阶级革命家、政治家、杰出的马克思主义者，中国社会主义经济建设的开创者和奠基人之一，党和国家久经考验的卓越领导人。他在七十余年的革命生涯中，为新民主主义革命的胜利和社会主义建设事业的发展，建立了永不磨灭的功勋。不仅如此，他的书法也很有造诣，大气磅礴，充满生气。

形成个性书体的特殊原因

孩童时的陈云就十分懂事，自幼受到书法的启蒙教育，读小学时，每天清晨都是先写大字，然后再去上学，早早打下了书法的基础。

由于家境贫寒，从 15 岁起，陈云就不得不去上海商务印书馆当学徒。老一辈的人都知道，解放前的学徒工是非常辛苦的。起早摸黑、忙里忙外姑且不说，还几乎没有人身自由，干得再好、跑得再勤，一旦稍有闪失，常常是不问青红皂白的受到训斥甚至暴打，自己还只能忍气吞声，不得解释半句。尽管如此，陈云每天早晨也先写一阵毛笔字。

陈云曾在商务印书馆总发行所干发行工作，写毛笔字就成了谋生的技能。他的工作是往外寄书，几乎天天不厌其烦地在牛皮纸上填写收书人的姓名和地址。数量的庞大，工作的繁重，不允许慢条斯理、一笔一画地书写，但为了不致邮递员误读误送，封皮上的字又不能太过潦草、随意。

这样日复一日、年复一年地写，使陈云的书写技能大有长进，写得异常熟练，并且形成了具有强烈个性的书体。

"现在的字有飘逸感了"

参加革命后，工作紧张繁忙，长时间地用毛笔写字的机会少了，更没有闲情逸致练习书法，慢慢地也就失去了手感。

自80岁开始，陈云完全从工作岗位上退下来，于是又重新开始练字。他认为作书临帖，要闭气凝神，专心致志，精神集中，心无杂念，就像练气功一样，做到绝对宁静；而站着悬腕用毛笔写大字，呼吸节奏与运笔一致，一点一撇，一勾一捺，都要运动手部关节，眼和脑专注字体的笔画，因而有舒筋骨、活气血、健脑益智的效果；而且书法运动量不强、不急、不大，正适合老年人。所以，陈云把练习书法，看成是一种体脑结合的健身方法，一方面锻炼身体，一方面陶冶情操。

十年如一日，从80岁到90岁，陈云几乎每天练字，开始写半小时左右，后来年纪大了，按照医生的意见，减少为二十分钟左右，最后到十分钟左右。写完大字之后，他还经常自我欣赏、揣摩，寻找毛病，以利改进。

功夫不负有心人。由于专心致志与持之以恒，陈云书法渐入佳境，他自得其乐地说："现在的字有飘逸感了。"

1986年，81岁高龄的陈云创作过一幅行书，该作品长1.36米，宽68米。内容为唐代诗人王之涣的《登鹳雀楼》。其字以颜入行，兼有北海之沉着、汉魏之风骨；行笔率意自然，一气呵成；落笔稳健飘逸，字字千钧；结构落落大方，协调有度；通篇大气磅礴，充满生气。

这幅字，点画间蕴涵着革命家的情怀和品质，不愧为陈云书法艺术的一件代表作。

正因为陈云能自觉养生保健，长期坚持练习书法，所以直到90岁高龄去世前，仍思维敏捷，记忆力不减当年。1995年年初，当时主管中央经济工作的朱镕基副总理，到医院向陈云汇报1994年国民经济完成情况。离开病房时，朱副总理十分惊讶地对工作人员说："老爷子太神了！太神了！"原来朱副总理向陈云汇报的一些统计数据中，有一数据的小数点后数值与前段时间汇报的不一样（前为初步统计数据，后为正式公布数据），陈云马上追问："究竟哪个是正确的？"

文如其人，字如其人

我们在日常生活中常见到的陈云墨迹，多是题词或题报头等，如"学习雷锋题词"、"中国工商报"、"中国劳动人事报"、"劳动报"、"中国化工报"、"中国有色金属报"、"上海商报"、"浙江工人报"等。人们在欣赏或阅读的同时，也领略到陈云那雄浑的书法艺术。

陈云一生淡泊名利，生活朴素，始终保持一个共产党人的本色，堪称我党清正廉洁的楷模。他最喜欢写的一幅字就是："个人名利淡如水，党的事业重如山。"

文如其人，字如其人。

"宰相合肥天下瘦，司农常熟世间荒"，也是陈云十分欣赏又经常书写的条幅。他说："这两句诗写得好啊！用官职和籍贯的巧妙结合，来讽刺贪官污吏，同情百姓的疾苦。'宰相'指的是李鸿章，李是安徽合肥人；'司农'就相当于现在的财政部长，是指翁同龢，江苏常熟人。做宰相的自己肥了，天下的老百姓被剥削瘦了；当司农的家里'常熟'了，'朱门酒肉臭'呀，但对世间的灾荒，老百姓的缺吃少穿却不闻不问，只顾搜刮民脂民膏，不为老百姓着想，不为老百姓做事。"陈云在写这两句诗时，还故意将"宰相"、"司农"写得很肥，而把"天下"和"世间"写得很瘦小，用陈云的话就是"在字形上取诗意"。

从这幅书法作品，人们可以读出陈云鲜明的爱憎。

陈云经常书写一些具有教育意义的诗句与格言，比如："闻鸡晨舞剑，借萤夜读书"，"横眉冷对千夫指，俯首甘为孺子牛"。

20世纪80年代中期，陈云领导中央纪委展开了新一轮打击经济犯罪活动的斗争。仅1986年这一年，全国检察机关共立案侦查各类经济犯罪案件4.9万多起。随着查处经济犯罪案件的层层深入，办案人员遇到的阻力也越来越大，打击报复办案人员的现象时有发生。陈云经常对身边的同志说，我这个人头皮硬，能够得罪人。与此同时，他不能不为孩子们担心，有一天他特意让秘书给孩子捎去了一句话：你们回家的时候，一定要注意，小心在后头有人用车撞你们，或者拿刀子捅你们。

这段时间，陈云经常送给部下一个条幅："横眉冷对千夫指，俯首甘为孺子牛。"

这或许就是陈云对党的纪检工作的理解和追求。

赠送书法作品以表达眷恋之情

何占春与陈云结缘于"评弹"，这项共同的爱好，牵起了他们之间长达36年的友情。何占春退休前在上海人民广播电台工作，曾是陈云的"评弹情报收集员"，经常给陈云录制一些新的评弹曲目。

1985年，80岁的陈云在街头与何占春不期相遇，故人相见，分外高兴。为感谢何占春36年来的无偿帮助，回到家中，陈云亲手笔录唐诗一首："去年今日此门中，人面桃花相映红。人面不知何处去，桃花依旧笑春风。"这首崔护的《题都城南庄》，描写了一幅相遇、相约的温馨画面。传说那一年清明，崔护去长安郊外南庄踏青，因口渴，便向一位农家姑娘讨水喝。姑娘给了他一杯水，并倚在门前的桃树旁深情地凝视着他。这情景使崔护难以忘怀。第二年清明，他又来到这里，只见门墙依旧，桃花依旧，而那美貌多情的村姑却不知去向了。

陈云以这首唐诗赠送友人，表达自己的眷恋之情。每当看到这幅字，都会唤起何占春美好的回忆。日前，年愈八十的何占春老人，将这幅珍藏了20年的书法作品捐赠给了上海历史博物馆。

陈云故居暨青浦革命历史纪念馆老馆长朱习理先生与陈云一家有着长期交往，在陈云诞辰一百周年之际，朱先生从他的卧室里捧出了他最为珍贵的宝贝，一幅陈云的亲笔墨迹：唐代大诗人张继的名作《枫桥夜泊》。

朱馆长说，这幅字是陈云在20世纪90年代初书赠与他的。

这幅字被装裱在一块一米多长的硬纸板上，条屏格式，芯子是白色的宣纸，字迹乌黑发亮，笔画飘逸、遒劲，字体隽秀、洒脱，字与字之间没有互相连接的笔画，但字里行间似乎由书家注入了一种特有的生机与心绪，让人们在不知不觉当中，进入了张继所描述的寒山寺外月落乌啼的诗情画意。

学习哲学的心得也成了书法的内容

陈云一生非常重视对马克思主义哲学理论的学习,并颇有心得,他深有体会地说:"学好哲学,终身受用。"由此,学习研究哲学的心得与总结,也就成了陈云书法的内容,比如:"实践是检验真理的唯一标准"、"不唯上、不唯书、只唯实,交换、比较、反复"。陈云经常将这些肺腑之言、经验之谈,写成条幅赠送友人,并勉励周围的人。陈曼丽,内科主任医师,曾在1979年为陈云做过保健工作。

1985年,陈曼丽又见到了陈云,令她惊讶的是,时隔多年,80岁的陈云一眼就认出了她。陈云与陈医生亲切叙旧,仔细地询问工作与生活情况。当陈云获悉陈曼丽刚刚担任北京医院副院长,高兴地说:"恭喜你。"

"我从没做过领导工作,怕干不好。"陈曼丽回答。

"没关系,边学边干,从实际出发,一定会做好。"陈云鼓励道。

过了几天,陈云仍惦记这件事,特派秘书送来了个条幅,上面写着"不唯上,不唯书,只唯实"。送条幅勉励医护人员,虽然是小事,却让我们从中看到了一位实事求是、勇于改变自我的马克思主义者;一位严于律己、认真谨慎的老共产党员;一位关心他人、和蔼可亲的长者。

对于把字送什么人,陈云极其慎重

陈云对自己的字要求很严格。一幅字中只要有一个错字或他认为败笔之处,一般都要重写一幅,决不马虎。一次在题写的"实践是检验真理的唯一标准"中,繁体的"验"字下面的"从"写成了"八",身边的工作人员指出:"这么写不太规范。"陈云马上说:"那就再写一张。"

对于把自己的字送什么人,陈云也极其慎重。他说:"我这字,好人才送,送给好人不要钱。不能给坏人,坏人一万块钱也不能卖给他,给了他,他的政治资本就高了。字不能去卖。"

有一次,他的家乡有人送来一套精美的文房四宝,同时请他为准备开办但还没有正式批准的一家公司题词。听了秘书的汇报后,陈云很不高兴,说:"这个词我不能题,如我题词,就等于强迫主管部门批准成立这家公司了。"

陈云吩咐秘书把送来的礼品退回去,而且向上海市委通报了这件事。

"云栖竹径"是陈云为名胜风景极为罕见的题字

上有天堂,下有苏杭。

陈云生前热爱杭州,曾26次来到"人间天堂",在西子湖畔留下了许多轶事、佳话。陈云的俭朴生活是出了名的,他一生始终是粗茶淡饭、布衣素食。陈云到杭州时,每次都带着三件宝:一只延安时期就跟随他的旧皮箱;一台苏联制造的老式放音机,是专用来听评弹的;一条薄薄的旧棉被,这是他到哪里都带着就寝时盖用的,这条褪了色的旧棉被,他老人家一直用到最后。1985年春天,杭州评选"西湖新十景","云栖竹径"被评为新十景之一。为了给新十景增色,杭州园林管理部门想请陈云为"云栖竹径"题名。

正在杭州的陈云欣然同意。

5月11日上午,在美丽的西子湖畔,陈云先写了一张

"云栖竹径",但对"栖"字不满意,再写一张还是如此。这时有人提议写简化的"栖"字。陈云采纳了这一意见,挥毫写出了四个苍劲潇洒的大字:"云栖竹径"。

在落款下盖上印章后,他满意地说:"毛笔书法多用繁体字,繁体字写起来间架结构好安排,写出来好看。我和于若木学的都是繁体字。不过简体的'栖'字也好看,结构也好。"

陈云为名胜风景题字极为罕见。这次题字,显见他对于云栖的酷爱之情。

这幅字后被镌刻成碑,矗立在云栖竹径的石径旁,成为最受人景仰的一个景点。

生前一直不同意出版他的墨迹

早在1945年5月,陈云在中共"七大"上就说过:"假如你在党的领导下做一点工作,做得不错,对这个功劳怎样看法?我说这里有三个因素:头一个是人民的力量,第二是党的领导,第三才轮到个人。"

"不居功,不自恃",这是陈云为人处世的准则。建国初期,陈云就是党中央的五大书记之一,但他始终要求有关部门在待遇上、宣传上不能把他和毛刘周朱并列。苏联政府赠送汽车,给五大书记一人一辆,陈云坚持把自己的那辆退回去。实行工资制,有关部门给五大书记定为一级,陈云把自己的改为二级。解放战争时期,陈云等领导南满根据地军民取得了四保临江战役的胜利,但当有人写回忆录提到他在四保临江战役中的作用时,他却大笔一挥,把送审稿中有关内容全部删掉了。党的"八大"以后,"红旗飘飘"丛书要给每个政治局常委都登一个小传,他始终不同意登他的传。

每个酷爱书法的人，都希望能将自己的书法作品编辑出版，流传于世，陈云也不例外。在他生前，有一家出版社的总编辑对陈云的书法作品很有兴趣，收集了陈云每年写的条幅，想出版一本《陈云书法作品选》，可是，陈云不同意，因此，出版社也不敢贸然行事。

1995年，在陈云诞辰一百周年之际，为表达对陈云无限的爱戴和缅怀之情，浙江古籍出版社从浙江和其他方面收集了陈云在不同历史时期题写的珍贵题词、书信、电文等墨迹200余幅，从中挑选了内容和书法艺术俱佳的题词书信作品138幅，并以传统的宣纸彩印线装形式，由浙江古籍出版社正式出版，取名为《陈云墨迹选》。

这是一部极为珍贵的书法艺术书籍，值得大家慢慢地品味、欣赏；而这些墨宝所体现的陈云巨大的人格魅力和高尚的道德风范，更值得我们认真地学习、效法。

参考文献

1. 李林达：《陈云与云栖竹径》，载《浙江老人报》2006年3月10日。
2. 葛全明：《陈云的书法艺术》，载《中州今古》1999年第1期。
3. 刘枫主编：《陈云墨迹选》，浙江古籍出版社1995年版。
4. 国宾：《陈云同志与养生》，载《山西老年》2004年第8期。
5. 刘启芳：《陈云题词谈》，载《陈云故居暨青浦革命历史纪念馆馆刊》2006年第3期。

原载《文史精华》2007年第4期
《合肥晚报》2007年4月24日转载
《报刊文摘》2007年4月转载
《青岛晚报》2007年4月27日转载

杨尚昆与妻子李伯钊的长征往事

长征是一部带有传奇色彩的英雄史诗。杨尚昆与李伯钊则是这英雄群体中的一对"牛郎织女"。在长征中,他们"聚少离多",但是夫妻恩爱、心心相印。他们之间纯真的爱情与毕生为之奋斗的事业融为一体,因此,就更感人肺腑、沁人心脾。

战地相会

遵义会议后,毛泽东重掌军事指挥权,率领中央红军四渡赤水,甩开敌人,突然进入了云南,继而向川西重镇会理进发。此时,黔滇两省的敌人正规军多被蒋介石调空了,彭德怀、杨尚昆率领的红三军团有如神行太保,大步流星,每昼夜疾行80公里。

敌人的地面部队追不上红军,便派飞机狂轰滥炸。1935年4月底的一天,红三军团行军到沾益县的白水镇以东地区,突然来了7架敌机。那是一片开阔地,四周没有任何掩遮物,田里的麦子也长得只有一尺多高。军号一响,部队散开,就地隐蔽。杨尚昆匍匐在一个深坑里,头在里面,腿有一部分露在外面,上面有一棵小树,身旁是两个侦察员。突然一个炸弹炸开了，接着就是第二个……这时，杨尚昆感到小腿上被什么东西捶了一下。待敌机飞走后，他推了推身边的侦察员，一动都不动，已经牺牲了，弹片是从背部穿过的。他看了看自己的腿，右小腿负伤了，鲜血不停地从绑腿布上渗出来，试着迈动右腿，还能动，但站不起来。有人喊到："政委负伤了！""政委挂彩了！"

尘埃落定，彭德怀便带着担架队冲过来。担架抬着杨尚昆没走多远，敌机又来轰炸，他被抬进水沟里卧倒。这次敌机连续轰炸，因为地形不利，伤亡了三百多人。当天，一个俘虏过来的军医给杨尚昆开了刀，三块弹片，取出了两块，另一块扎得很深，只好留在肌肉里。碗口大的伤口，用灰锰氧水洗一洗，塞点药棉，包扎后继续随军行动。后来在延安，杨尚昆请医生检查，看看是否需要再开刀？医生说，弹片已镶在肌肉里，没有多大妨碍。所以这块弹片一直留在他的小腿里，成为伟大长征的小小纪念。

杨尚昆受伤的消息，很快传到妻子李伯钊那里。

离开中央苏区时，李伯钊被编入中央工作团，和蔡畅、邓颖超、康克清等三十多位女同志在一起，随中央卫生部行动。一路上，她在行军队伍中前后奔走，做宣传鼓动工作；到宿营地时，又到驻地群众中做社会调查，慰问伤员，分配没收来的物资，甚至筹粮管伙食。只要革命需要，她什么都干。

这天，周恩来对李伯钊说：红三军团在空袭中损失较大，已经派出了救护队，你马上带着担架队，前去参加救护和伤员转移工作。说到这里，周恩来停了一下，说，尚昆同志也负了伤，你代表我表示慰问，并帮助照看他。

看见李伯钊紧张神色，周恩来安慰说："伤势不很重，别担心。"

李伯钊带担架队赶赴红三军团，向彭德怀报到。彭德怀说："谢谢首长的关心。"接着风趣地问："周副主席派你来还有别的原因吧?!"伯钊不好意思地说："周副主席说，让我顺便照看一下尚昆。"彭总笑着说："这就对头了，赶紧去看杨政委吧！"

久别重逢，杨尚昆喜出望外。

他们是一起离开中央苏区开始长征的，杨尚昆是在前方带兵浴血奋战，李伯钊则在中央纵队，一直没能见面。过了北盘江，中央纵队和红三军团会合了，但三军团急于向云南进军，仍没有见面的机会。

这次，见到思念中的妻子，杨尚昆的高兴劲儿是难以形容的，他甚至有种因祸得福的感觉。他问：你怎么会这么快就赶来看我？

李伯钊说了其中的原因。

杨尚昆十分感谢周恩来的关怀。接着，轻描淡写地讲了受伤的经过，并指着伤口说："伤势不重，已经处理了；你来了正好，看看我们部队的情况，回去报告军委首长，请他们放心。"

当时，彭德怀和叶剑英都劝李伯钊留下来。

杨尚昆谢绝了他们的好意，说："部队快要过金沙江了，各有各的任务。"

李伯钊也说："你们对老杨的照顾比我好，我来看一看就放心了。我得回去。"说完，她就领着担架队回中央工作团去了。

他们第二次见面是在半个月后。

红军巧渡金沙江，摆脱了几十万国民党军队的围追堵截，取得了战略转移中的决定性胜利。主力红军在会理附近休整，三军团奉令攻打会理城。

夕阳西下，彩霞满天。在百花争艳的山坡上，李伯钊带着宣传队下炮兵团的连队教唱歌。

曾在莫斯科中山大学学习过的李伯钊，是红军中著名的歌唱家和戏剧教育家。在艰苦的长征中，她以歌声激励战士的斗志，鼓励他们战胜困难。在湘江畔，在老山界，都能听到她的歌声，她的歌洒满了长征路。不少同志正是在她的歌声中发奋赶上队伍，终于走完征程的。遵义会议时期，李伯钊带领宣传队在街头演街头剧，教唱革命歌曲，用各种形式宣传党和红军的政策主张。在她们的鼓动和影响下，大批劳动群众及知识青年参加了红军，有的女学生就是以李伯钊为榜样，投身革命的。当地有的老人几十年后还记得当年那位活泼的女红军，她教唱的革命歌曲至今还被传唱着。1985年4月23日，郭化若在悼念李伯钊时，写了一首诗：

红区歌舞震中华，文艺幼丛此一家；
最是长征风雪路，剧坛烽火放奇花。

这是对李伯钊在中央苏区和长征中爬雪山过草地生活的生动写照。

杨尚昆此时正在军团司令部，听到了歌声，自然就想到，这会不会是李伯钊呢？在一阵欢笑之后，又传来了一曲女声独唱，歌声委婉悠扬，清丽圆润，实在动人：

月出东山顶，照进竹笆门，
幺妹灯下打草鞋，送郎当红军。
手搓桐麻绳，根根耐千斤，

一只草鞋三百层，层层有我心。

鞋尖编朵花，表表我深情，
哥哥天天穿草鞋，见花如见人。

妹妹手不巧，妹妹心不灵，
草鞋不好你莫嫌，万里能行军。

哥哥闹革命，妹妹也光荣，
等到天下都太平，你我再相逢。

听到这里，杨尚昆怦然心动。是她，是她！他马上写了一张便条，让通讯员送了过去。

不一会儿，李伯钊像仙女一样来到了军团部。其时，杨尚昆正与彭德怀、叶剑英研究如何攻打会理城。彭德怀见了李打趣地问："你的情报为啥这么准，一下子摸到我们军团部来了？"

李伯钊只是望着自己的丈夫笑，杨只好"坦白交待"。

彭德怀说："既然如此，我就不'追究'了。"说着，他从箱子里拿出一包冰糖来招待客人。听说将要攻打会理城，李伯钊更是兴奋起来，对彭总说："军团长，我请求参加打会理城一仗。"

彭说："我没有带过女兵，再说，战场上子弹不长眼睛，你要上火线，得请杨政委批准。"

杨尚昆便替妻子央求说："文艺兵也要体验一下真正的战斗生活，请你高抬贵手，批准她的要求吧！"

彭德怀见此只好说："只此一次，下不为例。但只准在指挥所观战，不准到前沿去。"盼望已久的要求得到了满足，李伯钊高兴得跳了起来。

看着李伯钊满脸的灿烂，彭德怀也笑了，说："牛郎织女，战地相会，有什么悄悄话，你们抓紧说吧。战斗一打响，可就没空说了！"说罢拉着叶剑英走了出去。

临时指挥所里，只剩下他们两人。杨尚昆因腿伤未愈坐在床上，李伯钊就坐在他的身边。

月亮害羞了，悄悄地躲进薄纱似的云霭之中。

鸟不叫，虫不鸣，世界上一切声音似乎都消失了。

"牛郎织女"战地相会的每一分，每一秒，都是那样珍贵，谁个还忍心打扰呢？

咫尺天涯

中央红军离开会理后，强渡大渡河，飞夺泸定桥，于6月12日翻过夹金山，同先期到达懋功地区的红四方面军胜利会师。

两军会师后，出现了战略方针上的分歧：中央主张北上。中央认为，两军会合，总兵力10万，这是伟大的胜利，红军应在川陕甘建立根据地。这是一个发展革命的方针；张国焘则主张西进。他认为红军已经退出原有根据地，是失败了。革命处在低潮，应该躲开敌人，到川西和西康地区保存实力，休养生息。

为了团结红四方面军北上，中央决定将周恩来总政委一职让给张国焘。毛泽东对同志们说：斗争是需要的，但目前不适宜，现在只能用教育的方式。正是在这个时候，知人善任的毛泽东突然找杨尚昆谈话：

"尚昆，你和陈昌浩在苏联不是中山大学的同学吗！"

杨尚昆说："那时我是党支部委员，他是共青团支部委员。我到莫斯科学习比他早，班级也比他高，他总叫我老学长。"

"你在江西时是总政治部副主任，你到总政治部去名正言顺。你以前领导过他，现在你到他那里去，叫他领导你一下"，毛泽东胸有成竹："你们又有老关系，有利于团结。"

毛泽东还特意地关照说："你到那里，要强调一个'韧'字。要当'牛皮糖'，不要当'玻璃'。"他解释道："'玻璃'一碰就碎，'牛皮糖'，拉不断，掰不折。软不拉叽地富有韧性。你切记不要当玻璃，不要一碰就破，那样就不好工作啦！"

根据中央的决定，杨尚昆调任红军总政治部副主任，带领着原总政治部的一百多名干部，到陈昌浩那里报到。这样，在一个村子里，有两个红军政治部，一个是陈昌浩当主任的总政治部，一个是傅钟当主任的前敌政治部。两个政治部机构重叠，又住在一起。陈昌浩不理睬杨尚昆，杨则充当"牛皮糖"，每天到陈那里坐坐，一是了解动向，二是搞点烟抽。

由于丧失了战机，敌情发生变化。胡宗南部已在岷江以西、懋功以北地区构筑碉堡封锁线，红军北上只能穿过大草地了！

按照中央军委的决定，一、四两个方面军混合编成左、右两路军，过草地向甘南进发。右路军经过千辛万苦，终于走出茫茫草地，焦急地等候左路军的到来。9月8日，张国焘突然致电陈昌浩和徐向前，要他们立刻带着所有右路军的部队南下。来电由张国焘单独署名，这就是要改变中央三令五申的北上方针，并且要求中央一起南下！

就在这一天,杨尚昆前去探视在三军团司令部养病的周恩来与王稼祥,返途中遇到了毛泽东和张闻天等人。他们见了杨,离鞍下马。毛泽东向杨尚昆作了简单的交代,说,张国焘不安好心,公然违抗中央北上的决议,并要挟中央南下。我们只好单独北上,明天拂晓行动。你快回去和叶剑英、李维汉同志联系,走时把总政治部的干部带出来。临别时,毛泽东再次叮嘱:你一定要小心,小心又小心一点啊!

回到驻地,杨尚昆立即与叶剑英商量,决定以筹粮的名义将原总政治部的干部带出,向三军团的驻地集中。而他们两人则脱离部队单独前行。约定在9日凌晨两点分头行动。

也就在那一天,总政治部的宣传队正要到前敌政治部去报到,队长刘志坚和李伯钊一起来看杨尚昆,问杨有什么事交待。当时,杨尚昆非常犹豫:中央已经决定在当晚单独北上。如果把事情透露给他们,就怕泄漏了机密;如果让他们临时改变出发日期,又怕引起陈昌浩等人怀疑。万一陈等得知中央的意图,把中央扣起来,岂不坏了大事?但是如果什么都不说,李伯钊就会被陈昌浩带着再过草地,那么,能否活下来,能否再见面都是个未知数。

杨尚昆思前想后,琢磨再三,最后下决心,什么都不说,让他们按时去报到,以确保中央的安全。至于李伯钊,等到最后时刻再设法通知她。

晚上10点,杨尚昆派警卫员张秀夫骑上自己的骡子给李伯钊送信。宣传队离杨的住地大约10华里,骑着牲口来回一个多小时足够了。时间一分一秒都是那样难熬,一个小时过去了,两个小时过去了,三个小时过去了,还不见李伯钊前来。一种不祥之兆涌上心头。

9日凌晨两点,杨尚昆决定不等了。他按照约定的时间来到约定的地点，与叶剑英会合后，追赶已经出发的红一方面军。此后的情节太惊险了，杨尚昆在回忆录中这样写道：

> 这天晚上，月色很好，我按时悄悄起来，什么东西都不拿，徒步走向离村两华里的水磨房，在月光下同叶剑英和罗迈会合，知道各部门"打粮"的队伍都已经顺利地出来了。当时，我们都没有带警卫员和马匹，连行李都不背，只有剑英同志提了个小箱子，里面装的是打胡宗南部队时缴到的一幅甘肃省的军用地图。我们走了七八里地时，忽然身后传来一片马蹄声，有十几名骑兵冲过来。我们向路边避开了。后来才知道，这是张国焘下令追赶我们的。幸亏我们没有带警卫员和马匹，不像是首长的活动，没有被骑兵注意。天色微明时，我们走进一个藏民的寨子，只见晨曦中毛主席、周恩来同志和彭总都等在一个打麦场上。见了我们，毛主席高兴地说："你们出来了，好得很，我们正为你们担心哩！"

追上了大部队，杨尚昆四处张望，寻找李伯钊和他的警卫员，还是不见踪影。向毛泽东询问，毛听了皱着眉头说："尚昆，此事不妙，你是赔了夫人又折兵啊！"

果然让毛泽东言中了。李伯钊后来虽大难不死，却经受了难以想象的磨难与艰辛。

9月8日晚上10点，警卫员张秀夫接受送信的任务，谁知道阴差阳错，在夜里迷失了方向，一直到天亮时才把信送到。李伯钊拆信一看，只有几个字：速回总政治部。她不知道发生了什么事，张秀夫也说不清楚。李伯钊决定立即赶回总政治部。途中遇到了刘志坚，他是带二十多个宣传队员到红三十军慰问的，现在也是赶回总政治部的。当李伯钊和刘志坚等人赶到前敌指挥部时，方看到情况有些异样，穿灰布军装的红一方面军的人一个也不见了，村庄中全是穿深色军装的红四方面军部队。

李伯钊等一进村，就被一个多连的人包围起来。

"凭什么缴我们的枪，难道我们是敌人？"李伯钊和刘志坚等人抗争，但他们的声音很快被众多的喊叫声淹没。

前敌指挥部驻地吵闹成一片。

"怎么回事？那个女的是谁？"陈昌浩听到嘈杂声中有女声，问刚进来的副参谋长李特。

"总政治部副主任杨尚昆的老婆正好从这里路过，被扣留。是她在大吵大闹。"

"是那个会跳舞、唱歌的李伯钊？"

"就是她。还能有第二个李伯钊能这样大吵大闹。"

"还有谁在那里？"

"还有刘志坚等人，好像都是总政治部搞宣传的。我看到杨尚昆已经跟随毛泽东他们逃跑了，怎么这个女人还在这里？"

陈昌浩正在火头上，挥了挥手下达命令："先关起来再说！"

门外传来李伯钊等人更加强烈的抗议声。

李伯钊、刘志坚等人被缴枪后，关在一所藏式木楼上。用一段圆木砍出锯齿状作为上楼工具的独脚梯被抽走，楼下四周站满哨兵。

"这究竟是怎么回事呀？"几乎每个人都在问，但所有的人都不能解答。回不了原单位，又不能逃走追赶北去的部队。大家都被这突如其来的变化惊呆了。

就这样李伯钊等人被迫留在红四方面军，回头南下二过草地。李伯钊的党籍很快就宣布被开除了，原因很简单，因为她是杨尚昆的老婆。

李伯钊强忍着心中的愤恨，带着千万个不理解，忍受着侮辱。

多少个夜晚，她仰望天上的星辰，想念着心中的北斗：党中央和毛主席。

多少个晴日，她望断北飞的大雁，幻想着自己也能成为这群雁中的一员，飞向红一方面军，飞到自己丈夫的身边。

但是，天苍苍，野茫茫；风萧萧，路迢迢。

1936年6月，红二方面军与红四方面军会师。一天，李伯钊在行军中忽然遇到了任弼时、贺龙、关向应等。任、关是她早就熟悉的老首长、老领导，李伯钊意外地见到他们，就像见到了久别的亲人一样，向他们诉说了自己的经历和在四方面军的所见所闻。于是，任、贺决定把李伯钊留了下来。不久，李随红二方面军第三次过草地。

李伯钊与杨尚昆，这对经受了血与火、生与死洗礼的患难夫妻，终于喜相逢。

三大主力红军胜利会师。

中国革命开始了新的历史时期。

杨尚昆和李伯钊携手走向更广阔的天地。

参考文献

杨尚昆：《追忆领袖战友同志》，中央文献出版社2001年版。

杨尚昆：《杨尚昆回忆录》，中央文献出版社2001年版。

金冲及主编：《毛泽东传 1893—1979》，中央文献出版社1996年版。

原载《名人传记》2004年第2期

促进红军大会师的中坚任弼时

发生在长征途中的北上南下之争,是中共党史上危害党与红军团结统一的最严重事件。在关系党和红军前途与命运的紧要关头,任弼时挺身而出,坚决拥护毛主席、党中央的北上抗日路线,同张国焘进行针锋相对的斗争,为实现三大主力红军胜利会师,作出了不可磨灭的贡献。

任弼时不愧是维护全党全军团结,推动党和红军实现集中统一,促进红军大会师的中坚。

弄清真相

1936年6月,任弼时与贺龙等率红二、六军团渡过金沙江,翻越终年积雪的雪山,终于在西康与红四方面军接应的部队会合。

任弼时时年32岁,却有着与中国共产党的年龄几乎相同的党龄,以及同龄人所少有的老成。他十分清醒地认识到,会合以后的路还很艰难,任务相当艰巨。

任弼时一向十分重视与党中央的电讯联系,中央红军长征后,任弼时更是一再嘱咐,一定要与中央保持好联络。但是,大约在 1935 年 8 月上旬，二、六军团与中央的电讯联系中断了。任弼时非常焦急，每天都要询问几次，并且命令电台日夜呼叫，一定要与中央取得联络。

1935 年 9 月 29 日，报务员呼到一个电台，音调和报务员的手法都很像中央电台，马上向任弼时报告。任弼时将信将疑，当即复电周恩来，除报告二、六军团的情况外，还特地提出："你现在何处，久失联络，请来电说明此间省委委员姓名，以证明我们的关系。"

周恩来没有回电（中央没有二、六军团的密电码，收不到电报），却意外地收到署名"朱张"的复电。来电准确地列出湘赣川黔省委委员和书记的名单，并告知：一、四方面军在懋功会合，中央任国焘为总政委……。这是任弼时等第一次收到署名"朱张"的电报。他仔细研究了电文："朱"是指朱总司令；张是指张国焘，中央刚刚任命的总政委；来电又是密码，这些使他不能不相信，张国焘以红军总政委名义的来电就是代表党中央。

后来才知道，在红一、四方面军会师后，张国焘自持人多枪多，公然反对中央北上的方针，党中央、毛泽东只好率红一方面军一部单独北上；张国焘则带领红四方面军南下。张国焘对随左路军行动的电台和密本严加控制。

1936 年 1 月，六军团的报务员发现又有中央电台呼叫。经过验证，得到肯定回答后，对方立即用明码发来一份署名"豪"的电报，大意是："弼时，我们已到陕西保安，密留在老四处。"任弼时读罢，心里明白，这是周恩来发来的电报，告之中央已到陕北，与二、六军团联络用的密本留在了四方面军。电报还确定了新的联络方式。

在与中央失去联系数月之后，再次恢复了联络，任弼时心中的喜悦是难以形容的。随即,党中央向二、六军团通报了中央红军主力到达陕北,朱总司令及一方面军的一部留在四方面军,张国焘挟持朱老总,另立中央搞分裂活动并坚持错误等情况。这时,任弼时才搞清楚了1935年9月29日的"张朱"来电究竟是怎么回事。任弼时也向中央报告了二、六军团的基本情况并坚决拥护中央北上抗日的方针。

任弼时将这一情况通知了二、六军团首脑,因此,对于张国焘搞分裂的情况以及可能面临的严峻斗争,二、六军团的领导是有思想准备的。

果然不出所料,尚未会师,矛盾与问题就发生了。张国焘派"工作团"前来慰问,同时也送来一些文件和材料。王震发现其中有诽谤毛泽东、周恩来、张闻天等中央领导人的内容,马上报告任弼时。任弼时十分警觉,立即向红二军团政治部主任甘泗淇明确交代:张国焘派来的干部只准讲团结,不许搞分裂,特别是不准讲党中央、毛主席和红一方面军的坏话,一句都不准讲;送来的材料一律不准下发,保留一份,其余全部销毁。

针锋相对

1936年6月底,二、四方面军跨越千山万水,在敌人的疯狂堵截中杀出重围,终于在甘孜会合了。远来的战士噙着热泪,拥抱着在草原上翘首伫立、等候已久的兄弟。两军都沉醉在狂欢的热潮里。慰问品源源不断地送到了二、六军团指战员手中,战士们高昂的歌声震撼山河。

任弼时也很兴奋,不顾万里跋涉的劳顿,尘土未除就忙着找战士、干部谈话,了解他们的情绪和愿望,忙着找新建的当地政府了解民情和地形。

7月1日,朱德、张国焘等日夜兼程赶到甘孜会见任弼时、贺龙、关向应、王震等二、六军团领导人。同志们久别重逢,分外高兴。有的同志多年南征北战,叱咤风云,但只闻其名,未见其人。今日见到了,相互握着手舍不得放开,久久地端详,重温旧时的印象,联系昔日的传闻,估量今日的变化。

当天晚上,朱老总将任、贺留了下来。经过数年征战再聚首,自然都有许多话要谈。然而,一见面,朱德就直奔主题,把从沙窝分兵以来张国焘反对中央,搞分裂的阴谋行径原原本本地叙述了一遍,并拿出一大叠文件:有政治局关于北上的决定,有中央严令张国焘北上的电报,有《关于张国焘同志错误的决定》等等。

朱德沉重地说:"看来,一场严重的斗争是不可避免了。"

听了介绍,任、贺进一步弄清了一两年来党内激烈斗争的详情。

任弼时坚定地表示:"朱总司令,在这场斗争中,我们坚决服从您的命令,一切听从您的指挥。"

贺龙也说:"朱老总,我们二、六军团天天想,夜夜盼,就盼着与中央会合呢!"

此刻,任弼时深深感到维护、促进红军的团结统一,实现三大主力红军的会师是自己义不容辞的责任。他不能充当和事佬,但亟须使中国共产党培育出来的、千百万人民用鲜血灌溉的生命之树得以常青,得以欣欣向荣。从客观上讲,任弼时确实处于一种有利的地位:其一,没有参与红一、四方面军之间的争论与斗争,是"局外人",有利于从中进行调解与斡旋;其二,他是中央政治局委员,又是红二方面军的政治委员,在党和红军中有着重要的职务,说话有权威,有分量。

第二天，召开庆祝大会。在临时搭建的主席台上，坐着张国焘、朱德、任弼时、贺龙等两个方面军的领导人。绿草茵茵的山坡上，二、四方面军的战士排成整齐的方阵，歌声、欢呼声、口号声连成一片。他们中有江西的老表，有湖南的大哥，有四川的娃子，有湖北的老乡，不管相识不相识，都是同志，更是亲人。

朱总司令首先讲话，他庆祝两军的会师，同时也明确地说：西康不是我们的目的地，我们要继续北上，要团结一致，战胜一切困难，到陕北同毛泽东率领的红一方面军会合。

总司令的讲话激起了热烈的掌声。

任弼时也讲了话，特别强调：我们唯一的道路是北上与中央会合。

接下来，张国焘刚要起身讲话，坐在旁边的贺龙就半认真半玩笑地说：

"国焘啊，只讲团结，莫讲分裂，不然，小心老子打你的黑枪。"

结果，张国焘硬是没敢讲不利团结的话。

后来，贺龙说："其实，我哪里会打他的黑枪，是他自己心里有鬼嘛！"

会后，张国焘向任弼时提出"六军团归我指挥"、"二、六军调换首长"、"另派政委"等主张，都被任弼时一一拒绝。在军队领导权的问题上，任弼时是当仁不让的。

张国焘又派人向任弼时提出，在政治上与他"保持一致"。任弼时则明确地回答，只有在中央十二月（瓦窑堡会议）政治决议的基础上才能一致。

张国焘建议召开党的会议，任弼时就提出："报告由哪个作，有争论谁来作结论？"把张顶得张口结舌。

任弼时坚持原则，态度鲜明，给朱德以全力支持。在朱德、任弼时、刘伯承、贺龙、关向应等红军将领及广大红军战士的共同反对下，张国焘终于被迫同意北上。

许多年以后，朱德说："与二方面军会合后，我们气壮了。"

智救"罪犯"

会师不久，任弼时就听说廖承志仍在监禁中。

在鄂豫皖苏区时，张国焘就搞"肃反"，顺之者昌，逆之者亡，凡是反对他的干部和战士无一幸免地遭受残酷斗争，无情打击。许多优秀的红军指挥员，没有战死在沙场，却惨死在自己同志的屠刀之下。相比之下，廖承志、罗世文、朱光等还属于幸运者，虽然一直处于监禁、审查中，但毕竟没有被杀头。长征开始后，他们就被押解着随队伍前进。他们是"另类"，谁都不敢与之接触，更甭说讲话。他们也不愿意和别人打招呼，也怕因此连累人家。

对于廖承志，任弼时久闻其名，知道他不但是国民革命先驱廖仲恺之子，而且是著名的共产党人。

那天，在一个小山坡上，任弼时正和张国焘谈话，一队被押解的"罪犯"刚好从旁边走过。任弼时打量着其中一个身材中等、头发蓬乱、衣服褴褛、戴着眼镜的人，忖度着，此人可能就是廖承志。

于是，他径直地走过去，伸过手，小声问：

"你是廖承志吗？我是任弼时。"

廖承志又惊又疑，连声答道："是，是我。"

任弼时马上像久别重逢的老朋友一样，紧紧地握着他的手，并高声地问候。

张国焘看到这种情况，赶忙拢了上来，装起笑脸问："怎么，你们认识？"

任弼时笑着说："老早就认得，老朋友了！"

其实，此前任弼时根本就不认识廖承志，这是他们第一次见面。廖承志心如明镜，非常感动，一种温暖油然而生。

任弼时指着武装押送人员，显出惊异的神情，回头问："这是怎么一回事？"

张国焘异常狼狈。

任弼时见状，也不想让张国焘太难堪，就说："他是我的朋友，如果他有什么需要的话，请你告诉我。"

张国焘不免尴尬地应答着。此时，凭张国焘的心计，他不一定就相信任弼时的话。但他毕竟心中有鬼，害怕任弼时的义正词严，不得不暗中恢复了廖承志、罗世文、朱光等人的局部自由。

此后，廖承志从未与任弼时一处工作过，但却永远记住了他们初次相识的情景。十几年过去，任弼时病逝，许多战友满怀悲痛回忆共同战斗的一件件往事，而廖承志却只写了这么"一点"回忆，他真诚地写道："实际上弼时同志救了我们。"

彻夜长谈

离开甘孜，两大主力红军就分路北上，深入充满神秘而变化莫测的草地。

这是红二方面军第一次过草地，而对红四方面军来说，则是第三次了。

按照朱德的意见，任弼时离开了二方面军，随同总司令部一起行动。任弼时充分利用这个机会，主动找四方面军的干部谈话，了解情况。他默默地倾听他们的意见，从广泛的接触交谈中，了解事物的各个侧面，做了大量促进团结的工作。

进入草地的第二天晚上，他与前敌政治部主任傅钟进行彻夜长谈。为了不影响战友的休息，他们走出帐篷，来到一块高地。

深蓝的夜空满天星斗，苍茫的草原融入浓浓的夜色。疲倦的红军战士早已进入梦乡，万籁俱寂，好像若大个世界只有他们两人在低声地述说。任弼时讲述了二方面军的艰难行程，也肯定了四方面军做得好的地方，接着，他严肃地批评道，你们送来的小册子，公开宣传同党中央的分歧，说中央红军"不辞而别"，这样的内容有损于团结，有损于中央的威信，为什么还散发？

随后，任弼时直截了当地问："去年北上，中央走了，你们为什么不走？"

傅钟不假思索地说："不知道。"

任弼时十分惊讶。

傅钟说："当时确实如此，不知道怎么就闹到这个地步。"

任弼时就让傅钟将他的经历和所见所闻详详细细地叙述一遍。

任弼时敏于事而慎于言，同时也善于抓住要害。听罢，他严肃地问："中央有没有北上的决议？"

"有！"

"有，为什么不执行？"

这一问，一针见血，戳中傅钟的要害，尽管草地的凌晨格外寒冷，内疚之情仍令他直冒汗。关于制定一、四方面军共同北上的战略方针，中央召开了多次会议，其中有两个会议，傅钟也列席了，但却没有执行和维护它。

见到傅钟开始认识到错误,任弼时没有再说什么,只是要他在天亮后到总司令部机要室看电报,并说:"凡我看过的你都可以看!"

看过电报,傅钟才恍然大悟,原来一、四方面军分开前后,中央一直坚持两河口会议精神,希望、等待并准备接应四方面军共同北上,对争取张国焘真是做到了仁至义尽。而这些重要信息都被张国焘封锁了,如果不是任弼时的点拨,自己仍然被蒙在鼓里。

第二天晚上,他们的谈话继续进行,任弼时语重心长地指出:"看来,不是中央丢下你们走了,是你们不跟中央走,中央才先走的;责任不在中央,在你们!"

听了这话,傅钟心服口服。

还有一件事,像石头一样压在傅钟的心上。张国焘自立"中央",搞了个中央委员名单,傅钟的名字也在其中,因此感到有很大的压力。任弼时坚持实事求是的原则,经过调查,对傅钟说:"那个名单全是张国焘和黄超搞的,事是他定的,人是他定的,责任全在张国焘,你们没有任何责任。"听了这话,傅钟一下子就解脱了。后来,任弼时也没有因此批评上了名单的任何一个同志。

天快亮了,一夜长谈又要结束了。告别时,任弼时语重心长地说:"按照列宁的党性原则,我们不是不能参加党内斗争。但是,我们必须考虑到,我们是拿枪的,彼此都带着队伍!意见有分歧不好搞斗争的!我们还在长征中,艰难困苦,人间罕见,团结一致比什么都重要。"

几十年后,傅钟回忆起草地的彻夜长谈,仍然十分激动,说:"他的这些话贵如金石,在我心里产生了非常强烈的共鸣,不仅使我经久不忘,而且每想到它,都会引起新的震动。"他还说，任弼时"多次同我彻夜长谈，以和蔼诚挚的态度教育了我，也教育了成千上万的同志"。

9月初，任弼时要回二方面军了。分手时，依依不舍之情难以言表。傅钟说："和任弼时同志一起度过的两个月令我永远难忘。"

在与红四方面军高级将领交谈后，任弼时得出这样的结论：红四方面军的广大干部和战士是希望团结反对分裂的；对张国焘另立"中央"的做法，许多干部是有着不同意见的。他还发现，张国焘虽然私立了"中央"，却不敢公然亮出，而且和陕北的电文来往不断，显然是有利的因素。

一个消除隔阂，促进团结的方案逐渐形成。

任弼时建议召开六届六中全会，并请共产国际派代表参加，从原则上解决以往的分歧，在此之前，大家暂时不要提那段不愉快的往事，而面对现实，以应付瞬息万变的局势。这个方案得到二、四方面军广大指战员普遍的赞同。当时，红军广大指战员的最大心愿就是盼望和中央红军早日会合。

推动北上

在北进途中，任弼时与张国焘日则同吃同行，夜则同坐同睡，耐心与之交流。他还和朱德一起找张国焘谈话，帮助和促使其改正错误。

张国焘仍然顽固不化，继续坚持自己的立场，散布一些奇谈怪论：他取消"中央"，成立西南局；陕北那边应该改称西北局，两边平起平坐，都由共产国际的中国代表团统一领导。他还是不想承认党中央，反对党中央的统一领导。

任弼时了解张国焘的底细，知道搞派别活动是他的老毛病，但想不到会发展到这么严重。针对当时的情况，任弼时认为最迫切的问题是维护党中央的权威，建立绝对统一集中的最高领导。他说：列宁是非常重视统一问题的。列宁说过，统一对工人阶级是无限宝贵的，无限重要的，在斗争中是最伟大的武器，若没有统一的领导中心，党的真正统一是不可能的。

任弼时这种坚定立场，鲜明的态度，对干部、战士教育极大。

7月27日，中央来电，批准成立中共西北局，张国焘为书记，任弼时为副书记。这显然不是张国焘希望的那种直属共产国际代表团而且和党中央平行的组织，而是归中共中央统一领导的下属组织。广大指战员热烈拥护西北局的成立，并给予厚望。任弼时非常清楚：西北局的使命就是维护党中央的权威和领导地位，坚持党的组织原则，保证党中央方针的贯彻和北上会师部署的顺利实施。

西北局的成立，打破张国焘的个人专权，重新建立民主集中制的集体领导，为反对分裂主义提供了有利的条件。在西北局会议上，任弼时与其他委员对张国焘进行了严肃的批评。在此之前，朱德、徐向前也对张国焘提出过批评，但张国焘根本听不进去；现在在西北局的会议上正式提出来，张国焘就不能不听了。由于任弼时、朱德、徐向前等人带头坚持正确原则，党内生活开始有了新鲜空气。张国焘也不得不有所收敛，极不情愿地服从多数人的意见，执行中央的继续北上的方针。

经过一个月的行军，红军大部队分别于7月27日和8月1日，陆续走出了草地。由于已经有了经验，事先准备了大量的粮食、牛羊与帐篷，也由于晴天多，雨天少，因此，整个行军比较顺利。红四方面军总指挥徐向前在《历史的回顾》中写道：这次北上，目的很明确。"广大指战员兴高采烈，精神焕发,勇气倍增。""雄关漫道真如铁,而今迈步从头越。我军顶烈日,战饥饿,越高山,第三次过草地,终于胜利到达包座地区。"

进入甘南地区,确实有一种"柳暗花明又一村"的感觉。那里人口稠密,物产丰富。刚刚走出茫茫草地,皑皑雪山,猛地看到庄稼村舍,听到鸡鸣犬吠,红军干部战士莫不欢欣跳跃,热泪盈眶。

然而,张国焘是不甘心的,显得非常急躁,派人向任弼时建议:召开二、四方面军干部联席会议,求得意见一致。任弼时心里很清楚,张国焘这是自恃人多枪多,企图以势压人;同时是想利用这个会议,争取一部分同志的同情与支持,继续同党中央对抗。于是,任弼时明确表示:不要开这个会,把党内分歧在干部中公开出来,没有任何好处,只会造成上层对立,加深分歧,使工作更困难。

张国焘听不进去,亲自出马,找到任弼时,执意要召开两军干部会。

任弼时非常冷静、镇定,义正词严地说:"我反对开这个会!如果你坚持要开,我敢肯定,你的目的一定达不到。四方面军的干部一旦弄清真相,绝大多数要站到党中央一边的。如果二、四方面军干部对你态度尖锐起来,那谁都帮不了你!"任弼时的话,力抵千钧,张国焘害怕自己更加孤立,就再也不敢提议开会了。

干部联席会议没能召开,但上层的斗争则更激烈地进行着。

会议室里,首长们继续会谈。门口布置了更多的岗哨,拒绝任何人接近。会场里传出任弼时那坚定的声音:"其他问题一律不谈,摆在我们面前的任务,就是要赶快和一方面军会合!"

针对张国焘那种蛮横无理，诋毁毛主席的恶意言论，任弼时沉下脸来，严厉地说："我们二方面军的同志，很多是从井冈山来的，对毛主席是很熟悉的，有感情的。即使不是井冈山来的，对毛主席和党中央也有崇高的信仰。你如果要强迫他们反对毛主席，那么他们就要翻脸。我认识你，可是，他们是不认识你的。"任弼时这话有如重磅炸弹，让张国焘心惊肉跳。

越往北走，张国焘就越着急，就像热锅上的蚂蚁，于是，左一个鬼点子，右一个馊主意，拼命反对北上。比如，他提出两个方案：一是往西，到新疆接通苏联，获得武器装备再回来；一是出东南，向川陕豫鄂发展。任弼时看透了张国焘的心思，这些主张的症结就在于害怕和党中央会合。想当初，他竭力反对中央的北上方针，坚持率部南下，实践证明，南下无出路，现在再要北上，实在是无颜见毛泽东等中央领导同志。在西北局的会议上，为了解除张的顾虑，任弼时非常诚恳地劝告："错了就认错，作个自我批评，回到马列主义路线上来，不再搞派别活动，这样，对党有好处，对个人也有好处，起码不会抹杀自己的功绩和光荣。"

由于党中央的正确领导，由于任弼时、朱德等领导同志以及广大指战员不懈的斗争，张国焘只好同意执行中央的北上方针。1936年10月，二、四方面军在甘肃会宁与一方面军会合，三大主力红军胜利会师。

在反对张国焘分裂主义的斗争中，任弼时旗帜鲜明，立场坚定，坚持原则，坚持团结，为主力红军的大会师作出了重大的贡献。对此，中共中央书记处给予高度的肯定："任弼时、贺龙、肖克同志等率领之红二方面军他们的路线是正确的。"张国焘后来之所以取消第二"中央"和北上，原因之一"是由于二方面军的逼迫",张国焘"虽然采取各种方法企图压迫二方面军的领导者同意其路线,但受到二方面军布尔什维克的反对"。

朱德也赞扬有加,说:"二方面军始终都是好的,听指挥的。"

参考文献

1. 任志远:《我的父亲任弼时》,辽宁人民出版社1997年版。

2. 中共汨罗县委宣传部编:《怀念任弼时同志》,湖南人民出版社1979年版。

3. 中共中央文献研究室综合研究组编:《任弼时同志八十诞辰纪念集》,中国青年出版社1985年版。

4. 范青:《陈昌浩传》,中共党史出版社1994年版。

5. 杨瑞广、蔡庆新主编:《缅怀与研究》,中央文献出版社1995年版。

6. 朱玉:《李先念传》,中央文献出版社1999年版。

原载《名人传记》2004年第7期
《传奇·传记》2004年第12期转载
《现代领导》2009年第12期转载
《郑州日报》2005年3月3日转载
《书报文摘》2005年第6期转载

杨尚昆与彭德怀的知心之交

杨尚昆与彭德怀是长期合作的黄金搭档,也是感情深厚的知心挚友。在几十年的相处共事中,两人互相信任,互相支持,患难与共,亲如手足。他们金子般的友谊经受了残酷战火的洗礼和急风暴雨的考验,比传说中俞伯牙与钟子期"知音"的故事还要美丽,还要动人。

1998年8月,彭德怀诞辰一百周年,杨尚昆撰文纪念,文中写道:

> 彭德怀同志是我一生中关系最密切的战友。我和德怀同志相识相知32年。自1965年分别后,至今又有33年。别离的时间已超过相识的时间,但我对他的怀念丝毫没有淡化,反而日久弥深。

"彭德怀那种凛然正气,至今还清晰地活现在我的记忆里"

1933年6月,杨尚昆调任红一方面军政治部主任,年底,又去主力红军第三军团任政治委员。几十年后,第一次见到彭德怀的情况,杨尚昆仍然是历历在目:

赫赫有名的彭德怀是军团长,但他的穿戴、装束,同普通战士一样：军帽、军装都旧得褪了颜色，裤子上还打了补丁，腿上的绑带却打得很整齐，表现出长期在军队生活的军人风度。那天，我一踏进军团指挥部，彭德怀同志即迎上来紧握着我的双手，用浓重的湖南口音爽朗地说："你来了，我很高兴。我们齐心合力干吧！"我说："我带兵打仗是外行，到苏区的时间也很短，希望你多帮助。"他马上诚恳地说："我年纪比你大，但文化不高，参加革命比较迟，往后互相帮助，遇事情多多商量。"

彭德怀长杨尚昆9岁。两人的出身、经历迥然不同：一个是自幼当过牧童、堤工的寒门子弟，一个是川东"名门望族"的勇敢叛逆；一个是出身行武、久经沙场的战将，一个是从苏联归来缺乏实践的留学生；一个在战斗中对毛泽东的雄才大略深有感受，一个对中国革命道路"知之甚浅"；一个意志坚强，性情急躁，一个憨厚随和，处事谨慎。但是，彼此没有私心，没有偏见，并都有着对革命的赤胆忠心，因此，刚柔相济，长短互补。杨尚昆说："我和老总经常促膝谈心，彼此毫无芥蒂。"

杨尚昆到达苏区不久，就赶上了第五次反"围剿"的广昌战役。当时，"左"倾教条主义领导人亲自来督战，强迫三军团打阵地战，和敌人拼消耗。在敌人猛烈的炮火下，红军损失惨重，杨尚昆也差点牺牲。那天，杨尚昆从阵地下来，突然敌机俯冲过来并投下一枚炸弹。彭德怀到底是在枪林弹雨中滚出来的，经验极为丰富，一听敌机俯冲的声音不对，手疾眼快将杨推到坑道里。炸弹就在坑道口爆炸，两个人都安然无恙。如果没有彭德怀，杨尚昆恐怕早就"光荣"了。

面对巨大的伤亡，彭德怀非常心如刀绞，他不顾"左"倾教条主义者的阻挠，断然下令，将部队撤下火线，转移阵地，以保存实力。在军团指挥所里，彭德怀当着杨尚昆和许多同志的面，痛斥说："五次战争以来，我们没打过一次好仗，这是司令部指挥的错误。"彭德怀怒火在胸中燃烧，越说越激动，他指着李德的鼻子说："这次战斗，三军团要是完全听了你们的话，把兵都堆积在广昌，就全完了。红军奋战了七八年，才打出这块根据地，容易吗？可在你们指挥下，丧师失地，损兵折将，你们至今还不认账，真是'崽卖爷田心不疼'！"事后，彭德怀对杨尚昆说："我今天把一套旧军装带到包里了。我准备跟他们到瑞金去受公审，开除党籍，甚至杀头，我都无所谓。"

几十年后，杨尚昆写道："彭德怀同志那种正气凛然，敢于同错误路线作斗争的神态，至今还清晰地活现在我的记忆里。"

认识一个人不容易，正确地认识一个人就更难。杨尚昆无愧是彭德怀的"知己"，他对彭德怀的认识是相当深刻的。他曾这样评价：

> 一个人的突出优点有时伴随着相应的欠缺。德怀同志刚正而欠于通融，爽直而失之急切，有时容易造成矛盾的激化，不利于问题的妥善解决。我也曾劝说过他，他却笑着回敬说，我不会像你那样"和稀泥"。他有时还喜欢骂人，这自然也不能提倡。但在崇尚气节的中华民族，富贵不能淫，贫贱不能移，威武不能屈，正是民族精魂之所在。这种浩然正气，使德怀同志成为一代伟人。

在与张国焘作斗争中,他们旗帜鲜明,立场坚定

1934年10月10日,连连受挫的中央红军,不得不撤离根据地,踏上漫漫长征路。出发前,平素从不乱花钱的彭德怀对杨尚昆说:"我们要离开苏区了,留个纪念,我请一次客。"他拿出一块光洋,在于都街上的一个小饭馆,买了两条鱼,请杨尚昆小酌。彭德怀拿着酒杯心情沉重地说:"尚昆,在几次反'围剿'中,毛主席领导我们,仗打得很顺利,第三次反'围剿'战争,蒋介石五十万兵力长驱直入,我们只有三万多一点人,丝毫不乱,一一将敌军粉碎。这一次,中央苏区和红军的实力比以前强多了,可是落得这么个结果……"彭德怀的回顾和感叹是对杨尚昆认识毛泽东的启迪。

在长征途中,彭、杨率领红三军团是毛泽东的一只铁拳头,在突破敌人的四道封锁线,攻占娄山关,二进遵义城,四渡赤水,南渡乌江的战斗中立下了赫赫战功。

1935年4月下旬,红三军团达到云南沾益县白水镇附近,遭遇敌机的狂轰滥炸,杨尚昆的腿被炸伤。杨的妻子李伯钊闻讯前来探望,来到三军团司令部。彭德怀安慰说:"伤势不重,不用担心,过些天就会好的。我们会好好照顾的。"他还从小木箱中拿出一块冰糖招待李伯钊。在那个时候,一块冰糖极为珍贵。彭说:"这还是在福建打沙县时分到的战利品,我一直舍不得吃,今天正好招待你。"

1935年6月,红一方面军在雪山脚下与红四方面军会师,张国焘第一次见到彭德怀的时候,就妄图拉拢彭,用花言巧语挑拨他与毛泽东的关系。张说:"自江西出发以来,你的队伍打得很苦,损失很重,我给你三个师,听你指挥。"彭德怀当

面驳斥了张国焘，拒绝了他的引诱。那天晚上，彭将上述情况告诉杨尚昆时还余怒未息，说："张国焘这个东西，把我彭德怀看成什么人了？把我当军阀。我要当军阀，就不当红军了。真是岂有此理！"

几天后，张国焘请杨尚昆"叙旧"。早在莫斯科时，张是中共驻共产国际代表团的成员，杨就认识张；回上海后，两人又在全国总工会共事，张任党团书记，杨是宣传部长。在杨的心目中，张好摆老资格。有了彭德怀的前车之鉴，杨尚昆对张国焘的"叙旧"是有所警惕的。

张国焘见到杨尚昆，先打几个干哈哈，然后说："老杨呀！你是个文才，现在投笔从戎，耍枪杆子了，辛苦辛苦。"席间，张言不由衷，说话吞吞吐吐，杨尚昆意识到，如果涉及战略方针问题，张国焘势必跳起来，弄得不欢而散。不如说东道西，各找各的话题，应付一下。

虽然彭德怀、杨尚昆使用的方式有所不同，但在反对张国焘的斗争中，他们旗帜是鲜明的，立场是坚定的。

为了团结四方面军北上，中央决定，杨尚昆调任红军总政治部副主任。彭、杨这两位在患难中相交一年多的战友，不得不分手。左、右两路红军分别过草地之后，张国焘执意将红军带到西康地区。在这个关键时刻，中央决定单独北上。时任前敌司令部参谋长的叶剑英将这一消息悄悄通知了杨尚昆。

这天子夜，月色昏暗，星光依稀。杨尚昆按照约定的时间来到约定的地点，与叶剑英会合后，追赶已经出发的红一方面军。他们匆匆地赶路，从黑暗走到黎明，终于赶上了部队。晨曦中，杨尚昆看见毛泽东与彭德怀正在向他们招手，心头不禁一热。毛泽东高兴地说："你们出来了，好得很，我们正为你们担心呢！"彭德怀什么也没说，只是紧紧地握着杨尚昆的手。不久,中共中央召开政治局扩大会议,决定将单独北上的七千多红军改编为中国工农红军陕甘支队,毛泽东任政委,彭德怀任司令员,杨尚昆任政治部副主任。这是红一方面军规模最小的历史关头,但它却是开创中国革命新局面的先锋,担负着实现中央战略方针的任务。

奉毛泽东之命给彭德怀送信,两个老战友久别重逢

抗战爆发后,杨尚昆调到中共中央北方局,先后担任副书记、书记。从1938年11月起,北方局驻扎在晋东南太行区,同朱德、彭德怀率领的八路军总部在一起,领导华北敌后军民抗击日本侵略者。在那艰苦的岁月里,他们朝夕相处。两年后,杨调回延安,名义上仍兼任着北方局书记,实际工作全部由彭德怀代理。他们每次见面,都有着谈不完的话题。

解放战争时期,彭德怀是西北战场的前线总指挥,负责保卫陕甘宁边区;杨尚昆是中央警卫司令员,中央后方委员会副书记,负责保卫中央首长的安全和中央机关撤离延安的疏散工作。一个在前方,一个在后方,互相配合,互相支持。

1947年6月,杨尚昆奉毛泽东之命,给彭德怀送信,当了一回高级通讯员。他带着11个人,骑马走了五天,来到陕北定边城内的前方司令部,见到了彭德怀。两个老战友久别重逢,异常兴奋;彭德怀没有想到能在这种时候见面,高兴得就像个孩子;而那时的情景,在几十年后仍深深地印在杨尚昆的脑海中。

杨尚昆把毛泽东的亲笔信交给了彭德怀,彭拆开看后,问:你知道什么事吗?杨答:"给你的信,我哪敢拆?"彭说,主席的意思是把西北的军事交给我,后方工作包括联防军、地

方工作和后勤统归贺老总管。杨说：主席要到苏联见斯大林，这大概是临行的托付啊！彭德怀说了一句："一个韩信，一个萧何嘛！"汉高祖刘邦用人有分工：指挥作战交给韩信，经营后方委托萧何。彭德怀这话是说毛泽东用人就像刘邦一样知人善任。

不久，中央军委决定西北野战兵团正式定名为人民解放军西北野战军，彭德怀为司令员兼政治委员和前委书记。这时，杨尚昆才领悟到毛泽东让他送信给彭总，是为了酝酿新的战略部署。西北野战军的部队原来大多是贺龙带领的，彭德怀没有直接指挥过，像这样地调动指挥关系，在旧军队中简直是难以想象。但他们处理得很顺当。半年后，毛泽东对彭、贺说：你们前后方团结合作得很好。

经过长期的合作，杨尚昆对彭德怀的认识也不断在升华，杨曾指出：

> 有些人把彭德怀看成是"一介武夫"，其实是极其肤浅的，是一种误解。彭德怀同志不仅是一位杰出的军事家，也是一位成熟的政治家。他出生在贫苦农家，少年时就萌发为穷苦人找寻出路的强烈愿望。参加湘军后，又不断求索，终于找到了马克思主义，找到了中国共产党。这时，他已年届三十，到了中国人常说的而立之年。后来我常想，也许正是这种艰难而漫长的对革命真理的求索，才铸就他那种善于独立思考而又勇于修正错误、胸襟宽阔而又脚踏实地、内心火热而又外表严肃的个性。可以这么说，实现崇高的社会理想是他的毕生的追求，从军打仗只是他为实现理想的一种手段。

一月一次的老朋友造访，就成了彭德怀的一大期盼

1959年庐山会议，彭德怀受到错误批判，免职后闲居北京西郊挂甲屯的吴家花园。党中央和毛泽东指定杨尚昆与彭德怀联络，一个月一次。因此，在以后的几年里，杨有机会出入吴家花园，去看望身处逆境的老战友，听取他的意见。

自庐山会议彭德怀被贬职后，除朱德偶尔与他下下棋外，很少有人与之来往；彭德怀也怕牵连别人，"自觉"地不与他人联系。杨尚昆是党中央指派的联络人，看望彭德怀是执行公务，名正言顺；而且两人私交甚厚，总有谈不完的话题。每次杨的来临都给彭极大的安慰。因此，一月一次的老朋友造访，就成了彭德怀的一大期盼。

彭德怀是个闲不住的人。杨尚昆每次去，看到彭德怀不是在劳动，就是在走门串户，访问社员群众，要么就是在家里认真看书学习。彭德怀和附近的群众关系很好，帮他们劳动，邀请他们上自己家里看电影；当他知道群众有困难，总是热情帮助。至今，挂甲屯的人民还深深地怀念着他。彭德怀对杨尚昆说："共产党员是不能计较个人得失的。只要国家兴旺，人民幸福，我就快乐了。"

毛泽东一直关心彭德怀的生活和学习，希望他爱护身体，准备将来还要出来为党工作。当杨尚昆和彭德怀谈到这个问题的时候，他激动地说："你转告主席，我不辜负党中央和同志们的期望，争取在学习上有所进步。"彭德怀学习非常勤奋，在这段时间里，读了许多马列主义原著，读了一些哲学、政治经济学书籍，还读了一部分二十四史。他看书很仔细，在书本上圈圈点点，并写了不少读书笔记。一次，他高兴地拿给杨尚

昆看，感慨地说："过去总是在枪林弹雨中，没有机会学习，现在有了机会，应当抓紧嘛！"

"彭德怀同志是一个真正高尚的人"

自1962年以来，毛泽东形成一种错觉：在中国共产党内有一个资产阶级司令部，党政军文各单位"相当的一个多数"，领导权已被修正主义分子所篡夺了。1965年10月，他在中央工作会议上，对各大区书记说：如果中央出了修正主义，你们就造反；不管谁讲的，中央也好，中央局也好，省委也好，不正确的，你们可以不执行。一场"史无前例"的悲剧性的运动，已经是箭在弦上。

可能是为了不至于更深地伤害彭德怀，在"文化大革命"即将发动之际，毛泽东决定让彭到外地去，出任三线建设副总指挥。

杨尚昆转达了让彭德怀出来工作的意见，并请他上毛泽东家里吃饭，彭听了非常高兴。在毛泽东的书房里，两位老战友亲切地交谈了几个小时。几天后，彭德怀要去四川，来到杨尚昆家辞行。他们在一起回忆了许多往事，依依不舍。这位身经百战、铁骨铮铮的硬汉子，也动了感情，热泪盈眶。杨一再叮嘱，希望他回北京时再见。但万万没有想到，这次晤谈竟成永诀……

对彭德怀的复出，杨尚昆感到由衷的高兴。没有想到，一周以后，中央通知免去他的中央办公厅主任职务，到下面工作两三年。到地方上工作，是杨尚昆早有的愿望，但如此突然不免使他纳闷。三天后，杨移交完工作，上书毛泽东，请求谈一次话。11月10日，毛泽东约见了他，谈话的气氛使人感到是一次正常的工作调动。可就在这一天，经毛泽东批准发表了姚文元的文章《评新编历史剧〈海瑞罢官〉》。这篇揭开"文化大革命"序幕的"檄文"发表后，举国上下惴惴不安，大有黑云压城城欲摧之势。不久，毛泽东公开出面讲话，进一步点透他发动这场大批判的关键意义。他说姚文元的文章很好，但是还没有击中要害，《海瑞罢官》的"要害问题是'罢官'。嘉靖皇帝罢了海瑞的官，1959年我们罢了彭德怀的官。彭德怀也是'海瑞'"。

11月19日，杨尚昆怀着忐忑不安的心情去向周恩来辞行。他问道："照目前的事态发展下去，可能将来要处分我，甚至开除我的党籍。"当时，周恩来并没有完全意识到事态发展的严重性，他浓眉紧锁，两眼一直盯着杨，默默无语，好一会儿，才严肃地说："不至于如此，你放心！"

这样，在"文化大革命"的狂飙即将席卷全国之际，彭德怀与杨尚昆都被"外放"出京。半年后，中共中央下达《五一六通知》，决定对所谓"彭真、陆定一、罗瑞卿、杨尚昆反党集团"进行"专案审查"，杨尚昆就成了第一批被打倒的"走资本主义道路的当权派"。1966年7月3日，杨尚昆被宣布"监护审查"，从此他与外界失去了一切联系，并且再没有听到任何有关老战友彭德怀的消息……

人间正道是沧桑。具有伟大历史意义的十一届三中全会，本着实事求是的精神，认真落实党的政策，给彭德怀作出了全面的、公正的评价，为他平反昭雪，并召开隆重的追悼大会。杨尚昆也彻底平反，恢复了名誉，再一次走上了领导岗位。尽管工作是繁重的，但杨尚昆对老战友的思念之情却丝毫没有淡化。1979年他写了一篇回忆文章：《我所知道的彭老总》，回忆与彭德怀相识相知的件件往事，也记载了他们之间鲜血凝成的战斗友谊。1998年，彭德怀诞辰一百周年，杨尚昆又发表文章《追念彭大将军》，寄托自己的哀思，慰藉在天之灵，更重要的是希望后人学习彭德怀的优秀品质，继承、发扬党的优良传统和作风。文章内容充实，感情真挚，感人肺腑，催人泪下。文章写道：彭德怀同志是一个真正高尚的人。

建国以后，德怀同志身居高位，仍念念不忘"自己是一个农民的儿子"。不过，他在前面加了"勇敢"二字："一个勇敢的农民的儿子"。他经常对人说，我是人民的扫帚，人民要怎么使用就怎么使用。在他的思想深处，总是将自己置于人民之下，而不是人民之上。

从1959年被"罢官"到1974年生命的终结，15年中，德怀同志经受了巨大的精神和肉体的痛苦，但他是坚强的，虽百折而不挠。他念念不忘的依然是党和人民的事业，经常说自己有一个愿望，就是希望死后能在他的骨灰上种一棵苹果树，以此来最后报答养育了他的土地和人民。

参考文献

1. 杨尚昆：《追忆领袖战友同志》，中央文献出版社2001年版。
2. 杨尚昆：《杨尚昆回忆录》，中央文献出版社2001年版。
3. 《杨尚昆光辉战斗的一生》，载《人民日报》1998年9月21日。
4. 于长治：《彭德怀与他的三位政委搭档》，载《党史文苑》1999年第1期。

原载《党史博览》2003年第9期
《新周报》2007年第35期转载
《决策探索》2005年第5期转载
《党史信息报》2008年12月24日第928期转载
《营口晚报》2011年11月1日转载

中国理论学术界的一代宗师胡绳

胡绳是当代中国最有影响力的马克思主义理论家之一,是我国学术界的一代宗师。他以治学严谨,博学多才,以著作丰厚而闻名于世。他的著作影响和教育了几代中国青年,许多青年就是通过阅读他的文章和一些小册子而接受马克思主义并走上革命道路的。比他晚一辈或者更年轻一些的理论工作者,很少没有受过他的影响和熏陶。

偷读"禁书"

胡绳是苏州人,本名项志逖。"志逖",即志在高远的意思。

胡绳少年聪慧,从小勤奋好学,读书一目十行,过目不忘。9岁上学,一上学就直接插班读五年级,读了两年就升入中学。

1931年,"九一八"事变爆发,严重的民族危机激起胡绳强烈的爱国热情。他从报纸上看到日军侵占了沈阳,心情异常激愤。接着传来北平学生到南京向国民党当局请愿的消息,胡绳再也坐不住了,立即投身于抗日救亡运动之中。当时,他是苏州中学高中部的学生会主席,参与组织苏州中学学生的请愿。他们扒火车到了南京，在国民政府门前进行请愿，要求抗日。这是胡绳第一次参加政治活动，初次施展了他的组织能力，也锻炼了他的胆识。

为了寻求救国的道理，胡绳开始阅读马克思主义书籍。当时正值国民党白色恐怖的统治时期，蒋介石在对革命根据地进行疯狂军事"围剿"的同时，对白区左翼文艺也进行残酷的文化"围剿"，把一切有关马克思主义与苏联的书籍视为洪水猛兽，定为"禁书"。阅读这些"禁书"，甚至仅看一本红色封面的书，若被特务抓住了，轻则坐班房，重则掉脑袋。

但是，胡绳却不管这一套，他学习马列著作到了如饥似渴的地步，甚至在课堂上也偷偷地看。一次上英语课——老师就是后来大名鼎鼎的吕叔湘——他将英语课本摆在旁边，却专注地看着另一本书。吕先生是个老练的教员，发现这个学生不听课，却看别的书，并没有立刻制止，而是从讲台上走下来，慢慢走着，边走边讲，当绕到胡绳背后时，才猛地一把将他偷看的书抓到手里。胡绳惊呆了，低着头，等着挨训。吕先生一看手中的书，竟然是马克思的《哲学的贫困》，也着实地吃了一惊。他没有责备胡绳，更没有声张，只是一声不吭地把书还给了他。

1993年10月20日，在吕叔湘先生九十华诞学术讨论会上，胡绳致祝词，谈到六十年前吕先生是他的老师时说："但我不是吕老的好学生。"不知道这句话里是不是包含了他对自己当年没有好好听课的歉意。

胡绳后来回忆说，对于一个高中二年级十四岁的少年来说，像马克思的《哲学的贫困》这样艰深的书，大概没有读懂。马列著作的早期译本往往很不容易懂，要一字一句去抠是很难办到的。因此，他读马列著作养成了一种习惯，观其大意，不去抠其中的个别字句。他还深有体会地说，对于马列著作要反复学习。有好些书，不能只读一遍，需要多读几遍。但不是读完一遍后很快又再读，而是隔若干年后再来重新学习。大约在1956年前后，胡绳把许多读过的马列著作又重新读了一遍，收获甚大，大有"温故而知新"的感觉。

1933年，胡绳转学到上海。在中国革命的摇篮里，他的思想越来越激进，越来越趋向成熟。他曾经这样回忆：我在苏州中学读书时，开始阅读马克思主义书籍，并和同学一起办了纪念马克思逝世五十周年的壁报。20世纪30年代，上海革命思潮很活跃。我15岁离开了家乡，1933年秋天，只身来到上海，选了一所比较好的中学即徐家汇复旦中学读书。我到了上海读书，是更加广泛地学习马克思主义的书，接触文化界进步青年，打开对革命认识的眼界，走上革命道路的第一站。

脱颖而出

1932年8月24日，《中华日报》刊登了一篇《眼镜的故事》，署名为项紫荻。据胡绳说，这是他14岁写的文章，反映了初学辩证唯物论后的新认识。两年后，胡绳高中毕业，考上了北京大学哲学系。7月，他以胡绳为笔名，写了一篇批判资产阶级思想的文章，发表在《中华日报》的副刊上，这是他第一次使用胡绳这个笔名。

"胡绳"原来是一种香草，屈子《离骚》有"索胡绳之纚纚"的名句。以后，他就经常用胡绳的笔名发表文章。久而久之，笔名成了姓名，胡绳原来的名字却无人知晓了。

胡绳的这篇文章引起北大中共地下党组织的注意。当时，地下党派杨帆和他接触，"请胡绳先生吃饭"，约他到东单一家餐馆。杨帆原以为胡绳是个独立撰稿的老先生，见了面，才知道他是刚刚踏入北大校门的少年。他们谈得很投机，从此，胡绳和中共地下党组织一直保持着密切联系。

胡绳一向崇拜、敬仰鲁迅，喜欢读鲁迅的文章，受其影响很深。胡绳与鲁迅未曾谋面，然而，他们之间还有一段鲜为人知的文字缘。1934年8月23日，胡绳在《中华日报》上发表了一篇题为"走上实践的路去"的文章，对该报发表的三篇用方言写的文章提出了自己的看法，认为还是用非土话写的文章意思表达得清楚。第三天，即8月25日，《中华日报》发表了鲁迅的《汉字和拉丁化》一文。鲁迅对"胡绳先生"的看法不以为然，认为"只要下一番功夫，是无论用什么土话写，都可以懂得的"。后来，胡绳谈起这桩往事，笑着说，鲁迅先生大概不会想到，他与之讨论的"胡绳先生"竟是一个十分敬仰他的16岁的学生吧。

在北大哲学系读了一年之后，胡绳离开北大回到了上海，一边参加抗日救亡运动和从事党组织领导下的文化工作，一边自学和写作。1936年1月，也就是胡绳19岁生日时，写出了他的第一部用马克思主义观点为指导的《新哲学的人生观》一书。19岁出书，在20世纪30年代极其罕见，因此，当时在上海的左翼文化人士中就流传着胡"神童"的美誉。胡绳这本"献给千万刻苦奋斗的青年"的书，写得深入浅出，受到广大读者特别是青年人的广泛欢迎，多次再版，成为激励青年革命和进步的书。正因为如此，这本书遭到国民党的查禁。

党史大师

胡绳对中国历史，特别是近代史情有独钟。在20世纪40

年代后期，他着力研究中国近代史获得巨大成就，而立之年就出版了《帝国主义与中国政治》，誉满学界。新中国成立后，有几位大学教授读了这本书，对该书的新颖写法感到惊奇，说居然可以用这样的写法来写历史。20世纪50年代初，胡绳又写了一系列研究中国近代史和阐发马克思主义哲学观点的著作，并被母校北京大学聘为历史系和哲学系双学科兼职教授。那时，胡绳才三十来岁，已是当时中国理论界、史学界的著名学者了。毛泽东的秘书田家英对胡绳佩服得五体投地，说胡绳只比自己大三四岁，但是，他的学识、理论和历史文化的功底都很深厚，他写的文章那么有说服力，我辈自愧弗如。

胡绳知识渊博，涉猎甚广，但集中很多精力研究党史，则是20世纪80年代以后的事。

1991年出版的《中国共产党历史（上卷）》是胡绳主持编修的第一部党史，获1992年的国家图书奖。

同年出版的《中国共产党的七十年》是胡绳主持编修的第二部党史，胡乔木写了《题记》，给予极高的评价：

> 这本书写得比较可读、可信、可取，因为它既实事求是地讲出历史的本然，又实事求是地讲出历史的所以然，夹叙夹议，有质有文，陈言大义，新意迭见，很少沉闷之感，读者读了会觉得是在读一部明白晓畅而又严谨切实的历史，从中可以吸收营养，引发思考，而不是读的某种"宣传品"。

《题记》还写道："真正的史书不是抄抄剪剪就可以'撰'成的。在这以前，如果不是完全没有同样的书，的确没有写得同样好的书。"

胡乔木在出版座谈会上还称赞这本书"对党史提出不少新颖的见解",他指出,党史上的重大问题中央固然已有明确结论,这也是本书的指南,"但是这本书的特色,却在于它并不满足于重复或者引申已有的结论和研究成果,作者就党的发展过程中的许多细节独立作出自己的判断"。

《中国共产党的七十年》确实是新意迭出,比如,关于把党的十一届三中全会作为"划时期的坐标"以及"十年探索中的两个发展趋向"的观点,都是胡绳新颖而独到的见解。这些新观点、新见解,受到普遍的好评与认同。

胡绳主编的这部党史受到读者普遍的欢迎,发行量超过660万册,许多大专院校把它作为教材。

这部书获得了吴玉章学术成果奖和郭沫若学术成果奖。

"无须后悔"

1998年,《胡绳全书》由人民出版社出版。该书结集了胡绳从1935年起六十多年间所写的有代表性的主要著作,比较全面地反映了胡绳一生研究和写作的丰硕成果。

关于为什么叫《全书》,胡绳在前言部分作了说明:这套书称为《胡绳全书》,而不是"全集"。《全集》应该点滴不漏、无所不包地把一个人的著作编在里边。坦率地说,出这样的《全集》,我不配。《全书》也不是《选集》。《选集》应该把一个人的著作的精华编在里边。如果是出我的《选集》,其篇幅不可能像现在《全书》这样大。这里所谓《全书》,是介于《全集》和《选集》之间的一种文集,比较完全地反映了作者一生的写作生活的一种集子。

《胡绳全书》的出版是1998年理论学术界的一件盛事。12

月 22 日，中国社会科学院举行《胡绳全书》座谈会，中央领导、有关部门领导和专家学者一百多人出席会议。会上，主管领导、专家学者纷纷发言，盛赞胡绳在理论上、学术上的成就。

在座谈会上，胡绳也作了简短的发言。他谦逊地说：1938 年初在武汉加入中国共产党。60 年来虽然可说是始终不懈地为党、为革命尽我所能地工作，但成就实在很有限。我的工作主要表现在写作上，结果就只是这一小堆书。

李瑞环在《胡绳全书》座谈会上的发言中指出："胡绳同志在六十多年的研究和写作生涯中，始终坚持与时代的需要和人民的需要相结合，这可以说是他治学的一大特点。"

坦诚剖白

胡绳作为一个笔耕不辍的理论工作者，始终与读者保持心灵的沟通与交流，愿意把自己的心交给读者。在新中国成立以后的三十年中，胡绳写的文章相对比较少。之所以出现这种情况，胡绳谈到，除了患病、"文革"的耽误、事务的繁忙、从事集体写作等原因之外，更重要的还是自我认识上的困惑。他坦诚地说：

从 1957 年以后，我越来越感到在我的写作生活中从来没有遇到过的矛盾。似乎我的写作在不是很小的程度内是为了适应某种潮流，而不是写出了自己内心深处的东西。我内心深处究竟是什么，自己并不十分清楚，但我觉得自己的头脑和现行的潮流有所抵牾。现在看来这种矛盾的产生是由于我不适应党在思想理论领域内的"左"的指导思想。但当时我并不能辨识这种"左"的指导思想。正因为我不理解它,所以陷入越来越深的矛盾。为顺应当时的潮流,我写过若干与实际不符合、在理论上站不住的文章。写作这样的文章,不能使我摆脱而只能加深这种矛盾。由于这种矛盾,我在写作的方向和目标上感到茫然。这样,写作就越来越少。

胡绳在编辑《全书》时,把当年写的那些自认为的"站不住脚"的文章毅然裁汰,并且还特意说明,即使收入了《全书》的那时所写的某些文章,"也不能不带有那个时代的痕迹"。

君子之过,有如天上日月之蚀。

胡绳的这段剖白,也是一篇深刻的理论文章,真实地反映了一个正直而又认真思考的理论家的矛盾与困惑。

胡绳的自我批评是诚恳的。

以胡绳这样一位终生以写作为职业的学者来说,那些"站不住脚"的文章只是他的论著中很小一部分,但在晚年还作出如此深刻的反思,这种科学的精神,这种严于解剖自己的精神实在令人感动。

文章大家

胡绳是文章的高手。他的文章观点鲜明,有独到的见解,而又条理清晰,入情入理,读之如沐春风。像历史研究这样一般读者感到比较枯燥的题材,也被他写活了,外行人也愿意读。

原中宣部部长王忍之这样评价:

胡绳的文章有一个明显的特点，就是它总是努力把道理讲得尽量地周到，论述到研究对象的方方面面，总是努力把道理讲得透彻、深刻、细致。当人们觉得道理似乎已经讲完的时候，胡绳同志的文章却往往能峰回路转，别开生面，把人们带进一个新的境界。而有着这样好的内容的文章，其表达形式却是十分的朴实，不哗众取宠，不虚张声势，更不以势压人。胡绳同志的文章，不是靠别的，而是靠思想的力量、逻辑的力量来说服人、征服人的。胡绳同志在国内外的众多读者中，在持有不同观点的学者中间享有声誉，我想这是一个很重要的原因。

胡绳的许多著作，不仅以思想缜密著称，而且以辞章考究为人称道。他特别指出："一个思想僵化、粗枝大叶的人，很难写出生动活泼、严密周到的文章来。"

党史专家邢棠这样评价：

　　胡绳的文章读来却平和隽永，娓娓而谈，如抽丝剥茧，绵密无间；说理周详，如庖丁解牛，游刃有余，入膝里而不伤其他；遵循马列主义基本原理，却毫无口号式的说教；洋溢着理想主义自信和与现实相结合的实事求是，而不带丝毫"霸气"，卓然一文章大家。

胡绳写过一篇《对〈毛泽东一生所做的两件大事〉一文的说明》，文中提到关于怎样认识在探索革命道路中犯错误的问题。有的同志曾提出，如果说1957年以后二十年的"左"是探索中的错误，那么遵义会议以前那些"左"的错误，是否也可以说是探索中的错误呢？王明的错误是不是也可以说是一种探索呢？对此，胡绳的分析和回答是："王明路线的错误恰好是因为不探索而产生的，是根本不考虑中国的国情，照抄苏联的办法，跟着苏联、共产国际跑。这个错误和1957年以后的错误性质不一样。1957年以后的错误是不照抄国外的模式，不跟着外国的指挥棒走，自己找道路，但是走到错误的路上去了。这是不同的情况，不同的性质。"若别人回答上面的问题，或许可以做一篇大文章。但在胡绳的笔下，却是举重若轻，分析得既简单明了，又切中要害。

老而弥坚

党的十一届三中全会以后，胡绳迎来了他理论研究和学术著作的第二个春天。作为理论家和学者而言，上世纪三四十年代和八九十年代，是胡绳一生中前后辉映的成果累累的丰收期。尤其难能可贵的是，胡绳老而弥坚，挫而弥强。愈到晚年，他追求真理的探索精神愈加升华到一个新的更高境界。在新时期这二十年里，胡绳不顾年事日高、健康日差，刻苦钻研、勤奋著作，在中国近代史、中共党史和关于有中国特色的社会主义建设等重要领域内，无不作出了杰出的贡献。他相继发表了《马克思主义和中国国情》、《论中国的改革开放》、《社会主义与资本主义的关系——世纪之交的回顾和前瞻》、《关于防"左"》、《坚持党的基本路线不动摇》、《为什么中国不能走资本主义道路》、《什么是社会主义，如何建设社会主义?》、《党的十一届三中全会的历史意义》、《马克思主义是发展的理论》、《从党的历史看中国共产党是伟大、光荣、正确的党》等一系列重要文章。这些呕心沥血之作，处处体现着他对马克思主义的坚定与忠贞，处处体现着他对建设有中国特色的社会主义的满腔热情，处处体现着他对我国改革开放事业的竭诚拥戴。

胡绳认为，邓小平的建设有中国特色社会主义理论，是对马克思有关社会主义的科学思想十分出色的继承和发展，很了不起。对于邓小平理论为什么叫"理论"，胡绳有一个独到的解释，他说：

> 这不单纯为了避免与"毛泽东思想"在语言上的重复，恐怕应作更深层次的思考。就讲社会主义而言，邓小平建设有中国特色的社会主义理论的基本立论，虽然源于马克思，但许多具体认识与马克思的社会主义理论有很大的不同，超出了马克思、恩格斯的科学社会主义理论体系所确定的框架，真正把马恩的科学社会主义理论发展到了一个新阶段。因此，邓小平理论应当叫"理论"。

1998年12月26日，在中央文献研究室和中共湖南省委联合召开的"毛泽东、邓小平与马克思主义中国化"理论研讨会上，胡绳作了长篇报告。那一年，他80岁，已与癌症搏斗了三年。他强扶病体，作长达三个多小时的报告，需要多么大的毅力啊！经整理和审阅后，这篇文章发表在《中共党史研究》1999年第3期上，题为"毛泽东的新民主主义论再评价"。这是胡绳的压卷之作，封山之作。

有识之士评价胡绳晚年的这些作品说，胡绳以历史学家的功底来写论述现实的路线和理论的文章，使这样的理论文章具有历史的厚重感。而凭借对现实的路线和理论的深邃研究，来叙说现代的历史，又使这样的史论文章具有理论的深度。

壮志未酬

自从《从鸦片战争到五四运动》一书出版后，胡绳便有一个心愿：接着写一本《从五四运动到人民共和国成立》。胡绳主张：从1840年鸦片战争到1949年中华人民共和国成立前的110年间，都是半殖民地半封建社会，将这段历史"视为一个整体，总称之'中国近代史'是比较合适的。这样，中国近代史就成为一部完整的半殖民地半封建中国的历史，有头有尾"。因而，续写"中国近代史"的后半段，即撰写《从五四运动到中华人民共和国成立》一书，自然成了他一件萦怀难忘的心愿。

1995年，年事已高的胡绳，深感此事不能再拖了，于是邀请他的两位弟子，一起完成这部书稿。可是，"天命"难违，他的身体状况使他无法完成，只留下十次谈话和部分稿件。令人欣慰的是，《胡绳论从五四运动到人民共和国成立》一书已于2001年4月出版。书的第一部分就是胡绳的十次谈话。虽然这一部分只占全书篇幅的十分之一左右，但它的内容的深度和广度，它的学术价值，以及它所表现的存真求实、勇于探索的科学精神，都远远胜过该书的其余部分。

胡绳还准备研究一些重大的理论问题，有些已经拟出了若干题目的大意，可惜天不假人，这些思考和研究大都还没有来得及完成，胡绳就溘然长逝了。壮志难酬，不能不留下诸多的遗憾。

2000年春天，胡绳的身体情况更差了，癌已经到处扩散。医生估计，按这样的发展趋势，恐怕只有五六个月的时间了。胡绳很坦然，不愿意住在医院里等待，希望在还能走动的时候,到各地走走,看看。他来到了熟悉的上海,到达的第三天,便提出每隔一天安排他到革命旧址、纪念馆、体现现代化建设成果的胜地,以及他过去在上海工作、生活过的地方去参观。8月14日,他首次外出活动,参观中共"一大"会址。虽然他坐着轮椅,仍然坚持上二楼参观党的"一大"召开的会议室。当他看到会议室墙上挂着的毛泽东、董必武等"一大"代表的照片时,他沉思了许久,回顾中国共产党走过的将近八十年的风雨历程,感慨万分。纪念馆馆长请他题词,他说:"让我回去好好想想,再给你们写。"回到住所,他连续三个晚上睡不着觉,白天有时整个上午坐在那里沉思,提笔拟了三次稿子,有的写得很长。负责陪同照顾他的工作人员考虑到他的视力不好,写字时手有些颤抖,建议他写短一点。他想了想说,就写"道路曲折,前途光明"八个大字吧。胡绳又深思了一天,逐字斟酌,终于写了"曲折有时难免,前途定是光明"的题词。

这是胡绳留下的最后的墨宝,是他对中国共产党在20世纪艰苦卓绝斗争历史看法的总结,是对无产阶级革命事业光明前景充满信心的表达。

2000年11月5日,胡绳从容地走完了人生的最后的历程。在他去世之前,曾经交待了几件事:

第一,希望加强对社会主义社会科学、人文科学的研究。现代科学技术及经济和社会发展很快,相对说来,社会科学、人文科学滞后。社会发展中不断出现的许多新的问题,难以及时判断和认识,更谈不上超前预测了。加强对社会主义社会科学、人文科学的研究很有必要。我们不仅要在高速度发展社会主义市场经济方面创造奇迹,而且还要在建立社会主义新型社会模式上创造奇迹。第二,青年学术奖励基金的活动要继续办下去。第三，把自己的图书捐赠给湖北省襄樊市图书馆。

这些，可以视作胡绳的世纪留言。

哲人已去，风范长存。

胡绳一生在思想理论上随着时代步伐不断前进的创新精神和创新成果，将如金石般永久。

参考文献

1. 郑惠敬：《痛悼胡绳师》，载《百年潮》2000 年第 12 期。
2. 魏久明：《胡绳同志最后的日子》，载《百年潮》2000 年第 12 期。
3. 徐宗勉：《难忘的教诲——回忆在胡绳同志身边的日子》，载《百年潮》2000 年第 12 期。

原载《名人传记》2002 年第 12 期

《广州日报》2003 年 1 月 11 日转载

二 内幕揭秘

一部源于内部审查的回忆录
《纵横龙潭虎穴间》

靖任秋（1905—1996），江苏铜山人。他于1925年加入中国共产党，参加过南昌起义、北伐战争。从1931年起，在周恩来直接领导下，他长期潜伏在国民党军队中，纵横龙潭虎穴长达十多年，始终处于国民党特务搜捕、监视、圈套之中，明谋暗算，无间无常，斗智斗勇，屡历险境。不仅如此，他还能在如此险恶的环境中，作出一番事业，立下丰功伟绩。

然而，在很长的时期内，几乎没有人知道这位中共隐蔽战线上的传奇人物。后来，一部回忆录《纵横龙潭虎穴间》，才将这位尘封了数十载的虎胆英雄呈现在世人面前。

成书起因于审查

靖任秋曾长期潜伏在国民党军队中做秘密工作，因此，解放后不可避免地受到审查，前后有两次，共计16年之久（从1955年到1962年，1967年到1976年）。尤其是"文革"中的审查，在"左"倾思潮的驱动下，专案组必欲揪出一个"大叛徒、大特务"而后快。

面对长时期的审查和不公正待遇，靖任秋从不计较个人得失，表现了一位老共产党员大海一样的宽广胸怀。他写道：党强调社会关系清楚是必要的。在全国胜利以后，对一些同志的社会关系加以审查了解，以保障队伍的纯洁，也是必要的。当然，社会关系复杂，受起审查来很麻烦，有一段时间可能不被信任，这些问题，党会作为经验教训加以总结，个人不要斤斤计较，更不能耿耿于怀。

第一次审查，历经数年没有结果，后来，还是在周恩来的过问下才得以解决。对此，靖任秋满怀深情地写道：恩来同志关怀人，体贴人，想办法解决下属的困难，有很多事使人难忘。在他领导下工作，死而无怨。我听到总理去世的消息时，还在干校关着。七十多岁的老头子了，坐过牢，遇到极大的危险，从未掉泪，但听到总理去世，我痛哭失声，群众也都很悲痛。我有许多事都受到他的关怀，1957年审干①，拖了很久未作结论，以后还是总理作的结论。他处处使人难忘。

靖任秋从事兵运工作的十多年历史是审查的重点。专案组对所有可能引起怀疑的人与事都穷追不舍，连一些细枝末节也要求靖任秋反复交待，力图从中找出问题和矛盾。这就迫使靖任秋不得不反复回忆，竭力从记忆的深处搜寻点点滴滴，然后把它记录下来，因而，留下了十余万字的交待材料。

在被审查期间，靖任秋手头没有可供参考的资料，完全是靠回忆。人的记忆出现一些误差简直是不可避免的，特别是历史事件的日期、有关人名、地名、数字等，更是容易混淆。值得庆幸的是，1959年，靖任秋对第一次审干时"交待材料"作过三次认真的修订与考证。

"文革"结束后，专案组解散，靖任秋重新获得解放，在隔离审查期间写的近千页的交待材料也归还给了本人；除此之

---

① 此处应是1955年。——笔者注

外，靖任秋还得到了经过修订的第一次审干时写的交待材料。两相比较，绝大多数内容是相同的，甚至有些遣词造句都完全一样；但也有个别问题和若干细节有些出入，这是在专案组的"帮助启发"下，靖逐渐澄清自己记忆的结果。

靖任秋重新走上领导岗位，工作之余，陆续在上海《文史资料选辑》上发表过五篇回忆文章（陈霞飞、陆诒整理两篇），此外，陈霞飞还根据靖的回忆录音整理了《兵运纪实》，刊登在《文史资料选辑》第92辑上。这些已经发表与尚未发表的文字，为我们留下了中共隐蔽战线上一个传奇人物的生动记录。

后来，这些资料转到其子靖叔平手里。望着厚厚的文稿与资料，靖叔平心中就像有一团火在燃烧，他决定将其整理、编辑成一本回忆录。

靖叔平规定了如下编辑原则：回忆录要力求准确、全面地反映父亲靖任秋的革命活动和社会各个层面；忠于历史，仅对文字衔接和标点做了一些技术性的整理，对部分内容作了删节，此外，均保持原貌；诸材料内容繁简不同，尽量选择叙述详尽的；情节描述前后有所出入，基本以靖本人手写的材料为准，以写作日期在后的材料为准。

在编辑的过程中，靖叔平也补充了一些材料。比如：靖任秋在交待材料中写道：他是因军阀孙殿英的出卖而被捕的。孙殿英密电长官司令部，列举了三条"罪状"。靖叔平补充了一个资料："据妈妈讲，靖的共党嫌疑还包括'不嫖不赌'这一条。"作风正派，"不嫖不赌"，竟作为判定靖任秋是共党嫌疑的证据，真令人啼笑皆非。这说明国民党的腐败已经到了无可救药的地步。

再比如，在交待材料中，靖任秋写道：1941年底，其妻彭文带着三个孩子到西安监狱中看望。亲历此事的靖叔平,在回忆录中补充:姐姐回忆,在去的路上,我们三个紧紧跟着走,路程很远,有十多里,天寒衣单,肚子也很饿,默默无声。妈妈说:"我们去看望爸爸,我们去给爸爸过生日,见了爸要给爸爸磕头。"……爸爸见孩子们都来了,很惊喜。待舅舅放下挑子,妈妈对我们说:"给爸爸过生日,你们开始吧!"我们三个就一齐跪下,趴在地上给爸爸磕头。妈妈站在一旁对爸爸说:"今天是你的生日?……"妈妈没有流眼泪,我们也没有哭,在那种时刻从没有见过妈妈流眼泪。

在回忆录中,靖叔平补充的材料并不多,但都很精彩。

2009年,这本凝聚两代人心血的回忆录由中共党史出版社出版,书名为:《纵横龙潭虎穴间——靖任秋回忆录》。

行文类似于"交代"

这是一本与众不同的回忆录。

一、明显带有"交代材料"的痕迹

为了便于专案组的调查核实,靖任秋"交代"涉及的每一件事,都会不厌其烦地把时间、地点以及当事人的情况、线索写得一清二楚。而一般的回忆录是不需要写这些的。比如,1941年8月,靖任秋被捕,在监部受审。其"交代材料"就详细地把审判官作了一番描述:主任军法官的姓名,当时问过同监的犯人,现在也忘了,北方口音,中等身材,面貌无什么特点,白净面皮,像个知识分子,年岁四十上下。回忆录还写道:"文化大革命"当中,审查我的专案组,在青海省偏远的浩门农场,找到了这位当时的上校主任军法官,他还叙述了当年审问我的情况。

由于回忆录主要是根据靖任秋在受审查期间所写的文字整理而成，因而明显带有交代材料的痕迹。

二、内容是经得起检验的

在被审查期间，靖任秋"交代"的主要情节乃至某些细节都经过查证。前后两个专案组花费十余年的时间，不惜代价地在茫茫人海中查找人证，不论正面人物还是反面人物，不论职位高的还是低的，几乎所有的当事人都被找到，力求通过旁证检验靖任秋"交代"的真伪。虽然专案组的目的没有达到，但却把靖的历史查得一清二楚。同时，专案组的核实也证明靖的"交代材料"是可信的，是真实的。因而，在此基础上整理、编辑的回忆录也是真实、可信的。

三、生动具体，可读性强

回忆录文笔很好，生动具体，充满激情。比如，"越狱"与"千里逃亡"两节，靖任秋写得非常细致，把如何准备，如何实施，如何逃出魔爪，甚至连怎样"混"饭吃，在什么地方过夜，都写得细致具体，栩栩如生，给人以身临其境之感。靖任秋是从这个监狱唯一成功越狱的幸存者，这本身就是个奇迹！没有非凡的勇气，超人的智慧，渊博的知识，丰富的阅历，坚韧的毅力，是不可能创造这个奇迹的。

读罢此节，笔者还有一个感觉：靖任秋虽然是在被"逼"无奈的情况下写的交待，但回忆起那段激情燃烧的岁月，他仍然心潮澎湃，激动不已。

要溶化冰，自己就应该是火！

靖任秋正是以火一般的激情，感染吸引着读者，扣动读者的心弦。

回忆录还对当时的社会百态，上至"王侯将相"下至贩夫走卒，都有详细生动的描述，可说是旧中国社会的一个生动的画图，这也是令人爱不释手的一个重要原因。比如，靖任秋成功越狱，逃到了河南地界，回忆录写道：那时，豫西遭灾荒，就是河南老百姓说的"河南四荒，水、旱、蝗、汤（恩伯）"四大灾荒。沿泛区从新郑一带到鄢陵、扶沟，沿途很多白骨无人掩埋，讨饭的多得更不必说了。晚上在扶沟住下，出来走走，遇到卖豆腐脑的摊子，旁边有个十岁左右的女孩，躺在那里不动。跟她说话都不答应。我问卖豆腐脑的是怎么回事？老头说：家里没吃的，饿了两天，已经不能动了，再饿下去就要饿死。我拿出三十元，向卖豆腐脑的说：老大爷，咱俩一起做件好事，我把三十块钱交给你，你每天给她买两个馒头吃，救这孩子一条命好不好？老头说：这样的好事我还不做？

内容极值得研读

《纵横龙潭虎穴间》一书，主要记载了靖任秋在隐蔽战线上特殊形式的战斗，主要是两方面的斗争经历：

一、在国民党军队中做上层人士的统一战线工作。

靖任秋曾先后在杨虎城部与孙殿英部从事秘密的兵运工作。与绝大多数的中共"卧底"不同，靖任秋不搞情报，不搞暗杀，不搞物资，而是在国民党军队中做上层人士的统战工作，具体说，就是对某个军阀施加政治影响，给予适当的帮助，使之能与共产党合作，从而配合当时军事战线的斗争。

1932年，受到蒋介石缉捕的靖任秋来到了军阀孙殿英处。孙知道靖任秋曾在杨虎城部供职，对甘肃、陕西的情况很熟悉，也有一张关系网，因此挽留他。

根据党的任务，靖任秋愿意留下来，但考虑到自己被缉捕的情况肯定隐瞒不了，于是坦陈："蒋介石打电报要捕杀，故不得不从西北出来,如留尊处,恐将有不便之处。"

孙殿英则很痛快,说:"你放心,不要说蒋介石打电报来,就是他把电台搬来,我们也不管他。"

那么,为什么孙殿英会将一个"共党嫌犯"留在自己的身边呢?

靖任秋这么分析:"这是因为,这时蒋介石跟他们是主要矛盾,共产党对他们倒还没有成为主要矛盾。"

正是利用军阀之间的矛盾,特别是管理中央政府的大军阀和管理各省政府的小军阀之间的矛盾,靖任秋才能在国民党军队中立足,并发挥积极的、重要的作用。

由于靖任秋是"共党嫌犯"已经不是什么秘密,因此,周旋于国民党高级将领和特务头子之间的他也就始终处于危险之中。这更增加了靖任秋的传奇色彩。

抗日战争爆发不久,在山西太原,周恩来当面给靖任秋布置任务:争取孙殿英坚持华北抗战,同八路军建立良好的统战关系。

靖任秋出色地完成了任务。八路军副总司令彭德怀曾经这样评价:"党中央认为,国民党军和八路军的统战关系,从全国说孙部是最好的。"

其间,靖任秋经历的险境难以胜数,其回忆录有生动详细的记载。

二、利用复杂而广泛的社会关系策动敌军起义

由于长期在国民党军队中做兵运工作,靖任秋建立了复杂而广泛的社会关系。利用这些有利条件,他参与策动五次敌军起义,除策反何戒僧失败外,其余四次都获得成功,并且影响极大。

1944年夏,靖任秋成功策动伪军王道部起义。关于这次起义,靖任秋在回忆录中写道:王道是在抗日战争中,伪军第一个起义的。他的起义对伪军影响很大。到根据地后,他的部队照旧归他带领,凭这一条,他又给我们策动了另一伪军部队起义,那就是1944年夏秋,驻益都莫振明旅的起义。莫过去是他的部下,这个旅的起义也成功了。

接着,靖任秋策动伪军王天祥部起义。王天祥曾是靖任秋的属下,利用这层关系,靖成功策动王天祥部在大名起义,与八路军里应外合,全歼城里的日本兵,揭开了晋冀鲁豫抗日根据地战略反攻的序幕。

抗日战争胜利不久,靖任秋参与策动高树勋新八军起义。高树勋起义对于粉碎国民党的军事进攻具有重大意义。为了扩大这次起义的影响,中共中央开展"高树勋运动",在不少国民党将领中产生了连锁反应。

尔后,靖任秋又策动廖运周在淮海战役的关键时刻率部起义。这次起义的意义无法估量,不仅让国民党十二兵团的突围计划告吹,更重要的是这样的失败方式,让黄维兵团的将士们在心理上遭受了沉重打击,丧失了抵抗的意志。

靖任秋这样总结策反廖运周起义的特点:一没有在下级军官和士兵中发展组织,二不在其他条件不成熟时要求他行动。通过上层工作,先建立情报关系,从敌军阵营中弄清楚敌军情况,一旦时机成熟,在他的配合下,把部队拉过来,事实证明,这种办法是有效的。

靖任秋成功地策动四次重要的起义,在中共隐蔽战线上功勋卓著。总结策反的经验,靖任秋深有感触地写道:"我参与策动何戒僧、王道、王天祥、高树勋、廖运周率部起义,都沾了社会关系的光。在建立社会关系的当时,不一定起什么作用,到一定的条件下就起了作用。当时,没有人想到会起这个作用，到时候它就会起作用。因此，不要害怕社会关系复杂。怕社会关系复杂，不是从工作出发的观点。"

有专家指出：中国革命之所以取得胜利，除了军事、政治、经济战线的斗争外，隐蔽战线的作用也不能忽略。《纵横龙潭虎穴间》就是反映中共隐蔽战线特殊形式斗争的书，一本值得认真研读的回忆录。靖叔平在序言中写道："这个回忆录反映的军运工作是民主革命时期我们党领导的波澜壮阔的军事斗争中的一个组成部分，记载了革命洪流中的这一波细浪，对更全面地了解那一段历史具有保存的价值。"

参考文献

1. 靖任秋：《纵横龙潭虎穴间——靖任秋回忆录》，中共党史出版社2009年版。

2. 叶尚志：《艰险与殊勋互映，传奇与淡泊相辉——深切悼念靖任秋同志》，见《文史资料选辑》（上海）第92辑，1999年9月。

原载《党史文苑》2012年第1期

毛泽东在政协第一届
全体会议上的签名

1949年9月21日,全国人民渴望已久的新中国奠基盛会——中国人民政治协商会议第一届全体会议在北京中南海怀仁堂隆重召开。毛泽东出席了会议并致开幕词。然而,关于那天毛泽东活动的宣传报道却有一些与事实有出入。

去年,为纪念新中国成立六十周年,中央电视台播放了一部文献纪录片《毛泽东1949》,其中讲到,毛泽东是中共代表团的第一个报到者,电视画面上还打出毛泽东签到的情况:在空白的签到册上写上第一个名字。由此可以得出这样的结论:毛泽东是中共代表团的第一个报到者。然而,实际情况是,毛泽东不是第一个报的到,而是最后一个报到的人。揭开这段尘封了近六十多年历史细节的人,是已经耄耋之年的孙小礼。

1949年8月中旬,刚从北平贝满女中毕业的孙小礼,接到了北平团市委的通知,让她直接到新政治协商会议筹备会秘书处议事科报到,该会议不久更名为中国人民政治协商会议。而所谓"议事",如今通常称作"会务",例如制作会议代表名册、发会议通知书、安排会议代表报到等。有许多同志参加会务工作,具体分工时,孙小礼负责中国共产党代表的报到,于是,刚过17岁生日不久的孙小礼便成了这段历史的见证人。她在回忆录中写道:

毛泽东在政协第一届全体会议上的签名

人民政协开会之前……迟先达同志交代说：代表签名一律用毛笔，第一行写单位名称，由各单位的首席代表写；第二行是首席代表签名；自第三行起是各单位的其他代表签名，每行上下可写两个名字。

政协代表报到处分设在勤政殿、怀仁堂等几处地方。各党派代表的报到处设在勤政殿正门内的大厅里。

9月17日[①]上午，迟先达同志通知我："今晚7时毛泽东主席来勤政殿开会，同时就来报到。有摄影记者拍照，可能还要拍电影，你要做好准备。"于是我忙着挑选最好的毛笔、最好的砚台、最好的墨。突然，我想起一个问题：毛主席在前两行写字，而后面三行已经写满了名字，这样拍摄出来是不是不太好看？我问先达同志怎么办？他想了一下，要我给他一张未用过的签到纸，他沿着第三行的竖道把纸折叠起来，盖上已签满名字的后三行，这样，乍一看，就像一张崭新的签到纸了。我很高兴，佩服先达同志真聪明，但我又想到一个问题："如果毛主席大笔一挥，把字写到盖在上面的白纸上，岂不糟糕啦！"他笑着对我说："这就是你的事了，你必须对毛主席讲清楚，只能把字写在前两行之内。"

9月21日，政协第一届全体会议召开之前，代表们陆续报到。中国共产党的正式代表16人，候补代表2人。陈云同志是第一个来报到的，孙小礼请他在第三行上端签了名。之后，刘少奇、周恩来等代表都先后来报到签名，首席代表毛泽东是最后一位报到的。

孙小礼的回忆文章记录了毛泽东签到的情况：那天许多人已先来到勤政殿，毛主席一进门就被他们围住了，一一与毛主

---

① 此处应为9月21日。——笔者注

席握手问好，过了好一会儿，毛主席才来到报到处，郭沫若、李济深、马寅初、乌兰夫等人跟着簇拥到他的身旁，说要看毛主席写字。这时四周灯光齐亮，好几个摄像机镜头已对准毛主席。待他一坐下来，我就大声地说："毛主席，请你在第一行写党派名称：中国共产党，在第二行写名字，请不要写到第三行里去。"他诧异地问我："什么，到底要我怎么写？"

我又大声地重说了一遍，最后干脆补了一句："就是只在这两行之内写，不要写到上面这张纸上。"他笑了笑，像是看穿了我们所做的手脚，说："好吧，我照你说的写。"他在第一行写了"中国共产党"，在第二行内写了"毛泽东"。然后他放下笔起身离开，周围的人也同时散去。啊！这时我才松了一口气，终于完成了中国共产党代表的签到任务。

孙小礼的回忆文章是2009年发表的。在此之前，人们只能看到，在作为珍贵文物保存的签到册上毛泽东的签名排在第一；而当年拍摄的纪录片上，毛泽东也是在空白签到册上签的字，因此，很容易作出毛泽东是第一个报到的判断。然而，按照当事人孙小礼的回忆，应该把"第一个"三个字删掉才符合历史的真实。

参考文献

1. 孙小礼：《第一届政协秘书处工作琐记》，载《炎黄春秋》2009年第9期。

2. 中共中央文献研究室：《中华人民共和国开国文选》，中央文献出版社1999年版。

3.《毛泽东选集》（第五卷），人民出版社1977年版。

4.《毛泽东著作选读》，人民出版社1986年版。

原载《光明日报》2011年3月30日

毛泽东在政协第一届全体会议上的签名

《文摘报》2011年4月9日转载
《政府法制》2011年第15期转载
《老北京旧闻报》2011年3月31日转载

董必武诗作《读逸民诗草》背后的故事

湖北省董必武思想研究会编的《董必武诗选》，收入了写于1946年12月30日、题为"读逸民诗草兼与胡君话恽方邓遇难"诗的手迹。读者读后不免会问：恽方邓是谁？胡君又是谁？董必武为何要与胡君一起追忆"恽方邓"？

一

董必武诗中所提"胡君"，乃胡逸民也。《逸民诗草》是胡的诗集。

胡逸民，浙江省永康人，早年参加同盟会，追随孙中山先生反清举事，是国民党的元老。他曾担任过国民革命军军事法官，历任过江西高等法院院长、中央清党审判委员会主席和南京中央军人监狱、徐州军人监狱、汉口军人监狱的监狱长等职。1933年，因"通共嫌疑"被蒋介石关进江西南昌北营坊看守所。

1935年1月27日，率红十军团北上抗日的方志敏，在江西怀玉山区给国民党军打散后被捕，也监禁在北营坊看守所，因此结识了胡逸民。

与方志敏多次接触、交往后，胡逸民发现方信仰坚定、铁骨铮铮、人才非凡,因而非常钦佩,并成了推心置腹的朋友。

1935年8月初的一个晚上,在黑沉沉、阴森森的监狱里,方志敏告诉胡逸民,也许这是他俩最后一次见面了。方志敏从床底下取出一些稿子,交到胡逸民手里,拜托他出狱以后,把这些东西交给鲁迅先生,并把一封写好了的介绍信交给了他。胡逸民噙着泪水一个劲地点头,他知道这位亲密的"囚友"是在安排后事。8月6日,蒋介石下令把方志敏秘密地枪杀了。得知方志敏被害的消息,胡逸民怀着极其悲痛的心情,写下一首小诗:

> 伤心今日泪如丝,忍看方郎为国牺。
> 三界英华今方尽,一朝事迹夕阳知。
> 江山顿觉灵光无,草木同深陌上愁。
> 最是逢君偏易别,泪痕犹染白杨枝。

这首寄托内心情感和对方志敏无比崇敬之情的诗,很可能收入《逸民诗草》中。

二

方志敏遇难不久,胡逸民经国民党元老于右任的营救获释。出狱后,他深居简出,在痛苦和彷徨中熬了一年,但始终铭记自己的诺言。

1936年11月,胡逸民终于决定冒险赴上海。他找到鲁迅先生的寓所,方知鲁迅已于一个月前病逝。十里洋场,人海茫茫。到哪里去找共产党组织呢?正在焦虑踌躇中,他突然在报纸上看到"救国会"几个字,萌生了一个念头:去找上海救国会的头面人物章乃器先生,传闻此公与"共党"颇为友善。于是,胡逸民费了一番周折,摸到了章家。关于这段经历,章乃器的夫人胡子婴在若干年后的回忆中写道:1936年11月18日傍晚,一个貌似小商的人将一部分方志敏烈士的遗稿送到我家,因章乃器外出,便由我接待。送稿人介绍说,他是与方志敏同牢的囚友,并介绍方志敏经受了种种威胁利诱,始终不屈,最后被杀害。他出于对方志敏的感情及对烈士的敬仰,便遵嘱把烈士的《可爱的中国》等文稿交给党组织。此人还说,他实在不知道到哪里去找共产党的机关或领导人,你们是救国会的知名人士,跟共产党很好,你们一定知道,所以我只好转托给你们。胡子婴还说,几天后(即11月23日),章乃器被捕,她怕敌人抄家,急忙与住在她家的吴大琨清理救国会文件。这时,她想到方志敏的手稿,便打电话与宋庆龄联系,接着取出烈士手稿交给章乃器的弟弟章秋阳(中共党员),让他乘出租车送到宋处。后来宋庆龄将文稿交予当时能代表中共组织的冯雪峰。

方志敏烈士的遗作得以百世流芳,这得力于胡逸民不顾身家性命的义举。

三

抗日战争胜利后,董必武继续在国民党统治区工作。他作为中国共产党代表团成员参加政治协商会议,为争取和平民主、制止内战进行复杂艰巨的斗争;同时,他也负责中共的谍报工作,是中国共产党秘密战线的重要领导人。

由于方志敏在遗稿中写明胡逸民和他在狱中的交往,以及胡在过去和现在同情革命、帮助革命的事实,并有一封介绍信，因此，南京地下党组织也就和胡逸民接上了头。后来，董必武来到南京，地下党就把这条线索转给了董。于是，胡逸民就成了董必武单线联系的一个重要关系。

1946年12月，国共两党谈判破裂在即，中共驻南京、上海办事处也即将撤回延安。为了警惕国民党趁机进行逮捕与暗杀活动，董必武领导中国共产党代表团做了种种应对的准备，特别是进行气节教育。

在这形势十分严峻的时刻，董必武在南京秘密约见胡逸民。

董必武询问了胡的近况，并向他了解恽代英、方志敏、邓演达在狱中的情况。如前所述，胡逸民曾是方志敏的"狱友"；而邓演达和恽代英则是1931年在南京中央军人监狱遇害的，其时，胡逸民任监狱长。

胡逸民详细讲述了三位烈士大义凛然、英勇就义的情况，令董必武唏嘘不已。

那一天，两人密谈了许久。临别时，胡逸民将自己的诗集《逸民诗草》赠送给董必武。

送走客人，董必武心潮久久不能平静，写下悲痛欲绝的诗篇《读逸民诗草兼与胡君话恽方邓遇难》：

> 阅遍沧桑感慨多，满怀抑郁发高歌；
> 铁窗自异人间世，金鉴难饶鬼魅魔。
> 话到故人声欲绝，记来往事语无讹；
> 樽前共忆恽方邓，信是坚贞永不磨。

诗作者首先写了读《逸民诗草》的感受："阅遍沧桑感慨多"，因是在国民党统治区，只能"满怀抑郁发高歌"。诗中痛斥刽子手如鬼魅魔，必定金鉴难饶，遗臭万年，被永远钉在耻辱柱上。诗中还记下与胡逸民一起追忆恽代英、方志敏、邓演达三人在狱中的情况，"樽前共忆恽方邓"。在此之前，党组织对三位烈士坚贞不屈的事迹已经有所了解，胡逸民这个当事人讲述，使原来了解的情况得到进一步的证实，所以，诗中写道："记来往事语无讹"。诗中称颂烈士坚贞不屈，流芳百世，"信是坚贞永不磨"；而董必武自己则是异常悲愤，"话到故人声欲绝"。

《读逸民诗草兼与胡君话恽方邓遇难》讴歌了"恽方邓"三烈士坚贞不屈的革命精神与革命气节，表达了作者对烈士的缅怀与仰慕，情感真挚，感人至深。与此同时，这首诗还向人们诉说了董必武在秘密战线的一段鲜为人知的故事。

参考文献

1. 湖北省董必武思想研究会编：《董必武诗选》，中央文献出版社2009年版。

2. 牛立志：《"古调莫惭惟自爱"——谈学习董必武同志诗作的体会》，载《党的文献》2006年第2期。

原载《光明日报》2011年1月13日

秦基伟对上甘岭战役的回忆

1952年10月14日凌晨3时30分,美第八集团军司令范佛里特通过美联社驻汉城记者向全世界宣布:"金化攻势开始了!"半个小时后,美第八集团军第七师和配属的韩二师的300门大炮、40架飞机和120辆坦克,向上甘岭597.9和537.7两个高地发射炮弹30余万发,投炸弹500枚。阵地上空硝烟弥漫,尘土飞扬,天昏地暗,日月无光。

举世闻名的上甘岭战役开始了。

对于这场战斗,以美国为首的"联合国军"志在必得。范佛里特原计划只用两个营的兵力、五天时间、伤亡200人便拿下上甘岭。然而,经过43天的激烈争夺,"联合国军"付出了25000余人的伤亡,也未能占领这两个小小的阵地。11月16日,美联社悲哀地宣布:"到此为止,联军在三角形山(上甘岭)是打败了。"11月25日,"联合国军"已无力再发动进攻,其"金化攻势"被我军彻底粉碎。上甘岭成了"联合国军"的"伤心岭"。

这次战役的策动者范佛里特后来公开承认:这次作战是"战争最血腥的和时间拖得最长的一次战役,使联合国军蒙受到重大的损失"。"联合国军"总司令克拉克则写道:"这个开始为有限目标之攻击,发展成为一场残忍的挽救面子的恶性赌博,我认为这次作战是失败的。"

与此相对照,志愿军十五军军长秦基伟则说:"上甘岭战役彻底粉碎了敌人的'金化攻势',给敌人以沉重的军事打击。美七师、韩二师均被我打残废了。"

在武器装备上具有显著优势的美军,却败在只有简陋武器的中国军队手下,美国人大惑不解;许多关注历史的人也感到困惑。

秦基伟将军曾留有一部回忆录,其中有专门章节总结上甘岭战役。由于秦基伟是上甘岭战役中国军队的主将,因此,他对此问题的认识无疑比其他人更深刻、更全面,他的一些独到的见解,更能引起读者浓厚的兴趣。

秦基伟对上甘岭战役有一总体的评价,他写道:上甘岭战役是一场特殊的战役,它既是敌我双方军力的较量,又是两种世界观、两种价值观、两种思想体系的较量。它由高地之争最终发展成为规模巨大的战役,由最初的营、连战斗,磁石般地吸引双方力量,最后我十五军全军投入,并加强了十二军部分部队;敌人方面参战总兵力六万人以上,可见该战役牵引力之大。战役刚刚开始时,朝鲜其他战场上还有一些战斗,等上甘岭战役进入高潮,其他战斗几乎都告暂停,上甘岭就像一根敏感的神经末梢,动一动,痛全身,全世界的目光都被吸引到这片面积仅三点七平方公里的土地上。以后有人说上甘岭战役是"在小山头上打大仗",是"朝鲜战场的淮海战役",这些话是有一定根据的。

关于该战役取胜的原因,秦基伟总结了以下七个方面:

一、上甘岭战役的胜利是毛泽东主席英明的战略指导思想的胜利，是志司、兵团贯彻"持久作战，积极防御"方针的胜利

经过第一、二、三次战役的战略进攻，又经历了第四次战役的积极防御，在与以美军为主的"联合国军"的反复较量中，毛泽东对朝鲜战争的规律的认识逐步加深，准备长期作战的思想更加明确，并提出"持久作战，积极防御"的作战方针。在祝贺志愿军出国两周年的时候，毛泽东说过这样一段话："此种作战，在若干个被选定的战术要点上，集中我军优势的兵力火力，采取突然动作，对成排成连成营的敌军，给予全部和大部歼灭的打击，然后在敌人向我军举行反击的时机，又在反复作战中给敌以重大的杀伤；然后依情况，对于被我攻克的据点，凡可以守住者固守之，不能守住者放弃之，保持自己的主动，准备以后的反击。"又说："此种作战方法，继续进行下去，必能致敌死命，必能迫使敌人采取妥协方法结束朝鲜战争。"

这是毛泽东对志愿军所进行的持久阵地战经验的总结和概括，他还有个通俗的说法："零敲牛皮糖"。实践证明，这是"致敌死命"的一个法宝。

在上甘岭战役中，志愿军坚决执行这一方针，并取得胜利。因此，总结取胜的原因，秦基伟首先归功于毛泽东的战略指导思想和上级的正确领导。他指出：上甘岭战役的胜利是毛泽东主席英明的战略指导思想的胜利，是志司、兵团贯彻"持久作战，积极防御"方针的胜利。五次战役后，我们落实毛主席的指示"零敲牛皮糖"，不断地消耗敌人，积小胜为大

胜，争取时间。毛主席的这个指示通过实践证明是很英明的，特别是在1952年以后，朝鲜战场上不断成排、成连、成营地歼灭敌人，不仅从实力上削弱了敌人，更从心理上威慑了敌人，为上甘岭战役取得全胜奠定了基础。在上甘岭战役过程中，毛主席和中央军委始终对战事进展密切关注，不断发来电报，进行战役指导，对我将士给予了巨大鼓励和鞭策。志司和兵团直接调兵遣将，全力支援上甘岭，给了我们无限的力量和信心。

二、一切参战部队发扬了高度的团结战斗精神，表现了特殊的英勇顽强与视死如归的革命精神，造成了为国争光慷慨赴死的壮烈气氛

"一生打过许多大仗、硬仗、恶仗，具有出色军事指挥才干"的秦基伟说过，"上甘岭战役是我一生中最残酷的战役"。战场炮火的密度创历史空前，弹药的消耗量也十分惊人。"联合国军"向两个小小山头倾泻了190万发炮弹和5000枚炸弹。最多的一天高达30万发炮弹，平均每秒钟就达6发，每平方米的土地上要承受76枚炸弹。阵地表面工事被摧毁了，草木被打光了，山头的岩石被打成半米多深的粉末。战场上空，昏天黑地，硝烟缭绕。随手抓一把沙土，就有一半是铁屑、弹壳。与此相联系的是兵员的伤亡，血肉横飞的场面司空见惯。

在惨烈的战役中，志愿军参战部队发扬了高度的团结战斗精神，表现了特殊的英勇顽强的革命精神。坑道作战是最艰苦的阶段，坑道里的条件恶劣到了极点。敌人对坑道进行封锁、轰炸、爆破、重烧、堵塞，甚至向坑道里投掷毒气弹、硫磺

弹。有的坑口被炸塌，有的被堵塞。坑道里缺粮、缺弹药，最要命的是缺氧、缺水。缺氧常使战士头脑发晕；缺水，战士只好喝尿，或者趴在坑道壁上舔石头上的潮气。志愿军战士全靠顽强的意志坚持着。尤其是伤员备受煎熬，有些时候，坑道里连一滴酒精、一卷绷带都没有，只好任凭伤口发炎、糜烂。为了不影响战友，伤员都自觉强忍剧疼，一声不吭，很多伤员都用嘴咬着床单，有的至死嘴里的床单都拿不下来。

在上甘岭战役中，参战部队涌现出一大批惊天地、泣鬼神的视死如归的战斗英雄。秦基伟在战斗日记中写道："四十五师发扬英勇牺牲的战斗精神，一人舍命，十人难挡。许多连队打光了，有的连队只剩下几个人，仍然坚持，战士们是多么可爱，多么可敬。"第十五军所编撰的《抗美援朝战争史》也有这样的描述："上甘岭战役中，危急时刻拉响手雷、手榴弹、爆破筒、炸药包与敌人同归于尽，舍身炸敌地堡，堵敌枪眼等，成为普遍现象。"在这个世界上，还有哪支部队敢像十五军这样自豪地宣称此类惊天动地的壮举为"普遍现象"呢？

秦基伟热情讴歌慷慨赴死的战士，他写道：在上甘岭战役中，我们所体现的"不怕牺牲，艰苦顽强，友爱团结，机智灵活"的战斗精神，尤其是威武不屈的英雄气概，的确使敌人大为震惊。我们这支军队是什么样的群体呵！烈火烧身而纹丝不动直至牺牲的有，以胸膛堵枪眼的有，抱着爆破筒与敌同归于尽的有，用身体给战友当枪架的有，用身体当电话线的有，把生的希望无私地让给战友、把死的威胁坦然留给自己的也有。所有这些，灼痛了西方人的视野。对于中国人，他们应该重新认识了，必须刮目相看了。

志愿军战地记者洪炉认为，志愿军之所以能在朝鲜战场与美军抗衡，战斗精神是最为关键的因素。他说，战争的实质是志愿军以血肉之躯对抗钢铁，如果没有必死献身的精神是无法实现的。

秦基伟支持洪炉的认识，总结上甘岭战役胜利的原因，他写道：邱少云、黄继光、孙占元等人的壮举，不仅使敌魂惊魄动，就是在我军战史上，这样的行为也不多见。他们表现了志愿军战士的伟大气魄，在战斗异常紧张艰苦的情况下，发扬了勇敢和智慧相结合的作风，作战技巧出神入化，献身精神一往无前。有如此奋不顾身浴血死战将士，敌人焉有不败之理。

三、大量的炮兵参战，炮火准确猛烈，为上甘岭战役取得胜利起到了重要保障作用

在上甘岭战役中，志愿军的武器装备处于劣势，但从志司到兵团乃至军、师，都尽了最大努力，将炮兵集中使用于战场，投入轻重火炮总计有五百多门；虽然，在数量上仍然不能同敌人相比（敌军轻重火炮共一千六百多门），但在精神上毫不示弱。志愿军炮兵发扬敢打敢拼的优良传统，制定了机动灵活的战略战术，牢固树立整体观念，与步兵密切配合，急步兵之所急，想步兵之所想，步兵指向哪里，炮弹就射向哪里。

针对火力上敌强我弱的特点和冲击出发地距离目标较远的弱势，志愿军指挥员集思广益，动了不少脑筋，提出诱惑敌人的炮火和机动地使用自己炮火的二十三条办法，运用假火力准备、假冲击、炮火假转移等战术。

10月29日，我反击部队的准备工作已基本就绪，恢复上甘岭表面阵地的战斗即将打响。30日22时，密布在五圣山方圆十几里山谷中的我军各炮群，突然咆哮起来。无数炮弹掠空而过，一道道炮弹出口的红光，像闪电一样劈开了漆黑的夜

空。五分钟后,炮火延伸,接着响起"哒哒"的机枪声。敌人以为我军反击开始了,纷纷跃出工事。隐蔽在山背后的敌人预备队也蜂拥而上,企图像往日那样先我抢占阵地。但敌人没想到,已经延伸的炮火,突然杀了个回马枪,以排山倒海之势向敌军倾泻,一万多发炮弹铺天盖地落到敌人阵地。已经展开战斗队形的敌人还没有接触我进攻步兵,就被炮火吞没,尸首四处飞扬。

炮兵素有"战争之神"的美誉。在上甘岭战役中,志愿军炮兵以准确而猛烈的炮火,有效地支援了步兵,取得了辉煌的战绩。根据志愿军炮兵指挥所统计,此役总共消耗弹药40万发,这在我军炮兵作战史上是空前的;炮兵共毙伤敌人12800人,占歼敌总数的半数以上;击毁坦克28辆,汽车33辆,毁伤火炮112门;另外,高射炮兵毁伤敌机201架。连美军也不得不承认:"中国军队的炮火像下雨一样,每秒钟一发,可怕极了。我们根本没有藏身之地。"美国的战地记者认为,上甘岭"战斗的困难的主要原因,是因为中国的大炮发挥了惊人的作用"。外国通讯也称,共军的炮火经常使"进攻的联军陷于瘫痪","使那些爬上山顶的联军全军覆没"。

总结上甘岭取胜的原因,秦基伟充分肯定了炮兵的作用,他说:"凡参战部队炮兵均组织得较好,快、准、狠,不仅本身战术俏皮,同步兵的协调也十分默契。步兵部队上下都感到满意。""大量的炮兵参战,炮火准确猛烈,为上甘岭战役取得胜利起到了重要保障作用。"

四、坚固和完善的坑道体系,是保证上甘岭战役持久防御从而制胜的重要条件

大规模构筑坑道工事并依托坑道作战是志愿军将士的伟大

发明、伟大创举。

抗美援朝战争从1951年6月进入第二阶段后,志愿军以阵地战为主要作战形式。当时,双方在武器装备方面存在着巨大的差距。美军一个团的火力强于志愿军一个军的火力,再加上1500架战斗机所带来的绝对制空权,志愿军在阵地防御中面临诸多困难。在敌人密集的炮兵、坦克、航空兵火力的猛烈轰击下,志愿军付出了不小的代价。因此,寻找一种有效的作战方式就成为志愿军面临的首要问题。

在1951年夏季防御战役后期,特别是秋季防御战役中,战士们为防炮、防炸弹,在山上挖了一些"猫耳洞";后来,又把这些"猫耳洞"挖深,把两个洞联结起来,形成了一个"U"形小坑道。敌人打炮时,战士们就进去隐藏;敌人炮火向我纵深延伸,敌人步兵接近时,战士们便冲出来杀伤敌人。这就是坑道工事的雏形。

这种工事在我军防御阵地上出现后,立即受到高度重视。1951年10月,志司发出指示,要求在全军进行推广。一个全军性的挖洞子热潮,便在防御前沿迅速地开展起来。志愿军战士一手拿枪,一手拿钎,一边战斗,一边筑城。那些日子里,敌人在上面打炮,战士在下面放炮(炸洞子),整个防御地域内,地上和地下,日日夜夜滚动着隆隆的爆炸声。

1952年4月26日至5月1日,志愿军司令部召开军参谋长会议,进一步统一了对坑道工事在防御作战中作用的认识。与会者认为,构筑坑道工事不仅仅是为了防御敌人、保存我有生力量,更重要的是可以依托坑道工事有效地打击敌人。会议要求构筑坑道必须与各种野战工事相结合,必须与防御兵力相适应,必须有作战和生活设施,使之更符合战术要求,成为能防、能攻、能机动、能生活的完整体系。

构筑坑道是一项浩大的工程,志愿军投入的人力、物力难以计数。据统计,至朝鲜停战,志愿军构筑的大小坑道总长1250多公里,挖堑壕和交通壕6250公里,比中国的万里长城还要长,共开挖土石方6000万立方米,如以一立方米排列,能绕地球一周半,成为人类战争史上的奇迹!

在上甘岭战役中,志愿军参战部队依托坑道作战,顶住了狂轰滥炸和连续进攻,令敌人不能越雷池一步,并大量的杀伤敌人。美国新闻界在专题评论中说:"这次战役实际上变成了朝鲜战争中的'凡尔登',即使用原子弹也不能把狙击兵岭(537.7高地北山)和爸爸山(五圣山)上的共军部队全部消灭。"美国参谋长联席会议主席布莱德雷在给美国总统的报告中沮丧地写道:我们现在"用这种方法20年也打不到鸭绿江"。曾经自吹打败天下无敌手的美军不得不承认中国军队是世界上的"头等陆军"。

美国军事史专家沃尔特·G.赫姆斯在《朝鲜战争中的美国陆军》一书中认为:"无论是从空中或地面上的火力都不足以将躲藏在挖得很好的战壕里的敌人消灭。""这场有限战争的优势是在防守一方。"

坚固和完善的坑道体系,是保证上甘岭战役制胜的重要条件。对此,秦基伟也有切身的体会,他在总结中指出,在上甘岭战役中,坑道发挥了巨大作用:

首先,有效地保存了有生力量,削弱了敌人火力优势的作用。客观上使我与敌在装备上的高度悬殊得到了一定程度的弥补,从而为我挫败和战胜敌人提供了物质基础。战役实践证明,如果没有坚固的坑道工事做依托,在敌人以绝对优势火力对我实施疯狂的、持续的、旷世罕见的猛烈轰击下,要夺取战役的最终胜利,将要付出难以想象的代价。

其次，坑道工事也为我长期固守和与敌反复争夺创造了有利条件。即使我表面阵地被敌占领，部队也仍能坚守坑道，从坑道内不断以小分队主动出击，零敲碎打地收拾敌人，破坏其修筑工事，使占领我表面阵地的敌人，如坐火山之上，惶惶不可终日。我们利用坑道囤积了大量粮弹，从而保证坑道分队的生存，不仅大量消耗阵前之敌，也为最后的反攻储备了有生力量。

秦基伟还写道：上甘岭地区作战从战术性发展到战役性的规模，持续了四十三天。战斗是敌人挑起的，但发展成战役规模，还打不打，怎么打，就不是他们说了能算的。到了最后，敌人几乎是被迫的硬着头皮往"无底洞"里填，我军的坑道筑城则显示了坚韧的持续力。

五、上甘岭战役的胜利，是以十五军第四十五、二十九师为主体，各兄弟部队配合参战的结果

在回忆录中，秦基伟强调十五军各师之间、十五军与十二军之间的密切配合、团结战斗，是上甘岭战役胜利的重要原因。他写道：这次战役，虽然最初主要投入了四十五师，但在我十五军内部，也是密切配合，情同手足，出现了许多感人的故事。为了有力支援上甘岭作战，坚守西方山、斗牛峰的四十四师部队，一方面严阵以待，一方面积极出击。师长向守志同志说，敌人在东边打，我们在西边打；敌人打我上甘岭两个山头，我们也打敌人几个山头。这是对上甘岭作战的直接配合，也是对四十五师的最好支援。四十四师部队寻机而出，遇敌便打，西方山的枪炮声热辣辣地温暖了五圣山我四十五师部队的

心。除了战斗上的配合以外,四十四师还先后派出两个慰问团,往五圣山上送菜送弹药。

在上甘岭战役中,十五军的另一支精锐二十九师,发扬了无私的品格和无畏的精神,配合兄弟部队共同作战。根据兵力部署要求,他们以一个团配属四十四师,坚守西方山,以两个团配合四十五师,后又配合三十一师战斗在上甘岭。当战役处于最艰苦阶段时,他们把上万斤萝卜、西红柿送到四十五师;在大反击前,师政委王新亲自率领两个营,把几万发炮弹和手榴弹送上五圣山。他们可以说是我十五军的一支没有机械化的机动部队,哪里情况紧急,哪里需要,他们就飞驰哪里。一句话,没有兄弟部队的伴奏,上甘岭的锣鼓就不会敲得这么动听。

秦基伟特别指出,第十二军的参战对上甘岭最后胜利的重要作用。他写道:十二军是在战斗最紧张、最艰苦的情况下投入战斗的。当时,十五军的二梯队已经拉上去了,敌人又调来了韩九师三个团,韩二师集中最后力量,加上美军空降一八七团、埃塞俄比亚营、哥伦比亚营等投入战斗,597.9高地的战斗发展到决战阶段。在这样的关键时刻,李德生同志的到来,三十一师投入战斗,使我们更加增强了取得战役全胜的信心。可以说,十二军部队的参战,保障了上甘岭战役的最后胜利。

六、上甘岭战役的胜利,还仰仗于后勤保障有力

现代战争是立体战争,在空中、地面、海上、前方、后方同时进行,或交叉进行。战争不仅在前方打,而且也在后方打。而后方的战争,不仅决定了前方战争的规模,而且也决定了前方战争的成败。

在上甘岭战役，阵地上进行激烈、反复的厮杀，志愿军后勤战线也进行着殊死的战斗。后方时刻关注着艰苦卓绝的坑道部队，因为谁都明白，只有坑道部队的坚持，才能消耗敌人，才能赢得准备反击所需要的宝贵时间。因此，十五军后勤部部门后方不惜一切代价，组织机关和部队靠"匍匐运输"、"接力运输"等方式，将3万发迫击炮弹和大量食品、物资送入坑道。虽然从后方到前沿坑道只有几百米、上千米，但这几百米、上千米的距离确是险情密布的死亡地带，中间有敌人的几层炮火拦阻线和步兵火力控制网，越是靠近坑道，遭敌杀伤越大。有时送一袋萝卜或一桶水，往往有许多同志献出生命。为了鼓舞士气，军首长甚至提出"谁能送进坑道一个苹果，就给谁立二等功"！这是上甘岭战役坚持坑道战的立功标准。

整个上甘岭战役运输人员伤亡达1700余人，占我军整个伤亡人数的14%。秦基伟深情地对十五军后勤部部长尤继贤说："打罢上甘岭，给后勤记头功。"

总结上甘岭战役取胜的原因，秦基伟特别强调后勤保障的作用，他指出：上甘岭战役越打越大，其他战线上就相对安静下来，整个朝鲜都在看着上甘岭打。所以我们要什么，上级给什么。志司后勤司令员洪学智同志亲自抓上甘岭的后勤保障，二分部全力以赴，使我十五军"兵马壮、粮弹足"，战役过程中的粮弹供应，满足了战斗所需要的大量消耗。运输部队在敌火下昼夜不停地前运弹药、后转伤员，是战役胜利的重要保证。

七、在上甘岭战役中，祖国人民和朝鲜人民给了我们巨大的支援和鼓舞

秦基伟写道：战斗紧张时，祖国慰问团来到我军，带来了

祖国人民的关怀。物资力量是可贵的，精神力量更可贵，它时时在鼓励并警示我们前方的同志，身后就是祖国，背后就是亲人，为了祖国的安宁，亲人的幸福，就是再大的困难，我们也要忍受，再大的牺牲，我们也绝不能后退。

秦基伟还写道：战役中，朝鲜人民踊跃支前，也有许多感人的故事。在支前的队伍里，大部分都是老人和妇女，其中有一个21岁的姑娘叫石吉荣，是朝鲜民主青年同盟盟员。在支前中，她的左腿被美军飞机炸断了，康复出院后不能运送弹药伤员，便在转运伤员的路边设了一个茶水站，自己挂着拐杖给伤员送水喂水，每天早晨顶着月亮开始，晚上顶着星星收工，一直干了四十多天。还有一个叫李春实的姑娘，因为担架队只要男同志，她便同另外三个姑娘女扮男装，自己做了一副担架，到火线救护所抬伤员。在许许多多支前事迹中，最让人难忘的，还是朴在根老人。我们干部战士，都喊他阿爸基，他的确是一位很好的阿爸基。在上甘岭战役中，他带头参加了担架队，抢运伤员，像爱护自己的儿子一样精心护理我们的伤员。一次，担架队遇上敌人空袭，周围都是炸弹，躲避不及，朴在根毫不犹豫地扑在伤员身上。伤员保住了，朴在根老人却被弹片穿透背部，后因流血过多，抢救无效，光荣牺牲。

在回忆录中，秦基伟没有谈个人的作用，这是他的谦虚。但是，本人认为，在这场空前残酷的战役中，战场高级指挥员的作用是不容忽视的。上甘岭战役不仅是兵力、武器装备的较量，更是意志、智慧、胆略的较量。在这后一点上，美国将军败在中国将军的手下；"联合国军"败在了中国人民志愿军的手下。

参考文献

1. 秦基伟:《秦基伟回忆录》,解放军出版社 2007 年版。
2. 洪学智:《抗美援朝回忆》,解放军文艺出版社 2001 年版。
3. 中国军事博物馆编:《抗美援朝战争风云》,花城出版社 1999 年版。

原载《福建党史月刊》2010 年第 17 期

《西部时报》2010 年 9 月 21 日转载

《环球视野》第 320 期转载

毛泽东"主席"称谓的由来与演变

1949年10月1日下午3时,首都30万群众在天安门广场举行隆重的开国大典。毛泽东主席在天安门城楼向全世界宣布:"中华人民共和国中央人民政府今天成立了。"接着,他手按电钮,新中国第一面五星红旗在北京十月晴空中徐徐升起!

一个崭新的时代开始了,占世界人口四分之一的中国人从此站起来了!

在阅兵式之后,长安街上华灯齐放,群众游行开始了。"人民共和国万岁!""毛主席万岁!"的欢呼声响彻云霄。

虽然毛泽东刚刚当选为中华人民共和国中央人民政府主席,但是"毛主席万岁"的欢呼由来已久,"毛主席"的称谓由来已久。

一

1931年11月7日,中华苏维埃第一次全国代表大会在江西瑞金县叶坪村举行,出席大会的代表分别来自中央苏区,闽西、赣东北、湘赣、湘鄂西、琼崖等苏区,红军部队,以及设在国民党统治区的全国总工会、全国海员总工会,共610人。

在大会召开之前，苏区中央局曾致电中共中央，"望派一政治局委员，最好是工人同志来苏区主持中央政府工作"。由于毛泽东在党内和国际共产主义运动中已享有很高的威望，中共临时中央经过讨论后致电苏区中央局："人民委员会主席一人，决定毛泽东；副主席二人，张国焘与江西苏维埃政府主席。"后来，经过苏区中央局同临时中央商议，将原来规定的"江西苏维埃主席"改成项英。

代表大会闭幕后，11月27日，中央执行委员会召开第一次会议，选举毛泽东为主席，还选举毛泽东任人民委员会主席。"毛主席"这一称谓最早叫起，也正是在这次会议上。当会议宣布毛泽东为中央执行委员会主席，项英、张国焘为副主席时，委员们站起来热烈鼓掌。这时，任弼时走上主席台，提议"请毛主席讲话！"一霎间，大家还不知道叫谁，略停片刻，人们将目光投向毛泽东，热烈地鼓起掌来，异口同声地喊着"毛主席"。在此之前，人们对毛泽东称呼通常为"党代表"、"毛委员"、"总政委"，这次突然称之为"毛主席"，自然有些不习惯。

中华苏维埃共和国没有设国家主席，身为临时中央政府主席的毛泽东实际上就是这个"国中之国"的最高领导人。中华苏维埃第一次代表大会制定的《宪法大纲》规定，中央执行委员会是最高权力机关，人民委员会在中央执行委员会之下处理日常政务，并发布一切法令和决议案。

此时的毛泽东尽管出任中央政府主席，实际上却身处逆境，遭受着接连不断的批判和不公正的对待，但他仍做了大量工作，提出许多行之有效的主张。

1934年1月21日至2月1日，第二次全国苏维埃代表大会在沙洲坝举行。毛泽东、项英等175人当选为第二届中央执行委员。中华苏维埃共和国临时中央政府更名为"中华苏维埃共和国中央政府"。2月3日,第二届中央执行委员会召开第一次会议,毛泽东继续当选为中央执行委员会主席。作为最高权力机关首脑的毛泽东,不再兼任人民委员会的主席,由张闻天担任人民委员会主席。

1934年10月,由于"左"倾路线的统治,第五次反"围剿"失利,中央红军被迫战略转移,开始了前途未卜的漫漫征途;中华苏维埃共和国——这个"马背上的共和国"——也随之长征,并于1935年10月到达陕北。同年11月,在陕北成立西北中央政府办事处,人民委员会不再出现。1937年9月6日,中华苏维埃人民共和国最后一个政府机关"中央政府西北办事处"改为"中华民国陕甘宁边区政府",中华苏维埃人民共和国至此自动终结。毛泽东的中央执行委员会主席职务也自动终结。

然而,毛泽东仍被称为"主席",只不过含义有所不同。因为在1936年12月7日,毛泽东接替朱德任中华苏维埃中央革命军事委员会(简称中革军委)主席;1937年8月22日,中央革命军事委员会改为中共中央革命军事委员会(简称中央军委),毛泽东仍为主席。所以,在一段时期内,毛泽东的"主席"称谓实际上是指军委主席。

而后,毛主席的"主席"又增添新的含义:1943年3月20日,中央政治局通过《中共中央关于中央机构调整及精简的决定》,推定毛泽东为中央政治局主席与中央书记处主席。1945年6月,在中共七届一中全会上,毛泽东又被选为中国共产党中央委员会主席兼中央政治局主席和中央书记处主席。

二

1949年9月21日,中国人民政治协商会议第一届全体会议在北平举行。毛泽东致开幕词。他向全世界宣告:"我们的工作将写在历史上,它将表明:占人类总数四分之一的中国人从此站立起来了。"毛泽东的这些话,说出了中国人民此时此刻的共同心声,许多人听了热泪盈眶。

9月30日,政协全体会议选举毛泽东为中央人民政府主席。这是他第二次担任中央人民政府主席。共和国在成立之初,在政府机构设置上,仍然沿袭了中华苏维埃共和国的做法,没有设国家主席,毛泽东担任中央人民政府主席,但实际上是国家的最高领导人,相当于国家主席或国家元首。这种情况一直持续到1954年。在这五年中,中央人民政府一直代理国家主席处理国务,不是国家元首的毛泽东也不得不以中央人民政府主席的身份行使国家元首的职权。

随着新中国外交局面逐步打开,一步步走向世界,毛泽东在日益频繁的国务活动中越来越觉得名不正言不顺。新中国必须要有自己的国家元首——国家主席,尽快和国际接轨,这已成毛泽东和其他中共领袖的共识。

1954年,中国共产党的领袖们正在会同民主党派人士酝酿制定新中国第一部宪法。毛泽东明确提出宪法要规定中国设立国家主席的制度,中国要有国家主席。为什么要设国家主席?中国的国家主席应该是什么样?毛泽东有独特的见解。他说:

"为保证国家安全起见,设个主席。我们中国是一个大国，叠床架屋地设个主席，目的是为着使国家更加安全。有议长①，有总理，又有个主席，就更安全些，不至于三个地方同时都出毛病。如果全国人民代表大会出了毛病，那毫无办法，只好等四年再说。设国家主席，在国务院与全国人民代表大会常务委员会之间有个缓冲作用。"

为了和资本主义国家的总统相区别，毛泽东特别强调了我们的国家主席要有自己的特色，他说："资本主义国家的总统可以解散国会，我们的主席不能解散全国人民代表大会，相反地，全国人民代表大会倒可以罢免主席。国家主席是由全国人民代表大会选出来的，并服从于它。"

1954年9月15日，中华人民共和国第一届全国人民代表大会第一次会议，在北京中南海怀仁堂隆重开幕。大会通过了《中华人民共和国宪法》。新宪法充分地考虑了原来国家机构设置上的缺陷，作了相应的改革，其中最重要一条就是设置国家主席。

根据宪法，毛泽东当选为中华人民共和国主席，并由中华人民共和国主席提名，决定周恩来任国务院总理。国务院即中央人民政府，国务院总理实际上就是原来的中央人民政府主席。这样，毛泽东的职务就由人民政府主席变为国家主席。

然而，此后不久，毛泽东就在不同场合多次提出，不再担任下一届国家主席。在中国共产党第一代中央领导集体中，毛泽东的核心地位是无可置疑的，由他出任初创的共和国国家元首，也是众望所归。从年龄上说，那一年毛泽东刚过60岁，正是年富力强之际。那么，毛泽东为什么提出不再担任国家主席呢？

---

① 毛泽东这里指的是委员长。——笔者注

当选国家主席后,作为一国元首不可避免地要经常参加国事活动,出席各种外交礼仪。这一切,使毛泽东深感苦恼。他希望摆脱这些杂事的干扰,希望在藏书颇丰的书斋中静静地多读一些书,多考虑一些国内国际上的重大问题。

毛泽东在党内高层领导人中多次讲过他的想法。同毛泽东朝夕相处、深知他的秉性的老战友如刘少奇、周恩来、朱德等人都充分理解毛泽东的苦衷。后又经过广泛地宣传与解释工作,毛泽东的想法被党内外人士普遍地接受。

1959年4月27日,在中华人民共和国第二届全国人民代表大会第一次会议上,刘少奇当选为中华人民共和国主席。巧合的是,这一年,刘少奇刚刚度过60岁的生日,同五年前毛泽东担任这个职务时同龄。

毛泽东不再担任国家主席,但仍被称为"主席"。因为此后的毛泽东仍然担任中国共产党中央委员会主席、中央政治局主席和中央军委主席。

参考文献

1. 金冲及主编:《毛泽东传 1893—1949》,中央文献出版社1996年版。

2. 逄先知、金冲及主编:《毛泽东传 1949—1976》,中央文献出版社2003年版。

3. 薄一波:《若干重大决策与事件的回顾》,中共中央党校出版社1991年版。

4. 左玉河:《山坳里的伟大预演——中华苏维埃共和国成立前后》,载《百年潮》2001年第10期。

原载《名人传记》2009年第10期

共和国的"国庆日"之由来

众所周知,中华人民共和国的国庆是 10 月 1 日。然而,如果问:为什么要把 10 月 1 日定为国庆日?可能很多人都不甚了了。

关于共和国成立于何日的两种说法

"国庆日",顾名思义就是共和国的"生日"。关于中华人民共和国成立于何日,曾经有两种说法:

第一种说法:1949 年 9 月 21 日。1949 年 9 月 21 日,全国人民渴望已久的新中国奠基盛会——中国人民政治协商会议第一届全体会议,在北平中南海怀仁堂隆重开幕。当时,就有人把这一事件看成是中华人民共和国成立的标志。比如,中华全国总工会副主席李立三在大会发言中指出:"今天,中国人民政治协商会议第一届全体会议正式开幕的日子,全中国工人和一切体力脑力劳动者,都以空前未有的欢欣鼓舞来庆祝这个伟大的划时代的日子,庆祝那个长期压榨和奴役中国人民的帝国主义、封建主义和官僚资本主义统治的灭亡,庆祝中国历史上第一次真正由人民统治的中华人民共和国的诞生。"①

第二天,《人民日报》发表题为"旧中国灭亡了,新中国诞生了"的社论。社论指出:"中国人民政治协商会议的开幕,是中国光辉灿烂的人民的新世纪的开端。这是全中国人民空前大团结的会议。这次会议宣告了旧中国的永远灭亡和新中国的伟大诞生。"②

第二种说法:1949年9月30日。当时,持这种观点的人比较多。比如,9月30日,朱德在政协会议的闭幕词中指出:"中国人民政治协商会议第一届全体会议的工作,已经胜利地完成了。我们全体一致宣告了中华人民共和国的成立。"③

同天通过的中国人民政治协商会议第一届全体会议宣言也指出:"当着我们举行会议的时候,中国人民已经战胜了自己的敌人,改变了中国的面貌,建立了中华人民共和国。"宣言还指出:"中国的历史,从此开辟了一个新的时代。""全国同胞们,中华人民共和国现已宣告成立。"④

第二天,10月1日,在北京天安门广场举行了有数十万军民参加的开国大典。毛泽东主席宣读《中华人民共和国中央人民政府公告》。《公告》指出:"……中国人民政治协商会议第一届全体会议业已集会,代表人民的意志,制定了《中华人民共和国中央人民政府组织法》,选举了毛泽东为中央人民政府主席……,组成中央人民政府委员会,宣告中华人民共

---

① 中共中央文献研究室编:《中华人民共和国开国文选》,中央文献出版社1999年版,第310页。
② 中共中央文献研究室编:《中华人民共和国开国文选》,中央文献出版社1999年版,第379页。
③ 中共中央文献研究室编:《中华人民共和国开国文选》,中央文献出版社1999年版,第383页。
④ 中共中央文献研究室编:《中华人民共和国开国文选》,中央文献出版社1999年版,第386页。

和国的成立,并决定北京为中华人民共和国的首都。中华人民共和国中央人民政府委员会于本日在首都就职,一致决议:宣告中华人民共和国中央人民政府的成立。"①

需要指出的是,这个公告中,中华人民共和国与中央人民政府成立的时间是有先后之分的。共和国成立在先:在9月30日结束的中国人民政治协商会议第一届全体会议,宣告中华人民共和国的成立;人民政府成立于后:10月1日下午2时举行的中央人民政府委员会的就职典礼,宣告中华人民共和国中央人民政府的成立。

为什么把10月1日定为"国庆日"

既然上述两种说法中,关于新中国宣告成立的日期都不是10月1日,那么10月1日又是怎么被定为"国庆日"的呢?应该指出,在举行开国大典之际,新中国的领导人还没有考虑"国庆"一事。最早提出"国庆日"的是政协委员马叙伦。

1949年10月9日,中国人民政治协商会议第一届全国委员会召开第一次会议。许广平委员发言:"马叙伦委员请假不能来,他托我来说,中华人民共和国的成立,应有国庆日,所以希望本会决定把10月1日定为国庆日。"该会议通过"请政府明定十月一日为中华人民共和国国庆日,以代替十月十日的旧国庆日"的建议案,送请中央人民政府采择施行。1949年12月2日,中央人民政府委员会第四次会议通过《关于中华人民共和国国庆日的决议》。《决议》指出:"中央人民政府委员会认为中国人民政治协商会议第一届全国委员会的这个建议

---

① 中共中央文献研究室编:《中华人民共和国开国文选》,中央文献出版社1999年版,第389—390页。

是符合历史实际和代表人民意志的，决定加以采纳。中央人民政府委员会兹宣告：自 1950 年起，即以每年的 10 月 1 日，即中华人民共和国宣告成立的伟大日子，为中华人民共和国的国庆日。"①

这就是把"10 月 1 日"确定为中华人民共和国"生日"，即"国庆日"的来历。

为什么把 10 月 1 日定为中华人民共和国"国庆日"呢？要回答这个问题，不能不追溯历史。

1931 年 11 月 7 日，中华苏维埃第一次全国代表大会在江西瑞金县叶坪村举行，出席大会的代表分别来自中央苏区，闽西、赣东北、湘赣、湘鄂西、琼崖等苏区，红军部队，以及设在国民党统治区的全国总工会、全国海员总工会，共 610 人。大会宣告中华苏维埃共和国成立。代表大会闭幕后，11 月 27 日，中央执行委员会召开第一次会议，选举毛泽东为中华苏维埃共和国临时中央政府主席。会议还决定临时中央政府设在江西瑞金。从此，就出现了"毛主席"这一称谓。中华苏维埃共和国没有设国家主席，身为临时中央政府主席的毛泽东实际上就是中华苏维埃共和国的最高领导人。

1949 年诞生的人民共和国，在国家机构设置上，沿袭了中华苏维埃共和国的做法，没有设国家主席，也没有相应的机构。毛泽东虽然担任中央人民政府主席，但实际是国家的最高领导人，相当于国家主席或国家元首。因此，1949 年 10 月 1 日，中央人民政府委员会主席毛泽东率副主席、委员就职，实际上就相当于第一任国家主席就职典礼，具有"开国"之意义。

---

① 中共中央文献研究室编：《中华人民共和国开国文选》，中央文献出版社 1999 年版，第 397 页。

下面回到正在讨论的问题。若要确定中华人民共和国的"诞辰",即"国庆日",需要满足两个条件:选一个具有标志性的重大事件;最好是个吉利的日子。按照这两个条件,9月21日与9月30日,也就是中国人民政治协商会议第一届全体会议开幕与闭幕之日,显然都不太合适。然而10月1日,则符合这些条件:其一,在这一天,中央人民政府委员会主席毛泽东率副主席、委员就职,无疑是具有重大历史意义的事件。这一事件若在外国,就相当于第一任总统的就职典礼;若在中国古代,就相当于开国皇帝的登基。其二,10月1日即十月的第一天,吉利。因此,《关于中华人民共和国国庆日的决议》指出"这个建议是符合历史实际和代表人民意志的"。

参考文献:

1. 中共中央文献研究室编:《中华人民共和国开国文选》,中央文献出版社1999年版。

原载《北京日报》2009年9月14日
原载《中学历史教学》2009年第10期
《湛江日报》2009年9月19日转载
《宁波党史》2009年第3期转载
《党史文苑》2009年第11期转载

开国大典的珍闻趣事

1949年10月1日,在天安门广场举行的开国大典是中国现代史最值得纪念的事件之一。即使是发生在开国大典上的一些不见经传的小事,一些鲜为人知的细节,也备受关注,给人启迪,让人感动,令人回味无穷。

实况广播却使用了录音

1949年10月1日清晨,北京新华广播电台发出预告:"北京新华广播电台及全国各地人民广播电台,决定全部转播今天下午三点钟举行的中华人民共和国中央人民政府成立庆祝大会实况。"同一天的报纸上也刊登了这一消息。喜讯立即传遍全国。

当时,北京新华广播电台的转播设备相当简陋,只能把天安门广场以内的音响转播出去,一旦出了天安门广场,音响就无法传回设在天安门城楼下面的机房了。可是,朱德总司令检阅部队的时候,将要乘车从天安门广场中央驶向东长安街,到了街的尽头,再返回天安门广场。这样,问题就来了,朱德总司令乘车开出天安门广场以后怎么转播呢?

工程师黄云想了一个办法,在朱总司令乘坐的阅兵车上安装了录音设备；然后在西郊机场演习的时候，将朱总司令在检阅过程中的音响全部录下。由于车速和时间都有严格的规定，距离也和"开国大典"的现场完全相等，所以录音以后，10月1日就可以使用。现在看来，在实况广播中播放事先准备好的录音，无疑有弄虚作假之嫌；可是，这在当时却是唯一可行的办法。由于事关重大，广播电台请示阅兵指挥部。阅兵指挥部也想不出别的办法，只好同意了。

10月1日下午2点55分，播音员丁一岚和齐越开始播音。他们很有感情地交替朗读实况广播稿，把眼前的动人情景报告给国内外亿万听众。

下午3点整，中央人民政府秘书长林伯渠宣布庆典开始。毛泽东走到麦克风前，用洪亮的声音向全中国、向全世界庄严宣告："中华人民共和国中央人民政府今天成立了。"

毛泽东那充满激情的湖南乡音，回荡在天安门上空，又通过无线电波飞越千山万水，传遍神州大地，传遍五洲四海。

从下午3点35分开始，朱德总司令检阅陆、海、空三军将士。他站在阅兵车上，阅兵总指挥聂荣臻站在指挥车上，先检阅了排列在天安门广场的部队，随后，阅兵车在军乐声中缓缓驶向东长安街。这时候，天安门楼城下的机房里，技术员准时开动录音机，播放事前制作好的录音。于是，广场上的扩音器与每台开着的收音机里，就传出了阅兵的声音，包括朱总司令向受阅部队指战员的问候："同志们辛苦了！"指战员齐声高呼："为人民服务！"等阅兵车和指挥车开回天安门广场，恰好放完了录音，又接上现场的音响。

当天晚上，电台台长杨兆麟等人回到了机关，收听广播的同志告诉他们，播放的那一段阅兵录音，效果不错，足以乱真，谁都听不出来是录音，只是没有现场音响那么清晰。

从第二年的国庆节开始,广播技术有了改进,再也没有采用这种"笨"办法。

天安门上的画像是毛泽东选定的生活照

1949年9月,开国大典在即,中央领导层形成一致意见,要在天安门城楼上悬挂毛主席的画像,于是,究竟挂哪一幅画像的问题,就摆在了周恩来的面前。为此,他多次派摄影记者来到丰泽园,为毛泽东拍摄了几幅正面肖像。不久,这些照片摆在了菊香书屋的案头,让书屋的主人挑选。

然而,这位日理万机的人民领袖对这些照片都不满意。他对工作人员表示:"我不喜欢这一本正经的标准像,如果天安门上一定要悬挂我的像,最好从那些随随便便拍下的照片中选一张。因为随意拍的照片比这样的照片自然。"

在得知毛泽东的意见后,周恩来又派人送来几幅毛泽东在延安的生活照,其中有一张毛泽东和朱瑞的合影。

那是一个秋天的清晨,毛泽东和正在延安组建炮兵学校的朱瑞沿延水河边散步,两人一边走,一边聊天,亲切融洽,实在令人感动,于是随行的摄影师便悄悄地拍摄下来。

这是一张留下难忘纪念的照片。

告别延安后,朱瑞奔赴东北战场。1948年10月1日,在解放辽宁义县的战斗中,作为中国人民解放军炮兵部队的创始人之一、东北野战军炮兵部队司令员的朱瑞,不幸踩到地雷壮烈牺牲,年仅43岁。

毛泽东是从第四野战军政治部转送中央的朱瑞烈士遗物中,意外发现了那张他和朱瑞的合影。望着这张略显泛黄的照片,毛泽东又想起朱瑞在延安多次给他写信要求上前线的往事,眼里满是泪水。于是,毛泽东建议将这幅合影中的自己放大加工,作为肖像悬挂在天安门城楼前。这就是开国大典第一幅领袖画像的来历!

17 架飞机飞出了 26 架次

开国大典上举行盛大的阅兵式,受阅部队按海、陆、空三军的序列编组。其中空军的混合飞行编队由华北军区航空处所辖飞机组成。

南苑机场上,集中了五湖四海的飞行员和五湖四海的飞机。飞机不仅旧,而且杂,有战斗机、轰炸机、运输机,还有几架老牛式的教练机。这些飞机除了起义的外,几乎全是国民党遗弃的趴窝飞机,只能算是一堆零件,能展翅的早飞走了。因为是东拼西凑组装的飞机,所以即使是同一类型的飞机性能也各有差异。飞行员也是各有各的传奇故事,有起义的,有被派到新疆去学飞行的教官,还有老航校培养出来的第一代飞行员。临时凑起来的飞机和临时凑起来的人员,开始了受阅前的编队飞行。

这是新中国第一次飞机受阅,旧中国也从来没有搞过。更何况五花八门的飞机,各有各的高度,各有各的速度,野马式的 P-51 翅膀一甩,就窜出四百公里了,而最慢的运输机,才爬行几十公里。另外,调度飞机也是一大难关,必须精确计算,谁在第一层,谁在第二层,差之毫厘将会失之千里。

空军参加检阅的计划图交到大会筹委会了。四种飞机三个高度,三千尺、二千五百尺、一千八百尺,通过检阅的时间精确到秒。航图规定所有的飞机在通县双桥铁塔尖汇合,分出高度,编好队形,再飞向天安门。

经过多次编队训练，飞行员心里渐渐有了底气。

10月1日下午4时许，混合飞行编队队长油江接到起飞命令，受阅机群立即升空，一共是17架。4时35分，当战车方队行进在天安门检阅台前的时候，蓝天白云间响起轰隆隆的飞机引擎声。空军分别以双机、三机编队，一批批接连飞临天安门广场上空。

"我们的飞机！"

"我们自己的飞机来了！"

整个广场成了一片沸腾的海洋。人们的欢呼声和飞机的轰鸣声与装甲部队铁轮滚滚的震动声汇合在一起，震撼着千年的古都，震撼着新生的北京。

这时，站在天安门城楼上的党和国家领导人也感到无比振奋，当三架C-46运输机通过天安门时，周恩来指着天空对毛泽东说："领头的那一架大飞机是刘善本开的。"毛泽东愉快地向天空瞭望、招手。

在阅兵式之前，北京新华广播电台的杨兆麟访问了空军司令员刘亚楼，询问空军阅兵的情况。刘亚楼告诉他一个"秘密"：因为只有17架飞机，一两分钟就飞过去了。因此，决定飞机编队飞过天安门上空以后，再飞一次。

按照预定的方案，受阅机群刚刚通过天安门广场上空，大会总指挥就在电话里命令油江："根据大家的要求，再组织一次通过天安门飞行。"油江立即下令："9架P-51再通过天安门一次。"于是，9架P-51歼击机加快速度由城西折向北方，再由东向西第二次通过天安门广场上空。因为相隔时间很短，这9架战机的第二次飞行，几乎是接着整个空中受阅编队的后尾。

广场上的人们并不知道有9架飞机是两次通过广场上空，所以，多少年来，一直认为受阅的飞机是26架。

五彩缤纷的礼花竟是信号弹

"万朵彩色的礼花从四面八方腾向天安门广场的高空,首都沉浸在狂欢里了。"

——1949年10月2日的《人民日报》这样描绘新中国的第一个夜晚。

实际上那不是礼花,是信号弹,是240多名信号兵为新中国编织的五彩绚丽的花环。当年受命执行施放"礼花"任务的原华北军区作战科科长张桂文回忆道:

当时,我们还没有礼花,使用的是苏制信号弹。信号弹有红、黄、绿、白、紫等颜色,用俄文印在木箱上。当时军区司令部没有俄文翻译,只有军务处一名科长懂俄文,由他负责按颜色分类,搭配分发给信号兵。

回忆开国大典,张桂文记忆犹新,他说:阅兵式一结束,群众游行便开始了。在苍茫的暮色中,欢腾的群众队伍燃亮了灯笼火把,广场变成了灯火的海洋。

我的位置在东华表内侧的指挥台上。"叮呤呤……"我拿起电话,耳机里传来天安门上指挥部首长的命令:"施放礼花!"

说时迟,那时快,我立即凑到麦克风前,向部队发出口令。不料,意外的情况出现了,广场上的扩音喇叭一点声音也没有。我的汗当时就下来了。事不宜迟,按照预定的应急措施,我抽出信号枪,举向空中。"砰"的一声,一颗碧绿的信号弹带着长长的耀眼的光芒腾空而起,划破了夜空。这突如其来的枪声,使周围的人都吓了一跳。谁开的枪?天安门响枪声,这还得了!但紧接着其他信号枪都响了,一簇簇五彩缤纷的信号弹,骤然腾起。我这才松了一口气。

当年的一份文件资料上写道"国庆节晚间发射信号弹3万发,另有探照灯配合照射……"到1950年国庆节,我们才使用礼花弹,那是斯大林送给我们的。再后来,我们才用上了自己真正的礼花炮。

田汉之子率战车团参加阅兵

田申是国歌的词作者田汉之子,1949年任华北战车团代团长,率领战车团参加开国大典,回忆起当时的情景,他心潮澎湃,感慨万千。

那时,中国还不能造汽车、坦克,田申所在战车团的战车都是从战场缴获搜集来的,日式的多,美式的少。为了迎接开国大典,田申带领团修理连夜以继日地抢修坦克。没有零部件,就拆卸废旧坦克的零部件往一辆坦克上拼凑,经过群策群力,终于集中全力突击修复好二十多辆坦克。他们还将全团的坦克和装甲车辆都喷上了伪装漆,并精心地喷上"八一"军徽和编号,使得蒋介石这个"运输大队长"送来的战利品焕然一新。

田申从全团挑选出最优秀的坦克乘员进行编队集训,操练地点在复兴门外沙沟一带。那时的战车缺乏通信工具,既没有电台,又没有车内通话器,要保持战车编队纵横整齐、协调一致地前进,只能凭借潜望镜在车内观察,只能依靠平时肉眼的观察和体会。

在当时条件的限制下,唯一的办法就是加紧刻苦训练。在烈日炎炎的训练场上,马达轰鸣,战车滚滚向前,履带压过,扬起一道道黄尘。坦克兵战士在盖上顶盖的坦克里操练,不一会儿便浑身汗如雨下,但是没有一个人叫苦喊累。大家只有一个心愿：完成任务，扬我军威。

10月1日下午3时，广播中传来毛主席震撼世界的声音："中华人民共和国中央人民政府已于本日成立了！"当军乐团奏起雄壮铿锵的新中国国歌——《义勇军进行曲》的时候，田申不禁热血沸腾、泪眼模糊。这首歌是其父田汉作词、聂耳作曲。

接下来是阅兵式。在《三大纪律八项注意》的军乐声中，朱总司令由聂总指挥陪同乘车检阅了陆海空三军部队。检阅完毕，由杨成武指挥举行分列式。

炮兵方队之后，紧接着是战车方队。在猎猎的八一军旗指引下，战车方队徐徐向前挺进。当战车开到天安门城楼前，田申庄严地向毛主席和中央首长致敬。这时天安门广场上战车隆隆，方阵齐整，金戈铁甲，尽显雄风。蔚蓝的天空中，人民空军年轻的战鹰编队飞过天安门上空。天上地下，浑然一体，展示了中国人民解放军胜利之师、威武之师的雄姿。

礼炮隆隆，细雨绵绵

王乐洲是东北军政大学的一名学员，作为陆军受阅部队的战士参加了开国大典，他写下回忆录《忆开国大典盛况》，具体生动，真挚感人。他的文章还记录了一个鲜为人知的细节：

在升国旗、奏乐曲的同时，位于天安门东侧的由108门山炮组成的礼炮队，分为两组，以54门装填（无头空弹），54门发射，各炮连续发射28响，轰轰隆隆、惊天动地。升国旗、奏乐曲、鸣礼炮是同步进行的，我团全体指战员表情严肃，人人举右手行军礼，凝望着徐徐升起的国旗。升国旗、奏乐曲、鸣礼炮，同时结束时，我团队列行军礼毕，人人淌着幸福的热泪，大家陡然沸腾起来，频摇手中红旗，高呼口号。场中其他队列也同时频摇红旗，高呼口号。顿时，全场旗波滚动，声涛雷鸣，共同暴发一串巨响："中华人民共和国万岁……"就在这时，54 串礼炮形成的轰动效应，紫兰色的天空像突然拧开无数的莲蓬头，千万道像闪着鱼鳞般的细细雨柱跌落下来。袁团长、霍政委带领的我团队列中人人的衣服被淋湿，但是那种沸腾程度不但没有降低，反而更加增强了。

虽然文章的作者明确指出，由于"54 串礼炮形成的轰动效应"，天下起雨，"千万道像闪着鱼鳞般的细细雨柱跌落下来"，笔者却不由得联想到毛泽东的词《蝶恋花·答李淑一》：

> 我失骄杨君失柳，杨柳轻飏直上重霄九。
> 问讯吴刚何所有，吴刚捧出桂花酒。
> 寂寞嫦娥舒广袖，万里长空且为忠魂舞。
> 忽报人间曾伏虎，泪飞顿作倾盆雨。

新闻稿中加上似乎多余的文字

开国大典的晚上，新华社记者李普采写的新闻稿交到了分管新华社的胡乔木手中，胡看了一遍，指着新闻稿中的一句话对李普说："这句话要改一改。虽然你懂我也懂，但有些读者可能不明白，要加些文字，写清楚一些。"

新闻稿上的那句话是："毛主席亲自开动电钮，使第一面新国旗在新中国首都徐徐上升。"显然，在胡乔木看来，在这里加些文字是十分必要的，不然别人可能看不懂。当时，很多共产党干部和解放军战士是第一次进入城市，在此之前从没有见过电灯，也没有用过电。如果不加上几个字，会使人产生误解，以为毛泽东是神仙，有什么法术，这边一按电钮，那边红旗就升起来了。

于是，人们从1949年10月2日《人民日报》第一版上，看到修改后的文字是："毛主席亲自开动有电线通往广场中央国旗旗杆的电钮，使这一面新国旗在新中国首都徐徐上升。"

笔者是位历史教师，每次讲到开国大典时，都要举这个例子，并要让学生们猜猜，新闻稿中加了几个什么字，可是从来没有人猜出来过。当我将答案告诉学生，教室里便传出一阵笑声。

是啊，解放以来，中国发生了翻天覆地的变化。现在的年轻人很难想象，五六十年前的中国，科学技术竟如此地落后，以至于非要在新闻稿中加上现在看来似乎多余的字。

参考文献

1. 田申：《永生难忘的开国大典》，载《北京档案》1999年第10期。
2. 王乐洲：《忆开国大典盛况》，载《党史天地》1999年第10期。
3. 周迅：《开国大典的实况广播——老台长杨兆麟"解密"幕后故事》，载《百年潮》2008年第7期。
4. 韩明阳：《开国大典空军编队受阅的内幕》，载《纵横》1999年第10期。

原载《福建党史月刊》2009年第11期

《党课》2011年第6期转载

徐明清"包庇"江青案的前前后后

这是一桩离奇的冤案。

"文化大革命"期间,"四人帮"制造了成千上万的冤假错案,此桩冤案却是发生在粉碎"四人帮"之后;而导致这飞来横祸的竟仅仅是一份延安时期写的证明材料。

徐明清三次上书江青,希望推倒不实之词,却如泥牛入海

1976年10月6日,党中央一举粉碎了"四人帮",举国上下一片欢腾,徐明清也同全国人民一样高兴,以为"文革"中被定为"叛徒"的冤案终该平反昭雪了。

她是1972年被定为叛徒,开除党籍的。

20世纪30年代,在白色恐怖下的上海,徐明清从事党的地下工作。1935年4月,由于叛徒的告密,她突然被捕。在狱中她坚贞不屈,始终没有暴露自己共产党员的身份,直到1936年6月,才被释放出狱。"文化大革命"开始后,徐明清和丈夫王观澜身陷困境,夫妇双双挂牌游街批斗。1969年初,徐明清被赶到湖北沙洋——国务院农口干校监督劳动,接受批斗审查。在阴暗潮湿的草棚里,她忍辱负重度过了四个春秋。但她坚信专案组最终会辨明是非,作出正确的结论。然而,万

万没有想到她会被定为叛徒,开除党籍。

"文革"中有一种逻辑,凡是曾经被敌人逮捕过而又活下来的人,一定是叛变了革命。按照这种逻辑,农业部造反派就将徐明清打成"叛徒",关押起来。

在20世纪30年代,徐明清曾与江青关系密切,并在江青最困难的时候给予帮助。

1933年,江青落难上海,徐明清见她是个要求进步的青年,便主动接纳她在自己领导的更工学团工作。在江青情绪低落的时候,徐明清安慰她,鼓励她振作精神;江青被捕,经营救出狱,身体很糟,徐明清便把她带回老家临海调养,并请自己的父亲为她医治好了肺结核。

正因为有这层关系,"文革"中,徐明清曾三次给当时是"文革"领导小组负责人的江青上书,希望推倒不实之词,没料到,发出的信却如泥牛入海,"叛徒"的帽子始终像大山一样压在心头。

江青从来不懂感恩戴德。当她知道自己的恩人被关押和开除党籍后,为了掩盖自己丑恶的过去,妄图借机将她置于死地。江青多次提出,要她来管徐明清的案子。周恩来知道江青心术不正,遂将此案接过来亲自审查处理。江青不服,多次闹着要管这件事情。周恩来理直气壮地指出,农业部是国务院的下属单位,因此,凡是农业部的事都在总理职权范围,当然应该由我来处理。

江青无言以对。周恩来就这样使徐明清免遭暗算。

江青档案里的证明材料,成了徐明清蒙冤的祸根

1936年秋天,徐明清奉命到西安工作,一年后,1937年

9月中旬，徐明清接到中共中央组织部的通知，调她到中共中央党校学习。这样，她离开西安，和十多位干部一道，步行了十多天，到达延安，住在中央组织部招待所。

第二天，徐明清去报到时，遇到了阔别多年的同乡王观澜。当时王担任中央组织部组织科科长。由于同乡之情，又志同道合，两人经常交往谈心，越走越近。1937年底，徐明清和王观澜在延安结婚。

结婚前，徐明清用的名字是徐明。因为在中央党校学习时同班有个重名的男学员，她才改名"徐明清"。徐明清说，有的书中说她是和江青一起改名，一道混入延安的，那真是无稽之谈。

徐明清到延安后不久，江青来组织部招待所找过她。当时组织上派江青到农村搞调查，她刚从农村回来，还给徐明清念过一首打油诗："陕北好地方，小米熬米汤，蚊子虱子成了王。"以此来形容当时延安生活条件之艰苦。徐明清认为，江青从十里洋场的大上海来到生活艰苦的延安，并下到农村锻炼，表现还算不错。

后来，江青要求到抗大学习。她在自己写的材料中说明，她于1933年在青岛加入共产党，但却没有组织介绍信和证明人材料。因此，组织上要对她做进一步审查。

当时，中央组织部为查实江青的党籍问题，要求接触过她的人写出证明材料，找过一些人，其中包括徐明清。徐明清如实地叙述了江青上海工作，在浙江临海养病，以及到西安找自己的情况，证明江青是上海进步青年，晨更工学团共青团支部曾吸收她入团，还证明江青曾参加过党的外围组织"剧联"和"教联"的活动。但在徐明清和江青接触时，并没有人告诉过她江青是中共党员，所以这份材料中根本没有提及江青曾入党一事。

这份材料被存入了江青的档案。没想到若干年后,这份材料竟成了指控徐明清包庇江青混入延安、混入党内的凭据,并因此让她坐了两年多的冤狱。

那么江青在延安何以恢复了党籍,这其中又有什么内情呢?据徐明清回忆,江青进入延安后,曾在关于自己入党经过的材料上,写明入党介绍人是黄敬(即俞启威)。于是,党的组织部门通过地下交通,去函向黄敬了解。黄敬写了证明材料,证明江青是由他介绍入党的。黄敬是江青入党的第一权威证明人,而且黄敬当时已成为党的一名高级干部,他的证明材料,应是很有分量的。

徐明清所写的那份材料竟被影印收入一份"红头"文件

1976年10月,粉碎"四人帮"。中央专案组开始审查江青的历史和罪行,在清理江青的档案时,发现了徐明清写的那份证明材料,据此怀疑徐明清与江青关系密切。于是,专案组通过公安部找到了徐明清,要她揭发江青的罪行。徐明清记得,在那几天里,一位副部长带着一个书记员,每天乘一辆灰色吉姆车来王观澜家,一谈就是一上午,非常严肃,连口水也不喝。他们要求徐明清站在党的立场上,揭发江青的历史问题。

但徐明清并不知晓江青的全部历史问题,特别是叛徒问题,无法作出揭发。她的态度是,无论对待什么人,都应该实事求是,自己不知道的不能乱说,不能不顾事实去造谣捏造。

鉴于徐明清的这种"顽固"态度,有关方面以"帮助江青混入革命队伍,给江青写过信,长期包庇江青"的罪名,将徐明清正式逮捕，关押在一个至今她和她的家人都弄不清楚的地点。

徐明清写下的材料都没有证明江青是叛徒，于是，审讯人员认为她态度不老实，便没完没了地找她谈话，每次谈完话，都放下几张纸，让她继续写。几轮下来，仍没有得到想要的结果。这些人急了，大声训斥："徐明清，你这个人，不吃敬酒吃罚酒。让你写江青怎么叛变的，你写了不就没问题了嘛，不就可以放你回家了嘛！"

徐明清说道："江青被捕和我不在同一时间、同一地点，我并不清楚她被捕后是否叛变，更不知道她叛变的细节，我怎么能写呢？我也写不出来啊！"

于是，审讯人员对徐明清实行"车轮战"，一天提审数次，白天黑夜不让她睡觉。如此的精神和肉体摧残，巨大的政治压力，折磨得徐明清头脑晕痛，几乎神经错乱。

1977年1月8日，徐明清被迫按照专案组的意图写下了一份交代材料。

徐明清万万没料到，两个多月后，她写的那份材料竟被影印收入一份"红头"文件，即《关于王洪文、张春桥、江青、姚文元反党集团罪证》（材料之二）中，并于1977年3月6日印发全国。

这个10号文件，对徐明清和江青的关系加以定性。文件中说："1933年秋，江青在上海晨更工学团当教员时，就与当时'晨更'的负责人徐明清关系密切，后来两人先后被捕，自首叛变。她们1937年混入延安前就订立攻守同盟，长期相互包庇……同年10月，江青隐瞒了自首叛变的历史，由徐明清出面作假证明，钻进党内。"正是这样的一份中央文件，让徐明清的名誉扫地，蒙受冤狱，而且在党内和社会上造成很大的影响。

当时,徐明清真想以死抗争,她不明白自己从 14 岁就参加革命,一直勤勤恳恳、忠心耿耿,何罪之有?如今旧案未了,新的不实之词又扣到头上,真是跳进黄河也洗不清。如果是在"文革"期间,虽然有成千上万的冤假错案,但大家坚信乌云遮不住太阳,早晚有一天云开雾散;可是如今"文革"结束了,自己又被关押入狱,这样屈辱地活着,还真不如死了呢?但她又一想,自己若真的死去,那才一辈子都说不清了。老天不能天天下雨,总有一天会出太阳。共产党人就是特殊材料制成的,要经得起考验,要顽强地活下去。从此,她再不沮丧,每天在牢房里做自编的体操,活动腿脚,做自我按摩,她坚信平反的一天终究会到来。

被释放的徐明清很快对她在狱中写的揭发材料作了更正

1978 年 12 月,中共十一届三中全会以后,一部分了解徐明清历史的老同志不断为其鸣冤。胡耀邦担任中央组织部长后,着手清理冤假错案,他在一次报告中尖锐地指出:"四人帮"粉碎后,我们还在搞"左"的那一套,还乱抓人。现在要赶快放。他一口气说了二十多个被乱抓的人名,其中就提及了徐明清。

不过,徐明清一案,直接涉及"四人帮"首犯江青,且她所写的材料还上了"红头"文件,所以她冤案的平反不仅要由中央组织部重新进行仔细调查,而且要报送中共中央书记处讨论。

在胡耀邦领导下,中央组织部对平反冤假错案工作抓得很紧,他们委托农业部党组对徐明清的历史结论做复查。农业部党组组织专人做了大量的内调外查,历经半年多时间,终于搞清了历史真相，推翻了江青专案组用非正常手段整出来的所谓口供材料。

1980年3月10日，农业部党组经中央组织部审批后正式向徐明清本人和其亲属宣布：撤销"文革"中于1972年错定徐明清为叛徒的决定；恢复她的党组织生活和行政十级的待遇；恢复名誉。

被释放的徐明清很快对她在狱中写的揭发材料作了更正，说明那份材料是由专案组人员口授，自己被逼迫执笔写成的。她明确表示她不能证明"江青是叛徒"。

徐明清的这份材料，将唯一能证明江青是叛徒的证据也推翻了！

徐明清这样做，无论从党性原则还是从人格方面来说，都是值得尊敬的。她不因江青曾经在"文化大革命"中迫害过自己而歪曲事实，也不因江青成了"四人帮"而落井下石，更不因江青这个人以怨报德而进行报复，她始终坚持实事求是的原则。在江青受到全国人民讨伐，即将受到历史审判的时候，能够站出来讲实话，这也是需要一定的胆量与勇气的。

1982年7月7日，中央组织部发出的《案件复查通报》第1号上，特别刊载了《关于徐明清同志是否包庇江青问题的复查结果》。《复查结果》指出："徐明清同志和江青的关系问题，经中央组织部核实，徐明清同志在延安给江青写的证明材料并未证明江青在上海北新泾有党的关系，与其他同志所写的证明材料是一致的，是实事求是的；徐明清同志在关押审查中被迫写的交代材料，在宣布她自由的当时，即申明推翻了。"

《复查结果》还说："徐明清同志没有包庇江青的问题，中央组织部于1981年7月报告中央，上述各项报告，已于1981年9月1日经中共中央书记处会议讨论同意。"

然而，1977年的中央10号文件与1982年的第1号《案件复查通报》影响力是不能同日而语的。前者是中央下达的揭批"四人帮"的材料，传达到基层，要求做到家喻户晓；而后者仅仅是在小范围传达，仅有少数人知道，因此，虽然中央为徐明清平反，但10号文件的影响仍然继续存在。更有一位中共高干的夫人以真名和笔名陆续出版了多本有关江青的传记：《江青野史》、《女皇梦——江青外传》、《江青秘传》、《无冕女皇》，继续沿用10号文件的说法，把徐明清说成是叛徒、是与江青关系紧密的死党，使徐明清的声名再蒙阴影，造成了恶劣的社会影响。

党中央对此极为重视，1987年3月26日编印的中宣部《宣传动态》第19期明确指出："报刊书籍、资料中不要再引用中发〔1977〕10号文件中有关徐明清同志历史问题的材料。"中组部《组工通讯》也同时发文指出："无论是作家、学者著文写书，还是新闻、出版部门出版发行报刊，都应以对党对人民高度负责的精神，严肃认真地按政策办事，引用发表老同志问题的材料，尤其十分慎重。"

张闻天的夫人刘英和许多革命老人，极为同情徐明清的遭遇，多次劝她把自己坎坷的人生经历写下来，以昭示后人。在众人的热情鼓励、支持下，历尽苦难的徐明清又拿起笔来，以顽强的毅力，如实地书写自己饱经风云的人生。2001年，在她九十华诞之际，一部三十多万字的书稿终于写成了。老将军肖克欣然提笔为书稿题名"明清岁月"，刘英也为书稿题签："为留清白在人间"。

参考文献

1. 东平、王凡：《徐明清与江青关系的事实真相》，载《党史博览》

2007 年第 3 期。

2. 许人俊：《徐明清与"包庇江清"问题》，载《百年潮》2003 年第 8 期。

3. 严欣久：《信仰是心灵的绿洲——记革命老人徐明清》，载《心理与健康》1998 年第 4 期。

4. 沈国凡：《江青当过叛徒吗?》，载《百年潮》2008 年第 4 期。

原载《世纪风采》2009 年第 8 期
《周末》2009 年 8 月 6 日转载
《燕赵老年报》2009 年 9 月 2 日转载
《家庭导报》2009 年 8 月 6 日转载
《法制博览》2011 年第 15 期转载
《名家讲坛》2011 年第 8 期转载

没有引起应有重视的中共"一大"

1921年召开的中国共产党第一次全国代表大会，宣告中国共产党正式成立，是具有划时代意义的重大历史事件。然而，在当时及后来很长的一段时间内，"一大"并没有受到重视。

一、没有受到重视的种种表现

1. 陈独秀和李大钊都没有参加"一大"

1921年7月23日晚，来自各地共产主义小组的代表在上海举行了中国共产党第一次全国代表大会，13名代表加上马林、尼科尔斯基两位共产国际代表，总共15人出席了会议。然而，在建党过程中作出了最突出贡献的"南陈北李"却都没有参加。

其时，"南陈"陈独秀在广州政府担任教育委员长兼广东大学预科校长。关于陈独秀不能参会的原因，"一大"代表包惠僧回忆说："有一天，陈独秀召集我们开会，说接到上海李汉俊的来信，信上说第三国际派了两个代表到上海，要召开中国共产党的发起会，要陈独秀回上海……陈说他不能去，因为他兼大学校长，正在争取一笔款子修建校舍，他一走款子就不好办了。"

这样看来，此时的陈独秀并不认为"一大"特别重要，起码不比筹款更重要，因此，他不必去上海；不仅如此，连广州共产主义小组的另一位主要人物——书记谭平山也不必参加，留在广州协助他筹款。因为同样的原因，尽管上海方面要求每地派两名代表，而陈独秀却只指派陈公博一人去参加代表大会。

"北李"李大钊也没参加"一大"。罗章龙当时是北京共产主义小组的骨干成员。他在《亢斋回忆录——记和守常同志在一起的日子》一文中说："1921年暑假将临的时候，我们接到上海方面的通知（时独秀亦从南方来信，不在上海）要我们派人去参加会议，我们对会议的性质并不如事后所认识的那样，是全党的成立大会。时北方小组成员多在西城辟才胡同一个补习学校兼课，就在那里召开了一个小组会议，会上推选赴上海的人员。守常先生那时正忙于主持北大教师索薪工作（原索薪会主席为马叙伦，马因病改由守常代理，这次索薪罢教亘十个月之久），在场的同志因有工作不能分身，我亦往返长辛店、南口之间，忙于工人运动，张国焘已在上海，乃推选张国焘、刘仁静二人出席。"

北京共产主义小组的另一位骨干成员刘仁静也在《一大琐忆》中回忆："1921年夏天，我们在北京西城为考大学的青年办一个文化补习学校，由邓中夏教国文，张国焘教数理，我教英文。有一天，我们接到上海通知，要我们派两个代表赴沪参加建党会议，于是我们就在这个学校开了一个选举代表的会。"选举时，"我依稀记得，那天李大钊没有出席。当时出席的人都同意派代表赴上海开会，但并没有谁想到是去出席一个重大历史意义的会议，也没有谁想争当这个代表"。"我记得会上没有选李大钊。"刘仁静在回忆中还说:"由于对一大的意义认识不足,一般习惯于在组织活动中不惊动李大钊,因而没有选举他是并不奇怪的。"结果是:"首先大家一致选张国焘当代表。在选第二个代表时,曾经提出过邓中夏和罗章龙,然而他们十分谦让,以工作忙不克分身为由谢辞,这样最后才确定我当代表。""总之,选代表的那次会是认真的,气氛也是好的,缺点在于我们没有预见到'一大'的历史意义,因而使得这莫大光荣不适当地落到了我的头上。"

从以上史料可以看出,陈独秀与李大钊没有出席"一大"的原因虽然有所不同,但有一点却是一致的,就是对这次代表大会不够重视。不仅"南陈北李"不重视,当时所有的早期共产党人都没有预见到中共"一大"会竟有如此重大的历史意义。

2. "一大"的各种文件都没有保存下来

中国共产党第一次代表大会讨论通过了《中国共产党第一个纲领》。这是中国共产党历史性的重要文献。党纲明确地申明中国共产党的政治主张,规定了中国共产党的奋斗目标、组织原则以及与其他政党的关系。这个党纲表明了中国共产党从建立之始,就是沿着马克思主义的轨道运行,坚决摒弃了当时颇为盛行的无政府主义。

"一大"还通过了《中国共产党第一个决议》,共分六个部分:一、工人组织;二、宣传;三、工人学校;四、工会研究机构;五、对现有政党的态度;六、党与第三国际的联系。

据李达回忆,大会还通过了《中国共产党第一次代表大会宣言》。张国焘的回忆录中,也提到曾起草过《中国共产党成立宣言》。

然而,这三个重要文献,当时都没有保存下来。几十年后，研究者才分别在美国哥伦比亚图书馆与共产国际归还的档案中发现前两个文献的英文稿与俄文稿，使人们能够了解这两个文献的内容，但中文稿迄今未能找到。

大会通过的那篇宣言也至今没有发现。

那么，为什么"一大"的文献没有保存下来呢？原因有两个：其一，建党之初，各种制度都不健全，尚无档案制度，与会代表也都没有重要文献应该存档的概念；其二，代表们没有认识到"一大"竟有如此深远的历史意义。

由于"一大"的文献都没有保存下来，而人们的记忆力又极其有限，随着岁月的流逝，人们对党的"一大"记忆就更加模糊，于是在相当长的时间内，对于中共"一大"的基本情况都不甚了了，比如什么时候开幕与闭幕，有多少位代表参加，通过了什么决议等等。以至于十几年后，毛泽东、董必武、陈潭秋等当年的代表，竟然没有一人记得"一大"开会的具体日子。他们每个人回忆的日子各异，最后，只得由毛泽东与董必武商量后，把党的生日定为7月1日，与实际的日子竟然相差了22天。

3. 鲜有领导人论述"一大"的意义

中国共产党第一次全国代表大会是秘密召开的，会后，当然不能公开发表消息与宣言。不仅如此，在党的内部刊物上，也没有发表有关消息。因此，在当时的中国，只有极少的党员知道召开了第一次代表大会，而在社会上，知道这一信息的人更少，影响也极其有限。

一个名叫汪静之的诗人曾写了一首题为"天亮之前"的诗，收在他1922年出版的诗集《蕙的风》中。诗中写道：

最初的一线曙光

躲躲藏藏地窥了

众生（底）心沸着

鼓着雄壮的勇气

狂热地跳舞着，起劲地歌唱，催太阳起身

我们生活的苦闷

我们生活的枯涩

你撒给我们爱和光

我们底（的）生命才得复活呀

但还有许多兄弟呢

他们（底）的不幸就是我们的不幸呀

亲爱的父亲呀

升吧升吧

快快地升吧

多多多多地给些光呀！

这是第一首歌颂中国共产党的诗，但却被当成爱情诗。

1985年，诗作者作了如下的说明："我那首题为'天亮之前'的小诗，写作时间是1921年12月23日。在此前几天，我从一位要好的朋友那里，听到了中国共产党在当年七月成立的消息。我感到参加共产党的这些人很有志气，因此写了这首诗。这首诗收在爱情诗集里，敌人发现不了，但朋友们也将它当成爱情诗了。"

中共"一大"不仅在当时没有什么影响，就是在"一大"以后很长的一段时期，毛泽东等建党初期的重要领导人都很少提及"一大"，更极少论述"一大"的意义。第一次大革命时期，国共合作进行北伐，形势陡然逆转，鲜提"一大"，可以理解。土地革命前期，星星之火，已成燎原之势，中国南方涌现了十几块革命根据地，革命环境相对比较好，完全有条件纪念"一大"，然而，却没有举行过一次"一大"的纪念活动。

以上三点说明，在"一大"召开之时以及以后很长的一段时期，中国共产党的第一次代表大会没有受到重视。

二、"作始也简，将毕也巨"

毛泽东对中国共产党的成立，曾作过如此评价："一九一七年的俄国革命唤醒了中国人，中国人学得了一样新的东西，这就是马克思列宁主义。中国产生了共产党，这是开天辟地的大事变。"他还讲过："自从有了中国共产党，中国革命的面貌就焕然一新了。"

中国共产党的成立确实是开天辟地的大事件，然而，中国共产党第一次代表大会却长期不受重视，如何解释这种有悖常理的怪现象呢？

笔者认为，出现这种怪现象的主要原因是，早期的共产党人并不认为"一大"是中共的成立大会，而普遍认为中国共产党成立于1920年。比如：

蔡和森1926年在莫斯科作《中国共产党党史的发展》讲演时指出："1920年成立中国共产党。"

李大钊1927年在苏联驻北京使馆存放的《中国共产党简明历史》载明："1920年初在上海成立中国共产党。"

瞿秋白1928年在苏联作《中国革命与共产党》的讲演时说："党孕育在五四运动中，以1920年为其开端。"

邓中夏1930年在莫斯科著的《中国职工运动简史》写道："1920年中国共产党成立。"

董必武1937年在延安回答尼姆韦尔斯访问时也说："中国

共产党中心建立于1920年5月。"

李达1954年写给上海革命历史博物馆的信也表示："1920年夏，中国共产党（不是共产主义小组）在上海发起。"

总而言之，早期的中国共产党党员普遍认为是1920年建党，而非今天我们认为的1921年7月。因此，不重视是可以理解的。事实上，开始重视中共"一大"，并把"七一"作为党的生日加以纪念，是"一大"召开17年以后的事情。

1937年，党中央进入延安，终于迎来相对稳定的环境。1938年春天，为进一步扩大中共的影响并凝聚全党，毛泽东经过与几位中央领导同志商讨，决定组织建党纪念日活动。由于无法确定具体日子，党中央决定取7月1日为建党纪念日。在1938年5月召开的抗日战争研究会上的一篇讲稿中，毛泽东首次提出："7月1日，是中国共产党建立17周年的纪念日。"1941年6月，中共中央发出《关于中国共产党诞生二十周年抗战四周年纪念指示》，提及"今年七一是中共产生的二十周年"。这是以中共中央名义作出的把"七一"作为党的生日进行纪念的第一个文件。从此，"七一"就作为党的生日固定下来。

许多历史事件，包括一些重大的事件，其意义并不是马上被人们所认识，而是随着时间的推移，逐渐显现出来，并经过历史的沉淀，更加显著，更加鲜明。

中共"一大"就是这样的重大历史事件。

1956年2月，中共中央政治局委员、中共"一大"代表董必武来到"一大"会址视察，并应邀为纪念馆题词："作始也简，将毕也巨"。这题词出自《庄子》，是说有些事情开始时极其微小，不被重视，后来却发展壮大起来，成就了一番大事业。

这句富有哲理的题词正是中国共产党的真实写照。

参考文献

1. 苗体君、窦春芳:《李大钊没有出席中共一大原因再探讨》,载《党的文献》2007年第3期。

2. 程金蛟:《陈独秀不参加中共"一大"原因探析》,载《广西社会科学》2003年第9期。

3. 叶永烈:《红色的起点》,广西人民出版社2005年版。

原载《世纪风采》2009年第1期
《中国人事报》2009年7月1日摘录
《松江报》2009年9月28日摘录
《中国剪报》2009年7月10日摘录
《今周刊》2009年8月7日转载
《辽沈晚报》2009年7月8日转载

毛泽东的"圈阅"

"圈阅"是毛泽东生前阅文经常使用的方法。上行下效，至今各级领导也经常效法，在相关文件上画个圈，以示同意或者阅过。

有人说，"圈阅"是北宋时期的王安石发明的，由来已久。但中共领导人"圈阅"制度却与王安石没有任何继承关系。

在中国共产党内，首创"圈阅"的是叶子龙。叶是毛泽东的"五大秘书"之一，曾于1935年底至1962年在毛泽东身边工作，长达27年之久。关于"圈阅"的由来，叶子龙回忆道：

1948年2月，毛泽东亲自主持制定《中共中央关于土地改革中各阶级的划分及其待遇的规定》，随即发往全国。中央要求各地认真讨论并将意见迅速汇报中央。此后，毛泽东就等候关注着各地的反应。3月的一天，毛泽东突然问起东北方面调查土改和讨论规定的材料来了没有。担任秘书的胡乔木回答说早就来了。毛泽东追问道："来了为什么不及时送给我看？"叶子龙说："大概还没有来呢！"可胡乔木说清楚地记得电文已经来了。

叶子龙连忙去找，结果从文件堆里翻了出来。他见电文上画了许多钩，因为当时领导人阅看电报、文件后，就在头一页上画上钩，所以叶子龙说："这份电文您已经看过了。"毛泽东听了有些不悦，说："我根本就没有看过！"

由于上面只有钩钩，从钩钩上的确看不出究竟是谁画的，所以到底谁看过，谁没看过，就难以分辨了。

为了改变这种状况，叶子龙想出了个办法：在送传电报、文件前，先在电报、文件上署好各位领导的名字，哪位领导看过了，就在自己的名字上画一个圈。这样一来，谁看了谁没看就一目了然了。

从此，中共领导人的"圈阅"制度就开始实施，并一直沿用到今天。

毛泽东生前"圈阅"的文件不计其数。但是"圈阅"到底是什么意思呢？

据曾是中央文革成员的王力（就是在"文革"时期的武汉"七二〇事件"中红极一时不久又成为阶下囚的那个王力）说："依我跟主席多年的经验，感到凡是主席只在文件上画了一个圈的（即所谓'圈阅'），并不表示完全同意，只是大家赞成，他才同意的。如他觉得写得好，往往批：很好，照发。至少还批一个'同意'。如果明确反对，他就压住不发了，或者批上不同意见。我跟总理议论过，总理也有这个经验。他说：凡是主席只是画圈的，说明他是在考虑之中，还值得我们思考。"

王力这段话，可以说是对毛泽东"圈阅"的解释。说明毛泽东的"圈阅"只是表示"看过了"，是否同意，则不一定。

王力的说法有事例为证：1966年5月，中共中央在北京召开了中央政治局扩大会议——也就是通过《五一六通知》

的那次会议。在会议上，林彪发表了长篇讲话，列举了古今中外各种政变的例子，制造中央有人要搞反革命政变的恐怖，这就是后来人们所说的"政变经"。在这篇讲话中，林彪没有忘记赞颂毛泽东，继续宣传对毛泽东的个人崇拜，搜罗了一些美好的词句，宣扬毛泽东的天才和伟大。

对于林彪5月18日的这篇讲话，在1966年7月8日给江青信中，毛泽东写道："我的朋友①的讲话，中央催着要发，我准备同意发下去，他是专讲政变问题的。这个问题，像他这样讲法过去还没有过。他的一些提法，我总感觉不安。我历来不相信，我那几本小书，有那样大的神通。现在经他一吹，全党全国都吹起来了，真是王婆卖瓜，自卖自夸。我是被他们逼上梁山的，看来不同意他们不行了。在重大问题上，违心地同意别人，在我一生还是第一次，叫作不以人的意志为转移吧。"

毛泽东还写道："今年四月杭州会议，我表示了对于朋友们那样提法的不同意见。可是有什么用呢？他到北京五月会议上还是那样讲，报刊上更加讲得很凶，简直吹得神乎其神。这样，我就只好上梁山了。我猜他们的本意，为了打鬼，借助钟馗。我就在二十世纪六十年代当了共产党的钟馗了。事物总是要走向反面的，吹得越高，跌得越重，我是准备跌得粉碎的。"

毛泽东说是这样说，但还是画了圈，并作为中央文件下发给八届十一中全会的与会者。

再看另一事例：1970年7月23日和25日，中央政治局开会讨论纪念"八一"建军节社论草稿时，发生了争论。当时，越来越接近林彪的陈伯达主张将"伟大领袖毛主席亲自缔造和领导的，毛主席和林副主席直接指挥的人民解放军"一句

---

① 指林彪。——笔者注

中的"毛主席和"几个字去掉，张春桥不同意。主持会议的周恩来最后表示，这事"要请示主席"。当时毛泽东在杭州，周恩来写了一封信给汪东兴，将社论中这个提法请汪东兴转报毛主席审定。毛泽东当时眼睛患白内障，视力模糊。汪东兴将信念给毛泽东听，毛听后没有表态，说："你画个圈退回去！"汪东兴考虑此事他不好画圈，就搁下了。三天后，即7月29日，毛泽东和周恩来在上海接见外宾。接见后，周恩来、黄永胜问汪东兴，毛主席对建军节社论的提法定了没有？汪说：你们请示主席吧！周恩来、黄永胜找毛泽东请示。毛泽东回答：这类应景文章，既然已经政治局讨论，我就不看了；至于提法问题，这无关紧要。随后，毛泽东问汪东兴："怎么搞的？不是让你画圈吗？"汪东兴回答说："这样大的事，我不敢圈。"并问："两种意见，您到底赞成哪一种？"

毛泽东正点燃一支香烟，抽了几口，然后说："两种意见，我都不赞成。缔造者不指挥能行吗？缔造者也不光是我，还有许多人。"听了这番话，汪东兴仍然按照毛泽东讲的"画个圈退回去"的意思，画了个圈，把稿子交给周恩来。

8月1日，两报一刊发表"八一"社论，提法为："伟大领袖毛主席亲自缔造和领导的，林副主席直接指挥的中国人民解放军。"

社论刊出后，毛泽东对此事很不满意，认为林彪一伙突出林彪对军队的"直接指挥"是别有用心。他说："军队的缔造者、领导者就不能指挥，这是不对的。缔造者、领导者也不是少数人，也不是我毛泽东一个，也不是你林彪一个。我们党内还有很多同志是领导兵暴的、领导军队的。"

由此可见，毛泽东"圈阅"并不意味着同意，而是表示"看过了"。

参考文献

1. 叶永烈：《叶永烈采访手记》，新疆人民出版社2000年版。
2. 逄先知、金冲及主编：《毛泽东传 1949—1976》，中央文献出版社2003年版。

原载《名人传记》2009年第1期
《钱江晚报》2009年2月15日转载
《党史信息报》2010年6月17日转载
《世纪桥·纪实版》2011年5月转载
《人物周报》2009年1月12日转载
《报刊文摘》2011年4月13日转载
《每周文摘》2011年6月17日第15版
《江南快报》2011年4月9日转载
《淮海商报》2011年5月26日转载
《陕西工人报》2011年4月15日转载
《幸福·悦读》2011年第9期转载
《临汾日报·晚报版》2011年4月20日转载

毛泽东在开国大典上穿的礼服

1949年10月1日的开国大典,无疑是中国现代史上最值得纪念的事件之一;在开国大典上,毛泽东穿过的礼服无疑是最有意义的历史文物之一。于是,人们想知道,这件重要的历史文物是否保留了下来?如果保留了下来,如今在什么地方?

1949年10月1日,是新中国举行开国大典的喜庆之日。

开国大典前夕,毛泽东身边的工作人员问他穿什么礼服去参加开国大典,毛泽东不假思索地答道:穿中山服,因为是新中国的开国大典,穿国服才能体现出爱国精神。

中山服,又称"国服",是民主革命先行者孙中山先生亲自设计的。辛亥革命后,孙先生经常要接见外宾或参与一些重大的外事活动,宋教仁叫他做一套最好的西服作为礼服,便于应酬。孙先生说,我们这么大个国家,应当有我们自己的服装。说着便让宋教仁拿来一套西服铺在桌面上,用粉笔勾划着,不一会便设计好了。做好后孙先生试穿于身,显得非常精神。宋教仁说:我看就叫中山服吧!此后,孙先生就把中山服当礼服,中山服很快流行全国。孙先生去世后,人民尊称他为"国父",中山服便被称为"国服"。

遵从毛泽东的吩咐,卫士李银桥与李家骥买了一段黄色的将校呢,并专门请北京最著名的裁缝王子清为毛泽东量身定做了一套中山装。

开国大典那天，毛泽东穿上特制的中山装，显得更加精神振奋，气宇轩昂。不过，礼服里面仍然是那件补了多次的衬衣。毛泽东就是这样一个人，衣着随便，十分简朴。

在他的影响下，党内的领导同志都在开国大典上身着庄重的国服。当共和国的领袖们并肩站在天安门城楼上时，个个精神抖擞，神采奕奕，黄的、兰的、青的、灰的各色国服形成了一道特别的风景线，好似一道坚强的中华脊梁，使古老的天安门焕发出无限的朝气与生机。

那时，人民解放军的军衣还没制定统一式样，人们对军装的概念似乎只是以黄色为标准。因此，毛泽东那套黄色的将校呢的中山装也被视为"军衣"。

开国大典之后，李银桥看剩下的料子还不少，就又请王子清为毛泽东做了三套相同式样的"军衣"。

朝鲜战争结束之后，毛泽东对卫士说：

"我们可以脱军衣了。我脱，你们也脱。"

此后，卫士们都脱下军衣，再不曾穿过。毛泽东也再不曾穿过那套"军衣"。

几个月后，就是1954年初，毛泽东对江青说："黄军衣我不穿了，你看送给谁就送给谁吧。"

于是，江青把李银桥叫到办公室，指着沙发上的四套制服，说："银桥，这些衣服，主席不穿了，送你一套，马武义一套，赵鹤桐一套，李家骥一套，四个内卫每人一套。"

李银桥"嗯"了一声，动手翻翻那几件衣服，问："还有孙勇怎么办？"

孙勇是负责外卫的副卫士长。

"噢——要不这样吧，你和孙勇一人两套吧。"江青说道。

按照江青的意见，李银桥首先挑了两套，其中包括毛泽东穿过的那套；剩下的两套就送给了孙勇。

毛泽东把开国大典穿过的衣服，随随便便地送给了自己的卫士，说明他没有看重它，没有把它当成历史文物，同时也说明毛泽东始终保持了谦虚谨慎、艰苦奋斗的本色。

在党的七届二中全会上，毛泽东告诫全党："务必使同志们继续地保持谦虚、谨慎、不骄、不躁的作风，务必使同志们继续地保持艰苦奋斗的作风。"不仅如此，毛泽东还身体力行，率先垂范，成为践行"两个务必"的楷模。

李银桥没有毛泽东身材高大，穿上"军衣"肥肥大大的，实在有碍观瞻，就想把衣服改一改。与爱人韩桂馨商量，韩桂馨半开玩笑半认真地说："你可别瞎改呀。这要是在旧社会，那衣服就算皇帝登基的龙袍呢。"

李银桥考虑问题则比较简单，说："现在不是新社会吗？主席一再说：'我是国家主席，是人民公仆，不是皇帝。'你瞎扯什么？"

于是，就找裁缝按照自己身材裁剪了。改后的衣服穿上很合身，也很精神。可是他没有想到，一件具有重要历史意义的文物就毁在了自己的手里。

转眼到了1962年4月，李银桥调到天津工作，离开了毛泽东。

1967年，天津历史博物馆收集历史文物，找到李银桥，"请"走了那套衣服，并且给李做了一套新呢子衣服作为补偿。这时，李银桥才意识原来那套衣服的珍贵，后悔当初没有听从妻子的意见。

毛泽东在开国大典上穿过的礼服，见证了20世纪具有世界意义的一个重大历史事件，其价值是"龙袍"所不能比拟的。

毛泽东逝世后，中国历史博物馆也寻找开国大典时毛泽东穿过的衣服，找到了李银桥。李告之："被天津历史博物馆的同志收走了。"来人让他要回来，但天津那边死活不给。

至今，毛泽东在开国大典穿过的那套"军衣"，仍珍藏在天津历史博物馆，是该馆的镇馆之宝。每个参观者来到这里，都要驻步良久。

参考文献

1. 李银桥：《在毛泽东身边十五年》，河北人民出版社1992年版。

2. 李家骥口述、杨庆旺整理：《开国大典这一天的毛泽东》，载《党史博览》1999年第10期。

3. 张淑华：《开国大典那一天》，载《北京档案》1999年第9期。

原载《名人传记》2008年第8期
《书报文摘》2008年第36期转载
《湛江日报》2010年3月27日转载
《老年生活报》2010年3月22日转载
《党员生活学习实践》（武汉）2010年第1期转载
《党史信息报》2010年8月4日转载

从大陆居民"逃港潮"
到港人北上"定居潮"

为数众多的群众偷渡外逃到香港,历来是广东的一个特殊问题。

由于国内采取了一系列"左"的错误政策,加上三年困难时期和"文化大革命"十年经济发展缓慢,人民生活得不到应有的改善和提高,因此,广东曾连续发生群众偷渡外逃香港、澳门事件。据统计,从1954年至1978年,全省共发生偷渡外逃56.5万多人,逃出14.68万多人。为了遏制"逃港"风潮,广东全省在省委的统一领导下,动用了大量的人力、物力,持续不断地进行反偷渡,但效果有限。在一些人看来,"逃港"似乎成了永远无法解开的死结。然而,自改革开放后,特别是1997年香港回归后,情况却在不知不觉中发生变化:大陆居民"逃港"事件越来越少,而港人北上定居则悄然成为"潮流"。

一

自1954年后,严重的"逃港"事件有两次,第一次发生在1962年。

从大陆居民"逃港潮"到港人北上"定居潮"

进入 20 世纪 60 年代以后,"大跃进"的恶果全面迸发。当时,珠三角一带的老百姓粮食短缺,纷纷致信香港亲友求助。然而,国内政府出于政治考虑,一度下令禁止邮包入境。人们没有饭吃,自然就寻思着往外跑,从某种意义上讲,偷渡完全是逼出来的。

其时正逢中英对立的"冷战"时期,香港经济起飞又缺乏大量劳力。因此,港英当局从 1961 年 3 月开始实施了新身份证申请政策(俗称"抵垒政策")。新政策规定,凡成功抵达市区而又具有工作能力的人都发给香港身份证,实际上变相地承认了非法移民的合法化。这个政策对于非法入境者来说无疑就是"大赦令",助长了"逃港"风潮愈演愈烈。1962 年初,农历新年刚过,成群结队的大陆居民开始非法越过陆路边境,进入香港。这些试图闯关的人,主要来自广东境内的广州、惠阳、东莞、南海、台山等地,也有从外省闻风跟来的,籍贯遍及 12 个省区。"逃港"的高潮发生在那年的五月份,因此,当时的香港媒体有"五月大逃亡"之说。据记载,单是在 5 月 16 日那天,便有 5000 多人,由新界边界剪破铁丝网涌入香港。5 月下旬,边境线重新封锁,大规模闯关是不行了,但偷渡活动并没有停止,而作为话题更是长盛不衰。广州的大街小巷到处都在谈偷渡,谁个成功了,那个失败了;该怎么准备,如何行事;有何经验、教训等等,总之,可谈的东西甚多,而且是半公开地谈,无所顾忌地谈。

当时在广东偷渡,按方式可分走路、泅渡、坐船三种;按路线,则有东线、西线之别。从陆上偷渡要到达边界,翻越铁丝网,闯过禁区,而这一地带正是双方防卫的重点。内地这边有边防部队日夜巡逻,还有令人恐惧的警犬。香港那边沿铁丝网有公路,每隔一段距离有探照灯,不断扫视,后来铁丝网更装上先进的感应装置，一触网就会被发现。总之，陆路偷渡艰难又危险，只有年轻人才有此勇气。

泅渡，就是从海上游过去，这要水性好。虽说偷渡者一般都带有汽车轮胎，但大海中游泳危险很大，溺水身亡的事时有发生，于是有人就发明了在珠江里练兵。据上了岁数的老人回忆，在那个时代的广州，群众常常自发去珠江中练习游泳，其目的就是为了在日后"逃港"中用得上。不少孩童从小便被家人灌输"好好练身体，日后去香港"之类的思想。

陆上越"网"，海上破浪，毕竟是年轻人所为，中老年人、儿童妇女只有坐船之法了。坐船，相对而言较安全，但带有集团性质，出了事问题较严重，而且要付一笔不小的费用，但为"逃港"也只有在所不惜了。

当时对偷渡者打击制裁异常严厉。凡不经合法手续前往香港者，官方都视为"叛国投敌罪"，抓到就处以重刑；成功偷渡，其家属则会受到牵连，即使离婚划清界限，本人和子女的政治前途也是一片漆黑。然而，"逃港"成功者在安定之后，给大陆亲戚寄来的花花绿绿的港钞，回乡探亲带回的大大小小的礼品，却让物质生活极度贫乏的大陆民众羡慕不已，更勾起了他们铤而走险的欲望，于是，偷渡之风屡禁不止。大量群众通过各种方式涌向边境地区，冒着生命危险，偷越边界线前往香港。在深圳，还曾经出现偷渡人员殴打当地民兵、公安干警和边防部队战士，强冲边境等恶性案件。

到了"文革"期间，"逃港"之风有增无减。一些饱受迫害的知识分子和知名人士也加入到偷渡行列。著名音乐家、中央音乐学院院长马思聪因饱受凌辱，铤而走险乘船逃离大陆，偷渡到香港，然后秘密转赴美国。1967年1月19日，全港报纸头版报道了这一消息。不久一场以广州知青为主体，长达十年的"逃港"浪潮拉开了序幕。这些被发配到穷乡僻壤的知识青年，物质生活与精神生活都极度贫困，他们不堪忍受的重体力劳动与离乡背井的苦楚，便不顾一切地扑向香港。成功者毕竟是少数，多数被逮住或者被港方发现遣返，押送到各地的收容所，劳教几个月再通知单位或家属领人。收容劳教的人实在太多了，广州市沙河收容所每天出入就有上百人，全是些二十岁上下要钱没有，要命一条的知青，其中还有偷渡七八次的惯犯。当局拿他们也没办法，只能关上几天，剃个光头放人。

二

第二次严重的"逃港"时间发生在"文革"刚刚结束的1976年至1980年，前后有四年时间。

20世纪70年代末期，随着"文化大革命"的结束，中国的老百姓从极端的政治高压中解脱出来。在沿海一带，人们通过境外的亲朋好友接触了更多的信息，加上阶级斗争的枷锁开始松懈，一种前所未有的躁动在民间浮现出来。从1976年开始，"逃港"的恶性事件和人数逐年大幅度增加，并在1978、1979年达到高潮。

与"文革"期间相比，此时"逃港"的群体更为广泛，不少普通市民、基层干部，甚至一些十多岁的中学生都加入了这个队伍。在珠三角很多地方，"偷渡"更是成为公开的秘密。哪家有人"偷渡"成功，家人不仅不避嫌，反而会在外人面前炫耀，更有好事之徒会大摆筵席，大放鞭炮，以示庆祝。番禺县的沙湾大队，还出现了以生产队长为首，党支部书记和治保主任全部参与的偷渡事件，他们乘船外逃之时，竟还有数十名村民到海边饯行。惠阳县的澳头公社新村渔业大队，一共才560多人，短短几个月就有112人偷渡成功，大队党支部的6名支部成员，除一名妇女委员外，其余5名都偷渡去了香港。由于"逃港"人员动辄数十人上百人一伙，因此，在偷渡遭遇阻碍或是无望之时，急红了眼的偷渡者，往往便会强行组织闯关，有的还抢夺边防人员的枪支，攻击任何阻止他们偷渡的人。

此次的"逃港"风潮越闹越大，引起了中共中央的高度关注。高层震惊，广东省委赶紧从各地抽调万余名官兵到宝安，同时在铁路、公路沿线的东莞石龙、宝安龙岗等通往边境的交通要道和前沿主要地段，设立堵截收容站，堵截收容逃港人员。

大批群众偷渡外逃，给收容遣送工作带来了极大的困难。1979年1月至6月，深圳收容站收容人数便超过10万人（包括港英当局送回的），比1978年全年收容总数增加了一倍。深圳收容站原设计日收容量只有600人，东莞樟木头收容站日收容量也只有400人。而收容人数最高的一天，樟木头收容站达到3900多人，深圳收容站达到2500多人，致使收容站严重超员，拥挤不堪，生活设施无法适应，卫生条件也极为糟糕。

与此同时，由于香港的工业化高潮接近尾声，劳动力需求开始回落，加上大量的非法移民进来以后，又产生诸多社会问题，特别是陡然增加的既无工作、又无生活来源的"偷渡客"，给香港的治安带来诸多麻烦，因此，港英当局也不得不严阵以待。他们在边境一线成立了"军警联合指挥部"，出动了部队、直升飞机和军舰昼夜巡逻，并宣布取消实行多年的"抵垒政策"，转为实行"即捕即解"。1979年1月至6月初，香港方面遣送回的偷渡客就有3.3万多人，为过去四年多来遣送人数的三倍，有时一天就送回1000多人。

在粤港双方共同努力下，这次大规模的"逃港"活动暂时被压制下去。

延绵30来年的"偷渡潮"，严重影响了广东工农业生产和社会主义现代化建设，危害了边防沿海地区的社会治安，损害了国家的声誉，在港澳地区和国际上造成了极不良的影响。值得一提的是，"逃港潮"所产生的效应并不完全是负面的，对于香港而言，它甚至是不可或缺的。30年间，数十万的大陆非法移民进入香港，成为一支重要的"廉价劳力军"，及时缓解了香港在经济腾飞时期所面临的劳动力短缺问题。不少偷渡者在香港立足之后，从社会最底层做起，艰苦奋斗，不仅慢慢融入主流社会，而且成就了很多"财富神话"。有人曾统计，在排名前一百的香港富豪中，有四十多名是上世纪六七十年代从大陆移民过去的，其中相当一部分是非法移民。曾宪梓、黎智英等人的财富之路，就是从那个时代到香港开始的。

三

广东出现的"偷渡潮"的原因是多方面的，但本人认为，最主要的是经济原因。

1977年11月，刚刚复出的邓小平将视察的第一站定在广东。广东省主要领导向他汇报，讲到港澳边境地区"偷渡风"猖獗，边防部队防不胜防。邓小平听了，没有批评谁，平静地对大家说："这是我们的政策有问题，此事不是部队管得了的。"他强调要恢复过去行之有效的政策，发展经济。邓小平指出："生产生活搞好了，还可以解决逃港问题。逃港，主要是生活不好，差距太大。"看来，这位后来改革开放的总设计师早已敏锐地认识到，"逃港"问题的实质不在于群众觉悟不高，也不在于资产阶级的诱惑，而在于"左倾"错误路线所导致的国民经济凋敝，以及由这种凋敝所带来的艰难民生。

当时，香港与内地生活水平差距实在太悬殊，1978年深圳农民的年均收入是134元，而一河之隔的香港新界农民的年收入却是1.3万港币，相差几乎是一百倍！

我国实行对外开放政策后，大批华侨和港澳台同胞回国探亲观光，他们同内地亲友和群众广泛接触，并带进来大批内地紧缺的商品和生活用品，这些都产生了极大的诱惑力。当时，在广东群众中，有无华侨或港澳关系，生活条件形成明显的对比。有海外关系的群众由于有侨汇，可以买到国内紧缺的商品，生活就会比一般群众好得多，因此，在一些地区，普遍流传着"辛辛苦苦干一年，不如人家八分钱"（指寄信到香港叫亲属汇款回来），"内地劳动一个月，不如香港干一天"的说法。

1978年7月，刚刚到广东任第二书记的习仲勋第一次视察，就来到了"逃港"最严重的宝安县。他考察罗芳、莲塘之后，来到沙头角。在那条独特的"中英街"，习仲勋看见几块竖在街中间的石头，把一条窄窄的街道一分为二，粤港两边贫富悬殊，对比非常鲜明。香港那边车水马龙，人们忙忙碌碌，显得繁华热闹。而属宝安这边却是破破烂烂，很多荒地杂草丛生，显得萧条冷落。很多老百姓都过境买东西，不少人过去了就不再回来。面对如此强烈的对比，习仲勋内心受到极大的震撼。他说："解放那么长时间，快三十年了，那边很繁荣，我们这边却破破烂烂。"

当天晚上，习仲勋来到了莲塘临时收容站，看到里面关着许多被抓住的偷渡犯，就问其中的一个："社会主义那么好，我们自己当家做主人。你们为什么要跑到香港那边给人当奴仆，受人剥削？"

那个偷渡的人说："我们穷，分配很低。到香港容易找工作。"

站在一边的宝安县委书记方苞告诉习仲勋，有很多偷渡到香港的人，找到工作后很快就可以寄钱回来，家里人一两年以后就可以盖新房。

为了加强深圳的反偷渡外逃工作，宝安县委在县委党校举办了一个学习班，把二百多个外逃情况严重地区的公社书记和大队党支部书记召集起来学习。习仲勋听说此事，就找了二十多个正在党校学习的公社书记和大队党支部书记进行座谈。

习仲勋问："你们能不能把人留住，我给你们粮食。"

答曰："不行，留不住。"

习仲勋询问福永公社凤凰大队支部书记文富祥："为什么那么多人外逃？"

文富祥回答："香港那边比我们好。"

"好在哪？"

文富祥说："第一，我们这里世世代代面朝黄土背朝天，农民一辈子都是当农民，不仅如此，子子孙孙都还只能做农民。香港那边不一样，能从事很多职业，东家不做做西家，还能当工人。第二，那边东西多，什么都有得买。我们这边买什么东西都要证，而且有证还不一定能买得到。第三，那边挣钱多，买东西便宜。我们这里分配低，又买不到东西。所以老百姓都说那边好。"

习仲勋对社会主义充满感情，听到文富祥这么说，怒火万丈，连连责问："你怎么有这样的思想？你是什么时候入的党？你是什么出身？当了多少年干部？你的公余粮任务完成没有？"

文富祥如实答道:"我家代代贫农。我在土地改革时就出来了,公余粮任务年年超额完成。"

方苞赶紧插话:"文书记是一个好书记。每年开全年大会时我们都给他授奖的,他是我们县里最好的支部书记之一。"

习仲勋听了才逐渐平静下来,气氛也缓和了。这次视察对习仲勋触动很大,使他真正亲身看到老百姓对改革开放、提高人民生活水平的渴望以及发展经济、缩小与香港差距的紧迫性。

四

物极必反。屡禁不止的"逃港"事件直接催生了经济特区。长期的反偷渡斗争,使广东的领导人深刻地认识到,光靠严防死守是不可能有效地遏制偷渡,必须另辟蹊径。不久,习仲勋等广东省委主要负责人率先向中央提出设立经济特区的设想,经批准同意,1980年8月26日,经济特区在"逃港"最猖獗的深圳最先建立,由此揭开了旨在让中国人民富起来的改革开放的序幕。

深圳特区的诞生,使广东人民看到了希望,也使"逃港风"骤然停止。当年曾参与特区筹建工作的广东原省委书记吴南生后来回忆说:"最令人感到高兴和意外的是,在《特区条例》公布后的几天,最困扰着深圳——其实也是最困扰着社会主义中国的偷渡外逃现象,突然消失了!确确实实那成千上万藏在梧桐山的大石后、树林中准备外逃的人群是完全消失了!"

然而,吴南生高兴得太早了。人们在观望了一段时间后,"逃港"之风再起,并于20世纪80年代末、90年代初再次形成高潮。据港府统计，1989年全年被捕的大陆非法偷渡客为1.5万人，1990年2.7万人，1991年2.5万人，1992年已超过3.5万人，创12年来的最高纪录，而且有逐年逐月上升的趋势。香港警方抓获的偷渡客中，将近六成是到香港打工，而非移民。据说，蛇头们到内地散布谣言，称香港因修建新机场而需要大量劳工，因而使前来"揾银"（赚钱）的偷渡客数量一度直线上升。

虽然有这样的反复，但总的说来，在改革开放之后的二十多年，随着内地经济的迅猛发展，1997年香港的回归，"个人游"政策为内地人来港提供的方便，加上香港边境反偷渡系统的不断完善，偷渡情况已经基本上得到控制。虽然偷渡现象还存在，但是，无论从规模还是数量上来看，都已大大减少。在2006年，被捕的大陆非法偷渡客已经大幅降低到3173人。

与此相反，大量的香港人涌入内地则成为潮流。2006年7月6日，香港《大公报》报道了香港特别行政区规划署发表的"香港居民在中国内地居住情况及意向"调查结果，读后令人深思。规划署的调查表明，到内地定居的香港居民2001年为41000多人，2003年为60000多人，而2005年（6月）为91800人，四年间增长了一倍多；另外，还有80200人打算未来移居内地。调查显示，港人北上定居悄然成为"潮流"。

《大公报》写道：回归前，到内地定居对很多港人来说"简直不可思议"，而在回归九年后的今天，却成了"趋势"。报道还说，不知不觉间，香港与内地那条长期存在的无形"界线"已经在慢慢淡化和消失。

好一个"简直不可思议"，好一个成了"趋势"！为什么短短几年间发生这么大的变化？香港与内地间长期存在的无形"界线"是什么，为什么现在已经在淡化和消失？

据调查，已移居内地的9万多港人中，有70%以上出于工作需要，换句话说，他们在内地或办有企业，或有一份工作；其余的人移居的原因包括与内地配偶和子女团聚，内地有亲戚，内地生活费用较低等。打算未来十年移居内地的8万多人中，有47%的人是出于内地生活费用较低，其余则认为内地环境较佳和适合退休生活等。

无论出于什么原因，大批港人北上定居都与经济因素密切相关。改革开放以来，内地特别是与香港毗邻的珠三角，经济发展迅猛，衣食住行、通讯和文化生活各方面与香港的差距明显缩小，加上发展天地广阔、环境好、费用低等有利条件，对某些港人自然产生了越来越大的吸引力。香港是个移民城市，每年都有大批移民进出是正常现象。但不正常的是，以前香港居民迁居的目标主要是欧美发达国家，很少北上移居内地，尽管他们与内地，特别是与广东语言和生活习俗完全相同。原因是那时内地经济落后。

《大公报》的文章写道：以前香港对内地人倒是有巨大的吸引力，有些人以为香港是"天堂"，遍地是黄金，一心想成为港人，甚至有些人不惜冒着九死一生的危险往香港偷渡。今天很少听到，有哪个内地人非要成为港人不可。偷渡香港更成为永远的过去。现在的香港比过去更加繁荣发达，总的生活水平仍远高于内地，但内地人觉得内地现在也不错，一般来说住房比香港人还宽敞，东西比香港便宜，生活比香港容易，因而不再向往香港。一位记者曾两度在香港工作，可以说对罗湖桥两边中国人近十几年来心态的变化有着深刻的体验。他在文章中写道：80年代末、90这年代初，许多香港人对操北方口音、穿三节头皮鞋、有几分土气的内地人是瞧不起的，商店售货员总是带着几分不耐烦的眼光看待那些光看不买或很少买的

从大陆居民"逃港潮"到港人北上"定居潮"

"表叔"、"表婶"们,谈起内地总是离不开穷、破、脏。十年后我再度到香港工作,那时香港同胞谈内地调子和表情都变了。我的港人同事们每次从深圳、广州或其他珠三角城市回来,都说那些地方楼多高,路多宽,东西多丰富、多便宜,他们亲戚的生活过得怎么好。今年5月,我路过香港,同我的港人老同事们重叙时,他们都为我现在住一百多平米房表示羡慕,而他们尽管工资比我高,退休金比我多,但多数人家只四五十平米左右的住房,有一位家里还放着双层床。我知道,他们在香港环境下要改善住房是很困难的。我对香港同胞心态的变化是理解的,过去他们对内地瞧不起,也不怪他们,主要还是我们内地建设没搞好。

从大陆居民"逃港潮"到港人北上"定居潮",这个变化实在是太大了。中国能有这样的变化,不能不感激邓小平。邓小平的伟大在于他比任何中国人更深刻地认识到,必须抓住时机,加快发展,"发展才是硬道理"。如果不搞改革开放,内地就不会吸引那么多外资兴办那么多工厂企业,就不可能每天有20万港人到珠三角上班;如果深圳还是当年不过2万人口的边陲小镇,东莞还是破败落后的农村,就不会吸引大批港人北上,更不会使他们在那里长期安家落户;同样,沙头角的边防军和铁丝网也难堵得住内地偷渡客冒险。

香港与内地间那条"界线"说无形也无形,说有形也有形。过去内地这边贫穷落后,偷渡之风盛行,"界线"就是有形的,而且是森严的;如今内地经济发展了,人们开始富裕了,偷渡也渐渐变成了过去式,"界线"就在淡化和消失,在不知不觉中变为无形。

参考文献

1. 徐学江:《香港人北上定居成潮说明了什么》,见新华网2006年7月12日。

2. 卢荻:《习仲勋与广东反"偷渡外逃"》,载《百年潮》2007年第10期。

3. 吴开彬:《偷渡香港未遂》,载《中华散文》(我的故事)2007年第3期。

4. 张宇森:《我们偷渡去香港》,载《中国校园文学》2005年第11期。

5. 东山涛:《"文革"前后粤港偷渡风潮》,载《检察风云》2007年第12期。

6. 杨建:《七十年代末广东开展的反偷渡斗争》,载《岭南学刊》2000年第6期。

原载《文史精华》2008年第2期

耿飚笔下的"风流"长征

耿飚是人民解放军的一名功勋卓著的战将。在二万五千里长征中,他先后任红四团团长与第一师参谋长,率部斩关夺隘,屡建战功。他留下了一部回忆录,其中第四章写的就是长征。

如今,一提起长征,人们马上想到的是艰苦:"苦不苦,想想长征二万五。"而《耿飚回忆录》展现的长征似乎与现在一般人对长征的理解有所不同。在耿飚笔下,长征不但历经磨难,同时也充满了欢乐,书中的一个小标题就是:"雪山草地 苦难风流"。

苏区姑娘把绣好的荷包往战士手里塞

1934年10月16日,连连受挫的中央红军,不得不撤离根据地,踏上前途未卜的漫漫征程。当时并不知道要进行长征,更不知道要花上一年的时间,走过艰苦绝伦的两万五千里。团长耿飚、政委杨成武率前卫团——红一方面军一军团第二师第四团涉过于都河,迈出了战略转移的第一步。耿飚清楚地记得,那天的月亮又大又圆,正是阴历的月半。

秋风吹动着残枝败叶,吹动着一泻千里的于都河,吹动着身着单衣的指战员们。耿飚回首眺望对岸举着灯笼、火把为红军送行的群众，依依满别情。

关于群众送别的情景，耿飚回忆道：作为"万里长征第一步"，现在想想真是平淡无奇。我和政委杨成武、李英华参谋长像往常出发那样，到各单位驻地检查了群众纪律，还与当地苏维埃的同志们谈了些天气、收成等家常话。当地群众看到部队开始上门板、捆稻草、打背包、裹绑腿，知道红军要打仗去了，纷纷前来话别，还有几个江西籍红军的新婚不久的妻子也来送别，大家便趁机与他们开些玩笑，闹得新娘子成了大红脸，赶紧离去，躲得远远的望着我们出发的队伍。倒是苏区的姑娘比较开通，她们把绣好的荷包呀、炒好的瓜子呀什么的，追着战士往手里塞；胆子更大些的，干脆跟着战士走一程，问他"叫什么名字？""哪里人？""能立功当英雄？"这下该那些男子汉们害臊了，脸上红一阵白一阵，姑娘们便嘻嘻哈哈，三五成群地唱起："红军哥哥打胜仗，哎呀，妹等哥哥快回来……"

红军的战略"转移"，意味着将有多少夫妻生离死别，多少战士离乡背井；但在耿飚的笔下，没有悲伤，没有惆怅，倒是充满了欢乐与温馨。

"只要让我干革命，没有堂客也成！"

红军出发前，耿飚正害疟疾，一发作就是高烧、寒战。考虑到病情严重，上级领导曾准备将他留在地方养病。耿飚十分着急，部队要行动，自己是指挥员，怎么能留在后方？他"软缠硬磨"，终于得到批准，带病参加"转移"。

在连续突破国民党三道封锁线后，红四团到达了天堂圩。在那里，耿飚请一位老郎中给战士们疗伤看病。这位老郎中十分和善，看到红军战士病成那样子还坚持行军打仗，目光中蕴涵着惊讶和敬佩之情。那天晚上，他让耿飚住到自己的家里，细细地为之切脉配药，又亲自煎了汤药，让他服下。

耿飚问："老人家，能不能把病一下子治好？"

老郎中哈哈大笑："年轻人，那就难为老朽了。俗话说：病来如山倒，病去如抽丝。更何况你这是恶性脾寒？"

"可哪有时间慢慢治呀，说不定明天就要上阵！"耿飚诚恳地说。

老者捋着银髯，沉吟良久："也罢，在下倒是有一祖传秘方，不过毒性太大，列祖传下话来不许轻易使用。待我为你炮制出来，保你一服见效。"

耿飚大喜过望，连连道谢。

"但有一项，此药服下之后，七毒入血，恐有脱发之险。"老者认真地说。

"要得！要得！"

老郎中仍然认真地说："脱发乃毁容大忌，若因此连累你寻不到堂客，可是断人香火的罪过哟！"

耿飚笑道："不怕不怕！只要让我干革命，没有堂客也成！"

谁知，第二天一早红四团就奉命出发。老中医不违诺言，虽来不及配药，却将他的祖传秘方，抄了一份给耿飚。在民间医生看来，秘方比生命还重要，现在却授于一个过路的红军，足见他的诚心。他将耿飚拉到一边，信任地说："这药方到你为止，不可再传，盖因其毒大矣。按照你的脉息，我斟酌一夜，对药量作了加减，估计不致脱发至尽，仅稀疏而已。日后调理，仍可再生。"

由于战事紧张，直到达贵州黎平时，耿飚才配齐了那付秘方中药，一剂共三服。只用了一服，严重的恶性疟疾就基本消除。正如老先生所言,服药后有些副作用,主要是掉头发,伴有手足发麻的感觉,但是并不十分严重。

耿飚也信守诺言,终生没有公布那个药方。

回想此事,耿飚感慨无限:我们革命事业的胜利,有着多少人民群众的心血啊!

"我的全身完全成了血浆,血腥味使我不停地干呕。"

如果说,长征是震惊寰宇的壮举,那么,湘江之战则是这一壮举中最惨烈、最悲壮的一幕。

1934年11月25日,中央红军决定在全州、兴安之间渡过湘江。当晚,刘亚楼率领的一军团二师抵达湘江后发现,此段防线并无敌人主力,全州空虚。但由于李德指挥延误,扼守湘桂走廊的全州古城终被先到一步的敌军占领。

红军陷入绝境,一场惨烈的血战无可避免地到来了!

其时,耿飚的疟疾又发作一次,一阵猛烈的高烧和寒战过后,双腿虚弱得一点力气也没有了,连蹲也不能蹲,只好坐在地上指挥。当时上级通报,当面敌人兵力是九个团;而战后才知道,实际是十五个团。一个团居然阻击了整整十五个团,这在现代中外战争史上,都是不可想象的。政委杨成武当时仅20岁,在恶战中身负重伤。后来,杨成武在《忆长征》中描述这场惊心动魄的血战:"敌人像被风暴摧折的高粱秆似地纷纷倒地,但是打退了一批,一批又冲上来,再打退一批,又一批冲上来。从远距离射击,到近距离射击,从射击到拼刺,烟尘滚滚,刀光闪闪,一片喊杀之声撼山动地。"

耿飚身为团长也挥舞马刀与敌混战,以一当十,如入无人之境。青少年时,耿飚曾跟父亲习练武术,南拳、气功、单刀、点穴都曾练过，只有双钩没有学会。习武数年，他体格健壮，身手不凡，即使赤手空拳，四五个壮汉也无法近身；尤其是轻功卓绝，上楼梯都是用脚尖一次跳四五级。

艺高人胆大，胆大艺更高。一身功夫帮助耿飚屡建战功。升任团长后，耿飚仍然习惯手持利刃，冲锋陷阵，可谓是现代战争中的奇才。湘江之役，情况万分危急，耿飚又一次与敌人展开肉搏。他在回忆录中写道：

尖峰岭失守，我们处于三面包围之中。敌人直接从我侧翼的公路上，以宽大正面展开突击。我团一营与敌人撕杀成一团，本来正在阵地中间的团指挥所，成了前沿。七八个敌兵利用一道土坎作掩体，直接窜到了指挥所前面，我组织团部人员猛甩手榴弹，打退一批又钻出一批。警卫员杨力一边用身体护住我，一边向敌人射击，连声叫我快走。我大声一声："拿马刀来！"率领他们扑过去格斗。收拾完这股敌人（约一个排）后，我的全身完全成了血浆，血腥味使我不停地干呕。

看到保卫局长提着驳壳枪向自己走来，心里不由一悸。

耿飚命大，身经百战，很少负伤；但在湘江之役，却险些成了"左"倾路线的殉葬品。

那是湘江血战的最后一天。

清晨，银霜遍地，寒风料峭。

耿飚的疟疾刚刚发作过去，正披着一床毯子在各连阵地检查工事，敌人的进攻就开始了。先是敌机轰炸，继而集团进攻，在一场恶战之后，红四团的阵地被突破了四五里地。正当耿飚与李英华参谋长组织突击队准备反击之际，军团保卫局长罗瑞卿带领执行小组来到了阵地。

耿飚看到罗瑞卿提着张开机头的驳壳枪向自己走来，心里不由一悸：糟了！在战场上，尤其是战斗失利的时候，保卫局长找上门来，凶多吉少！那时"左"倾路线还占统治地位，谁在作战时弯一下腰，也要被认为是"动摇"而受到审查，轻则撤职，重则杀头。

果然，罗瑞卿来到耿飚面前，用驳壳枪点着耿的脑袋，大声问："西城，格老子怎么搞的？为什么丢了阵地？""西城"是四团代号。罗瑞卿腮部有一伤口，是第二次反"围剿"时负的伤，由于愈合不好，加上他那严厉的神情，真有点"咬牙切齿"的样子。耿飚忙说："你看嘛，全团伤亡过半，政委负伤，我这当团长的也拼开了刺刀；敌人兵力处于绝对优势，我们一个团抵挡十多里的正面进攻；结合部的失守，也是战士全部牺牲后才发生的。"

听了解释，罗瑞卿的态度稍有缓和，说："我说四团不应该有这样的事嘛。"

为了缓和紧张气氛，罗瑞卿递给耿飚一烟，说："指挥战斗不要披着毯子，像什么样子嘛？"

警卫员杨力赶紧把他拉到一边，诚恳地说："罗局长，您弄错了。我们团长正在打摆子，是我给他披上的。"罗瑞卿这才真正后悔了。他告诉耿飚："红星"纵队刚刚渡过一半，阻击部队务必顶到十时以后，才能保证大部队完全渡过。

耿飚答道："每分钟都得用血换来的啊！"

一场恶战，历时五天五夜，直至掩护行动迟缓的中央纵队渡过湘江，红四团才撤过江去。

事后，耿飚才知道，罗瑞卿怒气冲冲上阵地的原因。原来，那股冲进来的敌人，竟迂回到一军团指挥部来了，当时林彪、聂荣臻、左权等指挥员正在吃早饭，差点被敌人包了饺子。

"还是毛主席出来领导好哇！我们红军又要打胜仗了！"

1935年1月，党中央在贵州召开了具有伟大历史意义的遵义会议，结束了"左"倾教条主义在中央的统治，确立了毛泽东在党和红军的领导地位。消息传来，耿飚兴奋不已，说："还是毛主席出来领导好哇！我们红军又要打胜仗了！"果然，中央红军再克娄山关，再取遵义，取得了长征以来第一次重大胜利。其时，耿飚已调任红一师参谋长，参与两次战斗的指挥。

为了扩大战果，耿飚率部乘胜追击。红军追得快，有如天兵天将；贵州军阀王家烈的"双枪兵"又完全没有战斗力，因此，俘获极多。耿飚回忆道：一个班的红军追到一个小镇上，发现敌人两个一伙、三个一群相跟逃来，连累带饿，分散到百姓家里抢东西吃。这个红军班长灵机一动，站在大街上吹起哨子，高喊"集合了"！这些"双枪兵"们就昏头昏脑出来集合，足有五六十人，班长问"还有没有？快去喊。"敌人也真乖，便老老实实地把那些没睡醒的叫出来。这时，我们的战士突然亮出武器，大喝一声："我们是红军！缴枪不杀！"敌人傻了眼，稀里糊涂地当了俘虏。

耿飚还写道：我们就这样一路追下去，沿途到处是疲惫不堪的敌兵，"双枪将"成了"单枪将"——大部分敌兵的步枪都丢了。俘虏多得没法收拾，也来不及往回押，我们就沿途留下一些战士，看押这些俘虏。看守俘虏的战士都会一手"绝招"：一律收了他们的大烟枪。这些烟鬼们烟瘾发作，无论军官或士兵，全都没羞没臊地向我们的战士磕头求情，要求让他们抽一口提提精神。我们的战士就说："那可不行，有了精神你们就逃了。"追击中还发生了这样一件怪事，师部特务排的一个战士，只顾跟着大队追，没料到，插到敌人队伍里来了。这是敌人的一个团部。这个战士便装着停止脚步打绑带，悄悄地等我们上来后告诉我，我说不要惊动他们，带我们去抓那个团长。结果一阵猛跑，就赶上那家伙了。那团长还回身问我们的战士："这是跑到哪儿了？"我们的战士便附到他耳朵上："跑到家了。我们是红军！"那家伙一下子就吓瘫了。我们就缴了他的枪，用枪口顶着他收拢部队，集体投降。我们一路上不断俘虏敌人的整个连部、营部、团部。看来，王家烈这支部队有个特点，越是机关大，逃得越远。第二天早上我们追上敌人一个师部时，前面已经没有什么敌军了。

"由于我们身体虚弱，把这么大的鱼拖上来，真像牵牛一样。"

为了准备过草地，耿飚率一个营朝芦花方向筹粮。一开始，红军就遇到了麻烦。当地的土司、头人和国民党反动派欺骗藏民说红军是来杀喇嘛，烧佛庙的，因此，受蒙蔽的藏民便组织起来，不断袭击红军。面对这种情况，耿飚找营长商量对策，认为在彼此都不了解的情况下，最好的办法就是不要纠缠在一起。

当天傍晚，筹粮的部队到达芦花，刚刚宿营，藏民便从四面山上向红军发射冷枪，并发出"哇哇"的声音。由于一时找不到通司，耿飚只好命令占领一座房子，在周围挖了战壕，把窗口都用一袋袋的砂土堵上，做好了自卫准备。

入夜，藏民从四面八方向红军围拢过来，"哇哇"叫着发起集团冲锋，但当冲到距阵地不远地方，又突然惊恐地撤了回去。他们害怕红军射击。

为了执行我党对少数民族的政策,耿飚向部队下达严格的命令:不要开枪,万得已时,只能向空中开枪,把他们吓跑即可。然而,这种"空枪"战术用了几次就不灵了。藏民越聚越多,不断地向阵地靠近。耿飚借助望远镜看到一个个黑影,窜向他们所在的房子。打吧,违反政策;不打,又要吃亏。怎么办?

耿飚灵机一动,命令司号班长发信号弹。

信号弹划出一条美丽的弧线,在空中徐徐降落,发出耀眼的光芒,就像在茫茫夜空突然升起一个小太阳,把大地照得通亮。藏民先是一愣,继而发出惊恐的叫喊,接着扭头就跑。他们从来没有见过这等"怪物",当然害怕,一下子逃得远远的,以后再也没来骚扰。

过草地最大的威胁是饥饿,走到草地中心地带时,大部分同志都断粮了。那时真是艰苦。耿飚写道:幸亏我那匹马还比较健壮,它四个蹄子又大又圆,不易陷下去,在草地上出了不少力。草地绝粮时,我几次想忍痛把它杀掉,但同志们坚决拦下了。没有吃的,我们就找野草、野菜充饥。草地上植物不少,但能吃的不多,大部分都有毒。腐草滩的边沿上,生着各种好看的蘑菇,可是没有一样能吃的。许多同志为了尝出哪些是可以食用的野草和菌类,献出了宝贵的生命。每当发现一种可以填肚子的野草,前面的人将去了茎叶,后边的人就挖出草根。我师政治部主任谭政同志吃了草根后,衰弱的胃无法消化这样粗纤维的东西,疼得满头大汗。

耿飚不但记录了过草地的艰苦,同时抒发了战胜困难的喜悦之情,他写道:

走到草地北边的边沿地带时,水沟里有了鱼。草地里的鱼也怪,见了人也不怕,照样在水边上"悠哉游哉"。于是我们便钓鱼充饥。用枪通条磨尖，弯个钩，随便抓个蛤蟆虫子什么的做诱饵，便能把鱼钓上来。草地上大多是无鳞鱼，我们钓到的鲶鱼，大头阔嘴，嘴巴上有两条须，大的有七八斤重。由于我们身体虚弱，把这么大的鱼拖上来，真像牵牛一样。

尽管少油无盐，清水煮鱼有一股腥气，但总算可以支持下来了。杨力的病很快就好了。再往前走，就见到了飞禽走兽。首先发现的是一种野鸡，遍体花翎，有七八斤重，至今我也没弄清它的名称。再往前，就发现并猎到了野猪、黄羊，于是，饥饿的威胁逐渐减少。

"只有那架老式照相机，无声地向人们诉说着它曾见到的一切。"

有位学者这样评价耿飚："忠诚、勇敢、智慧，多才多艺，品德高尚，集菩萨与金刚于一身。若在古代，他就是智勇双全的赵子龙！"

更不同凡响的是，这样一位赵子龙般的猛将，长征途中居然每天写日记，写了厚厚的一大本。

耿飚还有一架老式照相机，是1932年红军打漳州时从敌人那里缴获的。耿飚回忆说："长征中我有一架照相机，拍了不少照片。有战场风光的，也有俘虏群或战利品的。大多数是为同志们拍的生活照。"

他非常珍爱这些在伟大征途中留下的历史瞬间，深情地写道："我久久注视的那些在长征中拍下的照片，许多战友已经长眠了。

——这是毛振华烈士，强渡乌江的英雄。他在桐梓城留下的身影，充满了青春活力。在长征最后的一场战斗里，洒尽了青春热血。

——这是黄甦同志。直罗镇战斗之前,他接到了到新单位去任政委的通告。由于杨成武同志住院,他坚决要求打完再走,谁知竟不幸中弹,把鲜血浇在了奠基礼的土地上。

——永远留在直罗镇的还有原红四团参谋长李英华。在我们所有的合影里,他总是用右手卡着腰,似乎随时都要投入战斗。

——这个只留下一张照片的是我的叔叔——我从家乡带出来当红军的耿道丰同志。他是四团通信排副排长。他打的草鞋是全团闻名的,总是比别人打的多两道绊子,又结实又跟脚,有多少同志从他那里领到过草鞋哟。他病倒在乌蒙山那雾蒙蒙的深林里,与大山化为一体了。"

中央红军到达陕北后,耿飚的战友曾提议:

"让我们写一本二万五千里长征的书吧!"

耿飚欣然同意,并说:"我有日记与照片为素材。"

那位战友看了这些资料"赞叹不已"。正如摄影家高帆所说,这是"来自战斗生活的、让人难以忘怀的典型瞬间形象"。可惜的是,这些照片和日记被陆定一借给了美国记者斯诺,辗转丢失了。耿飚无限惆怅地感叹道:"只有那架老式照相机,无声地向人们诉说着它曾见到的一切。"

不过,斯诺对长征的了解和描写,得力于耿飚的日记甚多。其著作《西行漫记》里的照片,有的就是耿飚的作品。

参考文献

1. 江英:《耿飚回首忆长征》,载《党史天地》1996年第8期。
2. 耿飚:《耿飚回忆录》,解放军出版社1991年版。
3. 陈灿和:《万里长征的开路先锋》,载《广东党史》2006年第5期。

4. 杨成武：《杨成武回忆录》，解放军出版社1987年版。
5. 陈虎：《长征日记》，中国长安出版社2005年版。

原载《党史纵览》2008年第1期
《文摘旬刊》2008年2月8日转载
《爱情婚姻家庭》2008年第5期转载
《燕赵老年报》2008年4月25日转载
《党史信息报》2008年9月17日第847期转载
《党史信息报》2011年12月21日第1017期转载

刘志丹之死

2003年是刘志丹的百年诞辰，本人有幸到延安参加了一个学术会议，听了专家学者的介绍，并参观了志丹县保安革命旧址纪念馆，深深感到刘志丹是个了不起的共产党人，不愧为"群众领袖、民族英雄"（毛泽东题词）。但是，在志丹县我也听到一个令人震惊的说法：刘志丹不是在战场上壮烈牺牲，而是挨了黑枪，被自己人打死的。上网一查，果然不是空穴来风，有一篇王若望的文章，写到了刘志丹之死，一口咬定刘志丹"死于政治谋杀"。文章没有任何史实依据，全是信口雌黄，无稽之谈，给刘志丹烈士泼污水，给中国共产党抹黑。一个有责任感的党史工作者不能坐视这种对历史的歪曲，不能听任这种恶意的攻击。

事实胜于雄辩。

还是让事实来说话吧。

一

1934—1935年，是陕北苏区大发展时期。1935年2月，在刘志丹、谢子长领导下，成立了西北工委和西北军委，实现了两个苏区（陕甘边与陕北）党组织和两个红军（红二十六军与红二十七军）的统一领导。谢子长负伤去世后，在刘志丹的统一指挥下，红军粉碎了敌人的第二次"围剿"，解放了延长、延川、安塞、保安、靖边、安定6座县城。长期被分割的两个苏区连成一片，面积达3万平方公里，人口90万，建立了20多个县的苏维埃政权，红军主力扩大到5000人，游击队发展到4000人，为党中央和中央红军落脚陕北创造了条件。

正当西北红军和土地革命运动蓬勃发展的时候，陕北苏区发生了错误的肃反。其时，刘志丹正在前方指挥作战，推行王明路线的"左"倾教条主义者却在后方先夺权，后抓人，红二十六军营以上和陕甘苏区县以上的干部，无一幸免。在莫须有的罪名下，许多同志含冤死去。"左"倾机会主义路线的执行者的倒行逆施，引起了苏区群众的极大疑虑。地主富农乘机挑拨煽动，地方反动势力蠢蠢欲动，以致一些地区出现了投敌"反水"的严重情况。整个陕甘边革命根据地和西北红军都陷入极端严重的危机中。

就在这千钧一发的时刻，1935年10月19日，党中央和毛泽东率领中央红军到了陕甘根据地的吴起镇，与陕北红军胜利会师。毛泽东听到陕甘边区干部与群众反映肃反的严重情况，立即下令"刀下留人"，"停止捕人"。毛泽东说：我们刚刚到陕北，仅了解到一些情况，但我看到人民群众的政治觉悟很高，懂得许多革命道理，陕北红军的战斗力很强，苏维埃政权能巩固地坚持下来，我相信创造这块根据地的同志们是党的好干部，请大家放心，中央会处理好这个问题的。接着，派王首道、刘向三、贾拓夫代表中央去瓦窑堡接管了保卫局，先将事态控制下来，避免进一步恶化；随后，指定组成在博古指导下的"党务委员会"负责审查陕北的肃反。在调查研究的基础上，"党务委员会"拿出了处理意见，毛泽东、党中央肯定了他们的看法，

刘志丹之死

并指出：逮捕刘志丹等同志是完全错误的，是莫须有的诬陷，是机会主义，"疯狂病"，应立即释放，恢复工作。

刘志丹出狱后，毛泽东和周恩来亲切地接见了他，询问他的健康情况。毛泽东说：你受委屈了，但对一个革命者来说，坐牢也是一种考验，又是一种休息。毛泽东接着说：陕北这个地方，在历史上是有革命传统的，李自成、张献忠就是从这里闹起革命的。这地方虽穷，但穷则思变，穷就要闹革命嘛！这里群众基础好，地理条件好，搞革命是个好地方！刘志丹听了，欣喜万分，立即代表全体获释干部感谢党中央的英明处理，激动地说："中央来了，今后的事情就好办了。"

刘志丹等出狱的消息传出以后，广大军民欢欣鼓舞，奔走相告："老刘得救了！""陕北得救了！"中央红军的同志说："要是叫'左'倾机会主义把这块根据地也搞掉了，中央连歇脚的地方都没有了。"

不久，刘志丹被任命为新组建的红二十八军军长。

正是由于党中央、毛泽东及时到达陕北，并采取果断的措施纠正了错误的肃反，才挽救了陕北根据地，挽救了刘志丹。

王若望说，刘志丹是"死于政治谋杀"，如果真是那样，毛泽东为什还要下令"刀下留人"呢？为什么还要从错误的肃反中解救刘志丹呢？

1936年2月上旬，为适应全国人民抗日救亡的迫切要求，中共中央决定组织中国人民红军抗日先遣军东征，派主力红军一军团和十五军团，东渡黄河进入山西。

红二十八军在刘志丹、宋任穷指挥下，到达神府县境内，准备东渡黄河，沿途受到根据地群众的热烈欢迎。当地老百姓听说刘志丹被毛主席解救出来了，都欣喜若狂，奔走相告，扶老携幼来到驻地，要"看老刘"（老百姓都亲切地叫刘志丹为老刘）。一个瞎老婆婆听说老刘来了,也要家里人领他一同去"看"。

别人说:"你是个瞎老婆,能看见个啥呢?"

她说:"看不见,我还不能摸吗?"

刘志丹立即站到老人家的面前,拉着她的手,亲切地说:"大娘,我就是刘志丹。"

老人家把刘志丹从头摸到脚,激动地流着热泪说:"好哇!好哇!你真是咱们老百姓的救命恩人啊!"

周恩来亲眼目睹了这件事,他后来回忆说:"刘志丹率领二十八军,我是和他一起去东征的。刘志丹在陕北人民中很得人心,确实是人民群众的领袖。我和他东征到清涧时,群众听说刘志丹来了,都来看望他。其中,有两个瞎子看不见,跑到窑洞里,摸他的手。这一点,我现在印象还很深刻。"

3月底,红二十八军胜利渡过黄河,一路旗开得胜,连战连捷。当部队进至山西临县白文镇时,接中央军委急电:"为了配合红军紧逼汾阳。威胁太原,并打通前方与陕北的联系,保证红军背靠老苏区,着令二十八军即向离石以南黄河沿岸地区进击。并可相机攻占中阳三交镇,牵制和调动敌人。"刘志丹立即率部队出发,接连打败小股之敌,4月13日到达三交镇附近的流誉镇。

三交镇是坐落在山西中阳县西部靠黄河的一个渡口,南北两面环山,两面临水,地势险要,易守难攻。镇内有重兵把守,沿河有坚固的工事。刘志丹对同志们说:"越往南走,离中央总部越近,一定要打好这一仗,打通山西前线和陕甘宁苏区的联系。"

4月14日拂晓,围攻三交镇的战斗打响了。红军指挥部设在南山顶上的党家山,距一团阵地不远。一团很快从东南面攻上山,进展顺利,接连拿下敌人的许多碉堡。南山守敌见势不妙，全部撤到北山固守，刘志丹便命令一团向北山攻击，与二团夹击北山之敌。时至中午，攻击不大顺利。这时才发现，原来的情报不准确，以为敌人只有一个营，实际上是一个团部、两个营，还加上个炮兵连。刘志丹和宋任穷商量，让宋留在军指挥部掌握全面情况，他亲自到一团阵地去看看。宋让负责保卫工作的特派员裴周玉和参谋等随志丹一起去。

二

裴周玉亲眼目睹了刘志丹牺牲的情况，他在回忆录中写到：

山包上只剩下刘军长、警卫员和我三个人。当时，虽然已经是4月了，可是正碰上寒流的袭击，天气显得特别寒冷。刘志丹迎风站在高处，观察和谛听着周围的一切动静。他嫌棉帽的耳扇碍事，把帽带也绑起来，不一会就把脸冻得紫一块红一块的，他也毫不理会，只是停一会从衣袋里掏出那一块旧怀表来看看。他站在那里，眼下就是我们所要攻取的城镇，面前就是我们所要消灭的敌人，看着他气势轩昂的表情，真像恨不得一口要把敌人吞下去似的。然而，我们这时既没有炮，也没有炸药，全要依靠着红军战士的英勇，依靠着红军指挥员的智慧，来歼灭敌人，取得胜利。

就在刘志丹指挥着红军战士对敌人重新发起攻击的时候，又是那挺敌人的机枪，突然射来一阵罪恶的子弹，夺去了我们亲爱的军长的生命。

当时我曾几次拉过刘志丹的衣服，让他姿势低一点，防止危险。谁知就在我最后一次拉他时，见他两只手往胸前一抱，跟跄着要跌倒下去，我不禁惊叫了一声，上前忙把他抱住，同时急喊警卫员说:"快去叫医生。"

子弹是从刘志丹左胸部穿过去的,很可能是伤着了心脏,伤口处流血很少,但他的面色迅速地变得蜡黄。当我抱着他下到山包后边时,他已昏迷过去,呼吸极度微弱。

停了一下,他神志有些清醒了,他那种坚强的意志,顽强的毅力,还想为党为人民做更多事情的精神,似乎一下子全都迸发出来,用劲挣扎着。低声告诉我:"让宋政委指挥部队,赶快消灭敌人!……"

接着只看见他嘴唇嚅动,却再也听不见声音了。当医生来到时,刘志丹已完全停止了呼吸。

另一个目睹刘志丹牺牲的人,就是警卫员谢文祥。谢在回忆录中写到:

夺取三交镇的战斗在激烈地进行,我军英勇作战,歼灭外围之敌,但由于地形对我不利,敌人火力过猛,红一团损失较大,三交镇没有攻下来。志丹非常着急,准备调红二团团长于占彪率领部队发起猛攻。他为了战斗的胜利,不顾个人安危,冒着枪林弹雨,到了一团二连的前沿阵地上。这个阵地是个小山头,离寨子里的敌人不到300米,敌军居高临下,凭借坚固工事架有机枪,匪军还不停地摇旗呐喊。我二连指战员经过半天多的激战,大部分同志壮烈牺牲,前沿阵地上只有不到一个班的战士在坚守。"老刘,我们离敌人太近、地势太低、目标太大,无法隐蔽,赶快转移吧!"我和那个班的战士多次异口同声地发出请求。志丹沉着坚定地说:"观察地形和敌情要紧,快向敌人射击,摸清敌人的火力!"我最后又请示时,志丹命令我接过战士的长枪,快向敌人瞄准射击!我打倒了三个敌人。正在这个时候,敌人突然用多挺机枪向我们猛烈扫射。我赶忙把志丹往下拉,由于他两手正在拿着望远镜观察敌情,

刘志丹之死

没来得及爬下去，不幸左胸中弹，伤了心脏，当即昏迷过去。我把他赶快背到隐蔽的地方。他刚清醒过来后，仍以顽强的毅力，断断续续地告诉我："不要管我……赶快请宋政委来指挥部队……消灭敌人……"

军政委宋任穷赶来了，他记述了后面的情况：

裴周玉等几位同志将刘志丹抬到军指挥部所在的阵地上，我跪下身来摸他的心脏和脉搏，察看伤口，这时志丹因大动脉出血已昏迷不能说话，不多时即溘然长逝。中国共产党的优秀党员、陕北红军创始人之一、陕北人民的领袖志丹，为了中国人民的解放事业，英勇牺牲了，年仅33岁。裴周玉向我讲述了志丹中弹的经过。我们非常悲痛，肃立在亲密战友的遗体旁，脱下军帽致哀。我对在场的同志们说，刘军长为中国人民的解放事业献出了自己的生命，流尽了最后一滴血，我们要化悲痛为力量，继承他的遗志，完成他未完成的革命事业，更多地消灭敌人，为刘军长报仇。我们把志丹的遗体抬上担架，把军大衣轻轻盖在他身上，一步一步地送下山坡。我把志丹牺牲的消息立即电告中央。我们赶紧筹划船只，制作了一具棺材装殓志丹的遗体，在场的数十人扶棺流泪，与志丹诀别。然后，派人护送志丹的棺椁渡过黄河，运往党中央所在地瓦窑堡。

以上史料，都能证实刘志丹是在战场上光荣牺牲的，而不是像王若望所说的"死于政治谋杀"。

为了说明问题，恕我引用敌方的资料。史泽波时任国民党晋绥军第二〇六旅第二营营长，曾与红军在三交镇作战。他在自述中写到：

（1936年三四月间，）我旅移驻临县。这时，陕北红军刘志丹率部渡过黄河，穿越临县、离石县南行。我独立旅即派两个团尾随其后，准备吃掉这股红军。途中，旅长方克猷召开军事会议，研究如何采取行动，我发言说："根据以往的经验，应是堵其去路，截其来源。"于是方克猷决定抽出部分兵力赶到黄河岸边的三交设防，其余主力继续追击红军。当时我所在的第二营担任前卫，行至离石县吉家中垣以东，突然发现前面山坡上红军在开会，我即报告团长章拯宇。章用望远镜观察后便命令炮兵轰击，一两炮即击中会场。红军急忙反击，双方展开激战。在这次战斗中，红军遭到严重损失，其领导人刘志丹也在此战中牺牲。

由于时隔久远，史泽波的回忆在细节上难免有些出入，但也能证实刘志丹是在这次战斗中牺牲的。

当刘志丹牺牲的噩耗传来后，陕北高原顿时为之震动。4月24日，根据地首府瓦窑堡数千人集会追悼刘志丹，广大群众和红军指战员莫不为失去这位像自己亲人一样的红军领导人而无比悲痛。"沙场喋血报党国，留得万民哭志丹"，正反映了当时人们的心情。

为了纪念刘志丹，1936年，党中央应广大群众的要求，将保安县改名志丹县。1941年，开始兴建陵园。1942年，刘志丹牺牲六周年时，毛泽东亲笔题词："我到陕北只和刘志丹同志见过一面，就知道他是一个很好的共产党员。他的英勇牺牲，出于意外，但他的忠心耿耿为党为国的精神永远留在党与人民中间，不会磨灭的。"1943年5月，党中央和陕甘宁边区人民在志丹县为刘志丹举行隆重的公葬，毛泽东等党政领导人均为志丹陵题词，周恩来题词是：

上下五千年，
英雄万万千，
人民的英雄，

要数刘志丹。

综上,王若望极力标榜自己是"以大胆怀疑,小心求证,探明其真相"。然而,他忘了一个起码的原则:历史是不能编造的,谎言并不难被戳穿。王若望对当时的历史太隔膜了,一编起故事来,难免牛头不对马嘴。他肯定这起"政治谋杀"是康生部署的,但是,康生是于1937年12月才与王明等飞抵延安。而在1936年4月,刘志丹壮烈牺牲的时候,他还在遥远的莫斯科。在当时的历史条件下,"政治谋杀"这样的事情是无法进行遥控的。王若望是在肆意篡改、歪曲历史,因此漏洞百出,读者不难作出判断。

参考文献

1. 谢文祥:《给老刘当警卫员的日子》,载《革命英烈》1981年第2期。

2. 宋任穷:《刘志丹同志在红二十八军》,见刘力真、张光编撰:《纪念刘志丹》,陕内资图批字〔1998〕097号,1984年。

3. 裴周玉:《回忆和刘志丹同志最后在一起的时刻》,载《陕西日报》1980年4月1日。

4. 史泽波:《一个败军之将的自述》,载《文史精华》1996年总第36期。

原载《文史天地》2007年第2期
《报刊荟萃》2007年第6期转载
《环球视野》2007年7月总第169期转载
《法制博览》2011年第15期转载

陈云与延安时期的审干工作

从 1937 年 11 月到"抢救运动"前,陈云一直主持延安的审干工作。他能自如地驾驭形势的变化;准确地把握中央的精神;及时而又创造性地制定一系列的方针政策;有效而又充分地调动每个人的聪明才智。在陈云的正确领导和严格管理下,审干工作成绩显著,所作出的结论,经得起时间的检验。

"要干大事情,就免不了要遇到复杂情况"

延安是所革命的大熔炉,是进步青年向往的地方。"到延安去!"成了抗日战争时期进步青年最迫切的呼声。

多少仁人志士为追求救国的真理,满腔热忱,不远千里来到延安;多少知识青年从全国各地一批又一批地涌向革命圣地。

偏僻贫瘠的黄土地为何有如此巨大的魅力,使一代青年深深地向往和眷恋?

毛泽东一语中的:延安学校的"一切设备都不好,但这里有真理,讲自由,是造就革命先锋分子的场所"。他还说:"你们从南洋、云南、四川、贵州,从全国各地到这里来爬山,并不是你们那里没有山,而是这里的清凉山上飘扬着抗日救国、反帝反封的大旗。"

然而，面对如潮水一样涌来的各色人士，有人担忧，这样鱼目混珠怎么得了？也有人抱怨，这种局面太"复杂"了，前所未有的"复杂"。

时任中共中央组织部部长的陈云却认为"复杂"是件大好事，他说：

> 我说今天许多人归向了共产党，天下英雄豪杰云集延安。我记得1932年在上海开办一个学校，训练工人干部，只讲六天，学生也只有六个。今天我们抗大就有几千个学生，再加上陕公、鲁艺、党校，在延安就有一万多个学生。一万个跟六个比一比，相差多少？所以我说十年以来，人心大变，不管男女老少，都不怕艰苦，不远千里而来延安。抗大在武汉登报申明不招生了，一点没有用，仍旧是络绎不绝地来，没有汽车用两条腿走，男男女女从几千里外都来了。主要是革命青年，也有大学教授，有工程师，有一个七十五岁的老头子也来了。西北旅行社住的什么人都有，各党各派，新闻记者，还有青年组织的参观团，等等。这些人不见得是在外面没有饭吃，要到延安来吃小米。从这种情况看来，复杂是复杂的，但是到底是复杂好还是简单好呢？从前办学校只有六个学生，倒很简单。今天各种各色的人都有，复杂得很。我看要干大事情，就免不了要遇到复杂情况。

对于大量涌入延安的各色人员，头一件事就是进行审查。所以，中央组织部所担负的任务非常繁重却又异常重要。然而，当时审查干部难度极大。

首先，调查取证就十分困难。那时，全国被分成几大区域，一种是解放区，主要指延安陕甘宁边区和晋绥边区；一种是国民党统治区，这是一个很大的区域，也称大后方；一种是日本侵略者占领的地方，主要是一些大中城市，也称敌占区；一种是八路军和新四军深入敌后建立的根据地；还有一种就是在敌占区与根据地之间的游击区。审干就离不开调查，然而，敌占区、游击区无法取证；国统区地下党的活动受到限制，难以调查；根据地又受日寇与国民党包围封锁，被分割成若干块，派人调查也有难度。总之，调查取证困难，这是当时审干工作不得不面对而又无法解决的难题。

其次，当时干部的档案材料也很简略，一般从大后方来一队人马，只有一张总表，其余什么也没有了。在当时情况下，要求各地党组织提供翔实的档案材料，也不现实。

再次，有不少干部是从敌占区历尽艰险来的，其中有很多同志失去或没有组织关系。

最后，来延安的干部中有些同志曾经受过国民党的逮捕关押，要弄清他们在监狱中的政治气节更是困难。

"实事求是的审查才是真正的严格"

审干工作是由中组部负责的，身为部长的陈云十分重视这项工作，把它当成党建工作的一件大事来亲自抓。他强调对干部进行审查是必要的，但一定要慎重，一定要实事求是。他有句名言，叫作："实事求是的审查才是真正的严格。"

陈云从实际出发，提出了尽可能在解放区内解决问题的基本思路。其操作办法是：对于进入延安与陕甘宁边区的干部，根据不同的情况，安排到学校学习或到某一岗位工作，通过学习或工作的表现慢慢了解与考验；与此同时结合其他途径，比如信函调查、同志提供证明、找本人谈话、查阅材料等，逐渐把问题搞清楚。在此基础上，再对被审查者进行处理，大致有三种情况：1. 表现好并能找到证明人，证据充分，可以恢复党籍；2. 表现好但找不到证明人，可以重新入党；3. 表现不好就暂时不能入党，至于以后能否入党还要看其表现。

无论是哪种情况，都使当事人深切感受到党的关怀，感到党组织是高度负责的；即使那些问题暂时不能解决的同志也能心情愉快，没有任何思想负担，干劲十足地投入到工作与学习中。总之，这是从实际出发的确实可行的措施。

刘家栋原是北平燕京大学的学生，经过"一二·九"抗日救亡运动的洗礼，于1936年6月加入中国共产党。1937年暑假，他的党小组长回老家了，谁知正赶上"七七"事变，不能返校，这样，这个党小组的四名成员都失去了组织关系。

1937年11月，刘家栋到达延安，立即找到中央组织部，汇报了这一情况，要求解决党籍问题。组织部安排他到抗大学习，经过一段时间的考验，认为表现很好，于1938年2月吸收他重新入党。这件事并没有完。1940年，原北平市学委书记蒋南翔来到延安，他了解刘家栋等失去组织关系一事，写了书面证明，经过审查，决定恢复刘在1937年6月至1938年1月的党籍。

从上述个案可以看出，这个时期的审干是慎重的，对组织、对同志都是负责的。

"爱护干部主要是政治上爱护"

陈云用12个字来概括"用人之道"，即"了解人、气量大、用得好、爱护人"。他还认为,"爱护干部主要是政治上爱护",审干事关干部的政治生命,所以一定要细心调查、慎重处理,决不能在没有调查或没有查清的情况下,凭推断或印象而不是确凿的事实和证据就轻易下结论,草率作决定。

陈云有句名言:"我们做工作要用百分之九十的时间研究情况,用不到百分之十的时间决定政策。所有正确的政策都是根据对实际情况的科学分析而来的。"

作为中共中央组织部长,陈云要亲自处理许多复杂的干部历史问题。他十分重视来信来访工作。对于一般性的来信,就由秘书先看并将处理意见向他汇报。他还要求秘书定期汇报处理结果,有时候,也会催问事情的进展情况,直到事情有了结果,才算了结。凡是陈云认为是重要的信件,他就会留下来亲自看,亲自处理。

陈云要求把中央组织部办成"党员之家",对来访的同志一定要热情,有诚意,认真倾听他们的意见,帮助他们解决问题。他对组织部的工作人员说:"做干部工作,无论大事小事都不要怕麻烦。"

由于审干的工作量十分繁重,需要了解的问题特别多,他几乎每天都要邀人谈话,而且每次谈话时间都很长;更有一些"不速之客",不顾卫兵的劝阻,闯进陈云的窑洞,向他当面"上诉"。在这种时候,陈云总是放下手头的工作,认真听取来者的反映,并耐心地解答。有几次,秘书看他实在太忙,就想替他暂时"挡驾",都被他制止了。事后,他很郑重地说:"设身处地地想一想,人家来找你,一定是有什么重要事情要解决,所以一定要接待、面谈。"

陈云还经常针对审干出现的问题和现象,专门给从事这一工作的同志分析并提出自己的意见,以尽量减少工作中的失误。他说:"有些人怕牵连自己,不敢正确地为别的同志做证明人。越是如此,越要慎重办理,否则就不是关心干部,就会使被怀疑的同志冤沉大海,实际上也是损害了党的事业。"那时,一些在国统区白色恐怖下失去了党的关系的老同志,一些在国民党监狱里被营救出来的老同志,一些在"左"倾路线下受到"残酷斗争"的老同志,到了延安后,陈云都要找他们谈话。多少老同志一肚子委屈、满脸愁云走进陈云的办公室,却是一身轻松、满面笑容地走出来,是陈云宽广的胸怀、细心的体贴驱走了他们心头的乌云,融化了心中的积雪;也有些老同志虽然问题一时不能解决,但也感到投入了党的怀抱,回到了家。

有一天,陈云在办公的窑洞里,接待了一男一女两个青年。男的叫丁秀,解放后曾任中共鞍山市委副书记;女的是北平女师大附中的学生,都是在"一二·九"运动中涌现的积极分子。来到向往已久的延安,看到一派新气象,他们心情异常兴奋,蹦蹦跳跳地来到陈云的办公室。

陈云招呼他们坐下,然后问:"知道调你们回来干什么吗?"

"当然是参加学习的。"他们不假思索地回答。

陈云直截了当地告诉他们:"有人说你们是托派,调回来是审查你们的。"陈云认为,对于党员的政治历史问题要严肃对待,要正面和本人讲清楚。

两青年听了,吓坏了,一面急着申述,一面哭了起来。

陈云安慰他们:"不要哭,要相信党,事情一定会查清楚的。我负责把你们的问题弄清楚。"

送走两青年,陈云便开始了调查,根据两人提供的证明人,逐一找人谈话。

他问秘书刘家栋:"你与丁秀同过学,根据你对他的了解，他会是托派吗？"

"丁秀是我在北平上学时的老学长，在'一二·九'运动中表现不错，怎么可能是托派呢？"

陈云听后，神情严肃地说："你赶紧到招待所去，找他们两人谈谈，多做点思想工作，以免发生意外。"

过了两个星期，陈云又找他们谈话，说："问题已查清了，没有那么回事。"

两个青年根本没有想到这么快就弄清楚了，十分激动，一再表示感谢党组织，感谢陈云同志。他们抹掉了热泪，高高兴兴地上学去了。几十年后，这两位同志回忆往事，仍然激动不已，说："当初，要不是陈云同志亲自审查，问题不会那么快就澄清，要是落到康生手中，这一辈子就完了。"这一番话，道出了从延安过来的老同志的心声。

陈云主持的延安审干经得起时间的检验

在陈云主持下，延安的审干工作是实事求是的，也是真正严格的，有效地防止了敌特的渗透，在中国共产党的大发展中，起到了积极的作用。就在审干工作有条不紊地进行之时，当时担任中共中央总学习委员会副主任兼中央社会调查部部长的康生跳了出来，直接攻击陈云，他说："坏人这么多，你们组织部是怎么搞的？"按照他的"看法"，中央组织部在审干问题上右了，让特务钻了空子，造成共产党内"特务如麻"。

由于对敌情估计得过于严重，中央政治局于1943年7月13日作出《加紧进行清查特务奸细的普遍突击运动与反特务的宣传教育工作》的决定。15日，康生在中央直属机关大会作危言耸听的《抢救失足者》的报告，引发了"抢救运动"，各单位普遍进行"逼供信"的过火斗争,十几天内单在延安地区就骇人听闻地揪出所谓特务分子1400多人,造成大批冤假错案,使审干工作大大偏离了正确的轨道。

尽管陈云在"抢救运动"开始之前,就不负责审干了,但他的态度是明确的,从根本上不同意搞这场"抢救运动",认为这是故意混淆视听,夸大敌情,是在做"亲者痛,仇者快"的事情;与此同时,还尽自己的力量,努力纠正"抢救运动"的错误。他不惧风险,不怕"引火烧身",敢于为被"抢救"的同志作证。

在"抢救运动"的高潮时,刘家栋正在富县任组织部长。当时,既不"抢救"他,也不让他负责,这是很特殊的事情。后来刘家栋才知道这其中的原因。原来,时任富县县委副书记的李景膺到中央开会,见到了陈云,顺便询问:"刘家栋曾经当过您的秘书,他的工作情况怎么样?这个人怎么样?"

陈云十分肯定地说:"通过我几年的观察,我认为没有什么问题。人很老实。"

正是由于有陈云这两句话,刘家栋虽然靠边站,但终于没有被"抢救",躲过了一场劫难。

还有一名同志,表现一直很好,工作出色,多次受到上级表扬。但因出身富农家庭,在"抢救运动"中被扣上"托派"的帽子。他感到很委屈,有口难辩,于是要求上前线,决心战死沙场以证明自己的清白。陈云得知这一情况后,非常重视,顶着压力亲自过问。通过调阅资料,查找证人,历时两个多月,终于水落石出。最后,这位同志又重新愉快地走上了工作岗位。

"抢救运动"虽然只进行了几十天,却制造了大量的冤假错案,后来不得不花很大的气力进行甄别,结果被"抢救"

的人几乎全部平反。这种否定之否定，再次证明，陈云主持的审查干部工作是稳妥的，所作出的结论，经得起时间的检验。

参考文献

1. 刘家栋：《陈云在延安》，中央文献出版社1995年版。
2. 《缅怀陈云同志》，载《光明日报》1995年5月23日。
3. 叶永烈：《陈云之路》，中共中央党校出版社2000年版。
4. 《陈云文选》第1卷，人民出版社1995年版。
5. 李梦汶：《生活中的陈云》，解放军出版社1999年版。

原载《党史纵横》2007年第1期
《党政论坛》2007年第2期转载

"日军战史"记载的华北敌后战场

华北敌后战场是侵华日军用兵的重点,据日本军方透露,至1940年,日军有九个师团和十二个旅团的强大兵力被钉死在华北。这样就大大地消耗了日本的国力,牵制了日本的兵力,从而导致"整个战局陷入完全被动的局面"。

研究华北敌后战场,不仅要研读我方的论著,还应研读日方的战史。由日本防卫厅战史室编写的《华北治安战》(下文简称"日军战史")就是一部日军在华北的作战史。此书编写的立场、观点当然是站在敌对的方面,所采用的资料不可避免地要带有侵略者的偏见,其真实程度,特别是书中所列举的"战况"和"战果"都有很大的水分;尽管如此,此书还是得出了"中共是致命的祸患",中国人民"是不可征服的"结论。因而,从另一个角度看,此书仍有其一定程度的真实性和客观性。读读此书,对于更深刻地了解和认识敌后战场的地位与作用,对于更深刻地了解和认识人民战争的巨大威力,对于更深刻地了解和认识抗日战争的伟大胜利,不无益处。

"讨伐的重点,必须全面指向共军"

日本侵华直接面对的就是由国共两党分别领导的性质完全

不同的两支军队。究竟应该以谁作为作战的主要对象，日军也有一个认识的过程。在战争初期，他们全力以赴进攻国民党正规军，并没有把共产党的八路军放在眼里。随着敌后抗日根据地的开辟与发展，敌后游击战争的广泛展开，华北日军开始重视中共的武装。

据"日军战史"记载，1938年9月15日，日本华北方面军司令官寺内寿一大将在报告中指出：皇军威力未曾达到的山西北部及联结太行山脉的山岳地带，乃共军巢穴，其影响至今及于华北全区。因此，必须彻底扫除，以绝后患。

1938年11月18日，日本华北方面军编写的情报记录写道："可以断定，今后华北治安的对象是共军。"这是日军第一次明确在华北占领区以共产党军队为主要作战目标。"日军战史"还特别强调："这种认识，在方面军内部虽未达到广泛深入的程度，但情报工作人员能注意及此，应该重视。"

1939年12月，日本华北方面军参谋长笠原幸雄进一步指出："华北治安战的致命祸患就是共军。只有打破这个立足于军、政、党、民的有机结合的抗战组织，才是现阶段治安肃正的根本。"[①] 基于这种认识，日本华北方面军制定的《1940年度肃正工作计划》规定：中共势力迅速壮大，不容忽视。如不及早采取对策，华北将成为中共天下。为此，方面军讨伐的重点，必须全面指向共军。

1940年8月开始的百团大战，给日军以沉重的打击。"日军战史"记载："此次袭击，完全出乎我军意料之外，损失甚大，需要长时期和巨款方能恢复。""日军从未想到中共势力

---

① 该书中的所谓"治安肃正"、"肃正作战"、"肃正建设"等，其中"肃正"一词，不仅是日本侵略者对我国的军事侵略，同时也包括政治、经济、思想文化等各个方面的侵略行动。——笔者注

竟能扩大到如此程度。"

百团大战沉重地打击了敌人，也震惊了敌人，使日本侵略者重新认识中共："共军乘其势力的显著增强，突然发动的百团大战，给了华北方面军以极大的打击，因而促使方面军，特别是情报工作负责人作了深刻的反省。"此后，日军迅速抽调大量兵力回师华北，连续对我根据地进行"扫荡"，并实行更为残酷的烧光、杀光、抢光的"三光政策"。与此同时，从1941年春到1942年秋，日军在华北实行了五次"治安强化运动"，其规模一次比一次扩大，手段一次比一次野蛮、毒辣。华北敌后根据地进入极为困难的时期。

应该指出，日本华北方面军虽然明确应该将共军作为主要的作战目标，但在战场上，这种认识并没有始终如一地加以实施。

为什么会出现这种认识与实际的不统一？《华北治安战》写道：按照战争的目的，对于互有矛盾的重庆和中共两方，究竟以哪一方为真正的敌人模糊不清，难以确定。在战场第一线应该以谁为打击目标，就更难判断了。尤其是中共势力，它和日军在长期训练中作为目标所描绘的敌人，或者是迄今为止我们所接触过的敌人，无论在形式和本质上都是完全不同。该书还写道：当逐渐认识到渗透占领区的中共势力，乃是治安的主要症结时，方考虑到要以对共措施作为治安战的重点。然而，这种认识的转变，实际上为时已晚，而且很不彻底。究其原因，固然由于中国派遣军及中央的基本布局，一贯以重庆势力为主要敌人，粉碎其继续作战企图为目标，致使作战观念不能统一。但是，归根到底，不可忽视的一点，却是多年来存在于整个陆军的"歼灭野战军"的战略教条所起的作用。

"采取适当的谋略工作,促使国民党军主动去扑灭共军"

敌后抗日根据地的发展与巩固,不仅成了日本侵略军的心腹大患,也使国民党顽固派感到极度的忧虑和不安。战略相持阶段到来之后,日本侵略者看到"速战速决"灭亡中国是不可能的,遂改变了战略:对国民党采取以政治诱降为主,以军事进攻为辅的策略;而将进攻中心移向后方,集中重兵围攻八路军、新四军和各抗日根据地。在这种新形势下,1939年1月,国民党五中全会之后,他们先后制定了一系列专门限制和迫害共产党的政策措施,甚至规定可以用军事进攻对付八路军。这样,国民党顽固派与共产党之间的摩擦与反摩擦的斗争,不可避免地发生了。

由于战争的原因,华北日军始终密切关注着国共之间的矛盾与斗争,随时作出分析与判断,其基本认识可以概括为两点:

1. 虽然国共之间存在着尖锐、激烈的矛盾,但国共合作将维持下去,抗日民族统一战线也将维持下去。

2. "反共"是日本与国民党共同利益所在。日本帝国主义侵略中国,激化了中日民族矛盾,与国共两党也处于空前对立之中,但是,日本华北方面军仍然认为:"日本与重庆之间暂时处于战争状态,却有能够共存的性质。但是,日本与共产党势力之间则是不容共存的。"

基于这种认识,华北日军制定的基本策略是:利用国共合作中的矛盾,尽量采用宣传、谋略等各种手段,煽动两党之间的摩擦,破坏两者的合作,以导致"抗日救国"统一战线的崩溃。另外,采取适当的谋略工作,促使国民党军主动去扑灭共军。据此，日本华北方面军制定的《1940年度肃正工作计划》规定：讨伐的重点在于剿灭共军。为此，要善于利用国共的相互倾轧，在皇军势力暂时不能控制的地区，应默许那些不主动求战的杂牌军的存在。必要时，甚至可以引导他们占据真空地带以防止共军的侵入。

对于这个计划，日本华北方面军参谋副长平田作了如下说明：根据过去的经验，由于我军的讨伐，在杂牌军被消灭后，结果，其地盘往往反被共军占据。有鉴于此，今后的讨伐肃正的重点必须集中指向共军。全力以赴，务期将其全歼。如果在讨伐后，不能立即采取恢复治安措施的地区，而且该地区的匪团对皇军又无求战行动，为防止共军乘虚而入，宁可不对其讨伐，暂时默认该匪团的存在，反而对我有利。

支持、利用国民党顽固派进行反共活动，是日本侵略者的谋略之一。事实上，国民党顽固派在华北敌后制造的一系列反共摩擦与军事进攻，大都有日本支持的背景，有些甚至直接与日军秘密勾结，采取联合行动。

不过，日军并没能一以贯之地执行其谋略。据"日军战史"记载，1943年4月，日本第一军提议：要向晋东南的国民党第二十四集团军发动进攻。对此，日华北方面军提出不同意见：认为剿共第一，治安肃正应首先讨伐共军。（国民党）第二十四集团军的存在并无大害，相反，使其与共军的对立激化，则是上策。在此期间，（日）第三十五师团正在进行招降工作，如能得到进展最为理想。（后来，第二十四集团军司令庞炳勋率部投降）若过早打击第二十四集团军，则其后出现的空白地带中共势力将很容易渗透。考虑到方面军的意见，第一军修改了作战计划，将八路军与国民党二十四集团军同时定为进攻目标。修正后的计划得到方面军的批准。

然而，执行情况却与计划恰恰相反，据"日军战史"记载："要在短期内捕捉善于避免正面交战、彻底实行地下战术的共军，是极为困难的。因此，未能取得大的战果"；然而，日军却轻而易举地将国民党第二十四集团军打掉了。"这样，从4月20日以来，连续实行的太行山脉南部的肃正作战，于5月31日结束。敌人损失：遗尸9913具，俘虏15900人，投降者约58000人（以上大部为第二十四集团军，属于共军的为数极少）。"

本来，日军企图利用国共的矛盾，"将讨伐的重点指向共军"；有意保留华北的国民党军队以制约共产党；然而，其结果不但没能消灭八路军，反而将国民党军消灭了，在客观上替共产党扫除了抗日的障碍，使华北敌后成了共产党的一统天下。对于这种后果，日本侵略者啼笑皆非。其"战史"这样评论："追求表面上的武功战果，讨伐易于捕捉的重庆军残部。因此，削弱了阻止中共势力南进的重庆军，反而让共军坐收渔翁之利。"

"他们采取遇强则退、逢弱便打的战法，对其剿灭极为困难"

抗日战争初期，毛泽东就强调"整个华北工作，应以游击战争为唯一方向"，他还为八路军规定了战略方针："基本的是游击战，但不放松有利条件下的运动战"，规定了基本的战术原则：主动地灵活地有计划地执行防御中的进攻战、持久战中的速决战、内线作战中的外线作战。

战争初期，日军在山西、河北一带初次体验游击战，其"战史"写道：共军的游击战术巧妙，其势力与日俱增，广泛地扩大了地盘。其主要手段有下列各点：

1. 彻底破坏铁道、道路、水路、通信线路等，阻碍日军后方补给，使之因修理而消耗大量人力和物力。

2. 袭击补给部队或小部队。

3. 袭击军需品仓库、飞机场、经济要地等。

此种游击行动，在日军警戒线的间隙出没无常。日军占领的地区与兵力相比过于广阔，不能守备全部地区。因此，只能主要守备政治及战略的要点、后方主要交通线、铁路沿线，并且要在广大范围内讨伐游击队。

"日军战史"还写道：（在涞源、灵邱及涿鹿南方山地一带的八路军），他们采取遇强则退、逢弱便打的战法，对其剿灭极为困难。望风扑影，劳而无功的讨伐，也实在不少。

1939年5月，日本侵略者分兵多路，再一次向晋察冀根据地发动围攻，同样，再一次以失败而告终。日军第一〇九师团参谋山崎重三郎大尉这样总结：1939年的五台作战是继1938年秋季作战的再一次剿共作战。其战果与初次相同，毫无所获。作战期间，几乎无法掌握共军的动向，甚至连共军的踪影也弄不清。因此，从未进行过正规的战斗。

参加此次围攻的日军第三十六师团的参谋小崛晃中尉回忆：作战开始后，敌情完全不明，宛如坠在五里雾中，进行无法捉摸的作战。虽然采用在满洲实行的分进合击治安讨伐方式，但由于中共方面的情报活动周密而巧妙，我方的期望终归落空，毫无结果。

1940年初，日军一一〇师团作战部主任参谋中村三郎对八路军的游击战作了详细的叙述：使日军最感棘手者，为冀西及冀中军区的共军。彼等以省境及日军作战地区附近，或沼泽、河流等日军势力不易到达的地区为根据地，进行巧妙的地下工作及灵活的游击战。因此，了解和掌握其动向，极为困难。共军的情报收集、传递,非常巧妙而且迅速。日军的讨伐行动,往往在事前便被侦悉。到处都有彼等安插的密探。共军的行动轻快而敏捷,熟悉地理,因而无法捕获。相反,日军却多次遭到共军的伏击。另外,共军在白昼不进行集体活动,混在群众之中,不露形迹。

1943年春,日军再一次向晋察冀根据地发动进攻。对此次作战,日军井手大佐总结道:共军的战斗意志极为坚强,只剩一兵一卒也要坚持抵抗。冀西地区为山岳地带,地形错综复杂,我方部队前进多受阻碍。共军则由于熟悉地形,民众又完全在其控制之下,退避、隐藏极为容易。日军虽煞费苦心构成包围网,但因网眼过大,致使敌大股部队得以逃脱。因此,对该地区每年虽实行讨伐作战,但从整个情况来看,与敌人部队作战或得到捕捉部队的机会却极少。

从1942年至1944年,一直在鲁南作战的日军第五十九师团参谋折田贞重大佐有如下回忆:因情报不确实,对中共地区的实际情况完全不能掌握,从而使讨伐徒劳无功,几乎是毫无成效的,几十次当中,可能侥幸碰到一次。各部队为了取得成果,东奔西跑,迄无宁日。

另一侵略者也有类似的哀叹:中共具有惊人的实力。百团大战中,我军的扫荡作战仅是将其驱散,殆未取得歼灭的成果,终归于徒劳。对擅长游击战及退避战术的共军,以武装讨伐犹如驱赶苍蝇,收效甚微。

"日军战史"还记载:共军回避交战,采取退避战术,专心致志保存其战斗力。加以支援共军的民众,具有高度的警惕性和巧妙地传递情报的能力,并有可怕的谍报组织,因而想要捕捉歼灭共军,至为困难。由于此种情况,在作战中使敌人的方面损失不大,我方的死伤也极少。我如不主动进行讨伐、扫荡和剔抉,则中共方面也不对我进犯。乍看起来,相安无事,宛如缔结了互不侵犯条约。但在此敌我共存期间,中共却在民众中秘密进行工作,以充实其力量,一旦时机成熟,即可一举转向进攻。百团大战就是最好的例证。

八路军主动、灵活的游击战,使日军伤透了脑筋。对于优势的敌人,八路军采取退避战术,使日军无法捕捉;"对于劣势的日军,则出乎意料地勇敢进行挑战,并突然袭击企图歼灭"。1939年秋末,雁宿崖歼灭战和黄土岭围攻战,就是在敌后战场进行有条件下的运动战的非常成功的范例。这个胜利,击毙日军"蒙疆驻屯军"最高司令兼第二混成旅团旅团长阿部规秀,震惊了敌军,震动了全国。对此,"日军战史"这样记载:

旅团长阿部规秀中将于(1939年)10月下旬对灵邱方面进行讨伐以后,率领独立步兵大队(大队长:辻村吉宪)到达涞源,当即命令担任该县警备的独立步兵第四大队(大队长:堤赳中佐)进行讨伐准备。31日,旅团长作了必要的部署。两讨伐队2日半夜,从长城出发。辻村讨伐队3日晨,到达雁宿崖南方险峻的长隘路时,突然遭到共军的伏击,讨伐队立即展开攻击,极力奋战,但共军的士气也很旺盛,激战持续终日。[①]

3日中午,旅团长得知雁宿崖情况后,立即采取措施增援辻村讨伐队。但是,共军在我增援部队到达以前,于4日凌晨前,即已撤离战场。5日,旅团长判断"敌主力已向司格庄方面退走",决定"迅速追击敌之主力,并将其捕获"。6日晨,旅团按照预定计划开始前进。途中驱逐小股敌人后,于同日黄

---

① 据《聂荣臻回忆录》记载:此役日军除13名生俘外,600多名大部被歼,仅极少数漏网。——笔者注

昏，进入黄土岭村落。当面之敌并不与我正式交战，仅保持着接触而潜伏于四周的山中，估计敌人主力已向乔家河方向退却。次晨，旅团长根据敌人的行动，作出以下判断："敌以一部引诱我方，而主力向黄土岭附近集结，企图从我旅团背后进行攻击。"因此，旅团作了返回部署。前夜以来的大雨虽已转小，但浓云弥漫，遮蔽了视野。

7日正午，各队开始行动时，潜伏于各山顶之敌，突然转入反攻，将旅团完全包围，各处展开了激战。16时过后，旅团长进至堤讨伐队后方，听取了大队长的情况报告后，将指挥所迁至附近的一家独院中，立即召集各队接受命令。在准备下达整理战线的命令时，突然飞来迫击炮弹，于里院爆炸，旅团长当即死亡，旅团参谋等尽皆负伤。共军使用迫击炮，这是第一次。

"由于从来光凭战果论功行赏，因而造成了掩饰失败、捏造战果的坏风气"

《华北治安战》还记录了许多"赫赫战果"，以炫耀日军的强大威力，而报道日军的伤亡人数总是微乎其微。应该指出，这些"战果"基本上是自欺欺人的胡编乱造，完全不可信。

其一，"日军战史"并不是有史必录，对其损失惨重的战斗，要么写得很简略，要么不公布伤亡数字。比如，1938年秋，日本侵略者大肆喧嚷实现"南取广州，中攻武汉，北围五台"的作战计划，集中了5万多兵力，对五台与冀西发动围攻，结果遭受沉重的打击。9月20日，敌独立第四混成旅团大队长清水率部，在飞机掩护下进攻五台东南的柏兰镇，八路军在牛道岭伏击，给予重大杀伤；9月29日，唐延杰参谋长率一个警卫连，对正在集合整装待发的敌军突然袭击，把清水及其部下多人当场击毙。这个发誓要攻占五台的家伙，被装进棺材，由他的部下抬着进入了五台城。10月28日，我三五九旅在张家湾伏击战中，击毙了日军独立第二混成旅团长常冈宽治少将以下360余人。11月初，我军歼灭了由五台东犯之敌，毙敌109师团135联队500余人，活捉日军21名。在此之前，东线我三分区和一分区部队，先后在阳曲和东西庄战斗中，给企图进攻阜平的日军以沉重的打击，共歼敌1000余名。至11月7日，敌人的围攻最后被我军粉碎。

对于这场喧嚣一时但遭到惨败的围攻，"日军战史"没有罗列"战果"，更没有公布日军的伤亡数据，只有寥寥数笔：第一军、驻蒙军及一一〇师团，自8月上旬进行准备，9月24日开始攻击，约至10月下旬基本按预定计划结束。

其二，"日军战史"中的"战况"与"战果"大都是编出来的，有很大的水分。"日军战史"承认："更应该注意到，单纯的遗尸数目，未必就意味着敌人损失的多少，因为其中往往包括多数的居民。"在侵华战争期间，日军不但滥杀无辜，犯下了滔天的罪行，而且将杀害和绑走的老百姓也都列入"赫赫战功"。

那么，日军为什么这样做呢？"日军战史"这样的分析："由于从来光凭战果论功行赏，因而造成了掩饰失败、捏造战果的坏风气。"

"日军战史"中的"战况"及"战果"是根据当时日本当局发表的《作战公报》编写的，但连日本人也认为"大本营发表的统计数字相当可观，但其中70%是为了夸耀战果而增加的水分"①。

"实际上扰乱我治安的就在于这些民众"

人民战争是克敌制胜的法宝。敌后广大群众对抗战的支持与拥护,是中共战胜敌人最可靠的基础。聂荣臻指出:只要把人民群众发动起来,不论是山地还是平原,都有可能成为巩固的根据地。比如,冀中平原地区,没有险峻的山地,没有天然的屏障,但是,人民群众一经发动起来,就有了足以抗击日本侵略者的"人山"与"人海"。在人民群众充分发动起来之后,八路军在群众的海洋里,如鱼得水,如虎添翼。而敌人呢?处处碰壁,处处困难,找不到向导,找不到粮食,找不到用具,想找一口锅做饭也不容易,就像一个既聋又瞎的人坠入了深渊。

日军在华北敌后就是这种状况,面对人民战争,他们一筹莫展。

"日军战史"写道:中共掌握农民大众的方法极为巧妙,已在华北各地施行。此点,日本望尘莫及。

日军独立混成第四旅团长片山中将回忆:八路军的工作已经深入到居民当中,村民正如"空室清野"的标语那样,几乎逃避一空不见踪影,并且好像曾经积极协助八路军。因而在作战期间,日军的动向被详细地泄露给八路军,但在日本方面则对八路军的情报完全不明。

其"战史"还记载:居民对我方一般都有敌意,而敌方工作做得彻底,根据以往的经验,凡日军进攻的地区,全然见

---

① 见《土肥原贤二秘录》。

不到居民，因而，想找带路人、搬运夫，以至于收集情报都极为困难。另外，空室清野作得彻底，扫荡搜索隐蔽物资，很不容易。

八路军英勇抗击侵略者，保护了人民，人民同样尽心尽力地保护八路军，这就是在军队与人民之间建立起来的鱼水关系。对此，"日军战史"也有所反映。

日军第三十六师团参谋小崛晃中佐回忆：共军的纪律严明，例如对五台山的寺庙、村落等特别注意保护，不予破坏，使人感到很能团结群众，深得人心。

"日军战史"记载：观察共军对民众的态度，其纪律更是严格谨慎，亲密无间。例如：使我方工作人员伪装敌方工作人员潜入村庄，妇女、儿童等毫不恐惧地与之接近，这样事例很多。[①] 在共军方面，为了争取民众的支持，对军纪的要求极为严格。例如在行军中，有人摘了路旁树上的梨子给在押的俘虏，俘虏拒绝接受，并说农民的东西不能随便吃。

在内蒙地区作战的日军第二十六师团师团长佐伯文中将也不得不承认：共军地下工作巧妙灵活，群众对他们心悦诚服，而且军纪严明，秋毫无犯。

在华北敌后，全民皆兵，全民参战，军民一致打击侵略者，令日军震惊不已。

第一军参谋朝枝回忆：（在"百团大战"中）八路军的抗战士气甚为旺盛，共产地区的居民，一齐动手支援八路军，连妇女、儿童也用竹篓帮助运送手榴弹。我方有的部队，往往冷不防被手执大刀的敌人包围袭击而陷入苦战。

"日军战史"记载，日军独立混成第三旅团在冀南作战曾

---

① 日本防卫厅战史室编：《华北治安战》上册，天津市政协编译组译，天津人民出版社1982年版，第448页。

遇见如下事件：

两名特务人员捉到当地居民，令其带路，当接近敌村时，带路的居民突然大声喊叫："来了两个汉奸，大家出来抓啊！"

冈村支队的一个中队，当脱离大队主力分进之际，带路的当地居民将其带进不利的地形，使我陷于共军的包围之中。

草野支队两名士兵，由于迷失方向，被村民带到敌军第四团第二营所在地。

地道战是平原地区抗日军民的一个伟大创举。华北平原一马平川，无险可据，面对敌人日益残酷的"扫荡"和"清剿"，抗日军民挖掘了长达25000里的地道，形成了既能防守又能进攻的地下工事，有效地保护自己，有力地打击敌人，让日本侵略者饱尝了地道战的苦头，也深刻地体验到人民战争的厉害。

"日军战史"记载：为了在冀中地区实行退避战术，中共在修建地道及其他隐匿设施方面，付出的心血确实惊人。沙河、木道沟河沿岸一带地区，素有中共平原根据地模范区之称，交通壕、地道建筑非常普遍，几乎所有的村庄都有地下设施，甚至有相距七八公里的三个村庄用地道连接起来。而且农村的老百姓抗日意识很强，形成了半农半兵状态，就连老幼妇女也组织了抗日团体。因此，各部队在推行肃正工作时极为困难。

曾在冀中一带作战的加岛武中佐回忆：部队最初进驻无极县时，共方工作队、游击队四处潜伏，居民毫不合作，气氛令人可怕。对此，各队首先由所在地开始进行肃正，逐步向四周扩大。但终归抓不住真正的敌人。部队在行动中经常受到来自住房的窗口、墙上、丘陵树林中的突然射击。偶尔发现敌人，紧追过去，却无影无踪。以后得知他们挖有地道，地道的入口设在仓库、枯井、小丘的洞穴等处，地道四通八达，甚至有地下集合的场所。加岛武哀叹：日军总像是在和鼹鼠作战一样，旷时费力，真想举手服输。毛泽东指出："战争的伟力之最深厚的根源，存在于民众之中。""动员了全国的老百姓，就造成了陷敌于灭顶之灾的汪洋大海。"

经历了人民战争，日本侵略者对于民众的力量还是有所认识，其"战史"写道：在估计其军事实力时，则必须将共军及其潜在民众之中广泛的武装力量考虑在内。在民众和共军的相互关系上，不论是由于共军的压力或是思想上的影响，群众有机的组织活动与党的地下工作相配合，就能起到加强共军实力，协助其战斗的作用。因此，也可以说，实际上扰乱我治安的就在于这些民众。其"战史"还写道：共军与民众的关系，同以往的当政者不同。中共及其军队集中全力去了解民众，争取民心，不但日本，就连重庆方面也是远远不能相比的。正因为如此，尽管他们在数量方面处于劣势，却具有不可轻视的坚韧力量。

日军山口真一少尉在中国作战有四年的时间，并与国共两党的军队都打过仗，对于两种完全不同的作战方式，他这样进行比较与总结：对神出鬼没的共军每天都要进行神经紧张令人恐怖的战争，不如打一次大规模的战斗反倒痛快。其后我参加过老河口作战，我回忆在中国四年之中，再也没有比驻防在（冀南）十二里庄当队长时代，更苦恼的。

《华北治安战》一书虽为战后编写，但其编著者仍然坚持侵略者的立场、观点，以致有不少粉饰侵略、美化战争的地方，但该书不得不承认这样的事实：对于这样一场军民不分、战线不分的特殊战争，一切战略战术、政治谋略都是无能为力的。"总之，从全面来看，华北治安战是既未收到预期的成果,也未能达到作战的目的。"这充分证明,有了中国共产党的正确领导,中国人民将永远是不可战胜的。任何凶恶、强大的敌人胆敢入侵,终必遭到可耻的失败。

参考文献

1. 日本防卫厅战史室编:《华北治安战》,天津市政协编译组译,天津人民出版社1982年版。
2. 陈再道:《陈再道回忆录》,解放军出版社1988年版。
3. 杨成武:《杨成武回忆录》,解放军出版社1987年版。
4. 聂荣臻:《聂荣臻回忆录》,解放军出版社1984年版。

原载《文史精华》2005年第10期

国民党两次申请加入共产国际

大革命时期，国民党曾两次申请加入共产国际，都没成功。国民党要求加入共产国际，不是为了接受共产国际的指导，而是为了生存和发展的需要。

胡汉民第一次申请加入共产国际

1925年9月23日，国民党元老胡汉民带着一封由汪精卫签署的给联共（布）中央和苏联政府的信，离开广州前往莫斯科。他作为国民党的代表出席即将召开的共产国际执委会第六次扩大会议。

10月4日，胡汉民抵达海参崴，受到了热烈的欢迎。他在给汪精卫的信中说：苏联人接待他的感情之热烈、礼仪之隆重、肴食之丰美，是平生所未遇见过的。此时的胡汉民因与"刺杀廖仲恺案"有牵连，被"礼送"出国，没想到在苏联竟受到如此热烈的欢迎，自然受宠若惊。

令胡汉民更为兴奋的是，当他于10月28日到达莫斯科时，受到了比海参崴更为隆重的礼遇。联共（布）中央、苏联红军、莫斯科市政府和各人民团体，以及东方大学的中国留学生都派代表到车站欢迎，欢迎的人数达6万之众。第二天，

《真理报》以通栏标题报道了当时的盛况，并称胡汉民为"中国革命运动最卓越的领袖"。

胡汉民到达莫斯科不久，即向共产国际执委会的有关负责人提出要求探讨俄国革命和建设经验以及有关国民党的策略、组织和纲领等问题。共产国际执委会安排宣传鼓动部的工作人员拉菲斯与胡进行了三次谈话。在谈话中，胡汉民极力说明国民党是个"工农党"，并提出加入共产国际的要求。拉菲斯认为共产国际不可能将国民党与中国共产党同等看待，所以对胡汉民的要求未置可否。

次年2月8日，共产国际执委会主席季诺维也夫接见胡汉民，在谈话中，季提出国民党应当同共产国际建立关系，并强调"这种关系不仅应当是名义上的而且也应当是实质上的"。季诺维也夫的话再次点燃了胡汉民心中的希望之火，他于2月13日致书共产国际，正式提出国民党加入共产国际的要求。信函要点如下：

> 资本主义和帝国主义的末日已经到了。国民党要想完成自己的革命事业，就要把中国的革命运动同其他各国的革命运动联合起来。被压迫的中国人民同其他国家被压迫的无产阶级有着共同的利益和共同的敌人，即资本主义和帝国主义，它必须同他们联合起来。共产国际的口号，即全世界无产阶级和被压迫民族联合起来，是反对世界帝国主义斗争策略的唯一正确的口号。
>
> 鉴于反对资本主义和帝国主义的斗争应当按照总的计划进行，国民党认为它有必要加入共产国际的队伍。
>
> 作为国民党的代表并根据它的授权，胡汉民请求共产国际接纳国民党加入这个组织。

读了这封信，谁会相信它出于一个国民党老右派之手呢？

中国古代有个"叶公好龙"的寓言。胡汉民就是个现实中的"叶公"。当革命高潮尚未到来的时候，他是满口革命辞藻，调子唱得比谁都高；但当革命的狂飙真正来临，并对他所代表的资产阶级造成威胁的时候，他就被吓破了胆，再也不欢呼、歌颂革命，而是拼命地反对革命。后来，胡汉民是这样解释："我所以主张加入第三国际，就是本着当时的组织民族国际的愿意，使中国国民党独立自主，不受共产党的操纵愚弄，同时可以拆穿第三国际的西洋镜。"这段话与上文比较，判若两人。这种矛盾的现象恰恰是中国资产阶级两面性的典型表现。

胡汉民的努力没有白费。1926年2月17日到3月15日，共产国际执委会召开第六次扩大会议，胡汉民出席了会议。这次会议把国民党定为一个工人、农民、知识分子和城市民主派的革命联盟，决定把国民党作为共产国际的"同情党"，并任命蒋介石作为共产国际执委会主席团"名誉委员"。

然而，胡汉民对此并不满意。会议期间，他在见到斯大林时，再次提出加入共产国际的要求，他是"不到黄河不死心，不见棺材不落泪"。斯大林否定了他的建议，说："你的这个主张根本没有得到国民党本身的同意。况且全世界的帝国主义者都注意中国问题，你们把中国问题公开放在第三国际里面，恐怕弄巧成拙，事情反而弄不好了。"斯大林建议将此事保留半年后再说。这一答复显然不能令胡汉民满意，他争辩说："我认为你们如果承认国民党是同志，就应该正式的联络。如果要联合，那我们只有直接参加第三国际。帝国主义对国民党加入第三国际的妒忌，是没有什么可惧怕的。"话是这么说，但斯大林并没有被说服。

2月18日，联共（布）政治局会议讨论了胡汉民的提议。

会议决定：鉴于广州政府的国际环境和中国革命运动今后的发展前景，认为有必要在预先同国民党代表私下商谈，说服他不要提出加入共产国际的问题。但私下的说服工作没有取得成效。2月25日，共产国际执委会主席团致信国民党中央委员会，以婉转的方式拒绝了其加入共产国际的要求。

共产国际主要是担心帝国主义利用这点干涉中国革命。共产国际的信中指出：

> 在最近的将来，国际帝国主义会对中国民族解放运动施加更大的压力。整个帝国主义世界认为共产国际是其不共戴天的仇敌，国民党正式加入这个组织，只会促使帝国主义者竭力动员反革命力量同广州、同中国整个民族解放运动作斗争。这会便于帝国主义者建立反华统一战线，当然也会给中国人民争取独立的斗争造成困难。中国的反革命集团会利用国民党的这种正式加入共产国际的做法，借助于民族主义的蛊惑宣传作出摧毁革命统一战线的尝试，而国民党在这种蛊惑宣传过程中会被说成是失去其民族性质的党。我们应该避免发生这样的麻烦事。

国民党要求加入共产国际的第一次努力受阻。

邵力子第二次申请加入共产国际

胡汉民1925年的莫斯科之行，带有某些被"放逐"的意味，因此，不可能有什么经过认真研究的"预案"，申请加入共产国际完全是胡的一时心血来潮，是个人行为，根本没有经过国民党中央的讨论与授权。不过，胡汉民回国后，向蒋介石汇报，后者发现胡汉民确实老谋深算。

　　1926年6月，中国共产党和国民党分别接到共产国际的通知，要求两党各派一名代表参加将在11月召开的共产国际执委会第七次扩大会议。时任国民党中央常务委员会主席、国民党中央组织部长兼军事部长、国民革命军总司令的蒋介石选中了国民党中央监察委员、北伐军总司令部秘书邵力子作为国民党代表前往苏联。临行前，蒋介石与邵力子进行了长谈，要求他在莫斯科尽量争取国民党加入共产国际。关于蒋介石的意图，邵力子在给共产国际执委会的报告中谈到："蒋介石同志认为，革命取得胜利的基本条件是统一的领导和统一的意志。中国革命是世界革命的一部分。中国革命也和世界革命一样需要统一。共产国际是世界革命的领导。因此，国民党应是中国革命的领导。在中国国民革命的过程中，国民党一方面应当集中一切革命人士在统一的领导下实行统一的行动，另一方面它应当承认第三共产国际是自己的领导机关，因为中国革命是世界革命的一部分。"在蒋介石等人看来，只有加入共产国际，才能确立国民党在中国革命中的领导地位。他们不能容忍共产党的独立地位，不能容忍共产党垄断与共产国际的联系。他们认为，国民党加入共产国际可以一箭双雕：既可以取代共产党在共产国际的地位，排挤共产党的势力；又可以独揽与共产国际的联系，直接了解共产国际对中国的政策。

　　此时，距胡汉民第一次提出加入共产国际已经有六个多月，超过了斯大林所说的"保留半年后再考虑"的期限。而在这半年中，中国革命形势发生了巨大的变化。北伐战争进展顺利，国民革命军势如破竹，迅速向长江流域推进，莫斯科原来担心帝国主义联合干涉的局面并没有出现，国民党的威信随着北伐战争的顺利推进而大大提高。这种形势下，蒋介石认为再次要求加入共产国际的条件已经成熟。

1926年9月初，邵力子与中共代表谭平山一起到达莫斯科。

邵力子到莫斯科后，即开始考虑如何完成蒋介石交给的任务。9月16日，他向共产国际执委会提交了一份报告，转达了蒋介石的意见；几天后，又向共产国际执委会写了补充报告，专门谈了国共关系问题。由于共产国际执委会对国民党申请加入共产国际一事未作答复，11月25日，邵力子再次致信共产国际执委会，首先表示强烈的不满。信中指出

> 在今年2月召开的共产国际执委会扩大会议上，国民党政治委员胡汉民同志曾提出国民党加入共产国际的建议。经讨论后，扩大会议主席团得出结论，鉴于目前的国际形势，必须避免出现一切可能给中国国民革命运动造成麻烦的因素；由此可见，国民党加入共产国际的时机尚未到来。从那时起的九个月来，中国的革命运动虽已取得成绩，但还需要竭尽我们的一切力量来取得全国的统一。因此，我们必须加强统一战线，以便消灭军阀，然后进行公开的直接的反对帝国主义者的斗争。国民党认为，共产国际至今还不认为有必要讨论国民党加入共产国际的问题。然而，国民党左派的领袖和同志们却认为，中国革命是世界革命的一部分，不能满足于得到革命者纯道义上的同情。

在这封信的最后，邵力子提出了新的建议，实际上就是蒋介石的第二方案：共产国际与国民党之间互派代表；国民党驻莫斯科的代表应该参加国际革命工作。这个新的建议避开了国共关系这个难题，因此，共产国际觉得可以考虑。

1927年1月6日，共产国际执委会主席团经过讨论，原则上同意邵力子的提议，并责成远东局书记处对此事进行进一步的研究。第二天，在执委会的讨论中，谭平山就此问题发言，他表示赞成国民党作为同情党向主席团派驻代表，并作三点说明：

1. 这一建议只是几个国民党员提出的，除他们之外谁也不知道此事，根本谈不上大多数国民党员赞成这样做。

2. 国民党中央执行委员会和政治委员会，都没有接受这一建议。

3. 众所周知，胡汉民不代表国民党，而代表上海……一方面他试图提高自己在国民党内的威信，另一方面试图削弱共产党在群众中的影响。

接下来，东方部主任拉斯科尔尼科夫发言：

> 上一次，国民党来这里的第一位正式代表、政治局委员（指胡汉民）建议把国民党算做是共产国际的一个支部。我们当然认为这是不可能的，因为共产国际在每个国家只能有一个支部，在目前情况下中国共产党是共产国际的支部。现在国民党的第二位正式代表（指邵力子）建议，国民党在共产国际设代表，而共产国际在中国国民党中央设代表。我们认为，原则上应该接受谭平山同志的这个建议。必须在共产国际和国民党之间建立直接的关系。

后来，远东局就这一问题进行了反复的讨论，决定组织国民党问题常设委员会，负责处理国民党与共产国际的关系问题。远东局将此决定报告给政治书记处。政治书记处经过慎重研究，最后决定："不采纳这个建议。"共产国际执委会政治局作出这样的决定，主要出于如下两种考虑：第一，与国民党相比，中国共产党毕竟是自己人，如果让国民党也加入共产国际，使国民党与共产党平起平坐，实际上就是压制了共产党。再有，国共两党之间本来就存在着激烈的矛盾，如果让国民党加入共产国际，不仅不利于矛盾的缓和，反而会造成更大的混乱。第二，担心蒋介石的反动。"中山舰事件"后，蒋介石日趋反动，使斯大林不得不抱有戒心。邵力子回国前，再一次见到斯大林等人。斯大林拿出一张自己的照片，让他转给蒋介石，并笑着说："如果蒋介石真的解除工人自卫队武装，我却把自己的照片送给他，工人们怎样看我？"事情果然被斯大林不幸而言中。4月12日，蒋介石发动政变。邵力子是在回国途中经过海参崴时得知这一消息的。他的心情顿时沉重起来。他于4月23日，发电报给共产国际执委会东方部主任拉斯科尔尼科夫，说："上海使我担忧，我不能充当反革命的武器，我请教如何斗争，现寄回斯大林的照片。"

国民党加入共产国际的企图最终没能得逞。

参考文献

1. 姚金果：《20年代胡汉民的莫斯科之行》，载《民国春秋》1999年第5期。

2. 苏杭：《邵力子在莫斯科》，载《炎黄春秋》2001年第4期。

3. 中共中央党史研究室第一研究部：《共产国际、联共（布）与中国革命文献资料选辑》（1926—1927）第1、3、4、5卷，北京图书馆出版社1998年版。

原载《文史精华》2003年第4期
《合肥晚报》2003年5月22日转载
《党史信息报》2010年3月24日转载

师哲回忆抗美援朝三事之考辨

师哲（1905—1998），曾任中央书记处办公室主任、中央书记处政治秘书室主任，并长期兼任毛泽东、周恩来、刘少奇、朱德的俄文翻译，多次参加中苏两党两国间的最高层会谈，是为数不多的当事人。在暮年之际，他口述、出版《在历史巨人身边》、《我的一生》、《峰与谷》等回忆录，引起国内外广泛关注，特别回忆录中关于中苏关系、朝鲜战争的内容，更是引起史学工作者的强烈反响，他的一些说法也被一些论著所采用。

但是，师哲毕竟年纪大了，而且时间相隔久远，其回忆难免有疏漏或与事实相悖之处。对此，本人根据掌握到的材料对师哲回忆录中有关抗美援朝战争的内容进行研究和考证，谈谈个人意见，就教于史学界同仁。

周恩来访苏时，中央决定出兵了吗？

近年来，一些关于抗美援朝战争的文章和著作，很多都涉及1950年10月周恩来在抗美援朝战争前夕秘密访问苏联时的情况，而且对当时中央是否决定出兵的问题有不同的观点。

关于这个问题，作为翻译随同周恩来访苏的师哲，在其回忆录中写道：

> 讨论是否出兵的"中央政治局会议还没有结束，就派周恩来秘密访问苏联"了。"周恩来离京之后，毛主席做了政治局委员们的工作。他说：我们不能见死不救。政治局的同志见毛主席下了决心，自然也就没有什么意见了。""因为总理正在旅途中，对这一切无从知晓。"

因此，在师哲看来，周恩来访苏时，中央还没有最后作出出兵参战的决定。

师哲在回忆录中还写道：

> （在与斯大林的）会谈中周恩来谈的时间最长，着重阐明我们不能出兵的理由……周恩来一门咬定不出兵，是因为离开北京时中央政治局讨论的主要倾向是不出兵。但并非最后结论，所以在会谈中周恩来这样坚持。
>
> （会谈结束后），我们去"红壤地"时，康一民留在莫斯科同国内联系。当我们次日中午回到莫斯科时，康一民刚刚收到毛泽东给周恩来的电报，电文很长，康在埋头译电，已译出了一部分，我看内容是我们决定出兵。大意是说：你们走后，中央政治局继续开会，经再三讨论，取得了较一致意见，决定出兵援朝。我立即把电报内容报告了周恩来，周不相信，说我没看清楚电文，并要康一民尽快译出电报全文。康一民自然是以最快的速度在译。
>
> 待周恩来看完电报全文之后，他用双手抱住头，支在桌子上呆了很长时间。当然，他是在思索怎样转这个弯子——因为刚刚表示了坚决不出兵，现在又要说中共中央决

定出兵援朝，而且分析了形势，说明了具体计划、兵力的部署、战略战术的设想等等，拟以志愿军形式组织兵团，要苏联提供装备。电报要周恩来赶快同苏方谈判，立刻做好准备。

对于师哲的这个说法，史学界有截然不同的两种观点。本人认为师哲的说法是可信的。

出兵朝鲜，参加抗美援朝战争，是毛泽东一生最为艰难的一次决策。20年后，1970年10月10日，毛泽东、周恩来会见金日成，共同回忆了这段曲折的决策过程。

为了论证、叙述的方便并便于读者理解，现将毛泽东、周恩来会见金日成时的对话择要摘录如下：

毛泽东说："那个时候，我们虽然摆了五个军在鸭绿江边，可是我们政治局总是定不了，这么一翻，那么一翻，这么一翻，那么一翻，嗯！最后还是决定了。你不帮助，怎么办啊？"

毛泽东还说："事情总是这么弯弯曲曲的。在那个时候，因为中国动动摇摇，斯大林也就泄了气了，说：算了吧！后头不是总理去了吗？是带了不出兵的意见去的吧？"

周恩来说："两种意见，要他选择。我们出兵就要他的空军支持我们。"

毛泽东说："我们只要他们空军帮忙，但他们不干。"

周恩来说："开始的时候，莫洛托夫赞成了，以后斯大林又给他打电话说，不能用空军支援，空军只能到鸭绿江边。"

毛泽东说："最后才决定了，国内去了电报，不管苏联出不出空军，我们去。"

按照毛泽东的说法，当时中央政治局对是否参战还没作最后的决定。虽然，作了参战的准备，"摆了五个军在鸭绿江边，可是我们政治局总是定不了"，直到周恩来出访苏联之前，仍没有最后定下来，而且当时政治局的主要倾向是不出兵。所以毛泽东说："在那个时候，因为中国动动摇摇，斯大林也就泄了气了，说：算了吧！后头不是总理去了吗？是带了不出兵的意见去的吧？"中央正式作出参战的决定，是在周恩来到了苏联之后，正如毛泽东所说："最后才决定了，国内去了电报，不管苏联出不出空军，我们去。"

毛泽东的谈话可以证明，师哲的说法是可信的，周恩来访苏时，中央还没有下决心参加抗美援朝战争。

按照周恩来的说法："两种意见，要他选择。我们出兵就要他的空军支持我们。"言外之意，苏联不提供空军支持，中国就不出兵。事实上，斯大林不同意提供空军支持，因此，周恩来只能选择"不出兵为宜"。既然周恩来带去的是"两种意见"，其潜台词就是，中央还没有作出最后的决定。

毛泽东与周恩来是抗美援朝战争的决策人，其回忆的权威性是毋庸置疑的。

因此，本人认为，师哲对这件事的回忆是可信的。

关于苏联的军事援助

抗美援朝时期，苏联为中国提供了大量的军事援助。于是，苏联在抗美援朝时期到底给予了中国多少军事援助，如何评价这些援助，都是大家关心的问题。

师哲在《我的一生》一书中写道:

> 朝鲜方面在斯大林面前对我们颇有微词,主要是说我们援朝是为了装备自己。因为我们的做法是:装备一批部队,即派去朝鲜实地作战,打一个时期仗就撤回来,然后再装备一批,再派出。如此轮番改装,轮番上前线,既熟悉了武器,又锻炼了军队。每改装一批只需十天半月。朝方向斯大林告的就是这个状。然而斯大林对我们这种做法大加赞扬,认为我们这样做很正确、很明智、很精巧,既在短时间内改装了更多的部队,又使装备起来的部队得到实战的锻炼和检验。他称赞我军是好样的。实际上这些武器装备基本上都是"二战"结束后的剩余物资,苏方正需要为其寻找出路。

师哲的这些叙述似是而非。

1950年10月,周恩来紧急赴莫斯科与斯大林商谈。斯大林答应派空军和防空部队秘密参战,并同意提供武器装备,但这次晤谈没有涉及细节。

中国首次向苏联提交所需武器弹药清单是第一战役结束的时候。1950年11月7日,毛泽东在给斯大林的电报中说:"由于人民解放军陆军的武器装备主要是从敌人手里缴获来的战利品,因此造成步兵武器口径种类繁多的情况。这一状况给弹药生产,特别是步枪和机枪子弹生产带来很大困难,此外我们的工厂目前所能提供的这种子弹为数甚少。志愿军部队直接参加朝鲜军事行动的有12个军,计36个师,但仅有6个步枪和机枪弹药基数。今后,随着军事行动的发展,我们在保障军队弹药方面势必出现很大困难。如果军工生产方面不出现变化,那么,改换装备工作可能要到 1951 年下半年方能开始。为克服目前困难,我请求您研究一下关于在 1951 年 1 月和 2 月这一时期给 36 个师供应步兵武器装备的问题。"

毛泽东提出的具体要求是:苏式步枪 14 万支,步枪子弹 5800 万发;苏式自动枪 26000 支,自动枪子弹 8000 万发;苏式轻机枪 7000 挺,轻机枪子弹 3700 万发;苏式重机枪 2000 挺,重机枪子弹 2000 万发;飞行员用手枪 1000 支,飞行员用手枪子弹 10 万发;梯恩梯炸药 1000 吨。

苏联迅速作出答复,11 月 9 日,斯大林回电表示同意。

不久,这批军火如期运到中国。利用这批武器,在朝鲜的志愿军有 34 个师更换了装备,另 2 个师的武器作为补充消耗和分给军校、军区用作训练。需要说明的是,这 36 个师的轻武器,基本上都是苏联在"二战"期间甚至战前研制的武器,是苏军退役淘汰的装备,而当时苏军现役装备的一些新式武器,如 СКС-45 半自动步枪、АК-47 突击步枪(冲锋枪)、РПД-44 班用轻机枪、РП-46 连用轻机枪、СГМ 重机枪,都不肯卖给中国。

苏联为中国装备、培训了坦克装甲部队。根据中苏协议,苏军 10 个坦克自行火炮团 1950 年 11 月来华,由中国组织十个团的机构,对口接收装备和接受训练。这些装备有 Т-34 中型坦克 300 辆,ИС-2 重型坦克 60 辆,ИСУ-122 自行火炮 40 辆。中国志愿军用它们组建了 3 个坦克师(每师两个团,再配以摩托步兵团、炮兵团),三个独立坦克团,以及基地训练团。

志愿军出国作战时只有地面炮兵,没有高射炮兵和反坦克炮兵,而且装备也很落后。后来利用苏联提供的火炮改进了装备。这些装备有苏式 122 毫米榴弹炮与 152 毫米榴弹炮,有了这些苏式火炮，志愿军地面炮兵的攻击力大大加强了。

志愿军刚刚出国作战，后勤运输大部靠汽车。在敌机的狂轰乱炸下，汽车消耗特别大。从1950年10月19日到12月底的72天，国内给志愿军补充汽车12486台，损失6646台，受损率达60%以上。为此，周恩来向斯大林紧急求援，11月17日电称，由于敌机轰炸，"车辆不足"，"粮食和冬季服装不能及时运到，部队正在忍饥挨饿"，而中国能够紧急动员的车辆只有200台，恳请斯大林下令先借用苏军旅顺基地的500台旧汽车。斯大林当天便回复，立即在满洲里站向中方交付新车，11月20日移交140台，11月25—26日移交355台。此后，苏联的汽车源源不断地运送到朝鲜前线，仅1950年即达5000台。到战争结束时，志愿军拥有各种汽车71000余台，主要购自苏联。

中国志愿军空军的战机是苏联提供的。1951年5月，斯大林两次致电毛泽东，决定无偿提供了当时苏联最先进的米格－15战斗机372架，苏联只收取运费，并可从军事贷款中扣除。中国用苏联赠送的这批米格－15，装备了空军六个师，米格－15成为志愿军空军的主要机型。

有材料估计，朝鲜战争期间，苏联向中国出售的米格－15飞机大约有1000架。1950年，苏联又研制出更先进的米格－15比斯战机，根据中国要求，1952年8月苏联开始向中国出售这种战机，到12月，志愿军空军共六个师改装了米格－15比斯。按每个师60架飞机的编制，这批飞机大概是360余架。不过，这时距朝鲜战争停战只有半年时间了。

在抗美援朝战争中，年轻的中国空军在战火中迅速成长壮大。美国空军参谋长范登堡惊呼：中国共产党几乎在一夜之间就变成了世界上主要的空军强国之一。而中国空军的成长、壮大离不开苏联的帮助。

综上所述,在朝鲜战争期间,苏联提供武器装备是及时的、有效的,对志愿军在朝鲜三八线上顶住美军的进攻起到了关键的作用,也使中国军队的现代化建设在短期内发生质的飞跃。用彭德怀的话说就是,短短几年超过了旧中国几十年的建设。

苏联提供的军火有些很先进,比如,"喀秋莎"火箭炮在当时是新式武器,一次可发16枚火箭弹,威力巨大。再如米格–15喷气战机,性能优于美国的F–80和F–84,与F–86不相上下,当时F–86还没有在朝鲜战场上大量出现,因此,在空战中米格–15自然处于优势地位,受到志愿军空军战士的热烈欢迎。一些著名的空军英雄,比如击落击伤敌机九架的飞行大队长王海、击落敌机最多的飞行员赵宝桐、击落美国王牌飞行员戴维斯的张积慧,驾驶的都是米格–15战机。

师哲在回忆录中提到,志愿军轮番作战,急需大量武器装备。为此,毛泽东先后派总参谋长徐向前与高岗赴莫斯科与苏联政府谈判购买60个师的武器装备。斯大林曾经表示,"关于供应60个师的武器。我们方面没有反对意见"。后来,虽然时间迟了一些,但最终满足了中方的要求。应该指出的是,这60个师的装备都是苏联专门为中国生产的,而不是"剩余物资"。

毋庸讳言,苏联向中国出售的陆军武器有些制式陈旧一些,也有一些是"'二战'结束后的剩余物资",但毕竟是经过战争考验的,比如,苏式冲锋枪、重机枪、37高射炮、762野炮均很实用,受到志愿军战士的欢迎。当然,苏联提供的有些陆军装备不甚好使,比如,志愿军战士对1891/30式步枪就不很喜欢,感到还不如国产的步枪好用。但是,我们不能仅以部分枪炮的状况而否定苏联武器对志愿军在朝鲜战场上的作战力量所起的主导的、积极的作用。

关于苏联的军事贷款

师哲在回忆录中谈到了苏联的军事贷款问题，他在《在历史巨人身边》中写道：

> （1950年10月，周恩来赴苏联谈判），我们在莫斯科逗留两三日，将军火一事办妥即飞回北京，值得指出的是，因为形势紧迫，我们和苏联谈判时，只谈到军火的数目，而没有谈军火的价格。我们接受苏方的军火，是作为他们对抗美援朝的物资供应的贡献而接受的……因而在回国的飞机上总理再次提及：准备在下次会见斯大林时，正式提出这个问题，争取作出明确的规定来。遗憾的是，后来没有机会将此事办成。斯大林从没有明确规定一定要我们偿还。但事经七八年以后，中苏关系恶化，又恰值我国经济困难，赫鲁晓夫乘人之危，利用这个空子，向我们要这部分军火款项，有意添麻烦，向我们施加压力。

师哲在《我的一生》中还写道：抗美援朝，无论是中苏双方，还是中苏朝三方，都没有任何文字协议，全部是口头谈的"君子协定"，于是就被赫鲁晓夫这样的人钻了空子，向我们勒索。这是我们年轻的中华人民共和国交的一笔学费。

按照师哲的说法，苏联的军事贷款从一开始就是一笔糊涂账，后来，赫鲁晓夫利用了这一点，浑水摸鱼狠狠敲了我们一笔。

需要指出的是，这些叙述完全不靠谱！

1950年10月，周恩来赴苏联与斯大林会谈军事援助，并没有谈及如何偿还的问题。10月13日，毛泽东致电周恩来，说出他的考虑："不知他是用租借办法，还是用钱买，只要能用租借办法保持二万万美元预算用于经济文化等项建设及一般军政费用，则我军可以放心进入朝鲜，进行一场长期战争并能保持国内大多数人的团结。"从电文可以看出，对于应该如何偿还，毛泽东心里也没有底，只要不是现金支付就行。

1951年2月1日，经过反复的协商，中苏双方达成协议，协议规定：在1950年10月19日出兵抗美援朝前的军事订货以全价付款，抗美援朝以后的军事装备与弹药的订货以半价付款，铁路器材的订货则以七五折付款。

显然，这种给予特殊优惠条件的贷款是专门针对抗美援朝战争而定的，原因就在于中国志愿军出兵参战，直接是援助了朝鲜，间接则是帮助了苏联，是为以苏联为首的社会主义阵营而战。这个道理，斯大林心里再清楚不过了。

当然，对此中国人有自己的想法。

尽管双方的认识不同，但中苏之间关于抗美援朝的军事贷款是有文字协议的，而且后来也严格执行了这个协议。

1954年1月，中苏按照协议对抗美援朝军事贷款进行了结算。4月13日，周恩来致电在莫斯科的外贸部副部长李强，电文中有这样一段话：（1951年）2月1日贷款最后核算只用了19亿多卢布，未使用2.4亿多卢布，苏方提议取消，因朝战已停，只好同意。因此，欠款按武器半价、铁路器材3/4计算，共为9.8亿多卢布。

20世纪60年代初，中国发生严重的经济困难，但中国人民有志气，勒紧裤腰带还债。到1964年，中国提前一年还清了 50 年代苏联的全部贷款和利息，包括抗美援朝所欠的军事贷款和利息。至于师哲所说的苏联曾追逼中国还债的情况，没有看到任何历史文献的记载。

因此，师哲关于苏联的军事贷款问题的叙述完全不可信。

参考文献

1. 王亚志口述，沈志华、李丹慧整理：《新中国成立初期苏联与中国的军队装备——50 年代中苏军事关系若干问题（之四）》，载《俄罗斯研究》2004 年第 1 期。

2. 沈志华：《抗美援朝战争中的苏联空军》，载《历史教学》2004 年第 5 期。

3. 沈志华：《关于 20 世纪 50 年代苏联援华贷款的历史考察》，载《中国经济史研究》2002 年第 3 期。

4. 师哲口述、师秋朗笔录：《我的一生》，人民出版社 2001 年版。

5. 师哲回忆、李海文整理：《在历史巨人身边》，中央文献出版社 1991 年版。

原载《北京日报》2010 年 11 月 8 日
《报刊文摘》2010 年 11 月 12 日 转载
《报刊荟萃》2011 年第 1 期转载

新中国成立因斯大林的建议而提前了吗?

关于中华人民共和国成立的时间,师哲有不同的说法。

1949年6月26日至8月14日,刘少奇率领中共中央代表团访问苏联,同斯大林等进行了广泛会谈。师哲作为刘少奇的翻译随行。师哲在《我的一生》中写道:7月27日,斯大林又一次把刘少奇请到孔策沃别墅,为他饯行。席间,斯大林问道:"你们打算什么时候宣布成立中央政府?"刘少奇根据出国前中央酝酿的意见据实相告:"我们目前正集中力量解决华南各省的问题,成立中央政府要在明年1月,可能是1月1日。"斯大林想了想说:"解决重大问题时固然要稳妥,要掌握时机,但更重要的是不可错过时机。我想提醒你们注意防止敌人可能利用所谓无政府状态进行干涉。这是极毒辣的一招,不能不防。"刘少奇立即将这个意见电告毛泽东和中共中央。师哲在回忆录中写道:"国内怎样讨论研究决定这个问题的,我们不了解。8月下旬,我们回到沈阳,才知道中央已经决定于10月1日宣布成立中华人民共和国中央人民政府,并举行开国大典。"

按照师哲的说法,中共中央原计划在1950年1月1日成立中央人民政府,后因斯大林提议而提前到1949年的10月1日。

师哲曾任中央书记处办公室主任、中央书记处政治秘书室主任，并长期兼任毛泽东、周恩来、刘少奇、朱德的俄文翻译，多次参加中苏两党两国间的最高层会谈，是为数不多的当事人。他的回忆录很有影响，他的上述说法也被一些论著所采用。

然而，笔者认为，师哲的说法值得商榷。

一、师哲的回忆录与中共中央的决定不符

建立一个新中国，是中国人民多少年来梦寐以求的理想。但在长时间内，由于反动力量远远大于人民革命力量，这种目标还只是个美好的远景。随着解放战争的节节胜利，中共中央领导人开始考虑这个问题。

1947年10月，人民解放军全面转入战略进攻不久，毛泽东在《中国人民解放军宣言》中提出"联合工农兵学商各被压迫阶级、各人民团体、各民主党派、各少数民族、各地华侨和其他爱国分子，组成民族统一战线，打倒蒋介石独裁政府，成立民主联合政府"的主张。在同年12月25日召开的中共中央扩大会议（十二月会议）上，毛泽东首次把"打倒蒋介石独裁政府，成立民主联合政府"确定为建立新中国政治纲领中的一项重要内容。这次会议，还就何时组织中央政府等问题进行了讨论，会议决定：目前成立中央政府的时机尚不具备，必须等待解放战争取得更大胜利。

随着解放战争走向全面胜利，成立中央人民政府的任务便提到议事日程上来。1948年3月20日，毛泽东第一次提出要成立中央人民政府，他在党内通报中指出："本年内，我们不准备成立中央人民政府，因为时机还未成熟。在本年蒋介石的

伪国大开会选举蒋介石当了总统,他的威信更加破产之后,在我们取得更大胜利,扩大更多地方,并且最好在取得一二个头等大城市之后,在东北、华北、山东、苏北、河南、湖北、安徽等区连成一片之后,便有完全的必要成立中央人民政府。其时机大约在一九四九年。"

在这个党内通报中,毛泽东不但提出只要解放长江以北,"便有完全的必要成立中央人民政府",而且将成立中央政府的时间初步定在1949年。

1948年4月,毛泽东进入河北,很快又提出了建立中央政府的具体步骤。4月25日,他致电在西柏坡的刘少奇、朱德、周恩来、任弼时,通知即将在城南庄召开书记处会议的重要议题之一为:"邀请港、沪、平、津等地各中间党派及民众团体的代表人物到解放区,商讨关于召开人民代表大会并成立临时中央政府问题"。毛泽东认为成立中央政府须分两步进行:第一步,先邀请各民主党派及人民团体的代表在解放区开会,商讨如何召开人民代表大会;第二步,再召开人民代表大会,选举产生中央政府。这里,毛泽东首次使用了"临时"二字,表明他已考虑到,战争期间,召开人民代表大会未必可行,而未经人民代表大会选举产生的政府,只能是"临时中央政府"。4月27日,毛泽东致信晋察冀中央局城工部部长刘仁,又详细说明,这个准备邀请各民主党派和人民团体来解放区召开的会议,"名称拟称为政治协商会议,开会地点在哈尔滨,开会时间在今年秋季"。

4月30日,经毛泽东审定的中共中央纪念五一劳动节口号,发出"迅速召开政治协商会议",讨论"成立民主联合政府"的号召。

同年9月8日至13日,中共中央在河北省平山县西柏坡召开政治局会议。会议根据战争形势的发展和对国际形势的判断，预计从1946年7月算起，在五年左右的时间内，从根本上打倒国民党的反动统治。会议还讨论了准备在1949年召开全国政治协商会议，成立中华人民民主共和国临时中央政府等问题。

1948年11月，随着济南解放和辽沈战役胜利，毛泽东把年初用三年打败国民党的估计大大提前，认定再有一年即可完成，下令东北野战军提前入关。在平、津指日可下，华北、东北、山东等各大解放区即将连成一片的情况下，建立新中国的各项筹备工作亟需加快进行。

1949年3月，中共中央在西柏坡召开七届二中全会，全会通过决议：在年内必须召开新政协，成立新中国中央政府。根据中央决定，董必武着手在华北人民政府基础上组建中央人民政府的各项准备。

1949年6月15日，新政协筹备会召开第一次全体会议。6月16日，周恩来作《关于新政治协商会议筹委会组织条例（草案）的解释报告》，谈到成立民主联合政府的时间，他说："在预备会中协商结果，要在六七月完成筹备工作，以便在八九两月召开正式的政治协商会议，成立民主联合政府。这个提议也是筹备会全体会议需要加以考虑的。"

1949年6月26日至8月14日，刘少奇率中共代表团秘密出访苏联，就建立国家机构、管理经济等工作同斯大林和苏共中央交换意见。7月4日，刘少奇代表中共中央给联共中央斯大林的书面报告中明确指出："我们决定在今年八月召开新的政治协商会议，并成立联合政府，现在积极进行各项准备工作。"应该指出的是，这个书面报告所谈的中央人民政府在八月成立，就是根据新政协筹备会第一次全体会议的决定。

以上文献可以证明，在建国时间的问题上，师哲的回忆录不可信。其一，既然七届二中全会决定"在年内必须召开新政协，成立新中国中央政府"，而且刘少奇在 7 月 4 日的书面报告也明确指出，在今年八月召开成立联合政府，那么，刘少奇怎么可能在二十多天后，又对斯大林说是在 1950 年 1 月 1 日呢？其二，师哲的说法得不到其他文献的印证，是不足为凭的孤证。研究党史应该以中央文件作为主要依据，当事人的回忆录只能作为参考。因为人的记忆毕竟是有限的，加上时间的久远，难免会有差错。因此，利用回忆录一定要慎重，必须有其他历史文献的印证。其三，中央文献出版社出版的《毛泽东传》、中共中央党史研究室编写的《新中国诞生大事记》等著作都没有相关的记载。当然，也有些文章虽然也谈到建国时间因斯大林的建议而提前，但一查注释，都是依据师哲的回忆录。

二、筹建中央政府的各项准备工作都是按 1949 年年内完成的要求而进行的

按照师哲的说法，在 1949 年 7 月 27 日以后，中共中央接受了斯大林的建议，将成立中央人民政府的时间提前了，那么，筹建工作就会相应地发生变更。然而，实际情况是，筹建工作都是按 1949 年年内完成的要求而有条不紊地进行的，没有任何提前的迹象。

1948 年，中共中央纪念五一劳动节口号，发出"迅速召开政治协商会议"，讨论"成立民主联合政府"的号召，得到中国国民党革命委员会、中国民主同盟、中国民主促进会、中国致公党、中国农工民主党、中国人民救国会、中国国民党民

主促进会、三民主义同志联合会、九三学社、台湾民主自治同盟等民主党派和团体与海外华侨的热烈响应。筹建中央人民政府的工作正式提上了中国共产党的议事日程。

从1948年8月起,根据毛泽东的指示,在周恩来的周密安排下,原在国民党统治区的各民主党派、爱国民主人士和海外华侨代表,陆续进入东北和华北解放区。北平解放后,已到解放区的各民主党派及爱国民主人士又汇合到北平。

上文提到,1948年4月25日,毛泽东致电在西柏坡的其他领导人,提出成立中央政府须分两步进行。同年10月下旬,在哈尔滨的民主人士章伯钧、蔡廷锴提出,新政协即等于临时人民代表会议,即可产生临时中央政府。中共中央接受了这个建议。11月3日,周恩来致电中共中央东北局,通知临时中央政府有很大可能不再需要经过人民代表大会,而直接由新政协产生。随后,毛泽东和中共中央又决定,新政协开会地点在夺取平津后,改在北平。

与此同时,各种全国性的人民团体也相继建立起来。1948年8月,全国第六次劳动大会在哈尔滨举行,恢复了中华全国总工会的组织。接着,在1949年3月至7月间,中华全国学生联合会、中华全国民主妇女联合会、中国新民主主义青年团、中华全国民主青年联合会、中华全国文学艺术界联合会相继成立。全国自然科学工作者、社会科学工作者、教育工作者、新闻工作者等组织的筹备会也分别成立。这些全国性群众团体的成立,把社会各界群众进一步组织起来,是召开新的政治协商会议的重要组织准备之一。这样,不仅工农基本群众,就是原国民党统治区的城市小资产阶级、民族资产阶级、开明绅士以及其他爱国民主人士,都已团结在中国共产党的周围,使新的政治协商会议的召开有了广泛的社会基础。

1949年4月20日,人民解放军百万雄师横渡长江。23日,占领南京,推翻了国民党的反动统治。接着,又以摧枯拉朽之势占领杭州、武汉、南昌、上海,直逼华南,全国大部分人口获得解放。

在这种形势下,开国筹备工作大大加快了。1949年6月,在北平成立以毛泽东为主任的政治商会议筹备会常务委员会,全面展开筹建新中国政权的工作。

6月15日至19日,新政协筹备会议第一次全体会议在北平中南海勤政殿召开。参加会议的有中国共产党和各民主党派、无党派民主人士及各人民团体等23个单位的代表共134人。毛泽东在会议的开幕式上讲话。他说:"这个筹备会的任务,就是:完成各项必要的准备工作,迅速召开新的政治协商会议,成立民主联合政府,以便领导全国人民,以最快的速度肃清国民党反动派的残余力量,统一全中国,有系统地和有步骤地在全国范围内进行政治的、经济的、文化的和国防的建设工作。全国人民希望我们这样做,我们就应当这样做。"这次会议一致通过《新政治协商会议筹备会组织条例》、《关于参加新政治协商会议的单位及其代表名额的规定》,选出了以毛泽东为主席的筹备会常务委员会。新政协筹备会在以毛泽东为主席的常务委员会之下,设立了六个小组,分别完成以下任务:(一)拟定参加新政协的单位及其代表名额;(二)起草新政协组织条例;(三)起草共同纲领;(四)起草宣言;(五)拟定中央人民政府大纲;(六)拟定国旗、国徽及国歌方案。

新政协筹备会议结束后十多天,为了进一步阐明将要诞生的人民共和国的性质、国内各阶级的地位和相互关系、对外政策及国家的前途等基本问题,毛泽东在6月30日发表了《论人民民主专政》这篇重要文章,以后,他又连续写了《丢掉幻想,准备斗争》、《别了,司徒雷登》、《为什么要讨论白皮书?》、《"友谊",还是侵略?》和《唯心历史观的破产》等五篇评论。

需要指出的是,成立中央人民政府的筹备工作是按照周恩来所说的"要在六七月完成"的要求,紧张而有序地进行的。经过三个月的紧张准备,9月17日,新政协筹备会召开第二次全体会议。毛泽东和委员126人到会。会议原则通过常委会提出的《中国人民政治协商会议组织法(草案)》、《中国人民政治协商会议共同纲领(草案)》、《中华人民共和国中央人民政府组织法(草案)》,同意将起草大会宣言和拟制中华人民共和国国旗、国徽、国歌两项工作移交给政协第一次全体会议,并向大会主席团提出报告的提议;通过常委会提出的大会主席团及秘书长名单。会议决定,将新的政治协商会议正式定名为中国人民政治协商会议。这样,召开中国人民政协第一届全体会议的准备工作已经完成。9月21日,中国人民政治协商会议第一届全体会议在北平隆重开幕。毛泽东在开幕词中庄严地宣告:"占人类总数四分之一的中国人从此站立起来了。"这次政协会议通过的《中国人民政治协商会议共同纲领》展示了新中国的宏伟建设蓝图,是新中国的建国纲领。在全国人民代表大会制定宪法前,它具有临时宪法作用,成为全国各族人民共同遵守的大宪章。

这次政协会议一致选举毛泽东为中央人民政府主席,朱德、刘少奇、宋庆龄、李济深、张澜、高岗为副主席,周恩来等56人为中央人民政府委员会委员。会议决定新中国的国名为中华人民共和国,北平为新中国首都并改名为北京;采用公元纪年;以《义勇军进行曲》为代国歌,五星红旗为国旗。

会议于 9 月 30 日胜利闭幕。当晚，在天安门广场举行了人民英雄纪念碑奠基典礼。一个新的中国即将诞生。

以上史实说明，筹建中央人民政府的工作是按照"要在六七月完成"的要求进行的，在 1949 年 7 月 27 日以后，也没有发生突然提前的情况。因此，所谓中央政府成立的时间因斯大林的提议而提前的说法不能成立。

参考文献

1. 师哲口述、师秋朗笔录：《我的一生》，人民出版社 2001 年版。

2. 师哲回忆、李海文整理：《在历史巨人身边》，中央文献出版社 1991 年版。

3. 李银桥：《在毛泽东身边十五年》，河北人民出版社 1991 年版。

4. 李格：《新中国成立前中央人民政府筹备》，载《中共党史研究》1996 年第 6 期。

5. 金冲及主编：《毛泽东传　1893—1949》，中央文献出版社 1996 年版。

6. 中共中央文献研究室编：《中华人民共和国开国文选》，中央文献出版社 1999 年版。

原载《党史纵横》2009 年第 4 期
《老年日报》2009 年 5 月 30 日转载
《老年文汇报》2009 年 5 月 5 日转载
《大家文摘》2009 年 5 月 21 日转载

红军破敌有良谋

在艰苦卓绝的二万五千里长征中,中央红军在前有堵截,后有追兵的情况下,一路过关斩将,打了不少硬仗,也打了不少"漂亮仗",其中红军最常用的计谋之一就是伪装"国军",迷惑敌人,把敌人搞得晕头转向,真假难辨,以巧取胜。

化妆敌军,利用俘虏诈城,巧取遵义

1934年底,毛泽东参与了军委的领导,红军的军事指挥发生了很大的变化,重新恢复了灵活与机动,因此也就有了"巧取遵义"这一出"好戏"。

1935年1月6日,中央红军全部渡过乌江,向遵义挺进。遵义,北倚娄山,南临乌江,是黔北政治、经济、文化的中心。攻克遵义意义重大,而这一任务由红一军团二师六团担任。这天天刚亮,军委纵队的司令员刘伯承就来到六团。他听取了政委王集成与团长朱水秋的进攻方案后,语重心长地说:"我们的日子是比较艰难的,仗要打好,还要伤亡少,又要节省子弹,这就需要多用点智慧哟!"王集成与朱水秋点头称是。

在研究了遵义城的敌情后,六团决定智取。王集成在回忆录中写道:

"我跟朱（水秋）团长研究，决定化装成敌人，利用俘虏去诈城，打个便宜仗。我们把这个打算报告了刘司令员，刘伯承司令员说，很好，这就是智慧。并嘱咐我们，装敌人一定要装像，千万不能叫敌人看出馅来。"

这出"戏"的主角由一营长曾宝堂来演。当晚九点，扮作从前线溃退下来的黔军的红军战士冒着大雨出发了，午夜时分赶到遵义城下。

城楼上的守敌发现了这支来路不明的队伍，气氛顿时紧张起来。

"干什么的？"城楼上发出一句凶狠的问话，随之枪栓也拉得呱啦呱啦直响。

"自己人！"被红军抓住的俘虏用贵州话从容地回答。

"哪一部分的？"城楼上又问，这个俘虏的连长就按红军事先交给他的内容，悲悲切切地述说了一遍。

城上还不放心，左考问，右考问，还射下几道手电光，认真查看，最后确认是自己人，于是打开了城门。开城门时还恐慌地问："怎么共匪已经过乌江了？来得好快呀！"侦察排的战士顺喳搭上话："是啊！现在已经到了遵义城。"说着把枪对准了敌人的太阳穴，严厉地说："告诉你们，我们就是中国工农红军！"

两个守敌吓得"啊"了一声，就像面条一样瘫在地上。

幕布拉开了，好剧开始登场。二三十个司号员一起吹起了冲锋号，六团的大队人马乘胜涌进城里，霎时，遵义城热闹起来。

王集成在回忆录中充满激情地写道："激昂嘹亮的军号中夹杂着惊心动魄的枪声，英勇杀敌的呼喊，混合着敌人的惨叫，大多数敌人还没有来得及穿好衣服就当了俘虏，只有少数敌人狼狈不堪地从北门逃了。"

1月7日凌晨二时,遵义城被解放了。几天后,具有重大历史意义的政治局扩大会议在遵义召开。

化装奇袭,不费一枪一弹,连赚三城

四渡赤水,之后,毛泽东率军昼夜兼程,佯攻贵阳,吓得坐镇贵阳的蒋介石急调邻省敌军驰援。红军又分兵一支,长驱入滇,直逼昆明。蒋介石急忙调动70个团的兵力向红军扑来,从而形成了金沙江两岸敌军兵力的空虚。就在云南敌人匆匆忙忙往昆明集中时,红军主力突然兵分两路,直奔金沙江。这时,红军又故伎重演,再次伪装成敌军,谈笑之间,连赚三城。而这出"戏"的主角则是红一军团二师四团的团长王开湘与政委杨成武。

杨成武在回忆录中写道:我们到金沙江畔,要经过禄劝、武定、元谋三个县城,那里敌人的正规部队不多,但杂牌部队、民团武装、伪警察还是不少,一旦交手,拖延时间,会影响大部队的行动。我与王开湘同志在一起商议。

"只能智取,不宜硬攻!"我向王开湘同志建议。

"老杨,我们想到一块儿去了,我们有现成的保护色。"王开湘同志兴奋地说。

原来王开湘同志说的"保护色"是指前不久我军回师遵义时所缴获的一批国民党军服,和能配上套的一些武器。若是用它来化装,真可谓万无一失了。我们当即命令两个营各拿出一个连和团侦察连一起进行化装,尤其侦察连要求不但形似,还要神似。我们把侦察连长王友才叫来团部。王友才是个小个子,别看他个头小,本事却不小,两眼炯炯有神,办事干净利索,有人赞他是:神出鬼没的实干家。现在要他扮演国民党连长这个角色,虽然他未试过,但凭他那机灵、聪明的劲儿,一定会成功的。

杨成武向侦察连的同志宣布了任务,侦察连的同志有些吃惊,有的战士说,用少数人化装可以,但人数这么多,路程这么长,行不行?但大多数人认为,那一带没有"中央军",地区闭塞,加上有好的化装,都会说普通话,只要小心谨慎,随机应变,准能成功。

为了争取时间,王开湘和杨成武决定,兵分两路,王带一路奔袭武定;杨带一路直取禄劝,然后合攻元谋。于是,杨成武随侦察连走在前头,指战员都是一身崭新的国军军装,扛着清一色的捷克枪。

当红军侦察连来到禄劝城下时,国民党民团的四个家伙跑过来,疑惑不定地问:

"你们是哪里的队伍?"

原来,这些蠢猪从来没有见过"中央军",而他们的上司宣传,红军是一支衣冠不整,手持土枪、梭镖,青面獠牙的队伍;而眼前这支队伍服装整齐,武器精良,那肯定是"中央军"了。但是,由于上司没有交代过要来这么多人,他们不免有些纳闷。

这时,王友才一个箭步冲到那伙民团的前面,声色俱厉地反问:

"怎么,你们的上司没有交代?你们胆大包天,竟敢在城门口拦阻我们'中央军',放肆!"

一听说"中央军",像"鬼"见了"神",几个家伙赶紧双脚"啪"的一声来了个立正。

"请问长官官阶?"那领头的战战兢兢地问。

王友才一听，伸手去就是一个巴掌，厉声吼道：

"你眼睛瞎了，老子是上尉连长，我们团长还等在那里呢，还不快去通报！"

那家伙挨了一记耳光，毫无怒气，反而强装出笑脸，说："小人该死，小人无知，我马上进去通报！"

王友才听说他要去通报，转念一想，说："不用了，你就带我们进去！"

就这样，这四个蠢猪放下吊桥，打开城门，侦察连大摇大摆地进了城，到了县政府。

一会儿的功夫，禄劝县的县长、警察局长、民团团长、商会会长，以及县城里大大小小的绅士、地主都来了，有的还带着太太，他们齐集在县府大厅里。在王友才这个机灵的"上尉连长"的引见下，杨成武在厢房里首先与那个留着胡须、戴着礼帽、穿着长袍马褂、胖得连走路也困难的伪县长见了面，然后，走进大厅与集中在那里的人一一见面。

杨成武在回忆录中写道："说实话，看到这些人，我恶心极了。但是，为了顺利完成任务，我还是耐心地扮演我的角色，以傲慢的姿态和他们一个个握手。"

"中央军"光临禄劝，自然非同小可，伪县长立即下令悬挂国旗，而且办了丰盛的午餐，好烟好酒摆得满满的。席间，杨成武悄悄交待侦察连长王友才：为了赶路，放开肚皮吃饱，但酒只能喝少量，以免耽误任务。

县府大厅的宴会上假戏真做，谈笑风生，上了三道菜，杨成武就问旁边的胖县长，说："龙街的情况怎么样，你们知道不？"

"离这里太远了，搞不清楚！"那胖县长结结巴巴地回答。

"武定县的情况知道不？"

"我更不清楚!"

"老百姓交了钱粮,养了你们,你们这样玩忽职守?"杨成武打起官腔训斥他。

大厅里空气顿时紧张起来,绅士们不摸底细,一个个面面相觑。

王友才趁机向伪县长说:"还不赶紧与武定县通个电话问问!"

"是!是!"县长连连点头说,一边走,一边擦去额上的汗水。

一会儿,电话通了,对方接话的是武定县的县长。胖县长不知所措地向杨成武请示。

这时杨成武估计,王开湘团长带的那一路也该到武定了,便怒气冲冲说:"都是饭桶,耽误军机,谁负责任?告诉武定县,我们的部队马上就到!"

胖县长连忙应是,跑到电话机房,用公鸭般的嗓音,吼道:"'中央军'马上就去武定,请开门迎接!"

杨成武见事情已经办妥,起身离座,当即大声宣布:"我们是中国工农红军。"一时间,"中央军"的捷克式步枪统统对准了县里的头头脑脑。丰盛的宴席就这样进行了一半而中止了。

由于禄劝县长的那个电话,武定县欢迎"中央军"的场面更加隆重。同武定县一样,由于事先打了招呼,当杨成武带着部队到达元谋时,元谋县大小官员和民团已经集合好,漏夜迎接,结果也稀里糊涂地当了俘虏。

就这样,红军采用化装奇袭的手段,在一天中一枪不发就拿下了三个县城,解除了民团的武装,缴获了大批武器、物资,为直插金沙江畔赢得了时间。

伪装"中央军",赢得先机,抢占皎平渡

1935年5月2日,抢占皎平渡的任务就交给了红军干部团。皎平渡(又名太平渡)位于云贵两省的交界处,是金沙江重要战略渡口之一。当天,周恩来和刘伯承来到干部团驻地,详细地部署了抢渡计划。干部团团长陈赓、政治委员宋任穷敏锐地意识到,这一次行动,事关全军的生死存亡,而且只有两天的时间,要跋山涉水,赶160里的山路;还要确保抢占渡口,难度着实很大。为了争取时间,出敌不意,陈赓与宋任穷决定,再次上演伪装"中央军"的拿手好戏。

干部团先遣营一律穿上"中央军"的军装,伪装成国民党部队。一路上,他们爬山越岭,强度急行军。对于沿途遇到的国民党地方武装和民团等,都全部应付过去,不予理睬,留待后续部队去消灭他们。这样既可以尽快抢占渡口,又可以保持行动秘密,不被敌人察觉。由于伪装成"国军",部队行动神速,没有发生战斗。傍晚,这支"中央军"到达离皎平渡五六十里处,一个叫沙老树的地方,稍作休息。路不好走,想找个向导。说来也巧,正需要向导,三营战士就抓到了个国民党区公所的秘书,一个肥头大耳的家伙。这人一见是"中央军",连忙点头哈腰,不敢怠慢。

"你是干什么的?"三营战士问他。

"我是区公所的。靖卫团(地主武装)的团总让我到江边送命令,为了防备共军过江,把渡船都烧掉。"大胖子答道。

这个情报很重要。三营马上派人把大胖子送到刘伯承和宋任穷处。这蠢猪见到刘伯承,连忙鞠躬,毕恭毕敬地说:"长官,从哪里来?我是区公所秘书,有什么事尽管吩咐。"

刘伯承说："红军快来了，我们要赶到江那边去！"

大胖子连忙说："红军虽然离这里还远，但为了防备红军在这一带渡江，我刚接到上级命令，要把我区沿江所有船只全部迅速烧掉，以免被红军利用。"

宋任穷急忙问："烧船的命令发下去了没有？船烧掉了没有？"

"没有。我正要去江边办理这件事，命令还在我手里哩。"

问清了情况，宋任穷才说："我们就是红军，现在我们需要的就是船。"

这个胖家伙霎时大惊失色，呆若木鸡。

宋任穷严正警告："前面带路，老实点，要是少了一只船，拿你是问！"

先遣营顺利地到达渡口，那里果然还有两条木船。红军找到船夫，迅速组织偷渡。一上岸，红军就以凌厉的行动，拿下了敌人的哨兵。接着，一排向右打正规军，二排向左打保安队。因为红军行动神速，先遣连渡过金沙江时，守敌还在打麻将。

干部团占领渡口后，后续部队便浩浩荡荡地从皎平渡渡江。经过几天几夜的连续抢渡，红军胜利地渡过金沙江。由于这个胜利，使红一方面军跳出了几十万敌军围追堵截的圈子，甩掉了敌人，赢得了战略转移中的主动权。

成立设营队，专打反动民团

红军进入云南，继而向会理进发。此时，黔滇两省的敌人正规军多被蒋介石调空了，红军主力部队有如神行太保，大步流星，每昼夜疾行80公里。但云南境内反动民团非常多，这些民团虽不经打，但经常骚扰，给红军带来不少麻烦。为此，红军各部队成立设营队，就是身穿国民党军服装的红军特工队，专门用于对付这些反动民团武装。时任军委警卫营机枪连副连长的叶荫庭就参加了军委纵队一梯队的设营队。叶荫庭在回忆录中写道："我们这个设营队有二十几个人，一律都是国民党正规军的打扮，军委四局的大个子管理员，扮成副官算是我们的头儿。"

1935年4月25日这天，设营队在离曲靖不远的一个镇子上演了一出智取民团的好戏。扮装成"国军"的红军设营队蒙蔽了敌县长和民团团长，让他们好吃好喝招待了一番后，又把三百多民团士兵召集在一起听"中央军长官"训话。此时，红军主力部队赶到，设营队当即宣布"你们知道工农红军吗？我们就是北上抗日的中国工农红军！"敌人顿时吓得筛了糠。叶荫庭回忆道："就这样，我们这个设营队不仅给部队安排了宿营的房子，准备了大量的粮食，而且还不发一粒子弹就捉了三百多俘虏，缴获了三百多支枪。"

两天后，军委纵队的设营队再次上演了一出好戏。那天，军委纵队在向马龙进军，身着国民党军装的设营队照例走在前头。在途经曲靖县境关下村时，拦下了一辆国民党军的汽车——一辆从昆明开出，给国民党中央军第二路军前敌总指挥薛岳送货的汽车，押车的是薛岳的副官。当这个副官终于明白了对方的身份时，已经做了红军的阶下囚。

根据这个副官的交待，他们是从昆明搞了一些物资送到曲靖来的，车上有宣威的火腿、云南白药、普洱茶等。既然白白"送"来了，哪有不收之理？最重要的收获是车上还有二十份十万分之一的云南军用地图，这对红军来说是最珍贵的礼品了。而就在这天，还出现了一件新鲜事，当军委纵队正向马龙浩浩荡荡前进时，突然有三架敌机飞来。此时隐蔽已不可能，红军部队遂保持原队形，继续前进，而奇怪的是敌人的飞机在天上转了一圈，什么表示没有，扬长而去。大家估计是敌人的飞机把红军当成是增援昆明的国民党中央军了。

红军的计谋屡试不爽的主客观原因

"兵不厌诈"。在长征中，红军经常伪装成"中央军"，而且屡屡得手，这充分体现了红军灵活机动的战略战术。当然，红军这一计谋屡试不爽也有其主客观的原因。

第一，红军对敌情了如指掌。红军有着素质极佳的电讯人员与状态良好的监听设备，并成功地破译了敌军的密码，而国民党方面似乎从未在这方面起疑心。在长征途中，红军的电讯人员，可以破译国民党前线部队联系的全部电文，往往国民党军队自己还没有接到电文，红军却已经得到了。索尔兹伯里在其著作《长征——前所未闻的故事》一书中写道："红军本身已有一笔特殊的秘密财富，它可以侦听和破译国民党军队内部的电讯。红军对蒋介石拥有的这一优势，就像二次大战中盟军能够破译绝密的德军电讯一样。红军有这种本事在很大程度上要归功于周恩来。"

知己知彼，百战不殆。由于在电讯方面的优势，红军对对手的情况了如指掌，因此，屡次伪装国军，并屡屡得手，就是理所当然了。

第二，红军行动灵活机动。在毛泽东重掌军事指挥权后，红军的行动高度灵活，高度机动，特别是在四渡赤水前后，红军忽左忽右，忽南忽北，飘忽不定，使敌人弄不清红军的行踪；而且红军速度极快，来去如风，甚至每昼夜强行军160

里，常常出乎意料地出现在敌人认为不可能出现的地方。兵贵神速，正是因为红军有高度灵活机动的特点，因此，总能出奇制胜。

第三，军阀内部矛盾重重。国民党内部军阀林立，矛盾重重，地方军阀对"中央军"又有一种惧怕心理；而且军阀之间少有联系，特别是地方军阀与"中央军"的联络极不通畅；有些地方的反动民团甚至连"中央军"都没有见过。由于以上种种原因，国民党地方武装及反动民团见到伪装成"中央军"的红军，自然也就信以为真了。

参考文献

1. 方强：《长征中的红军干部团》，见中共中央党史研究室编：《中共党史资料》1996 年第 56 期。
2. 宋任穷：《宋任穷回忆录》，解放军出版社 1994 年版。
3. 耿飚：《耿飚回忆录》，解放军出版社 1991 年版。
4. 杨得志：《杨得志回忆录》解放军出版社 1992 年版。
5. 肖劲光：《肖劲光回忆录》，解放军出版社 1987 年版。
6. 杨成武：《杨成武回忆录》，解放军出版社 1987 年版。
7. 陈虎：《长征日记》，中国长安出版社 2005 年版。

原载《党史纵横》2006 年第 11 期

《特别文摘》2011 年第 3 期转载

阿沛·阿旺晋美与西藏和平解放

编者按：

  伟大的爱国主义者，著名的社会活动家，藏族人民的优秀儿子，我国民族工作的杰出领导人，中国共产党的亲密朋友，中国人民政治协商会议第三、八、九、十、十一届全国委员会副主席阿沛·阿旺晋美，因病于2009年12月23日逝世，享年100岁。半个多世纪以来，他始终坚定地站在国家和人民的立场，处处以祖国和人民利益为重，坚决维护祖国统一和民族团结。他一生追求真理、矢志不渝、兢兢业业、鞠躬尽瘁的高尚精神和高贵品质，令人钦佩，为人楷模。我刊特发此文，缅怀他为祖国统一、民族团结所建立的不朽业绩。

  半个多世纪以前，中国的雪域高原发生了震惊世界的事件，中央人民政府与西藏地方政府签订《关于和平解放西藏办法的协定》，从此，西藏从帝国主义侵略奴役和封建奴役制度的桎梏下摆脱出来，一个半殖民地的封建农奴制社会开始了历史性的跨越。

在一片主战的喧嚣声中，阿沛·阿旺晋美站出来大声疾呼

1949年10月1日，中华人民共和国成立以后，中央人民政府立即宣布废除民族压迫制度，实行民族平等团结政策。党中央和毛泽东主席从国内外形势和西藏的特殊情况出发，确定了和平解放西藏的方针。根据这一方针，1950年，中央人民政府在命令人民解放军进军西藏的同时，通知西藏地方政府派代表到北京同中央人民政府谈判有关和平解放西藏的事宜。为使和平解放西藏的愿望成为现实，经中共中央批准，西南局和西南军政委员会出台《十条公约》作为谈判的基础；从中央到西南局、西北局和进藏的前线部队，利用各种渠道，采用各种形式宣传中央和平解放西藏的精神与政策；不厌其烦地、苦口婆心地对西藏当局开展争取和平解放的工作。但是，西藏当局完全听不进去。

当时西藏地方政权掌握在以摄政达扎·阿旺松绕为核心的少数分裂主义分子手里。他们在帝国主义分子的策划指使下，蓄意要搞西藏独立，并为此连续召开官员大会，讨论两大问题：一个是怎样阻止解放军进藏；另一个是要向美国、英国、印度、尼泊尔派出所谓的亲善代表团，向这些国家宣布所谓的"西藏独立"，乞求这些国家给以支持和军事援助。

在一片主战的喧嚣声中，阿沛·阿旺晋美站出来，大声疾呼反对战争，主张和谈。

阿沛·阿旺晋美出生在拉萨以东墨竹工卡县甲玛沟的一个贵族世家，曾担任过昌都府粮饷总管等官职，以精明强干擢为噶厦政权的四大孜本之一。

阿沛·阿旺晋美是官员大会上第一位公开主和的高级官

员。他认为：同共产党打仗，无异于以卵击石。国民党 800 万军队，还有美国精良武器支持，尚且不是共产党的对手；而把西藏男女老少都动员上战场，也不足百万，武器更不如人，因此，采取谈判的方式解决问题，不失为上策。阿沛·阿旺晋美完全是从历史的、现实的、客观的角度独立思考后才提出反对意见的。

但没有人认真考虑。

正当布达拉宫手足无措时，阿沛·阿旺晋美从昌都派人日夜兼程给在拉萨的达赖送信。

中央争取和平谈判的种种努力都不见成效，被迫决定以武力解放昌都。

就在解放军陈兵金沙江东岸、战争一触即发之际，昌都府的行政长官任期未满，要求卸任。在拉萨的三个噶伦，虽然一个个都强烈主战，但谁也不愿去战云笼罩的前线。结果孜本阿沛·阿旺晋美被提升为增额噶伦，出任昌都基巧。即将出征的阿沛·阿旺晋美在面见摄政达扎后，提出了一条令满堂皆惊的意见：我去昌都后，暂不接任职务，而是直接找解放军谈判，一路东行，找到解放军为止。他的建议又没有被采纳。

阿沛·阿旺晋美走马上任，于 1950 年 8 月 28 日到达昌都，眼前的情况令他沮丧：辖区部分县仅七八户尚存糌粑，其余皆以圆根为食，乞丐成群，景象凄凉。更堪忧的是，拉萨来的藏兵军纪废弛，奸淫扰民，各代本（团长）之间，互不协作，此情此景，能战能胜吗？他向执政者建议：是否先通过与汉人接触，设法阻止解放军入藏，不要一上来就兵戎相见。可执政者仍欲将西藏的前途和生灵当赌注。

10 月，解放昌都的战役如期打响。正像阿沛预料的那样，藏军一经打击便辙乱旗靡，仅八九天，解放军便兵临城下。阿沛下令弃城西撤，在西撤途中，继续派人与解放军联系。

昌都解放后，西藏政治形势发生了很大变化。西藏爱国人士和人民群众看到了希望，受到了鼓舞。特别是被释放、遣返的藏军，耳闻目睹了解放军是如何遵守政策纪律及关心爱护群众的，他们将这些情况讲述给亲朋好友和其他人，减少了藏族同胞的恐惧心理，解除了很多疑虑，增加了对解放军的理解。许多藏族同胞不但不再惧怕解放军，反而急切盼望解放军的到来。昌都战役也使西藏上层统治集团一片混乱，并发生分化，摄政达扎不体面地下台，达赖喇嘛提前亲政，观望局势，任命洛桑扎西和鲁康娃为司曹（代理摄政）。

阿沛·阿旺晋美以及在昌都战役中投诚的近四十名藏军高级军官，也都重新穿上他们的官服，并被请回原来的官邸。他没想到竟然会受到这样优厚的礼遇。

解放军十八军副政委王其梅来了，十八军民运部长、昌都工委副书记平措旺杰也来了，其他解放军的将领也纷纷前来看望阿沛·阿旺晋美。在阿沛居住的房间里，共产党的首长与他促膝长谈，一谈就是大半夜。

昌都地区的大活佛、大贵族，前昌都藏军的高级军官，更是络绎不绝地前来拜望阿沛·阿旺晋美。阿沛从他们的眉宇神态、谈吐笑声中感受到了他们喜悦的心境。阿沛·阿旺晋美的思想感情也发生了巨大的变化：如果说在昌都战役之前，他之所以主和是为了避免生灵涂炭；此时此刻，考虑更多的则是西藏的前途和祖国的统一。阿沛·阿旺晋美主动联络了四十多位官员联名给达赖写信，并派自己的亲信昼夜兼程送往拉萨。

这是一份十分重要的文献。它禀报了昌都之战的失败经过，以及投诚后广大官兵受到的良好待遇，信中最后说：中央人民政府和毛主席希望和平解放西藏，要求噶厦速派和谈代表进京，并保证在达成协议之前不进军西藏。中央对达赖喇嘛的人身安全、西藏政教事业及贵族利益，保证不受侵犯。对上述各项，阿沛本人和在昌都的四十多名僧俗官员完全可以担保。

阿沛的来信使乱作一团的布达拉宫稍微平静了一些，但少数掌权者策动达赖外走的计划仍在进行中。不久，西藏地方政府分为两摊：一是达赖和一部分主要官员离开拉萨撤至中锡（指锡金，原为锡金王国，今为印度共和国锡金邦）边境的亚东，称亚东噶厦，掌握重权；二是洛桑扎西和鲁康娃等留在拉萨，称拉萨噶厦。西藏地方政府仍在观望，直到他们感到共产党军事上的强大、政治上的宽大，寻求外国对他们再援助又无多大结果时，达赖才于1951年1月27日和2月27日先后向中央报告他已亲政并决定派代表团赴京谈判。

1951年2月，西藏地方当局派遣以阿沛·阿旺晋美为首席全权代表的代表团前往北京谈判。代表团共5人，分两路进京。阿沛·阿旺晋美、土登列门、桑颇·登增顿珠等在解放军十八军联络部部长乐于泓与平措旺杰的陪同下，于3月下旬从昌都出发；而在亚东的凯墨·索朗旺堆和土丹达旦则转道印度、香港等地进京。

在阿沛·阿旺晋美出发的那天，昌都军民数千人夹道相送。阿沛的颈项上挂满了洁白的哈达，他的身前身后都是寄予殷切希望的藏族同胞。

阿沛·阿旺晋美发现谈判要比原来想象的要困难得多

4月20日，山城重庆，一架飞机载着阿沛代表一行飞经西安去北京。中央人民政府关注着这架载有重大使命的飞机。中午12时50分，飞机降落西安机场加油，中央民委主任李维汉电话通知：因北京风大，请西藏和谈代表改乘火车来京。代表团一到北京，就受到热烈的欢迎。

4月28日晚，周恩来总理、李济深副主席、陈云副总理和黄炎培副总理举行招待会，宴请西藏和谈代表。会上宣布中央人民政府参加和谈的全权代表名单：首席代表、中共中央统战部部长、中央民族事务委员会主任委员李维汉；全权代表还有张经武、张国华、孙志远。周恩来在宴会上指出，这次和谈要以"十条"为准，《十条公约》规定的内容是谈判的基础。

到北京以后，阿沛才发现谈判比原来想象的要困难得多。

困难之一，是双方的条件相差太远。由经印度的代表带来的西藏地方政府关于和谈的五项条件，表面上承认西藏是中国的一部分，但实际上是搞西藏独立，与中央人民政府的"十条"完全背道而驰。

困难之二，经印度来的代表与从陆路来的代表在思想上存在很大的差异。从昌都来的代表与解放军有过一段时间的接触，亲自体察过党的政策，对实际情况比较了解；而经印度来的代表，听来的消息完全是谣言，对共产党充满了怀疑与恐惧。阿沛·阿旺晋美清楚地看到，统一思想认识，增加相互理解，对谈判的成功至关重要。因此在谈判前，阿沛·阿旺晋美抓紧做代表团成员之间的沟通工作：介绍了在昌都见到的解放军执行三大纪律八项注意，坚持民族团结、平等的情况。特别指出解放军不住寺庙，连老百姓家也不住，而是住帐篷，在条件十分艰苦的情况下，也从不损害老百姓的利益。桑颇和土登列门也介绍了亲眼看到的情况。通过这些沟通统一了代表团内部的思想认识。

代表团在思想统一后，又一致决定：在谈判中，一般问题不请示。阿沛·阿旺晋美认为这也是保证谈判成功的关键一招。如果事无巨细都要请示，不但会拖延时间，而且会将事情复杂化。其实，此次进京前，达赖喇嘛带来一份只给阿沛·阿旺晋美的内部指示，这个指示比前面所说的五条有所变化，承认西藏是中国的一部分，只是仍不同意在西藏驻军。在这个指示中还有一条由阿沛·阿旺晋美自己掌握：关于解放军进藏以及有可能发生的一些其他问题，都可以审时度势，自行处理。

跨过了第一道难关：在解放军进驻西藏的问题上达成了一致

4月29日，中央人民政府和西藏地方政府的第一次谈判，在北京军管会交际厅举行。

第一次谈判气氛舒缓而融洽，双方代表互相验看了代表证书后，未谈具体问题，只是洽谈程序、步骤。李维汉说："我们是一家人，大家商量把事情办好。"

五一节那天，在天安门城楼上，阿沛·阿旺晋美第一次见到毛泽东主席。毛泽东对他说："你们长途跋涉来到这里，辛苦了。好好休息，你们来了好。"毛泽东没有提及有关和谈方面的问题，只是对西藏代表团的到来给予了肯定和欢迎，气氛非常融洽，招待也十分周到。

5月2日下午，谈判继续进行。双方集中讨论了中国人民解放军进驻西藏的问题。

阿沛·阿旺晋美说：噶厦政府的意见，我们必须坦诚地向中央人民政府报告，噶厦当局不赞成解放军进藏。西藏的东部、北部与内地相连，只有南面与印度比邻。如果边境有事，再请解放军进去。如果这样不行的话，还可以把藏军扩大，并编成解放军的一部分，对外宣称已有解放军了。

李维汉指出：进军西藏以解放与保卫边疆，是中央的既定方针，这一方针不能改变。首先，是保卫国防的需要，西藏交通不便，一旦有事，军队很难及时开进。其次，这样做对西藏人民、中华民族、中华人民共和国都有利。李维汉还逐一批驳了西藏地方当局不让解放军进藏的理由，并一针见血地指出：从噶厦的五个条件来看，西藏上层部分人士有三点错误和不切实际的想法：一是仍然不承认西藏是中国的一部分；二是想拖延时间以观国际形势的变幻；三是怀疑解放军进藏是为了整藏族。这不对，要整，打败了整更容易，何须和谈？

对此，西藏代表仍不予接受，谈判陷入了僵局。不过中央代表没有勉强西藏代表，只是建议休会两天，安排代表们参观、看文艺演出。据参加谈判的西藏代表土丹旦达回忆："这两天，我越玩心里越急，越看演出越感到不安。我担心解放军像清朝皇帝派到西藏的军队那样，到拉萨后就夺噶厦政府的权，一切包办代替，同时，又怀疑解放军利用休会的时间，长驱直入，开进西藏。"因此，西藏代表便请阿沛出面，询问中央的意图。

阿沛是西藏和谈代表中最开明、最早倾向和谈的人，在休会期间，他频频与中央政府代表接触。中央人民政府的和谈代表，以历史文献说明，中央政府派军队入藏早有先例；而且西藏长期以来就是中国领土的一部分，中央人民政府派军队保卫自己的领土，保卫西藏人民，岂不是顺理成章之事？

在中央人民政府谈判代表持论有据、逻辑严谨的理念面前，阿沛·阿旺晋美首先感到，力拒解放军进藏，于情于理相悖，决定放弃不允许解放军入藏的条款。阿沛·阿旺晋美又反复做代表团其他成员的工作，权衡利害，特别是注意争取藏军总司令凯墨·索朗旺堆、达赖姐夫彭措扎西的首肯，终于统一了认识。

谈判的第一道难关,跨越过去了。

一个灵感的提议打破僵局,班禅问题得以解决

协议草本已经拟定好了,附件草本也定了下来。就在这时,中央代表要把班禅问题写进协议条款。这个问题一提出,几乎使谈判破裂。

历史上,噶厦与扎什伦布寺之间发生不和,积怨很深。在这次谈判中提出承认班禅问题,所有的西藏代表都表示不能接受。阿沛·阿旺晋美说:"现在是中央和西藏地方的谈判,要讨论解决中央和西藏地方的关系问题,而班禅是西藏内部问题,与这次谈判没有关系。"

李维汉则郑重地申明:"班禅问题必须包含在协议之中,班禅在宗教上与达赖地位同等,在藏区有着极大的影响和感召力,并已明确表示拥护中央政府。如果班禅能同达赖及噶厦政权和解,返回西藏,对解放军进藏,对西藏地区在中央人民政府的领导下走向幸福繁荣,具有非同一般的意义。"

阿沛·阿旺晋美则说:"我们来谈判,噶厦政府只交代我们谈和平解放的问题,根本没有交代谈与扎什伦布的关系。"

李维汉说:"这是西藏内部的问题,过去国民党时期没有得到解决,现在共产党领导,不仅要解决汉藏民族间的团结,也要解决西藏民族内部的团结。因此,这次一定要解决。"

西藏代表团根本不愿再谈这个问题。

李维汉发火了,拍着桌子说:"这个问题是你们的内部问题,但是,如不能解决,所有谈判达成的协议,都不能成立。"

阿沛也火了,大声地说:"那好,已经达成的条款也可以

不算！其他四个代表从哪里来的，请你们把他们安全地送回到哪里。我已是昌都解放委员会的副主任，你们让我回昌都也罢，不让我回去，留在这里也行。"

谈判不欢而散。西藏代表团也做好了返回西藏的准备。

谈判的气氛骤然炽烈起来。双方各持己见，使谈判僵持了好几天。

一天下午，孙志远打电话来，问明天九点是否愿意会晤？阿沛·阿旺晋美表示同意。第二天，他们在北京饭店单独会晤。这次晤谈持续了十个小时。阿沛·阿旺晋美详细介绍了达赖、噶厦同班禅、扎什伦布寺的历史渊源，进入 20 世纪后的矛盾瓜葛，以及接受班禅条款的难处等等。显然，是达赖和班禅之间源远流长的友好相处的历史，启发了孙志远，他提议：在关于达赖和班禅的条款中，是不是写上这样的内容：恢复九世班禅和十三世达赖和好时固有的地位和职权，这样行不行？

孙志远一个灵感的提议，打破了谈判的僵局。阿沛·阿旺晋美想了一会儿说："这样写应该是可以的。"因为双方都维持和好时期固有的地位和职权，既保障了达赖原有的地位、职权丝毫不受损伤地得到延续，也消除了班禅回藏后可能侵蚀达赖权威的疑虑。阿沛·阿旺晋美把这种表述跟其他代表一讲，他们一致说："这好说！那是好多代人形成的历史，没有什么可指责的。"

因为事关重大，而且西藏地方政府并未授权代表团谈判这个问题，阿沛·阿旺晋美马上给亚东噶厦发报请示。后来，亚东噶厦复电同意承认班禅灵童问题，至此所有问题都达成一致。

《十七条协议》的签订揭开了西藏历史的新篇章

历史的车轮终于驶向了那个伟大的时刻。

1951年5月23日下午四时许,在中南海怀仁堂举行了《关于和平解放西藏办法的协定》签字仪式。主持签字仪式的朱德和李济深、陈云肃立在巨幅的五星红旗下,他们的左首站立着中央代表团的四位全权代表。坐在长桌前签字的是阿沛·阿旺晋美等五位西藏和谈代表。他们使用着书写藏文所特用的竹笔。

自清代末期以来,西藏同内地中央政府关系危若垂丝的历史,以《协议》的诞生和尔后的落实而宣告结束。

签字的第二天晚上,毛泽东主席在怀仁堂举行盛大的宴会,庆祝《协议》的签署。党和国家领导人及首都知名人士180余人作陪。中央特地把班禅和阿沛·阿旺晋美都安排在毛泽东同一桌。宴会充满着喜庆的气氛。毛泽东说:"今后,在这一团结基础上,我们各民族之间,将在各方面,将在政治、经济、文化等一切方面,得到发展和进步。"

这是具有历史意义的伟大一刻。

此后,阿沛·阿旺晋美亲眼见证了解放前西藏和解放后西藏的巨大变化和历史性的进步。他坚定不移地认为,是《十七条协议》的签订揭开了西藏历史的新篇章。他深为自己能够参加这样一件符合国家和本民族根本利益、顺应历史趋势、经得起历史检验的大事而感到欣慰。

参考文献

1. 胡锦涛:《在庆祝西藏和平解放50周年大会上的讲话》,2001年

7月19日。

2. 王思凡：《新西藏历史由他作证——和平解放西藏谈判的关键人物平措望杰访谈》，见《历史关键内幕：与历史关键人物的对话》，敦煌文艺出版社1998年版。

3. 阿沛·阿旺晋美：《回顾西藏和平解放的谈判情况》，见《中华人民共和国大典》，中国经济出版社1994年版。

4. 阴法唐：《西藏和平解放的历史回顾》，载《中共党史研究》2001年第3期。

5. 阿沛·阿旺晋美：《哈达献九天——毛泽东与西藏上层人士》，见邵康编：《毛泽东和党外朋友们》，团结出版社1993年版。

原载《文史精华》2002年第1期
《党员文摘》2002年第5期转载
《纵横》2010年第2期转载
《新中国往事：步履写真》2011年收录

"两案"审判的台前幕后

公开审判林彪、江青集团曾是我国政治生活中的一件大事。他们在"文化大革命"中干了数不胜数的、骇人听闻的坏事,罪行累累,罄竹难书,对他们进行审判是全国人民的心愿。1979年8月,中央召开"两案"审理的第一次会议,明确指出林、江集团犯的不是党的路线错误,而是触犯了《中华人民共和国刑法》,应移送司法机关处理,按照法律,依法审判。

成立由彭真主持的审判工作指导委员会

对于审判林彪、江青集团,国际上有各种看法,有的认为不能审,不敢审,审不了。他们怀疑,林彪是毛泽东确定的接班人,江青是第一夫人,你们能审吗?国内则有人担心审理"两案"有损毛主席的形象和声誉。有些同志提出,先处理人民内部矛盾,分清党内的功过是非,等党的若干历史问题的决议作出后,党内的是非问题解决了,再处理敌我矛盾。还有一些同志担心,我国的法制不完备,又经过十年内乱,遭到严重破坏的公检法正在恢复之中,审判这么大的案子,没有先例,担心审不了。

中共中央经过研究，决定要在战略上蔑视敌人，在战术上重视敌人，对罪大恶极的林、江反革命集团主犯一定要审，不审，不足以平民愤。通过审判，达到充分揭露敌人，教育人民，向全国人民、向历史作出交代。

1980年6月，中央成立了一个由彭真同志主持的审判工作指导委员会（也叫领导小组），作为中央对审判工作的指导机构，成员有7人，除彭真同志外，还有彭冲、江华、黄火青、赵苍璧、王鹤寿和伍修权。按照法律规定，本来应该由司法机关独立审判，但因为林、江反革命集团问题复杂，16名主犯中13个是原中央政治局委员，5个是原政治局常委，3个是原中央副主席。他们这么高的职务，使司法机关感到有压力。更重要的是林彪、江青集团犯罪时，大多是利用合法的地位和权力，审判他们必然涉及党的路线错误问题，涉及党的领导方面特殊复杂的问题，而这些问题仅靠司法部门是难以弄清楚的。由于这一案件特别重大，情况特殊，工作进行得好坏将对国内外造成很大影响，所以必须置于党中央的直接领导之下。

特别法庭的特别之处

审判"四人帮"和林彪集团，首先要解决一个立法问题，使审判工作取得合法地位。1980年9月，全国人大常委会通过了一个特别的决定，宣布成立了审判林彪、江青集团的最高人民检察院特别检察厅和最高人民法院特别法庭，任命黄火青为特别检察厅厅长、江华为特别法庭庭长，还任命了副厅长、副庭长及一批检察员、审判员。特别法庭分为第一审判庭和第二审判庭，分别审判江青集团案和林彪集团案。

根据我国《人民法院组织法》的规定，最高人民法院本来是可以审判全国性的重大案件，那么为什么还要组织特别法庭进行审判呢？关于这个问题，江华指出：因为林、江集团是在"文化大革命"十年浩劫这个历史条件下发生的，十名被告人身居高位，权势极大，他们凭借窃取的地位和权力进行犯罪活动，危害了整个国家和人民的根本利益，并且涉及国家许多重要机密，案情复杂，牵涉面广。因而，在审判组织与程序方面不能同审判一般的刑事案件完全一样。江华还指出了特别法庭的特别之处：1. 特别法庭是专为审理这一重大案件而设立的，案件审理完毕即撤销；2. 法庭的组成是人大常委会专门任命的；3. 不实施陪审制度；4. 特别法庭的判决是终审判决，不能上诉；5. 对被告人的诉讼权利作了必要的、适当的限制。

将刑事罪行与路线错误区别开来

审判工作的第一阶段是公安预审，首先确定受审的案犯究竟有什么罪名，然后由特别检察厅向特别法庭提出公诉，特别法庭接受后，方能进行审理。这个工作相当复杂，而且发生了许多争论。争论的中心问题是究竟审什么，即什么是各个主犯的罪行？在讨论这个问题时曾经出现过争论，有个别同志认为，林、江集团是在"文化大革命"中发生的，是党的路线错误被林彪、江青利用了，因此林、江等人的罪行同党内的路线错误是分不开的，是由于党的路线错误才发生、发展起来的，因此，无法单纯审理他们的罪行。经过争论，最后确定对林彪、江青案的审判，只审理他们的刑事罪行，不涉及党的路线是非问题，否则就会把党的路线是非同林彪、江青等人的刑事罪行混淆起来。

原来的起诉书基本上是按照"文化大革命"时的做法，把什么东西都叫作罪行，罪和错不分，包括党的路线错误，也包括工作中的错误。针对这种情况，彭真指出，罪行不在条多，条少也行，只要能构成罪。现在，《刑法》已经公布了，上起诉书、能定罪的必须有证据。咱们办案的常识，叫证据充分。

特别法庭庭长江华在一次讲话中也说：这个案子与党内路线斗争有密切关系，所以我们才讲要把犯罪问题跟路线问题分开，特别法庭只审判他们所犯的刑事罪行，不审判其他问题。尽管把两者分开有困难，不大好分，我们还是要把罪行与错误分开，实在分不开的，我们就把它舍掉。

但当时有许多证据看不到，到底哪些是毛主席的失误，哪些是林彪、江青背着毛主席干的，工作人员并不清楚。彭真随即把这些意见向中央领导同志报告，很快党中央作出决定，指示中央办公厅、军委办公厅、党中央各个部门要服务于两案审判工作，材料要对两案审判开放。这样，挑选了14名同志去看材料。通过看材料，了解了哪些是毛主席的失误，哪些是林、江的罪行，在此基础上，将原来的起诉书砍掉了11个问题，起草的新的起诉书只写了7件大事。如果不看材料，就会分不清。江青在受审时曾经气焰嚣张地说，我们政治局会议你们参加了？我们"文革"小组会议你们参加了？你们知道个屁！其实，她不知道，办案人员早已看了有关的材料。

开庭以前的起诉书曾经写了几十稿，审判以后的判决书，同样经过反复的修改，次数也不下于三十稿。开始的稿子在许多地方还是涉及了对"文化大革命"的评价，仍然把党的路线斗争同林彪、江青等人的活动扯在一起。后来还是坚持审判时定下的原则，决不涉及路线问题，一律只提刑事罪行。最后通过的判决书，内容比起诉书少了三分之一，把那些立足不稳的事情都去掉了，如"长沙告状"问题，在起诉书中是很重要的一条，到判决书中却一字不提了。这样改的结果，就使判决书中的每一条都能立于不败之地。

有人把起诉书当成功劳簿

在起草起诉书时，列了一个"文化大革命"中受迫害人的名单，用以说明林、江集团迫害老干部的罪行。但在当时，某些人把这个名单看成是一个功劳簿，争着要上起诉书。关于军队的名单，有人提出：为什么他上，我没上？为什么这个人上了，那个人没上？许多中央领导人包括彭真对这件事比较头痛。后来，总政领导作了一个规定，"文化大革命"以前职务为大军区副职以上受迫害的可以上。但"文化大革命"中的情况则非常复杂，有的是一贯整人，有的是一贯挨整，有的是今天挨整明天又整别人，有的是先整人后挨整，有的是先挨整后整人。几位领导小组成员一起研究多次，仍无法确定，于是伍修权向邓小平汇报。邓小平这样答复：很多受迫害的没有上，受迫害和没有受迫害不能以上不上起诉书为标准。之后，伍修权又向彭真作了汇报，彭真说，这个主意很好，这不仅解决了军队的名单问题，也解决了全国的问题。当时，全国也有这个问题。

预演比真审还难

在正式开庭之前，特别检察厅、特别法庭还按照开庭程序，搞了几次练兵性质的预演。在指定的时间内，应该出庭的检察人员、审判人员、法庭工作人员和法警等等全部到场，又指派了几位同志分别扮演各个主犯，如同正式开审一样，由法警一一押解出庭，程序和气氛要求与真的完全相同。这是一项极其严肃认真的工作。首先，要受审的假犯人以他所充当的真犯人的口气，尽量为其罪行狡辩，再由审判者依法据理予以驳斥。这虽然有点像在演戏，可是实际上比审真犯人还难，因为假犯人精神上没有压力，又熟悉案情和认识审判人员，可以钻空子和审判人员纠缠，审判者就得随机应变治住对方。记得有一次假扮吴法宪的"犯人"突然提出一个问题，说他与作为军事法庭副庭长的黄玉昆过去在空军共过事，两人曾经有过矛盾，这次黄玉昆可能会乘机报复，因此黄玉昆应该回避，不能参加这次审判。这个意外的问题，使黄玉昆措手不及，一时无法回答。伍修权见状，马上根据人大常委会的决定和有关文件精神回答说：这次审判工作的人选，是经过人大常委会的慎重考虑后确定的，每个人都是受党和人民的委托，来对危害国家的反革命罪犯进行审判，根本不存在所谓的个人报复问题，因此，包括黄玉昆同志在内的全体审判人员，都没有回避的必要，"犯人"提出的问题是没有根据的，本庭予以驳回。

以事实为根据，以法律为准绳

1980年11月20日下午三时，特别法庭第一次正式开庭，江青、张春桥等十名罪犯第一次被传到法庭上，接受人民对他们的公开审判。

22日，《人民日报》发表社论：《九亿人民的审判》。

在一次审判"两案"的工作会议上，江华就指出，在审理中我们始终坚持了两条：一条是实事求是，一条是依法办事，以事实为根据，以法律为准绳。

为了查明起诉书指控的犯罪事实，特别法庭第一审判庭和第二审判庭先后33次开庭，对十名被告人进行了45人次法庭调查，查清了各被告人的犯罪事实。我国《诉讼法》规定要重证据，重调查研究，不轻信口供。只有被告人供述，没有其他证据的，不能认定被告人有罪和处以刑罚；没有被告人供述，证据充分确实的，可以认定被告人有罪和处以刑罚。因此，特别法庭在查证证据上做了大量工作，对各种证据873件进行了认真的反复审查。在庭审调查中，特别法庭先后向被告人出示和宣读了档案、信件、日记、笔记、讲话记录和录音等经过鉴定、验证的原始书证和物证共651件次。通知被害人和证人到庭陈述和提供证言共49人，做到了凡是认定的犯罪事实，都有充分确凿的证据。这样，尽管有的被告人矢口否认自己所犯的罪行，有的被告人在法庭上始终一言不发，有的被告人千方百计为自己开脱罪责，由于法庭使用了大量的证据，揭露了案情的真相，证实了被告人的犯罪事实。有的被告人在证据面前，也不得不承认了自己原来不承认的罪行。当然，通过法庭调查，对原来所指控的被告人的某些罪行，由于证据不足，或证据不能证明构成犯罪，法庭就予以否定。这表明特别法庭坚持了实事求是的原则，认定被告人的每项罪行，都是很慎重的、严肃的。

定罪量刑要经得起历史的检验

在如何判刑的问题上，也发生过争论。中央在讨论这一问题时，有人主张轻些，说将这些人养起来算了；有人主张重些，提出一定要判死刑；也有人提出不轻不重的判刑，即分别判处不同时限的徒刑。可是，当时全国到处都是一片杀声，这对特别法庭也是一种压力。在全体审判员会议时，大家认为江青、张春桥等人死有余辜，不杀不足以平民愤，开始都准备判死刑，但是反复研究总觉得不妥，有两种考虑：一要顾及国际的影响。在宣判之前，国际上的反应是比较强烈的，如果杀了江青，反应可能很坏，有的国际组织呼吁要援救江青，有的外国人到我国驻外使馆去请愿，要求保护江青；并且国际上曾经有过这么一条，即对妇女一般不采取死刑。虽然我国是独立审判，不受外国影响，但这些情况在判刑时也不能不考虑。二要设想后代人将怎么看，不能凭一种义愤情绪来决定。这样，关于首犯杀不杀的问题，经过多次反复讨论，仍然定不下来，最后只有提交中央政治局讨论。政治局多数同志提出判"死缓"，即判处死刑，但暂不执行，这在法律上是允许的。事实证明，这样的定罪量刑是正确的。正如后来江华总结的那样：特别法庭的判决，是合法的，恰当的，符合全国人民的长远利益，经得起历史的检验。

至于"死缓"两年后怎么办？当时也有个初步设想，在《关于建国以来党的若干历史问题的决议》公布和"十二大"开过以后，我国人民对这类重大问题有了进一步的认识，国际上对此事也不再议论纷纷了，那时就可以用某种方式，通过一个特别决议，对这次判决予以减刑。1983年1月25日，即对两案主犯宣判整整两年以后，以最高人民法院刑事审判庭名义发表了一项"裁定"，宣布"对林彪、江青反革命集团案的主犯江青、张春桥原判处的死刑缓期两年执行的刑罚，依法减为无期徒刑，原判处剥夺政治权力终身不变"。并说他们在"死缓"期间，"无抗拒改造恶劣情节"。关于这个问题，伍修权在回忆录中说，其实还应该说"也无接受改造的实际表现"，但为了给他们减刑，也只能那么说。

"正义的判决"

1981年1月25日上午九时，特别法庭对十名被告人公开宣告判决。

这天，法庭里的气氛显得格外庄严肃穆，旁听席上早已坐满了人，都屏息等待着这一具有历史意义的重要宣判。十名被告也显得十分紧张，他们也急于想知道自己将受到什么样的惩处。开庭以后，由江华庭长宣读判决书。因为判决书很长，由副庭长伍修权宣读后一部分。江青尽管平日里装腔作势，这时也沉不住气了，当伍修权刚念到"判处被告人江青死刑"时，还没等念出"缓期二年执行"，她就慌忙叫喊起来。当宣读本判决为终审判决时，法警立即给江青戴上了手铐，全场破例地爆发了一阵热烈的掌声和欢呼声。由于江青企图挣扎和还想喊反动口号，头发也散乱了，装腔作势的架子也没有了，显得十分狼狈和滑稽，使本来十分庄严的法庭里，出现了一点喜剧色彩和兴奋欢乐的气氛。伍修权看到江青还想捣乱，立即下令道："把死刑犯江青押下去！"由于当时他太兴奋了，竟少说了一句话，应该在下令之前，先说一句，"由于江青违反法庭规则，破坏法庭秩序，依法将她赶下场"。可惜当时没能说，事后想起来，总觉得有些遗憾。

第二天，《人民日报》发表社论《正义的判决》。

特别法庭庭长的总结报告

在公开宣判不久，特别法庭庭长江华向人大常委会提交了关于审判"两案"的主犯情况报告，报告了审判的经过并阐述了这次审判的现实意义。江华指出：通过这次审判活动，充分揭露和证实了林彪、江青反革命集团的累累罪行，对十名主犯给予了正确的定罪量刑，从而打击了敌人，伸张了正义，平息了民愤，调动了广大群众的积极性，促进了政治上的进一步安定团结。通过这次审判活动，对全国人民还是一次普遍的生动的法制宣传教育，表明我国社会主义法律是人民意志和利益的体现，任何人都不得侵犯，违法犯罪必定要受到法律制裁；而对任何人进行制裁，都要依照法律规定办事，要根据法庭查明的事实、证据和有关的法律规定，作出定罪量刑的判决。通过这次审判活动，对我们的司法工作人员是一次很好的锻炼和学习，在审判中，以事实为根据，以法律为准绳，严格划清犯罪与犯错误的界限，是维护法制、加强法制建设的一次实践，从而提高了审判工作的水平。

参考文献

1. 伍修权：《回忆与怀念》，中共中央党校出版社1991年版。

2. 刘刚荣：《回眸"两案"审判——访图们同志》，载《中共党史研究》2000年第5期。

3. 最高人民法院研究室编：《中华人民共和国最高人民法院特别法庭审判林彪、江青反革命集团案主犯纪实》，法律出版社1982年版。

原载《文史精华》2001年第6期
《新中国往事：特别事件》2011年收录

"童怀周"与《天安门诗抄》

《天安门诗抄》是产生于 1976 年"四五"运动中的一部具有非凡影响的诗文集。其作者是人民群众,其编撰者则是取名为"童怀周"的战斗集体。

一、地下烈火在潜行

1976 年,祸国殃民的"文化大革命"已经进行了十年。那是一个悲痛的年代,更是一个愤怒的年代。中国几乎成了一座大监狱,冤狱遍于国中。

这一年的 1 月 8 日,人民敬爱的周恩来总理与世长辞。

当人们对"文化大革命"彻底绝望,把唯一的希望寄托在周总理身上,希望他能力挽狂澜,救民救国于水深火热之中的时候,他却过早地逝世,这不能不使全国各族人民感到极大的悲痛。然而,"四人帮"竟三令五申不准人们悼念自己的总理,而且继续诬陷周总理。

人民心中的丰碑受到诋毁,人民心底积蓄已久的爱与憎像火山一样喷发了。当时群情激愤,气氛紧张,各种传言,不胫而走,纷纷相约"清明见","天安门广场见"。位于北京东郊的第二外国语学院的师生也在孕育着一场大"搏斗",而身为汉语教研室主任的汪文风则是"二外"的大"搏斗"重要的组织者。

在"文革"期间，汪文风在"二外"可是个家喻户晓的人物。他出身很苦，小时候曾与狗争食；长大一点，当过纤夫，做过学徒，卖过报纸；以后与《新华日报》发生联系，被介绍进入由周恩来支持，由陶行知、李公朴、史良出面办的夜大上社会大学，并参加共产党领导的外围组织。他曾因从事革命活动被捕，坐过国民党的牢房。新中国成立后，他当过新闻记者、编辑、最高人民检察院助理检察员，1965年底，调到"二外"工作，是学院政治部办公室的负责人。在"文革"中，他始终坚信干部的绝大多数是好的或比较好的，"一保到底"，是铁杆保皇派，因而受到冲击。汪文风这样回忆"文革"中的经历：

> 几个通宵达旦的大会下来，我由"保皇派"、"保皇狗"、"保皇党总书记"，连连升级。一清理阶级队伍，又发现我曾在国民党统治下坐过牢，坐过牢而又搞"反动路线"，不是"叛徒"也是"特务"。只有"叛徒"才能出狱，当了"特务"是"顺理成章"、"合乎逻辑"的。驻二院的工人、解放军宣传队曾派了三批人到重庆调查我的历史，但都不了了之。这一下，我倒成了这个小天地的一个"名人"。

正是因为这种特殊经历与政治态度，汪文风在第二外国语学院成了颇具影响的人物，在他的身边聚集了几十个政治立场相同的热血青年。

1976年春节，汪文风的家里来了两位不速之客——第二外国语学院的两个毕业生——邮电部的吴江、军委总参谋部测绘局的乔文祥。他们抱着孩子，回到母校，到汪文风家串门。他们之间有着深厚的友谊，保持着密切的联系。

这次，客人带来了清明节与"四人帮"进行大搏斗的信息。

汪文风敏锐地感到一股汹涌澎湃的狂潮，在人们心里躁动。他对吴、乔分析了所在学校的斗争形势：在其主持工作的汉语教研室有原"二外"的老同志，也有从别的学院调来的新同志。原"二外"的同志虽分别参加了三派组织，但在要维护周总理一生光辉声誉问题上，立场和观点是一致的。各派群众组织对江青、张春桥、姚文元、王洪文的用心，都逐渐看清楚了，甚至小学生都窃窃私语小胡子（康生）不是好人。在这种形势下，我们可以把学校教职员工的斗争大方向统一起来。停了一下，汪文风布置任务：你们要加紧串联，把清明节与"四人帮"大搏斗的消息，暗暗告诉对"文化大革命"不满的同志，让大家做好准备。

吴江、乔文祥表示赞同。

告别时，汪文风握着他们的手叮嘱道："在战斗没有打响之前，要注意保护自己，不露声色；等到运动起来以后，就趁势制造舆论，制造声势，与"四人帮"展开生死的搏斗。"

按照汪文风的意见，吴江与乔文祥分头加紧活动，进行秘密串联。

地火在运行，寻找着爆发的时刻。

悲痛加愤怒，孕育着也预示着一次风暴、一次地震、一次海啸即将发生。

二、忍痛暂用笔作枪

1976年3月下旬到4月上旬，第二外国语学院的师生员工倾巢而出，到天安门广场，加入首都人民沉痛悼念周总理、愤怒声讨"四人帮"的行列。

随着清明节一天天迫近，前往天安门的人越来越多。天安门广场成了人的海洋，花圈的海洋，诗词的海洋，悲痛的海洋，愤怒的海洋。

"愤怒出诗人"。愤怒的人民以诗词为武器，向"四人帮"呼啸着发起了冲锋。人人义愤填膺，个个口诛笔伐。在人民英雄纪念碑前，人们敬献了浩瀚似海的花圈、挽联，张贴、朗诵了成千上万的诗词。

一首诗词是一把匕首，无不击中了"四人帮"的要害；

一首诗词是一把炬火，使人们对"四人帮"的满腔仇恨烧得更旺。

当时真是"诵者声泪俱下，抄者废寝忘餐"。那种空前悲壮、伟大的场面，反映了中国人民对周总理深沉的爱和对"四人帮"无比的憎；反映了民意不可违，民心不可侮！

第二外国语学院汉语教研室的李先辉老师也将一首《向总理请示》的小诗张贴在纪念碑的碑座上，这首诗全文如下：

> 黄浦江上有座桥，
> 江桥腐朽已动摇。
> 已动摇，眼看要垮掉。
> 总理请指示：是拆还是烧？

这首诗将"四人帮"中的江青、张春桥、姚文元的名字巧妙地用"江桥摇"三字点出,而"黄浦江"三字又点出他们是"上海帮",指出他们已经"腐朽",已经"动摇",即将"垮掉"。

这首诗一贴出,人们哗啦一下围过来看,并马上抄了起来。一拨人看完、读完、抄完走了,另一拨人马上围拢来。人们反复地大声朗诵这首诗,每当朗诵者念完最后一句,下面的听众立即自动地分成两派,一派高喊"拆",另一派怒吼"烧",然后一起热烈地鼓掌与欢呼。

这首诗的作者后来成了"童怀周"的主要组织者。这首广为人知的诗也被选入了《天安门诗抄》,并被选入中学的语文教材。

白晓朗也是汉语教研室的老师,他写了一首题为"悼总理"的诗,贴在一个花圈上。该诗全文如下:

> 谁爱人民民爱他,纪念碑前见真假。
> 八亿红心悼总理,忠魂在天热泪洒。
> 蝇蛆蚊虫臭王八,肝胆吓破肺气炸。
> 躲在阴暗茅坑里,咬碎狗牙又策划。
> 八亿人民不可辱,倚天钢剑手中拿。
> 热血汇成连天浪,红心再造我中华!

这首诗也受到热烈的欢迎,传抄者络绎不绝。其作者后来也成了"童怀周"的主要组织者。

汉语教研室的许多老师(他们后来大都是"童怀周"的成员),几乎天天都到天安门广场去,除了表达自己的悲痛和愤怒以及向"四人帮"示威和抗议外,还有一个目的,那就是抄录张贴在成千上万花圈上和纪念碑上的诗文。一个"童怀周"的成员后来这样赞叹：用诗文而特别是用诗词在天安门广场这么大的地方讨伐"四人帮"的滔天罪行，向他们发射出一串又一串愤怒的炮弹，诗词之集中，诗词之众多，这在古今中外的历史上都是绝无仅有的，都是空前甚至是绝后的。这是"四五"运动最不同于以往任何一次革命运动的一个特点，也是伟大的中国人民、北京人民的一个创造。

这些从天安门广场抄回来的诗词，成了"童怀周"组成后编辑天安门革命诗词的基础，成了《天安门革命诗抄》第一个版本的骨干内容。

三、血热不惧五更寒

1976年4月5日，天安门广场的群众运动遭到了"四人帮"的残酷镇压。接下来就是追查谁去过天安门广场，谁送过花圈，谁写过"反动"诗词，谁抄录过"反动"诗词，并严令收缴这些诗词。

第二外国语学院当权者的矛头明显地对着汉语教研室，而怀疑的主要对象就是汪文风与另外一个同志。他们在广播大喇叭里声嘶力竭地狂呼乱叫，威胁、恐吓、挤压、诱导，还召开有全院几百人参加的党员大会进行追查。会上，院工宣队长和革委会主任当众对汪文风进行审查和追询。

工宣队长声色俱厉地问："汪文风，站起来，你交待，你参加了'天安门事件'没有？！"

汪文风答："我是4月3号那天，从那里路过，去看了一下。这些，在小组会上，不是每个人都说了吗？"

"我没有跟你谈每个人，我是问你。你在天安门，干了些什么?!"

"我……我看了看花圈,有许多花圈很大,有许多花圈做得很精致。我在想,如果靠我这个手艺,笨手笨足的,一定做不出来。"

(全场一片哄笑。)

工宣队长对着大家吼叫:"不准笑!不准笑!严肃的斗争么!"接着转身,厉声问:"我是说诗词,反革命诗词?!"

"啊,诗词,我看见有的人在朗诵,有许多许多的人还在拍巴掌。我想,算了吧,不去看它了,听又听不大清楚,就回学院来了。"

(两位领导同志气得鼓鼓的,全场又大笑。)

工宣队长高声地问:"我问你,为什么你那个教研室,查反革命政治谣言不积极?"

汪文风不慌不忙地答道:"是那样么?其实,我们大家都是很积极的。但是,有的是在公共汽车上听说的,有的是在大操场放电影时黑咕隆咚地听人说的,有的是在男厕所里听女厕所那边的女同志说的,有的是在女厕所里听男厕所那边的男同志说的。唉,我倒是在想,应该专门学习好追查的技术,追查起来……可能就好些了。"

院革委会主任忍耐不住,插话道:"我说,你,说来也是学院里的一个中层领导干部嘛。工宣队的师傅好好问你,你为什么老这么嬉皮笑脸地打哈哈!"

答:"他们要笑,我有什么办法呀?!我又没有笑嘞!"

(又是一片哄堂大笑。)

追查毫无结果。

一天,李先辉邀汪文风来到避人耳目之处。李知道汪是可以信赖的人,直截了当地说:"我就是《向总理请示》的作者。"

汪文风说："那诗我读过。写得不错，鲜明，富有战斗性，遣词造语也简洁。"

李先辉激动地说："现在追查得很紧，很可能我会被抓起来；我豁出去了，已经做好被捕、坐牢、枪决的准备，但放心不下的是妻子和两个女儿，如果真的出了事，请你照顾她们。"

汪文风十分冷静，解放前他在重庆做过地下工作，解放后又在公安部门工作过，有着丰富的斗争经验。他想了想说："现在，你一定要沉得住气。以上对我说的话，到此为止，再不要跟任何人提及。查笔迹是搞不出什么东西来的。因为笔迹不像指纹，在技术上就不能单纯具此认定。因此，即使有人揭发检举，被抓了起来，只要矢口否认，死不认账，也难以定性定案。"

汪文风特别强调："现在，关键是要沉得住气，只要做到这一点，你就可以安然无恙。别怕，额头上又没有刻字，怎么可能就找到你的头上来？"

他俩一边谈一边沿着学院的办公大楼转悠，又围着大操场走了一个大圈，越谈越亲密。

后来，李先辉果然安然无恙。

在黑云压城城欲摧的严峻形势下，对于从天安门广场抄回来的诗词，最安全的办法当然是撕碎、丢弃或者烧掉，然而，汉语教研室的老师舍不得。他们知道，这是人民的心声，人民的心血；是彼时彼地的产物，"过了此山无鸟叫"，以后再很难写出这样的诗词来。同时他们坚信，"四人帮"总要垮台，这些诗词也总有一天要见天日。

老师们顶住压力，对诗词进行了紧急处理，有些另抄了一份，上缴应付上方，大部分原件则珍藏了起来。有的用塑料布精心包好埋在花盆里；有的藏进了蜂窝煤炉的夹层中；有的用棉线缠了数十层作为线团存放；有的则用很小的字重新把它们抄在很薄的纸上，卷成一卷，塞进掏空的蜡烛。结果，这些诗词都被妥善地保存下来。

这些诗词之所以能够得到保存，另一个重要的原因是，当时的"四人帮"已经"腐朽动摇"，"眼看要垮掉"，他们的淫威也早就成了强弩之末，已经没有几个人言听计从、俯首帖耳了。追查的命令到下边，已变成了雷声大、雨点小，最后连地皮也几乎湿不了。

四、时势造就"童怀周"

1976年10月6日，万恶的"四人帮"被粉碎。李先辉的妻子在中央电台工作，所以比较早地知道了一些消息，他悄悄告诉汪文风等两三个人：广播电台被接管了，负责接管的领导人是耿飚。听到这个信息，汪文风预感到，天要亮了。他赶忙借了一辆自行车，蹬车进城，到曾经工作过的《光明日报》、最高人民检察院，以及新华社、《人民日报》、公安部到处打听，终于得到了确实消息："四人帮"被逮起来了。他抑制不住内心的喜悦，买了卤猪头肉、二锅头、鞭炮，邀约了几个信得过的同志，在家里喝酒、放鞭炮，以示庆贺。这时，学院军、工宣传队和院、系两级革委的头头们，还蒙在鼓里。第二天，院革委会的主任碰到汪文风，问他昨晚为什么闹腾。他只笑笑，未作回答。

正式逐级传达逮捕了"四人帮"，大概是在10月10日。这以后，虽然被毛泽东生前定为反革命事件的"天安门事件"并未平反，但这个定性的分量已经大大减轻了，对"天安门事件"人们也不再讳莫如深了。

天安门诗词见阳光的时刻应该到了。这是汉语教研室的老师经常谈论的热门话题。大约是在这年的 10 月底或 11 月初，李先辉找到白晓朗和黄林妹，谈起整理刊印天安门诗词的问题，当即得到支持。出版诗抄，要有一个名义。起初，准备用北京第二外国语学院汉语教研室的名义，考虑到教研室有些同志之间存在个人芥蒂，于是李先辉提出，此事由我们发起，愿意者均可参加。于是他起草了一个倡议书，贴在当时汉语教研室所在的 5 号楼三层的楼道上，三个人首先签上自己的名字。很快，便有许多老师在倡议书上签名，他们是：汪文风、胡连璞、刘兰英、赖梅华、刘志宽、蒋士珍、朱清颐、罗丹、石淑兴、黄玉文、赵寿安、张润今、杨昆明，连同发起者一共 16 人。有了组织还应起个名字，李先辉提议叫"佟怀周"，也就是共同怀念周恩来总理的意思。白晓朗提出"佟"字太生僻，可否改为"童"。大家一致同意。这就是"童怀周"的来历。其实，除了这 16 人之外，还有一些同志，虽没有签名，也积极参加了编辑、校对、印刷等工作。

按李先辉的布置，他们分工合作，加紧印出所珍藏的天安门诗词。当时还不能铅印，只能刻蜡版油印，因为"天安门事件"毕竟还未平反，没有哪个印刷厂敢接这个活。

整个工作进展十分顺利，任务如期完成。

第一次只油印了近 200 份，很快就发送一空。

1977 年 1 月 8 日，也就是周总理逝世一周年纪念日，他们将预先留了几套单页的，分别张贴于王府井、天安门广场等处，还留下了地址、电话和"童怀周"的署名，欢迎与之联系，更欢迎提供天安门诗词。

五、傲霜斗雪绽春蕾

由于周总理在国内外享有的崇高威望，由于"天安门事件"从悲天恸地到血腥恐怖，诗抄一贴出，就轰动了北京，轰动了全国，轰动了海外。

每天，都要收到雪片般的提供天安门诗词的信件；

每天，都要接待来自全国各地川流不息的来访者。

所有的来信与来访者都要求铅印出版，以便让更多的人共享天安门的战斗氛围和美好辞章。

"童怀周"决定出版铅印本。由于受到两个"凡是"和"继续批邓反击右倾翻案风"的压力，原来答应给予帮助的单位纷纷退缩了。这样，不得不由学院的印刷厂来印刷出版。按照第二外国语学院的规定，系和公共课教研室主任是有权批准印刷教材和阅读参考教材的。汪文风就将《天安门革命诗抄》作为"汉语阅读参考教材"签字发排。但印刷厂的领导既支持这项工作，又胆小怕事，说："这明明是天安门诗词么！"他们只得找到一贯支持他们反对"四人帮"的原副院长翟良超和教改组的一位副组长李越然，加签了字，排版的问题解决了。其余的问题，比如纸张等等，也在学院上上下下和院外许多单位、许多同志热情的支持下迎刃而解。一谈到是编印天安门诗词，被求到的同志无不大力协助。

一切都在加紧和顺利进行，只用了两三个月的时间，一本铅印的《天安门革命诗抄》就呈现在读者面前了。从那以后，到"二外"购书的人络绎不绝，汉语教研室成了发行所，成了全国许多单位派人来来往往的地方。福州军区司令员韩先楚也派人来，他开玩笑地说："韩司令说了，你们如果还受到什么威胁，他可以派两辆坦克保护你们。"

一天晚上，汪文风背一大袋《天安门革命诗抄》，来到他工作过的公安部，进入研究室主任陆石的家里。他笑嘻嘻地说："我给你送书来了。你要抓人，我就在这里。"

"什么书哟？"

"《天安门革命诗抄》。"

陆石无比激动，一下子紧紧地抱住汪，说："我的好同志啊！"以后，"童怀周"每次出书、出画册，都通过陆石送给罗瑞卿以及公安部的领导每人一份。听了陆石的介绍，罗瑞卿说："好嘛，闹天安门事件的，有我的干部；抓天安门事件的，也有我的干部。这些青年同志，冒了那么大的风险，不容易呀！"

随着搜集到的天安门诗词越来越多，特别是北京市公安局西城分局提供了当初从群众那里收缴来的天安门诗词，使诗词的数量已大大超过了此前已经出版的，而且多是精品，"童怀周"决定出新版本。不久新的一本天安门诗词又被编辑出版，上海、广西、新疆、内蒙古等地也再版发行。这样，又有了封面各不相同的天安门诗词的版本，加起来少说也有近百万册。这些最初的版本都只是诗词，包括古体诗、自由诗和词。但"四五"运动也有不少非诗词的作品，有些还相当精彩。这种作品一直未曾收入，不能不说是一个遗憾。"童怀周"又决定把非诗词的作品也收进去，于是又有了《天安门诗文选》的问世。这种版本有正编和续编两大厚本，而且加入了若干插页。这是最早公开登出来的"四五"运动的照片。

在"童怀周"编辑出版天安门诗词的同时，也盼望着、等待着给"天安门事件"平反。这一天终于被他们盼来了。1977年11月中旬，当时的北京市委书记林乎加在一个讲话中宣布："1976年清明，广大群众到天安门广场沉痛悼念周总理、愤怒声讨'四人帮'，完全是革命的行动。"接下来，中央电视台专门为"童怀周"小组拍了《敢傲严寒绽春蕾》的电视片；中央新闻纪录电影制片厂也拍了新闻片。国外的一些媒体也作了报道。一时间，"童怀周"名声大振。由于"天安门事件"正式平反，人民文学出版社也要出版天安门诗词，自然请"童怀周"编选。他们从过去出版的天安门诗词中精选出若干，还请当时的中共中央主席华国锋题写了书名："天安门诗抄"。对于华国锋的毛笔字，大家实在不敢恭维，但看到他题写的书名，都笑道：进步了。

《天安门诗抄》在周总理逝世三周年前夕正式出版发行。该书前言中写道：这些凝聚着革命人民的血和泪的诗词，无不出自作者们灵魂深处的呐喊。因此具有强烈的战斗力和艺术感染力。革命群众看了愈益斗志昂扬，敌人看了则心惊肉跳，坐立不安，它们真正起到了"团结人民、教育人民，打击敌人、消灭敌人"的巨大作用。不少作品无论思想性或艺术性都达到了很高的高度，无论在我国或世界文学史上，它们必将占有光辉的一页！

参考文献

1. 童怀周编：《天安门诗抄》，人民文学出版社 1978 年版。

2. 白晓朗：《往事回首非云烟——回忆"童怀周"的日子》，载《北京第二外国语学院学报》1998 年第 1 期（总第 81 期）。

3. 汪文风：《从"童怀周"到审江青》，当代中国出版社 2004 年版。

4. 汪文风：《争夺"纪念周恩来总理的权利"——"童怀周"小组纪实》，载《人民公安》1999 年第 6 期。

原载《党史天地》2004 年第 11 期

《读报参考》2005 年 3 月 16 日转载

三　随笔漫谈

重评吴佩孚不可矫枉过正

近几年,一些专家学者试图突破传统思维模式的束缚,开始从正面审视和评价吴佩孚,并提出了一些新的观点和看法。这本来是好事,但时下对吴佩孚的评价越来越高,大有把过去的全部定论推翻之势,这就不能不令人忧虑了。有一种观点认为,吴佩孚在生命的最后阶段,在沦陷后的北平与日伪头目周旋,拒不当汉奸,维护了国家主权,结果惨遭谋杀,因此,吴是个晚节坚贞的爱国者,是个"民族英雄"。

对于这种观点,笔者不敢苟同。

吴佩孚是个复杂的人物,他对日媾和的活动也很复杂,因此,应当把他还原到当时特有的政治、经济、文化和社会条件下去分析,既要突破"好人一切都好,坏人一切都坏"的老框框,也要把握好评价尺度,不应矫枉过正。

吴佩孚的主和立场与主张不值得肯定

吴佩孚是个喜欢自我标榜的人,在相当长的时间内,他竭力标榜自己抗日、爱国,俨然是一个坚定的爱国者。1932年,失魂落魄的吴佩孚离开成都,来到了北平。张学良给了"玉帅"好大的面子,亲率文武官员数百人到火车站迎候。吴并不领情，当晚回访张学良，刚一坐定，就大发其火，责问张为什么"九一八"事变不抵抗？保存实力做何用？张学良顾左右而言他。吴佩孚叹道："国恨你不报，私仇你不报，真没出息！忘记了自己的国仇家恨，真是不忠不孝。"

然而，"卢沟桥事变"后，当中华民族到了最危险的时刻，吴佩孚却没有任何表示。他没有发表抗议，没有举兵抗日，甚至不顾时局险恶，不理别人的劝告，执意留在即将沦陷的北平。

1938年6—7月间，日本为了进一步"稳定"中国占领区，决定迅速组建伪"中央政府"，并专门成立了"土肥原机关"，开展"土肥原工作"，目标是扶植北洋政客唐绍仪、靳云鹏及吴佩孚三人"出山"，充任华北汉奸首领。而这三个人对于日本的态度有所不同。对于日寇的诱降，靳云鹏装病，婉拒与日伪交涉，保全了生命，也保全了声誉，客观上为吴佩孚提供了一个可以效法的榜样。唐绍仪稍与日寇接触，就被怀疑"通敌"，重庆特工用利斧毙之于寓所。这实际上向吴佩孚发出了警告：与日寇勾搭，不但要背汉奸的恶名，而且有杀身之祸。然而，这些似乎对吴佩孚没有产生任何影响，他继续与日寇勾勾搭搭，进行旨在"落水为奸"的谈判。

那么，这个曾经高喊抗日的吴佩孚，在全民族抗战到来之际，为什么却与日本侵略者和谈呢？

1939年3月，汪精卫公开叛国投敌，成为可耻的汉奸。不过，日本侵略者认为汪氏缺乏足够的号召力，尚需要更有实力的军界人物充当傀儡，才能达到目的，于是撮合"汪吴合作"。1939年5月至6月间，汪精卫几次致函吴佩孚。6月7日，吴复函。在这封信中，吴佩孚集中阐明了自己的政治立场与主张，写道：

弟分属军人，昔亦误以武力为万能，经体察国情，默观世界大势，……一以政治之原理权衡其际，益憬然经国之路，初不必尽恃于藉疆场之决胜也。故自芦沟桥变起，兀坐故都，本所信念，日以启导和平为事，和平要领，则以保全国土恢复主权为惟一之主张，区区此志，窃幸与公尚有铖芥之合，九皋鹤鸣，敢云道不孤也。①

翻译成白话文就是：我也是个军人，昔日也曾误以为武力万能。后经体察国情，纵观世界的发展趋势，（得出新的结论）……（我坚信），以政治手段解决国与国之间的矛盾，是治理国家的基本途径，而不必自恃武力以求决胜于疆场。正是基于这种理念，卢沟桥事变后，我留在故都北平，并以倡导和平为己任。而实现和平的唯一前提，就是保全国土与恢复主权。在这一点上，我暗自庆幸与精卫先生不谋而合。有鹤鸣于九天之上，我深感议和的主张并不孤立。

从这段史料不难看出，对已经叛国投敌的汪精卫，吴佩孚毫不掩饰其仰慕之情；而且无论是在政治主张上，还是在思想感情上，他们都是情趣相通，臭味相投。虽然吴佩孚也声称"和平要领，则以保全国土恢复主权为惟一之主张"，但这只是一厢情愿而已。要以和平的方式，令日本侵略者自动地退出占领的中国领土，恢复中国的国家主权，无异于白日做梦、与虎谋皮。汪精卫主和的本意，也不是要当汉奸，但在特定的历史环境下，不断受到日本诱降政策影响与挤压，最终走完了由主和到投降的叛国之路，成为可耻的汉奸。

自抗战以来，中国政坛上就有主战派与主和派之分。在当

---

① 唐锡彤主编：《吴佩孚文存》，吉林文史出版社2004年版，第269—270页。下文涉及吴佩孚致汪精卫函的引文，都同此注释。

时的历史背景下,主张抵抗,坚持抗战到底,就是民族大义,就是爱国主义。主和实际上就是投降,在一个民族敌人深入国土的背景下,妥协、媾和就是准备投降,是应该受到谴责的卖国行为。

1939年6月30日,毛泽东在《反对投降活动》一文中指出:在中国内部,因而就掀起了主战派和主和派之争。他们的论点依然是一样,"战则存,和则亡"——主战派的结论;"和则存,战则亡"——主和派的结论。但是,主战派,乃是包括一切爱国党派,一切爱国同胞,全民族的大多数;主和派,即投降派,按其人数说来,则仅仅是抗日阵线中的一部分的动摇分子。……我们共产党人公开宣称:我们是始终站在主战派方面的,我们坚决地反对那些主和派。①

吴佩孚是铁杆的主和派,并一直从事对日媾和活动,这是不争的事实。因此,晚年的吴佩孚不值得肯定,更不应该歌功颂德。

吴佩孚对日和谈有损于国家、民族利益

1938年8月,"土肥原机关"派出大迫通贞少将来到北平,正式对吴佩孚开展"劝降"工作。由于长期闲居受压,吴佩孚渴望被人器重、影响政局及有朝一日重登政坛,因此,他对于日本人的谈判没有丝毫反感,反而认真地与敌伪头目进行接洽、磋商、讨价还价。吴佩孚提出的条件:一是他可以"出山";二是必须由他组织一支军队和一个政府。他说:"事变若由余来调停,大概可望得解决,如果举国舆论寄希望于

---

① 《毛泽东选集》(第二卷),人民出版社1991年版,第571—572页。

余,余则可任此劳。但是,在调停之前,余须先行培植势力,足以迫使重庆政府接受调停。为此,余思招抚华北之土匪。如余发布命令,各支土匪部队将会立即汇合,如此,就易于培养军政势力。作为军、政势力之骨干的军队一旦建立,即可组织政府,扩大行政区域,取消临时政府。若蒋介石不听调停,则可把新政府之行政区域,扩至重庆,以解决事变。"①

吴佩孚这里讲得清清楚楚,他组织军队和政府的目的是要"迫使重庆政府接受调停","以解决事变";他甚至提出要以"新政府"取代重庆政府。在抗日战争初期,重庆政府的军队是日本人进攻的重点,搞垮重庆政府被日本人视为"解决事变"的关键。吴佩孚的上述主张,实际上就是协助日本人搞垮中央政府,破坏中国的抗战,无疑是地地道道的汉奸言论。汪精卫在投敌之前,还不敢这么明目张胆地叫嚣要搞垮重庆政府,在这一点上,与汪精卫相比,吴佩孚是有过之而无不及。

1939年初,日本人继续向吴佩孚施加压力,1月31日在吴的寓所什锦花园举行记者招待会,让吴宣读日本人写好的讲稿,宣布"出山",组织汉奸"中央政府"。

在此之前,吴佩孚受到了来自抗战阵营及各方爱国人士的多次警告,加深了对"落水"的顾虑,再加上日本不顾一切地采取强迫措施,更使之恼火,于是吴佩孚在记者招待会上甩开了日方拟就的讲稿,发表了讲话,向众人明确表示了自己的心意。吴佩孚这个讲话,如今受到史学界普遍的关注,一些人据此认为,吴佩孚顶住了日本人的压力,坚持了民族大义,因此应该肯定。但是仔细分析就会发现,吴佩孚这篇讲话不是爱国主义的,而是一篇汉奸言论的代表作:

---

① 〔日〕晴气庆胤:《上海恐怖工作七十六号》,每日新闻社1980年版,第18—19、22页。

第一，公开宣称准备当汉奸。吴佩孚开门见山地指出："余受'和平救国会'之推荐，组织绥靖委员会着手准备建立政府机关以实现和平。"吴佩孚这里清清楚楚地表示，他准备建立汉奸政权，并出任汉奸政权的首脑。第二，"在日华之间实行武装调停"。吴佩孚接着说："第一阶段当先编成作为其骨干之军队，为此，余打算首先使华北游击队归顺。若在华北巩固了地盘，则可在日华之间实行武力调停，解决事变。因为武力调停，余在国内战争中已有数次经验，所以对此是有自信的。"① 在这里，吴佩孚不打自招，承认他不是站在国家的立场、民族的立场，而是想做"日华之间"的"调停人"。在民族危急深重的情况下，吴佩孚这种中立的立场，难道应该肯定吗？说实在的，吴佩孚貌似中立，实际上是为日本人张目，为侵略者帮忙。他所谓的"武力调停"，决不是针对日本侵略者，而是向重庆政府施加压力，迫使蒋介石接受日本的条件，停止抵抗，妥协投降。这不是汉奸主张又是什么？第三，提出了"出山"的条件。吴佩孚提出了三个前提条件：一要有实地以便训练人员；二要有实权以便指挥裕如；三要有实力以便推行政策。在这三项内容中他特别强调要有"实权"，视之为一切之基础。吴佩孚说："实权这个问题是最要紧的，也可以说是先决条件，日本，一日不肯让出主权则余一日不能出山，把握住主权之日，即余出山之日。"②

有人据此认为，吴佩孚向日本人要实权就是坚持了民族大义。但是，如果把这篇讲话上下文联系起来看，则很难得出那样的结论。

---

① 〔日〕晴气庆胤：《上海恐怖工作七十六号》，每日新闻社1980年版，第18—19、22页。

② 苏开来：《吴佩孚之死》，北平新报社1946年版，第30页。

评价历史人物，不应脱离当时历史的背景与条件，更不能苛求"古人"。对于吴佩孚也应如此。在当时的情况下，吴佩孚顶住了压力，最终没有当汉奸，这还是应该肯定的。但是，在中华民族面临生死存亡的时刻，吴佩孚始终坚持主和的立场，并公开进行有损于国家、民族利益的媾和活动，与汪精卫的汉奸行为没有什么两样。有网友这样评论：吴佩孚是死得其时，如其不死，他当然也有可能不会去做"汉奸"，但那也仅仅是因为条件谈不妥而已；他要是没有与日本搞和平的意愿，怎么会与日本接触，与汪精卫往来呢？

参考文献

1. 唐锡彤主编：《吴佩孚文存》，吉林文史出版社2004年版。

2. 《毛泽东选集》（第二卷），人民出版社1991年版。

3. 〔日〕晴气庆胤：《上海恐怖工作七十六号》，每日新闻社1980年版。

4. 苏开来：《吴佩孚之死》，北平新报社1946年版。

原载《文史天地》2011年第8期

当年红军战场　今朝绿色畲乡

——龙冈纪行

很久以来，笔者就有一个心愿，盼望有机会到江西考察原中央苏区，凭吊昔日战场，缅怀老一辈无产阶级革命家的丰功伟绩。2010年12月，笔者有幸到江西永丰参加纪念中央苏区反"围剿"胜利八十周年学术研讨会，会议组织到龙冈参观考察，终于如愿以偿。

绿色龙冈

雪后初晴，艳阳高照，山坡上、田野里的雪已经融化，只有背阴的山坡处还有些许残雪。

我们乘坐大巴出永丰县城，沿着平坦的公路前行。阳光明媚，路况很好，车辆不多，车速很快。在都市里待久了，每天上下班，路路都拥挤，天天都堵车，如今在乡间的公路上行驶，才知道了什么叫行云流水，什么叫赏心悦目，什么叫心旷神怡。透过车窗，我看到丘陵起伏，流水潺潺，风光绮丽，简直像一幅绝妙的山水画。更令人陶醉的是满眼皆绿色。望远山，林海茫茫、林涛滚滚、莽莽苍苍、郁郁葱葱、一绿连天；看近景，林木茂盛、生机盎然、松黛竹碧、风情万种、雪霁葱茏、青翠欲滴。

我突然想到毛泽东的《渔家傲·反第一次大"围剿"》的诗句:"万木霜天红烂漫"。同样的季节,同样的地点,80年前,毛泽东看到的是漫山遍野的红叶,而我们看到的却是无穷无尽的绿色,不禁产生疑问:毛泽东笔下的"红烂漫",是诗人的想象?还是当时景色的真实写照?

"以前,这个时候山上有红叶吗?"我问当地一位白发童颜的长者。

"有。"老人不假思索地说,"历史上永丰就多树。元代著名文史学家揭傒斯称:'庐陵之东,邑为永丰。有山丛丛,有水溶溶。'几十年前,山上杂树丛生,什么树都有,自生自长。到了秋天,枫树、乌桕树的叶子红了,很是好看。"

"那么,如今怎么一点红色都没有了呢?"

"如今山上的树,都是后来种的。而且种的都是常绿速生树种,如松、杉等,因此,一年四季都是绿色。再也看不见'红烂漫'了。"

老人介绍:永丰县地处吉泰盆地东沿,山地面积304万亩,是个"七分山二分田,一分水面、道路和庄园"的丘陵山区县。这里属亚热带季风气候,四季分明,雨量充沛,日照充足,年均气温18℃,年均降雨量1627.3毫米,无霜期279天,气候湿润,适宜各种生物繁衍生长。全县现有森林面积18.07万公顷,活立木蓄积量780万立方米,森林覆盖率67.9%,林木绿化率70.6%,是江西省速生丰产林基地和全国百佳林业县。你们前去的龙冈乡,森林覆盖率更是高达78%。老人还谈道,是林权改革的春风吹得永丰林海绿意浓。

2005年,永丰县开展了以"明晰产权,减轻税费,放活经营,规范流转"为核心的林业产权制度改革。这场变革,给林业发展带来了脱胎换骨的变化,富裕了林农,激活了林业,稳定了林区,实现了活一方经济、富一方林农、促一方和谐、保一方生态的目标。

由于明晰了林业经营主体,"山定权、树定根、人定心",调动了广大林农和社会各界参与林业开发的积极性,释放了被束缚的生产力,激活了一度沉寂的山林。林农由过去的"要我造林"变为现在的"我要造林",甚至出现争山造林、争苗造林的现象。用农民的话就是,"现在种山像种田一样了","山比田还要好"。林农成了山林的真正主人,"管好自家山,看好自家林"成为自觉行动。过去一直困扰集体林区的"管理难"、"护林难"、"防火难"等几大难题被一一破解,森林火灾明显下降,盗伐、滥伐林木现象也大幅减少。很多林农在自己的山场或承包经营的山场设立护林告示牌,开设防火林带,加强巡山护林。不少村组还自发成立了各种各样的护林防火协会,协会成员轮流上岗巡山,不让带火人、吸烟人进入林子。

听了老人的介绍,更觉得满眼绿色沁人心脾。

畲乡龙冈

大巴停在了乡人民政府的门前,看见"永丰县龙冈畲族乡人民政府"与"中共永丰县龙冈畲族乡委员会"的两块牌子,我记住了一个少数民族:畲族。

畲族是我国人口较少的民族之一,散居在我国东南部福建、浙江、江西、广东、安徽省境内,其中90%以上居住在福建、浙江的广大山区。据2000年第五次全国人口普查统计,畲族人口数为709592。畲族极少部分使用畲语,属汉藏语系苗瑶语族。90%的畲族操接近于汉语客家方言的语言,但在语音上与客家话稍有差别，有少数语词跟客家语完全不同，也有部分操闽南语。畲族无本民族文字，通用汉文。

龙冈畲族乡位于永丰县南部，是江西省七个少数民族乡之一。总人口1.3万人，其中少数民族人口4250人。

龙冈畲族乡政府的工作人员把反"围剿"胜利八十周年纪念当成盛大的节日，做了认真的准备。乡政府的楼上悬挂着"纪念中央苏区反'围剿'胜利八十周年"的横幅。主要街道也张灯结彩，有许多标语与横幅，其中有一条横幅写的是毛泽东那两句著名的诗"万木霜天红烂漫，天兵怒气冲霄汉"。

看到这些，我突发联想：80年前，毛泽东一再强调，根据地的条件、人民的条件，对于红军作战是最重要的条件，而把反"围剿"的战场设在龙冈的一个重要原因，就是人民群众基础好。红军总司令朱德对史沫特莱也说过，"龙冈原是农民运动的强大中心"。

兵民是胜利之本。经过政治动员的根据地人民，确实在战争中发挥了极大的威力，国民党军队一进入根据地就陷入人民战争的汪洋大海之中。龙冈的人民群众在地方党的指挥下，实行坚壁清野，采取扰、堵、袭、截、诱、毒、捉、侦、饿、盲的"十字诀"，使敌人吃尽了苦头。一个"围剿"红军的敌军参谋哀叹：

> 我们经过宁都、君埠后，走的地方都不见人烟。吃的东西也无处可买，总是上顿不接下顿，最感困难的还是没有油盐，有时连水都没有喝。这是我们饮食的情况。我们每天都要跋涉山川，东奔西跑，无论白天还是晚上。天晴落雨，总是没有停止。到了一个地方，还要住在山上，日晒夜露，风吹雨打，晚上也不得安寝。一个月以来，都是

这样过日子。使得精神身体，日益萎靡，无论官兵，差不多没有不病的。一天要走八九十里路，肥的拖瘦，瘦的拖死。至于高山路险，跌死的人马以及因病落后被土匪杀死的官兵，总起来比出发时的人数差不多要少三分之一。谁也管不了谁，不知冤枉死了好多人。真是匪没剿灭几多，自己却损失了不少，看到这种情况，真是欲哭无泪。

当张辉瓒所部上钩后，龙冈山区沸腾起来。漫山遍野的赤卫队、少先队、妇女队、纠察队、运输队积极配合红军作战，形成了聚歼敌军的铜壁铁墙。

中央苏区第一次反"围剿"的胜利是人民战争的伟大胜利。毛泽东总结胜利的原因，充分肯定了根据地人民群众的作用，这里面当然包括对龙冈畲族群众的肯定。

80年过去，弹指一挥间。如今，龙冈畲乡广大干部、群众按照"打畲乡牌，闯特色路；念工业经，唱招商戏；扶龙头户，兴支柱业；谱'三色'曲，建小康城"的发展思路，发扬"齐声唤，同心干"的精神，以更加饱满的热情积极投身于经济建设之中。

红色龙冈

从乡政府出来，大巴又前行数公里，来到了万功山下。想当年，中央红军就是在这一带围歼敌军，毛泽东就是在这里听到"前头捉了张辉瓒"的欢呼声。

凭吊昔日战场，思想在历史与现实之间驰骋。

可能是受毛泽东诗句"雾满龙冈千嶂暗"的影响，此前，我总以为龙冈一带一定是高山峻岭，因为"千嶂"就是许多高山的意思。来到昔日战场，我才发现，原来的认识并不正确。龙冈属丘陵地带，多山，但不高，就连著名的万功山充其量也不过是座矮山而已。

在这样的丘陵地带作战，保密工作十分重要。在战前的军事会议上，朱德总司令一再强调：保守军事秘密是此次反"围剿"的核心与关键。他规定七条铁的纪律：1. 今晚秘密通过要静悄悄地进行，不能有任何声响，包括不能讲话，不能咳嗽；2. 不能反光，反光的东西需要用树枝、树叶遮盖好；3. 每人用树枝条做一个防空帽顶；4. 行进中任何人不准掉队；5. 手电筒由各班班长亲自摘下灯泡；6. 炊事班的油桶、煮饭的饭锅，各连事务长要负责检查捆紧；7. 指挥员和政委要以身作则亲自检查。

很好的保密工作，确保了"诱敌深入"战术的实施。

下车步行几分钟，来到毛家坪，看见一个小山上矗立一座纪念碑。纪念碑并不雄伟，但因在高处，需仰视才行。碑正面的文字是：

中央苏区第一次反"围剿"打得很好——朱德。

这是朱德对这次胜利最朴实的评价。

红一方面军在中央苏区六年里，与国民党军进行了一百多次大小战斗。其中打得最理想、最完美，综合素质最高，政治军事影响最大的战斗，当属第一次反"围剿"龙冈之役。有学者称龙冈大捷为中央苏区战斗之冠，并总结了"十个第一"：

1. 毛泽东一整套科学战略战术全面开花结果。2. 整体围歼，不漏一人一马，生俘敌师长张辉瓒。3. 速战 7 小时，鹰战13里，缴获全部枪炮弹药。4. 南昌行营惧怕各个击破，急令各师快速撤退。5. 国民党巢穴一片叫骂声，南京主官谈虎色变。6. 苏、日、港舆论以特大新闻报道，讥讽蒋氏无能。7. 蒋介石乞求国共谈判，以优厚条件赎救张辉瓒。8. 震动共产国际，盛赞毛泽东才智。9. 人民战争热火朝天，毛泽东欣喜填词热情歌颂。10. 连续五次受到中央表扬，肯定作战完美正确。

纪念碑背面的碑文是：

> 1930年12月30日下午，四万红军把张辉瓒师九千余人团团包围，逐步压缩在毛家坪投降缴械，各种战利品堆积如山，人潮如海。总部在此召开俘虏兵大会，宣传革命道理，动员参加红军。对自愿回家的战俘，于次日上午排队过木桥时，每人发一张路条，两首歌，三块钱，给予他们优待。

仔细品味碑文，我感觉最有意思的是给自愿回家的战俘发的三样东西："一张路条，两首歌，三块钱"，路条与钱都可以发，"两首歌"是怎么发的？

永丰的龙冈，一片思接千古、俯仰天地的神秘土地。你因第一次反"围剿"胜利而载入史册；因毛泽东的光辉诗篇《渔家傲·反第一次大"围剿"》而名传遐迩。如今，在这片革命先辈为之牺牲的红色土地上，春潮正涌，绿意更浓。

原载《当代江西》2011年第7期

鲁迅论孙中山与辛亥革命

鲁迅从来没见过孙中山,也很少评论这位中国民主革命的先驱者,然而,对孙中山却充满了敬重之情。在少数几篇论及孙中山的文章中,鲁迅或探讨其失败原因与经验教训,或评价其历史功绩与革命精神,深邃老道,精彩纷呈,耐人品味。

"没有党军,因此不能不迁就有武力的别人"

鲁迅笔下最早出现孙中山的名字,是在1925年4月8日致许广平的私信中。

1925年3月12日,伟大的革命先行者孙中山在北京逝世,终年59岁。孙中山的逝世让本来扑朔迷离的时局再次陷入新的动荡。

此前一天,鲁迅收到一位女学生写来的一封信,信中痛陈北京教育界的黑暗现状,表达了内心的忧虑和苦闷。她请教先生:"有什么法子在苦药中加点糖分?加糖是否即绝对不苦?"言辞十分恳切,希望先生能拯救一个在痛苦中挣扎的灵魂。信末的署名是:谨受教的一个小学生许广平。

这是许广平第一次走进鲁迅的世界。这一年,鲁迅在女子师范大学任教已经快五年了。

很快，鲁迅就给许广平写了回信，并开始了频繁的书信往来。

4月8日，鲁迅给许广平写了第五封信。信较长，内容也很广泛，因正逢孙中山逝世，所以，自然而然地谈到了孙中山。鲁迅写道："总要改革才好。但改进最快的还是火与剑，孙中山奔波一世，而中国还是如此者，最大的原因还在他没有党军，因此不能不迁就有武力的别人。近几年似乎他们也觉悟了，开起军官学校来，惜已太晚。"①

鲁迅写很多文章剖析辛亥革命失败的原因，但最一针见血、最抓住要害、最抓住本质的无疑当属这段论述。

第一，"没有党军，因此不能不迁就有武力的别人。"

同盟会时期，孙中山搞革命先是依靠会党，后依靠新军。新军是清政府仿照西方近代化军队模式组建而成的，虽然在组织编制、官兵素质和武器装备方面优于旧军，但是在阶级实质方面却与旧军无异，其领导权同样是掌握在封建官僚手中。孙中山自己"没有党军"，只有依靠新军，最终"不能不迁就有武力的别人"，将总统职权拱手让给袁世凯。

辛亥革命之后，同盟会三易其名，即国民党、中华革命党和中国国民党，站在其对立面的则是北洋军阀。孙中山在反袁护国运动和护法战争中，并没有从以往的失败中吸取教训，依然走着联络既有军事力量的老路，依靠西南军阀，反对北洋军阀，结果仍然是一事无成。直到"以俄为师"、国共合作之后，孙中山才认识到必须建立自己的军队，遂开办黄埔军校，创造国民革命军。可惜的是，天不假人，壮志未酬，在黄埔军校开学不到五个月，孙中山就逝世于北京。

---

① 鲁迅：《鲁迅全集》第11卷，人民文学出版社1981年版，第39—40页。

第二,"改进最快的还是火与剑"。

总结孙中山的教训,鲁迅写道"改进最快的还是火与剑"。"火与剑"指什么?是指武装斗争,暴力革命。经历了一次又一次的失败,孙中山也"觉悟了,开起军官学校来,惜已太晚"。然而,当时的中国共产党人还没有这样的认识。由于没有武装作后盾,在大革命的紧要关头,与孙中山一样,也"不能不迁就有武力的别人"。

大革命失败的惨痛教训,使中国共产党人深刻地认识到以武装的革命反对武装的反革命的极端重要性。毛泽东指出:"在中国,离开了武装斗争,就没有无产阶级和共产党的地位,就不能完成任何革命任务。在这一点上,我们党从1921年成立直至1926年参加北伐战争的五六年内,是认识不足的。那时不懂得武装斗争在中国的极端的重要性,不去认真地准备战争和组织军队,不去注重军事的战略和战术的研究。在北伐过程中,忽视了军队的争取,片面地着重于民众运动,其结果,国民党一旦反动,一切民众运动都塌台了。"①

毛泽东还有句格言:枪杆子里面出政权。这句话与鲁迅所言的"改进最快的还是火与剑",基本上是一个意思,都是强调军队与武装斗争的极端重要性。

"谁有不记得创造民国的战士,而且是第一人的"

1926年3月12日,国民党北京党部的机关报《国民新报》专门出了一期"孙中山先生逝世周年纪念特刊",鲁迅应

---

① 《毛泽东选集》第2卷,人民出版社1991年版,第544页。

邀撰写《中山先生逝世后一周年》①,这是他第一次公开发表评论孙中山的文章。

在这篇文章中,鲁迅高度评价了孙中山领导辛亥革命、创建中华民国的丰功伟绩。他写道:"只要这先前未曾有的中华民国存在,就是他的丰碑,就是他的纪念。"把一个国家视为一个人的纪念碑,评价之高,无与伦比。

如今,人们写文章纪念逝者,经常说,"某某永远活在人民的心中"。鲁迅也想说这层意思,但其表述方式却与众不同,因而给人耳目一新的感觉。他写道:"凡是自承为民国的国民,谁有不记得创造民国的战士,而且是第一人的?"

孙中山逝世后,有些反动文人攻击污蔑,"几个论客说些风凉话":1925年4月2日《晨报》所载署名"赤心"的文章《中山……》,其中写道:"孙文死后,什么'中山省'、'中山县'、'中山公园'等等名称,闹得头昏脑痛,……索性把'中华民国'改为'中山民国',……'亚细亚洲'改称'中山洲',……'国民党'改称'中山党',最干脆,最切当。"1925年3月13日《晨报》所载梁启超的答记者问《孙文之价值》,诬蔑"孙中山先生一生'为目的而不择手段','无从判断他的真价值'"。

对于这些亵渎孙中山的文人政客,鲁迅非常愤慨,义正词严地写道:"中山先生的一生历史具在,站出世间来就是革命,失败了还是革命;中华民国成立之后,也没有满足过,没有安逸过,仍然继续着进向近于完全的革命的工作。直到临终之际,他说道:革命尚未成功,同志仍须努力!"

鲁迅热情讴歌孙中山革命的坚定性:"他是一个全体,永

---

① 陈世家、止庵编:《鲁迅著译编年全集》第7卷,人民出版社2009年版,第70—71页。

远的革命者。无论所做的那一件,全都是革命。无论后人如何吹求他,冷落他,他终于全都是革命。"

鲁迅主张,"喜笑怒骂,皆成文章",他的文章辛辣、犀利,似投枪,似匕首,笔锋纵横,所向披靡。对于攻击孙中山的奴才们,鲁迅在《战士与苍蝇》一文中愤怒地写道:

> 战士战死了的时候,苍蝇们所首先发现的是他的缺点和伤痕,嘬着,营营地叫着,以为得意,以为比死了的战士更英雄。但是战士已经战死了,不再来挥去他们。于是乎苍蝇们即更其营营地叫,自以为倒是不朽的声音,因为它们的完全,远在战士之上。
>
> 的确的,谁也没有发现过苍蝇们的缺点和创伤。然而,有缺点的战士终竟是战士,完美的苍蝇也终竟不过是苍蝇。[1]

关于该文,鲁迅在《这是这么一个意思》文末有过一个声明,说:"其实我做那篇短文的本意,并不是说现在的文坛。所谓战士者,是指中山先生和民国元年前后殉国而反受奴才们讥笑糟蹋的先烈;苍蝇则当然是指奴才们。"[2]

"只希望中山大学中人虽然坐着工作而永远记得前线"

鲁迅于 1927 年 1 月 15 日离开厦门大学,18 日到达广州,在中山大学任文学系主任兼教务主任。3 月 1 日中午,中山大学举行春季学期开学典礼,鲁迅在会上作了演讲。演讲词最初发表在 1927 年 3 月广州出版的《国立中山大学开学纪念册》

---

[1] 鲁迅:《鲁迅全集》第 3 卷,人民文学出版社 1981 年版,第 38 页。
[2] 鲁迅:《鲁迅全集》第 7 卷,人民文学出版社 1981 年版,第 264 页。

"论述"栏，题为"本校教务主任周树人（鲁迅）演说辞"，后经鲁迅校改审定，登载在1927年4月1日出版的《广东青年》第3期上。

对于这次演讲，鲁迅1927年3月1日的日记有这样的记载："午中山大学行开学典礼，演说一分钟"。

这是一篇言简意赅的演讲，连题目不过是561个字。全文如下：

中山大学开学致语

中山先生一生致力于国民革命的结果，留下来的极大的纪念，是：中华民国。

但是，"革命尚未成功"。

为革命策源地的广州，现今却已在革命的后方了。设立在这里，如校史所说，将"以贯彻孙总理革命的精神"的中山大学，从此要开始他的第一步。

那使命是很重大的，然而在后方。

中山先生却常在革命的前线。

但中山先生还有许多书。我想：中山大学与革命的关系，大概就等于许多书。但不是死书：他须有奋发革命的精神，增加革命的才绪，坚固革命的魄力的力量。

现在，四近没有炮火，没有鞭笞，没有压制，于是也就没有反抗，没有革命。所有的多是曾经革命，将要革命，或向往革命的青年，将在平静的空气中，度着探求学术的生活。

但这平静的空气，必须为革命的精神所弥漫；这精神则如日光，永永放射，无远弗到。

否则，革命的后方便成为懒人享福的地方。

中山大学也还是无意义。

不过使国内多添了许多好看的头衔。

结末的祝词是：我先只希望中山大学中人虽然坐着工作而永远记得

前线。①

　　这篇短小的演讲词，波澜起伏，新意迭起，非常吸引人。其时，正值北伐战争节节胜利之际，北伐军打到了长江流域，广州成了后方。鲁迅在演讲中开门见山地指出："中山先生一生致力于国民革命的结果，留下来的极大的纪念"，只是"中华民国"这样的一个国家名称而已，实际上"革命尚未成功"。既然是"革命尚未成功"，因此，鲁迅告诫在后方读书的中山大学的学子们，一定要牢记"使命是很重大"；一定要发扬革命精神，"必须为革命的精神所弥漫；这精神则如日光，永永放射，无远弗到"；一定要"永远记得前线"，完成孙中山未竟的事业。

　　这篇讲演，言辞诚恳，情深意长，寄托着鲁迅关心青年、爱护青年的拳拳之心和热切之情，同时也充分表达了对孙中山的缅怀与敬重之意。

参考文献

1. 鲁迅：《鲁迅全集》第 11 卷，人民文学出版社 1981 年版。
2. 《毛泽东选集》第 2 卷，人民出版社 1991 年版。
3. 陈世家、止庵编：《鲁迅著译编年全集》第 7 卷，人民出版社 2009 年版。
4. 鲁迅：《鲁迅全集》第 3 卷，人民文学出版社 1981 年版。
5. 鲁迅：《鲁迅全集》第 7 卷，人民文学出版社 1981 年版。
6. 鲁迅：《鲁迅全集》第 8 卷，人民文学出版社 1981 年版。

原载《北京日报》2011 年 4 月 18 日

---

① 鲁迅：《鲁迅全集》第 8 卷，人民文学出版社 1981 年版，第 159—160 页。

胡耀邦故里纪行

很久以来，笔者就有一个心愿，盼望有机会到浏阳参观胡耀邦的故居，以瞻仰缅怀这位已故的中共中央总书记。去年10月，笔者有幸到长沙参加中国现代史学术研讨会，会议组织到浏阳参观考察，终于如愿以偿。

一

那天是个阴天，细雨绵绵，时下时停。

我们乘坐大巴出长沙，过浏阳，来到了秋收起义会师所在地的文家市。然后，沿着平坦而狭窄的乡间公路继续前行。由于路况很好，车辆不多，很快就到了胡耀邦的故乡——中和乡苍坊村。那里丘陵起伏，流水潺潺，空气清新，风光绮丽，虽说是深秋季节，但房前屋后树木依然郁郁葱葱，生机盎然。

胡耀邦故居就坐落在苍坊村西岭的山坡上。这是一座湖南乡间常见的老屋，坐北朝南，土木结构，青瓦黄墙。正对着石级的门楼上是一块黑色的牌匾，上书"胡耀邦故居"五个大字，门边是一幅已经有些褪色的红色对联："支分西岭，业绍南塘"。

1915年11月20日，胡耀邦就出生在这普通的农舍里，并在这里度过了童年和少年时代。从15岁时,他参加革命,一别32年,直到1963年才回过一次家乡。

胡耀邦的胞兄胡耀福老人的孙女胡美霞在故居担任解说员。

据胡美霞介绍,这座农家建筑始建于清朝咸丰年间,已经历了140余年的风风雨雨。这个独家小院,目前所存房屋共19间,总面积约450平方米。经两代相传,自1991年浏阳市文物管理所将此辟为胡耀邦故居以前,所属胡耀邦父亲胡祖仑家的房子为七间半。

据胡美霞介绍,胡耀邦在世的时候,这座祖居已经破旧不堪,濒于倒塌。20世纪80年代的一年,胡耀福到北京去,告诉弟弟,祖居就要倒了,怎么办?胡耀邦说,年代久了,倒就让它倒吧,外边倒掉了,人就搬到里面去住。总之,胡耀邦坚决反对修复故居。

胡耀邦去世后,为缅怀他的丰功伟绩,1995年胡耀邦诞辰八十周年之际,省市拨专款对故居进行修复,2月开工,7月基本竣工。修复了胡耀邦童年时代的卧室、父母和兄长的居室,以及正厅、横厅、客厅、厨房等。翌年初,便确定为"省级文物保护单位",正式对外开放,成为不可多得的爱国主义教育基地。每天前来参观、瞻仰的中外朋友络绎不绝。

我们怀着仰慕的心情,步入胡耀邦曾经生活的地方,仔细看着老屋的格局及里面的展品,认真听着讲解。

胡耀福老人居室的墙上有一张"全家福"。胡美霞指着照片给我们讲了两个感人至深、令人难忘的小事:

其一,胡耀福的二儿子经县里的一个领导帮忙,在县委招待所安排了工作。按常理,侄子安排了工作,是件好事。尽管不太符合原则、程序,只要自己装作不知道也就过去了。但胡耀邦没有睁一只眼闭一只眼,他绝不允许家人利用自己的影响谋半点私利,不但马上责令那个县里的领导将侄子退回农村,而且还将到北京的哥哥狠狠地批了一顿。

其二,浏阳县委托胡耀福到北京找胡耀邦给家乡批点化肥。其实,为家乡办点实事、解决点实际困难,是许多领导干部津津乐道的事儿。家乡需要化肥,县里领导派哥哥来说情,当时只要自己不反对、不表态,手下人也就给办了。但是,胡耀邦态度非常鲜明,在原则问题上不退让,甚至不惜与哥哥闹翻脸。他嚷道:"谁找我走后门、批条子,就是把我看扁了!"胡耀福听后,也急了,站起来情绪激动地说:"是老区人民要我来的,又不是为我自己!要是我的事,绝不来找你。"胡耀邦仍坚持说:"那也不行!"胡耀福一气之下走了。后来,胡耀邦经常对希望他在家乡建设上给予帮助的乡亲们说:"革命老区搞建设,应该支持。但是应该按程序报告上级有关部门,不能找我。我不是家乡的总书记,不能为家乡谋特殊利益。在我这,要马列主义有,要特殊化没得。"

两件事情都不大,折射出的却是胡耀邦那博大宽广、坦荡无私的胸怀和党员领导干部的高风亮节。作为党的总书记,他心里装的是全党、全国人民的大事,是十多亿人民的福祉。胡耀邦说过:"共产党人是给人民办事的,不是给一家一族办事的。"他严于律己,廉洁奉公,注意维护总书记的形象和党的声誉,从来没有用自己的权力、地位为家族和亲属谋取过任何的利益!

胡美霞介绍:1981年,中共十一届六中全会上,胡耀邦当选为中共中央主席,当晚他就委托秘书电告家乡的党政领导,不能敲锣打鼓搞庆祝活动,不准哥哥外出作报告。1982年,中共"十二大",他当选为总书记后,又定了一条规矩,不准亲友上京找他办事，不准亲友打他的招牌办事。直到胡耀邦逝世，他在浏阳的亲属没有一个人转为城市户口、安排工作，全是普通农民。

胡美霞还讲了一件小事：胡耀福老人病逝之后，浏阳有人送来一副挽联：

国中有典型，两袖清风做赤子；
天下无先例，一代"皇兄"是农人。

参观完毕，我们再次来到故居的客厅，映入眼帘的是隔板上的一副对联：

屋矮能容月，楼高不染尘。

胡美霞指着对联说："一位老先生看了这副对联提出，如果改动两个字，把'屋'改为'身'，把'楼'改为'品'，更能反映胡耀邦的良操美德。改完后的对联为：身矮能容月，品高不染尘。'身矮'是指胡耀邦身材不高；'品高'是指胡耀邦公仆品质、高风亮节与人格魅力。"

大家听了，情不自禁地鼓起掌来。

二

从故居出来，穿过小型的纪念广场，我们就来到了故居陈列馆。

1998年，为纪念胡耀邦诞辰九十周年，湖南省曾拨款20万元，在胡耀邦故居旁修建与故居连成一体的陈列室。对外开放后，观众提出许多意见：陈列室太小，内容太少，布展措施也太落后；陈列馆的规模与胡耀邦在人民心中的地位极不相称，很难发挥应有的教育功能。

根据群众的意见，2004年9月，陈列室进行改建扩建。扩建后的陈列馆占地面积13000多平方米，建筑面积3800平方米，展厅面积2100多平方米，采用声、光、电等现代布展手法再现了胡耀邦光辉的一生。

我们参观的就是改建扩建后的陈列室。

陈列馆大门上方的牌匾上"耀邦故居陈列馆"七个金字非常醒目。按照常规，匾牌应该写"胡耀邦故居陈列馆"，然而，这个匾牌却省去了姓氏，只写"耀邦故居陈列馆"，令人倍感亲切。

陈列室里展出有胡耀邦在中国革命建设各个历史时期的相片以及物品。

在诸多展品中，一封普普通通的书信，尽管内容很简单，纸张已经发黄，字迹也变得有些模糊，但还是磁石般地吸引着观众，众多人驻足认真阅读。

这是胡耀邦亲笔写给金星大队（即苍坊村）党支部书记龚光繁的信，落款时间为1961年11月12日。信这样写道：

> 光繁同志并党支部同志：
> 　　现在耀简（胡的堂弟）先回来，耀福（胡的胞兄）过四五天后也就回来。不久前，我曾经给公社党委详细写了一封信，请求公社和你们一定要坚决劝止我哥哥、姐姐和一切亲属来我这里。因为：第一，要妨碍生产和工作；第二，要浪费路费；第三，我也负担不起。但是，你们却没有帮我这么办。这件事我不高兴。我再次请求你们，今

后一定不允许他们来。

这次他们来的路费，听说又是大队出的。这更不对。中央三番五令要各地坚决纠正"共产风"，坚决严格财政管理制度，坚决赔退一平二调来的社员的财物，你们怎么可以用公共积累给某些干部和社员出外作路费呢？这是违反中央的政策的啊！如果社员要追查这些事，你们是负不起这种责任的呵！请你们党支部认真议议这件事。一切违反财政开支的事，万万做不得。做了，就是犯了政治错误。

送来的冬笋和芋头，这又是社员用劳动生产出来的东西。特别是现在的困难时期，大家要拿来顶粮食，你们送给我也做得不对。但是已经送来了，退回来，又不方便。只好按你们那里的价值，退回24元，交耀简带回，请偿还生产这些东西的社员。在这里，我一万次请求你们，今后再不许送什么东西来了。

胡耀邦在信中还写道：

要写实在的情况，不许虚夸，有什么意见和不懂的东西，也可写，可以问，绝对不要隐瞒。来信说，我对家乡有无微不至的关怀，这不合乎事实。一切不合乎事实的东西，都叫虚夸。不要那么写。但我的确关心你们的工作和生产，所以请你们在可能的情况下，今年分三次把真实情况告诉一下我。

当时，胡耀邦身居要职，却如此看重这些不起眼的小事。这种一尘不染、两袖清风、廉洁自律、洁身自好的崇高品质，实在令人钦佩、令人感动。

在展品中,有一张照片给人深刻印象。照片上是在平反冤假错案中,中央下达的一个又一个平反的文件,而每个文件背后都蕴含着胡耀邦的胆识、魄力与心血。

1977年12月15日,胡耀邦就任中组部部长。上任伊始,胡耀邦就直接导演"平反冤假错案,解放干部"这场拨乱反正的大戏。他坚持实事求是的思想路线,坚持按照邓小平多次讲的"有错必纠"的原则积极推进平反工作,旗帜鲜明地提出"两个不管",即对于"凡是不实之词,凡是不正确的结论和处理,不管是什么时候、什么情况下搞的;不管哪一级、什么人定的、批的,都要实事求是地改正过来"。

30年后的今天,重温这番话,仍让人感到振聋发聩、掷地有声!

为彻底平反冤假错案,胡耀邦争分夺秒,夜以继日地工作着、忙碌着。来访者不管是共产党员,还是民主人士;不管是名人高干,还是普通干部,他都亲自倾听对方的诉说。对于群众来信,他都要亲自看,深入调查,深入研究。据不完全统计,在全国2200多个县中,有1700多个县留下了他的足迹。

胡耀邦的作为,直接惠及了各种各样人的政治生命。许多党和国家领导人得到了平反,难以计数的"叛徒"、"反党分子"、"历史反革命"摘下了不堪重负的"帽子";成千上万的无辜者,从绝望的阴影中走出来,重新获得了政治生命。难怪这些同志由衷地称赞耀邦总书记功不可没,光照千秋,把他看成"救命星"。

在展品中还有一些胡耀邦的生活用品,比如眼镜盒、笔筒、衬衣、中山装、风衣、皮鞋、书信、衣箱等,其中一件后背满是小洞的白色汗衫,据说胡耀邦一直穿到1989年。看了这些，参观者不免感慨：胡耀邦的生活真是太简朴了！

参观故居与陈列室的时间并不很长，但笔者却一次又一次为之感动，为之动容。胡耀邦确实是立党为公，执政为民的楷模，真正做到了权为民所用，情为民所系，利为民所谋。

一位学者这样议论胡耀邦：作为有所作为的历史人物，在史书上留下浓重的一笔并不难，最难的是能在普通人心中也长久地占据着一个位置。而胡耀邦却将"不难"和"最难"兼得了，想必将"永远活在普通人心中"了。

这位学者说出了笔者想说的话：胡耀邦真正活在中国老百姓的心中。

参考文献

满妹：《思念依然无限——回忆父亲胡耀邦》，北京出版社2005年版。

原载《福建党史月刊》2010年第13期

毛泽东纵论抗美援朝

六十年前发生在鸭绿江彼岸的那场战争,曾经令世界为之深深震动,也对新中国发生了极为深远的影响。对这场战争,作为中方最高统帅的毛泽东有着许多重要的指示、精辟的论述,这些指示与论述,对于教育全国人民、统一全党思想,对于赢得战争的胜利,都有着重要的指导作用和深远的政治影响。

"这是完全必要的和完全正义的"

1950年6月,朝鲜战争爆发,美国出兵干涉。刚满周岁的新中国,敢不敢、能不能迎战世界上最强大的帝国主义国家,这是一场极其严峻的考验。

毛泽东主张出兵支援朝鲜。他是从全球战略的高度,从中朝两国唇齿相依的关系,从我国人民的根本的长远的利益考虑这个问题。1950年8月4日,在中央政治局会议上,毛泽东明确表示:"台湾一定要收回,朝鲜必须帮助。"他还说:"如果美帝得胜,他就会得意,他就会威胁我。我们对朝鲜的帮助,要以志愿军的形式,时机当然还要选择。仗打起来以后,有短打,也有长打,还有大打,打原子弹。打原子弹,我们没有,只好让他打,我们还是打手榴弹。但我们不能不有所准备。"

8月9日,在中央人民政府委员会第九次会议上,毛泽东进一步阐明他的意见。他说:"对于朝鲜人民,我们需要给以帮助鼓励。朝鲜人民对于中国革命是有很大帮助的。中国革命的几个阶段,都有他们的帮助。现在美军已经增援了他的部队,战争的持久性也就随之增加了。朝鲜战争持久了,不如速决的好。但持久了更可教育朝鲜的人民和世界的人民。他在朝鲜已经干起来了,也可能在别的地方干起来,他什么都可能干起来……我们不准备就不好。我们要准备战争打起来的时候,不是小打,而是大打;不是短打,而是长打;不是普通的打,而是打原子弹。我们中国人民是打惯了仗的,准备你打原子弹。我们是不要你打的。你一定要打,就让你打。你打你的,我打我的,你打原子弹,我打手榴弹,抓住弱点,跟着你,最后打败你。"

1950年10月27日,毛泽东在中南海接见了老朋友王季范和周世钊,针对后者的疑虑,毛泽东说:"不错,我们急需和平建设,如果要我写出和平建设的理由,可以写出百条千条,但这百条千条的理由不能敌住六个大字,就是'不能置之不理'。现在美帝的矛头直指我国的东北,假如它真的把朝鲜搞垮了,纵使不过鸭绿江,我们的东北也时常在它的威胁中过日子,要进行和平建设也会有困难。所以,我们对朝鲜问题置之不理,美帝必然得寸进尺,走日本侵略中国的老路,甚至比日本搞得还凶,它要把三把尖刀插在中国的身上。从朝鲜一把刀插在我国的头上,从台湾一把刀插在我国的腰上,从越南一把刀插在我们的脚上。天下有变,它就从三个方面向我们进攻,那我们就被动了。我们抗美援朝就是不许它的如意算盘得逞,打得一拳开,免得百拳来。"

1951年10月23日,志愿军入朝参战一年后,毛泽东又一次谈到抗美援朝战争的必要性和正义性,他说:"我们不要去侵犯任何国家,我们只是反对帝国主义者对于我国的侵略。大家都明白,如果不是美国军队占领我国的台湾,侵略朝鲜民主主义人民共和国和打到了我国的东北边疆,中国人民是不会和美国军队作战的。但是,既然美国侵略者已经向我们进攻了,我们就不能不举起反侵略的旗帜,这是完全必要的和完全正义的,全国人民都已明白这种必要性和正义性。"

毛泽东的这些论述充分说明战争是美帝国主义强加在中国人民头上的,进行抗美援朝是必要的和正义的。

"美帝的军队有一长三短"

既然要进行抗美援朝战争,有无取胜把握,在当时是颇受人们关注的问题。众所周知,美国是当时世界上最强大的国家,除了装备大量的飞机、大炮、坦克、军舰之外,它的武器库中还有一张令人生畏的王牌——原子弹。面对美国的核讹诈,不少人对战争的前景忧心忡忡。针对这种情况,为增强打败美帝国主义侵略的信心,毛泽东科学地分析美国的长处与短处。

8月9日,在中央人民政府委员会第九次会议上,毛泽东指出:"美帝是有许多困难的,内部争吵,外部也不一致。美帝在军事上只有一个长处,就是铁多。另外,却有三个弱点,合起来就是一长三短。三个弱点是:第一战线太长,从柏林到朝鲜;第二运输线太远,要隔两个大洋(大西洋、太平洋);第三战斗力太弱,不如德、日军队。美帝是不可怕的,但是美帝也可能乱来,对于这一点,我们也要充分估计到。"

在同王季范和周世钊的谈话中，毛泽东也说："你们都知道，我是不打无把握之仗的。这次派志愿军出国，虽然是有人不同意的，他们认为没有必胜的把握。但我和中央一些同志经过周详的考虑研究，制定了持久战的战略，胜利是有把握的。我们估计，美帝的军队有一长三短。它的钢铁多、飞机大炮多，是它唯一的优势。但它在世界上的军事基地多，到处树敌，到处设防，兵源不足，是一短；远隔重洋，是它的第二短；为侵略而战，师出无名，士气十分低落是它的致命伤；虽有一长，不能敌这三短。我们要进行持久战，一步一步消灭它的有生力量，使它每天都有伤亡，它一天不撤退，我们就打它一天，一年不撤退，就打它一年，十年不撤退，就打它十年。这样一来，它就伤亡多，受不了，到那时，它就只好心甘情愿地进行和平解决。只要它愿意和平解决，我们就可以结束战争，我们原来是要和平的。"

要使别人坚定，首先自己要坚定。毛泽东以伟大战略家的眼光和魄力，进行科学的分析，说服一些对出兵朝鲜心存疑虑的中央领导同志，使全党上下达成共识，团结一致，坚定信心，从而解决了出兵朝鲜的战略决策问题。

"这么一翻，那么一翻，最后还是决定了"

经历了长期战争生涯的毛泽东深深懂得"出兵"二字的分量，也深知"战争"意味着什么。因此，反复权衡，慎之又慎。毛泽东认真听取各种不同意见，让大家摆足出兵的不利条件，对入朝可能出现的最坏情况作了充分估计和分析。他认为，我们确有困难，出兵确要冒很大风险，一些同志不主张出兵，是可以理解的。但我们是个大国，不打过去，见死不救，总不行。他手上拿着金日成的电报很动情地说:"你们说的都有理,但是别人危急,我们站在旁边看,怎样说,心里也难过。"

出兵朝鲜,是毛泽东一生最为艰难的一次决策。20年以后,1970年10月10日,毛泽东、周恩来会见金日成时,共同回忆了这段曲折的决策过程。

毛泽东说:"那个时候,我们虽然摆了五个军在鸭绿江边,可是我们政治局总是定不了,这么一翻,那么一翻,这么一翻,那么一翻,嗯!最后还是决定了。你不帮助,怎么办啊?不仅你们没有发言权,我们也没有发言权了啊!过去我曾经同跟着你们军队到过南朝鲜的中国新闻记者谈过话。我问他:究竟美国的炮火和空军杀伤力哪个大?据他说,主要杀伤力还不是空军,还是陆军。我说这样就好办了,因为我们没有空军哪,有的只是陆军啊。再有呢,那无非是进去了又被美国人赶了出来。那我总进去跟你打过一回了吧。被你们赶出来回到鸭绿江以西,那以后你美国人占领了鸭绿江以东,他总是不放心的,我们总还可以进去嘛,以后我们两家合起来组织游击队再可以钻进去占领鸭绿江以东嘛。你如果按兵不动,以后就没有理由了嘛!"

毛泽东还说:"事情总是这么弯弯曲曲的。在那个时候,因为中国动动摇摇,斯大林也就泄了气了,说:算了吧!后头不是总理去了吗?是带了不出兵的意见去的吧?"

周恩来说:"两种意见,要他选择。我们出兵就要他的空军支持我们。"

毛泽东说:"我们只要他们空军帮忙,但他们不干。"

周恩来说:"开始的时候,莫洛托夫赞成了,以后斯大林又给他打电话说,不能用空军支援,空军只能到鸭绿江边。"

毛泽东说:"最后才决定了,国内去了电报,不管苏联出不出空军,我们去。"

这个谈话记录,说明毛泽东和当时的中央政治局关于出兵朝鲜的决策是何等艰难!对此,彭德怀曾作过这样的评价:"这个决心不容易定下,这不仅要有非凡的胆略和魄力,最主要的是具有对复杂事物的卓越洞察力和判断力。历史进程证明了毛主席的英明正确。"

"这就是胜利的政治基础"

"政治工作是红军的生命线",思想政治教育是激发军队士气、保障战争胜利的基础。民主革命时期毛泽东领导人民军队之所以能够不断以弱胜强,战胜国内外强敌,其重要原因之一就在于他十分重视人民军队思想政治工作"生命线"作用的发挥。在抗美援朝战争中,中国面临的对手是世界上最为强大的美国,毛泽东更加注重开展思想政治教育工作。

1950年10月8日,毛泽东在给中国人民志愿军的命令中指出:"我中国人民志愿军进入朝鲜境内,必须对朝鲜人民、朝鲜人民军、朝鲜民主政府、朝鲜劳动党、其他民主党派及朝鲜人民的领袖金日成同志表示友爱和尊重,严格地遵守军事纪律和政治纪律,这是保证完成军事任务的一个极重要的政治基础。"

1951年1月19日,他又指示:"中朝两国同志要亲如兄弟般的团结在一起,休戚与共,生死相依,为战胜共同的敌人奋斗到底。中国同志必须将朝鲜的事情看做自己的事情一样,教育指挥员战斗员爱护朝鲜的一山一水一草一木,不拿朝鲜人民的一针一线,如同我们在国内的看法和做法一样,这就是胜利的政治基础。只要我们能够这样做，最后胜利就一定会得到。"

毛泽东的指示迅速传达到各入朝参战部队，并得到认真的执行，从而加强了中朝两国人民用鲜血凝成的战斗友谊，为打败美帝国主义奠定了政治基础。

一位志愿军战士这样回忆："听到毛主席的这些指导我们赴朝作战的重要指示，当时我是多么兴奋、多么激动啊！我利用行军的间隙时间，把毛主席的指示一字一句地写在小本子上，稍有时间，我总要看上几遍，尽管早已背熟了，可我还是一遍又一遍地看。我和同志们一样，决心牢记毛主席的谆谆教诲，无论走到哪，打到哪，都坚决按照毛主席指示办事，因为这就是我们赴朝作战的伟大方针和'胜利的政治基础'啊！"

"把国际主义跟爱国主义结合起来"

在朝鲜战争初期，中国共产党及时地提出"抗美援朝，保家卫国"的口号。1950年11月4日，中国共产党和各民主党派发表《联合宣言》，指出："帝国主义者的侵略野心是无止境的"，"他们的阴谋绝对不止于摧毁朝鲜民主主义人民共和国，他们要吞并朝鲜，他们要侵略中国，他们要统治亚洲，他们要征服世界"；"朝鲜的存亡与中国的安危是密切关联的。唇亡则齿寒，户破则堂危，中国人民支援朝鲜人民的抗美战争不止是道义上的责任，而且和我国全体人民的切身利益密切地关联着，是为自卫的必要性所决定的。救邻即自救，保卫祖国必须支援朝鲜人民。"因此，中国"应当参战，必须参战。参战利益极大，不参战损害极大"。

"抗美援朝，保家卫国"的口号，把国际主义与爱国主义结合起来，在当时极大地发挥了政治动员的作用。

1970年10月10日，毛泽东、周恩来会见金日成时，曾谈到这个口号的重要作用。

毛泽东说："那些人有百分之二十的战士、干部是积极的、愿意打的。这是根据他们当时的调查。动员了以后，他们作了一个调查，说有百分之二十的战士、干部是愿意打的，有百分之二十是不愿意打的。"

周恩来插话："那是在开始的时候。"

毛泽东说："除了这百分之四十，还有百分之六十，是打可以，不打也可以，随大流。我说这就可以了嘛，因为有百分之六十可以随大流，可以赞成打，再加上百分之二十愿打的，这不是百分之八十了吗？就可以打了嘛。又把国际主义跟爱国主义结合起来，叫'抗美援朝，保家卫国'。你如果不提'保家卫国'，他也不赞成啊。他说，只为了朝鲜人，不为中国人还行啊？所以我说，是为了保家卫国嘛，就是你要保家，你要卫国，要到那个地方去保、那个地方去卫。"

金日成表示赞成："是的。当时提出这个口号很好，很正确。"

毛泽东说："你不去支持朝鲜人民保卫朝鲜，还能保自己的家，卫自己的国？这样战士就理解了。"

"零敲牛皮糖"：制敌死命的法宝

经过第一、二、三次战役的战略进攻，又经历了第四次战役的积极防御，在中朝军队同以美军为主的"联合国军"的反复较量中，毛泽东对朝鲜战争的规律的认识逐步加深，准备长期作战的思想更加明确。他对抗美援朝战争总的指导方针，被概括为"战争准备长期,尽量争取短期"。

1951年5月26日,毛泽东在给彭德怀的电报中指出:"历次战役证明我军实行战略或战役性的大迁回,一次包围美军几个师,或一个整式师,甚至一个团,都很难达到歼灭任务。这是因为美军在现时还有颇强的战斗意志和自信心。为了打落敌人的这种自信心以达到最后大围歼的目的,似宜每次作战野心不要太大,只要求我军每一个军在一次作战中,歼灭美、英、土军一个整营,至多两个整营,也就够了。"

这是毛泽东对志愿军所进行的持久阵地战经验的总结和概括,他还有个通俗的说法:"零敲牛皮糖"。实践证明:这是"制敌死命"的一个法宝。

在上甘岭一战成名的志愿军十五军军长秦基伟,在总结上甘岭战役胜利的原因时也指出:上甘岭战役的胜利是毛泽东主席英明的战略指导思想的胜利,是志司、兵团贯彻"持久作战,积极防御"方针的胜利。五次战役后,我们落实毛主席的指示"零敲牛皮糖",不断地消耗敌人,积小胜为大胜,争取时间。毛主席的这个指示通过实践证明是很英明的,特别是在1952年以后,朝鲜战场上不断成排、成连、成营的歼灭敌人,不仅从实力上削弱了敌人,更从心理上威慑了敌人,为上甘岭战役取得全胜奠定了基础。

"我们的经验是:依靠人民,再加上一个比较正确的领导"

经过一千多个日日夜夜的浴血奋战,中国人民志愿军同朝鲜人民一起,以劣势装备战胜了优势装备的以美国为首的"联合国军"。1953年7月27日,《朝鲜停战协定》在板门店签字。全世界人民渴望的朝鲜停战终于实现了。

1953年9月12日，在中央人民政府委员会第二十四次会议上，毛泽东对抗美援朝战争作了总结，他首先阐述了胜利的原因。他说：

抗美援朝的胜利是靠什么得来的呢？刚才各位先生说，是由于领导的正确。领导是一个因素，没有正确的领导，事情是做不好的。但主要是因为我们的战争是人民战争，全国人民支援，中朝两国人民并肩战斗。

我们同美帝国主义这样的敌人作战，他们的武器比我们强许多倍，而我们能够打胜，迫使他们不能不和下来。为什么能够和下来呢？

第一，军事方面，美国侵略者处于不利状态，挨打状态。如果不和，它的整个战线就要被打破，汉城就可能落入朝鲜人民之手。这种形势，去年夏季就已经开始看出来了。作战的双方，都把自己的战线称为铜墙铁壁。在我们这方面，确实是铜墙铁壁。我们的战士和干部机智，勇敢，不怕死。而美国侵略军却怕死，他们的军官也比较呆板，不那么灵活。他们的战线不巩固，并不是铜墙铁壁。我们方面发生的问题，最初是能不能打，后来是能不能守，再后是能不能保证给养，最后是能不能打破细菌战。这四个问题，一个接着一个，都解决了。我们的军队是越战越强。今年夏天，我们已经能够在一小时内打破敌人正面二十一公里的阵地，能够集中发射几十万发炮弹，能够打进去十八公里。如果照这样打下去，再打它两次、三次、四次，敌人的整个战线就会被打破。

第二，政治方面，敌人内部有许多不能解决的矛盾，全世界人民要求和下来。

第三，经济方面，敌人在侵朝战争中用钱很多，它的预算收支不平衡。

这几个原因合起来，使敌人不得不和。而第一个原因是主要的原因，没有这一条，同他们讲和是不容易的。美帝国主义者很傲慢，凡是可以不讲理的地方就一定不讲理，要是讲一点理的话，那是被逼得不得已了。

刚才大家讲到领导这个因素，我说领导是一个因素，而最主要的因素是群众想办法。我们的干部和战士想出了各种打仗的办法。我讲一个例子。战争的头一个月，我们的汽车损失很大。怎么办呢？除了领导想办法以外，主要是靠群众想办法。在汽车路两旁用一万多人站岗，飞机来了就打信号枪，司机听到就躲着走，或者找个地方把汽车藏起来。同时，把汽车路加宽，又修了许多新汽车路，汽车开过来开过去，畅行无阻。这样，汽车的损失就由开始时的百分之四十，减少到百分之零点几。后来，地下仓库修起来了，地下礼堂也修起来了，敌人在上面丢炸弹，我们在下面开大会。我们住在北京的一些人，一想到朝鲜战场，就感到相当危险。当然，危险是有的，但只要大家想办法，并不是那么了不起。

毛泽东最后说："我们的经验是：依靠人民，再加上一个比较正确的领导，就可以用我们的劣势装备战胜优势装备的敌人。"

这是毛泽东对抗美援朝胜利原因最精辟的总结，也是对中国革命与建设规律的高度概括。无论是革命时期还是建设时期，只要坚持这两点，我们将无往而不胜！

"抗美援朝战争的胜利是伟大的"

在中央人民政府委员会第二十四次会议上,毛泽东还总结了抗美援朝战争的伟大意义,他说:

> 抗美援朝战争的胜利是伟大的,是有很重要意义的。
> 第一,和朝鲜人民一起,打回到三八线,守住了三八线。这是很重要的。如果不打回三八线,前线仍在鸭绿江和图们江,沈阳、鞍山、抚顺这些地方的人民就不能安心生产。
> 第二,取得了军事经验。我们中国人民志愿军的陆军、空军、海军,步兵、炮兵、工兵、坦克兵、铁道兵、防空兵、通信兵,还有卫生部队、后勤部队等等,取得了对美国侵略军队实际作战的经验。这一次,我们摸了一下美国军队的底。对美国军队,如果不接触它,就会怕它。我们跟它打了三十三个月,把它的底摸熟了。美帝国主义并不可怕,就是那么一回事。我们取得了这一条经验,这是一条了不起的经验。
> 第三,提高了全国人民的政治觉悟。
> 由于以上三条,就产生了第四条:推迟了帝国主义新的侵华战争,推迟了第三次世界大战。

在这个讲话中,毛泽东还非常自信地说:

> 帝国主义侵略者应当懂得:现在中国人民已经组织起来了,是惹不得的。如果惹翻了,是不好办的。我们是不

是去侵略别人呢？任何地方我们都不去侵略。但是，人家侵略来了，我们就一定要打，而且要打到底。

中国人民有这么一条：和平是赞成的，战争也不怕，两样都可以干。我们有人民的支持。在抗美援朝战争中，人民踊跃报名参军。对报名参军的人挑得很严，百里挑一，人们说比挑女婿还严。如果美帝国主义要再打，我们就跟它再打下去。

毛泽东的这番话说出了中国人民反对美帝国主义侵略的坚强决心。

经过抗美援朝战争的洗礼，中国人民更加自信。我们爱好和平，但也不惧怕战争。倘若帝国主义胆敢将战争强加于我，一定让它有来无回！

参考文献

1. 逄先知、金冲及主编：《毛泽东传 1949—1976》，中央文献出版社2003年版。

2. 《毛泽东选集》第五卷，人民出版社1977年版。

3. 纪乃旺、阮方顺：《抗美援朝战争中毛泽东的思想政治教育工作》，载《青岛大学师范学院学报》2008年第3期。

4. 周彦瑜、吴美潮：《毛泽东和周世钊谈抗美援朝战争》，载《百年潮》2009年第9期。

原载《福建党史月刊》2010年第3期
《党史纵横》2010年第7期转载
《党史周刊》2010年第15期转载

宋任穷说,"不要让群众称'官衔'"

在不久前召开的纪念宋任穷同志诞辰一百周年座谈会上,习近平同志发表讲话,特别提到宋任穷不要让群众称"官衔"一事。那么,宋任穷同志在什么情况下提出"不要让群众称'官衔'"的呢?

1964年7月,根据中央精神,东北地区的社会主义教育运动开始全面展开,时任中共中央东北局书记的宋任穷带东北局农委、财委的部分同志到辽宁省金县三十里堡公社蹲点。

为了工作方便,宋任穷化名张坦。当时,社教工作队有纪律,工作队员之间一律不准称"官衔",也不准向社员透漏其他工作队员的职务情况。

这次"蹲点"有八九个月之久。在这么长的时间里,社教工作队始终坚持"三同",即与群众同吃同住同劳动。宋任穷就住在公社的供销社,在公共食堂吃饭,同职工一样排队买饭。他除经常到生产大队参加干部群众会听情况,还经常参加一些大田和果树的劳动。当时参加劳动不是摆样子,而是真干,一干就是半天,汗与社员流的一样多。

由于天天与群众在一起,真正与群众打成一片,关系自然就非常融洽,称呼也在不知不觉间发生变化。开始时,社员客气地称"张坦"为"张同志",后来,一些小后生开始叫"老张"，再后来，几乎所有的社员群众都亲切地称呼"老张"，而且与"老张"讲话也很随便，什么话都讲。有些社员还当面问："你是大干部还是小干部？"还有的社员看到经常有人到宋任穷的住地汇报情况，便猜测说"肯定是个大干部"。

这段时间，生活在群众之中的宋任穷如鱼得水，非常惬意。他十分怀念地说："1965 年春我们栽种的树木，现在已经成材。"

转眼到了 1965 年 6 月 4 日，这天正是农历端阳节，金县"四清"即将结束，工作队也即将撤点。工作队同三十里堡公社党委、镇委两个新的领导班子开了个座谈会，围绕着怎样巩固和发展"四清"运动成果，如何做好领导工作展开了热烈地讨论。就是在这次座谈中，宋任穷向基层干部提出不称"官衔"的要求。

宋任穷还语重心长地说：新的领导要有朝气，有闯劲，不要做"量不了米，也丢不了口袋"的领导。他鼓励新领导班子成员，脑子里要时时刻刻想到群众，并提出几项要求：今后要坚持"三同"；手脚干净才能得到群众的拥护；上边来人不搞吃喝招待；不要让群众称"官衔"。

东北局办公厅的同志把座谈记录整理成文，因为座谈会是在端阳节召开的，因此，将这一文件取名为《端阳话四清》，转发到全区各社教工作团队，起到了很好的作用。

其实，不称"官衔"，是我们党的优良传统。毛泽东同志就一贯主张和倡议："党内一律用同志称呼，不要以职务相称。"[①] 1965 年 12 月 14 日，中共中央专门发出通知，要求党内一律称"同志"。1978 年 12 月，《中国共产党十一届三中全

---

① 见《毛泽东书信选集》，中央文献出版社 2003 年版，第 565 页。

会公报》再次强调:"全会重申了毛泽东同志的一贯主张,党内一律互称同志,不要叫官衔。"正是由于毛泽东同志的大力倡导,"同志"的这个称呼一度在新中国非常流行,人与人见面、打交道都互称"同志"。

可惜不知道为什么,这种好的提法和要求却并没有坚持下去和发扬开来。现在,人们见商人称"老板";见干部称"官衔",各种世俗化、庸俗化、媚俗化的称呼司空见惯,市侩作风、江湖习气、权贵思想甚嚣尘上,种种不正常的社会现象堂而皇之地走进党的生活和政府工作的会议上来,无形中增加了社会的等级观念,破坏了党的民主集中制原则和党群关系,造成了人与人之间心理上的隔阂和距离,影响了社会的和谐和稳定。正是因为如此,在纪念宋任穷百年诞辰的座谈会上,习近平同志特别提到不称"官衔"一事。他说:我们要学习宋任穷同志时刻把人民利益放在高于一切的重要位置。他在总结革命斗争胜利经验时曾经说过,只要真正和群众在一起,真正想着群众,就什么困难都能克服。他要求到基层"蹲点"的干部,要时时刻刻想到群众,坚持与群众同吃、同住、同劳动;不搞吃喝招待;不要让群众称"官衔"。

让我们把"党内一律互称同志,不要叫官衔"的提法和要求恢复起来,这既是对我们党的优良传统和作风的最好传承,也是对宋任穷同志最好的纪念和缅怀。

参考文献

1. 宋任穷:《宋任穷回忆录》,解放军出版社1994年版。
2. 宋任穷:《宋任穷回忆录(续集)》,解放军出版社1996年版。
3. 习近平:《在纪念宋任穷同志诞辰100周年座谈会上的讲话》,见新华网,2009年7月10日。

原载《北京日报》2009年8月24日

《报刊文摘》2009年8月28日转载
《中国剪报》2009年8月28日转载
《老年文摘》2009年10月23日转载
《政府法制》2009年第30期转载
《环球视野》2010年5月10日第291期转载
《党史信息报》2010年4月14日第929期转载

"实事求是"校训溯源

步入中共中央党校的大门,就会看到影壁上的"实事求是"四个大字,这是毛泽东为中央党校制定的校训。这个校训是中央党校办学理念和育人要求的高度概括,是校风、教风、学风的内核,是校园文化的重要组成部分。它不仅体现中央党校的特点、风格,同时也反映着文化积蕴和精神。

也许是因为孤陋寡闻,在很长的一段时间里,我一直认为,以"实事求是"作为校训是毛泽东的首创。前不久,在天津参加了一次学术会议,才惊异地发现,首倡"实事求是"校训的当属北洋大学校长赵天麟;第二个推崇"实事求是"校训的是湖南公立工业学校校长宾步程。

1914年,赵天麟以"实事求是"作为北洋大学校训

赵天麟(1886—1938),字君达,天津人,是中国早期官费赴美的留学生。清光绪三十二年二月,也就是公元1906年初,赵天麟赴美国哈佛大学深造,1909年毕业于该校法律系,获法学博士学位,并由校方赠其金钥匙作为纪念。1914年3月13日,赵天麟以其高尚的人品,突出的教绩,被任命为北洋大学的校长,年仅28岁。

北洋大学（天津大学的前身），创建于 1895 年 10 月 2 日，是中国近代教育史上第一所综合性大学。学校广纳海内外硕学鸿儒任教，尤以美、日、英、法、德、俄等工业发达国家学者任主课，科技课程大多使用外文原版教材。由于治学严谨、校风朴实，北洋大学的教育质量与美国哈佛、耶鲁等著名大学相伯仲，在国内外享有崇高的声誉，毕业生可免试进入欧美一流大学攻读研究生，曾被誉为"东方的康奈尔"。

《北洋大学—天津大学校史》第一卷写到："赵天麟任校长期（1914—1920），总结了北洋大学近二十年的办学经验，概括出'实事求是'四个字，以之教导学生遂成为'校训'，一直承袭至今。"

赵天麟首倡"实事求是"的校训，早于 1919 年"五四"运动提出的"科学、民主"的口号。面对近代外来的一切，包括工业文明、自然科学、社会科学等等，中国人需要一种治学精神，科学的态度、方法。赵天麟在中国近代第一所高等学府不失时机地提出"实事求是"的校训，用以指导办学，引导学生，应当予以高度肯定。

赵天麟首倡"实事求是"的校训，既科学又精练，有巨大的感染力和包容性，在大学校训中引领新风、独树一帜。

赵天麟以"实事求是"为校训，倡导一种中国本土化的科学精神，对昔日的北洋大学和今天的天津大学在治学、育人诸方面都起到积极的作用，产生了深远的影响。赵天麟以"实事求是"为校训，还反映了他对于中国教育传统的重视和继承。北洋工学院院长李书田在以"工程师的修养"为题目的演讲中强调，北洋学生作为未来的工程师，"实事求是"是其必备的道德品行。这种对于道德的追求是我国大学校训的一大特色，在西方大学的校训中实为罕见。

还应该指出的是，赵天麟是一位伟大的爱国者。1934年，他任天津耀华中学校长。1937年校庆时，他坚决反对日本军队进入学校，遭到日本特务机构的嫉恨。1938年6月27日，赵天麟在步行去学校的途中，突被日本宪兵队暗杀团的两名匪徒枪杀，时年52岁。

1917年，宾步程为岳麓书院手书"实事求是"匾额

坐落在湖南长沙岳麓山坡的岳麓书院，创办于唐末五代，为中国四大书院之一，历经宋、元、明、清至今，沧桑千年，弦歌不绝。由于岳麓书院学风严谨，规模和影响日益扩大，因此也受到了各朝代最高统治者的重视，宋真宗、宋理宗、明世宗、康熙帝、乾隆帝都曾为书院御书匾额。

岳麓书院广聘名师，许多著名学者也到书院讲学，如谭嗣同、梁启超、皮锡瑞、宾步程等；千年来，书院培养了大批政治、经济等领域的人才，彭龟年、游九言、陶澍、魏源、曾国藩、左宗棠、曾国荃、刘坤一、蔡锷、杨昌济、程潜、蔡和森、邓中夏、杨树达、谢觉哉等革命家和知名学者都是这里的学生，所以书院大门的楹联写道：惟楚有材；于斯为盛。

走近讲堂，首先映入眼帘的是高悬檐下的"实事求是"匾。此匾为湖南公立工业学校1917年迁入岳麓书院办学时，由校长宾步程所撰。

没有证据证明宾步程受到赵天麟的影响，很可能是由于相似的留学经历与时代背景，使他们的思想不谋而合。

宾步程（1879—1943），于1903年留学德国，最初学习陆军。但他深知"兵战不如商战"，决心利用德国在第二次技术革命中崛起、工业技术雄踞世界前列这一得天独厚的优越条

件，改入柏林帝国工科大学，学习机械工程。他刻苦攻读八年，其间还参加实习和考察，足迹遍及欧洲 20 余国。1910 年学成归国。

1914 年，宾步程出任湖南公立工业学校校长，并将学校迁到岳麓书院，后来更发展成为湖南大学的一部分。因此，宾步程也可以算做湖南大学最早的校长之一。

早在私塾和两湖书院时期，宾步程就对《汉书河间献王刘德传》的"修学好古，实事求是"的论述烂熟于心；清末新学思潮对他的世界观的形成有着重要影响；到德国这样一个注重工业技术实学的国家攻读，以及参与同盟会的革命活动，更促进他对"务得事实，每求是也"的思想的崇信。

当时，中国的教育制度又一次处于大变革时期，各种观点层出不穷，莫衷一是。在这种情况下，作为一校之长，宾步程深知"实事求是"这一理念对陶冶、铸造学生从客观事实出发，追求真理的做人做事原则的重要作用，因而大加倡扬。

人们还会注意到，在讲堂两旁还有宾步程写的楹联：

工善其事必善其器，业精于勤而荒于嬉。

这楹联与"实事求是"的匾额相呼应，告诫工科学生在做人的态度和处事的作风上不能懈怠，必须精益求精，注意方法，解决工具问题。

宾步程在中国教育史上的名气并不很大，但他提倡的"实事求是"的校训却影响极为深远。1916—1919 年，青年毛泽东曾经寓居岳麓书院半学斋，与同伴们研探革命真理。很自然，岳麓书院的"实事求是"的校训，便深深印痕在毛泽东的心灵中。

1943年,毛泽东亲书"实事求是",作为延安中央党校的校训

延安时期,中央党校是专门培养党的中高级理论干部的学校。1943年,为了给学员创造更好的学习环境,活跃师生的精神文化生活,中央党校修建了一座占地1200平方米、可容千余人的大礼堂。在将要竣工时,人们左看右看,虽然建筑物雄伟、宽敞,可总显得少点什么。有人提议在正面挂个题词什么的。一说题词,大家就很自然地想到范文澜先生。但范老试着写了几条,连自己也不满意,于是提议去找毛泽东主席。

毛泽东欣然接受了党校同志的请求,立即叫人拿来四张二尺见方的麻纸,秉笔沉思片刻,即饱蘸浓墨,迅速挥毫,瞬间,"实事求是"四个雄健潇洒的大字跃然纸上。大家齐声称赞毛主席对马列主义研究的精深、透彻,一下就抓住了问题的实质。

题词拿回来后,便立即找来了能工巧匠,选了四块方方正正的石料,将麻纸铺在方石上,照笔画开凿,字形不差分毫。这字虽然凿好了,只可惜毛泽东的手迹被搞坏了,未能保留下来。这四块石刻就成了一件珍贵的革命文物。

"实事求是"的石刻镶嵌入正门后,犹如画龙点睛之笔,使这座建筑倍生光辉。从此,这一题词就成了党校学员直至今天全党学习研究马列主义的座右铭。

虽说毛泽东效仿岳麓书院,将"实事求是"作为中央党校的校训,但仍给人们耳目一新的感觉。这不仅因为这一校训是针对当时存在于党内的脱离实际、崇尚空谈的教条主义,更主要的是毛泽东赋予"实事求是"全新的科学含义。

毛泽东认为"是"就是事物的规律,"求是"就是认真追求、研究事物的发展规律,找出周围事物的内部联系,作为我

们工作的向导。毛泽东还解释说：学习马克思主义要"有的放矢"，"的"就是中国革命，"矢"就是马克思列宁主义。中国共产党人所以要找"矢"，就是为了要射中国革命这个"的"。这种态度就是"实事求是"的态度。"这种态度，有实事求是之意，无哗众取宠之心。这种态度，就是党性的表现，就是理论和实践统一的马克思列宁主义的作风。"

这样，经过改造后的"实事求是"已进入哲学最高领域，成为改造主观世界和改造客观世界的有力的思想武器，成为中国共产党的行动指南。正如后来邓小平所说："毛泽东思想的基本点就是实事求是，就是把马列主义的普遍原理同中国革命的具体实践相结合。毛泽东同志在延安为中央党校题了'实事求是'四个大字，毛泽东思想的精髓就是这四个字。毛泽东同志所以伟大，能把中国革命引导到胜利，归根到底，就是靠这个。"

可以毫不夸张地说，正是由于毛泽东大力的推介与宣传，"实事求是"才这样家喻户晓、深入人心，成为使用频率最高的政治术语。

如今，中央党校的学员一进校门，就能看到毛泽东手书的"实事求是"四个大字，并牢牢记住：无论做什么事，都必须坚持实事求是的原则。

这样的校训，多么贴切，多么深刻！

参考文献

许康、姜明：《继往开来的工程教育创新者——纪念宾步程校长逝世六十周年》，载《湖南大学学报》2003年第6期。

原载《党史纵览》2007年第5期

羌寨残存的入赘婚俗

松潘的松，茂汶的风

清晨，我们在川主寺乘车，沿着岷江向成都进发。一年之中的八月份，秋高气爽，是阿坝地区最美的季节，从车窗望去，展现在面前的简直就是一幅色彩斑斓的风景画。如洗的蓝天上飘着朵朵白云。岷江两岸，地势开阔，土地肥沃。小麦、青稞已经黄熟，藏民正在收割。门窗都画满艳丽图案的藏民房子，宽敞、气派，就像是别墅一般。远处连绵起伏的群山全是绿色，数不清的牦牛就像夜空中的星星一样散落在浓浓的绿色之中。

过了松潘，就看见村寨旁一座高大的"碉楼"，它告诉我们已经进入羌族居住区了。我国羌族主要分布在阿坝藏族羌族自治州，总人口20万左右，其中茂县、汶川羌族自治县是羌族最大的聚居地。

当地有句谚语：松潘的松，茂汶的风。这谚语比较准确地概括了两个地方的特点。

松潘原来多松，现在松树少了，但水草丰美，是最好的天然牧场，畜牧业相当发达，每家都有几十头、上百头的牦牛，牧民的生活相当富庶。

而茂县、汶川一带，则是穷山恶水。山上全是石头，光秃秃的，很少树，也很少草。河谷狭窄，可耕地甚少，大部分种的是玉米。经济作物除了花椒稍有名气外，还出产少许的核桃与苹果。这里山高谷深，交通不便，只有一年四季刮个不停的风给人留下极深的印象。

总之，茂县、汶川一带经济相当落后。我们的羌族同胞就主要聚居在这一地区。

母亲既主内，也主外

过了茂县县城，汽车开进了一处旅游购物中心。我们到达时，停车场上已经停满了各式各样的旅游车。

一位羌族姑娘把我们引进了一排展示厅中的一间，热情地招呼我们坐下。这位姑娘是位讲解员，当地人，看上去20来岁，上衣上罩着一件绣有各色云彩图案的马甲，手腕上佩戴细小的银镯；脚上穿布鞋，鞋尖微上翘，鞋帮绣有图案，工艺极为精致。

姑娘说："不要称我为小姐，就称小妹好了。"看来，她对"小姐"的称呼极为反感。小妹极熟练地给我们演示茶道，一边演示，一边讲解，动作娴熟，口若悬河。

茂县不产茶，她所推销的茶，其实并不是茶，而是一种树叶子，可以当茶饮，当地人叫苦丁茶。

我很早就听说，羌族有入赘的风俗，于是在演示的空隙，提出了一个要求："我们都是专门研究历史的，听说羌族有入赘的风俗，能不能给我们讲一讲？"

小妹爽快地同意了，说："既然各位老师对这个问题感兴趣，我也就讲点题外的话。"大家热烈地鼓起掌来。

小妹说："现在，入赘在羌寨也不普遍了，但我们这一支仍然延续着，保留着。我们这一支人数大约有3300人。"在下面的谈话中，小妹始终强调"我们这一支"，这使我感到，入赘，在羌族也是残存的习俗了。

小妹接着说："我们这一支，母亲是一家之长，掌握着财经大权，也掌握着管理大权，既主内，也主外。而男人则处在服从的地位，在家中要做家务，劈柴、烧火做饭、洗衣服，什么活都干。"

听到这里，我马上联想起，这不就是母系社会的特点吗？

三个里面选一个

小妹接着说："我们这里，男孩子一般不读书，女孩子读书的比例大大超过男孩。"

资料显示，茂县的羌民，文盲与半文盲的比例高达65.51%。由于羌民喜好居住在比较陡峭的山壁，出入很不方便；羌寨的学校又往往集中在乡中心小学，孩子上学一般都要走上八九里山路，最远的要走接近20里；而若要读初中则需到更远的县城去。既无资金支持，孩子也觉得辛苦，因此，一般的孩子小学毕业就不再上学了。有的时候，一个村寨找一个初中生都非常困难。

由于教育资源相对短缺，又在母系制残余之下，男孩子一般不上学。这种情况让我联想起，汉族"女子无才便是德"的古训；同时也让我联想起，在内地一些贫困地区普遍存在的女孩辍学的现象。但是，在我国许多民族重男轻女思想比较严重的情况下，羌族"这一支"重视女孩子的教育则显得十分特殊。

小妹接着说:"我们这一支,基本上是包办婚姻,准确地说,是由母亲决定。在女儿十六七岁的时候,母亲就要为孩子物色女婿。一般的情况,同时找三个14岁的男孩到家中,居住一个月,考察一个月,然后从中挑选一个。考察的标准,主要看哪个最勤快,最老实,与家人相处的最好。看中哪个,就留下哪个;看不中的,就让他回去。"

小妹讲的内容,引起了我们的好奇心,于是,七嘴八舌地问起来。

有的问:"如果母亲相中了,女儿相不中,怎么办?"

小妹答:"这种习俗,已经延续千百年了,我祖母的婚姻是包办的;我母亲的婚姻是包办的;我的婚姻也是包办的,并不感到有什么不好的。而且,母亲总是为着女儿幸福着想,她选中的,就一定是最好的,最合适的。"

"如果都看不中,怎么办?"有的老师提出这样的问题。

"如果出现这种情况,就另外再找三个男孩,继续挑选。"

"选中的留下来,选不中的,就让他走,岂不令人难堪?"

"这有什么可难堪的,这家选不中,再让别家选就是了。我们祖祖辈辈都是这样做的,大家都习以为常了。"

我想,这也许就是习惯势力的作用吧。

入赘不同于童养媳

小妹接着说:"羌族的婚姻,女方一般要比男方大三至四岁。"

我想,这倒与旧社会的汉族许多地方流行的"女大三,抱金砖"的说法相吻合。

一个老师问："你们的这种做法和旧社会的童养媳很相似，不过，童养媳是女孩，这里是男孩罢了。"

小妹连连摇头，说："不一样，完全不一样。你们汉人过去的童养媳，女孩受歧视，相当丫头，什么活都要干，什么苦都要吃；而我们羌族入赘后，就成为女方家庭中平等的一员，并享有同辈人同等的继承权。不过，还有一点很特殊，入赘后从女方姓，所生子女也随女方姓。"

有的问："那么，你们这里不是十几岁就结婚了？"

小妹笑着说："你说的这种情况，早年比较普遍，后来逐渐发生了变化。现在，男方入赘并在女方家生活几年，到了法定的结婚年龄，方可正式结婚。《阿坝藏族羌族自治州计划生育法》规定：少数民族男23周岁以上，女21周岁以上初婚的为晚婚，尽管有法律规定，但早婚现象还是普遍存在的。不过，十几岁结婚的情况却是没有的。"

资料显示：据1953年，《茂县人民法院关于婚姻情况的专题报告》记载：男子在十二三岁结婚的很多，8岁结婚的也不少，他们认为"早养儿，早享福"，这种观念为婚姻习惯所认同和保护。

听到这里，有的老师问："这种包办婚姻有没有造成婚外恋，有没有闹离婚的？"

小妹则十分肯定地说："在羌族地区，虽然包办婚姻比例很大，但几乎没有闹离婚的。不像你们汉人大哥，又是情人，又是二奶，搞不清楚了。"

说到这里，她还补充了一句："都是看电视学坏的。"

我的男孩一定让他读书

一位老师终于忍不住了，问了个敏感的问题："你对自己的婚姻满意吗?"

小妹笑了,没有直接回答,却说:"现在政府推行退耕还林,退耕还草政策,岷江上游基本不种地了,粮食由国家供应。为了帮助羌乡脱贫,政府还资助搞了这个茶叶公司,每月发工资300元,如果推销的多,还有50元的奖金。不过,我干这个工作也有三年了,年底结婚后,就不准备再继续干了,回到家里一心一意主持家务。"

另一位老师问:"你结婚后,有了孩子,你还会为他们挑选对象吗?"

小妹答:"现在,变化实在是太快了。原来,入赘在羌族十分普遍,而现在大概只有我们这一支还保留这种习俗。以后,还能不能延续下去,我也说不准。但是,我想,我生了男孩,肯定会让他读书;他的终身大事,肯定会征求他的意见。"

演示、讲解结束了,题外话也结束了。

大家以热烈的掌声向小妹表示真诚的感谢。

在车上,羌族的那位不知姓名的小妹总是浮现在眼前;她所介绍的羌族婚俗一直是议论的话题。大家衷心地祝福,那位小妹婚姻美满;衷心地祝福,羌族同胞经济发展,生活幸福。

相关链接:羌族的历史可追溯至三千多年前的古羌人,古羌人的一支在春秋战国时期从甘肃、青海地区迁徙到岷江上游一带生息繁衍,逐步形成了今天的羌族。羌族文化丰富多彩。民歌、传说故事、民间故事内容广泛,著名的代表作《开天辟地》,舞蹈以羌族锅庄"跳沙朗"最为流行。羌族还以独特精湛的建筑艺术,如羌碉、索道、栈道等著称于世,民间工艺则以挑花、刺绣、棉织地毯最为出色。羌族男女的服饰别致,妇女尤喜戴耳环、手镯、银饰等饰物。羌族婚姻制度中仍保留着一些母系制的残余，如姑舅表优先婚，夫兄弟婚，寡妇可再嫁或招赘，不受歧视，入赘也相当普遍。

自改革开放以来，特别是从20世纪90年代开始，随着市场经济体制改革的逐步深入，商品经济对羌族生活方式的冲击，传播媒介对羌民思想的启蒙，"一五"、"二五"普法运动的开展，羌民，尤其是年轻的一代，思想发生很大的变化。他们认识到，以前的包办婚姻只是传统习俗所保护的陋习，自由恋爱、自由婚姻才符合现代社会的要求。如今，羌族的婚姻理念、婚姻方式都发生了巨大的变化。

参考文献

刘家强等：《羌族生育文化研究》，载《西南民族大学学报》（人文社科版）2004年第1期。

原载《世纪风采》2006年第11期

后　记

　　笔者长期从事中共党史的教学与研究，爱读书、好写作，是个勤奋的写手，主要写党史纪实文章，日积月累竟有 400 多篇。2009 年退休之后，写作更是进入巅峰期，每年发数十篇，并且转载率高，有些文章引起较大的反响。于是，许多朋友建议，可将文章汇编成集。笔者动了心，遂将自认为较精彩的、可读性较强的文章挑选出来，共有 100 余篇。这些文章主要写党史上的重要人物与重大事件，因此取名《中共党史上的那些人与事》。

　　笔者发表文章很多，同事中不无羡慕者，但没人效仿。原因很简单：在科研院所与高校系统，纪实文章不算科研成果，评职称也不算数。在评定职称与科研考核的双重压力下，老师们自然不愿意，也不可能在这方面投入时间与精力。不过，笔者认为，有些纪实文章其实也具有"科研"含量，完全不算科研成果，有失公允。

　　也有朋友问，你写那么多文章，查资料一定很困难。笔者的体会则是，纪实文章写作的关键不是资料，而是选题。一个好选题需满足三个条件：一是有新意；二是党史的重要人物或重大事件；三是读者感兴趣。比如，笔者最近发表的《党的第一代中央领导集体主要成员学历趣谈》，该选题就符合上述条件。因此，文章发表后，引起广泛的关注，《作家文摘》、《党史信息报》、《环球视野》、《党史纵览》纷纷转载。

后　记

　　有了好的选题，查阅资料，撰写成文都不是什么困难事，尤其在网络信息时代。

　　笔者所用资料主要是回忆录与纪念文章，离开这些文献资料寸步难行。在此，笔者向这些留下宝贵文字的前辈们表示衷心的感谢。不过，使用这些史料，特别是回忆录，笔者总有些顾虑。有些历史人物、事件只是某篇回忆或纪念文章有所记载，因此异常宝贵，非用不可。然而，个人的记忆难免有误，对事件、人物的评价难免有片面性。如果无法辨别正误就贸然引用，很有可能宣传了谬误。历史的天平往往向那些高寿且留有回忆录的历史人物倾斜。如何克服这种偏向，还原历史的本来面目，仍是笔者需要解决的课题。

　　自选集的所有文章都有根有据，笔者只在一些细节上作了少许艺术加工，以增加可读性。比如一篇关于陈云与于若木爱情的文章，笔者就增加了一段环境的描写："煤油灯映照着窑洞雪白的墙，窗户纸上的红喜字放着红光。窑洞的炕上放着一张小炕桌，炕桌一边坐着陈云，一边坐着他的新娘。"在这段环境的描写中，窑洞、窗户纸、炕、炕桌这些都符合陕北农村的实际，红喜字烘托出新婚的喜庆气氛，煤油灯点出了时间是在晚上。这段环境的描写虽说是发挥了笔者的想象力，但应该是符合历史真实的。

　　这本自选集凝聚了笔者20年的心血。如果其中还有几篇文章能够引起读者的兴趣，闲暇时愿意翻翻，笔者就心满意足了。

　　任何批评指正，径赐 liuyouqi2368@sina.com。

　　最后需要感谢学生侯天保，正是有他的鼎力相助，该自选集才得以出版。

刘明钢

2013年10月30日

图书在版编目（CIP）数据

中共党史上的那些人与事/刘明钢著. —北京：中央编译出版社，2014.1（2023.12重印）
ISBN 978-7-5117-1973-7

Ⅰ.①中… Ⅱ.①刘… Ⅲ.①纪实文学－作品集－中国－当代 Ⅳ.①I25

中国版本图书馆CIP数据核字（2013）第298812号

中共党史上的那些人与事

出 版 人：	刘明清
出版统筹：	薛晓源
责任编辑：	侯天保
责任印制：	李 颖
出版发行：	中央编译出版社
地　　址：	北京市海淀区北四环西路69号（100080）
电　　话：	（010）55627391（总编室）　（010）55627310（编辑室）
	（010）55627320（发行部）　（010）55627377（新技术部）
经　　销：	全国新华书店
印　　刷：	北京文昌阁彩色印刷有限责任公司
开　　本：	710毫米×1000毫米　1/16
字　　数：	480千字
印　　张：	41.75
版　　次：	2014年4月第1版
印　　次：	2023年12月第9次印刷
定　　价：	98.00元

新浪微博：@中央编译出版社　　**微　信**：中央编译出版社（ID：cctphome）
淘宝店铺：中央编译出版社直销店（http://shop108367160.taobao.com）（010）55627331

本社常年法律顾问：北京市吴栾赵阎律师事务所律师　闫军　梁勤
凡有印装质量问题，本社负责调换，电话：（010）55627320